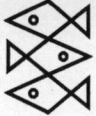

W0057982

Die ›Titanic‹ war das größte und modernste Passagierschiff ihrer Zeit, und ihre Jungfernfahrt in den Untergang hat die Schriftsteller unseres Jahrhunderts immer wieder beschäftigt. So sehr, daß ihr Name zur Metapher für die apokalyptischen Visionen und Untergangsstimmungen des 20. Jahrhunderts wurde. Von Lord bis Enzensberger war das Geheimnis der ›Unsinkbaren‹ ein fesselndes literarisches Sujet. Nun hat ein junger norwegischer Autor auf unerwartete und unkonventionelle Weise dem Ozeanriesen ein weiteres Leben auf der Bühne der Literatur beschert: Mit ›Choral am Ende der Reise‹ wurde Erik Fosnes Hansen quasi über Nacht zum vielbeachteten Bestseller-Autor.
Die Geschichte beginnt am 10. April 1912. An diesem Tag gehen im englischen Southampton sieben Musiker an Bord des Luxusliners, der auf seiner fünftägigen Jungfernfahrt mehr als zweitausend Menschen nach New York bringen soll. Die sieben Musiker, eine bunt zusammengewürfelte Truppe aus aller Herren Länder, sind für die musikalische Unterhaltung während der Seereise zuständig. In den fünf Tagen, die ihnen an Bord verbleiben, lernt der Leser ihre höchst unterschiedlichen Lebensgeschichten kennen – Biografien voller Hoffnungen und Niederlagen, voller Leidenschaften und Verzweiflung. Es sind exemplarische Geschichten, die immer auch das Zeittypische miterfassen. »Erstaunlich, wie Erik Fosnes Hansen die Stimmung des Fin de siècle trifft oder, wie in der Geschichte des russischen Geigers Alexander Bjezhnikov, die bedrohliche Atmosphäre in St. Petersburg vor der Revolution 1905. ... So geht am Ende nicht nur die Titanic unter, sondern mit ihr Europa und seine geistigen Fundamente. ... Wie die Titanic ist Europa heute ein Mythos. Auch davon erzählt der Roman.« DIE ZEIT

Erik Fosnes Hansen, geboren 1965 in New York, aufgewachsen in Oslo, studierte zwei Jahre in Stuttgart, lebt zeitweise in Italien, Rezensent und Literaturkritiker der Zeitung ›Aftenposten‹. Erhielt 1990 für diesen Roman den renommierten norwegischen Literaturpreis ›Riksmalsprisen‹. Im *Fischer Taschenbuch Verlag:* ›Momente der Geborgenheit‹ (Bd. 14719).

Unsere Adresse im Internet: www.fischer-tb.de

Erik Fosnes Hansen

CHORAL AM ENDE DER REISE

Roman

Aus dem Norwegischen
von Jörg Scherzer

Fischer Taschenbuch Verlag

Limitierte Jubiläumsedition
Veröffentlicht im Fischer Taschenbuch Verlag,
Frankfurt am Main, Januar 2002

Lizenzausgabe mit freundlicher Genehmigung des
Verlags Kiepenheuer & Witsch GmbH & Co. KG, Köln
Die norwegische Ausgabe erschien unter dem Titel
›Salme ved reisens slott‹
© J. W. Cappelens Forlag A/S Oslo 1990
Für die deutschsprachige Ausgabe:
© Verlag Kiepenheuer & Witsch, Köln 1995
Druck und Bindung: Clausen & Bosse, Leck
Printed in Germany
ISBN 3-596-50514-3

CHORAL
AM ENDE DER
REISE

INHALT

Mittwoch, 10. April 1912. London, kurz vor
Sonnenaufgang. 19
Am selben Morgen. London, Waterloo Station,
7 Uhr 05 40
9 Uhr 25. Southampton. Anlegebrücke 44
Ocean Terminal 62

JASONS GESCHICHTE 94
Am selben Tag. Im Ärmelkanal, auf dem Weg nach
Cherbourg, 17 Uhr 10 94
Am selben Abend. La Grande Rade, Cherbourg,
18 Uhr 30 184
Donnerstag, 11. April 1912. Unmittelbar südlich von
Queenstown, 11 Uhr 10 189

INTERMEZZO 200
Am selben Tag. 10° West, 51° Nord 200

ALEX' BRIEF 207
An Bord der R. M. S. *Titanic*, 11. April 1912 207
Freitag, 12. April 1912. An Bord. 218

SPOTS GESCHICHTE 237
Samstag, 13. April. 30° West, 47° Nord, 22 Uhr 30 . . 237

DAVIDS GESCHICHTE 333
Sonntag, 14. April 1912. 44° Nord, 42° West, 10 Uhr 30 . 429
Am selben Abend. An Bord, à-la-carte-Restaurant,
21 Uhr 05 437

PETRONIUS' GESCHICHTE 443
14. April 1912. 41° 46′ Nord, 50° 14′ West, 23 Uhr 32 . 483
Montag, 15. April 1912. Mitternacht, Kabine der
Musiker, Backbord, achtern 490

Nachwort des Autors 505

A te Katerina, perché ci sei.

DER HARFNER

Wer nie sein Brot mit Tränen aß,
Wer nie die kummervollen Nächte
Auf seinem Bette weinend saß,
Der kennt euch nicht, ihr himmlischen Mächte.

Ihr führt ins Leben uns hinein,
Ihr laßt den Armen schuldig werden,
Dann überlaßt ihr ihn der Pein:
Denn alle Schuld rächt sich auf Erden.

J. W. v. Goethe

DAS ORCHESTER
an Bord der
R. M. S. TITANIC
10. bis 15. April 1912

Jason Coward – Kapellmeister . . . . London
Alexander Bjeschnikow – Erste Violine . St. Petersburg
James Reel – Bratsche . . . . Dublin
Georges Donner – Cello . . . . Paris
David Bleiernstern – Zweite Violine . . . . Wien
Petronius Witt – Bass . . . . Rom
»Spot« – Klavier . . . . Herkunft unbekannt

Die Jahrhunderte verrinnen wie ein träger Fluß aus Klängen und Bildern. Gesichter und Städte ziehen vorbei.
Manche Bilder sind vollständig und klar, andere verschwinden, wie im Nebel.
Jede Zeit hat ihre Bilder und ihre Geräusche.

Manche Zeiten hallen wider von Hymnen, von Tönen, die aufsteigen unter Steingewölben. Doch auch Geräusche von Eisen gibt es, von Feuerschreien oder von leisen Lauten, die stilles Weinen sind. Langsam gleiten sie dahin, wie Eisgang auf einem Fluß.

Und du kannst sie nicht einfangen.
Fast wie heimliche Traumbilder; verlorene Ikonen, auf die mit alten Farben fremde Zeiten und Gesichter gemalt sind. Jede Zeit hat ihre Bilder und ihre Geräusche.

Wie ein Gedicht, das man vergessen hat.

Und er sprach: Laß mich gehen,
denn die Morgenröte bricht an!
Aber er antwortete: Ich lasse dich nicht,
du segnest mich denn.

1. Mos. 33,27 [26]

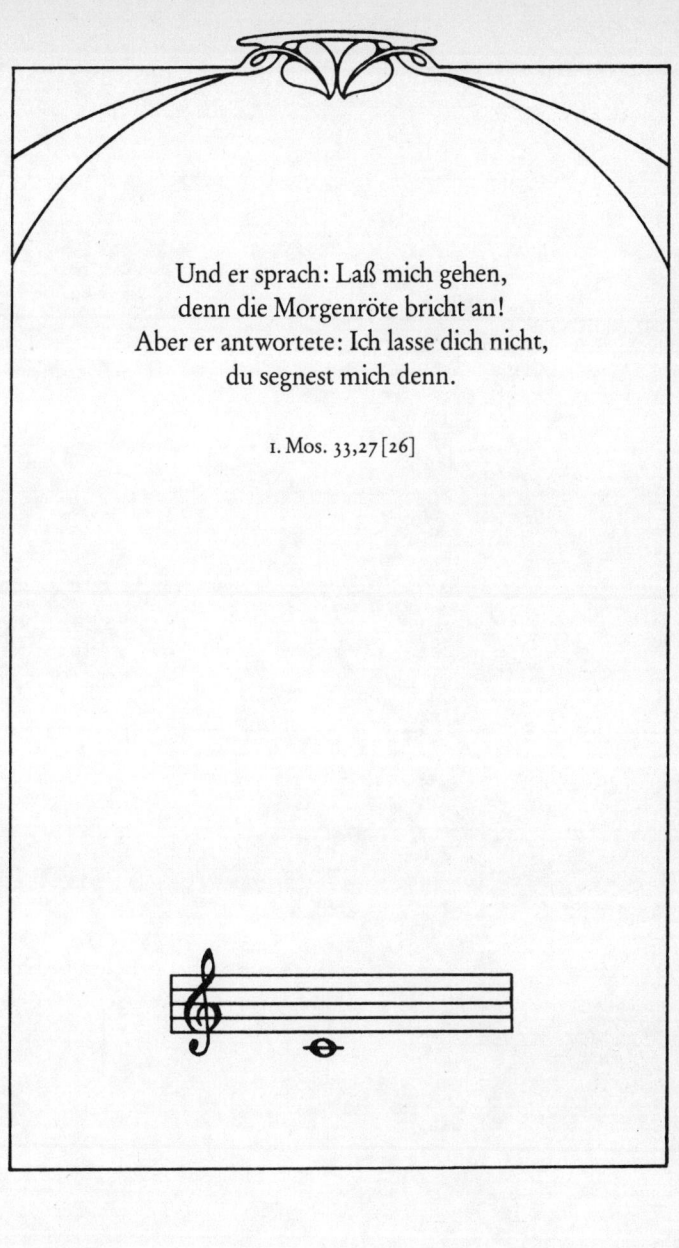

Er trat aus dem Haustor und ging in den Morgen. Er dachte: Durch solche stillen morgendlichen Straßen zu gehen, allein, Abschied nehmend, ist merkwürdig. Es ist noch früh, du hörst noch den Widerhall der eigenen Schritte auf dem Pflaster. Noch ist die Sonne nicht aufgegangen.

Zur Themse hin fällt die Straße ab. In der Hand trägst du einen kleinen Koffer und unter dem Arm den Geigenkasten. Mehr nicht. Und es geht sich leicht. Wenn du um die Ecke kommst, wirst du den Himmel im Osten sehen.

Er ging. Die Gebäude der Stadt umgaben ihn; in der Morgendämmerung wurden sie leicht und durchsichtig. Fast schwebten sie. Und im Straßenraum, zwischen den Häuserreihen, floß das Licht der Dämmerung, so blau, wie es nur im April ist, unfaßbar, wie ein unbekanntes Intervall. Zu so früher Stunde waren nicht viele Menschen unterwegs: Ein paar Straßenmädchen, ein Gemüsehändler oder zwei, mit Handkarren, ein morgendlicher Spaziergänger und er selbst. Schritte auf Stein. Die Gesichter ebenso durchsichtig wie die Stadt bei diesem Licht. Er dachte: Auch mein Gesicht sieht jetzt so aus.

Bald hatte er die Straßenecke erreicht.

Er wußte: Heute bin ich aufgestanden und habe die Pension verlassen. Die Bettwäsche war klamm und schmuddelig. Ein weiteres Logis, ein weiteres Bett, in dem du nie mehr schlafen wirst. Vor dir liegt alles – was, weißt du nicht. Lange ist es so gewesen. Zu vielen Jahreszeiten hatte es viele solcher Morgen und stille Straßen gegeben. Du gehst durch Städte und siehst, wie die Menschen leben, du siehst Unterwäsche und Bettzeug, das von der Nacht getrocknet wird und wartend auf Leinen hängt. Hinter den Fenstern schlafen sie, die Kinder, die Frauen, die Männer. Du weißt das. Wenn du dich bemühst, kannst du sie fast atmen hören. Du weißt es. Doch du verstehst es nicht. Es gehört nicht dir. Nie hast du das erlebt. Früher hat es dich wütend oder ängstlich gemacht, du konntest schreckliche Dinge sagen oder fortlaufen. Heute ist das nicht mehr so. Du siehst nur dein eigenes Rätsel, das dich traurig und glücklich macht.

Er stand einen Augenblick still: Es war wie in einem Spiegel. Dann bog er um die Ecke. Farblos und ruhig sah er dort die Themse. In der Mitte trieb dünner Nebel. Der Himmel war erfüllt von diesem geheimnisvollen blauen Licht, im Osten war er rot. Dort an der Ecke blieb er stehen und schaute. Das war sein Fluß, er war an der Themse aufgewachsen und kannte die Farben, die Geräusche, die Gerüche. Er wußte: Es ist gut, an einem großen Fluß Kind gewesen zu sein.

Dann ging die Sonne auf. Geigenkasten und Koffer stellte er ab. Er sah, wie sich langsam alles veränderte, die Umrisse wurden scharf und tief, der Fluß nahm Farbe an.

Eine ganze Weile sah er auf all das Rote.

»Sie müßte sich rechts unterhalb der Sonnenscheibe befinden.«

Die Stimme des Vaters.

»Ist es noch weit?« Seine eigene Stimme, hell, fragend. Das ist sehr lange her, er ist zehn Jahre alt. In sehr großer Ferne ist das, und zugleich kommt es jetzt näher.

»Nur noch fünf Minuten.« Der Vater sieht auf die Uhr. Was zeigte sie? Die ehrwürdige alte Uhr, die der Vater immer bei sich trug, sie hatte einen Deckel und ein Monogramm und zeigte stets auf die richtige Zeit.

»Wieviel Uhr ist es?« Wieder er selbst.

»Fünf Uhr siebenundvierzig einhalb.« Ja. Dann war es also die richtige Zeit. Der Vater blinzelt auf die Uhr. Dann schiebt er die geschwärzte Glasscheibe in den Halter vor der oberen Linse des Teleskops. Nun können sie geradewegs in die Sonne sehen, ohne ihre Augen zu schädigen. Es ist ein Sommermorgen, im Freien, auf einer Wiese. Es riecht nach Gras und Klee, und die Vögel haben gerade mit ihrem Gesang begonnen. Er und der Vater sind ein paar Stunden gefahren, um hierher zu kommen. Um einen Venusdurchgang zu sehen. Noch ist die Sonne rötlich, jetzt aber steigt sie sehr rasch.

»So. Jetzt kannst du anvisieren und fixieren.« Und mit ungeübten Händen, die dennoch schon gelernt haben, was sie tun müssen, und die dies alles bald selbständig tun werden, mit seinen blassen, ein wenig kalten Kinderhänden, visiert er die Sonne an, dreht an Schrauben und bringt das Teleskop in die richtige Position. Dann schaut er ins Okular, justiert, fixiert. Der Vater sieht auf die Uhr, sie zeigt die richtige Zeit.

»Fünf Uhr achtundvierzig dreiviertel. Siehst du etwas, Jason?« Und Jason sieht. Gold-bräunlich hinter der geschwärzten Linse, scheint die Sonnenscheibe das ganze Blickfeld auszufüllen. Es dauert ein paar Sekunden, bis er sich ganz daran gewöhnt hat, dann aber sieht er kleine Flimmerhaare und ein paar winzige, braune Flecken auf der Sonne.

»Papa! Ich kann Sonnenflecken sehen. Und Portuberanzen!«

»*Pro*tuberanzen.«

»Ja!«

»Laß mich schauen.«

»Ja!«

Der Vater schaut. Dann überläßt er Jason wieder das Fernrohr. Er selbst holt erneut die Uhr heraus, es ist seine Doktoruhr.

»Jetzt kommt sie gleich. In einer Minute und fünfunddreißig Sekunden. Paß genau auf. Ganz unten rechts. Sie hebt sich deutlich von den Sonnenflecken ab.«

Und der erwachsene Jason, der dieses Bild in seinem Inneren betrachtet, fern, nah – wie in einem Teleskop – weiß genau, daß

21

die Uhr des Vaters die richtige Zeit angab. Es war die einzige richtige Zeit.

»Nur ein paar Sekunden noch!«
Und schon gleitet die Sonne aus dem Objektiv, sie steigt und bewegt sich aufwärts, geradewegs weg vom Horizont.
»Papa, wir müssen justieren!«
»Wir können warten, bis der Planet vor die Sonnenscheibe kommt. Jetzt mußt du ihn sehen können.«
In all der Schwärze wirkt die Sonne wie eine brennende Leuchttonne. Und dort, ganz richtig, in der rechten Ecke, kriecht ein runder Flecken auf die Sonnenoberfläche zu. Es ist ganz deutlich eine kleine, absolut kreisförmige Kugel, und kein Sonnenfleck.
»Jetzt sehe ich sie!« Die helle Stimme. Die Wiesen duften.
»Bist du sicher? Laß mich sehen, dann justiere ich gleich.« Der Vater justiert und ruft »Tatsächlich!« Jason kann fast nicht stillstehen, das ist sein erster Venusdurchgang, nervös und ängstlich haben sie wochenlang bei bedecktem Himmel gewartet; ein Venusdurchgang ist ein seltenes Ereignis, wie der Vater zu sagen pflegt. Was ist, wenn die Wolken bis Sonntag nicht verschwinden? Aber die Wolken waren am vorhergehenden Abend verschwunden. Und sobald der Vater justiert hat, kann Jason wieder sehen. Der Planet hat schon ein gutes Stück auf der Sonnenoberfläche zurückgelegt, bald passiert er die Mitte.
»Seltenes Ereignis«, ruft Jason andächtig, und der Vater lacht aus vollem Hals.
Bald ist es vorbei, bald ist die Venus vorüber. Sie trotten über eine Landstraße mit matschigen Pfützen, im Gasthaus wollen sie frühstücken. Der Vater trägt das Teleskop, Jason das Stativ. Es ist schwer, darum gehen sie langsam.
Die Stimme des Vaters, brummend:
»... und auf Grund der Parallaxe kommen die beiden Beob-

22

achter zu etwas abweichenden Resultaten, und so kann man mit Hilfe der Geometrie die Entfernung zur Venus berechnen. Aber damit nicht genug. Mit den Keplerschen Gesetzen kannst du, wenn du die Entfernung Erde-Venus kennst, die Entfernung zwischen allen anderen Planeten berechnen. Es verhält sich nämlich so, daß das Quadrat der Umlaufzeit proportional ist zur dritten Potenz der mittleren Entfernung des...«

Es war wie ein Lied.

Im Gasthaus treffen sie auf zwei andere Amateurastronomen. Über Eiern, Toast, Marmelade und Tee gehen die Gespräche hin und her. Jason versteht nur Bruchteile. Einer der beiden Fremden ist so begeistert, daß er Eikrümel und Tee im Bart hat.

»Heute ist sie über die Sonne gekrochen, die Göttin der Liebe!«

Tee und Krümel fallen auf das Tischtuch.

»Und wie deutlich sie zu sehen gewesen ist!«

»Und das nächste Mal?« unterbricht Jason. Die Fremden lachen leise in sich hinein.

»Es gibt kein nächstes Mal«, sagt der Vater. »Jedenfalls nicht für einen von uns hier.«

Jason versteht nicht.

»Aber im Jahr 2004. Dann kommt sie zurück zur Sonne. In 120 Jahren.«

Bei diesem Gedanken friert Jason. Dann wird es ihn nicht mehr geben. Er betrachtet seine Hände. Für einen kurzen Augenblick steht die Welt still; haben nicht die Planeten ihren Lauf für eine Sekunde unterbrochen? Dann aber sieht der Vater auf die Uhr, es wird Zeit, wenn sie den Zug noch erreichen wollen.

Dies ist in Jason zurückgeblieben. In weiter Ferne sieht er das, wie in der Entfernung des Weltraums. Eine Sekunde. Eine Sekunde der richtigen Zeit.

Jason richtete sich auf. Noch immer roter Sonnenaufgang ...
Das rote Licht. Daran aber wollte er jetzt nicht denken. Nicht
an das rote Licht. Deshalb nahm er den Geigenkasten und den
Koffer wieder auf und ging weiter die Straße hinunter. Jetzt
nicht an das andere denken. Erinnerst du dich an den Venusdurchgang. Er erinnert sich an ihn.

Ja. Aber da ist mehr. Kühle Abende, die er im nach Süden liegenden Dachfenster verbrachte, Winterabende mit funkelnden Sterntrauben am Himmel, mit Schwindel und Atemnot,
wenn er die Entfernung zwischen Milchstraße und Schnee bedachte. Dort, im Fensterrahmen, freundete Jason sich mit allen
Planeten an. Das Teleskop hatten sie im Zimmer vor dem Fenster aufgestellt, es wies in die Nacht.
»Dort, in den Zwillingen, siehst du den Saturn. Wenn heute
abend die Luft klar ist, können wir den Ring erkennen.« Und
als der Saturn so hoch gestiegen war, daß er auf der gleichen
Höhe mit den Schornsteinen des gegenüberliegenden Hauses
stand, war die Luft klar genug, und der Ring wurde sichtbar.
Was vorher ein unscharfer, flimmernder Fleck im Objektiv gewesen war, wurde nun zu einem klaren, runden Punkt, und
dieser Punkt lag inmitten eines Rings. Das Licht war gleichmäßig und gelb. Der Ring war wie eine kreisförmige Brücke, die
den Saturn umschloß.
»Er sieht ziemlich einsam aus«, flüsterte Jason, als habe er
Angst, den Planeten zu stören.
»Es ist ein sehr weit entfernter Himmelskörper.« Auch die
Stimme des Vaters war leise. »Seine Entfernung zur Erde beträgt über eine Milliarde englische Meilen.« In Jasons Innerem
war wieder dieses leichte Schnappen nach Luft, ein kleiner
Schwindel vor dem All, dem leeren, unbegreiflichen. Oft
träumte er nachts, er reise durch das Nichts, und um ihn herum
seien die Sterne und die Planeten. Stets erwachte er dann mit
dieser kleinen Atemnot, die in seiner Brust bebte.

24

»Und der Ring, woraus ist der gemacht?«

»Eigentlich sind es zwei Ringe. Aber unser Instrument ist nicht gut genug, um sie zu unterscheiden. Wenn man das Licht eines Planeten analysiert, kann man herausfinden, woraus seine Oberfläche womöglich besteht. Die Oberfläche des Saturn besteht wahrscheinlich aus giftigen Gasen, Ammoniak und Methan. Aber sie ist schön.«

»Die Ringe. Was ist mit den Ringen?«

»Eis vermutlich.«

»Eis.«

Und es gab mehr Planeten: Merkur – den Reisebegleiter, wie der Vater ihn nannte. Jason freute sich sehr über diesen kleinen, flinken Merkur, meist aber konnte man ihn nur mit Mühe erkennen, und dann gab es die Venus, den Morgen- und Abendstern. Im Teleskop wirkte sie manchmal wie eine kleine, silberklare Mondsichel.

Dann gibt es den roten Mars, der aussieht wie ein Edelstein. Vielleicht war der Mars Jasons wirklicher Liebling unter den Planeten. Ein halbes Jahr lang verfolgte er ihn jeden Abend und trug seine Bahn auf der Sternkarte ein.

Und dann: Der große, schöne Jupiter mit dem roten Flecken, der an ein Auge erinnerte, und vor dem Jason grauste.

»Das rote Auge«, sagte der Vater ruhig, »ist vielleicht eine große Insel, die auf der Oberfläche schwimmt. Vielleicht eine Insel, vielleicht ein riesiger, wilder Sturm, der seit Jahrhunderten unaufhörlich tobt.«

Und dann der Mond – der Mond der Erde – der völlig fremd wirkt, wenn er ins Teleskop tritt. Er kommt so nahe und wird so groß. Die Landschaft, die er auf dem Mond sieht, ist ihm wohlbekannt, trotzdem aber fremd. Das Licht ist gelblich – weiß und blau-weiß, sehr stark. Es strengt sehr an, wenn man den Mond zu lange betrachtet. Der Vater sagt, das gehe fast allen so, das nenne man Mondschwindel, und es sei ein weit verbreitetes Phänomen unter den Astronomen. Dann erklärt er

Ebbe und Flut, etwas, das ihnen von der nur ein paar Häuserblocks entfernten Themse wohlbekannt ist. Zusammen gehen sie hin und notieren die Uhrzeiten des Tidenhubs und vergleichen sie dann mit den Bewegungen und Phasen des Mondes. Besonders interessant wird es bei Springflut, wenn die Überschwemmungen kommen.

Das Seltsamste am Mond aber sind seine Auswirkungen auf das menschliche Gemüt. Der Vater ist Arzt und weiß, daß es solche Dinge gibt. Man nennt es *Lunatismus*: Mondsüchtigkeit.

An der Eingangstür des Hauses hing das Messingschild, das jede Woche poliert wurde: *John M. Coward, M. D.*

Jasons Vater teilte seine Zeit zwischen der Arbeit im Missionskrankenhaus von Whitechapel, wo er Seuchenarzt war, und seiner eigenen Privatpraxis zu Hause, ein paar Blocks entfernt von der Königlichen Münze.

Im Arbeitszimmer hatte der Vater all die Instrumente, die Tafeln und Bücher. Dort standen in der Ecke auch das große Skelett und der verschlossene Glasschrank, in dem die Arzneien aufbewahrt wurden.

Wenn der Vater keine Patienten hatte, sondern dasaß und arbeitete, durfte Jason oft hinunterkommen und ihn besuchen, vorausgesetzt, er war still. So war es von früher Jugend an gewesen. Der Vater gab ihm immer ein Buch, oft eines der großen, in Leder gebundenen, mit den kolorierten Illustrationen, auf denen man durch eine Öffnung im Bauch sozusagen in den Körper sehen konnte. Es waren merkwürdige, farbige Zeichnungen, und die aufgeschnittenen Menschen zeigten keine Anzeichen, daß ihnen die Öffnung im Bauch weh tat. Im Gegenteil, sie standen aufrecht da, ohne Kleider zwar, aber mit offenen Augen, und starrten einen genau an, ohne sich darum zu kümmern, daß man ihre Leber sehen konnte. Die Leber war lila. Jason fand das spannend, er konnte lange dort sitzen und

26

einfach alle Bilder betrachten. Als er größer wurde, in die Schule ging und lesen konnte, versuchte er auch, sich durch das hindurchzubuchstabieren, was darunter stand, aber das war Lateinisch, und selbst das Englische dazwischen war schwierig. Deshalb nahm sich der Vater allmählich immer häufiger Zeit, sich mit ihm hinzusetzen und ihm zu erklären, was er auf den Tafeln sah.

Auch oben im Wohnzimmer gab es ein Buch, in das Jason oft hineinsah – doch dieses Buch war anders. Es war die große Bilderbibel mit den Kupferstichen. Die Mutter las ihm immer daraus vor. Nach und nach kannte er alle Bilder: Das düstere Loch, in dem Sarah begraben wurde, den Untergang der furchtbaren Echse Leviathan, den Sieg über die Philister.

Und die Bilder von der Sintflut. Das Wasser, das stieg und stieg, und all die nackten, verängstigten Menschen, die auf die Bäume und die Klippen geklettert sind, um den Wellen zu entkommen. Im Hintergrund die Arche, schwarz und verschlossen. Die Menschen sehen sie nicht. Und dann, das nächste Bild, auf dem das Wasser bis an die höchsten Berggipfel gestiegen ist.

»Und das Gewässer nahm überhand und wuchs so sehr auf Erden, daß alle hohen Berge unter dem ganzen Himmel bedeckt wurden. Fünfzehn Ellen hoch ging das Wasser über die Berge, die bedeckt wurden.« Auf dem Bild sah man ein Tigerweibchen, das wild ist vor Angst, es sitzt ganz oben auf der Klippe und hält sein Junges im Maul. Ein Vater zerrt sein ertrinkendes Kind auf einen Felsen – wo schon ein kleiner Junge sitzt; er hat vor dem Wasser Angst und ist müde und erschöpft. Unbarmherzig wird das Wasser weiter steigen, und er scheint sich danach zu sehnen.

»Und das Wasser stund auf Erden hundert und fünfzig Tage.«

Auf dem nächsten Kupferstich ist das Wasser zurückgegangen. Überall liegen nackte Leichen, und der Gestank von verfaulender Feuchtigkeit ist grauenhaft. Die Arche steht auf einem Berggipfel, und hinter ihr leuchten die Sonne und der Regenbogen.

Jason fragt die Mutter. Sie aber gibt keine Antwort darauf, ob Gott böse ist. Statt dessen liest sie, daß Noah dem Herrn ein Brandopfer gebracht hat, und es war Ihm angenehm. Und Noah und der Herr schlossen einen Pakt, einen Pakt auf ewige Zeiten, daß Gott die Menschheit nie mehr verderben werde. Und als Zeichen dafür setzte Gott den Regenbogen an den Himmel. Und dort steht er noch heute.

Die Kupferstichbibel war fast genauso schön wie die Bücher mit den Tafeln. Und es schien Jason, daß sie sich in gewisser Weise ähnelten. Die Bilder begleiteten ihn durch das Leben.

Der Vater war groß, mit braunem, nach hinten gekämmtem Haar und Backenbart. Wenn er arbeitete, trug er eine runde Brille. Er stellte früh fest, daß Jason Anlagen für die Naturwissenschaften besaß, und beschaffte Präparate, Bücher und Tafeln, die er zusammen mit dem Jungen betrachten konnte. Als Jason dann etwas mehr als neun Jahre alt war, hatte der Vater den Einfall mit dem Teleskop. In seiner Jugend hatte Doktor Coward großes Interesse an Astronomie gehabt, und dies war nun etwas, an dem er und Jason gemeinsam Vergnügen haben konnten. Aber teuer war es, sein Gehalt war nicht das größte, und nachdem er Jason in die Pläne eingeweiht hatte, mußte er die Erlaubnis seiner Frau einholen. Dies geschah an einem Sonntag, beim Nachmittagstee.

»Alice«, sagte der Vater. »Erinnerst du dich, wie sehr ich mich für Astronomie interessiert habe, als wir uns kennenlernten?«

Jason spitzte die Ohren. Jetzt kam es.

»Ja«, sagte die Mutter und lächelte. »Du bist mit einer Sternenkarte in der Brusttasche herumgelaufen. Die anderen jungen Männer hatten immer eine Taschenausgabe von Shelleys Werken.«

»Das muß ja sehr – hm – romantisch gewesen sein!«

»An sich schon«, sagte die Mutter, »aber sie konnten nicht viel damit anfangen. Herrgott, wie hatte ich Shelley satt. Aber du, mit deiner Sternenkarte...«

»Hm. Hm.« Der Vater lächelte verlegen. »Aber ich glaube, ich habe dir nie erzählt, wodurch mein Interesse für Astronomie geweckt wurde?«

»Nein, das hast du nie erzählt.« Die Mutter merkte, daß sie etwas im Schilde führten, davon war Jason überzeugt.

»Nämlich als ich Zeuge eines Sternenwahnsinns wurde.«

»Wirklich? Sternenwahnsinn?«

»Damals, als ich beim Uhrmacher Crick war.«

Doktor Coward stammte aus recht bescheidenen Verhältnissen und hatte neben der Schule für Kost und Logis arbeiten müssen. Eine Zeitlang war er bei einem Uhrmacher gewesen.

»So lang ist das schon her?«

»Ja, es war so: Eines Abends, ich saß im Wohnzimmer, Frau Crick hatte schon das Abendessen aufgetragen, kam Crick nach Hause. Er war äußerst aufgeräumt und rot im Gesicht. ›James, mein Lieber, bist du wieder in einem dieser Vorträge gewesen?‹ Crick ging nämlich gern in naturwissenschaftliche Vorträge für Laien, und sie begeisterten ihn heftig. An diesem Abend aber war er ganz ungewöhnlich exaltiert. Er atmete schwer.

›Ja!‹ schrie er, ›ich bin in Doktor Birds Vortrag über das Sonnensystem gewesen! Es war ganz... ganz...‹ und dann kam er, sein Lieblingsausdruck: ›...ganz extraordi – när!‹ Das sprach er immer so aus. Und dann berichtete er über alles, was er gehört hatte, über Planeten und Monde, und je länger er erzählte, desto stärker stieg seine Erregung; schließlich schrie er: ›Ich kann euch das nur mit einem Mop demonstrieren.‹ Wobei er nach Mrs. Cricks Mop griff, der in einem Eimer Wasser neben der Tür stand. Er tauchte ihn gründlich ein. Dann hielt er ihn senkrecht in die Höhe und wirbelte ihn unaufhörlich

29

herum, so daß das Wasser in alle Richtungen von ihm weg-
spritzte.

›Dieser!‹ brüllte er, ›dieser Mop ist die Sonne! Und die Spiral-
bewegungen des Wassers sind die Bewegungen der Planeten
um die Sonne. Wir sind Zeugen der Erschaffung des Weltalls!‹«

»Und seine Frau, was sagte die?«

»Sie war natürlich sehr besorgt. Teils um die Wohnzimmer-
möbel, teils um den Mann, der von seiner populärwissen-
schaftlichen Vorführung im Gesicht ganz lila angelaufen war.
Der aber rief mit bebender Stimme: ›Wenn dieser Doktor
Bird so etwas machen kann, warum nicht ich?‹ – So hat es angefangen.«

»Und wie hat es geendet?«

»Nun ja, Crick war ein einfacher Mann, ohne eigentliche Ausbildung, und ich, der Naturwissenschaften studierte, mußte
ihm helfen. Seine neue Leidenschaft, die Astronomie, kostete
den Uhrmacher immer mehr Zeit; er dachte an nichts anderes
mehr – und um mein Zimmer zu behalten, mußte ich mich mit
der Sache vertraut machen. Schließlich gab er den Laden auf
und opferte sich ganz den Sternen. Ich weiß nicht, wie oft ich
ihm geholfen habe, das Fernrohr bis hinaus nach Greenwich
zu schleppen. Dort stellte er sich am Anfang immer hin, um in
der Nähe des »Herzens der Astronomie« zu sein, wie er das
Observatorium nannte. Allmählich nahm er Geld dafür, andere in das Fernrohr sehen zu lassen, nach dem Prinzip ›ein
Penny der Blick‹, und verdiente sich auf diese Weise so einigermaßen den Lebensunterhalt. Ich sah mich dann nach einer
anderen Behausung um. Eines Tages hielt er einen Vortrag in
einem amateurastronomischen Verein und sagte konsequent
Konsternationen statt Konstellationen. Das kam nicht sehr
gut an. Die Mitglieder der Gesellschaft waren regelrecht konsterniert und riefen *hört, hört!*, doch das konnte ihn nicht
beirren. Er bildete sich weiter fort und wurde schließlich

durch seine Vorträge für Laien tatsächlich wohlhabend. Er schrieb sogar ein kleines Buch. Da aber wohnte ich schon längst nicht mehr bei ihm. Komischerweise habe ich aber das Interesse für Astronomie behalten.«

»Der erste Vortrag muß eine sehr starke Wirkung gehabt haben?«

»Ich wäre selbst gern dabei gewesen. Es hatte den Anschein, als sei er das Opfer einer charismatischen Erweckung geworden. Aber die ganze Geschichte bedeutet ja – einfach gesagt – nichts anderes, als daß die Wissenschaft *begeistert.*«

Die Mutter lächelte.

»Und was war mit seiner Frau?« fragte sie.

»Die bekam Herzkrämpfe.«

Einen Augenblick war es still.

»Gut«, sagte die Mutter, »was willst du eigentlich?«

»Alice, ich verspreche, daß ich nie nasse Mops im Wohnzimmer herumschwenke.«

»Ja?«

»Ja, das verspreche ich. Es ist nur so, ich habe gedacht, ich kaufe ein Teleskop. In erster Linie für Jason, selbstverständlich.«

»Selbstverständlich.«

»Ich meine, es wird ihm nützen.«

»Ganz bestimmt, John.«

»Es gibt nichts, was so diszipliniert und entwickelt wie exakte, wissenschaftliche Beobachtungen. Mit einem exakten Instrument.«

»Und wieviel soll das kosten?«

Der Vater schwieg. Dann sagte die Mutter:

»Geh einen Augenblick hinaus, Jason.«

Jason sah den Vater an.

»Tu, was deine Mutter sagt.«

Draußen im Vorraum konnte er hören, wie die Stimmen der Eltern in Bruchstücken und Wellen aus dem Wohnzimmer

31

drangen. Er begreift, daß sie den kritischen Punkt erreicht haben; jetzt fällt die Entscheidung.

»--- nicht in Frage --- das Haus -- renovieren -- Wissenschaft -- Die Wissenschaft! --- aber viel? --- alles deutet darauf hin, daß -- Entwicklung des Jungen -- und die Schule? --- die zunehmende Bedeutung der Wissenschaft in einer Zeit, in der -- die --- frische Luft --- Bedingung --«

Schließlich werden die Stimmen leiser. Dann hört er sie lachen und weiß, es gibt ein Teleskop. Einen Augenblick später geht die Tür auf. Dort steht der Vater, er lächelt über das ganze Gesicht.

»Deine Mutter ist verrückt geworden«, sagt er. Die Stimme der Mutter aus dem Zimmer:

»Aber John!«

»Du bekommst ein Teleskop. *Und* eine Geige.«

»Eine Geige?«

»Das ist eine Bedingung, verstehst du.« Der Vater geht in die Knie, um mit Jason in Gesichtshöhe zu kommen. »Und ich glaube, sie hat recht«, fügt er hinzu. »Sie meint, du hast schon so viele Präparate und Schautafeln, wenn wir jetzt noch ein Teleskop dazu wollen, dann mußt du wenigstens auch jeden Tag fleißig Geige üben, verstehst du?«

Jason nickt.

*

Er blieb stehen. Genau vor sich sah er sich selbst, sein Spiegelbild, in einem Schaufenster. Groß und kräftig, der Anzug ein wenig zu klein unter dem Mantel. Kastanienbraunes Haar, blaue Augen. Unter dem Arm den Geigenkasten. Nicht dasselbe Instrument wie damals, sondern eine Geige, die er sich später, als er schon über zwanzig war, angeschafft hatte. Sie ist seitdem selbstverständlich einmal restauriert worden, denn sie hat viel mitgemacht.

Er sieht sich selbst, wie er gewesen ist: Ein ziemlich großer Junge mit rotem Haar und großen Augen. In der richtigen

32

Zeit war alles, alles anders gewesen. Jason glaubte, eine gewisse Erinnerung an sein eigenes Gelächter von damals zu haben, rieselnd, leicht – wo ist es jetzt, dieses Lachen?
Er hatte gern Geige gespielt, aber das Teleskop war aufregender gewesen.
Von seinem Standpunkt aus konnte er die Kuppel von St. Pauls sehen, jetzt, im Sonnenaufgang, war sie etwas fleischfarben.
Aber an das andere wollte er jetzt nicht denken!

Ist Gott böse?

Jason lächelte ein wenig über diese kindliche Frage, während er dort stand.
Nur der Schatten eines Lächelns, gutmütig fast.

*

Im Winter kamen die Attacken der großen Krankheiten. Die Armenviertel ächzten unter ihnen, zitterten vor ihnen. Man sah, wo hinter den grauen, zerbrochenen Fensterscheiben die Angst wohnte. In den Straßen fiel der Regen. In den Kellern und den engen, überfüllten Wohnungen setzte sich die Krankheit fest. Sicher wie Ebbe und Flut kam die Diphtherie. Auch der Typhus. Tagsüber kämpften sich die Menschen durch die Straßen, mit sich selbst beschäftigt, wie immer gab es abends in den Wirtshäusern Gesang. Der Vater kam jeden Abend spät nach Hause. Sein Gesicht war weißgestreift vor Müdigkeit. Draußen Regen oder Nebel. Immer Regen oder Nebel. Er sprach leise mit seiner Frau, seine Stimme war tiefer als sonst, sie kam offenbar von weiter unten aus dem Hals. Er sprach, kurz und abgerissen, über die *Zustände*. Die *Zustände* sind fast nicht mehr zu ertragen, sagte er. Heute, bevor er nach Hause ging, hatte er wieder Statistik geführt. Es war schlimmer denn je. Hatte er doch – zusammen mit der übrigen Kommission – ein Neunzimmerhaus in Spitalfields besucht, in dem sich dreiundsechzig Menschen neun Betten

33

teilten. Sage und schreibe *dreiundsechzig!* Sogar die Wände waren infiziert. Das Rohrsystem war total verrottet. Es ist überall verrottet. Als wenn er sich nicht an den Sommer des Jahres achtundfünfzig erinnerte, als man wegen des Gestanks nur mit einem feuchten Taschentuch vor Mund und Nase die Westminster Bridge überqueren konnte. Der Fluß war grün und schleimig. Die Gezeiten spülten den Dreck nur hin und her. Und die Ratten. Ganz London wimmelt von Ratten, sogar im Buckingham Palace sollten sie ab und zu aus den Toiletten kommen.

Jason hatte sie selbst gesehen. Wie graue, wogende Klumpen Entsetzen, die über einen Hinterhof oder manchmal mitten am hellichten Tag durch die Straßen liefen. Wenn er an sie dachte, kribbelte ihm die Kopfhaut.

»Das einzige, was noch fehlt«, sagte der Vater, »ist die Cholera. Wir warten nur auf den ersten Fall. An manchen Stellen wohnen die Obdachlosen in den Latrinen – weil sie sonst kein Dach über dem Kopf haben. Wir beten zu Gott und führen Statistiken. In London leben Tausende von Menschen von dem, was sie von der Straße auflesen. Manche haben sich spezialisiert, sie kriechen in die Kloakenabflüsse an der Themse und kratzen mit Harken im Schlamm nach Metall oder nach anderem, was sich verkaufen läßt. Nur die Hälfte aller Kinder geht regelmäßig in die Schule.

Wir machen uns Sorgen um das Trinkwasser. Sogar das Wasser der öffentlichen Wasserstellen muß abgekocht werden. Wir können Gott danken, daß es wenigstens regnet.«

Ein wenig beschämt sah Jason in seine Schularbeiten. Eigentlich hatte er den Vater fragen wollen, ob sie die Skizzen der Mars-Bahn auf die neue Sternkarte übertragen konnten, aber er wußte jetzt, daß das nicht ging. Der Vater war zu müde. Und Jason schämte sich, weil er trotzdem enttäuscht war. Der Vater kämpfte gegen ein vielköpfiges Ungeheuer, eine Hydra, über die er und alle Kommissionen niemals siegen konnten. Warum tat er das, wenn er wußte, daß er verlieren würde? Jason schämte sich.

»Soll ich dir einen Brandy einschenken?« fragte die Mutter. Der Vater nickte abwesend.

»Wir haben heute auch noch ein anderes Haus besucht«, sagte er. Die Stimme sickerte aus ihm heraus wie schwarzer Rauch. »Ein Zimmer. Iren. Sechs Kinder, vier davon Mädchen, die älteste dreizehn. Die beiden Jüngsten hatten Diphtherie. Im Zimmer gab es ein Bett, einen Tisch und ein wenig Stroh in einer Ecke. Für das jüngste Kind konnte man nichts mehr tun, es starb, während wir noch dort waren. Die Mutter mit Skorbut im Frühstadium.«

»Hier«, sagte die Mutter, »der ist für dich.« Sie reichte ihm das Glas.

»Die drei Ältesten – zwei Mädchen und ein Junge – arbeiten in der Zündholzfabrik. Du hättest ihre Hände *sehen* müssen. Fast wünscht man sich, die Töchter gingen auf die Straße. Dann würden sie wenigstens lernen, sich zu waschen.«

»John!«

Die Mutter warf einen raschen Blick zu Jason, der schnell in seine Bücher sah.

»In London gibt es siebentausend Prostituierte, sagt die Polizei. Lügen. Es sind wenigstens achtzig-, vielleicht sogar neunzigtausend. Aber die waschen sich immerhin.«

»John . . .«

»Wir hätten machen sollen, was sie in Paris machen. Dort beaufsichtigten die Ärzte die öffentlichen Häuser. Zweimal im Monat ist Kontrolle. Neulich hatten wir ein Mädchen, sie lag im Sterben. Sie wollte keinen Priester. Gott war ein diffuser Begriff für sie. Welche Gedanken hätte sie sich über so etwas machen sollen, wo sie noch nicht einmal ihren Nachnamen kannte? Aber sie sagte: Ich glaube, ich kann richtig von falsch unterscheiden. Und was ich gemacht habe, war falsch, sagte sie. Es ist falsch. Schulbesuch? Nein. Keine Familie, soweit sie

35

wußte oder sich erinnern konnte. Sie war in einer dieser Anstalten aufgezogen worden oder wie man diese ungesetzlichen Nester nennen soll, die Kinder ausbrüten für – « Er bemerkte, daß seine Frau ihn ansah. »Sie mußte sterben«, sagte er, »und das mußte sie ohne Religion schaffen und ohne lesen zu können. Aber sie lag da, und ihre Augen waren von einer Frage erfüllt. Was ich getan habe, ist falsch gewesen, sagte sie. Bis zum allerletzten Moment klammerte sie sich an meinem Arm fest.«

Doktor Coward trank aus. Die Mutter goß sofort noch einmal ein. In der Regel blieb es bei zweien, so lange keine Cholera herrschte. Sie und Jason wußten, wie solche Abende ausgehen konnten. Er konnte über die letzten schlimmen Tage des Abdominaltyphus erzählen oder von ganzen Sälen mit Kindern in Atemnot, von Krankenschwestern, die mit Schüsseln voll dampfenden Wassers hin- und herliefen, und über das Abkratzen von Schleim. Und er erzählte – einige Male – über das *stadium algidum* der Cholera, von den Krämpfen und den bleigrauen Gesichtern.

So konnte er sein, wenn er nach Hause kam. Eine Stunde oder vielleicht zwei konnte die Stimme aus ihm heraussickern, ohne daß die Mutter oder Jason viel sagten. Aber sie wußten, es war ihm wichtig, daß sie beide bei ihm waren. Später würde der Vater sich im Sessel zurücklehnen, müde, aber mit normaler Gesichtsfarbe. Und seine Stimme wäre wieder die alte.

Was hält ihn in Gang? dachte Jason. Was geschieht mit ihm, wenn er die Statistiken für den Stadtarzt und für all die Kommissionen führt, in denen er sitzt?

Beschämt dachte Jason an die Marsbahn – der Vater erzählte ihm von Keplers Entdeckungen, dabei spielte das Studium der Marsbahn eine wichtige Rolle.

Der Vater leerte das zweite Glas.

Was hielt ihn in Gang?

»Man kann die Bedeutungslosigkeit des einzelnen Menschen nicht genug unterstreichen.«

Ein früher Sonntagmorgen.

»Der Einzelne bedeutet nichts, sein Beitrag bedeutet *etwas*.«

Stumm hörte Jason zu und wußte nicht, ob er verstand.

Die Mutter setzte den Hut auf, sie wollten in die Kirche.

Der Regen hatte für einen Augenblick aufgehört. Statt dessen kam sachte rinnend der Nebel. Die Familie ging duch die Straßen. Von fern sah Jason, mit der Neugier und dem Ekel des beschützten Kindes, die Straßenmädchen und die kleinen Jungen, mit Armen und Beinen, die so dünn waren wie die Zündhölzer, die sie verkauften. Er sah einen Krüppel mit vor Dreck rußglänzender Haut, er sah einen Straßenmusikanten und seinen Jungen, sie trugen schwere Harfen und hatten beide rote Bänder um die Gamaschen gewickelt. Alle Gesichter aber waren ausgelöscht, eins geworden mit dem Nebel.

»Der einzelne ist nur ein Teil, nur ein kleiner Stein in einem großen Mosaik. Und dieses Mosaik ist der Boden der Zukunft.«

Wenn es nur schneien würde, dachte Jason. Wie lang soll es so bleiben – Nebel und Regen, Regen und Nebel. Wenn nur der Schnee bald käme.

»Das schönste Muster, das Herrlichste und Wahrste in diesem Mosaik ist die Wissenschaft. In den Laboratorien, den Anatomiesälen und den Observatorien wird Stein auf Stein für den Fortschritt des Menschen gelegt. Das ist eine lange und mühevolle Arbeit. Aber sie wird uns voran bringen. Und das Individuum, derjenige, der sich an dieser Arbeit beteiligt, bedeutet nicht mehr, als eben das, was er tut; sein Leben und seine Seele bedeuten nichts – er ist wie ein Novize im Tempel, er trägt Opfer zum Altar, demütig und selbstlos. Das ist alles. Mehr ist es nicht. Ob er es in Trauer oder mit Freude tut, spielt für die *Kontinuität* keine Rolle.«

Jason warf einen verstohlenen, ein wenig besorgten Blick herauf zum Vater. Das Männergesicht war blaß; es war offensichtlich, daß er ständig müde war.

37

»Dieses Jahrhundert hat uns Dampf, Elektrizität und Gas gebracht. Arbeiten, die früher eine langwierige und mühevolle Schinderei waren, kann man heute fünfzig oder hundertmal rascher erledigen. Eines Tages wird die gezähmte Natur uns mit Hilfe der Wissenschaft so viel Kraft geben, daß wir ernstlich vom Wohlstand der Massen sprechen können. Von der Kultur der Massen, dem Jahrhundert der Massen.«

»Die Kultur der Massen«, sagte die Mutter. »Glaubst du denn wirklich, daß alle Menschen irgendwann einen Nutzen davon haben –«

»Das muß so sein!« rief der Vater. »Kein Weg führt daran vorbei. Dahin müssen wir kommen. Heute ist Bildung noch etwas, das nur für eine Minorität da ist. Eines Tages aber werden wir soweit kommen, daß Technik und Wissenschaft Erleuchtung bringen, Erleuchtung und Aufklärung für –«

Jason packte den Vater vorsichtig am Arm. Der Vater sah zu ihm hinab: einen Augenblick noch wirkte er völlig abwesend, dann aber lächelte er, fast so wie immer.

»Morgen«, sagt er, »morgen gehen wir in einen Laden für exotische Tiere. Dort kaufen wir Larveneier. Larven von Seidenspinnern. In einem Monat spinnen die Larven Kokons, und der Faden, mit dem sie spinnen, ist aus Seide, aus reiner Seide.«

»Seide ...« sagt Jason leise.

»Einen der Kokons werfen wir in kochendes Wasser, so daß der Spinner stirbt und seinen Kokon nicht durchbricht und den Faden zerstört. Dann kann man den Faden aufwickeln.«

Der Vater sah sonderbar erleichtert aus, während er dies sagte.

Die Kirche war voll. Die Eltern beteten. Jason sah, wie der Vater die Hände so fest faltete, daß die Knöchel weiß wurden.

Am nächsten Tag aber registrierte das Hospital den ersten Cholerafall, und die Seidenspinner mußten warten.

Jason nahm Geigenkasten und Koffer auf und ging weiter die Straße hinunter.

Gib mir die Zeit zurück, dachte er. Gib mir die richtige Zeit zurück. Damals, als alles erfüllt war von Beständigkeit und Ewigkeit. Damals, als jede Handlung, jeder Mensch – auch ich selbst – erfüllt war von Ewigkeit und von Sinn.

Gib mir das zurück.

Dann schüttelte er seine Gedanken ab. Er überquerte die Southwark Bridge. Nach und nach befanden sich auch viele andere Menschen auf den Straßen. Das angenehme Gefühl von Leichtigkeit war verschwunden, und er konnte seine eigenen Schritte nicht mehr hören. Vielmehr fühlte er ein schwaches, säuerliches Ziehen im Magen.

Du hast nicht gegessen, dachte er. Du hast Zeit genug. Du brauchst noch lange nicht auf dem Bahnhof sein. Du mußt etwas essen, bevor du weitergehst nach Waterloo.

Das große Glasdach der Bahnhofshalle zitterte unmerklich über dem Lärm von Menschen und Zügen. Hoch oben, von Stahlträger zu Stahlträger, liefen die Tauben, ganz unbeeindruckt vom Gewimmel unten im Bahnhof. Myriaden von Glasquadraten des Daches wurden langsam weiß, je mehr das Tageslicht draußen zunahm und durch sie hindurchfiel.

Unten im Bahnhof, an eine Plakatsäule gelehnt, stand David. Ein sehr junger Mann, fast noch ein Junge, und man sah ihm deutlich an, daß er noch etwas grün war. Er hatte dichte, schwarze, krause Haare, die viel zu stark und wuschelig für ihn wirkten. Seine Züge waren fein und durchsichtig und seine Schultern schmal. Der Eindruck des Unreifen wurde zusätzlich verstärkt durch die Kleider, die eine Spur zu schmuck waren, beste Konfektionsware und offensichtlich von einer liebevollen Mutterhand für ihn ausgesucht. Den Hut trug er unter dem Arm. Zwischen seinen Beinen stand das Gepäck: ein Geigenkasten und ein Koffer. Die ganze Zeit gähnte er. Er dachte: Wenn er nicht bald kommt, werde ich auf der Stelle ohnmächtig.

Wenn David die Augen schloß, war es, als befinde er sich in einer Glocke aus dröhnenden Geräuschen. Um ihn herum die Eisenbahngerüche, Kohle, Rauch, Öl und Teer. An diesem Morgen aber schien er sie zum allerersten Mal zu riechen – stark und unbekannt und vermischt mit all den Geräuschen.

David war ein wenig übel. Um sich herum hörte er die Ausrufe der Zeitungsjungen in dieser fremden Sprache, aber er verstand keine Silbe von dem, was sie sagten. Aus den langgezogenen Rufen wurde ein einziges monotones, rätselhaftes Klagelied. Und gerade weil er es nicht verstand, aber wußte, daß es etwas bedeutete, war es für ihn voll neuer, gefährlicher Hinweise mit sonderbaren Bedeutungen, die sich dem Verständnis verweigerten und ihn nervös machten. Seine Angst setzte sich wie eine kleine Spitze in seinem Zwerchfell fest.

Es war sein erster Besuch in England, streng genommen im Ausland überhaupt. Aber er hatte sich niemals vorgestellt, daß es ein solcher Unterschied zu dem sein würde, was er kannte. Es war, als komme er auf einen fremden Stern. Selbst gewöhnliche Dinge wie Bäume oder Häuser hatten etwas Fremdartiges an sich, als werde die Wirklichkeit ein wenig gedreht. Die Farben sahen anders aus, das Licht war anders. Ihm fiel auf, daß er alles sehr viel bewußter aufnahm als sonst. Die Eindrücke trafen tief in sein Inneres.

So war es seit dem allerersten Abend in London, drei Tage zuvor, gewesen. Mit Schrecken dachte David daran zurück. In einer engen Straße hatte ihn ein kleiner Mann mit verbeulter Melone aufgehalten und angesprochen. Er sprach, während er ihm eine flache Schachtel mit irgend einem Inhalt hinhielt. Wollte er etwas verkaufen? Wollte er ihm etwas schenken? Es war unmöglich gewesen, zu verstehen, was er sagte, und David hatte nicht gewußt, wie er den Mann loswerden sollte. Das Gesicht dieses kleinen Mannes, seine Stimme und sein Mund waren von einer aufdringlichen Deutlichkeit. Die Schachtel enthielt irgendwelche schwarzen, unförmigen Klumpen, und der kleine Mann griff nach einem davon und hielt ihn David genau vor das Gesicht. Es roch scharf, und ängstlich versuchte David zu entkommen. Der Mann mit den Klumpen aber hängte sich an ihn, redete immer weiter, redete und redete, folgte ihm, während er die ganze Zeit mit einem dieser Klumpen fuchtelte. Zuletzt gab es keinen anderen Ausweg, als vor ihm wegzurennen wie ein Dieb, unter den Armen Geigenkasten und Koffer.

Später am selben Abend hatte ihn ein junges, mageres Mädchen mit nackten, in der Aprilluft fast blauen Armen aufgehalten. Auch sie wollte etwas von ihm, diesmal aber begriff David, wo-

41

rin die Absicht bestand. Rasch entfernte er sich von ihr und von ihren großen, grauen Augen. »Please, Sir«, murmelte sie hinter ihm. »Please.« In der kleinen, schäbigen Pension – oder nannte man das Absteige? – in der er sich eingemietet hatte, hatte er nicht viel mehr als den Preis verstanden. Es war eine elende Unterkunft, mit Ungeziefer an den Wänden und allerlei Aktivitäten im Nachbarzimmer, die die ganze Nacht über anhielten. Er hatte in London schlecht geschlafen. Und mehr und mehr bereute er, überhaupt diesen Einfall gehabt zu haben. Was mache ich hier? dachte er. Warum um Himmels Willen habe ich die Idee gehabt, hierherzufahren? Als er den Grund dieser Reise überdachte und das, was er nun tatsächlich im Begriff stand zu tun, schien es David, als müsse er verrückt geworden sein. Sinn und Zweck des Ganzen, der ursprüngliche Reiz, schienen mit einem Mal fern und unwichtig, wenn man sie mit der Angst und dem Unbekannten verglich, die sie mit sich brachten. Und was in aller Welt hätte ihn daran hindern sollen, wegzulaufen, sich in den ersten Zug nach Dover zu stürzen und hinüberzufahren auf den Kontinent, nach Hause. Am selben Morgen, als er in seiner Unterkunft das Frühstück eingenommen und in seiner halbverzehrten Portion wässrigen Rühreis einen abgeschnittenen *Fingernagel* gefunden hatte, da hatte er ernsthaft erwogen, die Flucht zu ergreifen. David war nicht besonders weltgewandt und faßte darum den Nagel als schlechtes Vorzeichen auf. Was ihn zurückgehalten hatte, war, daß er kaum noch Geld besaß und nicht glaubte, es könne für den langen Weg bis nach Hause, nach Wien, reichen. Und er hatte sein Wort gegeben, sogar einen Vertrag unterschrieben. Der wichtigste Grund dafür, daß er hier stand, um sein Vorhaben auszuführen, war die Angst vor dem Eindruck, den es machen würde, wenn er jetzt mit hängenden Ohren wieder nach Hause käme. Das wäre schändlich und peinlich, ja unerträglich, nach dem Abschied, den er von der Stadt seiner Väter genommen hatte. Zu einem solchen Canossagang fehlte David der Mut. Außerdem, dachte er, außerdem soll man ausführen, was man sich vorgenommen hat, dadurch reift man. Alles andere wäre feige. Und *so* feige war er nicht.

David entschied sich also für das, wofür er Mut genug hatte, war aber nicht sicher, ob es sich dabei um wirklichen Mut handelte. Um die Wahrheit zu sagen, er kam sich ziemlich kläglich vor, während er dort stand. War das seine eigene Entscheidung gewesen oder war es Bauernfängerei, was mit ihm in dem kleinen Büro des Impresarios in der Whitechapel High Street am vorangegangenen Tag geschehen war?

Das Büro hatte sich in der dritten Etage befunden, und Davids Mut war mit jedem Treppenabsatz gesunken, den er hinter sich brachte. Er blieb zögernd vor der Tür stehen, auf deren Milchglasscheibe mit schönen, vertrauenerweckenden Buchstaben der Name der Firma, *Messrs. Black & Black*, stand. Einen Augenblick lang wollte David kehrtmachen, dann aber hörte er, wie jemand die Treppe heraufkam. Eine Art Panik ergriff ihn, und er pochte mit dem Nagel des Zeigefingers vorsichtig auf das Türglas.

»Herein!« bellte eine Stimme. David schlängelte sich durch den Türschlitz.

An einem Schreibtisch saß ein kleiner, glattgeleckter Mann in Hemdsärmeln und schrieb. Er sah nicht auf, als David sich an den Tisch heranschlich und sich vor ihn hinstellte. David hörte nur das Kratzen der Feder und sah nur den pomadeglänzenden Kopf des Mannes.

»Ja?« sagte der Mann, ohne aufzusehen. »Was kann ich für Sie tun?«

David räusperte sich.

»Also...« begann er stotternd, sein Englisch ließ ihn im Stich, und obendrein hatte er nicht an einen brauchbaren Einleitungssatz gedacht.

»Ja?« sagte der Mann und sah auf. Er trug einen roten, breiten

43

Seidenschlips mit einem funkelnden Stein darin, und dieser Stein blinzelte David regelrecht zu.

»Vermutlich willst du einen Job«, sagte der Mann ohne weitere Förmlichkeiten. Er nahm David kurz in Augenschein und schien nicht sonderlich beeindruckt zu sein. »Aber wir haben keinen Job«, sagte er. »Bedauere, Kollege.« Er sah wieder auf die Papiere. Konsterniert blieb David auf der Stelle stehen. War das alles? Doch, die Audienz war ganz offensichtlich vorüber, der rubinfunkelnde Fürst hinter dem Schreibtisch war ein Weiser, der Gedanken lesen konnte, der Inhalt von Davids Bitte war ihm bekannt, und er lehnte sie ab, ohne weitere Zeit zu verlieren.

Der Mann schrieb einen halben Satz, dann sah er wieder auf, diesmal mit einer unheilverkündenden Miene.

»Naa – « begann er, wurde aber von einem älteren, weißhaarigen Mann unterbrochen, der, ein Papier in der Hand, aus einem Büro nebenan hereingesegelt kam.

»Verdammt nochmal, John«, polterte der Weißhaarige los. »Schon wieder dieses *White-Star*-Schiff. So ein Durcheinander hab' ich überhaupt noch nicht erlebt. Der Teufel soll die Fiedler holen.«

»Was ist denn jetzt wieder los?«, fragte der Mann hinter dem Schreibtisch.

»Erinnerst du dich, daß wir drei Tage Zeit hatten und wir mit der Stallaterne nach einem neuen Bassisten für sie gesucht haben, nachdem dem ersten seine Frau weggestorben ist, ja, erinnerst du dich?«

»Ja, doch.«

»Erst finden wir also einen Bassisten für sie – zwar nicht ganz den Mann, den der Kapellmeister sich gedacht hatte, aber immerhin – innerhalb von *drei* Tagen – ja, und, du hältst es nicht für möglich, dann besitzt ihr zweiter Geiger, dieser Smith oder wie er heißt, dieser verwöhnte kleine Paganini, die Frechheit und kriegt *Blinddarmentzündung! Heute!*« polterte der

44

Weißhaarige. »Der Teufel soll die ganze Bande holen. Ich hab' gedacht, dieser Coward ist so lange unterwegs gewesen, daß er sich gute Leute aussucht und keine Kandidaten für den Operationstisch! Beim Henker, der kann ja noch nicht mal über die eigene Nase hinaussehen.«

Der Pomadisierte sah mit leicht verzweifelter Miene zu seinem Vorgesetzten auf.

»Das Schiff geht am zehnten ab«, sagte er. »Heute ist der achte. Das klappt nie.«

»Nein«, sagte der Weißhaarige, »das klappt nie. Aber versuchen müssen wir's.«

Der Mann hinter dem Schreibtisch sah David an.

»Du bist ja immer noch da?« sagte er. »Wolltest du nicht gerade gehen?«

David drehte sich verwirrt um und steuerte auf die Tür zu.

»Einen Augenblick, junger Mann«, sagte der Alte scharf. »Ist das, was Sie da unter dem Arm tragen, eine Geige?«

Fast überrascht sah David auf den Geigenkasten.

»Doch«, sagte er dumm.

Die beiden Männer wechselten Blicke.

»Kannst du auch darauf *spielen?*« fragte der Alte.

So war es zugegangen, als David angeheuert wurde. Ein Geiger auf der Fähre zwischen Calais und Dover hatte ihn auf die Idee gebracht. David war mit ihm ins Gespräch gekommen, und er hatte ihm die Adresse der Herren Black gegeben.

»Du bekommst vier Pfund im Monat«, sagte der jüngere Black und lächelte freundlich, äußerst freundlich. David rechnete wie ein Rasender im Kopf aus, wieviel das in Kronen war.

»Du übernimmst die Uniform von Smith. Die dürfte passen. Er braucht sie ja nicht mehr, weder mit noch ohne Blinddarm.«

»Sehen Sie dieses Notenheft?« David sah auf das Notenheft. *White Star Music* stand darauf, und es war entsetzlich dick.

»Du mußt üben wie der Teufel«, sagte der Jüngere. »Du mußt so viel wie möglich auswendig können.«

45

»Wie gesagt, vier Pfund Sterling im Monat«, sagte der Alte, »aber die Uniform mußt du auf eigene Kosten in Ordnung halten. Wir stellen Sie zur Probe ein, haben Sie verstanden? Zur Probe.«

»Zunächst für *eine* Reise. Und nun unterschreiben wir.«

Sie kamen mit den Papieren.

Jetzt stand David hier und wartete. Und ihm war fraglos nicht besonders wohl zumute.

Was will ich eigentlich in dieser Stadt, dachte er. Das Schlimmste an London war nicht der Schmutz, nicht das nackte Elend, das so viel greller war als zu Hause. Das Schlimmste war, daß er nicht verstand, was die Leute sagten – zumindest nicht auf der Straße und in den Läden. Er konnte alle Schilder lesen, aber fast alles, was gesprochen wurde, hätte ebenso Mesopotamisch sein können. Er war nach Bagdad gekommen. Das Englisch, das Magister Schulze ihnen zu Hause auf dem Gymnasium im Wiener 13. Bezirk eingehämmert hatte, wies wenig Ähnlichkeiten auf mit den Lauten, die er hier hörte.

David öffnete die Augen. Einige Schritte entfernt von ihm stand ein Zeitungsjunge, ein hohlwangiger, bleicher kleiner Junge, der den Mund voll mit diesen Lauten hatte. David konnte *ai, oh* und eine Masse von klappernden *Ks* hören. Und sieh da: Jetzt bleibt ein Herr mit Schirm vor dem Zeitungsjungen stehen. Er interessiert sich augenscheinlich für das, was der Junge ruft, diese unmöglichen Laute. Sie tauschen eine Weile komplizierte britische Münzen aus, aber keine Worte. Dann gleitet der Herr mit dem Schirm wieder in den Menschenstrom zurück. Der Junge ruft weiter.

Matt lehnt David den Kopf an die Plakatsäule. Die Laute waren eine große, erschreckende Musik. Er könnte hinhören, was *gesagt* wurde, was *gesungen* wurde, aber er könnte nicht verstehen, was es *bedeutete*. Er hatte Angst. Dampfpfeifen, Tausende von Schritten. Schreiende Schaffner, monoton leiernde

Zeitungsjungen. Durch die Luft flattern Bruchstücke von Unterhaltungen.

Stehend schlief David ein.

Zweifelnd betrachtete Jason Coward den Jungen.

Guter Gott, dachte er, das ist er nicht! Das kann er nicht sein! Er ist zu jung. Jason sah in das bleiche Gesicht.

Nein, beim Henker, dachte Jason. Wen haben sie uns denn da geschickt.

Er räusperte sich einige Male, aber der Junge an der Plakatsäule reagierte nicht.

Vielleicht ist er es nicht, dachte Jason mit einer Mischung aus Besorgnis und Hoffnung. Vielleicht ist das nur ein Schuljunge, der seine Großmutter besuchen will. Aber er wußte, es war der Richtige. Das Äußere paßte zu dem fremdartigen Namen, den man ihm genannt hatte. Darum tippte Jason dem Schlafenden auf die Schulter.

Der Junge erwachte jäh und sah ängstlich zu ihm herauf.

Da haben wir's, dachte Jason. Von zu Hause weggelaufen. Der Teufel soll ihn holen.

Laut sagte er, während der Junge zu sich kam:

»Verzeihung – Guten Morgen! – Sind Sie womöglich...« Er wühlte in den Taschen nach etwas. »Womöglich...«, wiederholte er, in der Hoffnung, der andere werde seinen Namen nennen. Es war schwierig, den Geigenkasten zu halten und gleichzeitig nach dem Namenszettel zu suchen. Der Junge sah ihn mit aufgerissenen Augen an. Dann aber verstand er.

»Doch!« sagte er. »Mein Name ist Bleiernstern. David Bleiernstern.« Es kam in gebrochenem Englisch. Gleichzeitig hatte Jason den Zettel gefunden. Der Name stimmte.

»Ich heiße Jason Coward«, sagte Jason und streckte die Hand aus. »Ich bin der Kapellmeister.«

»Freut mich, Mr. Jason«, sagte der Schwarzhaarige. Jason musterte ihn aufmerksam.

47

»Deutscher, nicht wahr?«

»Österreicher. Ich bin aus Wien. Vienna.«

»So.«

»Aber ich *kann* Geige spielen.«

»Hm? Ja, natürlich, wenn du ...« Jason unterbrach sich selbst: »Wie alt bist du?«

»Zweiundzwanzig.« David sah Jason in die Augen.

»Lüg mich nicht an«, sagte Jason und lächelte leicht. »Ich bin der Chef. Vergiß das nicht. Außerdem habe ich keine Wahl. Der Zug nach Southampton geht in fünfzehn Minuten.«

»Ja«, sagte David und sah zu Boden. »Achtzehn, Mr. Jason.«

»Sieht man.«

»Aber ich *kann* Geige spielen.«

»Im Grunde ist es wichtiger, daß du nicht seekrank wirst.«

»Wie bitte?«

»Seekrank. Wirst du see-krank?«

Jetzt verstand David.

»Ich weiß nicht«, sagte er und lächelte zum ersten Mal. Ein brauchbares Lächeln. Es gefiel Jason.

»Heh! Du kannst nämlich nicht in deinen Geigenkasten kotzen, während du spielst. Das mögen die Passagiere nicht.«

David wurde wieder ganz ernst. Komisch, daß die Deutschen nie Ironie verstehen, dachte Jason.

»Ich werde nicht see-krank«, versicherte David.

»Und außerdem hoffe ich, daß du gut vom Blatt spielst.«

»Ja.«

»Das ist dein erster Job, oder?«

»Ja.«

»Keine früheren Engagements?«

David schüttelte den Kopf.

»Gut. Hast du einen Paß?« Verlegen fischte David ein Papier aus der Brusttasche und reichte es Jason. Es handelte sich um ein umfangreiches Dokument mit viel Kaiserlich-Königlichem darauf. »Hm«, sagte Jason und gab den Paß zurück.

48

»Ich glaube, den wirst du nicht brauchen. Ich werde sagen, du bist einundzwanzig.«

»Komme ich sonst nicht mit?«

»Das Schiff braucht ein komplettes Orchester. Hast du Geld?«

»Nur ein bißchen.«

»Na, du brauchst auch keins, bis wir in New York ankommen.«

Fragend sah ihn David an, und dieses Mal war der Blick völlig offen. Jason fühlte sich merkwürdig berührt von ihm.

»Du mußt immer tun, was ich sage«, erklärte er barsch. »Und absolut immer das, was die Offiziere sagen.«

»Ja«, nickte David.

»Gut. Wollen wir losziehen?« Der andere verstand nicht richtig. Jason machte eine Kopfbewegung in Richtung der Züge.

»*Gehen*«, sagte er. David lächelte wieder und setzte sich in Bewegung. Als sie an den Zeitungsjungen vorüberkamen, fragte er:

»Was rufen die?«

»Daß der Kohlenstreik zu Ende ist und daß die Bergarbeiter wieder arbeiten«, erklärte Jason.

»Ach so –«, sagte David.

»Das heißt, daß das Schiff genug Kohle für die Reise hat.«

Die große Uhr unter dem Dach zeigte zehn vor halb acht. An der Sperre kramte Jason die Fahrkarte für sie beide hervor, und nachdem der Wächter sie kontrolliert hatte, konnten sie auf den Bahnsteig gehen. Dort stand der Sonderzug für die Schiffspassagiere der zweiten und dritten Klasse, der um 7 Uhr 30 direkt zur Landungsbrücke 44 in Southampton fuhr. Die Lokomotive stand schon unter vollem Dampf, und die Reisenden wurden aufgefordert, rasch einzusteigen.

Jason ging schnell über den Bahnsteig, vorüber an Scharen reisefiebriger Auswanderer, Passagieren, Gepäckstapeln und

Karren. Gleich hinter ihm ging David, der nicht viel mehr sah, als seine eigenen Schuhe. Diese furchtbare Müdigkeit hatte ihn wieder überfallen, und er sehnte sich danach, zu sitzen und vielleicht schlafen zu können.

Dann öffnete Jason eine Abteiltür, und sie bestiegen den Wagen. Es bot sich ihnen ein Bild von aufeinandergestapelten Instrumentenkästen und Koffern, die im Gepäcknetz und auf den freien Plätzen lagen. Im Abteil saßen bereits drei Männer, in lebhaftem Gespräch, die Luft war blau von Tabaksrauch. Im Halbdämmer konnte David undeutlich einen älteren Mann mit dünnem, gelblichem Ziegenbart, einen kleinen, dunklen Burschen mit Kneifer und schließlich einen Mann mit kurzem, blondem Bart und hellen Augen erkennen. Diese Augen bohrten sich in David hinein, sobald er sich an der Abteiltür zeigte. Die beiden anderen Gesichter machten eher einen wohlwollenden Eindruck.

»Gibt es hier Platz für uns?« sagte Jason, hatte aber schon die Tür hinter ihnen geschlossen. »Also«, räusperte er sich, »meine Herren, das ist unser neuer zweiter Geiger, David – Moment...«

»Bleiernstern«, sagte David leise. Nervös und verstohlen sah er in die drei neuen Gesichter. Der ältere Mann mit dem Ziegenbart schien in sich hineinzukichern und sah mit munteren, etwas feuchten Augen zu David hinauf. Auch der kleine Dunkle hatte eine Art freundliches Funkeln im Kneifer. Der Blonde jedoch lächelte nicht. Vielmehr starrte er David wieder abschätzend und mit bohrendem Blick an.

Dann drehte er sich zum Kapellmeister um. Er zeigte mit der Pfeifenspitze auf David und sagte:

»Jason, der ist zu jung.«

»Aber, aber, Alex«, brummte Jason dem Blonden zu.

»Soll den ganzen Verein Black & Black doch der Teufel holen!« sagte der Blonde und drohte mit der Pfeife: »Seht ihn euch an! Das ist doch das reinste Milchgesicht!«

50

»Das ist doch nicht seine Schuld.«

»Es wird schon gutgehen, du wirst sehen«, sagte der kleine Dunkle mit dem Kneifer, zu Alex gewandt. Mit beiden Augen zwinkerte er David freundlich zu.

David starrte verschämt zu Boden. Alex schnaubte einen Augenblick vor sich hin. Dann stand er abrupt auf:

»Entschuldigt mich.« Er ging auf den Bahnsteig und bestieg das Nachbarabteil, wo die anderen Musiker saßen.

Jason schloß die Tür hinter ihm.

»Hm«, sagt er, ein wenig verlegen. »Hm. David. Das ist – hm –« Er machte eine Handbewegung zu dem Ziegenbart, der noch immer lächelte, ganz so, als sei er den Ereignissen nicht richtig gefolgt. »Das ist unser Bassist, Petronius Witt.«

Der Bassist streckte eine kleine, weiche Hand aus und begrüßte David. David dämmerte, daß mit dem Alten nicht alles stimmte.

»Giovanni Petronio Vitellotesta«, sagte der Ziegenbart feierlich, mit gebrochener Stimme. »Petronius Witt auf Englisch. Hihi.«

Er schüttelte Davids Hand, und seine Augen wurden noch feuchter. Dann jedoch zog er die Hand zurück, als habe er sich verbrannt. Er betrachtete sie regelrecht gekränkt und hielt sie prüfend vor die Augen. Im nächsten Augenblick zwinkerte er aber wieder herzlich zu David hinauf. »Hihi«, sagte er und verfiel in Schweigen.

Jetzt gab der Dunkle mit dem Kneifer David die Hand.

»Petronius ist Italiener, wie du siehst«, sagte er vieldeutig. »Alex, der gerade durch die Tür verschwunden ist, den darfst du nicht so ernst nehmen. Er *ist* einfach so. Ich bin Spot.«

»Angenehm, Herr Spot«, sagte David.

»Nein, nein, nicht Herr Spot. Nicht Herr soundso. Nur Spot«, sagte Spot, ohne eine Erklärung für diesen sonderbaren Namen zu geben. In diesem Augenblick setzte sich der Zug in Bewegung, und David und Jason sanken auf die freien Plätze.

»Ja«, rief Jason aus, »jetzt sind wir unterwegs nach Amerika.«
»Hihi«, sagte der alte Petronius. Spot sagte nichts und lächelte nur abwesend hinter dem Kneifer.

Jason lehnte sich im Sitz zurück und schloß die Augen.
Schließlich verfiel er in einen Halbschlaf. Wie in einem abgeschlossenen Raum saß er dort mit seinen Gedanken allein. Die Stimmen der anderen hörte er nur von fern.
Jetzt kamen die Gedanken dieses Morgens wieder, aber anders und weicher.
Die Räder schlagen, dachte er. Hörst du die Schienenstöße, das Schleifen von Metall auf Metall. Hörst du, daß du reist. Aufbruch, immer Aufbruch. Das Schleifen von Metall auf Metall. Hörst du die Musik.
Er steht mit der Geige im Zimmer und übt. Die Mutter, die selbst gut Geige spielt, hilft ihm. Er hat gerade mit Händels *Largo* begonnen. Die langen, gleichmäßigen Striche sauber zu spielen ist schwer. Der Eifer packt sie, sie kommt mit Gesicht und Händen ganz dicht an ihn heran, um ihm zu zeigen, wie er greifen muß. Sie deutet auf die Noten. Wenn die Mutter eifrig wird, löst sich ihr Haarknoten von selbst, Haarbüschel für Haarbüschel rutscht dann aus dem Haarnetz und fällt von ihrem Kopf herab. Dort liegen die Haare wie Seide. Wenn sie sich bewegt, wehen sie in alle Richtungen. Sie hat braunes Haar, einen braunen Rock, braune Augen. Sie bringt ihm bei, wie man spielt. Nicht so sehr die Technik – dafür sorgt der Musiklehrer. Sie aber lehrt ihn, daß man eifrig sein muß, daß die Wangen rot werden müssen, wenn man spielt. Das Wichtigste ist nicht, daß es perfekt ist, Jason meint, daß er das *Largo* damals bestimmt recht erbärmlich gespielt hat – er ist nach wie vor kein Virtuose –, doch es kommt auf den Eifer und Hitze in den Wangen an. Das hatte ihn die Mutter gelehrt.
Es ist gut, meint der Vater, wenn ein Wissenschaftler sich nebenbei mit Musik beschäftigt. Er selbst hatte nie Zeit gehabt.

Jason soll es in seiner Jugend besser gehen als dem Vater. Jason soll von allem immer mehr und Besseres haben. Selbst von der Musik, selbst wenn es nur ein Nebenbei ist, eine Freizeitbeschäftigung.

Ja. Aber da sitzt er nun und ist Kapellmeister auf einem Amerikadampfer. Sein Orchester spielt ganz gewöhnliche, vulgäre Tischmusik. Strauss, Suppé, Lehar vor dem Essen. Nach dem Essen wird es schlimmer: »Ragtime Revue«, »The Chocolate Soldier« und »The Teddy Bears' Picnic«. So etwas. »Hoffmanns Erzählungen« und Sullivans »Mikado«.

Er versteht es nicht genau, sieht nicht den Zusammenhang zwischen den Bildern tief in seinem Inneren und daß er hier sitzt, in einem Zugabteil, als Leiter sechs anderer Unterhaltungsmusiker von höchst unterschiedlicher Güte und Hintergrund. Ein paar von ihnen kennt er von früheren Reisen, andere nicht.

Dies ist ein Teil des Rätsels.

Die anderen, denkt Jason, die Freunde, die Kollegen, sitzen hier jetzt wahrscheinlich mit ganz ähnlichen wirbelnden Bildern in ihrem Inneren, kleine Bruchstücke, die im Laufe der Zeit zusammenkamen. Dort sind auch die Fäden und Triebkräfte, die sie hierhergebracht haben. Wie in mir.

Ich frage die Kollegen niemals nach Hintergründen und Beweggründen aus. Die sollen sie für sich selbst behalten, dann habe auch ich meine Ruhe. Was aber träumen sie, wenn sie schlafen? Wenn sie so dasitzen, mit geschlossenen Augen, wie jetzt ich, was sehen sie? Was hören sie? Vielleicht ist es nicht entscheidend, und vielleicht frage ich deshalb nie. Habe nie gefragt.

Ich habe schon vor langer Zeit aufgehört zu fragen.

Jason sieht das Teleskop vor sich, wie es endlich ins Haus gekommen ist, nach einer halben Ewigkeit des Wartens und der theoretischen Vorbereitungen. Er erinnert sich, daß der Vater alle möglichen Bücher anschaffte, die sie zusammen betrachteten, damit sie die richtige Grundlage hätten, wenn sie mit den eigentlichen Observationen begannen.

Den Observationen... Allein das Wort. Es schmeckte nach Reise, nach Entdeckung, nach Wirklichkeit. Es schmeckte nach Vogel.

Und endlich dann kam das Teleskop. Ein gutes Instrument, mit Linsen von Chance's in Birmingham, Schweizer Armatur, Präzisionsarbeit. Es war schwarz, das Stativ aus eisenharter Eiche. Die Schrauben waren stahlblank, die Achsen und die Lote glänzend schwarz.

Vorher waren sie den Apparat genau durchgegangen, Jason konnte die Spezifikationen auswendig; Refraktor, dreieinviertel Zoll, mit einem theoretischen Auflösungsvermögen von zwei Bogensekunden.

Die Observationen konnten beginnen!

Die Geige war zwei Monate früher eingetroffen. Die gelbrote Kindergeige mit den schönen Formen.

Als das Teleskop kam, konnte er schon eine saubere Tonleiter spielen.

Eines Abends kam Jason von einem Auftrag nach Hause, den er nach der Schule erledigt hatte. Der Vater hatte ihn gebeten, vier zusätzliche Geigensaiten zu besorgen: Sie wollten ein Experiment vornehmen. Wieder eines dieser Worte. So wie *Observation, Refraktor, Auflösungsvermögen, Bogensekunden* ... geheimnisvolle Worte anfangs, magische Worte, die allmählich ihre Bedeutung erhielten. Und jetzt wieder ein solches Wort: *Experiment*. Jason hatte zwar eine Art Vorstellung davon, was ein Experiment ist, hatte sich aber vorgestellt, es habe etwas mit Reagenzgläsern zu tun, mit Phosphor und Schwefel, Feuer und Flüssigkeit. Und als der Vater am Frühstückstisch verkündete, daß am Abend ein Experiment stattfinden würde, vor dem Zubettgehen, nach den Schularbeiten – da konnte Jason nicht begreifen, warum er beauftragt wurde, gerade vier zusätzliche Geigensaiten als Material für den Versuch zu kaufen. Geigensaiten? Allmählich hat er ein gewisses Verhältnis zu diesen Saiten, er weiß, daß vier kleine, über ein Griffbrett gespannte Saiten der Schlüssel zur Unendlichkeit der Töne sind. Aber ein Experiment? Er kauft die Saiten, und als er im Laden steht und der alte Mann hinter dem Ladentisch ihm die Seidenpapiertüte gibt, ist es so, als nähmen die Saiten wieder dieses Unbekannte, Geheimnisvolle an, das sie besaßen, bevor er mit dem Geigenspiel begonnen hatte.

Nach den Hausaufgaben und dem Abendessen geht Jason mit dem Vater hinunter ins Kontor, dort soll das Experiment stattfinden. Der Vater zündet nur eine einzige Lampe an, und im gelblichen Gaslicht sitzen sie am Schreibtisch. Auf dem Tisch liegt ein Brett. Für einen Augenblick ist Jason enttäuscht: Phosphor, Schwefel, denkt er. Dann aber spannt der Vater die Saiten zwischen Nägel auf dem Brett und schiebt Keile darunter, so, daß sie frei klingen können. Und dort, bei diesem schwachen Licht, hört Jason zum ersten Mal, daß die Planeten Töne haben.

Denn nachdem die dünnen Töne von den gespannten Saiten gezeigt haben, wie die ständige Halbierung der Saitenlänge die Intervalle hervorbringt, und nachdem der Vater gezeigt hat, warum dies so ist – daß dies von der vergrößerten Geschwindigkeit der Schwingungen kommt –, demonstriert er, wie sich die geometrische Grundlage bestimmter Tonleitern in der Geschwindigkeit der *Planeten* nach den Keplerschen Gesetzen wiederholt. Und langsam begreift Jason, worauf der Vater hinaus will: Daß Töne und jene Geometrie, zu der sie umgeformt werden können, nur Ausdruck sind anderer, unbekannter Sachverhalte. Mit seiner elliptischen Bahn beschreibt der Saturn in der Geschwindigkeitsvariation den Tonsprung von G zu H, also eine große Terz; der Merkur einen sehr viel weiteren Sprung, ganze zehn Töne, während der Jupiter eine kleine Terz schreibt.

»Das«, sagt der Vater, »hat Kepler gedacht: daß die Planetenbahnen als Töne die Harmonie im Weltall ausdrücken. Die Sphärenmusik.«

Er lächelte leicht.

»Nun, falls es wirklich eine Sphärenmusik gibt, dann ist es keine Musik aus Luftschwingungen, sondern eine völlig andere und ungeheure Kraft im Kosmos. Eine Musik aus reiner Schwerkraft, aus Mathematik, aus –– Ob es sich allerdings wirklich so verhält, das ist etwas anderes. Aber die Vorstellung ist schön. Von Keplers Arbeiten geblieben sind seine drei Planetengesetze. Die ersten richtigen Naturgesetze, und sie sind entstanden, während er daran arbeitete, die Harmonie im Weltall zu finden.«

Jason wurde nicht müde, den Saiten zuzuhören. Als ob an diesem Abend die Astronomie und die Geigenmusik miteinander verschmolzen. So sitzen sie im Schein der Lampe und verschieben die Keile unter den Saiten: sie horchen, stimmen, schlagen im Buch nach, aus dem der Vater sein Material entnommen hat, horchen wieder.

»Schon die Griechen glaubten, die Planeten gäben Musik von sich«, sagte der Vater. »Von der Erde aus gesehen bewegen sich die Planeten schließlich schleifenförmig durch den Tierkreis. Die alten Griechen stellten sich das als göttlichen Tanz vor. Und weil jede Bewegung Vibrationen, Geräusche und Töne hervorbringt, dachte man, daß auch die Planeten Töne erzeugten – Musik, weil sie tanzten. Musik, die kein Mensch hören kann, denn das ganze Universum war ganz erfüllt von diesen großen Tönen, und die Menschen hatten sie immer gehört, vom Mutterleib an, und waren deswegen an sie gewöhnt. So wie man sich an seinen eigenen Herzschlag gewöhnt. So hat Aristoteles das Ganze erklärt. Pythagoras soll der letzte gewesen sein, der die begnadete Fähigkeit besaß, diese Musik wahrzunehmen. Dann entdeckte eben Kepler, daß es auch in dem neuen Sonnensystem eine Art Tonverhältnis gab, selbst wenn die Sonne in der Mitte steht und die Bahnen der Planeten keine vollkommenen Kreise mehr sind, sondern Ellipsen.«

Jason hört fast nicht mehr zu. Er sieht die Saiten an und dann wieder Vater. Er ist spät geworden. Sie sind müde. Erst muß Jason aber noch ein Mal hören, daß es wirklich so ist: Die Planeten, die Freunde seiner späten Nachtstunden, haben wirklich Stimmen.

Der Vater löscht die Lampe, und sie gehen zur Ruhe.

»Sind Sie schon einmal in Amerika gewesen, junger Spielmann?« fragte Petronius, während er hierhin und dorthin sah, hinauf zum Gepäcknetz, gleich darauf aus dem Fenster.

»Nein«, antwortete David und sah den rastlosen alten Mann verwirrt an. »Sie?«

»In New York ist es sehr schön«, sagte Petronius. »Sehr schön. Man begreift nichts: Sie haben so hohe Häuser.«

Der Italiener kam David immer seltsamer vor. Er sah ganz klein in seinen zu großen Kleidern aus, seine Manschetten waren ausgefranst.

Jason schlief offenbar, auf dem Sitz zurückgelehnt. Spot starrte mit geduldigem, verschleiertem Blick aus dem Fenster. Als sie hinaus ans Licht gekommen waren, konnte David deutlich die weißen Strähnen in seinem schwarzen, nach hinten und zur einen Seite gebürsteten Haar erkennen. Um die Augen, die teilweise von dem Kneifer verborgen waren, hatte er Fältchen. Spots Alter ließ sich schwer schätzen. Petronius mochte Mitte sechzig sein, Jason Mitte dreißig, aber Spot ... Spot war gut gekleidet, mit Weste und Uhrkette, und erinnerte etwas an einen Lehrer, einen biederen bürgerlichen Gymnasiallehrer. In seinen Augen aber gab es etwas Verdächtiges. Als ob sie etwas verbargen, eine feine, stille Unruhe – und plötzlich fiel David ein, daß er solche Augen schon früher gesehen hatte, zu Hause, in Wien, in den Cafés, in die man nicht ging.

»Wir werden mit dem größten Schiff der Welt reisen«, erklärte

Petronius und zog an seinem schütteren Bart. »Dem größten der Welt. Es ist so groß, daß es nicht sinken kann.« David sah ihn mit großen Augen an. Jetzt unterbrach ihn Spot:

»Das stimmt«, lächelte er ironisch. »Es heißt tatsächlich, das Schiff könne nicht sinken. Es hat sehr viel darüber in der Zeitung gestanden.«

»Ja?«

»Das Schiff hat nämlich eine Reihe von querlaufenden, wasserdichten Schotten, vierzehn, fünfzehn Stück, glaube ich –, und die sind so konstruiert, daß der Kapitän oben auf der Brücke bei Gefahr die Türen zwischen den Schotten schließen kann, indem er auf einen elektrischen Knopf drückt. Dann knallen die Türen im Schiffsrumpf zu. Und wir kriegen keine nassen Füße.«

»Ja, die Elektrizität, die Elektrizität«, rief Petronius begeistert aus. »Es ist rührend.«

»Wenn sie jetzt auch noch einen elektrischen Kapitän erfinden, dann wäre viel gewonnen«, sagte Spot feierlich.

»Ja, Sie haben recht, Sie haben recht«, sagte der alte Mann, »aber glauben Sie, daß das möglich ist? Ein elektrischer Kapitän?«

»Ja, natürlich. Ein Kapitän, der nie falsch navigiert. Und elektrische Musiker. Die nie falsch *spielen*«, sagte Spot und sah Petronius streng an.

»Gott sei Dank, daß meine Zeit auf Erden bald vorüber ist«, sagte Petronius erschüttert. Ein wenig später fügte er hinzu: »Meinen Sie, daß ich Möglichkeiten als elektrischer Musiker hätte?«

Das kam ohne einen Anflug von Ironie heraus, und in einem fast verzweifelten Versuch, dieses absurde Gespräch zu unterbrechen, sagte David unvermittelt:

»Ich bin bis jetzt nur auf einem richtigen Schiff gewesen. Auf der Fähre zwischen Dover und Calais. Also Calais und Dover.«

»Aha. Calais und Dover«, sagte Spot säuerlich. »Ja, wir reisen, wie gesagt, mit dem größten Schiff der Welt. Es kann über dreitausend Passagiere aufnehmen.« Er sagte nichts mehr, sondern ließ den Blick aus dem Fenster schweifen.

»Verstehen Sie Italienisch, junger Spielmann?« fragte Petronius hoffnungsvoll.

»Sehr wenig, fürchte ich.«

»Na, na. Aber gehen Sie manchmal in das kleine Theater? Das kleine?«

David versuchte aus Leibeskräften einen höflichen und zuvorkommenden Eindruck zu machen. Vielleicht waren die Sprachschwierigkeiten verantwortlich dafür, daß sich alles, was der Alte sagte, so eigenartig anhörte. Darum sagte er:

»Ich geh' gern ins Theater.«

»Ja!«, sagte Petronius und riß die Augen auf. »Das kleine Theater ist das schönste, nicht wahr!«

»Das kleine?«, fragte David.

»Ja! Das einzige wirkliche Theater! Das sauberste! Das wahrste! Mit den allerschönsten kleinsten Schauspielern, die in der Luft tanzen können!« Während er dies sagte, traten große Tränen in seine Augen. »Oh! Das kleine Theater! Und all die kleinen Zuschauer!« David sah sich unruhig nach Hilfe um, Jason aber schlief friedlich auf seinem Platz, und Spot starrte unerschüttert und mit erhabener Gelassenheit aus dem Fenster.

»Es freut mich wirklich zu hören«, fuhr Petronius fort, »daß auch *Sie,* junger Mann, daß auch *Sie* ... Bereits die alten Chinesen wußten es zu schätzen ... oder die Araber ... überall hatte man die üppigsten, künstlerischsten ... aber in unseren Tagen – in unseren Tagen ... darum freut es mich doppelt, daß Sie, junger Mann, daß auch *Sie,* ein Liebhaber, ein Kenner des Marionettentheaters sind! Ich habe es gewußt, an Ihrem Gesicht kann man erkennen, daß Sie ein kultivierter Mensch sind!«

David ging ein Licht auf. Doch er hatte keine Gelegenheit, etwas zu sagen, denn nun begann Petronius mit einem

längeren Vortrag über die Geschichte des Marionettentheaters von der Urzeit bis ins moderne Zeitalter. Die Worte
sprudelten aus ihm heraus wie Wasser aus einem Springbrunnen, halbe, unklare Sätze, und David verstand nicht die
Hälfte. Eine Weile versuchte er höflich zu folgen, aber die
Müdigkeit überwältigte ihn. Außerdem verfiel Petronius mit
wachsender Begeisterung in seine Muttersprache:
»Sì, mio giovane musicante taciturno!« sagte er: »Mein
junger schweigsamer Spielmann. Mi sembri una piccola
bambola! Ein kleiner Puppenjunge. So siehst du aus! Una
marionetta! Aber alle sehen ja aus wie die kleinen, kleinen
Puppen!« Verzweifelt versuchte David zu signalisieren, daß
er nicht verstand, aber aus dem Springbrunnen wurde ein
Wasserfall, ein Geysir: »Sì! Perché ti devo confessare un se-
greto! Ein Geheimnis. Ich werde dir ein Geheimnis verraten.
Und zwar in realtà le marionette sono uomini... e gli uomini sono marionette! Begreifst du! In Wirklichkeit sind *wir*
Marionetten, und die Marionetten sind Menschen! Das ist
eine rivoluzione nella metafisica!« schrie er begeistert. »Und
keiner weiß es! Nur ich...« Plötzlich flüsterte er, kam näher
an David heran und stierte ihm mit glühendem Blick in die
Augen: »Und vielleicht Gott. Forse Dio. Falls er kein
Mensch ist – hihihi...«
David war mittlerweile völlig klar geworden, daß der Bassist
verrückt war. Erschrocken, ohne zu wissen, was er tun
sollte, starrte er Petronius an, der vor seinen Augen immer
stärker in Auflösung geriet. Eine neue Woge von Wörtern
kam und riß ihn mit sich:
»Und mit Schellack bemalt!« schrie er. »Ja! Das ist ein teatro
di marionette! An Fäden werden wir gelenkt, und mit den
Stimmen anderer sprechen wir! E chi conduce i fili? Wer
führt die Fäden? Chi parla? Wer – wer spricht? Hast du einmal daran gedacht?!« Das Letzte kam triumphierend.
Jetzt aber war Jason wach geworden. Er setzte sich auf und

60

verschaffte sich einen raschen Überblick über die Situation. Ohne eine Miene zu verziehen, unterbrach er den Bassisten: »Petronius! Hör auf zu brüllen. Ich will schlafen. David will bestimmt auch schlafen. Er ist sicher müde. Du kannst ein andermal mit ihm reden. Sei jetzt still.«

Petronius verstummte auf der Stelle und sah auf seine Finger. Sie zitterten ein wenig, und er faltete sie. Die ganze Zeit starrte er sie an, und es schien, als gehe der Redefluß in seinem Inneren weiter, traue sich aber nicht über die Lippen, die sich nur leicht bewegten. David war peinlich berührt. Er sah den Kapellmeister an.

»Schlaf jetzt«, sagte Jason freundlich. »Wir müssen heute noch spielen.« Dann fügte er hinzu: »Daran gewöhnst du dich noch. Aber jetzt schlaf.«

Und gehorsam kroch David auf dem Sitz zusammen und schloß die Augen. Er wollte jetzt nur schlafen, dem engen Abteil entkommen und diesen unangenehmen Männern, die auf einmal seine Kollegen geworden waren. Ein weiteres Mal durchfuhr ihn die Frage: Was mache ich hier eigentlich?

Ziemlich bald war er eingeschlafen.

Im Abteil wurde es still. Petronius saß mit gefalteten Händen und feuchtem Blick in seiner Ecke. Spot unbeweglich wie eine Sphinx am Fenster. David und Jason schliefen.

Als sie dann aus der Stadt heraus waren, wurde es heller vor dem Fenster. Die sanfte, südenglische Landschaft glitt vorüber. Sie fuhren durch Winchester. Am Himmel schimmerte ein leichtes, sauberes Aprillicht. In der Stadt hatten sie es nicht gesehen. Dieses Licht würde sie auf ihrer ganzen Reise begleiten.

Dort lag sie. Sie hatten sie vom Abteilfenster aus sehen können, während der Zug langsam durch das Hafengebiet hinaus zum Terminal rollte.

Sie lag dort wie ein großes, weißes und schwarzes Fabelwesen, wie ein dampfender Drache an den Vertäuungen. Passagiere und Ladung kamen an Bord. Man konnte erkennen, daß Menschen sich auf den Decks bewegten wie Insekten auf dem großen Schiffskörper. Auf das Schiff fiel die Morgensonne und ließ alles Metall und Glas im Licht erglänzen und zittern.

Als er sie vom Zugfenster aus sah, wurde David klar, was für eine Übertreibung es gewesen war, zu sagen, er sei jemals auf einem Schiff gewesen, und dabei die Fähre zwischen Calais und Dover zu erwähnen. Die Fähre war im Vergleich zu dem Lindwurm dort, der bereit war, zu seiner Fahrt über den Ozean abzulegen, noch nicht einmal ein kläglicher Kahn.

Vom Fenster konnte er flüchtig den Bogen des Achterdecks sehen. Mit gelben Buchstaben, die neu auf dem schwarzen Untergrund glänzten, stand dort:

TITANIC
Liverpool

Ihr Name stimmte. Der Anblick der mächtigen Formen, der Kräne, Masten, Drahtseile und der vier riesigen, gelben Schornsteine jagte David ein Schwindelgefühl ein. Das Schiff war von einer geschmeidigen, übermenschlichen Ganzheit, die ihn an Musik denken ließ, an Bach, an Tonleitern, die durch ein großes Bauwerk ziehen, anschwellen und zusammenfallen.

Auch die anderen betrachteten das neue Schiff mit einer gewis-

62

sen Neugier. Aber sie hatten so viele Schiffe gesehen, daß sie bald schon wieder mit dem Gepäck und den Instrumentenkästen beschäftigt waren.

Der Zug hielt an. Sie stiegen aus, und aus dem Nachbarabteil tauchten die drei übrigen Musiker auf. Um sie herum herrschte wimmelndes Chaos, und sie bahnten sich hastig ihren Weg durch das Terminalgebäude auf die andere Seite ins Freie. Dort bogen sie vom Strom der Passagiere ab und hielten Kurs nach Achtern, zur Gangway der Mannschaft.

Aus der Nähe betrachtet, löste sich der schlanke, organische Eindruck in Eisenplatten auf. Eine einzige Platte war so groß wie ein ausgewachsener Mann, und jede Platte war mit unzähligen schweren, dicken Nägeln vernietet. An der Schiffsseite verlor der Blick sich in der Unendlichkeit solcher Platten, die zusammen das Schiff ausmachten.

Für David war es, als hörte er inmitten von Bach jetzt Wagner. Das war der Walkürenritt und die Götterdämmerung. Das war der größte Ozeandampfer der Welt. Aus drei der vier Schornsteine stieg grauschwarz der Rauch auf, wurde vom Westwind gepackt und über die Bucht geweht.

Die sieben Musiker enterten die Gangway. An Bord angekommen, tauschte Jason Papiere und Listen mit einem rotbackigen, uniformierten Mann aus, dann wurden sie durch eine unendliche Reihe von Korridoren und Niedergängen tief in das Schiffsinnere geführt. Alles roch neu, nach Farbe und Öl. Hie und da fehlte es noch an Licht, die Gänge wurden verstopft von Mannschaft und Passagieren, die hin- und hertrieben, ohne noch recht zu wissen, wie sie sich in diesem Labyrinth orientieren sollten. Schwarze Heizer, weiße Küchenjungen. Auswanderer mit ganzen Rudeln von Kindern, Gesprächsfetzen, Rufe; Englisch, Deutsch, Skandinavisch, Gälisch.

Sie verirrten sich einige Male und mußten umkehren, endlich aber schlug der Uniformierte sich an den Kopf und rief:

»Da sind wir ja! Es ist verdammt schwierig, sich hier unten zurechtzufinden.« Sein Gesicht unter der weißen Mütze hatte ein noch intensiveres Rot angenommen, und er wischte sich den Schweiß von der Stirn, als hätte er seit dem frühen Morgen Meilen von Korridoren und Treppen hinter sich gebracht.

»Mein Name ist McElroy«, sagte der Rotbackige und klapperte mit einem Schlüsselbund. Und mit einem gewissen Stolz fügte er hinzu: »Und ich bin Purser auf diesem Zuber – hehe.« Er öffnete eine Tür.

»Ihr wohnt in dieser Kabine«, sagte er. »Hinter dem Kartoffelkeller.«

Es war eine einfache, kahle Kabine. An jeder Längswand standen vier Kojenbetten, an der einen Schmalseite ein kleiner Tisch und ein paar Sprossenstühle. Über dem Tisch befand sich ein kleines Bullauge, durch das vorsichtig Licht hereinsikkerte.

»Es riecht hier noch ein bißchen nach Farbe«, sagte der Purser. Hinter der Tür dort ist eine Kammer für die Instrumente, und der Waschraum ist im Korridor links. Noch Fragen?«

»Habe ich richtig verstanden, wir sollen schon zum Lunch spielen?« sagte Jason.

»Sobald wir Calshot Castle erreicht haben, geht die Erste Klasse zu Tisch, und ihr sollt in der Lounge auf dem D-Deck spielen, bevor die Herrschaften Platz nehmen. Ihr habt den Winkel beim Flügel.« Er überlegte einen Augenblick. »Wenn ihr hinauf zum D-Deck wollt, geht ihr durch den langen Korridor bugwärts, bis ihr rechter Hand an eine Tür kommt, auf der *Treppen* steht. Die ist nur für die Mannschaft. Dort geht ihr durch. Dann kommt ihr ins Treppenhaus der Ersten Klasse. Ihr geht durch das große Treppenhaus auf das nächsthöhere Deck, und dann seid ihr in der Lounge. Und ein bißchen *diskret* auf der Treppe. Immer in geschlossener Formation, verstanden?«

»Ja natürlich, natürlich«, sagte Jason verbindlich.

»Später erklär ich euch, wie ihr in den Palmengarten kommt.

64

Dort spielt ihr zum Tee und vormittags. Wenn es irgendwelche Probleme gibt, fragt mich oder die Mannschaft, ich meine die Seeleute, die richtige Mannschaft. Ihr nehmt alle Mahlzeiten mit ihnen ein.«

»Ausgezeichnet«, sagte Jason.

»Jetzt muß ich los. Ich hab' noch mehr zu tun.« Damit hastete der Purser hinaus. In der Türöffnung aber blieb er einen Augenblick stehen:

»Und benehmt euch wie anständige Jungs. Keine Saufereien, verstanden? Und keine Frauengeschichten.«

»Wir benehmen uns wie gute Jungs«, versicherte Jason.

»Ich bin schon öfter mit Musikern gefahren.«

»Sie können uns vertrauen wie Ihren eigenen Kindern, Mr. McElroy, Sir.«

»Ich hab' befürchtet, daß Sie so was sagen.«

Die Tür schloß sich hinter dem Purser.

»Netter Mensch«, sagte Spot säuerlich. Er hatte bereits eine Unterkoje mit Beschlag belegt. Dort saß er, den Hut in der Hand, und beobachtete die Versammlung mit einem Ausdruck erlesenen Überdrusses. Zwischen den Musikern wurden praktische Angelegenheiten abgesprochen und vereinbart, Jason und Alexander packten aus, David begrüßte Jim und Georges, die beiden Musiker, die in dem anderen Abteil gesessen hatten. Jim war ein stattlicher, lächelnder Mann, er lachte David an und nannte ihn Schiffskamerad. Georges war reservierter und roch so stark nach Rasierwasser, daß es den Farbgeruch in der Kabine fast überdeckte.

Petronius saß alt und zusammengesunken auf dem Baß-Kasten, der für so einen kleinen Mann viel zu groß wirkte.

»Dieser Flügel ist nicht gestimmt«, sagte Spot. »Pfui Teufel!« Er schlug einen Akkord an.

Spot und David standen in der hintersten Ecke der Lounge, wo das Orchester, notdürftig verborgen von zwei Palmen, seinen

65

Platz hatte. Weil es noch kurz nach zehn war und das Schiff erst exakt um zwölf Uhr mittags ablegen sollte, hatte Jason – nachdem sie sich eingerichtet hatten – seinen Musikern freigegeben, um das Schiff zu besichtigen oder zu tun, was nötig war. Spot hatte bekanntgegeben, er wolle sein Instrument inspizieren, und aus irgendeinem Grund hatte er hierfür einen Assistenten verlangt – David. Jason hatte keine Einwände.

Aus der nach Farbe riechenden, düsteren Tiefe heraufzusteigen war, als komme man in den Himmel. Überall tiefe, weiche Teppiche – man hatte das Gefühl, man versinke bis zu den Knien darin –, kleine, von Sitzgruppen umgebene Mahagonitische, lederne Ohrensessel und Glasmosaiken, die in die mit honiggoldenen Eichentäfelungen in ausgesuchten Mustern geschmückten Wände eingelassen waren. Zwischen den doppelten Fensterscheiben waren Glühbirnen angebracht, die die Illusion erzeugten, von draußen falle sommerliches Licht herein. Es hätte sich um die Eingangshalle eines großen Wiener Restaurants oder eines mondänen Badehotels handeln können. (»So ist das Leben auf See«, sagte Spot trocken, als er Davids große Augen sah.) Noch nicht einmal Aufzüge fehlten, mit Edelholz getäfelte, kleine Kabinette mit Spiegeln und Messingaschenbecher, die leise von Deck zu Deck glitten. Man konnte auch die prächtige Treppe benutzen (wie David und Spot es getan hatten), die mit graziösem Schwung von Stockwerk zu Stockwerk lief.

Passagiere der Ersten Klasse, die sich bereits an Bord befanden, schienen förmlich durch die Lounge zu schweben: Elegante Herren mit Strohhüten und gestreiften Hosen, liebliche Fräuleins in sportlichen Kleidern und mit kecken Käppis. Gelegentlich kamen auch ehrwürdige ältere Damen vorüber, die mit ihren umfangreichen Kleidern an drapierte Büffets erinnerten, während sie langsam und feierlich vorbeizogen, beladen mit Silberschmuck und anderen Wertgegenständen. Auch einige ernste, formell gekleidete Herren sah man, mit jener ver-

66

haltenen Einsamkeit im Blick, wie sie nur eine Million Pfund ihrem Besitzer zu verleihen vermag. Ansonsten standen mit dem Ausdruck erhabener Würde und in einer Art abwesender Präsenz frischgebügelte Pikkolos, Kellner und Loungediener herum. In Wirklichkeit verfolgten sie die Bewegungen der Herrschaften mit untadeliger Aufmerksamkeit, mochten sie auch den Eindruck einer trappistischen Priesterschaft vermitteln, die, tief versunken in Fürbitten um die Verdauung der Passagiere, gleichwohl beim kleinsten Zeichen, daß irgendein Passagier irgend etwas wünschte, herbeieilte.

Nein, David hatte es nie für möglich gehalten, daß es ein solches Schiff gab, und auch Spot gestattete es sich, sich wohlzufühlen. Mit zufriedener Miene hatte er Hut und Handschuhe auf dem Flügel abgelegt und sich auf der Klavierbank niedergelassen. David fiel auf, wie gut Spot hierher paßte. Man hätte ihn für einen Passagier halten können. Spot hatte die Aufmerksamkeit eines der in der Nähe stehenden dienstbaren Geister geweckt, und voll aufopfernder Fürsorge materialisierte sich dieser im nächsten Moment neben dem Flügel, wobei er das Verlangen äußerte, zu Diensten stehen zu dürfen. Was wünschen der Herr? Das war der Augenblick, in dem Spot verkündete, der Flügel sei nicht gestimmt. Als ihm allerdings aufging, daß er lediglich mit dem Schiffspianisten sprach, verlor der Loungekellner sofort einen Teil seines Enthusiasmus, und er zeigte deutlich, daß er einen gräßlichen Tag gehabt hatte.

»Noch nie in meinem Leben – noch nicht einmal auf See – habe ich einen schlechteren Flügel erlebt«, erklärte Spot. »Und ich habe viele erlebt.« Dabei trat ein Blitzen in seinen Kneifer.

»Als er gekommen ist, war er gestimmt«, protestierte der Kellner. »Seitdem hat ihn keiner berührt. Also kann es doch gar nicht *so* – «

»– *so* schlimm sein?« fuhr Spot fort. »Ach so. Ach ja ... Dann hören Sie mal. Mann, *hören* Sie zu!« Er klimperte die ersten

67

Töne des Walzers aus der »Lustigen Witwe«. »Das hört sich doch an wie ein *singhalesisches Gamelanorchester!*«

Offensichtlich nicht vertraut mit dieser musikalischen Spezialität, lauschte der Kellner aufmerksam.

»Darauf *kann* ich nicht spielen«, sagte Spot.

Auch David hörte gut zu. Im Baß klang es vielleicht wirklich eine winzige Spur falsch.

»Ich finde, es hört sich ganz brauchbar an«, sagte der Kellner und zuckte mit den Schultern. Das hätte noch gefehlt, am Ende eines auch sonst anstrengenden Morgens. Es war nicht nur Ablegetag, obendrein handelte es sich um die Jungfernreise, und die Dinge liefen noch nicht so richtig rund. Der Kellner sah fast so aus, als wolle er gehen und den Flügel Flügel sein lassen. Spot aber ließ ihn nicht entkommen:

»Brauchbar!« sagte er: »Brauchbar. Sie sind also der Meinung, das ist brauchbar. Ja, gut. Aber der Flügel hat hier im Zug gestanden, ohne ausreichende Abdeckung. Halten Sie das etwa für brauchbar? Beschaffen Sie uns einen Klavierstimmer!«

»Unmöglich.«

»Sofort.«

»Das läßt sich nicht machen. Wir legen gleich ab.«

»Es ist unbedingt erforderlich.«

»Hören Sie«, sagte der Kellner, ein wenig menschlicher: »Können Sie das nicht selber in Ordnung bringen? Ich habe doch schon erlebt, daß ihr Burschen so etwas auf eigene Faust erledigt.«

Es schien, als habe Spot auf dieses Stichwort nur gewartet. Mit einer Miene, als lade er sich nun die Leiden der gesamten Welt auf die Schultern, streckte er erschöpft die Arme aus:

»Alles muß man selbst machen. Absolut alles. Gut. Gut. Gut. Machen wir. Aber dann müssen Sie uns eine halbe Flasche Whisky beschaffen.«

»*Was* wünschen Sie?« Der Kellner hatte jetzt wieder seinen gläsernen Gesichtsausdruck angenommen, und seine linke

Augenbraue stieg in einer sehr sprechenden Bewegung in die Höhe.

»Eine halbe Flasche«, sagte Spot beharrlich. »Er muß nicht zu den allerteuersten gehören.« Das Mienenspiel des Kellners signalisierte, daß er sich nicht so ohne weiteres zum Opfer einer Erpressung machen lassen wollte.

»Seien Sie so nett«, sagte Spot und lächelte, »seien Sie so nett und bringen Sie uns eine halbe Flasche. Wenn Sie schon keinen Klavierstimmer beschaffen können, dann doch immerhin Whisky. Das dürfte innerhalb Ihres Kompetenzbereiches liegen.« Der andere schien etwas auf der Zunge zu haben, aber er verschluckte die Worte. Mit gläsernem Blick, die Nasenlöcher bebend, betrachtete er Spot und David.

»Gut. Sie werden zwei Gläser bekommen. Und werden Sie bitte fertig, ehe zu viele Passagiere kommen. Die Hauptgruppe kommt um halb zwölf. Sie können hier nicht den ganzen Vormittag herumhängen.« Damit verschwand er.

Mit dunklem Blick, als schäme er sich, sah Spot einen Augenblick lang aus dem Fenster. Dann aber, als er wieder zu David sah, lächelte er ironisch. David schaute zu Boden. Er war besorgt. Wie hatte Jason doch gesagt? Immer tun, was die Offiziere sagten. Und was hatte der Purser gesagt? Kein Unfug. Keine Saufereien. Seid *diskret*, hatte er gesagt. Und trotzdem hatte Jason sie ohne weiteres hier hinaufgehen lassen – und auf der Treppe hatte Spot sich zu ihm umgedreht und gesagt: »Junger Mann, jetzt wollen wir ein wenig Spaß haben« – genau so. Ängstlich sah David sich um. Der Pianist sagte:

»So etwas darfst du nie machen. Aber hier oben ist es angenehmer als unten in der Kabine hinter dem Kartoffelkeller.«

Die Gläser kamen, und die Arbeit begann. Spot hatte Stimmgabel, Keil und Band in einem Futteral in der Innentasche, und unter dem Deckel des Flügels war ein Stimmhammer angebracht.

David wußte nicht genau, was er mit seinem Whisky machen

69

sollte, aber Spot trank sowieso, ohne zu fragen, auch sein Glas. Er arbeitete schweigend, David sah vor allem zu. Dieser Spot hatte eine unglaubliche Stimmtechnik und ein erstaunlich feines Gehör. Die kleinsten Nuancen und Schrägheiten fielen Spots Ohren auf – Dinge, die David fast nicht wahrnahm. Als stehe Spot in einem geheimen, persönlichen Verhältnis zu allen Tönen, als sei ihm die exakte Schwingungszahl jedes Tons von Natur aus einbeschrieben und als handele es sich bei ihren wechselseitigen Beziehungen im temperierten Klavier um etwas, das er mit Händen greifen konnte. Das genaue Stimmen eines Flügels ist eine langwierige, schwierige Präzisionsarbeit, für Spot aber schien es ein Spiel zu sein. Er hatte ungewöhnlich schöne Hände, lang, schlank und muskulös. Während sie sich zwischen Tasten und Saiten bewegten, sahen sie aus wie graziöse, flinke, geschmeidige Tiere.

Die Arbeit dauerte eine Stunde, und in der Zwischenzeit gelang es Spot, dem Kellner zwei weitere Gläser abzupressen.

»Geschieht ihm recht«, murmelte Spot, als er mit den Gläsern zurückkam.

»Wem?« fragte David verwirrt.

»Dem Purser. Unteroffiziere sind das Schlimmste, was es gibt. Sie haben eine besondere Freude daran, zu bestimmen, was Musiker dürfen und nicht dürfen. Und glaub mir, Junge, das Leben ist voller Unteroffiziere.«

Dann beugte er sich wieder über den Flügel.

David sah ihn fragend an, doch der sonderbare Pianist sagte nichts mehr. Wieder überfiel David Mißmut über seine Situation. Hier saß er, eine halbe Ewigkeit von zu Hause entfernt, zusammen mit einem wortkargen Pianisten und unter dem Vorwand, er müsse ihm beim Stimmen eines Klaviers helfen, während er offenbar nur mitgebracht worden war, um eine extra Portion Whisky herbeizuzaubern.

Spot arbeitete. Und hinter der ironischen Maske hatte er etwas Besonnenes, etwas Behutsames an sich, etwas, aus dem David nicht schlau wurde, nur ein wenig davon wurde während der Arbeit sichtbar. David hatte das Gefühl, er könne in der Anerkennung des anderen steigen, wenn er sich aufs äußerste bemühte, es ihm recht zu machen, und so konnte er Spot mit einer gewissen Befriedigung demonstrieren, daß auch er ein brauchbares Gehör besaß. Spot schlug die Akkorde an und blickte hin und wieder hinüber zu David. Und David konnte zurücknikken oder ein Zeichen geben, das besagte, der Grundton sei zu hoch. So kam allmählich ein Gespräch in Gang: ein nur aus Gebärden und Blicken bestehendes Gespräch. Währenddessen trank Spot schluckweise den Whisky.

Schließlich setzte Spot sich auf der Klavierbank zurecht, beugte sich vor und begann, eine Nocturne von Chopin zu spielen. Er spielte das Stück durch, ohne zu David hinüberzusehen. Und David lauschte. Spots Spiel war sauber, klar, völlig transparent. Er mogelte nicht. David, der selbst ausreichend Klavier spielte, um die Leistung eines anderen Musikers beurteilen zu können, stand da und hörte, daß dieser Unterhaltungsmusiker Chopin spielte, wie man ihn in den Konzertsälen spielt. Er betrachtete Spot forschend. Der andere hatte ein blasses, ungesundes Gesicht voller Linien und dunkler Schatten die Nase war mager und vorstehend. Und die Augen, die ihm im Zug aufgefallen waren – während Spot spielte, waren sie halb geschlossen. Die Unruhe in ihnen richtete sich nun ins Innere des Mannes. Es waren lauschende Augen.

Zwischen ihnen war ein Anflug von Vertraulichkeit entstanden. Mit einem Male war David sich nicht mehr so sicher, daß Spot ihn nur wegen des Whiskys hatte dabeihaben wollen. Als er mit dem Spielen aufhörte und sich wieder zu David umdrehte, mit einem Blick, der immer noch halb nach innen gewandt war, rief David unwillkürlich aus:

»Sehr schön.«

Spot schnitt eine Grimasse.

»Was ist schön?« sagte er mit einem Anklang von Enttäu-

71

schung. »So etwas darfst du nicht sagen. *Unbegreiflich scheint die Nachtigall.*« Das wurde in perfektem Hochdeutsch gesagt. Spots Gesicht verschloß sich von neuem. Er stand auf und sammelte die Stimmwerkzeuge ein. Die Augen lauschten nun nicht mehr. Wortlos verließ er den Flügel und steuerte aus der Lounge. David blieb einige Augenblicke verlegen sitzen.

Ein Schiff kurz vor dem Ablegen ist eine verworrene Welt, ein Chaos, ein Rundtanz von Kleinem und Großem, das im letzten Augenblick erledigt werden muß. Wer kurz vor dem Ablegen an Bord eines großen Dampfers geht, bemerkt von den vielen Vorbereitungen vielleicht nur die besondere Atmosphäre, eine gereizte, elektrisch geladene Stimmung, die an Lampenfieber erinnert. Seeleute verständigen sich mit Zurufen, und der Ton der Stimmen ist überdreht und angespannt. Ihre Bewegungen haben etwas Beflügeltes, etwas Frenetisches – bis zum Ablegen müssen noch Tausende von kleineren Angelegenheiten erledigt werden.

Als David Spot folgte, wußte er nichts von dem Schiff, auf dem er sich befand, geschweige denn davon, was an menschlichen und technischen Anstrengungen aufgewendet worden war, es zu konstruieren und seeklar zu machen. David verlor Spot aus dem Blick und verirrte sich langsam, aber sicher auf den Treppen und in den Korridoren. Auch wenn er etwas von der verdichteten, fiebrigen Stimmung wahrnahm, die an Bord herrschte, wußte er nicht, woher sie kam.

Er wußte nichts von dem schwedischen Turnlehrer, Herr Lindström, der in diesem Augenblick den »Gymnastikraum« des Schiffes für die Passagiere vorbereitete: ein Squash-Court, Rudermaschinen, elektrische Pferde und Kamele (aus Wiesbaden importiert), Punching-Bälle, Gewichthebeausrüstung und ein türkisches Bad standen zur Verfügung. Sogar für ein kleines Schwimmbecken hatten die Konstrukteure bei Harland & Wolff, Belfast, Platz gefunden. Mit seiner unverwüstlichen Gesundheit, in weißem Flanellanzug und kreidegefärbten Turn-schuhen, probierte er jetzt alle mechanischen Wunder selbst aus. Die ganze Zeit zwirbelte er die Schnurrbartenden und summte vergnügt ein mannhaftes schwedisches Volkslied vor sich hin.

In der Küche schälten die Küchenjungen hektisch Tausende von Kartoffeln und wuschen Spargel, während sich die Heizer in der Tiefe des Schiffes, fast unten am Kiel, einen Weg zu einem Brand zu bahnen versuchten, der in Kohlenbunker 5 glomm und der für Unannehmlichkeiten sorgen konnte, wenn sie ihn nicht unter Kontrolle bekamen. Achtern putzten, be-treuten und tätschelten die Maschinisten jene enormen Kessel, die riesige Dreifachturbine und die beiden kolbengetriebenen Dampfmaschinen, die die drei Schrauben antrieben.

In diesem Augenblick hatte Kapitän Clarke, der höchste Ver-treter der Emigrationsbehörden, seine letzte Inspektion der Schiffskabinen, des Trinkwasservorrates, des Zustandes der Bunker und der sanitären Verhältnisse abgeschlossen und fer-tigte das Zulassungszertifikat aus, ohne das kein Passagier-schiff einen britischen Hafen verlassen durfte. Die Schiffsärzte hatten gemeinsam mit anderen Amtspersonen eine Musterung der Mannschaft vorgenommen und schrieben ihren Schluß-bericht. Die robustesten und erfahrensten Seeleute, die South-ampton zu bieten hatte, hatten angemustert, und die untadelig-sten, gewissenhaftesten Offiziere hatten die Oberaufsicht über das Ganze – so, wie die fähigsten Ingenieure und Techniker das Schiff zu Wasser gebracht hatten. Einer von ihnen, Thomas Andrews, der geschäftsführende Direktor von Harland & Wolff – und Neffe von Lord Pirrie, des Herrschers der Firma, der aus gesundheitlichen Gründen die Reise nicht mitmachen konnte –, war an Bord gegangen, um die Jungfernreise des Schiffes, seines »Kindes«, wie Ingenieur Andrews es aus-drückte, zu überwachen. Andrews war ein kleiner, rötlicher, schmaler Mann. Er hatte dieses Wunderwerk von einem Schiff

73

geschaffen, diesen Titanen, den er jetzt sein Kind nannte, und mit echter Leidenschaft überwachte er seine ersten Tage. Von frühmorgens bis spätabends war er in den letzten Tagen auf den Beinen gewesen, um zu inspizieren, daß alles den Vorgaben entsprach, und hatte sich Notizen für Verbesserungen gemacht. Mit eigenen Augen hatte er darauf geachtet, daß die letzten Details der Einrichtung an die richtige Stelle kamen. Er hatte festgestellt, daß die Korbstühle im Pariser Café auf der Steuerbordseite grün gestrichen werden mußten, er hatte sich aufgeschrieben, daß die Haken für die Hüte in den Kabinen abscheulich aussahen – sie waren mit zu vielen Schrauben befestigt. Was war im übrigen aus den zehn noch fehlenden Mops geworden, 72 waren bestellt worden? Man konnte niemals sicher genug sein, man konnte nicht häufig genug überprüfen, daß sich alles an seinem Platz befand, daß die elektrischen Türen der wasserdichten Schotten funktionierten, daß die Davits der Rettungsboote in Ordnung waren. In einer der beiden Suiten erster Klasse im Stile Ludwigs XVI. fehlten Glühbirnen. In einer der Empire-Kabinen fehlte der Nachttopf. Ingenieur Andrews schraubte die Glühbirnen selbst ein und stellte den Topf persönlich an seinen Platz, um sicher sein zu können.

J. Bruce Ismay, der Direktor der *White-Star-Linie* und Reeder der *Titanic*, ging in diesem Augenblick mit seiner Frau und den drei Kindern an Bord. Er war stolz, ja, überwältigt, daß er ihnen mit ausgebreiteten Armen das Schiff präsentieren konnte. Er selbst hatte es zwar schon viele Male zuvor gesehen, aber dennoch – als die Familie auf dem Kai aus ihrem Daimler stieg und sich die Gangway hinauf begab, sah er dennoch begeistert hinauf zu dem mächtigen Rumpf. *Sechsundvierzigtausenddreihundertneunundzwanzig Tonnen,* dachte er befriedigt. Mit Verbeugungen wurden er und seine Familie an Bord begrüßt. Seine Frau und die Kinder sollten eine Führung bekommen. Ismay selbst würde die Jungfernreise mitmachen. Sein Gepäck wurde in seine Suite, Nummer B 52, 54 und 56 gebracht.

Im Marconi-Raum saßen Sparks und sein Assistent, die Funker John G. Philips und Harold S. Bride: Zwei melancholisch aussehende junge Männer, umgeben von einer Aura drahtloser Mystik. Zum letzten Mal probierten sie jetzt die technische Ausrüstung aus, wechselten eine kleine Spule, befanden ansonsten aber, daß alles in Ordnung war.

Im À-la-carte-Restaurant des Schiffs stand der Oberkellner, der ungemein elegante Signore Luigi Gatti, den man, zusammen mit dem Chef des Restaurants, den Köchen, Kellnern und Sommeliers, von den berühmten Restaurants der Familie Gatti – Gatti's Adelphi und Gatti's Strand – geholt hatte. Er nahm seine Domäne in Augenschein, korrigierte die eine oder andere schiefliegende Serviette oder das Messer eines Gedecks, ließ mit dem fast erotischen Vergnügen des Kenners eine Hand über eine temperierte Weinflasche gleiten, er probierte eine Trüffel. Er korrigierte seine Fliege. Er war sehr, sehr nervös, wie große Künstler es immer sind.

Und auf der Brücke, in schwarzer, goldbetreßter Uniform, lehnte Kapitän Edward John Smith, der Führer des Schiffs, an einem der drei messingglänzenden Maschinentelegraphen und nahm den Schiffsbericht des Ersten Offiziers Henry Wilde entgegen: In diesem Augenblick wurde die R. M. S. Titanic als voll bemannt und als fertig zum Auslaufen erklärt, die königliche Postflagge wurde gehißt. Der Zweite Offizier, Lightoller, hatte die letzte Inspektion der vom Schiff mitgeführten Ladung vorgenommen und erklärte, sie sei sicher verstaut. Im tiefen, dunklen Bugladeraum des Schiffes befanden sich Güter und Waren mit einem Wert von etwas über 80 000 Pfund – alle sorgfältig markiert und registriert. Die Gebrüder Lustig in New York importierten vier Kisten Strohhüte, während Wright und Graham in Boston 437 Kisten Tee haben wollten. F. B. Wandegrift & Co. wollte die amerikanische Jugend mit 63 Kisten bestem französischen Champagner erquicken. G. W. Sheldon sandte einen Koffer chirurgischer Instrumente und eine Box Golfbälle (beides der Chirurgen-Gesellschaft zugedacht), während American Express außer weiteren Kisten Strohhüte und Hunderten seiner anderen Sendungen auch zwei Fässer Quecksilber und, aus irgendeinem Grund, eine Tonne *Erde* verschickte. Die First National City Bank of Chicago hatte unerforschliche Gründe, sich 300 Schachteln Walnußkerne schicken zu lassen, während W. E. Carter ein komplettes Automobil bekommen sollte, teilweise demontiert und zuverlässig festgezurrt. Außerdem zählte man elf Kisten mit Kühlschränken von Anderson Refrigeration Machinery Company, Säcke voller Kapern, Bündel getrockneten Fischs, Bruyère-Pfeifen, Gänseleber und Anchovis, Straußenfedern, Kaninchenhaare, Guttapercha und eine kostbare Ausgabe von Omar Khayyams *Rubáiyát*. Alles, ausnahmslos alles, stand auf Lightollers Liste, und alles war sicher verstaut. Befriedigt hörte Kapitän Smith seinen gewissenhaften Offizieren zu, langsam ging er über den Mahagoniboden der Brücke zum Aussichtsfenster und blieb dort stehen.

Kapitän Smith war ein stattlicher, breiter Mann um die Sechzig, mit weißen Haaren und weißem Bart. Seine Augen waren blau und lagen tief im Gesicht. Er sah prachtvoll, ja furchterregend aus, war aber ein wortkarger, ruhiger Mann, der selten die Stimme hob.

Er sah zum Bug. Er war lange auf dem Nordatlantik gefahren, war der älteste und erfahrenste Kapitän der Reederei und hatte eine lange Reihe untadeliger, nahezu ereignisloser Überfahrten hinter sich. Die seemännische und gesellschaftliche Rolle eines Kapitäns war ihm bekannt. Mehr und mehr, schien ihm, veränderte sich die Funktion eines Kapitäns. Immer mehr lief es darauf hinaus, daß man im *Bewußtsein* der Passagiere und der Mannschaft der Monarch des Schiffes war, ein Monarch in einer eingeschränkten Monarchie, mit Vetorecht und Repräsentationspflichten: das Macht- und Herrschaftssymbol des Schiffes. Mit so vielen tüchtigen Offizieren und einem so sicheren Schiff war seine Aufgabe im Grunde einfach. Er vertraute seinen Untergebenen voll und ganz, hatte nie die Stimme heben müssen und fast vergessen, wie das ging. Er nahm jedoch seine Aufgabe ernst und akzeptierte nicht ohne weiteres die Berichte, die ihm die Offiziere gerade eben gegeben hatten. Er sah zum Bug.

Es würde seine letzte Reise sein. Eigentlich hatte er sich schon auf dem Weg in die Reihen der Pensionäre befunden, als Direktor Ismay ihm die Ehre erweisen wollte, das neue Flaggschiff der Flotte auf der Jungfernreise zu befehligen – als Ehrenbezeugung, hatte Ismay zu Kapitän Smith gesagt, als Ehrenbezeugung für Ihre Dienste.

Er wußte, es war das letzte Mal, daß er auf einer Brücke stehen und die Berichte der Offiziere entgegennehmen würde. Er wußte, daß die Goldtressen ihm noch Macht für diese Reise gaben – danach nicht mehr. Zu Hause wartete seine junge Frau, Eleanor, mit einem kleinen Jungen, der knapp ein Jahr alt war – dies war die letzte Reise. Darum ließ er sich mehr Zeit als üblich; er prüfte die Berichte, er hörte genau zu, als man ihm meldete, daß Rettungsbootübungen und Inspektionen nach Plan verlaufen waren, daß alles ship shape war. Er sah nach vorn.

Lightoller übergab dem Kapitän jetzt die endgültige Passagierliste der Ersten Klasse mit den letzten Ergänzungen und Streichungen, die zwecks Vervielfältigung unverzüglich zur Schiffsdruckerei auf dem Salondeck geschickt werden würde, damit sie unter den Reisenden verteilt werden konnte und die Herrschaften wußten, mit wem sie im selben Boot saßen. Kapitän Smith prüfte die Namen, wie es ein guter britischer Gastgeber immer tut, ehe er eine Gesellschaft gibt. Er stellte rasch einen Plan auf, mit wem und in welcher Reihenfolge er soupieren mußte – die Rolle eines Dampferkapitäns ist nicht zuletzt die des offiziellen Unterhalters. Er registrierte Guggenheims und Astors auf der Liste, sah, daß die Vanderbilts abbestellt hatten und entdeckte zu seinem Schrecken, daß sich Sir Cosmo

77

und Lady Duff Gordon an Bord befanden. Er konnte sie nicht ausstehen – nun gut. Aber Pflicht war Pflicht.

Siebentausend Kohlköpfe, dachte er (und meinte nicht die Passagiere), zweidreiviertel Tonnen Tomaten (einige Zahlen des Chefstewards waren haftengeblieben), 36 000 Apfelsinen, 75 000 Pfund frisches Fleisch, 20 000 Schock frische Eier, vierzig Tonnen Kartoffeln, 1500 Flaschen Wein, 35 000 Flaschen Bier und Mineralwasser, 850 Flaschen verschiedene Branntweine und 8000 Havannas sollten den Erfolg der Gesellschaft garantieren. Der Chefsteward hatte lebhafte Tage hinter sich.

Kapitän Smith drehte sich zu seinen Untergebenen um, und die Atmosphäre königlicher Billigung war regelrecht greifbar. Der alte Kommandeur sah sie streng an.

»Carry on«, sagte er.

Die Offiziere salutierten.

Ja, dies ist das Schiff. Unten, im Lärm der Unterwelt ruft ein schwarzer Heizer den anderen etwas Unanständiges zu. Und in der Dunkelheit blitzt weißes Grinsen auf. Zwei Kabinenmädchen verdrehen träumend die Augen, als sie von ihren letzten Abenteuern an Land erzählen (Stell dir vor, er ist *Bankangestellter*, Laura, stell dir das mal vor!), ein Pikkolo erhält einen ganzen Dollar Trinkgeld von einem frischverheirateten John Jacob Astor, der mit seiner Braut an Bord kommt – der Pikkolo bleibt stehen und sieht dem Multimillionär nach. In der Lounge wird die Menschenmenge dichter. In einer Kabine hinter dem Kartoffelbunker sehen zwei Salonmusiker ihre Uniformen durch. Ein Knopf muß angenäht, eine Hose gekürzt werden. Aufgabe des Orchesters ist die Unterhaltung der Passagiere, vor und nach dem Essen zu spielen, abends ein Abendkonzert zu geben und vormittags ein Promenadenkonzert sowie sonntags zu den Gottesdiensten zu spielen. Um dies zu schaffen, muß das Orchester sich in zwei Gruppen aufteilen, jede mit ihrem Satz Uniformen – eine Schicht in weißen

78

Jacken für das Promenaden-Trio, für die Abendserenaden blaue Jacken mit grünen Aufschlägen. An allen Uniformen ist am Jackettaufschlag eine goldene Harfe befestigt – wie auf allen Schiffen der White Star. Dort unten in der Kabine sitzen jetzt Jim und Alex und kürzen Hosenbeine.

Vor ihnen liegt wieder einmal eine anstrengende Überfahrt, ein neues Schiff, eine neue, enge Unterkunft in einer kleinen Kabine. Sie diskutieren über die Entlohnung, die sage und schreibe um ein ganzes Pfund zurückgegangen ist, seit Black & Black die Impresariotätigkeit auf den Nordatlantikschiffen übernommen haben. Formal gesehen fahren sie nicht mehr als Mannschaft, sondern als Passagiere zweiter Klasse, was zwar verrückt ist, der Reederei aber größere Möglichkeiten gibt, nach eigenem Gutdünken mit ihnen zu schalten und zu walten.

Alex ist wütend und wünscht Black & Black eine düstere Zukunft. Jim, der stattliche, sanfte Nordengländer ist beherrschter.

Beide aber könnten das extra Pfund jetzt gebrauchen.

Der Gipfel der Lächerlichkeit ist, daß die Musiker – jetzt, wo sie »Passagiere« sind – 50 Dollar vorweisen müssen, um in New York überhaupt an Land gehen zu dürfen – so verlangen es die Einwanderungsgesetze.

Dort sitzen sie und nähen, was das Zeug hält, während sie schimpfen und fluchen. Auch dies ist das Schiff.

Draußen auf Deck steht ihr Kapellmeister, Jason Coward.

Jason stand draußen im Wind auf dem Achterdeck allein. Der Wind packte sein Haar, während er über den Hafen spähte, in die kleinen Straßen Southamptons. Dort oben waren Familien, Kinder, Wohnungen.

Er stand gern so da, unmittelbar vor dem Ablegen, und sah auf die Stadt, die er verließ. Wieder sein eigenes Rätsel, sein eigenes großes Warum. Es erfüllte ihn mit Ruhe.

Jason hätte eigentlich viele Berufe ergreifen können, aber die Umstände hatten ihn zum Schiffsmusiker gemacht. Und im Grunde litt er nicht darunter. Er hatte nicht gezählt, wie viele Schiffe es im Laufe der Jahre gewesen waren oder wie viele Überfahrten. Immer war alles Bewegung, immer waren es neue Schiffe und Menschen. Die Musiker kamen und gingen. Mit einigen hatte er mehrere Jahre lang gespielt, andere sah er nur auf einer Reise, bis sie die Gangway hinuntergingen und in solchen Hafenviertelstraßen verschwanden, wie Jason sie jetzt von hier aus sah. Vielleicht wartete ein Haus auf sie, mit kleinen Stimmen, Stimmen, die allen auf der Straße, die es hören konnten, laut verkündeten, Papa sei nach Hause gekommen. Oder nur ein erbärmliches Zimmer in einer Pension. Die Musiker, sie kamen und gingen. Jason hob deshalb nicht einmal mehr die Augenbrauen. Alles veränderte sich. Nur er selbst und seine goldbraune Geige waren immer dieselben.

Jason war lange unterwegs gewesen. Er kannte die Schiffe und die See, und er kannte die Geheimnisse seines Berufs. Es war nämlich etwas ganz anderes, auf See Salonmusiker zu sein als an Land. Dazu gehörte zum Beispiel, daß man bestimmte Musikformen meiden mußte, wenn heftiger Seegang herrschte. Wer könnte schon im voraus ahnen, daß sich alte Damen bei »Hoffmanns Erzählungen« übergeben, wenn der Wind auffrischt? Wer kann so etwas erraten? Der Reisende, der Mensch auf See, ist eine besondere Erscheinung. Das hatte Jason das Leben gelehrt. Er war selbst in höchstem Maße ein Reisender, und wie die Ladelinie jedes Schiffsrumpfs die zugelassenen Displacements für verschiedene Jahreszeiten und Verhältnisse markiert, so war auch Jason für die wechselnden Umstände klassifiziert und definiert. Die unterste Displacement-Marke an allen Rümpfen lautet WNA – *Winter North Atlantic* –, und Jason war vorbereitet auf den Winter im Nordatlantik, auf jene düstere Nebelstimmung, die die Passagiere überfallen konnte, wenn das Schiff etwas westlich der Großen Bänke in den Nebel hineinfuhr – dann hatte er aufmunternde, aber nicht *zu* lebhafte Musik zu wählen. Er kannte die Stürme und den Wind, den Anblick der grauen, schäumenden See, die eisige Kälte, die aufstieg, wenn das Schiff in ein Feld von Eisbergen geriet – der Nordpol schickte seine kalten Botschafter sogar im Sommer weit nach Süden. Er wußte, wie die Winde mit dem Gang der Sonne wechselten, und kannte jene langen, faulen Nachmittage im Juni und Juli, wenn das Meer mit schlapper Dünung ging, weshalb die Musik, die er dann aussuchte, nicht zu anspruchsvoll sein durfte. Er hatte Passagiere in allen Verfassungen gesehen, gesund und krank, freundlich und wütend – und sein Handwerk hatte er Stück für Stück gelernt. Auf der *Lusitania* hatte er einmal den »*Yankee Doodle*« zu Ehren eines amerikanischen Senators gespielt, der Erster Klasse nach England reiste. Wer hätte denn ahnen können, daß dieser Mann ein Südstaatenpatriot war, der es nicht vertrug, an irgend etwas erinnert zu werden, das nördlich der Mason-Dixon-Linie beheimatet war? Den Zorn des Pursers, als die Mahlzeit beendet war, und die sehr ernsten Drohungen, er könne seinen Geigenkasten als Beförderungsmittel nach Hause benutzen, gehörten zu den Dingen, die Jason in seinem Herzen bewahrt hatte. Er wußte, wie schwierig Offiziere sein konnten – und zu welch sonderbarem, launenhaften Menschenschlag die Musiker gehörten. Er kannte das Gezänk, zu dem es unter sieben oder acht Mann in einer kleinen Kabine unweigerlich kommt. Stets waren es die gleichen Sorgen, die die Orchestermitglieder quälten. Heimweh, Saufen, Tripper, Geldsorgen und Depressionsschübe, weil man es im Leben zu nicht mehr gebracht hatte, als Seekranke im Dreivierteltakt zu begleiten. Jason hatte sich an den Umgang mit ihnen gewöhnt. Aber auf der Reise, die nun vor ihnen lag, war die Zusammensetzung womöglich besonders unglücklich.

Dieser junge Bursche, David, ein reiner Glücksfall, daß sie ihn binnen zwei Tagen überhaupt bekommen hatten. Eigentlich

81

müßten sie sich glücklich schätzen und sich nicht aufführen wie Alex im Zug. Alex war Jasons alter Freund und in vieler Hinsicht sein Erster Offizier im Orchester, und Jason verstand im Grunde gut, daß er nicht begeistert gewesen war, als er den jungen Musiker gesehen hatte. Sie hatten schon auf die ursprünglich geplante Orchesterbesetzung verzichten müssen und saßen jetzt mit einigen zweifelhaften Karten da. Spot zum Beispiel. Ein tüchtiger Musiker, Gott bewahre – sehr tüchtig –, aber überglücklich, ihn dabei zu haben, war Jason nicht. Man wußte nie, woran man mit ihm war. Und was Petronius betraf... Gut. Unter den Musikern der Nordatlantikseefahrt war wohlbekannt, daß Petronius Witts Harfe ein wenig verstimmt war, wollte man es milde ausdrücken. Ab und zu verhielt der alte Italiener sich so sonderbar, daß er seine Arbeit nicht ausführen konnte. Jason betete zu Gott für eine ruhige und problemlose Überfahrt. Es war keine schwierige Arbeit, sie sollten fast nur in der Ersten Klasse spielen, wo es meist gesittet zuging. Das Wetter würde gut sein und die Überfahrt kurz. Das Musizieren mußte jedoch untadelig vonstatten gehen, ohne den Anflug eines Mißtons. Das Schiff war der neue Stolz der Handelsflotte, ja, der britischen Nation, und an Bord würde der reine Millionärskongreß stattfinden. Seiner Gewohnheit getreu, hatte Jason die Gesellschaftsspalten durchgesehen. Guggenheims und Astors würden mitreisen, außerdem der Zeitungsmann Stead, Isidor Strauss mit Gattin, der Schriftsteller Futrelle und irgendein Sondergesandter aus Washington. Und dann das übliche Rudel aus niedrigem Adel, Spielern und Taugenichtsen. Vor ihnen allen hatte Jason schon gespielt und war sich bewußt, daß sich manche reichen Leute beim Kapitän gern über die Musik beschwerten. Vielleicht, um etwas zu tun zu haben, vielleicht, um ihren Mitreisenden zu demonstrieren, daß auch Millionäre Sinn für die Musen haben – wie sollte Jason das wissen. Und bei einer

82

solchen Orchesterbesetzung ließ sich nicht gut vorhersagen, wie die Tafelmusik verlaufen würde.

Mit Grausen dachte Jason an das letzte Mal, als er mit Petronius gefahren war, auf der *Mauretania*. Eines Sonntags hatte der Kapitän die Andacht gehalten, und das Orchester hatte Choräle gespielt. Mitten in »Amazing Grace« aber hatte Petronius kleine, rasche Triller gespielt – eine Art Ostinato – über das Thema aus »Maple Leaf Rag«. Nur mit größter Geistesgegenwart hatten Jason und Alex die Situation gemeinsam gerettet. Nach diesem fürchterlichen Gottesdienst auf der *Mauretania* hatte Alex geschworen, er werde nie wieder mit Petronius spielen. Als dann der ursprünglich für die Reise mit der *Titanic* vorgesehene Bassist verhindert war und es dem Impresario nicht gelang, einen anderen Ersatzmann als Petronius zu finden, war Alex nicht gerade erfreut gewesen. Einen Augenblick hatte es so ausgesehen, als wolle auch er sich zurückziehen. Aber Jason und Alex waren alte Schiffsgenossen, darum war Alex geblieben.

Als Kapellmeister hatte sich Jason allmählich gute Menschenkenntnisse erworben – zumindest für seine Zwecke. Wenn er einen Musiker beurteilte, war das wichtigste, daß der Mann den Willen hatte, sich Seebeine zuzulegen, und nicht nur für den maritimen Seegang. Obendrein mußte er spielen können und die Uniform in ordentlichem Zustand halten. Schließlich war es auch gut, wenn er einen mit seiner Lebensgeschichte verschonte. Diese Anforderung bestand allerdings nur deshalb, weil Jason auf diesem Gebiet besonders empfindlich war.

Dieser David hätte den Anforderungen Jasons vielleicht nicht entsprochen, hätte er die Wahl gehabt. Der Junge war offensichtlich von zu Hause durchgebrannt und war hier ebenso fehl am Platze wie eine Champagnerflasche in einem Hafenbecken. Die Götter wußten, wohin das noch führen mochte, wenn sie schließlich auf See waren. Aber der Junge schien wenigstens ehrlich und hilfsbereit zu sein. Spot hatte einen Assistenten verlangt, der ihm mit dem Flügel helfen konnte, und David war ohne weiteres mitgegangen. Es hätte schlimmer kommen können. Alex sollte sich beruhigen.

Wieder sah Jason nach Southampton hinüber. Stellenweise winkte weiße Wäsche ein Lebewohl. Die Schaulustigen scharten sich am Hafen, um zuzusehen, wie das Schiff ablegte.

Jason drehte sich um. Neben ihm stand Alex.

»Ich denke, ihr bringt die Uniformen in Ordnung?«

»Mir war nicht so gut. Ich wollte ein bißchen frische Luft schnappen.«

Jason musterte ihn. Hinter dem blonden Bart war der Freund grau im Gesicht.

»Und außerdem wollte ich das Ablegen miterleben«, sagte Alex. »Das Ablegen hat immer etwas Gutes.«

Sie sagten nichts mehr. Eine Weile standen sie schweigend da und sahen, wie die letzten Heizer über die Gangway kamen, nachdem sie an Land ein letztes Glas getrunken hatten. Die letzten Postsäcke wurden an Bord gebracht. Jason sah seinen alten Waffengefährten an. Das Graue in Alex' Gesicht verschwand nach und nach, er war aber still.

Jason hatte Alex an einem scheußlichen Regenabend vor acht Jahren kennengelernt. Es war in einem Pub unten bei den Londoner Docks, einem verräucherten, tristen Lokal. Es war Jasons heimatlose Zeit, eine Zeit, an die zurückzudenken nicht immer angenehm war.

Jason hatte mit seiner Geige ganz hinten im Pub an einem Tisch gesessen und die düstere Atmosphäre genossen. Damals hatte Jason für seinen Lebensunterhalt in Pubs gespielt. Ab und zu hatte er versucht, in einem festen Orchester aufgenommen zu werden, aber es war ihm bis dahin nicht gelungen. Er spielte jedoch gut und konnte außerdem Lieder auf Bestellung spielen, war deshalb in den meisten Etablissements willkommen

84

und durfte eine halbe Stunde lang für etwas Kleingeld auftreten. An jenem Abend hatte Jason schon gespielt und war dann vor dem Regen in dieses nach Pisse stinkende Loch geflüchtet. Die meisten Gäste waren bereits ordentlich betrunken, man zankte und raufte und schenkte sich unter dem Tisch heimlich Gin aus mitgebrachten Flaschen ein. Jason saß mit einem Pint Braunbier da, seinem vierten, und hoffte, der Wolkenbruch werde nachlassen. Der hörte jedoch nicht auf, sondern ging mit immer neuen Güssen einfach weiter. Er hatte schon daran gedacht, sich einfach in das Unwetter hineinzustürzen, als plötzlich eine bemerkenswerte Erscheinung am Tresen die Aufmerksamkeit des gesamten Lokals auf sich zog.

Es handelte sich um einen großen, gut gebauten, dunkelblonden Mann mit Schnurrbart und Backenbart. Nüchtern und mit besserer Kleidung wäre er ein flotter Herr gewesen. Aber er war schäbig und zerlumpt und außerdem ungeheuer betrunken. Letzteres demonstrierte er jetzt, indem er plötzlich ein Gebrüll ausstieß, das alle zusammenschrecken ließ. Kein normales Betrunkenengeschrei, es handelte sich um einen dröhnenden, tiefen Laut, der, fast wie ein Ton, das ganze Lokal erfüllte. Und er hörte einfach nicht auf. Der blonde Mann mit dem Bart legte den Kopf zurück und brüllte, während er die Augen halb geschlossen hatte. Er brüllte, bis keine Luft mehr in ihm war. Dann holte er Atem, legte den Kopf zurück und brüllte wieder. Es war unglaublich, daß in einem Mann so viel Lärm steckte.

Die Gäste betrachteten den Brüllenden mit einem gewissen Wohlwollen. In diesen Vierteln Londons gab es nicht viel Unterhaltung. Der Brüllende legte den Kopf ein weiteres Mal zurück. Er brüllte noch einmal, einen langen, klagenden Ton. Als höre man ein unheimliches, wildes, eingesperrtes Tier. Und jetzt sah man, daß seine Augen wie vor Schmerz zusammengekniffen waren und daß etwas an seinen Wangen hinunterlief.

»Das ist der Russe«, hörte Jason eine Stimme am Nachbartisch sagen. »Jedes Mal, wenn er nach Hause will, macht er das. Das ist jede Woche so, wenn er genug Geld zusammengespielt hat, um sich völlig zu betrinken.«

Jason sah zu dem brüllenden Russen hinüber. Und ganz richtig, zu Füßen des schäbigen Mannes stand ein schwarzer, abgewetzter Geigenkasten. Wieder brüllte er, diesmal aber ging es in ein langgezogenes Heulen über.

»Er hört gleich auf«, hieß es wieder am Nachbartisch. »Er gibt immer auf, wenn sie ihn rausschmeißen wollen.« Neues Heulen. Der Kneipenwirt sah den Russen an. Jetzt kam es.

Kneipenwirt: »Nanana, hör mal, Freund.«

Der Russe: »Uuuuuuuuuuuuuuuuuuu–«

Kneipenwirt: »Das Geheule brauchen wir hier nicht.«

Der Russe: »Aaaaauuuuuuuuu–«

Kneipenwirt: »Das mußt du verstehen, das geht nicht.«

Der Russe: »-uuuuuuuuoooooo!«

Kneipenwirt: »Wenn du so brüllst, kannst du hier nicht bleiben.«

Der Russe (mit neuer Kraft): »AArch! Auuuuuu–«

Andere Stimmen (zum Kneipenwirt): »Der versteht dich nicht! – Der spricht nicht gut Englisch. – Nich, wenn er voll is'! – Und jetzt is' er voll – Wirf'n raus!«

Kneipenwirt: »Dann helft mir, Leute.«

Der Russe: »Grrrrrr! Graaauuuu!«

Zwei, drei Mann erhoben sich, um dem Wirt zu helfen. Doch im selben Augenblick, als sie den Brüller packten, schien er zu sich zu kommen. Er gab sofort eine Menge betrunkener Laute von sich, von denen die meisten wahrscheinlich russisch waren, und während die Tränen flossen, setzte er sich zur Wehr.

Jason saß an seinem Tisch und sah zu, was geschah. Der Russe tat ihm leid. Der Russe weinte, und er hatte Heimweh. Schon das war für Jason genug. Außerdem hatte der Russe einen Geigenkasten. Und dies setzte bei Jason etwas in Gang, obwohl er sich sonst nie um das kümmerte, was er an Schlägereien und Elend hier im Slum zu sehen bekam. Er stand abrupt auf, ohne genau zu wissen, was er tat. Er ging zum Ausgang. Stellte seinen Geigenkasten unmittelbar vor die Tür. Vielleicht war auch Jason nach vier Bier nicht ganz nüchtern. Denn er bemerkte zu seiner Verblüffung, daß er zornig war, ja rasend vor rotglühender Wut. Ein großer, empörter Zorn im Namen des Russen stieg in ihm auf. Wenn ein Russe aus Heimweh heulen wollte, dann mußte er das Recht dazu haben! Damit basta! Was ging es den Wirt an, ob ein Russe heulte. Hatte er nicht dafür bezahlt?

Jason stieß ein Gebrüll aus und stürzte sich auf einen der vier Männer, die am Russen zogen und zerrten. Wart du nur, dachte er, dir werd' ich's geben!

Es wurde eine feine Schlägerei. Schon damals war Jason groß und kräftig, und selbst wenn er nicht sonderlich geübt in Schlägereien war, hatte er einen furchtbaren Trick: Er hielt den Gegner fest, packte ihn am Hosenbund und schleuderte ihn weg, so wie man Kornsäcke wegwirft. Die Kornsäcke schrien, wenn sie durch die Luft flogen, und wurden ziemlich still, wenn sie auf den Boden krachten. Nach nur kurzer Kampfzeit lagen fünf, sechs Gegner im Trockendock. Auch der Russe schien jetzt, als Jason in Gang gekommen war, das Glück auf seiner Seite zu haben. Er schlug, wurde geschlagen, spuckte Blut und fluchte. Immer mehr Gäste stürzten sich in den Kampf, die meisten auf Seiten des Wirts, einige aber auch für Jason und den Russen. Nach und nach gingen die Gläser zu Bruch. Der Russe hatte seinen Geigenkasten gepackt. Damit klopfte er dem Wirt auf den Kopf, der Wirt aber schlug furchtbar zurück, und der Russe bekam seinen eigenen Geigenkasten zu spüren. Jason, der den Hauptteil der Angreifer übernehmen mußte, wurde langsam an die Wand gedrückt. Das wurde verhängnisvoll. Vier, fünf Mann bekamen seine Glieder zu packen, und während er die ganze Zeit so gut er konnte um sich biß, schleppten sie ihn zur Tür und warfen ihn hinaus. Gleich anschließend folgte der Russe, um den der Wirt sich persönlich kümmerte. Er segelte auf den Bürgersteig, während er ein neues Gebrüll ausstieß. Es war sein letztes.

Im Verlauf der wenigen Sekunden, die er im Straßenkot lag, hatte Jason begriffen, daß es hier womöglich zu einem unangenehmen »juristischen Nachspiel« kommen könnte. Als darum der Russe zu Boden fiel, hatte Jason schon seinen Geigenkasten gepackt und wollte sofort aufbrechen. Er packte den anderen am Handgelenk, zog ihn hoch und mit sich fort. Sie stürzten durch den Regen und die Dunkelheit davon, rutschten auf dem schmierigen Pflaster aus und rannten weiter. Es galt zu entkommen, ehe eine gewisse Person mit Helm und Schlagstock auftauchte. Hinter sich hörte er Flüche und Schreie.

Nach einer Weile kamen sie in einem Gäßchen zum Stehen. Die beiden Kampfesbrüder betrachteten sich gegenseitig. Der Russe, den der Kampf und die Rennerei in der Kälte relativ nüchtern gemacht hatten, sah Jason mit seinen hellen Augen an. Eines davon färbte sich langsam blau. Er lächelte:

»Mein Freund!« rief er und spuckte Blut.

Jason war jetzt auch wieder etwas zu sich gekommen, und wie er da stand, kam er sich idiotisch vor. Idiotisch und weichgeklopft. Warum hatte er wegen eines betrunkenen Russen den Held spielen wollen?

»Mein Freund!« sagte der Russe wieder und nahm Jason in den Arm. Ständig wiederholte er dieses »Mein Freund, mein Freund«, bis Jason absolut genug hatte.

»Auf Wiedersehen«, sagte Jason und reichte ihm die Hand. »Sie hätten dich nicht so hart behandeln dürfen.« Am besten er ging, bevor das Ganze zu lächerlich wurde. Der Russe aber begriff den Zusammenhang nicht.

»Ich«, sagte er und deutete auf sich selbst: »Alex. Alexander Bjeschnikow. Du – *moj drug*. Mein Freund. Ja. Du.«

88

Der Russe lächelte mit regennassem Gesicht. Es folgte eine lange Litanei auf russisch. Jason erinnerte sich an etwas.

»Deine Geige«, sagte er. »Die Geige. Die ist zurückgeblieben. Dort.« Er deutete in die Richtung, aus der sie gekommen waren. Alex verstand. Er grinste:

»Ah«, sagte er. Dann lächelte er, während er sich auf die Knie schlug. Es war ein langes, goldenes Gelächter.

»Nein«, sagte er unter ständigem Lachen. »Komm!« Er zog Jason mit sich durch weitere Straßen, während er die ganze Zeit lachte. Schließlich hielt er vor einem Laden an. Es war eine Pfandleiherbude.

»Geige dort«, sagte der Russe und zeigte auf den Laden. »Und dort«, er zeigte in die andere Richtung, »dort im Pub«, sagte er, »nur *Kasten* im Pub.« Wieder das lange Gelächter, jetzt hatte er sie richtig gut hereingelegt. Auch Jason mußte lachen. »Ich«, begann Alex zögernd, »ich aufgetrunken Geige in Pub. Geige dort.« Er zeigte auf die Bude.

»Ich verstehe«, sagte Jason und machte Anstalten, weiterzugehen.

»*Dort!*« sagte Alex wieder, sehr eindringlich, während er mit langem Zeigefinger auf den Pfandleiherladen deutete.

»Verstehe«, sagte Jason.

»Nein – nein!« sagte Alex: »Du – mein Freund. *Moj drug!*«

»Ich heiße Jason«, sagte Jason irritiert.

»Ja! Mein Freund Jason! Mein Freund Jason! Meine Geige – *dort*. Sehr, sehr billiger Preis.« Er zog einen zerknitterten Pfandschein hervor. Die Geige. Acht Schilling. Das war nicht viel. Ungefähr soviel, wie Jason in der Tasche hatte.

»Jason!« sagte Alex: »Mein Freund! Spielt Geige wie ich. Meine Geige dort!«

Jason seufzte. Langsam ging ihm auf, daß er eine Dummheit begangen hatte, als er sich für den Unbekannten in den Kampf gestürzt hatte. Der Russe wußte, daß man zu einem Freund nicht nein sagen konnte. Resigniert kramte Jason das Geld her-

89

vor, ging in den Laden und löste den Pfandzettel ein. Draußen gab er Alex die Geige, der sie vorsichtig in seinen Mantel hüllte.

»Bitteschön«, sagte Jason und wollte gehen. Er verfluchte seine leichte Verführbarkeit. Man konnte ihn einfach zu allem Möglichen verlocken.

Alex aber hielt ihn zurück. Er klopfte Jason auf den Rücken und schien wieder in Tränen ausbrechen zu wollen.

»Haha!« schrie er. »Haha! Schau!« Aus einer Tasche zog er einen abgenutzten Lederbeutel. Aus dem Beutel zählte er acht Schilling und überreichte sie Jason. Dann lachte er wieder.

«Dort, im Pub . . .«, er klatschte Jason auf die Schultern: »Im Pub ich nicht richtig bezahlt!«

Das war der Anfang gewesen, und es wurde eine Freundschaft, die Bestand hatte. Jason mußte lächeln, wenn er daran dachte. Es hatte sich als unmöglich erwiesen, den sonderbaren Russen loszuwerden, er war aufdringlich. Von da an bestand er darauf, mit Jason in den Pubs und auf den Straßen zu spielen. Aber trotz allem, zwei Mann besitzen natürlich größere musikalische Möglichkeiten als einer. Darum spielten sie also seitdem zusammen: Jason erste Stimme, Alex zweite Stimme. Und bald war es so, daß Jason ihn vermißte, wenn der Russe an einem Tag einmal nicht auftauchte. Es kam zu einer freien Kumpanenschaft, schlicht und wortlos. Schlicht, weil Alex anfangs nicht sonderlich viel Englisch konnte. Doch selbst als er es nach und nach lernte, waren es niemals die Worte, auf die es ankam. Das Fundament der Freundschaft bestand aus anderem: vielleicht die gemeinsame Schlägerei, vielleicht, daß sie in der großen Stadt beide heimatlos waren. Und die Freundschaft blieb bestehen, trotz der Unterschiede zwischen ihnen.

Und keiner von ihnen erzählte irgendwann mehr über sich. Von Alex wußte Jason nur, daß er vor dem dunklen, bedrükkenden Abend unten bei den Docks vier Monate in London gewesen war. Über sich selbst hatte Jason nur erzählt, daß er ein abgebrochener Student war. Weshalb und wie, interessierte den anderen nicht.

Nach einiger Zeit landeten sie in einem Music-Hall-Orchester, anschließend spielten sie in einem Hotel. 1908 hatte die *Cunard Line* sie angeheuert.

Seitdem waren sie auf See gewesen. Auf Schiffen zu spielen war anständige, regelmäßige und annehmbar bezahlte Arbeit, auch wenn die Heuer im letzten halben Jahr um ein ganzes Pfund zurückgegangen war.

Jason betrachtete Alex, der sich über die Reling lehnte und den Brustkasten fest gegen das Geländer preßte. Er hat sich verändert, dachte Jason. Auf den letzten Überfahrten war Alex mürrisch gewesen und hatte sich sogar über Kleinigkeiten aufgeregt. Jason fragte sich, ob wieder einer dieser Heimwehanfälle heraufzog, der Russe bekam das im Frühling oder im Frühsommer. Aber das war es wohl nicht. In seinem Gesicht war ein wehmütiger Zug, als er auf die Stadt sah. Nase und Wangenknochen traten mit einem Mal so deutlich hervor, als spanne die Haut über dem Schädel. Die Augen lagen ganz tief.

Was denkt er? fragte Jason sich. Denkt er das gleiche wie ich, während ich hier stehe und auf die Stadt schaue, die wir verlassen? Sieht auch er, daß die weiße Wäsche offensichtlich zum Abschied winkt? Oder verlaufen die Gedanken in seiner eigenen Sprache, sieht er Städte und Menschen, die ich nie gesehen habe? Denkt er an etwas von dem, was kein anderer sehen kann: die Bilder, die Stimmen der Kindheit, diese stillen Abende, ehe das Leben einsetzt? Ich habe ihn nie gefragt. Werde ihn nie fragen können.

Die Dampfsirene heulte dreimal, drei tiefe Dreifachtöne, die vom Land zurückhallten.

Die Vertäuungen wurden losgeworfen und die Schlepptrossen an Bord befestigt. Drei kleine Schlepper, stark wie Riesen, begannen das Schiff langsam in die Fahrrinne zu ziehen.

Ablegen. Zusammen mit dem Kapitän stand der Lotse auf der Brücke. Die Menge am Abfertigungsgebäude winkte, und alle Promenadendecks waren schwarz vor Menschen, die mit Schals und Taschentüchern winkten und die ganze Zeit riefen und jubelten.

Jason und Alex standen da wie zuvor, ohne zu winken oder zu rufen.

Als die *Titanic* ein Stück weit in die Fahrrinne gekommen war und die Schlepper sie um neunzig Grad gedreht hatten, damit die langsame Fahrt flußabwärts beginnen konnte, kam es zu einem Zwischenfall, den man vom Achterdeck aus deutlich beobachten konnte. Neben der Fahrrinne lag eine Reihe anderer Dampfer vor Anker, der Kohlenstreik hatte sie dort festgehalten, und als die *Titanic* den schlanken Rumpf der *S.S. New York* passierte, setzte sich die *New York* plötzlich wie ein Geisterschiff in Bewegung. Die von der *Titanic* verdrängten Wassermassen verursachten in dem engen Hafenbecken einen starken Sog und Gegensog. Und als die dicken Manilataue brachen, war das Knallen bis auf das Achterdeck zu hören, wo Jason und Alex standen. Mit dem Achtersteven voraus trieb die *New York* rasch vom Land weg und zielte wie eine riesige Lanze genau auf die *Titanic*. Die Passagiere zogen sich furchtsam von der Reling zurück, während sich an Bord eine leichte Panik ausbreitete. Die *New York* stand nicht unter Dampf und gehorchte dem Ruder nicht. Es folgten hektische Sekunden. Ein Schlepper, die kleine *Vulcan,* hatte sich schon von der *Titanic* gelöst und steuerte nun auf das durchgegangene Schiff zu, um ihm, wenn möglich, eine Trosse an Bord zu werfen. Erst beim zweiten Versuch gelang das. Weiter glitt die *New York* auf die *Titanic* zu, das Manilatau knirschte, als die *Vulcan* mit all ihrer Kraft an der *New York* zerrte. Mit erschreckend wenig Zwischenraum – kaum mehr als fünf Fuß – wurde die

Kollision vermieden. Die kleine *Vulcan* zog die *New York* langsam, aber sicher wieder zum Land.

An Deck der *Titanic* atmete man auf. Dann brach Jubel los.

Die *Titanic* blieb liegen, bis die *New York* wieder festgemacht hatte und die anderen, an der Fahrrinne liegenden Schiffe mit zusätzlichen Vertäuungen versehen waren, damit das gleiche sich nicht bei nächster Gelegenheit wiederholte. Dank der Geistesgegenwart an Bord des Schleppers war ein Unglück vermieden worden, das die ganze Überfahrt verhindert hätte und im schlimmsten Fall Menschenleben hätte kosten können.

Statt dessen hatte man jetzt eine einstündige Verspätung.

Jason und Alexander gingen unter Deck, nachdem sie ins Wasser gespuckt hatten, um etwas gegen das schlechte Omen zu tun.

Als die *Titanic* in Richtung auf das offene Meer wieder Fahrt aufnahm, ging alles gut. Das Signal zum Essen wurde gegeben, und die Passagiere setzten sich zu den Speisesälen in Bewegung.

In der Ersten Klasse, in der Lounge des prächtigen Restaurants, saß elegant gekleidet bereits das Orchester und spielte unter der Leitung von Kapellmeister Coward zum Abschied von England muntere Melodien. Während das Schiff an der Isle of Wight vorüberglitt, gingen die Passagiere nach einem so aufregenden Vormittag in aufgeräumter Stimmung scharenweise zu Tisch.

JASONS GESCHICHTE

Am selben Tag   *Im Ärmelkanal auf dem Weg nach Cherbourg,*
                                          17 Uhr 10

Sobald er an Deck kam, müde und abgespannt, nachdem er den ganzen Nachmittag gespielt hatte, ging gerade die Sonne unter. Die rote Kugel hing im Westen, unmittelbar über dem Horizont. Der Himmel war völlig klar, wie eine Glasscheibe. Der Wind hatte ihn sauber geblasen.

Auf dem Achterdeck sangen Auswanderer. Ein Mann hatte eine Ziehharmonika herausgeholt und spielte eine Gigue. Rasch sammelte sich eine Gruppe von Menschen um ihn, glücklich und fast verstört, weil die Reise jetzt endlich begonnen hatte. Jason würde ihre Freude nie verstehen können. Er sah ihnen an, daß sich für sie etwas Magisches, etwas unfaßbar Schönes, Grausames, Großartiges vollzog. Sie verließen Europa, verließen die Heimat und lieferten sich der Reise aus. Sie reisten in einem Zwischenzustand, die alte Heimat hinter sich, die neue Heimat, von der sie nichts ahnten, vor sich. Viele von ihnen würden den alten Kontinent nie mehr wiedersehen. Jason kannte New York ausreichend, um zu wissen, was sie erwartete.

Er empfand bei dem Ganzen eine Art monotoner Sinnlosigkeit. Er verstand nicht die Freude, die ihre Gesichter rötete, und er verstand nicht die jähen Schatten auf ihren Gesichtern, wenn der Refrain, den sie sangen, an eine besonders schöne

Gegend in den Hügeln von Cornwall erinnerte, oder woher sie auch kommen mochten. Er stand außerhalb von beidem, der Sehnsucht nach der neuen wie nach der alten Heimat.

Oder *wollte* er einfach nicht verstehen?

Das rote Licht erfüllte ihn. Dort war es wieder. Wieder überfiel es ihn. Schwer und satt färbte die Sonne das Meer. Aus dem Gesang und dem Gelächter der Auswanderer wurde ein klingender Ton, ein Laut, der wie ein Ball in den Himmel und über die Meeresoberfläche hüpfte. Und jetzt überfiel es ihn, alles zusammen, die Gedanken dieses Morgens, die Gedanken an *das andere*. Das rote Licht, erinnerst du dich daran? Erinnerst du dich an den Morgen, als die Sonne auf dich zufloß wie ein Fluß des Bösen? Die Stimmen vom Achterdeck werden zu einem Teil der Erinnerung, jenes Bildes, das in dir zittert, jenes Morgens, als die richtige Zeit zu Ende ging.

Es war an einem späten Septembermorgen. Durch die matten, hohen Bleiglasfenster der alten Internatsschule breitete sich die Sonne auf der Eichenholztäfelung und dem Fußboden aus. Alles badete in diesem Licht. Das Dunkel unter den Deckenbalken wirkte wie Klumpen geronnenen Blutes.

Aus den Korridoren schallten laut die Jungenstimmen, auf dem Weg zu einem Klassenzimmer zog ab und zu eine Gruppe lachend durch die Halle. Dies war der älteste Teil der Schule. Über der Wandtäfelung hingen Wappenschilder und Admiralsporträts. An der einen Doppeltür standen zwei Rüstungen, an der anderen zwei Hellebarden.

Mitten im Raum, das Gesicht dem Fenster zugewandt, stand ein ziemlich großer, rothaariger Junge. Er hatte sein Gesicht in den Händen begraben. Völlig bewegungslos stand er da, wie außerhalb des Raumes, der ihn umgab. Von dem Kommen und Gehen in der Halle bemerkte er nichts.

Er sah nur das rote Licht. Er konnte es durch die Finger sehen, die er vor die Augen hielt. Er sah, daß es mit einem Mal kein

95

normales Licht mehr war, sondern etwas anderes, Mächtigeres, etwas, das weh tat. Es drang ein in sein Inneres.

Alles andere im Raum war nur ferne Begleitung, eine Unterstimme dazu. Vom Steinfußboden stieg Kühle auf, eine kühle Nachgiebigkeit, die ihn hinabzog. Er dachte: Ich werde fallen. Ich falle. Aber er fiel nicht, denn das Licht hielt ihn fest und wollte ihn nicht loslassen.

Aus der einen Brusttasche der Schuluniform ragte ein Stück Papier. Auch das Papier war rot gefärbt.

Auf dem steinernen Fußboden steht Jason und weint.

Immer, immer würde er über diesen Morgen weinen. Immer wird dieses Licht in ihm zittern, nie wird dieser Tag beginnen. Er würde sich an den Brief erinnern, erinnern an die gestelzten Formulierungen des Direktors, bevor er ihm für den Rest des Tages freigab. Er würde sich erinnern, daß ein Jason, der nicht mehr er selbst war, sondern ein anderer Jason, sich höflich bedankte und das Büro des Direktors verließ, um dann zu verschwinden.

Er kam gerade noch bis in die Halle, wo ihn die Tränen überwältigten: In diesem Augenblick sah er, wie dieses Rot durch die gotischen Fenster rann. Er weiß nicht, wie lange er so unbeweglich dagestanden hatte. Er ist vierzehn Jahre alt. Doch er hat kein Alter.

Zwei Jahre zuvor hatte der Vater sich um die Stellung beworben. Regimentsarzt in Indien, in der Nähe von Madras. Doktor Coward war stark überarbeitet, es würde ihm guttun, hinauszukommen. Dort draußen wurde auf bakteriologischem Gebiet, dem Fach des Vaters, interessante, epochemachende Arbeit geleistet, und Jasons Vater wollte sich daran beteiligen. Auch das Gehalt war gut. In diesem Jahr mußte Jason jedoch ins Internat. Sehr gegen den Willen der Mutter und eigentlich auch gegen den des Vaters wurde er dorthin geschickt. Anderthalb Jahre waren seit der Abreise der Eltern vergangen, drei

Jahre betrug die Verpflichtungszeit. Als Jason an diesem Morgen, nach dem Morgengebet, zum Direktor gerufen wurde, hatte er geglaubt, der verspätete Geburtstagsbrief der Eltern sei eingetroffen.

Einer Gruppe fällt die unbewegliche Gestalt mitten im Raum auf. Man wechselt Blicke, kommt näher.
»Rotkäppchen«, sagt einer.
»Hahnenkamm!«
Spitz und leise kommt das. Lächelnd verständigen sie sich mit Blicken über Jason, der dort so sonderbar steht. Er aber bemerkt sie nicht.
»Schlafwandler«, sagt einer.
»Taub wie ein Stock«, sagt ein anderer.
Tatsächlich scheint Jason an diesem Morgen taub zu sein. Erst als einer der größeren Jungen seinen Mut zusammennimmt und ihm einen Schlag ins Kreuz versetzt, kommt Leben in ihn. Er taumelt nach vorn, vollführt eine halbe Drehung, sieht sie mit leerem Blick an.
Im Halbkreis stehen sie um ihn herum. Im roten Licht scheinen ihre Gesichter von einer Art Haut überzogen. Die Körper sind pechschwarz.
Wieder wechseln sie Blicke. Es wäre eine Leistung, eine beispiellose Heldentat, wenn es ihnen gelänge, jemanden mitten in der Halle zu verprügeln. Noch viele Jahre würde man davon sprechen.
Und Jason petzt nicht, soviel Verstand hatte er.

Jason hatte es im Internat nicht ganz leicht gehabt, obwohl andere dort eine schlimmere Zeit verbracht hatten. Wie ein schwacher Windhauch, der aus weiter Ferne kam, stieg ein Bild in seinem Inneren auf. Etwas, das der Vater ihm gezeigt hatte, als sie einmal im Wald gewesen waren. Er hatte Jason einen Ameisenhaufen gezeigt. Fleißig und diszipliniert hatten dort

97

die braunen Ameisen in der Erde gearbeitet. Der Vater hatte von ihrem organisierten Aufbau erzählt, von dieser naturgegebenen, wundervollen Hierarchie, die in der Ameisengesellschaft herrschte, und daß es sich bei dem ganzen Ameisenhaufen um einen einzigen, großen Organismus handelte. Eine Weile standen sie nebeneinander und beobachteten die Ameisen. *Beobachtung,* das ist eines der Worte des Vaters: Für den Vater war die ganze Welt in Beobachtungen einzuteilen, jedes Phänomen war nur das Bild eines anderen. Dann jedoch – der Vater war zu einem anderen, ungefähr hundert Yards entfernt gelegenen Ameisenhaufen gegangen und hatte in einer Zündholzschachtel eine kleine, schwarze Ameise von dort geholt. Jetzt werden wir eine andere Beobachtung machen, hatte er gesagt. Sieh nur, was geschieht, wenn ich dieses kleine Ding zu den anderen tue. Und Jason *beobachtete,* er sah, wie die fremde Ameise, kaum war sie zwischen ihnen gelandet, von den angestammten Bewohnern überfallen wurde. Ohne zu zögern, griffen sie sie an und bissen sie tot, trotz ihrer heftigen Gegenwehr. Anschließend wurde sie ganz unsentimental fortgeschafft, vielleicht in eine Vorratskammer oder weil sie als Baumaterial zu verwenden war.

Weil sie einen fremden Geruch hat, hatte der Vater gesagt. Jason hatte genickt.

Man nimmt an, daß auch der Schutz des Körpers gegen Ansteckung auf diese Weise funktioniert. Der Organismus, das Ganze, bekämpft, was nicht zu ihm gehört, und stößt es ab. Er reagiert darauf, wie auf einen fremden Geruch.

In den drei letzten Jahren im Internat hatte Jason erfahren, was das hieß: anders zu riechen. Als habe er etwas *an sich,* und dieses Etwas sondere ihn aus. Zweifellos war dies auch Jason und den anderen Jungen klar. Es drückte sich aus in den ewigen Bemerkungen über sein rotes Haar, und der Nachname Coward (engl. = Feigling, d. Ü.) war Anlaß einer ganzen Reihe einfallsreicher Wortspiele. Worin dieses *Etwas* bestand, fand Jason nie heraus. Eine Erklärung hierfür war vielleicht, daß Jason als Einzelkind fast ausschließlich in der Gesellschaft seiner Eltern aufgewachsen war. Es wirkte vielleicht befremdlich, daß Jason sich wie ein Erwachsener ausdrückte und daß viele seiner Worte und Ausdrücke aus der Wissenschaft, den Büchern und den Versuchen stammten. Vielleicht waren sie hinter ihm her, weil er Geige spielte und im Schulchor sang. Oder weil sie herausgefunden hatten, daß Jason, aufgrund des Wohnsitzes von Doktor Coward, in der falschen Ecke Londons in die Schule gegangen war. Aber nichts von alledem, allein oder zusammen, lieferte Jason eine vernünftige Erklärung, warum gerade *er* es sein mußte. Vielmehr schien es etwas anderes zu sein, etwas an und in ihm selbst, etwas hinter all dem anderen ... Jason wußte es nicht.

Du darfst niemals petzen, hatte der Vater gesagt, kurz bevor die Eltern abgereist waren. Mit diesen Worten hatte der Vater ihn ins Internat geschickt, und Jason hatte sich daran gehalten.

Nur einmal hatte er gepetzt, und noch nicht einmal in einer Angelegenheit, die ihn selbst betraf. Es war um einen kleineren Jungen namens Rider gegangen. Völlig unmotiviert, in einem Anfall reiner Bosheit, hatten sie Rider an einem Wintermorgen die Hosen naß gemacht. Rider hatte so gefroren, daß er eine Lungenentzündung bekam, und es hatte große Aufregung gegeben. Ohne daran zu denken, welche Folgen dies für ihn selbst haben konnte, hatte Jason die Übeltäter gemeldet. Und er hatte es nicht bereut. Selbst nach einer langen Reihe von Repressalien hatte er es nicht bereut. Er hatte seine Bücher mit Lehm verschmutzt vorgefunden, Aufgaben und Klassenarbeiten in Stücke gerissen. Man hatte die Saiten seiner Geige angeschnitten, weshalb sie bei einem Schulkonzert, als Jason das Solo spielte, eine nach der anderen gerissen waren. Jason besaß eine kleine Sammlung von Naturpräparaten, von Gegenständen, die er in der Freizeit gefunden hatte. Eines

Vormittags, er hatte vergessen, die Tür abzuschließen, hatte er den größten Teil von ihnen zerstört vorgefunden, Vogeleier und Roßkäfer waren zerquetscht und auf seinem Arbeitstisch verstreut.

Dennoch bereute er nicht, daß er gepetzt hatte. Er war der Meinung, er habe richtig gehandelt, und schrieb den Eltern davon, auch wenn er das Ganze beschönigte und die Racheakte verschwieg. Im Antwortbrief stimmte ihm der Vater zu. Er ging mit hocherhobenem Kopf umher – bis einige Monate vergangen waren und er Rider, den kleinen Jungen, dem man die Hosen naß gemacht hatte, dabei überraschte, wie er Sand in Jasons Tintenfaß füllte. Niemals würde er Riders Augen vergessen, als er ihn auf frischer Tat ertappte, ein ängstlicher, kläglicher, gemeiner Blick, ohne ein Zeichen von Scham. Und Jason erkannte, daß er das aus freien Stücken getan hatte.

Und genau in diesem Augenblick hatte Jason zugeschlagen. Er schlug dem Kleinen mitten ins Gesicht, fest, und von Zorn und Enttäuschung wie benommen. Vom Rektor bekam er eine Tracht Prügel, zur Strafe dafür, daß er einen jüngeren Schüler geschlagen hatte. Das war fast ein Jahr her. Schwerer waren die Spötteleien und Quälereien zu ertragen gewesen, und die anderen schienen bemerkt zu haben, daß Jason weicher und schwächer geworden war, und daß sie sich deshalb mehr und Schlimmeres als früher herausnehmen konnten.

Jason wartete darauf, daß die Eltern aus Indien zurückkämen, noch anderthalb Jahre. Er sehnte sich nach jedem Brief der Eltern und schrieb selbst einmal pro Woche. Wenn er einen ihrer Briefe erhielt – seine Mutter beschrieb malerisch Kleines und Großes von dort, und der Vater erzählte von der Arbeit und der fremdartigen Natur –, dann war es fast, als sei Jason selbst in diesem fernen Land. Er konnte die Hitze fühlen und die sonderbaren, scharfen Gerüche wahrnehmen, das magere Vieh auf den Straßen sehen. Er hörte, wie in sanften Nächten die Grashüpfer zirpten. Alles um ihn herum verschwand, das Internat und die Uniformen, das unaufhörliche Cricketspielen, das Gejohle, die Quälereien – all das existierte nicht mehr, und er hatte Sehnsucht. Die Briefe halfen ihm. Und heute, an diesem Tag, an dem man ihn zum Rektor gerufen hatte, hatte er einen Geburtstagsbrief erwartet –

Sie standen um ihn herum. Er starrte sie an. Der Blick, den er ihnen zuwarf, *war* der Blick eines Fremden, er *war* jetzt anderswo. Eine süße und verführerische Stimme in ihm flüsterte, er solle sie doch gewähren lassen, sich von ihnen verprügeln lassen, damit alles ausgeglichen sei, damit er selbst nicht mehr da sei und unter ihren Händen verginge. Denn das war nun gleichgültig. Fast sehnte er sich nach den Schlägen. Aber etwas in ihm – wieder dieses *Etwas* – leistete Widerstand. Er fühlte die Wirklichkeit um sich herum, sein eigenes, unbegreifliches Dasein. Wie große Kreise umgab es ihn, und er ahnte, er werde zerbrechen, er werde versinken, werde verschwinden, falls er sie gewähren ließe. Als der erste die Faust zum Schlag erhob, hielt Jason deshalb die Hände vor sein Gesicht, krallte seine Nägel fest in die Haut, fuhr sich über die Wangen und brachte sich tiefe Kratzwunden bei. Er tat das gleiche noch einmal, und dieses Mal begann er weiter oben.
Die Jungen blieben wie angewurzelt stehen. Sie starrten ihn an, sahen, daß über Jasons Wangen und über seinen Hals plötzlich dunkle Blutstreifen liefen. Stumm sahen sie, wie er dies noch einmal tat. Während der ganzen Zeit gab er keinen Laut von sich, sondern preßte die Lippen so fest aufeinander, daß sie weiß wurden. Die Augen waren schmal, und hinter den Tränen konnte man die fast schwarzen Pupillen erkennen.
Erschrocken wichen sie zurück.
»Was *macht* der?« flüsterte einer. Noch einmal fuhr sich Jason über das Gesicht. Er dachte jetzt an nichts mehr, erinnerte sich nicht mehr an das Geschehene. Er fühlte nur den Schmerz in den Wangen und daß salzig die Tränen flossen und sich mit

dem Blut vermischten. Sie standen noch da, um ihn herum, undeutlich konnte er sie erkennen. Wer waren sie? Warum gingen sie nicht? Warum ließen sie ihn nicht einfach allein mit der Sonne, ließen ihn hier allein stehen und einfach schauen. Er hörte auf, sein Gesicht zu zerkratzen, wandte sich wieder um zu den Fenstern und vergaß die anderen. Die Sonne war noch etwas höher gestiegen, und stärker als zuvor wogte die Röte durch die Fenster, genau auf sein Gesicht, und sie brannte in den Wunden. Dieses Brennen war schön, er hatte das Gefühl, daß es richtig war.

Jason weinte jetzt stärker, in langen Schluchzern.

Durch eine der Doppeltüren kam Saunders, der Naturkundelehrer und Jasons Tutor, auf dem Weg zum Unterricht. Ein graubärtiger, zerstreuter Mann, der selten genau Notiz nahm von dem, was um ihn herum geschah. Irgend etwas an dieser kleinen Gruppe drüben bei den Fenstern, an diesen unbeweglichen Jungen, mußte ihn indessen stutzig gemacht haben, er blieb stehen und sah zu ihnen hinüber. Er zog die Augenbrauen in die Höhe. Dann kam er auf sie zu. Sie bemerkten ihn erst, als er sie ansprach:

»Was geht hier vor?«

Sie fuhren herum und starrten ihn ängstlich an. Saunders aber wußte, daß ihre Angst nichts mit ihm zu tun hatte, er war nicht sonderlich furchterregend, es mußte sich um etwas anderes handeln. Er verschaffte sich einen flüchtigen Überblick, merkte sich die Gesichter der Jungen, weiche Kindergesichter, so wenig geprägt noch, daß Saunders jedes Mal ein Schrecken durchfuhr, wenn er sie bei einer Teufelei ertappte. Sie konnten bemerkenswert boshaft sein. Und wenn er solche Gesichter sah, konnte er das nicht verstehen. Saunders war Naturwissenschaftler, Anhänger Darwins, und er glaubte nicht an die biblische Ursünde. Manchmal aber dachte er, es müsse etwas geben wie eine biologische Ursünde. Etwas mußte schiefgegangen sein mit dem Menschengeschlecht, wenn sogar seine *Kin-*

der ... Dann fiel Saunders die Gestalt auf, die sich dem Fenster zuwandte. Am roten Haar erkannte er Jason Coward. Eine Leuchte in den naturkundlichen Fächern. Er biß sich auf die Lippen, dann räusperte er sich, tief und zornig:
»Verschwindet!« Sie zögerten einige Sekunden, wie paralysiert.
»*Zieht ab!*« zischte er. Dann gingen sie, langsam. Und erst als sie glücklich aus der Halle waren, wandte Saunders seine Aufmerksamkeit Jason zu, der dastand wie zuvor. Und erst, als er ihn umdrehte, sah er die von Blut glänzenden Wangen.
Saunders nahm Jason mit in seine Privatwohnung, wo seine Frau ihm die Wangen mit Spiritus abwusch und sie verpflasterte. Er sagte seine Stunden ab. Den ganzen Vormittag sprach er mit Jason, bemühte sich, ihn zurückzuholen in die Wirklichkeit. Dann ging er zum Direktor.
Lange jedoch bevor die Sonne ihr Zenit erreicht hatte, hatte die Buschtrommel in der ganzen Schule bekanntgemacht, daß Coward – dieser Feigling mit dem roten Haar – verrückt geworden war.

Jason war aber nicht verrückt. Er weinte über den Brief. Jason stand an der Schwelle seines Erwachsenenlebens, und in seinem Inneren würde dieser Morgen weitergehen, Tag und Nacht, noch viele Jahre lang, würde er ihm wieder erscheinen: Der Brief, schwarze Schrift auf weißem Papier, getränkt in rotem Licht. Er würde Gott anrufen und nach dem Sinn dieses Briefes fragen. Und eine unbändige, sinnlose Wut würde ihn erfüllen, und diese Wut würde andere Formen annehmen und ihn weit, weit abbringen von dem Leben, das scheinbar für ihn abgesteckt gewesen war.
Alles veränderte sich.
Über Kinder heißt es häufig, sie vergäßen rasch, setzten ihr Leben ungezwungener fort. Auch über Jason sagte man dies. In Wirklichkeit wurde er ein anderer. Das Ereignis traf ihn so tief,

daß die Erinnerung daran seine gesamte Verfassung und sein ganzes Dasein veränderte. Die Erinnerung bekam einen fast physischen Charakter.

Mochte er gegenüber sich selbst und seinem eigenen gesunden Urteilsvermögen später vielleicht auch einräumen, einem Menschen könnten weit schlimmere Dinge zustoßen, dennoch teilte dieser Morgen Jasons Leben in zwei Teile. Danach war er ein anderer, jemand, der ihm unbekannt war.

Kein Geburtstagsbrief war angekommen, sondern eine sehr kurze, sehr förmliche Mitteilung, daß die beiden Eltern Jason Cowards, Dr. med. John Coward und Frau Alice, geborene Clarke, an ihrem indischen Aufenthaltsort, Vellore bei Madras, an einer nicht näher bezeichneten epidemischen Krankheit verstorben seien. Mit ehrerbietigen Grüßen äußerte das Ministerium sein tiefstes Mitgefühl.

Lieber Jason, schrieb der Vater, *hier sind die Dinge unverändert. Heute ist es heiß, und eine ganze Menge Soldaten liegt mit dem »Vellora-Bauch« zu Bett. Kein Grund zur Aufregung, meinen die Offiziere, aber ich bestehe sicherheitshalber auf einer anständigen Chinin-Kur. Zur Zeit ist hier alles sehr schnell verderblich.*

Nachts gibt es am Himmel interessante Lichtphänomene, das hat wahrscheinlich mit der Hitze zu tun. Eine Art Wetterleuchten, wenn auch viel heftiger und in ungewöhnlich starken Farbnuancierungen.

Deine Mutter bittet mich, Dich zu grüßen, sie ist heute auf einem Vereinsausflug. Eine gewisse Mrs. Johnson hat sie zur Evangelisierungsarbeit überredet. Mrs. Johnson ist eine ältere, gebieterische Dame, die aussieht, als habe sie zu viel unreifes Obst gegessen. Die Eingeborenen hören ihr mit erstaunlicher Geduld zu. Ich hoffe, Deine Mutter kann durch diese Aktivitäten beitragen zur Verbreitung einiger allgemeiner Gesundheitsregeln unter der Bevölkerung. Wie ich berichtet habe, hatten wir nach dem letzten Monsun einige häßliche Epidemien.

Wenn wir schon beim Religiösen sind, ich habe dieser Tage in einem alten, verlassenen Tempel eine interessante Kosmogonie gesehen: Der Gott Schiwa, der mit seinen vier Armen und mit einem unbeschreiblich spöttischen Lächeln auf den Lippen das Universum – die Sonne und alle Himmelskörper – umklammerte. Er ist der Vernichter und der Schöpfer, wie ich durch das bißchen weiß, das ich verstanden habe. Aber zu tieferen, religiösen Studien reicht die Zeit nicht.

Ich hoffe, mit der Arbeit in der Schule gibt es keine Schwierigkeiten. Deine Mutter und ich erwarten, daß Du eine gute Abschlußprüfung machst. Für den nächsten Brief stelle ich Dir die Aufgabe, einen kurzen Bericht über Zebus zu schreiben. Das ist eine Rinderart mit Fettbuckel über den obersten Rückenwirbeln. Sie werden hier sehr häufig als Zugtiere benutzt. Mit vielen lieben Grüßen von Deinem –

Die folgenden Wochen waren für Jason sehr anstrengend. Sein Onkel und seine Tante waren für die Zeit der Abwesenheit seiner Eltern bereits zu seinen stellvertretenden Vormündern bestellt worden, und nun mußte eine beständige Lösung gefunden werden. Außerdem gab es da das Testament. Doktor Cowards Kollegen und Freunde hatten einen Gedenkgottesdienst für Jasons Eltern arrangiert, die man in Indien beigesetzt hatte, und dies schien die geeignete Gelegenheit zu sein, um über Jasons Zukunft zu entscheiden. In der vordersten Kirchenbank saß Jason neben seiner Tante, mit starrem Blick und zusammengepreßten Lippen, auf den Wangen noch die roten Narbenstreifen, während er die vielen Gedenkworte über Doktor Coward mitanhörte, über diesen Doktor Coward, der so ein hervorragender Mann gewesen war. Zu guter Letzt wirkte der Name auf Jason völlig fremd, so fremd, daß es ihm fast gelang, zu vergessen, von wem die Rede war. Dieser Mann, der mit seinem unermüdlichen Eifer und mit seiner Kraft den Kollegen Beispiel, Vorbild und anspornende Kraft gewesen war. Beehrt, hoch beehrt, daß man diesen Mann hatte kennen dürfen, tief erschüttert über sein jähes Dahinscheiden und dankbar gegenüber Gott, hatte man sich nun hier versammelt, um sich dieses Mannes und seiner Gattin zu erinnern – Jason fiel auf, daß ein oder zwei der tief erschütterten Kollegen heimlich auf die Uhr sahen. Seine Tante Mabel stierte mit einem zerquälten, feuchten Ausdruck im langen Gesicht vor sich hin. Zwar war sie die Schwester des Vaters, sie und der Vater waren auf dem kleinen Pfarrhof des Großvaters an den Ufern des Severn aufgewachsen, wo sie miteinander gespielt und sich unterhalten hatten – aber Jason konnte an ihr nichts vom Vater wiedererkennen. Alle Umstände und Menschen um ihn herum erschienen ihm äußerst fremd. Nichts von alldem geschah wirklich mit ihm.

Darum hörte er mit starrem Grauen zu und stellte fest, daß diese bewegenden, tröstenden und wärmenden Worte auf ihn nicht den mindesten Eindruck machten.

Die sich anschließende Zusammenkunft fand in Jasons Elternhaus statt und setzte sich zusammen aus seinen Vormündern, einem Verwandten und einigen Freunden seiner Eltern, von denen der eine der Anwalt war, der sich um die geschäftlichen Angelegenheiten der Familie gekümmert hatte. Jasons Zukunft mußte geplant werden, es mußte besprochen werden, was verkauft werden sollte, um Mittel für Jasons Lebensunterhalt und Ausbildung sicherzustellen. Auf die Anwesenden wirkte der elternlose Junge unsentimentaler und entgegenkommender, als sie befürchtet hatten, vielleicht sogar zu entgegenkommend.

Der Wohnbereich des Hauses war für die Zeit der Abwesenheit seiner Bewohner verschlossen gewesen, die Möbel waren mit Schonbezügen abgedeckt und die Bilder von den Wänden genommen worden, die Teppiche hatte man zusammengerollt, und das bewegliche Gut war in Kisten und Kästen verstaut worden. Nun hielten die Erwachsenen Kriegsrat im Wohnzimmer, zur Erleichterung der Situation war eine Karaffe ausgepackt worden, und in den kleinen, schweren Gläsern der Mutter wurde Sherry angeboten. Jason trug die Schuluniform und saß steif in einem Stuhl beim Klavier, er hatte feuerrote Wangen. Auf dem Weg vom Hotel, in dem sie für diesen Anlaß wohnten, hatte Tante Mabel ihn gefragt, ob er Fieber habe. Nun saßen sie alle hier, und den Anfang zu finden war schwer, man räusperte sich und rückte geräuschvoll mit den Stühlen.

Jason sah sich im Zimmer um, das auf ihn wirkte wie eine Karikatur seines Elternhauses, ihm nur flüchtig bekannt, fremd, etwas, das ihm nicht mehr gehörte.

Zunächst einmal, knarrte endlich Mr. Scott, der Rechtsanwalt, gelte es, eine Lösung zu finden, die Jasons Zukunft auf die beste Weise sichere. Doktor Coward sei nicht vermögend gewesen, das Grundstück sei noch belastet mit langfristigen Hypotheken, die Versicherungssumme sei bestenfalls bescheiden. Wenn man freilich, unter Berücksichtigung eines Verkaufs, die richtigen Dispositionen treffe und sich auf einen sparsamen, ständigen und – ähäm – fürsorglichen Vormund einige ...

Alle Gesichter wandten sich nach Jason um: ängstlich, ernst. Jason nickte, ebenso ernst.

»Er nimmt es so tapfer auf«, sagte Tante Mabel leise. Sie stand am Fenster, die weißen Vorhänge waren aufgezogen, und das Herbstregenlicht schenkte den Gesichtern und dem Raum ein blasses, angenehmes Glühen.

»Das Erdgeschoß ist bereits vermietet, und selbstverständlich kann man das gesamte Gebäude vermieten und so ein festes Einkommen sichern. Indessen ist der Besitz einer Immobilie, und vor allem eines Hauses mitten in der Stadt, mit einer Reihe praktischer und ökonomischer Verpflichtungen verbunden ... Verkauft man hingegen das Haus, und legt das Geld an, so ...«

Jason *beobachtete*. Er beobachtete das Zimmer, in dem sie saßen. Seine Beobachtung sagte ihm, daß es im Grunde ein beliebiges altes Zimmer sei, es war überhaupt nichts Besonderes daran. Es war ein Wohnzimmer wie tausend andere. Er dachte an sein eigenes Zimmer unter dem Dach. Er wußte, daß es leer war, er war dort oben gewesen und hatte hineingesehen. Nur ein Bett und einen Nachttisch hatte er vage wiedererkannt, als betrachte er ein altes Foto von sich selbst. Der Himmel über dem Dachfenster hatte hell geleuchtet. Dann hatte er die Tür hinter sich geschlossen.

Onkel Ralph, der Cousin der Mutter, hustete diskret und sah auf die Uhr. Der Rechtsanwalt nahm sich Zeit, um zum Punkt zu kommen. Jason beobachtete seinen Verwandten, während dieser auf die Uhr sah. Er beobachtete ihn und fand, daß es sich um eine fast alltägliche Angelegenheit handelte, die zu den Dingen gehörte, wie sie im Leben geschahen: Ehrbare, strebsame Menschen sind plötzlich moralisch und persönlich für einen Waisen verantwortlich. Das gehörte nicht zu den Dingen, die man *einkalkuliert,* aber als Gentleman übernimmt man die Verantwortung und opfert Zeit für sie. Und falls man auf die Uhr sieht, dann sieht man diskret darauf, das ist verständlich. Das Leben geht weiter. Das Ganze schien Jason mit einem Male so verständlich, daß sein Entschluß völlig feststand, niemandem in irgendeinem Punkt Hindernisse in den Weg zu legen. Während der Verhandlungen sagte er fast nichts. In Wirklichkeit war Jason ein mitteilsamer Junge, und hätte man ihn richtig gekannt, wäre sein Schweigen aufgefallen. Aber – »in Wirklichkeit«? Was konnte das jetzt heißen? Wo war die Wirklichkeit jetzt? Sie wußten nichts von ihm, das war alles. Es war zu Jasons Vorteil.

Und als sie zu den Gegenständen kamen, verlief alles schmerzlos. Doktor Coward, der gute alte John, hätte bestimmt ge-

wollt, daß der Sohn – abgesehen von persönlichen Erinne-
rungsstücken – auch einzelne Möbelstücke, Kunst und größere Gegenstände –, vielleicht aus der Praxis des Vaters –
auswählte, dessen war der Advokat sicher. Wenn Jason also
irgendwelche Gegenstände aus dem Elternhaus behalten
wolle... Hier zum Beispiel, eine Wanduhr...

Die Wanduhr aber war schnell zu Geld gemacht und ebenso
das Speisezimmer, die ledernen Ohrensessel, die Etagere, der
Wäscheschrank samt Inhalt. Die Würde der Zusammenkunft bekam einen angestrengten, frenetischen Unterton, je
weiter sie fortschritt. Aus welch unglaublichen Mengen von
Dingen – Möbeln und Gegenständen – besteht doch ein Zuhause. Ein Zuhause ist zusammengesetzt aus Dingen. Kühl
beobachtete Jason. Er sah, daß ein Zuhause eine Art Pup-
penhaus ist, eine Art eingerichteter Schuhschachtel, in die
man Spielmöbel stellt und sie mit einem Vater und einer
Mutter, einem Kind oder zwei Kindern und einem Hund be-
völkert. Hier – ein Zuhause. Nun aber fehlte also verschiedenes hier, unter anderem fehlte der Bullterrier Ernest,
Jasons Hund, bevor er in diese Schule gekommen war. Er
fehlte ihm fürchterlich, mit seiner kalten, nassen Schnauze.
Jason hatte man erzählt, er komme in gute Hände, aber
Jason hatte gewußt, daß sie logen, und sein Vater hatte gewußt, daß er es wußte. Kein Ernest also, den man in gute
Hände abgegeben hatte. Nur ein paar Gegenstände waren
übrig – und Jason, Jason tat sein Bestes, um sie nicht zu stören. Das Ganze erschien so einfach wie eine Schuhschachtel.
Weniger und weniger war übrig. Jetzt war bald das Silberzeug verkauft, obwohl Tante Mabel und ihr Mann, der Pfarrer, einige Gegenstände einlösen wollten, ebenso Ralph, der
Cousin der Mutter – Jason hatte keine Einwände. Er war so
entgegenkommend, daß der Advokat ihn fragte, ob er sich
bewußt sei, welchem Sachverhalt er zustimmte? Vielleicht
wollte Jason doch einige von den Bildern behalten – für die

Lagerung könne man sorgen –, vielleicht würde Jason es später im Leben bereuen, weil er sie so rasch weggegeben hatte? Nein? Gut, dann wurden sie zum Verkauf aufgeschrieben. Eine matte Gleichgültigkeit hatte sich im Zimmer verbreitet. Die Gegenstände zogen an ihm vorbei.

Nur einmal zögerte Jason. Man war bei den großen beschlagenen Kisten und Koffern im Keller angekommen, plötzlich lag etwas in einem mit Samt ausgeschlagenen Kasten vor ihm: ein Teleskop. Linsen von Chance's in Birmingham, zweieinviertel Zoll Refraktor mit einer theoretischen Auflösungsebene von zwei Bogensekunden.

Jason wurde blaß, als er das Teleskop sah.

»Na?« sagte Advokat Scott, freundlich vornübergebeugt. »Ein schönes Instrument. Gehört es dir?«

Jason sah hin, wie eine Sternschnuppe ging die Erinnerung durch ihn hindurch.

»Nein«, sagte er und sah weg.

Die Erwachsenen wechselten Blicke.

»Es muß Vater gehört haben«, sagte Jason und nahm sich zusammen. »Ich habe mich nie besonders für – Astronomie interessiert.«

»Aber vielleicht in der Zukunft?« Wieder Advokat Scott. Er betrachtete Jason eingehend mit den scharfen Augen des Juristen.

»Ein solches Instrument dürfte viel Geld einbringen«, sagte Jason unbekümmert.

Dann wurde die Atmosphäre wieder angenehm und dumpf. Man sprach über Jasons Zukunft und über das, was von Doktor Cowards medizinischer Ausrüstung und Literatur erhalten war. Jetzt ergriff der Mann der Tante, Reverend Chadwick, das Wort, ein untersetzter, zugeknöpfter Mann mit singender Stimme. Er sah die Dinge von der praktischen Seite.

»Ich vermute«, sagte er, »daß der junge Jason mit der Zeit die Richtung zu einem medizinischen Studium einschlagen wird.« Rund um den Tisch wurde genickt. Jason sah den Pfarrer wie

durch Glas, in einer Entfernung, die einen nicht unbedeuten-
den Teil der Ewigkeit darstellte. Dann sah er auf seine eigenen
Hände.

»Unter Berücksichtigung dessen und der Tatsache, daß – wenn
ich so sagen darf – das medizinische Studium zeit- und kosten-
intensiv ist und daß auch die medizinischen Werke und Instrumente kostspielig sind, und um – äh – um die Dinge von der
praktischen Seite zu betrachten –« Pfarrer Chadwick sah hinüber zu Doktor Falls, der in seiner Eigenschaft als Freund und
Kollege des Vaters an den Verhandlungen teilnahm. »Doktor
Falls, könnten Sie vielleicht – wenn ich so sagen darf, mit dem
rein Praktischen vor Augen – die Instrumente und Werke
durchgehen, die sich hier in der Praxis und im übrigen Haus
befinden dürften, und zwar sowohl die ganz elementaren, als
auch die kostspieligsten Instrumente und Bücher heraussu-
chen, damit diese eingedenk Jasons künftiger Berufung aufbewahrt werden und auf diese Weise teure und unnötige Neuan-
schaffungen zum späteren Zeitpunkt vermieden werden.«
Doktor Falls stimmte dieser Aufforderung knapp zu. Jason
sah sie sich alle an, er sah sie an und verstand nicht, was er sah.
Aus weiter Ferne drang es wie eine Stimme zu ihm, fast die
eines Fremden: *Ja, ich weiß, daß er mit meiner Schwester verheiratet ist, meine Liebe, aber ich kann seine Predigten nicht
ausstehen.*
»Das hier«, sagte Tante Mabel, und hielt ein großes, braun ein-
gebundenes Buch in die Höhe, »willst du das haben, Jason?«
Sie sagte es hoffnungsvoll.
Jason warf einen Blick auf das Buch. Es war die Bilderbibel, die
Bilderbibel seiner Mutter.
»Ja«, sagte er. »Das will ich haben, um darin zu lesen.«
Die Tante strich ihm prüfend über das Haar.

Lieber Jason, schrieb die Mutter, *ich hoffe, es geht Dir gut. Ich
sitze hier in Ruhe und Frieden in der Nachmittagshitze und*

schreibe. Dein Vater ist nicht von der Arbeit wegzulocken. Ich fürchte, er schuftet hier nicht weniger als in Whitechapel. Man versucht jetzt, eine Mikrobe oder irgend etwas anderes zu isolieren, er wird Dir bestimmt davon erzählen.

Gestern abend habe ich etwas erlebt, von dem ich mir wirklich wünsche, Du wärest dabeigewesen. Es war ein rotlila Abend, mit diesen sanften, satten, diesigen Farben, die sich so unmöglich beschreiben lassen, die aber alle Entfernungen aufzuheben scheinen. Vom frühen Morgen an waren die Pilger unten am Fluß unterwegs gewesen. Der Tag hieß Dasehra, der zehnte Tag des Festes Durgapudja, das man für Durga, »die Unwegsame«, »das Mädchen vom Gebirge«, die Gemahlin Schiwas feiert. An diesem Tag versenkt man ihr Bild und andere Götterbilder im Fluß. Mehr weiß ich nicht darüber. Dein Vater hatte mich in der Kirche abgeholt, wir sind zusammen nach Hause gegangen, über den Markt, wo man in Körben und Krügen die Gewürze, die Gemüse, die geflochtenen Kränze, den vielfarbigen Puder und die Parfums zusammenpackte. Da begann eine Gruppe Musikanten mitten auf dem Platz zu spielen. Wir standen den halben Abend da und hörten zu. Diese Musik, Jason, läßt sich nicht verstehen und um vieles weniger beschreiben. In der Mission habe ich die Leute sagen hören, sie sei grauenvoll, und man müsse sie wegen ihres stark heidnischen Inhalts bekämpfen. Und sie hört sich sonderbar an, das stimmt. Sie ist um einen Zentralton angeordnet, den ich nicht als Grundton bezeichnen möchte, er ist eher eine Art Mittelton. Um ihn herum wird die Musik gesponnen. Und diese Musik ist wie die rosa-neblige Abenddämmerung hier, sie ist sozusagen ohne Ende und ohne eigentlichen Anfang. Das Orchester, dem Dein Vater und ich gestern abend zuhörten, spielte, daß sogar die Dunkelheit zu leben begann. Nach dem Glauben hier, so habe ich den brahmanischen Schöpfungsbericht verstanden, hat das Dasein selbst mit einem Urklang begonnen, einem Urton, von dem alles andere ausgegangen ist. Wie seltsam es war, *gestern abend, durch die Straßen zu gehen mit einer von diesem strömenden, eigenartigen Klang erfüllten Seele ... Paß auf Dich auf und erkälte Dich nicht. Viele Grüße von Deiner –*

Ja, alles geht so äußerst glatt. Wie zugänglich er ist. Gegenstände ziehen an ihm vorüber, er verzichtet auf sie, als hätten sie ihm nie gehört, als sei er nie mit ihnen in Berührung gekommen. Es kam, wie er es geahnt hatte. Man einigte sich auf Reverend Chadwick und seine Frau als Vormünder, und die Schulferien sollte er wie bisher auf dem Pfarrhof in Devon verbringen. Sein zweiter Verwandter, Ralph, der Cousin der Mutter, lebte in der Stadt, er war unverheiratet, ein Mündel im Haus kam ungelegen. Advokat Scott aber stimmt zu, einiges Geld bei einem Aktienmakler zu plazieren, dann zieht er seinen Mantel an, setzt seinen Zylinder und die Miene unerschütterlicher Zuverlässigkeit auf, lüftet den Hut und verläßt die Zusammenkunft. Doktor Falls, der alte Kollege des Vaters, wünscht Jason viel Glück, versichert, er stehe jederzeit zur Verfügung, um ihm zu helfen, wolle die Verbindung aufrechterhalten und ihm bei der Ausbildung helfen, wenn die Zeit gekommen sei. Dann verschwindet er, so wie die Erinnerung an seinen Händedruck sich auf der Handfläche verliert. Sie gehen, alle zusammen. Die Dinge und die Zeit, alles entgleitet ihm. Ein Haus mit einem Messingschild an der Tür. Ein Kamin mit einer Uhr auf dem Sims, einer Uhr, die Sekunden der Gnade, Sekunden der Kindheit gezählt hat. Eine Chaiselongue aus rotem Plüsch, auf der jemand ruhte, ein Klavier, das sich noch erinnert. Das ist leicht, so leicht ist es. Er ist jetzt ein anderer. Jason weiß, daß er ein anderer ist. Er kehrt in die Schule zurück und ist ein anderer. Als habe sich in diesen Wochen in ihm etwas Neues entwickelt. Lehrer und Mitschüler betrachten ihn mit scheuen Blicken. Er kennt sie nicht. Es ist ganz leicht. Fast verzweifelt stürzt er sich auf die Schulbücher, als suche er nach etwas. Von jetzt an ist er heimatlos.

Und die Jahre vergingen langsam. Sie gingen vorüber mit Schulbesuch und Abschlußprüfungen, mit Ferien, im geborgenen, aber recht stillen und abgelegenen Haus von Tante und Onkel in Devon.

Jason war ein anderer.

Zuerst hatte dies in der Schule seltsame Auswirkungen. Anfangs erklärte man es sich damit, daß Jason durch die Tragödie aus dem Gleichgewicht geraten sei, aber die Veränderung im Verhalten Jasons nahm nicht ab, sie wurde vielmehr stärker und deutlicher. Es bedurfte also drastischer Mittel. Man griff zum spanischen Rohr. Keiner der Lehrer konnte es mit seinen Prinzipien vereinbaren, einen Schüler zu bestrafen, der vor kurzem so viel durchgemacht hatte, aber bald führte kein Weg mehr daran vorbei. Und Jason nahm die Strafe hin ohne zu mucksen, mit einer Haltung, die fast hochmütig wirkte, wenn man bedachte, welcher Dinge er sich schuldig zu machen begann. Und als auch körperliche Bestrafung nicht half, sah man sich genötigt, Briefe zu schreiben, Briefe an Tante und Onkel. Diese Schreiben wurden mit der Zeit so zahlreich, und der Inhalt nahm allmählich einen solchen Charakter an, daß die Vormünder es als ihre Pflicht betrachteten, Rechtsanwalt Scott hinzuzuziehen. Jasons Betragen gab zunehmend Anlaß zur Sorge.

Wie beschreiben oder erklären, was mit ihm geschehen war? Als Jason in die Schule zurückkam, gab es zwischen ihm und allen Dingen einen Abstand, eine kühle, unbegreifliche Unverbindlichkeit, die bewirkte, daß niemand und nichts ihm jemals richtig nahekam, eine Mauer aus Glas. Still wich er jedermanns Blicken aus. Er machte sich unsichtbar. Unsichtbar für die Lehrer, unerreichbar für Lob und für Tadel gleichermaßen. Kühl und gleichgültig nahm er die guten Zeugnisse entgegen. Mit entrückter, fast verächtlicher Miene sah er den Rektor an, bevor der eine Prügelstrafe an ihm vollstreckte. Ein Element von Unantastbarkeit und Gefährlichkeit hatte sich in sein Inneres eingeschlichen. Wenn Jason in den Unterrichtsstunden etwas sagte, waren seine Augen dunkel und ernst. Er erlaubte sich selten ein Lächeln, und lächelte er, dann so vorsichtig und leicht wie Schnee, und rasch schmolz das Lächeln wieder. Die Lehrer mißbilligten dies ganz einfach und witterten respektlosen, fremdartigen Trotz. Jason *nahm keinen Anteil*, weder im Guten noch im Bösen. Was mit Jason geschehen war, war einfach unbegreiflich. Und plötzlich konnte er es nun sein, der die Meute anführte, falls er ausnahmsweise einmal dazu Lust hatte. Jetzt war er der Anstifter und Anführer bei Unfug und Streichen. Und es schien, als sei er sich nicht recht im klaren über seine neue Rolle, als habe er nichts getan, um sie einzunehmen, und als sei sie ihm gleichgültig. Der Abstand zwischen ihm und den Mitschülern blieb unverändert groß. Sie hatten Angst vor ihm und waren vorsichtig, denn er hatte etwas *an sich*, etwas Großes, Indifferentes, Gefährliches. Etwas, das auf sie *herab*sah. Er hatte seine eigene, stille Art, sie um etwas zu bitten. Oft genügte ein Blick, damit sie gehorchten. Er selbst entzog sich und schien noch nicht einmal Vergnügen an seinen Streichen zu haben.

Im Verlauf der nächsten zwei Jahre wuchs Jason sehr, er wurde groß und stark.

Für Jason selbst war es eigentlich nur eine Fortsetzung des alten Gefühls: einen fremden Geruch zu haben und daß etwas in ihm sich von den anderen unterschied. Nun aber schien es, als habe sich dieses *Etwas* in ihm verändert, sei gereift und ausgebrütet und schlage mit dunklen Schwingen um sich. Eine kalte Ferne, eine stille, wilde Verzweiflung. Er entdeckte, daß er diesen Abstand zu allem und allen sogar genoß. Er konnte andere dazu bringen, zu tun, was er wollte, und sie krochen vor ihm. Er genoß, daß ihn ihre Beherrschung keine Mühe kostete, weder physisch noch emotional, daß es vielmehr leicht war, sehr leicht. In seinem Inneren wuchs nach und nach ein starker, hartnäckiger Drang zum Aufruhr – fast ein Haß. Ein Haß auf

Schule, Lehrer, Schüler, auf Onkel und Tante und auf ihren friedlichen kleinen Pfarrhof. Er gehörte nicht zu ihnen! Er war ein Heimatloser, und so mußte es sein. So war es richtig. Sie aber sollten ihn bemerken, fühlen, daß es ihn gab.

Es schien, als unternehme er die ganze Zeit Angriffe auf sich selbst, um festzustellen, ob die Glasmauer zerbrach. Die aber hielt stand. Im alten Saunders, dem Naturkundelehrer Saunders, konnte sich alles zusammenkrampfen, wenn Jason plötzlich in der Stunde aufstand und Fragen außerhalb des Pensums, wenn auch nicht irrelevant, stellte und sie mit solchem Trotz vortrug, daß Saunders sich verzweifelt am Bart ziehen mußte. Jason benutzte seine Fähigkeiten als Waffen, auch wenn sich in Wirklichkeit diese Waffen ebensosehr gegen ihn selbst richteten, aber das bemerkte niemand ...

Über lange Zeitabschnitte war er ruhig und nach innen gekehrt, hatte Abstand zu den Dingen. Dann aber konnte es ihn überkommen, eine Unruhe, die in seinem Inneren die Oberfläche kräuselte, und er heckte Unfug aus. Wie betäubt und fast ohne Vorstellung von dem, was er tat, konnte er einem der Admiralsporträts in der Halle einen Schnurrbart anmalen. Oder er konnte, durch eine Bestrafung von eiskaltem, weißem Zorn gepackt, einen Stein durch eines der Bleiglasfenster in das Büro des Rektors werfen. Er tat Dinge, an die andere noch nicht einmal dachten. Vor der Morgenandacht ließ er in der Kapelle die Sammlung weißer Mäuse aus der Naturkundeabteilung los und feuerte während einer Chorprobe Knallfrösche ab: Noch nicht einmal seine eigenen Fachgebiete verschonte er.

Und gleichzeitig – gleichzeitig war er schweigsam und fast träumerisch. Er *war* ein tüchtiger Schüler, gewissenhaft und fleißig, und lernte eisern. Eifriger als früher spielte er Geige, und ein neuer Ton war in sein Spiel gekommen. Was sollte man mit ihm *machen* –!

Die Streiche, die er sich einfallen ließ, hatten einen besonderen, perfiden, wohlüberlegten Charakter, nicht immer konnte man

116

ihn deshalb dingfest machen, doch man spürte Jasons Handschrift. Niemals wurde aufgeklärt, wer im Schulgarten eines Nachts alle Rosen beschnitten hatte, so daß sie in jenem Jahr nicht blühten, und niemand konnte mit Sicherheit beweisen, wer an einem frühen Sonntagmorgen einen Pferdeapfel in den Abendmahlskelch gelegt hatte.

Letzteres stellte mehrere Wochen lang die ganze Schule auf den Kopf, alle Freistunden wurden gestrichen, und stundenlang bemühte sich der Rektor darum, den Angeklagten zum Geständnis zu bewegen oder die anderen dazu zu bringen, gegen ihn auszusagen. Zu guter Letzt wurde die Sache aus Mangel an Beweisen zu den Akten gelegt. Doch von diesem Tag an herrschte zwischen dem Lehrerkollegium und Jason der Kriegszustand. Es war nicht mehr die Rede von einem aufsässigen Schüler, sondern von direkten Angriffen auf jene Werte, auf denen diese ehrwürdige Schule ruhte, Werte, denen die Gesellschaft und das Empire selbst ihre Existenz verdankten. Derartige Vorfälle bedrohten den Ruf der Schule, denn selbstverständlich würden solche Geschichten den Eltern in den Ferien zu Ohren kommen.

Die anderen Schüler hatten Angst vor ihm.

Und dennoch kam es selten vor, daß Jason ihnen etwas tat, er griff sozusagen niemals den einzelnen an, nein, seine Attacken zielten auf höhere und größere Ziele, die anderen Schüler waren für ihn kaum der Verachtung wert.

Doch es gab Ausnahmen.

Beispielsweise den Vorfall mit dem jungen Denton.

Lieber Jason, schrieb der Vater, *neulich abends kam ich in der Bar mit einem alten Offizier ins Gespräch, er erzählte vom Sepoy-Aufstand von '57. Aufgedunsen, rotviolett und hinter seinen weißen Schnurrbartenden zitternd, erzählte er, wie man ihn als jungen Unteroffizier nach Delhi geschickt hatte, damit er an den Säuberungen und Vergeltungsaktionen teil-*

*nahm. Er erzählte von unbegreiflichen Ereignissen, von maß-
losen menschlichen Handlungen. In den Straßen der Stadt
standen zahllose Galgen, und Frauen und Kinder hat man vor
die Kanonenmündungen gebunden, bevor man das Kommando zum Feuern gab.*

Die Geschichte mit dem jungen Denton. trug sich an einem
Sonntag zu, zwei Wochen vor dem Halbjahresabschluß. Ein
Cricketspiel wurde ausgetragen, und Schüler, die an dem Spiel
nicht teilnahmen, trugen Sonntagskleidung, überall leuchteten
gelbe Strohhüte und weiße Anzüge. Auf den großen Rasen-
plätzen herrschte eine heitere Stimmung. Viele Eltern waren
gekommen, um das Spiel zu sehen, und das Ganze hatte das
Gepräge eines inoffiziellen Abschlusses und des verfrühten
Beginns der Sommerferien. Die Lehrer waren glänzender
Laune, das Spiel lief gut für die Schule und war außerdem lang-
sam genug, daß das Publikum über vieles andere, Wichtiges
und Unwichtiges, plaudern konnte, während das eigentliche
Spiel zwischendurch immer wieder für Zerstreuung sorgte. So
war es an diesem Tag. In den Pausen flanierte man, Mütter und
Schwestern mit Sonnenschirmen wurden galant über die
Plätze geleitet, im Schulbereich machte sich ein behagliches
Durcheinander von Stimmen und Gelächter breit.
In einer Ecke, am Rosengarten, war eine Plauderei zustande
gekommen, eine Art Diskussion, der keiner der anwesenden
Schüler größeres Gewicht beimaß, was später dazu beitrug,
daß sich die tatsächlichen Ereignisse so schwer rekonstruieren
ließen.
Der junge Denton war Schüler der Schule und besuchte eine
Klasse über Jason. Er war groß, elegant, hatte hervorragende
Umgangsformen und stammte aus einer der ältesten und füh-
renden Familien des Landes. Er war auf einem Schloß aufgewachsen, sein Vater, Lord Denton, war nicht nur Herzog, sondern obendrein noch Mitglied des Kabinetts – der junge Lord

war in jeder Hinsicht eine Ausnahmeerscheinung. Man hatte ihn hierher und nicht nach Eton oder Harrow geschickt, weil er tatsächlich ein guter Schüler war und weil Jasons Schule für ihre guten fachlichen Leistungen bekannt war. Der junge Lord fügte sich mühelos in die Gemeinschaft, er spielte seine Überlegenheit nicht aus, sondern war freundlich und natürlich. Aber selbstverständlich *wußte* man, wer er war, er selbst wußte es auch, und dies prägte sein Verhältnis zu Mitschülern und Lehrern. Der Lord und Jason hatten keine offene Rechnung miteinander – im Gegenteil schien Denton einer jener Schüler zu sein, mit denen Jason am besten auskam. Darum war dieser Vorfall in mehrfacher Hinsicht unbegreiflich.

In der kleinen Schülergruppe hatte man eine Diskussion begonnen, eine jener jugendlichen und selbstsicheren Unterhaltungen, bei denen sich die Flugerfahrung der Teilnehmer im wesentlichen noch auf das Schlagen mit den Flügeln beschränkt. Obendrein war man in guter Stimmung. Jason stand etwas am Rande der Gruppe, in seiner schwarzen Schuluniform, und hörte zu, beteiligte sich aber nicht. Man sprach über Klassenunterschiede in der Gesellschaft und insbesondere über die Besitzlosen. Keiner der Schüler wußte im Grunde, wovon eigentlich die Rede war, infolgedessen war es nicht erstaunlich, daß die eine oder andere Unüberlegtheit geäußert wurde.

Der junge Denton war gewöhnlich zurückhaltend und freundlich, aber nicht weniger selbstsicher als die anderen. Seine Interessen gingen in eine völlig andere Richtung als jene, um die sich das Gespräch drehte, und seine Kommentare fußten auf begrenzten Erfahrungen und Eindrücken, die ihm seine Jugend vermittelt hatte. Wenn er also anmerkte, die Notleidenden in den Großstädten und Industrieansiedlungen seien an ihrer Situation selbst schuld, viele von ihnen seien von zweifelhafter Moral und ohne Bildung, sie zeigten weder persönliche Verantwortung noch Initiative – kurz gesagt, viele von ihnen seien Taugenichtse, die ihre Erniedrigung verdienten –, war offensichtlich, daß der junge Adlige seine Schlüsse teilweise aus Bemerkungen bezog, die er bei seinem Vater, dem Minister, aufgeschnappt hatte. Die anderen Jungen waren gerade deshalb sehr daran interessiert, diese Gesichtspunkte zu vertiefen, als plötzlich ein schwarzer Schatten unter ihnen auftauchte und sich vor dem Lord aufbaute: Jason Coward. Man hörte, wie Coward leise etwas zu Denton sagte und daß dieser mit einem einsilbigen Wort antwortete – dann geschah alles sehr rasch. Coward packte Denton und schlug ihm fest ins Gesicht und in den Bauch. Blaß, die Zähne aufeinandergebissen, richtete er dann sein Opfer bis in Schulterhöhe wieder auf und schleuderte es mit aller Kraft, mit dem Gesicht voran, in eine Dornenhecke. Anschließend ging er langsam und zornig zu der Hecke, packte den Lord an der Jacke und wollte ihn gerade ein weiteres Mal in die Dornen schleudern, als endlich jemand eingriff und Jason Coward zu Boden warf.

Angezogen von den Schmerzensschreien des Opfers kamen Leute angelaufen, Lehrer, Eltern – und Lady Violet, die Mutter des Opfers.

»*Laßt mich los*«, zischte Jason verbissen den vier Jungen zu, die ihn festhielten. »Laßt mich los. Den Kerl pack' ich mir. Dem Hühnchen verpass' ich eine Tracht Prügel! Laßt mich los!«

So kam es, daß ein gutes Cricketspiel nach der halben Spielzeit abgepfiffen wurde.

»... und du kannst deinem Schöpfer danken, junger Mann, daß er sein Augenlicht nicht verloren hat! Hast du gesehen, wie lang die Dornen waren!« Rechtsanwalt Scott war aus London gekommen, um Jason ins Gewissen zu reden und, falls möglich, einen Schulverweis zu verhindern.

»Ja«, sagte Jason, »das ist eine Hagebuttenart, *Rosa canina* im Crépinschen System, wenn ich mich nicht irre.«

»So. So. Jetzt beruhigst du dich ein bißchen. Man hat mir gesagt, daß dein Betragen hier skandalös ist. Ganz allgemein.

Weder ich noch deine Tante oder dein Onkel verstehen, welcher Teufel dich reitet. Ich muß sagen, ich bin enttäuscht. Was hätte dein Vater dazu gesagt?«

Jason sah zu Boden, sagte aber nichts.

»Ich habe mit dem Rektor gesprochen. Du kannst froh sein, daß das nach der Abschlußprüfung passiert ist. Du hast die Prüfung für dieses Jahr mit Glanz bestanden. Es läßt sich nicht leugnen, hat der Rektor gesagt, daß Coward ein tüchtiger Schüler ist. Aber jetzt steht der Schulverweis vor der Tür, junger Mann. Ein Jahr vor dem Abschluß! Was würde John dazu gesagt haben!«

Jason antwortete noch immer nicht. Vielmehr ließ er den Blick aus dem Fenster gleiten, hinaus in den Hochsommertag, mit blauem Himmel und großen, weißen Cumuluswolken über den Hügeln.

»Was hattest du eigentlich gegen den jungen Denton?«

»Nichts.«

»Schweig. Lüg mich nicht an. Man wirft einen Mitschüler, noch dazu einen Adligen und Sohn eines Mitglieds der Regierung Ihrer Majestät, nicht ohne triftigen Grund in eine Dornenhecke! Hat er dich beleidigt? Bist du zu stolz, mir zu antworten?«

»Er hat mich nicht beleidigt«, sagte Jason.

»Verflucht noch mal, irgend etwas muß es doch *gegeben haben*!«

Jason murmelte etwas.

»Was hast du gesagt!«

»Man könnte sagen, es war eine politische Frage«, sagte Jason. »Er hat gesagt, die Armen verdienten ihre Armut, ich habe ihn gebeten, das zurückzunehmen, das wollte er nicht. Ich habe ihm eine Lektion erteilen wollen.«

Rechtsanwalt Scott schwieg lange.

»Großer Gott«, sagte er schließlich; »ich glaube, das *meinst* du wirklich so.« Er betrachtete Jason prüfend und versuchte sich ein Bild von diesem kräftigen Sechzehnjährigen zu machen, der vor ihm stand. Was war aus ihm für ein Mensch geworden seit damals, als er schweigend und tapfer dagesessen und zugesehen hatte, wie sich sein Elternhaus vor seinen Augen auflöste.

»Du hast dich sehr verändert«, sagte er, »seit ich dich das letzte Mal gesehen habe.«

»Nein«, sagte Jason unbekümmert. »Im Grunde nicht.«

Der Rechtsanwalt schien etwas verstanden zu haben.

»Kann schon sein«, sagte er und sah Jason in die Augen. »Aber hör jetzt genau zu, Jason: Du bist jung, du bist unerfahren, und du braust leicht auf. Ich habe mit den Eltern des jungen Denton gesprochen. Es hat mich Zeit und Kraft gekostet, aber ich hatte Erfolg. Man will die Angelegenheit auf sich beruhen lassen, weil der Junge keinen bleibenden Schaden davongetragen hat und weil man einen Skandal vermeiden möchte. Seine Gnaden der Herzog hat aber verlangt, daß du seinen Sohn um Entschuldigung bittest. Sehr großherzig. Schlimmer war das Gespräch mit dem Rektor. Er will dich rauswerfen, Jason.«

»Ich verstehe«, sagte Jason.

»Es scheint dich nicht zu belasten«, sagte Scott grimmig.

»Belasten? Ich habe doch gesagt, daß ich verstehe. Was soll mich denn belasten?«

Der Rechtsanwalt sah Jason an und erwiderte seinen Blick. Diese Augen, dachte er. Diese Augen –

»Ich glaube, du hast überhaupt nichts verstanden«, sagte er müde. »Aber ich habe mit dem Rektor gesprochen, und er ist bereit, dich das letzte Jahr weitermachen zu lassen, auf *Probe*, junger Mann, auf *Probe*. Noch *eine* Kleinigkeit, und du fliegst sofort hinaus. Und wenn es mitten im Halbjahr ist. Hast du das jetzt *verstanden*?«

»Ja«, sagte Jason. »Ich habe verstanden.«

»Wirst du dir das einprägen?«

»Ja«, sagte Jason.

»Und Denton um Entschuldigung bitten?«

»Ja.«

»Ich hoffe, du wirst die Ferien nutzen, um über die Dinge nachzudenken. Ich habe deinen Pflegeeltern geraten –«

»– meiner Tante und meinem Onkel«, sagte Jason.

»– ich habe ihnen geraten, dir in den Ferien die Möglichkeit zu geben, deine Kraft ein bißchen zu verausgaben. Ich hoffe, du wirst über den Sommer reifer.«

Jason sah ihn an, und diesmal mußte Rechtsanwalt Scott den Blick senken.

Nach diesem Gespräch änderte sich Jasons aufsässige Haltung zumindest äußerlich, sie nahm eine andere Richtung und war nicht mehr so sichtbar.

Die Ferien verbrachte er auf dem Pfarrhof in Devon, fern von der Schule. Zu Hause. Es gelang ihm nie, sich dort richtig zu Hause zu fühlen, obwohl die Tante und der Onkel im Grunde freundlich genug waren. Aber auch sie fühlten, daß er eher ein Gast war, ein Untermieter, kein Pflegesohn. Selten kam es zu einem wirklichen Gespräch zwischen ihnen. Er achtete darauf, es ihnen recht zu machen, stand beim ersten Hahnenschrei auf, verzehrte sein Porridge und verbrachte lange, schläfrige Vormittage in der Kirche, während Pfarrer Chadwick mit gutturaler Stimme predigte. Oder er saß über den Büchern, der Naturkunde. Er las Darwin, und er las auch in der Bilderbibel. Er liest und liest, aber er findet keine Antworten. Er hört Chadwicks Predigten an, geht in der Kirche umher und betrachtet die Glasmalerei, betrachtet das kleine, schöne Taufbecken aus Tropfstein und die mit Ornamenten geschmückte Kanzel. Er findet keine Antwort. Suchend geht er durch das Moor und am Fluß entlang, doch er findet nichts. Er durchforscht die theologische Literatur des Onkels und findet auch dort nichts. Nichts, mit Ausnahme vielleicht eines kleinen, aus dem Sanskrit übersetzten Verses. Den schreibt er mit gleichmäßigen,

123

großen Buchstaben auf den Schmutztitel seiner Ausgabe von
»Von der Entstehung der Arten«.

Schiwa, du bist ohne Gnade
Schiwa, du bist ohne Herz

Warum, warum hast du mich kommen lassen,
elend auf diese Welt,
in Verbannung aus einer anderen?

Sag mir, Herr,
hast du nicht einen einzigen
kleinen Baum, eine einzige kleine Pflanze
nur für mich geschaffen?

Im schwachen Licht der Sommernacht sieht er den billigen
Druck über dem Fußende seines Bettes, einen Engel, der auf
einer Wolke sitzt und zu ihm heruntersieht. Er denkt an die
leise Stimme der Mutter, wenn sie in der Bilderbibel blätterte,
und er erinnert sich an die weißen Knöchel des Vaters, sonntags in der Kirche.
Er erinnert sich auch an die Gespräche mit dem Naturkundelehrer Saunders an jenem furchtbaren, roten Morgen, als die
Tränen nicht aufhören wollten zu fließen. Saunders hatte ihn
auf die einzige Weise, die er kannte, nach und nach in die Wirklichkeit zurückgeholt. Sie hatten in Saunders Arbeitszimmer
gesessen, zwischen Kolben und Röhren und einer überwälti-
genden Menge präparierter Tiere und Pflanzen. Saunders hatte
nicht gewußt, was er mit Jason anfangen sollte. Aber ihm fiel
auf, daß trotz der Tränen die Blicke des Jungen ständig zu
einem Schädel wanderten, der auf dem Pult lag, dem Schädel
eines Säbelzahntigers, eine Seltenheit, an der Saunders stu-

dierte, ein vollständiges Kranium, es war glänzend weiß und lag neben seinem ausgepolsterten Kasten.

Vorsichtig nahm Saunders den Schädel und legte ihn vor Jason hin.

»Willst du ihn dir genauer ansehen?«

Jason heftete den Blick an diesen glatten, fast skulpturalen Gegenstand. Es tat gut, ihn zu betrachten, und aus irgendeinem Grund wurde Jason hierdurch ruhiger. Saunders hielt den Schädel ins Licht, damit Jason ihn besser betrachten konnte – die komplizierten, geschwungenen Knochenformationen, die großen Augenhöhlen, die stumpfe Nasenpartie und die kräftigen Kiefer. Vor allem die Zähne zogen Jasons Blick an. Die beiden Säbelzähne bogen sich in einer großen Krümmung aus dem Mund. Von seinem eigenen Gebiß erkannte er sie als Eckzähne wieder, aber sie waren verwachsen, viel zu groß. Saunders öffnete den Rachen und zog ein wenig an den Säbelzähnen, wodurch sie länger wurden. Er ließ Jason den Schädel ein wenig halten. Ihn zu berühren tat ihm ebensogut, wie ihn zu betrachten, und Jason wurde jetzt erkennbar ruhiger. Der direkte Kontakt mit diesen Gegenständen gab ihm festen Boden unter den Füßen und brachte ihn wieder mehr zurück zu sich selbst. Eine Weile saß er da und betastete den kühlen, glatten Knochen. Er empfand Dankbarkeit gegenüber Saunders, der ihn dort in der Halle gefunden hatte und der jetzt hier saß und nicht wußte, wie er ihn am besten trösten konnte. Ohne darüber nachzudenken, stellte Jason eine Frage, die an den Unterricht anknüpfte:

»Können Sie mir den Zwischenkieferknochen zeigen?«

Und Saunders lächelte erleichtert, er nahm den Schädel, öffnete den riesigen Kiefer und zeigte Jason, wie der Zwischenkieferknochen, der *os intermaxillare* deutlich verbunden war mit den anderen oberen Kieferknochen.

»Bis vor siebzig, achtzig Jahren«, begann Saunders vorsichtig, um Jasons Gedanken von seinem Schmerz abzulenken, »hat man geglaubt, die Menschen hätten keine Zwischenkieferknochen wie die Tiere. Dies war sozusagen der Beweis dafür, daß der Mensch nicht von den Affen abstammte. Alle anderen Tiere, auch die Primaten, haben klar erkennbare Zwischenkieferknochen. Die Menschen aber nicht. Das heißt – so sieht es auf den ersten Blick aus.« Er holte ein anderes Kranium aus einer Vitrine, irgendeinen Nager.

»Ein Biber«, sagte er. Das Kranium, es war erstaunlich klein, hatte zwei lange, rostrote Vorderzähne, die im Kiefer vor- und zurückgeschoben werden konnten. Saunders wies auf die wichtigsten Knöchelchen hin und fand die gleichen, wenn auch anders geformt, am Kranium des Säbelzahntigers wieder. – »Siehst du«, sagte Saunders, »da ist er. Der kleine *os intermaxillare*. Aber jetzt sieh her.« Er ging zu einem Schrank und holte ein menschliches Kranium heraus: »Kannst du ihn hier finden?«

Saunders ging jetzt völlig hierin auf, und er war froh, daß Jason bei ihm war. Mit Tränen konnte er nichts anfangen. Sein Gebiet waren Knochen, nicht Gefühle. Knochen und Präparate. Saunders war ein guter Lehrer. Häufig machte man sich lustig über seine unendlichen Erklärungen und Abschweifungen, die alle mit knarrender, entschiedener Stimme vorgetragen wurden, sie kam von irgendwo weit hinten in der Mundhöhle. Böse Zungen behaupteten, die Ursache hierfür sei sein Zwischenkieferknochen, der ihm im Wege sei. Aber er konnte Begeisterung wecken, weil er sich selbst so offensichtlich für seine Fächer begeisterte. Zwischen Präparaten, Kolben und Röhrchen sah er aus wie Doktor Faustus persönlich. Er hatte einen Bakkenbart und eine Glatze und einen völlig runden Schädel, ein überholtes Relikt aus der Epoche der Aufklärung. Seine Medizin gegen das Chaos hieß: Naturgeschichte. Und in diesem Punkt begegnete er sich mit Jason.

»Wo ist denn der Zwischenkieferknochen an einem menschlichen Kranium?« Jason hielt den Schädel in der Hand. Er zählte die Suturen im Kranium durch, fand selbstverständlich aber keinen sichtbaren Zwischenkieferknochen, obwohl er genau wußte, daß er sich dort befand. Darum ließ er Saunders das Vergnügen, ihm zu zeigen, wo er versteckt war.

»Dort sitzt er«, sagte Saunders und klopfte leicht mit dem Finger auf den Gaumen des Kraniums. »Os intermaxillare! Nach seiner Entdeckung lösten sich die letzten wissenschaftlichen Argumente der Anhänger des biblischen Schöpfungsberichts in Rauch auf.« Es hörte sich fast triumphierend an. Saunders war ein wenig umstritten wegen seiner ständigen und unverblümt persönlichen Angriffe auf Adam und Eva.

Nun hatte Jason ganz mit dem Weinen aufgehört. Das unwirkliche Gefühl und der Schmerz ließen ihn nicht los, und seine Wangen brannten, aber es war eine kleine Hilfe, vom Zwischenkieferknochen zu hören.

»Er ist von einem Dichter entdeckt worden«, sagte Saunders. »Von einem Deutschen. Einem erklärten Anhänger von Adam und Eva. Einem Dichter, der sich für einen Wissenschaftler hielt. Aber er hatte genug Anstand einzugestehen, was er gefunden hatte, auch wenn es ihm Todesangst bereitete. Er hatte den *entscheidenden Beweis* gefunden! Wir *sind* wie die Primaten.«

Saunders legte das menschliche Kranium neben das des Säbelzahntigers und sah Jason an, plötzlich etwas unsicher.

Jason betrachtete die beiden Knochenformationen auf dem Tisch. Er dachte daran, wie viele Organismen jeden Tag geboren werden und untergehen.

Dann dachte er an die Eltern, und ihn überfiel eine große Kälte.

Erst später wurde er sich bewußt, daß er in diesem Augenblick Gott verloren hatte.

Er liegt auf dem Pfarrhof im Bett und hört den Vogelgesang von draußen. Er hat gesucht und gesucht. Und alles, was er gelesen und gesehen hat, bestätigt es: Es gibt keinen Gott, keine Absicht hinter dem Ganzen – und kein *Danach*.

Das ist ein heikler und zugleich beglückender Gedanke, ein Gedanke, der frei macht, ein Gedanke von einer Freude und einer Freiheit jenseits der Schmerzgrenze.

Unheilbare Heimatlosigkeit! Sphärenklang, der Sekunden und Jahrhunderte umfaßt. Er liegt im Dunkel der Nacht und denkt, denkt, bis draußen die Vögel singen. Dann schläft er ein, fällt in tiefe, traumlose Ruhe.

Lieber Jason, schrieb der Vater, *Indien war das Ende, soweit erinnere ich mich. Es war ein sehr warmer Morgen, als ich ging. Es quält mich, daß ich kürzere Zeit aushielt als Deine Mutter. Aber sie dachte wahrscheinlich an Dich und hing mehr am Leben.*

Weißt Du, ich bin auf den Saturn gekommen. Von hier sieht man, in schöner Ordnung, alle Elemente des Weltalls. Alles ist durchsichtig. Vom schweren, gesättigten Chaos der Gaswolken bis hinauf in die kristallinen Formen. Verbindungen bilden sich und lösen sich auf. Hier am Himmel gibt es eine Brücke aus Eis.

Ich war sehr überarbeitet, das darfst Du nicht vergessen, und es ist mir schlechter gegangen, als ich Dich oder Alice es jemals ahnen ließ. Im letzten Jahr in London quälten mich Schmerzen im linken Arm, deshalb ist mir das Gehen auf unserem letzten Ausflug mit dem Teleskop so schwergefallen.

Hier, wo ich jetzt bin, empfinde ich eine leichte, seltsame Irritation darüber, daß ich die Resultate der letzten Bakterienkulturen, die wir in Vellore gerade entwickelten, niemals zu sehen bekam – obwohl vermutlich sie es waren, die mir den Knacks versetzten, so daß ich also das Resultat im Grunde kannte. Unvorsichtig bin ich immer gewesen. Mir fehlt Deine Mutter, Jason, das muß ich sagen, und es tut mir leid, wenn sie Schmerzen hatte. Ich fürchte, ich habe auch in Indien nicht genug auf meine Gesundheit geachtet. Was aber soll man machen, wenn man keinen Gott hat und nur die Arbeit dem Ganzen einen Sinn zu geben scheint? Jason, Du bist jetzt so alt, daß ich mit Dir darüber sprechen kann. Wahrscheinlich bist Du zu meiner Schwester und ihrem Mann, dem Pfarrer, gekommen, oder ich müßte mich irren. Mabels Vater, also auch mein Vater, war ebenfalls Pfarrer, wie Du weißt, und sie hat viel davon bewahrt. Ich aber habe Gott unterwegs irgendwann aus den Augen verloren, irgendwo während der wahnsinnigen, endlosen Arbeit für die Kommissionen. Meinst Du, ich hätte nicht die ganze Zeit gewußt, daß es sinnlos war? Aber ich versuchte es, so gut ich konnte, ich gab alles, was ich hatte, und versuchte unterwegs ab und zu, zum Glauben zurückzufinden. Eigentlich, Jason – Du bist fast erwachsen und verstehst das heute –, eigentlich habe ich wohl nie einen Gott gehabt, sondern nur eine Einbildung, ein geerbtes Gespenst, das in vieler Hinsicht meinem Vater ähnelte. Eine Art Admiral Nelson von einem Gott, polternd und furchteinflößend und ein wenig albern – dies ist das gängige Bild von ihm, glaube ich, und es braucht nicht viel dazu, dann fällt es weg. Und einen anderen Gott habe ich nicht gefunden. Was ist geblieben? Ein Glaube an die Vernunft, an die Wissenschaft. In der Wissenschaft kann man Zusammenhänge erkennen. Bilder, die zu einem sprechen und ein gewisses Verständnis vermitteln. Irgendwo in diesem Verständnis läßt sich womöglich ein Sinn finden; ich weiß es nicht. Deiner Mutter ist es mit diesen Dingen anders gegangen. Ich wünschte mir, sie wäre jetzt hier, in mir und um mich herum. Ja, ich befinde mich jetzt in den Elementen des Weltalls, so wie es immer war, vom Anbeginn der Zeit. Ich sehe. Irgendwo im Chaos der Elemente um mich herum entsteht das Leben: Protozoen, Korallen und Bryozoen, wirbellose Tiere. Coelenteraten und Schwämme, Organismen, die fast ganz aus Kalk, aus Mineralien bestehen. Fast. Langsam gleiten Äonen vorüber, unfaßbare Zeiträume für einen Lebenden. Langsam tauchen *kleine Würmer auf, Anneliden und Gliedertiere. Trilobiten und Garnelen. Und im stillen Urmeer tauchen die Wirbeltiere auf, entstehen in der Tiefe, anfangs als primitive Agnathen, Schleimaale und Neunaugen. Dann als Fische von verschiedener, unbekannter, makabrer Art. In der Tiefe und in der Zeit sind sie versunken und verfault, und nichts ist übriggeblieben von ihnen, außer irgendeinem Abdruck in Steinen, in Steinen, die man heute in Wüsten und auf hohen Berggipfeln findet. Die ersten Amphibien kriechen unbeholfen über die Ufer unbekannter Kontinente, Grün haftet an Steinen und Klippen, und in unbewohnten Ländern bieten vogellose Wälder Schutz vor der Sonne. Insekten schwirren durch die Luft. Und dann, in einer majestätischen, blutdürstigen und mächtigen Revolte, steigt die Spinalsäule der Wirbeltiere in Form von schrecklichen Eidechsen und Fabelwesen auf. Drachen, die ihr furchtbares Brüllen zum dampfenden Himmel schleudern. Die Gebirge beben, kleine, unschuldige Pelztiere zittern in ihren Löchern. Die gewaltigen Echsen winden sich in krampfartiger Stärke und Macht. Dann geschieht etwas, sie krümmen sich und stürzen, stürzen über sich selbst, langsam werden sie zu Vögeln, Vögeln, die so leicht sind wie ungeträumte Träume. Langsam wird aus dem dürren Gebrüll Gesang, Flöten in warmen Nächten. Noch sind nicht die Dichter geboren, die ihnen lauschen werden, und noch ist Mozart nur eine Möglichkeit im Meer ferner, noch nicht ersonnener Lebensformen. So auch ein Heimatloser, ein junger Mann, der zum Laut des Vogelgesangs einschläft. Kleine Krötentiere hüpfen durch das Gras. Und bald steht er da, ein neuer Riese im Wald, mächtiger als alle anderen. Er ist nackt und trägt einen Speer. Er denkt und betet an, durch Jahrtausende denkt er und betet an. Nun ist er hier, er, der einen Speer hält, so wie er später einen Pflug, eine Henkersaxt, eine Feder halten wird.*

Mein lieber Jason, Du wirst selbst so weit gekommen sein, daß Du meine Gedanken verstehst. Ich befinde mich also auf dem

Saturn oder nirgendwo. Der Zufall ist allen Dingen einbe-
schrieben. Wer hat gesagt, daß wir die letzten Wesen sind, die
den Erdball beherrschen? Ist der Mensch denn das Ziel aller
Dinge und ihr letzter Sinn? Von hier aus gesehen kommen
Menschen und Mikroben auf eins hinaus. Welche Bedeutung
hat es denn, ob ich gegen meinen Nächsten das Stethoskop er-
hebe oder das Schwert? Ob ich einen geraubten Smaragden ins
Sonnenlicht halte oder ein Reagenzglas mit Mikroben? An Mi-
kroben habe also ich gearbeitet, als ich verschwinden mußte.
Geliebter, lieber Jason, ich grüße Dich vom Saturn und wün-
sche Dir alles Gute. Dein –

»Warum wirfst du all die Papierschnipsel in den Fluß?«
Ein dicker Ast ragt über das Wasser, in seiner Mitte sitzt Jason
und streut einen feinen Regen aus weißem Papier, von zerrissenen Briefen und Photographien in die Stromwirbel, die sie
forttragen.
Sie steht am Ufer und sieht fragend zu ihm hinauf.
»Was machst du, Jason?« fragt sie. »Sag es doch. Sei doch nicht
so überlegen. Erzähl's mir!«
»Oh«, sagt Jason. »Ich will nur etwas für immer los sein.« Er
sieht sie nicht an.
Er zieht einen weiteren Brief aus der Tasche, wirft einen kur-
zen Blick darauf, faltet ihn viermal zusammen und reißt ihn
langsam und gewissenhaft in Stücke.
»Das sind Briefe«, sagt sie leise.
»Ja, Chippewa«, sagt Jason, »das sind Briefe.« Er denkt: Wenn
sie fragt, was für Briefe, schlage ich sie.
»Und Bilder«, sagt sie.
»Ja, Chippewa.«
Sie fragt nicht mehr, sondern sieht mit dunklen, forschenden
Augen zu ihm auf. Noch eine Weile sitzt er dort und zerreißt
Papiere und Bilder, folgt den Fetzen mit den Augen, bis sie das
Wasser erreichen, sich verteilen und wegtreiben wie Blumen-

131

blätter. Ein paar Worte in Schönschrift werden sichtbar ein *und,* ein *ich,* ein *wir.* Sinnlose Worte jetzt, aufgelöst in die Bestandteile der Sprache, Sprachatome. Interjektionen, Verben, Artikel. Und so auch die Photographien – dicke, schwarzbraune Stücke, die von seinen Fingern hinabrieseln in die Nässe. Im Unterschied zum Briefpapier versinken sie fast sofort. Eine Nase, ein Hals, der Fetzen eines Kleids. Sie versinken in der Schwärze und sind fort.

Sie steht noch immer am Ufer und sieht ihn grübelnd an.

»So«, sagt er, als der letzte Papierrest verschwunden ist. »– Jetzt sind sie weg.« Er kehrt ihr das Gesicht zu und sie sieht, daß er geweint hat.

»Chippewa«, sagt er: »Mary...« Eigentlich heißt sie Mary und wohnt neben dem Pfarrhof. »Mary...« Leise, fast bittend.

»Ja?«

»Jetzt nicht zusehen«, ruft Jason. »Du darfst nicht sehen, was ich jetzt mache. Denn –« Er will sagen, sie werde es nicht verstehen, sie aber hat sich schon umgedreht und kehrt ihm den Rücken zu.

»So«, sagt sie.

»Ja«, flüstert Jason. Dann beugt er sich wieder über das Wasser, sucht in der Tasche nach etwas, einem Gegenstand, einem Ding. Es liegt in seiner Hand wie ein goldenes Ei. Er hört das Uhrwerk ticken, sogar durch das Brausen des Flusses kann er das Ticken hören. Dann wirft er die alte Uhr weit hinaus ins Wasser, sie verschwindet lautlos und hinterläßt keine Ringe an der Oberfläche. Der Fluß geht reißend.

Er klettert ans Ufer. Sie kehrt ihm noch immer den Rücken zu.

»Jetzt kannst du dich umdrehen«, sagt er. »Jetzt gibt es nichts mehr zu sehen. Jetzt ist es nur noch der Fluß.«

Sie dreht sich um, und er sieht, wie sie über das Wasser guckt.

»Es ist schön hier«, sagt sie.

»Ja.«

»Bist du traurig?« fragt sie vorsichtig.

»Nein, Chippewa.«

Sie nickt knapp. Eine Weile sind sie still. Dann lächelt sie schüchtern:

»Mein Vater sagt immer, man kann nicht zweimal in denselben Fluß steigen.«

»Das muß er irgendwo gelesen haben.«

Sie nickt ihm unsicher zu.

»Jaja. Es ist doch derselbe Fluß«, sagt sie.

»Ja«, sagt er. »Es ist derselbe Fluß. Die ganze Zeit nur das Wasser. Derselbe Fluß. Derselbe Fluß, die ganze Zeit.«

Seit er zum ersten Mal hierhergekommen war, damals, als sie beide fast noch Kinder waren, ist sie mit ihm zusammen gewesen: Chippewa. Mary. Die Tochter des Kaufmanns. Ganz hübsch und adrett in ihrer grauen Schuluniform, und dennoch »ein frisches Mädel vom Lande«, wie sie seine Tante Mary etwas beschönigend bezeichnete. Anfangs, in der ersten Zeit, hatte er sich in ihr geirrt, hatte geglaubt, sie sei anders, als sie in Wirklichkeit war. Er lief vor ihr weg, so, wie er alle Menschen mied, die einen *Ort*, ein Zuhause, Geborgenheit hatten.

Aber sie war anders. Sie war wild wie die Vögel in der Heide, unberechenbar wie Wind und Schnee, anders als andere Kinder kam sie von ihren langen, einsamen Ausflügen niemals rechtzeitig nach Hause, schwänzte die Schule, weil der Tag im Freien sie mit sich riß. Es konnte vorkommen, daß sie keine Antwort gab, wenn jemand sie ansprach, sie machte ihren Eltern große Sorgen, wenn sie naß und schmutzig vom Regenwetter nach Hause kam, dann war sie in den Fluß gefallen, war auf einem Fohlen geritten, war auf Bäume geklettert, hatte sich die Knie aufgeschürft. In einer der ersten Ferien nach dem Tod seiner Eltern war ihm aufgefallen, daß sie ihm folgte, er hatte ihr zugerufen: Geh weg, Mary, ich will nicht mit dir spielen! Denn er hatte geglaubt, sie sei wie die anderen, und noch dazu ein Mädchen. Er glaubte, sie verstehe das nicht. Sie aber warf ihm einen dunklen Blick zu und sagte: Nenn mich nicht Mary, das bringt Unglück. Nenn mich Chippewa, das ist der Name eines furchtbar mörderischen Indianerstamms, der Menschen skalpiert.

Darum unternahmen sie seitdem häufig gemeinsame Streifzüge durch die Heide, den Fluß entlang und in die Hügel. Sie sagten nie viel zueinander, trennten sich und trafen sich wortlos. Und sie spielten nie zusammen, abgesehen davon, daß sie um die Wette liefen und sich prügelten. Sie waren wie zwei umherstreichende Tiere.

In diesem Sommer aber geschah etwas.

»Hast du gewußt, daß auf dem Jupiter ein Sturm tobt? Er ist rot und sieht aus wie ein Auge.«

Es ist Hochsommer, unter ihnen liegt die Heide, und in den Gräben und Hecken zwitschern vergnügt die Vögel.

»Du bist sonderbar«, sagt sie langsam. »Du bist der sonderbarste Mensch, den ich kenne.«

Jason sagt:

»Glaubst du, daß es Leben auf anderen Planeten gibt? Im ganzen Universum gibt es dieselben Elemente, warum also kein Leben?«

Sie sind weit gegangen an diesem Tag, und sie streckt sich neben ihm im Heidekraut aus.

»Die Biologie sagt –« beginnt Jason, aber ihr Blick unterbricht ihn.

»Denkst du an so etwas, wenn du grübelst«, sagt sie ernst.

»Die Biologie besagt –«, sagt Jason etwas leiser.

»Komm her, ich will dir was zeigen.«

Er beugt sich zu ihr hinüber. Lange ist es still. Sie ist wie ein Vogel. Auf dem Jupiter rast ein Sturm. Sie fährt ihm mit der Hand durch das Haar. Ein sonderbares Gefühl überkommt ihn, wie Angst, fast, als wolle er weinen.

Sie preßt ihn an ihren Mund. Als ich klein war, wollte ich alles essen, was ich sah. Ich wollte Blumen essen, und ich wollte Steine essen. Einmal habe ich eine kleine Porzellanfigur gegessen. Sie war verschwunden, und sie wunderten sich, wo sie geblieben war. Das war ein Hund. Ich wollte alle Dinge in Vaters Laden probieren, und ich wollte die schönsten Insekten essen. Mit sieben Jahren habe ich eine Blume gegessen und mich vergiftet. Dann habe ich damit aufgehört.
Er seufzt über ihr. Wie sonderbar du bist, als könne dich nichts berühren. Gib mir deinen Mund, so, ich will dich schmecken, dich ganz schmecken.
Sie sei verrückt, hieß es im Dorf. Sie sei ein Mädchen, das man nie ganz zügeln konnte, verdreht, respektlos – das stimmte, er wußte es. Wie Angst, wie Zorn, wie Sucht steigert es sich jetzt in ihnen. Das Heidekraut zerkratzt ihnen die Gesichter, sie lacht. Es ist, als balgten sie sich, hemmungslos. Er kann sie anspucken, und sie kann ihn beißen. Sie hilft ihm beim Aufschnüren der Kleider. Dann schmeckt sie an ihm, als sei er aus glattem Porzellan. Die Biologie erzählt... Die Venus kriecht über die Sonnenscheibe... Sie preßt sich fest an ihn, ist jetzt ganz still, feucht und fremd an seinem eigenen Körper. Dann schiebt er sich aufwärts, nach vorn – jemand schreit –, einer von ihnen, er weiß nicht, wer.

Später gehen sie langsam durch die Hügel, es wird spät. Irgendwo ruhen sie sich aus, und sie liegt mit dem Kopf an seinem Hals und ist kein wilder roter Indianer mehr, nur ein Kind, das von zu Hause weggelaufen ist. Plötzlich denkt er an den Kaufmann, der rund und beschränkt hinter seiner Theke steht und einer Wurst gleicht: Kaufmannstochter, das hört sich nicht sehr lustig an.
Sie sprechen nicht. Er sieht sie an, betrachtet aufmerksam ihre Züge. Das beunruhigende, etwas platte Gesicht, das ungekämmte Haar. Es hieß, sie sei verrückt. Und man flüsterte er-

schrocken, was aus so jemandem werden möge... Jason wird von einem etwas unklaren Verlangen überfallen, sie zu trösten, sie im Arm zu halten und seine Hände durch ihr Haar gleiten zu lassen. Er weiß nicht genau, was gerade geschehen ist; es könnte Raserei gewesen sein, wilde Trauer. Er weiß es nicht. Doch was er jetzt fühlt, das kennt er, und es erschreckt ihn ein bißchen.

Sie hebt den Kopf, sieht ihn an. Sie ist wieder Chippewa.

Es ist spät, flüstert er.

Gleich hier oben gibt es eine Scheune, flüstert sie.

Sie stehen auf. Zum ersten Mal nimmt sie ihn bei der Hand, leitet ihn, führt ihn durch den Wald. Rauh und warm ist ihre Hand. Und als sie die Scheune erreichen, weiß er, was geschieht. Nun weiß er es. Und er hört, ganz deutlich, daß sie es ist, die schreit, und vielleicht schreit sie nach ihm, während sie zugreift, nach ihm greift.

Einige Zeit später kehrte Jason zur Schule zurück. Am letzten Abend nimmt sie Abschied von ihm – im übrigen ist ihr Abschied ebenso kurz und schweigsam wie zuvor. Sie gibt ihm knapp die Hand, ein wenig unbeholfen, und sieht ihn an. Das ist alles. Er fährt, wird weg sein, und sie geht wieder in ihre Heide, allein.

Dann sagt sie etwas.

»Meinst du auch, daß ich verrückt bin?«

Er schüttelt den Kopf: »Im Grunde nicht. Nicht mehr als ich.«

»Du«, sagt sie, und ihre Stimme hat einen seltsamen Klang: »Jason. Es ist so weit in dein Inneres.« Dann dreht sie sich um und beginnt zu gehen.

»Übrigens«, sagt sie, »übrigens weiß ich, was du damals in den Fluß geworfen hast.«

»Was denn?«

– – –

136

»Was denn, Chippewa?«
Sie aber war in der Dunkelheit verschwunden.

Weihnachtsferien, Schnee auf den Feldern. Die muntere
Stimme der Tante, als er durch die Tür kommt: Mein Großer,
wie du gewachsen bist, ich erkenne dich jedes Mal kaum wieder. Du bist bald ausgewachsen –
Chadwick, der praktische Onkel, der mit monotoner Stimme
nach anderem fragt. Und die Schule, junger Mann, hast du be-
herzigt, was Mr. Scott gesagt hat?
Jason empfindet tiefe Fremdheit ihnen gegenüber, hält es aber
für bequemer, ein unverbindliches *jaja, es geht besser* zu brum-
men. Das erfreut sie, er sieht, wie es sie erfreut. Und es stimmt,
es hat in diesem Herbst nichts gegeben, was zu beanstanden gewesen wäre. Ob dies jedoch Scotts Verdienst ist...
Gottesdienst am Weihnachtsabend, vorsichtig sieht er sich in
der Gemeinde um.
Dann: Truthahn und Pudding.
Etwas stimmt nicht. Etwas ist nicht in Ordnung.
Spät am Abend meint er, lange genug gewartet zu haben, und
kann fragen:
»Und Chip––Mary? Kaufmanns Mary?«
Es wird still. Der Pfarrer räuspert sich laut. Dann steht er auf
und geht in sein Zimmer, als habe er nichts gehört.
»Ja...«, sagt die Tante leise und rührt in ihrem heißen Punsch.
»Ja, das war eine furchtbare Geschichte.«

Jason. Jason. Was ist mit *dir*, wie kann dir so etwas passieren?
Du stürzt, jetzt stürzt du, stürzt durch Entfernungen des Weltalls, stürzt und erwachst, so wie damals, als du jung warst, aber
das ist kein Traum. Vor den Fenstern des Pfarrhofs liegt der
Schnee auf den Feldern. Du gefrierst zu Eis, Jason. Du gehst

137

über die Heide und weißt, es ist das letzte Mal. Niemals mehr wirst du hier gehen.

*

»Ja, meine Herren, bei der Behandlung der Frage von Erblichkeit und Fortpflanzung beginnen wir am besten bei den *Ratten*.«

Universität, 2. med. Abt. Der Professor steht lebhaft und morgenfrisch auf dem Katheder.

»Es ist ja allgemein bekannt, daß die Nagetiere sich sehr rasch fortpflanzen, aber *wie* rasch das bei den Ratten vor sich geht, wird Ihnen erst aufgehen, wenn ich den Lebenslauf einer Ratte kurz skizziere – ihre Biographie, wenn ich so sagen darf.«

Die Studenten kichern belustigt.

»Betrachten wir eine ordinäre kleine Ratte –« (er nimmt eine Ratte aus dem Käfig neben sich), »– dann gibt es an ihr nicht viel Respekteinflößendes. Sie sieht nicht sonderlich abstoßend aus. Nach ihren Charakteristika scheint sie ja ein nettes kleines Tier zu sein, feuchtes Näschen, Schnurrhaare, Knopfaugen, ... der Schwanz ist ein wenig häßlich, aber –«

Seine Studenten lachen.

»Aber dieses kleine Tier ist für den Menschen und für die menschliche Gesellschaft gefährlicher als das größte, stärkste Raubtier. Hier in England kennen wir zwei Rattensorten: die schwarze Ratte, *Rattus rattus*, die früher die übliche war, heute aber vertrieben ist von der gewöhnlichen braunen Ratte, *Rattus norvegicus*. Diese Art ist im allgemeinen ca. neun Zoll lang, hellbraun, bisweilen grau, Hals und Bauch sind schmutzigweiß, die Füße sind von blasser Hautfarbe – ebenso wie der Schwanz, der genausolang ist wie der Rumpf. Die Ratte lebt praktisch überall. An Flußufern frißt sie Frösche, Fische und kleine Vögel, sie nimmt aber auch Kaninchen, junge Tauben und ähnliches, wenn sie sie bekommt.

Genausogut kann sie sich aber auch vegetarisch ernähren und

138

richtet auf Feldern und in Silos unmäßigen Schaden bei Korn und Saatgut an, ebenso in Obst- und Gemüselagern. Ihre Bisse sind äußerst scharf, die Wunden verheilen nur schwer und sind wegen der langen, scharfen, unregelmäßig geformten Zähne sehr schmerzhaft.

Die Ratte ist extrem fruchtbar. Ohne ihren beispiellosen Appetit geriete die Zahl der Ratten rasch außer Kontrolle. In Ermangelung anderer Nahrung fressen sie sich nämlich gegenseitig, und die großen männlichen Ratten, die meist allein leben, werden von den anderen Ratten als ihre gefährlichsten Feinde gefürchtet. Sie verspeisen einfach ihre kleineren Artgenossen. Dies ist ein ausgezeichnetes Beispiel für das Prinzip vom Überleben des Stärkeren und für die Selbstregulierung einer Art. Ich bitte Sie, sich dies zu merken.

Interessant ist die Tatsache, daß man in den Rattenlöchern die Häute der verspeisten Ratten findet, und häufig werden diese Häute während des Verzehrens von *innen nach außen* gekehrt, mit anderen Worten: gewendet – und zwar inklusive der Zehen und des Schwanzes!«

Der Professor hebt eine gewendete Ratte hoch. Ein wenig unsicher lachen seine Studenten über den grotesken Anblick.

»Das Weibchen ist ganzjährig fruchtbar, und zwölf Würfe im Verlauf eines Jahres sind nichts Ungewöhnliches. Sie trägt die Nachkommen knapp einen Monat lang aus und ist wieder zur Fortpflanzung bereit, sobald die lieben Kleinen das Licht der Welt erblicken. Durchschnittlich gebiert das Weibchen mit jedem Wurf sechzehn Junge, und man hat beobachtet, daß sie sie bis zu jenem Augenblick säugt, in dem die nächsten sechzehn aus ihr herauspurzeln. Sie ist ein lebendiger Brutplatz, und der Fortpflanzungstrieb der männlichen Ratten ist fast so unbändig wie ihr Hunger.

Nach fünf bis sechs Monaten werden die Jungen geschlechtsreif. Zieht man also eine Lebensdauer von vier Jah-

139

ren in Betracht, könnte ein einzelnes Rattenpaar im Verlauf dieser kurzen Zeit theoretisch drei Millionen Nachkommen produzieren.

Die Konsequenzen einer derartigen Fruchtbarkeit – gesetzt, eine Ratte kann sich ungehemmt fortpflanzen – sind offensichtlich. Aus Spanien kennen wir Berichte, daß ganze Dörfer auf den Ebenen von Ratten unterminiert wurden, daß fruchtbarer Boden in Wüste verwandelt wurde. Und Plinius d. J. erzählt, daß Augustus einmal eine ganze römische Legion nach Mallorca und Menorca schickte, wo diese kleinen Schädlinge die Inseln praktisch überschwemmt hatten. Man watete dort regelrecht in Ratten, keine angenehme Aufgabe für die Legionäre.

Wir müssen infolgedessen dankbar sein für den Hang der Ratten zu Kannibalismus und Bürgerkrieg: Das Männchen hat einen bemerkenswerten Durst nach dem Blut seiner eigenen Abkömmlinge, und das Weibchen ist sich dessen bewußt und versucht, die Jungen so gut sie kann zu verstecken, damit diese für den Vater unerreichbar sind – bis sie groß genug sind und sich gegen ihn verteidigen können. Nichtsdestoweniger entdeckt das Männchen häufig, wo seine Frau die Jungen versteckt hat – und häufig bringt er das Weibchen auch um, um an die Jungen zu kommen. Und dann frißt er so viele wie er kann.

Man könnte über diese interessanten Tiere noch viel mehr erzählen, dies soll genügen. Wenn wir jetzt zur Frage der Erblichkeit kommen, bitte ich Sie, folgendes zu beachten...«

Die Universität. Sie schnitten an Ratten und Leichen herum. Anfangs mit unsicheren, zögernden Bewegungen, später mit fingerfertiger Gleichgültigkeit. Jason erschien diese Zeit später in einem vagen, alptraumartigen, blakenden Dämmerlicht, dem Licht der Gasflammen, die während der dunklen Abendstunden im Pathologiesaal brannten. Und in diesem Halblicht standen junge Männer, rauchend, nur in Weste und Hemdsärmeln, und klappten Bauchfelle und Lungensäcke auf, legten

Geheimnisse frei, die niemand hatte sehen sollen und die keiner begriff. Nackte, graue Körper lagen auf den Tischen, alle mit der charakteristischen kalten und feuchten Haut. Alte und Junge. Männer, Frauen und Kinder. Zuerst lagen sie einfach dort. Dann wurden sie geöffnet und langsam auseinandergenommen, bis zuletzt nichts mehr übrig war. Eben darin bestand das Geheimnis.

Und der Geruch – dieser süßliche Geruch nach Formalin und Desinfektionsmitteln, vermischt mit dem stickigen Odeur der Auflösung – setzte sich in seinen Kleidern fest, in seiner Haut, sogar in seinen Nasenlöchern.

Erfüllt von den Bildern des Tages ging Jason abends nach Hause in sein Zimmer, ein anonymes Dachzimmer in einem ärmlichen Viertel Londons. Häufig griff er, sobald er durch die Tür gekommen war, nach der Geige und spielte bis nach Mitternacht, ohne einen Gedanken daran, daß er lernen oder sich für den nächsten Tag vorbereiten mußte. Er wußte nicht, was er spielte, er spielte ohne Noten, alles was er kannte, wild und unsystematisch. Anschließend spielte er, was er nicht kannte, gedankenlos, nur einzelne Töne. Bis jemand wütend an die Decke oder die Wand klopfte und Ruhe rief oder bis die Wirtin, Frau Bucklingham, persönlich heraufkam. Frau Bucklingham war eine beleibte, geschäftig herumwuselnde alte Dame, die nach Bratfett und feuchter Wolle roch. Stets war sie mit einem oder mehreren der Mieter verfeindet, und Jason hatte sie in Verdacht, sie schließe sich tagsüber, wenn er weg war, in seinem Zimmer ein, um zu schnüffeln. Sie war die absolute Herrscherin des Logierhauses, ein witziger Mieter hatte das Anwesen bereits in »Bucklingham Palace« umgetauft. Wenn sie gackernd und drohend zu ihm hinaufkam, sah Jason sie an, als sei sie bereits einer jener unschönen, namenlosen Körper im Pathologiesaal, und mit der nüchternen, etwas zynischen Vorstellungskraft des Mediziners sah er sie vor sich, gerupft und aufgeschnitten, die weißen Fettschichten zur Seite geklappt, während sich jemand an ihrer Leber zu schaffen machte. Dies war Jasons Rache. Er konnte sich ertappen, daß er auf diese Weise die ganze Welt sah: Mitstudenten, Professoren, die Waschfrauen, die auf der Straße, in der er wohnte, kamen und gingen, die Gemüsehändler, die Tierbändiger, die zahllosen Straßenmädchen. Alles zusammen erschien ihm vor allem wie ein böser Traum. Die obdachlosen Kinder im Slum, die in diesen Morast aus Hoffnungslosigkeit, Schmutz und Unwissenheit hineingeboren waren, durch die Straßen trotteten und auf Kohlblättern kauten, die sie aus dem Rinnstein aufgesammelt hatten. Sobald sie alt genug sind, überfällt sie ein Jucken zwischen den Beinen, sie paaren sich und bekommen Nachwuchs. Schinderei und Betteln um Nahrung. Mensch, beiß deinen Nächsten und bete zu Gott. Schau dir die Mikroben unter dem Mikroskop an. Plappere und lache. Alle plappern und lachen, plappern miteinander über nichts, schreien und betrinken sich, gelegentlich oder immer. Dann sterben sie eines schönen Tages, alt oder jung, sie sterben, werden mit Lorbeerkränzen begraben oder aus dem Rinnstein aufgelesen und zur Sektion gebracht. So ist es. Wimmelnde Lebensläufe, ohne Sinn, ohne Zahl.

Einige Male konnte er sich selbst ganz deutlich dort liegen sehen, das Bauchfell aufgeschlitzt, die Zähne hinter grauen Lippen entblößt, weiß, zwischen erstarrten Lidern die Schlitze der Augäpfel.

Wenn er nicht nach Hause ging und zur Geige griff, konnte er für ein oder zwei Nächte im Schlund der Stadt verschwinden. Dort gab es viel, was man unternehmen konnte. Jason entdeckte auf diese Weise sehr viel von sich selbst und tat Dinge, die er nie für möglich gehalten hätte. Dinge, die ihn mit matter, staunender Selbstverachtung erfüllten.

Als der Enthusiasmus des ersten Semesters abgeflaut war, klappte es mit dem Studium nicht mehr so gut. Er dachte zurück, dachte an die Tafelbücher in der Kindheit, die Vitrinen im Arbeitszimmer des Vaters, an die Experimente und an das

Teleskop. Und ihm wurde immer unverständlicher, was ihn am Medizinstudium eigentlich angezogen hatte. Eine Art von Ehrgefühl, das stimmte. Eine Verpflichtung gegenüber dem Andenken des Vaters – als tue er, was man von ihm erwartete. Außerdem würde der Arztberuf ihm den Unterhalt verschaffen. Aber davon abgesehen? Ja, was war es letztlich, was hatte ihn zu den Naturwissenschaften und zur Medizin gebracht? Seine Veranlagung? Daß der Vater so gut erklären und lebendig vermitteln konnte? Ja, ja, aber es mußte noch etwas geben. Wo waren seine eigenen Motive, wo war sein eigener Lebensfaden in dem Ganzen?

Erst später begriff Jason, daß er in eine Situation geraten war, in die die wenigsten Wissenschaftler je ernstlich kommen. Prinzipiell werden die Wissenschaften vom puren Erkenntnisdrang vorangetrieben, einem Erkenntnisdrang, der sich selbst genügt und der meist die einzige Triebfeder in der langwierigen, monotonen Forschungsarbeit ist. Das verlieh den anstrengenden, einförmigen Tagen und Nächten in den Laboratorien Feuer und Sinn. Danach kommt der Nutzen, der praktische Gewinn aus der Eroberung der Natur, ihrer Beherrschung und der Behebung ihrer Mängel. Jason wollte irgend etwas, das darüber hinausging, aber offenbar war es unangebracht, nach seinem eigenen Platz in diesem Bild zu fragen.

Außerdem hatte er die Vorstellung, ein Arzt habe den Menschen in Mitleid zu dienen und sie zu heilen.

Mitleid. Zwar hatte Jason seinen Gott schon früh verloren, jetzt aber, in dieser Zeit, verschwand auch der Mensch aus Jasons Weltbild, und damit gab es auch keinen Platz mehr für menschliche Eigenschaften wie Selbstlosigkeit, Enthusiasmus und Mitleid. Die Dinge sagten ihm nichts mehr. Der Orang Utan und die Amöbe – es lief auf eines hinaus. Die Blumen in der Erde oder die Menschen in den großen Städten ihres Elends. Im Hospital sah er die Kranken und die Gebrechlichen, wie sie vergeblich am Leben hingen. Er sezierte Ratten, und er schnitt Leichen auf. Auf allen Seiten umgeben vom Tod. Jason ging durch neblige Straßen und sah die Elenden der Stadt, sah sie essen, sah sie hungern, sah, wie verzweifelt das Herz hinter der Hemdbrust eines Jungen schlug, der einen bleischweren Karren zog. Er hörte Vorlesungen. In den Sälen des Krankenhauses sah er den Kampf der Organismen und wie sie röchelnd zusammenbrachen. Er studierte den Aufbau der Organe. Er studierte das Geschlecht einer Hure, mit der er schlief, diese sonderbare fleischige Blume. Ekel überfiel ihn.

So schloß er alles aus, verweigerte sich den Eindrücken, konnte dies alles nicht in sich aufnehmen.

In diesen schrecklichen Zustand – und Jason war sich seiner Schrecklichkeit völlig bewußt – war Jason seit dem Vorfall mit Chippewa völlig hineingewachsen. Die Zeit an der Universität hatte diesen Zustand lediglich noch bestätigt, ein Zustand, den Jason nicht aus seinen Büchern kannte. Wenn er von den Großen früherer Zeiten las, von ihrem Wissensdurst und ihrer Kreativität, dann hatte er den Eindruck, sie seien in unvorstellbarem Maße beseelt gewesen von etwas – von einer Idee, einer Sehnsucht, einer Hoffnung. Von etwas, das sie angetrieben hatte. Das gleiche erkannte er auch bei einigen seiner Studienkollegen, christliche Ideen, philantropische Ideen, sozialistische Ideen. Oder ein rechtschaffenes, simples Verlangen nach einer gesicherten Stellung, das Streben nach Aufstieg. Oder beides.

Er selbst glich keinem von ihnen. Er war ein Idealist ohne Ideale: Keine Begeisterung war in ihm, kein Mitleid. Er sehnte sich nach beschaulicher Ruhe: nicht denken, nicht fragen, nicht sein. In den Armen eines kleinen Straßenmädchens schrie er seinen ganzen Schmerz heraus. Sie bekam Angst und wollte ihn los sein, da hatte er sie geschlagen. Was hätte Chippewa getan? Vielleicht hätte sie ihn schreien lassen, oder sie hätte zurückgeschrien oder ihn ganz fest im Arm gehalten. Halt mich fest!

Einige Male nahm er sich zusammen, ging beispielsweise zu

Versammlungen der Sozialistischen Arbeiterpartei, wollte die Ideale in seinem Inneren wecken und sich zur Anteilnahme zwingen.

Doch der rhetorische Glanz der vielen Reden und Vorträge prallte ab von ihm. Er verstand sie, erfaßte ihre intellektuelle *Pointe*, nicht aber die Emotionen und Gefühle in ihnen. Fern und krank beobachtete er ihre Aufrichtigkeit, erkannte, daß sie sogar dieselbe rationalistische Einstellung zum Dasein hatten, wie er selbst sie besaß, doch sie waren beseelt von Anteilnahme, von einem Willen zum Kampf gegen das Unrecht. Sie rührten ihn nicht an.

Mit heftiger Willensanstrengung befreite er sich von der Lethargie, büffelte einige Wochen lang das Pensum – brach dann aufs neue zusammen, außerstande, die Bücher aufzuschlagen. So weit kam es, daß er sich tagelang gerade eben zu den Vorlesungen schleppen konnte, während die Bücher vorwurfsvoll auf dem Tisch lagen – jedes Mal, wenn er sie sah, hatte er einen widerwärtigen Klumpen im Hals.

In dieser Zeit begannen die schlimmen Träume, angsterfüllte, zusammenhanglose Bilder, die ihn schwitzend und hellwach im Bett zurückließen. Bilder, die von keinerlei Bedeutung waren und ihn dennoch mit Angst erfüllten. Ein nackter Zweig mit Regentropfen. Zwei reglose Pferde im treibenden Dunst – unter allem lag, unerkannt und unsichtbar, die Angst. Das waren seine Nächte. Tagsüber traten periodisch Wutanfälle auf.

Oh, aber die Freunde! Die Freunde, Munroe und Hugo, *sie* kannten ihn! Zumindest konnte er stunden- und tagelang mit ihnen zusammensitzen, Gläser leeren, Etablissements aufsuchen, Teufeleien für die Universität aushecken. Munroe und Hugo entzogen ihm nicht ihre Zuneigung, wenn er an manchen Abenden Gegenstände zerschmiß oder um sich schlug.

Auf der Universität hatte Jason zum ersten Mal Freunde,

145

und selbstverständlich waren es von allen Kommilitonen die beiden Unzugänglichsten. Munroe und Hugo, zwei Hoffnungslose, Verlorene, die wegen ihres Betragens ständig am Rand der Relegation aus den Hallen des Äskulap standen, die ihre Zigarrenkippen in entseelten Nasenlöchern und Ohren ablegten, wenn sie im Pathologiesaal rauchten. Hugo, klein, gemein und dunkelhaarig, Munroe, schwer, ungestüm und ungepflegt. Laute und schwierige Freunde, Jason liebte sie, nicht zuletzt, weil er mit ihnen lachen konnte – lange und lebhaft über das Ganze lachen konnte, über alles lachen konnte.

Beide Freunde standen ständig am Rande der Relegierung von der Universität, und bald war es auch mit Jason soweit. Nicht erstaunlich also, daß es kam, wie es dann kam, denn hätte nicht dieses Vorkommnis den Ausschlag gegeben, wäre es ein anderes gewesen. Jason sah überaus klar, worauf alles hinauslief, unternahm aber nichts, um das Ganze aufzuhalten. Daß es so kommen mußte, war nach dem Ablauf der Ereignisse in seinem letzten Jahr als Mediziner offensichtlich. Es entsprang seinem Gemütszustand, seiner Einstellung zu dem beruflichen Weg, für den er sich entschieden hatte, zu dem er sich nun aber nicht mehr berufen fühlte. Er war einundzwanzig Jahre alt und wurde vom Gang der Dinge mitgerissen, von Bummelei und Apathie, von Schlägereien und der Lust zum Aufruhr – unerbittlich zog es ihn mit schlafwandlerischer Sicherheit zum Bruch mit seinem bisherigen Leben, als werde er unabwendbar von fremden Kräften geleitet, als stehe es so in den Sternen geschrieben.

Entscheidendes Vorkommnis war ein Abend im Pathologiesaal, der im Grunde recht unschuldig begonnen hatte. Gemeinsam mit Munroe und Hugo hatte Jason sich dort mit ein paar Flaschen medizinischen Alkohols verschanzt. Munroe hatte die Schlüssel beschafft, und sie hatten sich heimlich eingeschlossen, als alle anderen abends gingen. Für sie war es ein ungewöhnlicher Ort für einen ungewöhnlichen Abend.

»Ich kann diesen Geruch nicht ausstehen«, murmelte Jason. »Daran gewöhne ich mich nie.«

»Mein Freund«, brummte Munroe gutmütig, »du wirst bald an anderes denken als an den Geruch. Hier.« Er reichte Jason eine Flasche.

Hugo fischte einige Kerzenstummel aus der Hosentasche und zündete sie an. Dann saßen sie, ein wenig abwartend, da und ließen die Flasche im Kreis herumgehen, während sie zusahen, wie die flackernden Schatten über Wände und Decke wanderten.

Als sie die erste Flasche geleert hatten, begannen sie mit dem Programm des Abends.

Zuerst gingen sie von Leiche zu Leiche und besahen sie sich. Es waren viele, man beschäftigte sich zu dieser Zeit vor allem mit Verunglückten und gewaltsamen Todesfällen. Ein Einblick auch in diese Art von Todesursachen und das spezifische Erscheinungsbild des menschlichen Körpers danach gehörte zum Pensum der Studenten.

Ein alter Mann, der Admiral Nelson sehr ähnlich sah: Er war aber unter einen Brauereiwagen geraten und erinnerte deshalb noch stärker an den Seehelden – allerdings *nach* der Schlacht von Trafalgar.

Sie betrachteten Schußverletzungen und Messerstiche. Letztere waren nicht sonderlich dramatisch. Hugo wiederholte dieses Jahr – aufgrund verschiedener Disziplinarangelegenheiten im vorausgegangenen Jahr –, er kannte das Material bereits und konnte Jason und Munroe mit einer gewissen Kennerschaft vortragen, was sie sahen. Es machte ihm Vergnügen, ihnen den Hals eines Erhängten vorzuführen sowie das dazugehörige Gesicht mit all seinen Charakteristika, und Jason und Munroe folgten ihm mit Interesse. Auch eine Vergiftung und mehrere häßliche Quetschungen gab es zu sehen. Die ganze Zeit tranken die drei Freunde, als sie aber zu dem Fischer kamen, ließen sie die Flasche sinken. Einige Minuten standen

147

sie schweigend da und betrachteten den Fischer, der in der Themse ertrunken war. Jason fiel Munroes starres Gesicht auf, und er fühlte, daß auch sein Magen sich umdrehte.

»Warum sieht der so scheußlich aus?«

»Weil er ertrunken ist, Jason«, sagte Hugo sachlich. »Dann sehen sie so aus.«

»Aufgedunsen?«

»Ja. Habt ihr noch keine Wasserleichen gesehen? Das sind die Schlimmsten. Das sind die Allerschlimmsten.«

»Pfui Teufel.« Jason betrachtete diesen bläulichen, grotesk aufgedunsenen Körper, und er berührte vorsichtig die lederartige Haut. »Warum ist sie so hart?«

»Darüber bin ich mir nicht ganz im klaren. Vermutlich eine chemische Reaktion zwischen den Fettschichten des Gewebes und dem Wasser, wodurch das Fett die Konsistenz verändert und hart wird.«

Munroe unterbrach ihn, mit starrem Blick.

»Und wie lang... – entschuldigt –« Er bekam die Worte nicht mehr richtig heraus, griff sich an den Mund und mußte von dem Tisch weggehen. Vornübergebeugt stellte er sich in eine Ecke.

Jason aber starrte unverwandt auf den Ertrunkenen und vollendete Munroes Frage:

»Wie lang hat er im Wasser gelegen?«

»Schwer zu sagen. Über eine Woche, nehme ich an. Vielleicht zwei. Deshalb ist er so aufgedunsen.«

Jason griff nach der Flasche und nahm einen großen Schluck.

»Das Wasser dringt durch Osmose ins Gewebe ein und bleibt dort«, sagte Hugo. »Nein, er sieht nicht gut aus.«

»Und das Gesicht?«

»Ja. Nein. Nein, beim Henker. Wasserleichen –«

»Ist das ein einfacher Tod?«

»Du meinst leicht? Ertrinken?«

148

Jason nahm wieder einen Schluck aus der Flasche und sah Hugo fragend an.

»Gut«, sagte Hugo, »zuerst füllen sich die Atemwege mit Wasser, der Ertrinkende versucht weiter zu atmen, das gelingt ihm aber nicht. Er atmet tief ein, und es kommt zu einer Unterbrechung der Atmung von anderthalb Minuten oder so. Dann folgen einige tiefe Atemzüge, bei denen die Lungen ganz voller Wasser gepreßt werden, er verliert das Bewußtsein, und nach einigen krampfartigen, finalen Atemzügen tritt der Tod ein. Vier bis fünf Minuten. Es kann schneller gehen, durch den Schock. Während der ersten paar Minuten dieses Prozesses ist man bei Bewußtsein oder teilweise bei Bewußtsein.«

»Kommen sie wieder nach oben?«

»Nach und nach. Die charakteristische Schwimmhaltung ist die mit Bauch und Gesicht nach unten, Hinterteil und Hinterkopf ragen über die Wasseroberfläche, während die Glieder schlapp herunterhängen.«

»Ich verstehe.«

»Aber ein leichter Tod ... Warum fragst du?«

»Ach«, fing Jason an, »nur weil ich einmal eine Geschichte gehört habe von jemandem, der ertrunken ist.« Er unterbrach sich, griff nach der Flasche, trank aus Leibeskräften und fuhr dann ein wenig undeutlich fort: »Eine ganz furchtbare Geschichte. Die war sozusagen richtig greulich. Etwas mit einem jungen Mädchen, ziemlich jung, eigentlich noch ein Kind, die in einem reißenden Fluß ertrunken ist. Ganz ohne Vorwarnung. Niemand ahnte, daß sie ins Wasser gehen wollte. Die Eltern hatten keine Ahnung und der Pfarrer auch nicht. Daß sie mit solchen Gedanken herumlief. Aber eines Tages Ende November ist sie einfach in den Fluß gegangen und in den Stromwirbeln verschwunden. Ich kann sie vor mir sehen, wie sie treibt, halb über, halb unter der Wasseroberfläche, mit offenen Augen, weil sie sehen wollte, wie das ist, könnte ich mir vorstellen.«

Hugo betrachtete Jason genau, während er einen großen Schluck aus der Flasche nahm.

»Jaja«, fuhr Jason fort, »vielleicht war es ein leichter Tod? Eine entsetzliche Geschichte, genau das haben sie gesagt. Ich glaube, sie hatte das Haar offen. Es war braun und schwebte frei im Wasser, und sie trug ein graues Kleid. Anfangs suchte man überall nach ihr, als sie nicht nach Hause kam, später stakten sie dann im Fluß. Ein paar Tage danach wurde sie gefunden, ein Stück flußabwärts, in einem Dickicht aus Ästen und Zweigen, wo sie sich verfangen hatte. Dann trug man sie durch den Regen nach Hause. Glaubst du – glaubst du, sie hat so ausgesehen?« Jason machte eine Kopfbewegung in Richtung des aufgedunsenen Geschöpfes auf dem Tisch.

»Nein, Jason. Das kann ich mir nicht vorstellen. Nicht nach ein paar Tagen.«

»Auch gut«, sagte Jason leise.

»Warum – ich meine, ist sie absichtlich gesprungen?«

»Anfangs hat man geglaubt, sie sei hineingefallen, als sie am Ufer entlangging. Das aber war nicht so.«

»Nein –?«

»Wie man das herausgefunden hat? Naja, ich bin nicht ganz sicher, wie man das entdeckt hat, aber ich stelle mir vor, das war, als man sie gewaschen und sie zum Einsargen hergerichtet hat. Während sie dort lag, so auf dem Tisch, und als man sie abtrocknete, ist es dann aufgefallen. Sie ist schmächtig gewesen, wie ein kleiner Vogel, und man hat es gut sehen können. Sie war im vierten Monat.«

Eine bemerkenswerte Nüchternheit und Klarheit umgab Jason in diesem Augenblick, obwohl er leicht zu näseln begonnen hatte.

»Und dann?«

»Und dann«, sagte Jason, »dann hat man sie in den Sarg gesteckt und hat sie begraben.«

»Ich meine – der Vater?«

»Ihr Vater war Kaufmann«, grinste Jason.

»Der Vater des Kindes.«

»Der Vater des Kindes, der Vater des Kindes. Da wurde so viel vermutet. Vielleicht ein Hirte, sagte man. Oder ein Handlungsreisender. Oder ein Zigeuner. Oder ein Ire. Ach, in einer solchen Angelegenheit gibt man so vielen die Schuld, außer dem wirklich Schuldigen. Ein Junge aus dem Ort ist es gewesen, dramatischer war das nicht. Sie hätten es trotzdem wissen müssen. Vielleicht hatten sie eine Ahnung. Jedenfalls hat er selbst es gesagt, als er nach Hause kam und erfuhr, was geschehen war. Er hat es laut und deutlich verkündet, jedem, der Ohren hatte. Dann hat man ihn zu Hause hinausgeworfen, mitten am Weihnachtstag. Es war ein sehr christlicher und moralischer Ort.«

»Nicht jeder würde so etwas unaufgefordert zugeben.«

»Es hat ein Riesenspektakel gegeben.« Jason trank wieder.

»Was glaubst du, warum er es ihnen gesagt hat?«

»Er hätte das nicht tun dürfen. Nicht wegen des Spektakels, sondern weil es seine Angelegenheit war. Und die Angelegenheit des toten Mädchens, falls Tote irgendwelche ›Angelegenheiten‹ haben können. Er hätte wissen müssen, daß niemand es verstehen würde. Sein Geständnis war eine pathetische Geste.«

»Aber auch Pathetisches kann ehrlich gemeint sein.«

»Ja«, sagte Jason ernst. Dann leerte er die Flasche und ließ sie zu Boden fallen. »Hurra!« schrie er.

Hugo dämpfte ihn. Dann lachten sie.

Einige Minuten später wurde Jason wild. Die beiden anderen tranken heftig, um den Anschluß nicht zu verpassen, und dann entwickelten sich die Dinge. Der Abend in diesem düsteren Saal wurde furchtbar amüsant und verblüffend, alles erschien Jason in einem nebligen, undeutlichen Wirbel, ein wilder Tanz von Eindrücken und Ereignissen, und dieser Tanz ging so:

DANSE MACABRE

Zuerst tranken sie noch eine Flasche
   – das war furchtbar amüsant
Dann spielten sie mit den Präparaten
   – das war furchtbar amüsant
Sie lachten über eine gasvergiftete Dame
   – und hatten ganz schön Spaß
Und schnitten ihre Monogramme
   – ein Skalpell ist ein vielseitiges Werkzeug
Dann schnupperten sie am Formalin
   – und Jason wurde furchtbar schlecht
Und steckten einen Zeh ins Schlüsselloch
   – er nahm sich gut aus dort im Loch
Dann tauschten sie Organe aus
   – absurde Sachen an einer Frau
Und dann tranken sie noch eine Flasche
   – während Jason den Toten eine Rede hielt
Dann aber kam ein Gespenst
   – aber sie sahen, das war nur der Pedell
Sie tanzten einen Tanz um den Pedell
   – und das war furchtbar amüsant
Dann kamen zwei Männer mit Helmen
   – und der Tanz ging lustig weiter
Dann kamen zwei Männer mit Helmen
   – und dann war der Tanz zu Ende.

Am nächsten Tag wurde bekanntgegeben, daß *Coward, Jason;
Hugo, Paul* und *Munroe, Peter* auf immer und ewig der Londoner Universität verwiesen seien. Aufgrund des besonders
gravierenden Charakters ihrer Vergehen hielt man es für notwendig, andere Universitäten von ihrem Treiben zu informieren. Auch die Ärztevereinigung wurde angeschrieben.

*

Regentropfen rinnen an einem nackten Zweig hinunter.
Im Regendunst stehen zwei Fohlen.

Du gehst jetzt am Fluß entlang, und ich kann dich sehen. Es ist
Spätherbst, bald Winter, Nebel und Regen, und alles ist Feuchtigkeit. Du magst dieses Wetter, du hast es gern, wenn du naß
wirst bis auf die Haut. Du gehst am Flußufer entlang und siehst
dich um. Der Himmel so niedrig und grau. Vielleicht kommt
bald der erste Schnee. Wenn du willst, kann ich dich jetzt für
das letzte Stück an der Hand halten, deine Hand halten, wie ich
es einmal getan habe. Sie war rauh und warm in der meinigen.
Dein Gesicht ganz offen, während du gehst, über dein Gesicht
rinnen Regentropfen. Bist du traurig? Bist du glücklich?
Törichte Worte, *traurig*, *glücklich*, einschränkende, unzu-
treffende Adjektive. Gibt es keine anderen Gemütsverfassun-
gen, für die es keine Menschenworte gibt, jenseits von absolut
Positivem oder Negativem? Am Fluß entlanggehen, das Wasser vorbeiströmen sehen, groß und mächtig nach all dem Regen. Das Wasser verbirgt alles. Dein Gesicht ist ganz offen.
Wenn du willst, halte ich dich das letzte Stück an der Hand.
Dein Gesicht. Dein Kinn ist spitz und vorstehend, die Stirn zu
hoch und zu rund. Du hast ein eigenartiges Gesicht. Laß mich
dich jetzt halten. Großer, ewiger Regen! Sprich mit ihr, während sie dort geht. Erzähl ihr, daß die Pferde eng beieinander
auf der Wiese stehen, den Kopf über dem Rücken des anderen.
So beschützen sie einander gegen den Regen. Das lachende Geräusch rinnenden Wassers, von fallenden Tropfen, von sau-
genden Wirbeln. Kannst du es jetzt hören? Ich glaube noch
nicht einmal, daß du traurig bist, ich glaube, du gehst am Fluß
entlang, weil du es *willst*, weil du so *bist*, und ich glaube, du
denkst nur an das, was dir richtig erscheint. Aber trotzdem –
trotzdem wünschte ich, du würdest zuhören. Hör dem Regen
zu, wenn du kannst. Würde gern deine Hand halten. Du bist
nicht verrückt. Nichts weiß ich von dir, und es gibt keinen,

153

über den ich so viel weiß. Hier ist meine Hand, wenn du willst. Du darfst keine Angst haben. Ich rede nicht, ich bin still. Ich stelle mir vor, daß du an mich gedacht hast. Wie töricht. Trost. Ich stelle mir vor, ich drückte deine Hand. Hier macht der Fluß einen Bogen, hier hängt ein schwarzer Zweig über dem Wasser. Deine Hand.

Es war stickig und heiß in dem kleinen Dachzimmer. Er lag im Bett und konnte nicht aufwachen. Unscharfe, abscheuliche Bilder in seinem Kopf. Große Motten mit braunen, staubigen Flügeln und schleimigen, geschwollenen Eiersäcken landeten um ihn herum, er meinte, verfaulende Menschenglieder zu sehen. Oberschenkelknochen, Waden – er zwang sich, sich aufzusetzen und starrte ins Zimmer, das um ihn herum wogte. Das grelle, leuchtende Viereck des Dachfensters wirkte wie eine Frage, im Halbschlaf konnte er keine Antwort finden. Ihm wurde schwarz vor Augen, als er auf die Beine kam, das Fenster geöffnet hatte und Luft hereinließ. Er gurgelte einige Schlucke lauwarmen Tee aus der Kanne und schwankte zurück zum Bett. Dort blieb er liegen.

Lange lag er so und verstand nicht, was mit ihm los war. Ab und zu zitterte er, ab und zu waren Menschen im Zimmer, Menschen, die er viel zu gut kannte. Aber er tat, als kenne er sie nicht. Dann gingen sie. Dann war er auf den Beinen und versuchte sich zu rasieren, doch seine Hand war so unsicher, daß er sich nur schnitt. Womöglich hatte er Fieber. Dann wurde es wieder dunkel.

Einmal wachte er auf und sah zwei Personen im Zimmer, die er nicht kannte, zwei Männer mit Zylinderhüten. Sie standen im grellen Morgenlicht und starrten ihn ernst an. Er tat, als sehe er sie nicht, aber sie verschwanden nicht. Da ging ihm auf, daß sie wirklich waren.

»Erkennst du uns nicht wieder, Jason?«

Doch, doch. Irgend etwas Bekanntes.

»Ich bin es. Advokat Scott. Und Doktor Falls. Ich glaube, ihn hast du seit – seit dieser kleinen Versammlung nicht mehr gesehen.«

Ah, ja natürlich.

»Du siehst elend aus, Junge. Vielleicht können Sie ihn sich anschließend einmal ansehen, Herr Doktor?

Solange er mich nicht aufschneidet.

»Ich habe mit deinen Pflegeeltern gesprochen. Über das Vorgefallene. Aber sie wollen mit dir nichts mehr zu tun haben. Nicht nach dieser Geschichte. Mit diesem Mädchen.«

Welchem Mädchen.

»Es mußte auch eine Entschädigung bezahlt werden, wie du dich vielleicht erinnerst, an den Vater des Mädchens, weil du ihn so geschlagen hast, daß er das Gehör verloren hat. Warum mußtest *du ihn* schlagen?«

Nein, das ist mehr als ich verstehe.

»Um es offen zu sagen – *er* hätte *dich* verprügeln müssen.«

Das hat er bestimmt auch versucht, insofern ein Würstchen Kraft genug hat, jemanden zu verprügeln.

»Aber ich sehe, daß du krank bist, und ich will dich nicht quälen. Du bist einundzwanzig Jahre alt und stehst nicht mehr unter dem Schutz deiner Tante und deines Onkels, auch nicht unter meiner Obhut. Aber wir – Doktor Falls und ich – haben uns verständigt, und wir möchten dir gern helfen. Was du getan hast, ist beschämend, aber wir ehren nach wie vor das Andenken deines Vaters.

Wie angenehm.

»Wir wollen dafür sorgen, daß man dich an der Universität wiederaufnimmt, Jason. Wir wollen mit unseren Namen für dich bürgen. Wir werden sagen, die beiden anderen hätten dich verführt. Sie sind beide von ihren Eltern auf See geschickt worden. Wir wollen versuchen, dich wieder in die Universität zu bringen, Jason. Viel ist von dem Geld nicht mehr da, aber wir sind bereit, für ein Darlehen zu bürgen, damit du einen Abschluß machen kannst. Hörst du, Jason? So antworte doch. Sag etwas. Du hast ja noch nicht einmal guten Tag gesagt. Doktor – ich glaube, es ist besser, Sie sehen ihn sich an.«

»Guten Tag«, sagte Jason, als der Doktor sich über ihn beugte.

»Guten Tag«, sagte der alte Arzt freundlich. »Was ist mit dir los?«

»Ich will nicht mehr Medizin studieren«, sagte Jason schwach.

»Wie bitte?«

»Ich will das Studium nicht fortsetzen.«

Die beiden Herren sahen sich an.

»Ich traue meinen Ohren nicht«, sagte Scott.

»Ich bin sicher, Sie meinen es gut mit mir«, sagte Jason ohne Überzeugung, »aber es geht einfach nicht. Ich halte es nicht mehr aus. Ich möchte das Studium abbrechen.«

Der alte Arzt sah ihn freundlich und fragend an. Dann untersuchte er ihn und verordnete etwas Stärkendes.

»Da ist wenigstens eine Entscheidung«, sagte er dann.

»Jetzt aber mal ernsthaft«, sagte der Anwalt.

»Doch«, sagte Jason. »Es ist wahr. Ich bin völlig sicher, daß ich nicht mehr will.«

»Dann haben wir hier nichts mehr verloren«, sagte Scott beleidigt.

»Was willst du denn dann, junger Mann?« fragte der Arzt.

»Vorläufig will ich nur hier liegen. Ich will meine Ruhe haben. Es wäre nett von Ihnen, wenn Sie mich jetzt in Ruhe ließen.«

»Gut, gut«, sagte Doktor Falls. Er stand auf. Scott entfernte sich hastig, der Arzt aber drehte sich in der Tür noch einmal um:

»Du hast sehr wenig Ähnlichkeit mit deinem Vater«, sagte er.

Da lächelte Jason, glücklich.

Dann lebte er ein oder zwei Jahre ganz unten im Elend von London. Das verbliebene Geld war schnell verbraucht, und seine Kreditwürdigkeit nahm rasch ab. Bald mußte er seine Manschetten mit Kreide bestreichen, um vor Frau Bucklingham die Fassade zu wahren. Seine Lehrbücher und die Instrumente, die er noch hatte, verpfändete er. Er hatte weder einen Lebensunterhalt noch eine Vorstellung, auf welche Weise er ihn verdienen könnte. Was er dort in den Niederungen Londons sah, ist eine mehr oder weniger leere Seite in Jasons Erinnerung. Er lebte in einem schweigenden, stillen Danach. Langsam nahmen seine sonderbaren Zustände ab, und er bekam keine Wutanfälle mehr. Erst durch einen Zufall fand er einen Lebensunterhalt, jemand anderes brachte ihn auf die Idee. Das Ganze kam zustande, weil Munroe Landurlaub hatte und an einem Winternachmittag unerwartet bei Jason auftauchte. Jason freute sich aufrichtig, ihn zu sehen, denn mit Ausnahme von Frau Bucklingham sprach er mit keinem Menschen mehr.

Munroe schien obenauf zu sein. Die See hatte ihn stark und ruhig gemacht. Er nahm Jason mit in die Stadt, flößte ihm ein Mittagessen und viele Krüge Bier ein. Eine Weile sprachen sie über Hugo, wo auf der Welt er sich wohl befinden mochte (sie erfuhren nie, was aus ihrem dritten Mann geworden war). Dann erzählte Munroe vom Leben auf See (Jason sollte ihn nach diesem Abend nie mehr wiedersehen).

Und weil Munroe am nächsten Tag auslaufen mußte und weil Jason länger als ein Jahr ohne jemanden herumgelaufen war, mit dem er reden konnte, geschah nun etwas. Jason hatte sich verändert. An jenem Abend brach es aus ihm heraus, er erzählte, redete und redete zu dem Freund, der am nächsten Tag wieder hinaus auf See gehen und Jasons Erzählungen mitnehmen würde. Er berichtete, zögernd zuerst, später offener und freier, von seinem Leben. Er erzählte seinem Freund, daß er sich selbst wie ein Fremder vorkam, daß er ein anderer war, daß er in seinem ganzen erwachsenen Leben ein anderer, ein ihm Unbekannter gewesen war.

Munroe hörte ihm zu und stellte nicht viele Fragen. Jason wußte nicht, ob er ihn verstand, aber das konnte im Grunde gleichgültig sein.

An diesem Abend schien es, als gehe etwas zu Ende und gleite hinüber in etwas anderes. Was später geschah, wirkte daher richtig. Sie gingen in die Stadt, tranken noch mehr, unterhielten sich, verschafften sich einen gesunden, kräftigen Rausch.

Sie gingen von Lokal zu Lokal, danach in eine Music Hall, wo sie über die Vorstellung lachten.

Anschließend gingen sie zu den Rattenkämpfen. Jason wollte zuerst nicht, aber der Freund zerrte ihn mit, und ehe er sich versah, fand er sich in einer übelriechenden Kaschemme wieder, einem berühmten Loch in der Fleet Street, wo einmal der legendäre Terrier Billy gekämpft hatte. Jetzt machten sie dort Reklame mit einem neuen Terrier, der, wenn er in Hochform war, sogar den alten Billy übertreffen sollte. Der Name des neuen Hundes war Jacob, und die Plakate zeigten ihn knurrend und schnaubend, das Maul voller Ratten.

Um die kleine, viereckige Manege herum herrschte bereits Hochstimmung. Man hatte soeben die Einleitungsrunden beendet und reinigte den Schauplatz von verstümmelten Ratten. Es wurde gestritten, ob der vorige Hund 28 oder 29 der grauen Bestien in den dafür vorgesehenen zwölf Minuten getötet hatte. Die neunundzwanzigste Ratte war nämlich während der Reinigungsarbeiten wieder zu sich gekommen, da aber waren die Wetten schon entschieden, und die auf 28 und nicht auf 29 Ratten gewettet hatten, machten ihrer Verärgerung Luft. Sie schrien, man habe sie betrogen, und schielten mit blutunterlaufenen Augen nach den glücklichen Gewinnern, die jetzt ihr Geld zählten. Die vielen Zuschauer, die nicht gewettet hatten, weil sie nicht genug Geld zum Setzen oder schon alles verloren hatten, schrien ebenfalls – vor allem, um Lärm zu machen.

Die Buchmacher spazierten unberührt in dem Chaos wütender, betrunkener Männer umher, und als sei nichts geschehen, nahmen sie neue Wetten entgegen, dämpften die Gemüter, erklärten, man hätte keine Zeit mehr für Streitereien, man solle die Zeit lieber nutzen, um auf Jacob zu setzen, der in wenigen Minuten mit seiner Runde beginnen werde. Dabei könne man wirklich Geld machen. Gentlemen, neue Einsätze, neue Gewinne! Man trank, schloß Wetten ab und schrie einander zu. Inmitten des Chaos schritten die Bahnmeister mit gutmütigem Gesichtsausdruck durch die kleine, hölzerne Manege und bereiteten die nächste Vorstellung vor. Sie trugen hohe Stiefel und Lederhandschuhe zum Schutz gegen Rattenbisse, sahen im übrigen aber aus wie zwei Bankangestellte ohne Jackett und Schlips. Der eine war klein und fett und hatte eine Glatze, er lächelte die ganze Zeit verschmitzt, der andere war mager, mit pomadisiertem, schwarzem Haar. Beide schwitzten heftig in der Hitze und sahen unanständig nüchtern aus, denn ihre etwas spezielle Tätigkeit verlangte höchste Wachsamkeit und Geistesgegenwart, damit sie selbst nicht zu Schaden kamen.

Jason wurde nach vorn zur Manege gezerrt, dem »pit«. Die gewaltige Hitze und der Gestank in dem kleinen, überfüllten Lokal hatten ihn fast ohnmächtig werden lassen. Die Luft war voller Tabakrauch und dem Geruch verschwitzter, betrunkener Männer, der sich vermischte mit dem Gestank von Erbrochenem und Hundeexkrementen und ... ja, da war noch ein Geruch, durchdringend und süßlich, stickig. Er schien von der Manege selbst zu kommen, vom blankgescheuerten Holzboden, auf dem die Kämpfe stattfanden. Vom Pub nebenan drangen Geräusche von Musik und Tanz zu ihnen herein, und für einen kurzen, erstickenden Augenblick fühlte Jason, daß er nahe daran war, die Selbstkontrolle zu verlieren und in Panik auszubrechen. Aber die beruhigende Hand des Freundes auf seiner Schulter rettete ihn.

»Bist du noch nie hier gewesen?«

Jason schüttelte stumm den Kopf. Er hätte sich gern einen Weg ins Freie gebahnt, aber das Gedränge um die Arena herum wurde immer stärker. Wer im Pub gewesen war, um sich ein wenig zu erfrischen, kam jetzt zurück – ganz offenbar stand der Höhepunkt des Abends kurz bevor. Von hinten wurden sie gegen das kleine Geländer gepreßt, und weil es unmöglich war, noch herauszukommen, entschloß sich Jason zu bleiben. Und noch etwas war ihm klar: Er wollte dieses Schauspiel sehen, es studieren, es vollständig auskosten. Denn in seiner zerrissenen Gemütsverfassung hatte er den Eindruck, er sehe in dem, was sich um ihn herum abspielte, die Wahrheit über den Menschen. Hier standen Hunderte von Männern eng aneinandergedrückt, alte und junge, einige in Lumpen, andere in Anzügen und mit Strohhüten. Keiner von ihnen beachtete die anderen, sie warteten nur darauf, daß die Ratten endlich losgelassen wurden und daß das verwettete Geld die Eigentümer wechselte. Oben unter dem Dach, auf einer besonderen Galerie, sah er sogar ein paar Frauen in der Masse der Männer, am meisten erstaunt war er über eine sehr junge, gutgekleidete Lady – kaum älter als zwanzig Jahre – in Begleitung zweier schwarzgekleideter Herren mit Zylinderhüten. Vielleicht handelte es sich um Diener oder Kutscher. Sie hielten die Aufdringlichsten von der jungen Dame fern, die auf der Galerie saß und mit grauem, kühlem Blick in die Manege starrte. Ehe ein erwartungsvolles Raunen durch das Publikum ging, konnte Jason noch feststellen, daß sie sehr schön war. Dann trat zitternde Stille ein, und alle Blicke wandten sich dem oberen Rand des »pits« zu.

Dort hatte jetzt Jacob seinen Auftritt. Es war ein sonderbarer, kleiner Hund – viel kleiner, als Jason ihn sich vorgestellt hatte –, schwarz-weiß gefleckt, mit kurzem Schwanz und spitzen Ohren. Er lief witternd durch die Manege, offenbar unschuldig und ohne böse Absichten. Er hatte jedoch etwas Unheilverkündendes an sich, fand Jason. Er wedelte nicht mit dem

Schwanz, und obwohl er seinem alten Ernest sehr ähnlich war, auf den ersten Blick hätte es derselbe Hund sein können, den Jason als Kind gehabt hatte, war der Unterschied auffallend. Jason kam aber nicht darauf, worin er bestand.

Der Freund tippte ihn an, er solle aufpassen. Und jetzt sah er, daß der eine der beiden Männer in der Manege über das Geländer gestiegen war und einen großen Eisenkäfig holte. Der andere packte Jacob am Halsband und hielt ihn fest, und im selben Augenblick begriff Jason, woher das Geschrei gekommen war.

Im Eisenkäfig befanden sich bestimmt über hundert Ratten, und alle schrien – keine piepsenden, sondern *schreiende* Ratten –, Jason schüttelte sich vor Grauen. Dann griff der Mann mit geübter Hand in den Käfig, packte die Ratten bei ihren Schwänzen und schleuderte sie bündelweise in den Ring.

Sofort veränderte sich das Verhalten des Hundes, er knurrte, sehr leise, er zerrte am Halsband und legte die Ohren an. Und als genug Ratten im Ring waren, ertönte ein Gong, und der zweite Bahnmeister ließ Jacob los.

Jetzt setzte ein Tumult unter den Ratten ein, den Jason nicht für möglich gehalten hatte. Die meisten von ihnen waren große, ellenlange Kanalratten, und sie rannten vor dem losschießenden Hund davon, kratzten an den Holzwänden des Manegenrands, kletterten aufeinander, um hinauf- und wegzukommen. An den Manegenwänden waren jedoch horizontale Bretter angebracht, die sie daran hinderten. Die ganze Zeit schrien sie, und dieses Geräusch war so stark, daß es das immer lautere Jubelgeschrei der Zuschauer fast übertönte.

Jacob knurrte jetzt nicht mehr. Lautlos fuhr er von Ratte zu Ratte und biß sie mit einem Zuschnappen tot. Wollte er nicht loslassen, waren sofort die Manegenmeister da und rissen ihm die Ratten aus den Kiefern. Einzelne Ratten versuchten, sich zu verteidigen, konnten ihre scharfen Zähne aber nie einsetzen, der Hund war viel zu schnell. Er bewegte sich zielsicher, in wahnsinnigem Tempo und ohne ein anderes Geräusch als den Ton des Zuschnappens säuberte er die Arena. Am anderen Ende ließ man jetzt mehrere Ratten frei.

Jason starrte wie ein Geisteskranker auf das, was sich vor ihm zutrug. Jetzt wußte er, daß dieser Hund keinerlei Ähnlichkeit mit jenem Ernest besaß, den er als Kind gehabt hatte. Der Unterschied bestand darin, daß der Rattenmörder etwas fast Menschliches an sich hatte. Es war ein kalter, berechnender Hund, ein Systematiker mit vier Beinen und einem Schwanz. Und der Schwanz wedelte nicht, er trug ihn hoch erhoben wie ein Skorpion. Jason hatte den Eindruck, daß der Hund *dachte* – während Ernest und alle anderen Hunde nur *lebten:* spielten, rauften und fraßen. Eben dies war das Unheimliche. Diese Art von Mörderhunden war widerlich, sogar furchteinflößend – das Unheimliche aber lag darin, *wie* sie vorgingen.

Noch war nicht die Hälfte der zwölf Minuten im Ring vergangen. In großen Mengen warf der eine Bahnmeister die toten Ratten aus dem Ring, hinaus auf einen abgesperrten Bereich, wo ein Junge stand, der sie zählte. Für jede Ratte machte er ein Kreuz auf eine Tafel. Der andere Bahnmeister, der kleine Dicke, schüttete weitere Ratten hinein, die der Hund nacheinander erledigte – pro Ratte benötigte er nur wenige Sekunden. So, wie der Kampf jetzt stand, war ein neuer Rekord zu erwarten, und die Menge brüllte vor Spannung – Kühne hatten auf 150 oder mehr Ratten gewettet. Der Terrier war inzwischen am ganzen Hals und an der Schnauze rot, machte aber unermüdlich weiter.

Indessen geschah etwas, was dem Kampf eine unerwartete Wendung gab. Als Jacob noch etwas mehr als drei Minuten Zeit hatte, wurde er auf eine ungewöhnlich große, weiße Kanalratte, vermutlich ein Albino, aufmerksam, die mitten in der Manege bewegungslos vor ihm stand. Kalt schoß er auf die Ratte zu, die Weiße aber zuckte nur zurück und blieb in einiger Entfernung wieder stehen. Im Unterschied zu den anderen

Ratten schien sie nicht in die nächste Ecke fliehen zu wollen. Dasselbe wiederholte sich noch einmal: Gereizt stürzte sich Jacob auf die Ratte, und die Ratte schnellte wie ein weißer Ball an eine andere Stelle. Jetzt vergaß Jacob alle anderen Ratten und nahm die Jagd nach der weißen auf. Die Zuschauer brüllten wie besessen, das war jetzt etwas Neues und Unerwartetes. Lange hatte es den Anschein, als sei die Weiße zu gewitzt für Jacob, sie war wie ein weißer Blitz. Verhext stand Jason da und stierte; die große Weiße fletschte einen Augenblick die Zähne gegen den Hund, und dies löste in Jasons Inneren einen Schrei aus. Von nun an brüllte er mit, er vergaß sich selbst, im Gleichklang mit den anderen Zuschauern ließ er seiner ganzen Wut und Angriffslust freien Lauf. Er wußte nicht, ob er für die Ratte oder den Hund brüllte, er brüllte einfach.

Für einen Augenblick schien es, als habe Jacob seinen Gegner gepackt, dann aber zeigte sich, daß es umgekehrt war: Die Weiße hatte sich in der Nackenhaut des Hundes verbissen, und dieser schüttelte sich nun und warf sich heftig hin und her, um die Ratte abzuwerfen. Er begann jetzt zu bellen und fletschte die Zähne, und die Begeisterung des Publikums stieg in unbekannte Höhen. Sogar die lässigen Manegenmeister schlugen sich mit der Faust in die flache Hand und stießen Zurufe aus. Eine Zeitlang schien es, als ließe die Weiße nicht los. Das wäre die Sensation des Jahres geworden, der Hundechampion von einer der Ratten besiegt! – doch Jacob schüttelte sich jetzt heftig und schnappte nach der baumelnden Ratte.

Beherrscht und freundlich sagte eine Stimme in Jasons Ohr: »Siehst du, wie Jacob mit dem Engel ringt?«

Jason war für eine Sekunde lang wie gelähmt. Er hörte auf zu schreien, drehte sich um, wollte sehen, wer das gesagt hatte, sah aber niemanden. Überall sah er nur brüllende, jubelnde Zuschauer, viel zu exaltiert, um ihm etwas Derartiges ins Ohr sagen zu können. Und auch der Freund war es nicht gewesen, denn der stand auf der anderen Seite neben Jason und brüllte mit.

Als Jason sich verwirrt wieder der Manege zuwandte, sah er, daß der Hund die Weiße abgeschüttelt hatte, die Ratte lag auf dem Rücken und fuchtelte einen Augenblick zu lang, und dann war der Hund über ihr.

Sekunden später ertönte der Gong. Die zwölf Minuten waren zu Ende. Das Publikum jubelte lauthals Jacob zu, der etwas mitgenommen aus dem Ring trottete. In rasendem Tempo wurden die Ratten aus dem Ring herausgeworfen und gezählt. Die beiden Manegenmeister sahen erschöpft aus. Der Junge mit dem Kreidestück schüttelte jede Ratte mit Nachdruck: Diesmal sollte keine wieder zum Leben erwachen. Wegen des unerwarteten Finales war das Kampfergebnis niedriger als erwartet, aber dennoch unglaublich hoch: 79 Ratten in zwölf Minuten getötet. Das Publikum brüllte wieder, ob aus Enttäuschung oder vor Wonne, ließ sich kaum sagen.

»Ist dir nicht gut?« Der Freund starrte Jason an.

»Was?« Jason sah verständnislos zu dem anderen auf.

»Ist dir schlecht? Sollen wir gehen?«

»Ja«, nickte Jason. »Gehen wir.«

Sie kämpften sich ihren Weg frei zum Ausgang. Um sie herum rechneten die Buchmacher die Wetten ab. Im Vorübergehen bemerkte Jason, daß einer der schwarzgekleideten Diener, die er zusammen mit dem jungen, hübschen Mädchen gesehen hatte, von einem der Buchmacher ein größeres Bündel Geldscheine ausbezahlt bekam. Sie hatte also völlig richtig geraten und den Jackpot bekommen.

Sie erreichten die Straße.

An eben diesem Abend fand er das Mädchen im Schnee.

Er wanderte allein durch die Straßen nach Hause, unsicher auf den Beinen und fröstelnd, denn mit dem Neuschnee war ein kalter Wind aufgekommen. Rund um ihn herum tanzten

Schneeflocken, still wie kleine weiße Motten. Im Licht der Gaslaternen und der Fenster wurden sie sichtbar, ehe sie wieder in der Dunkelheit verschwanden. Wenn die Kälte sich hielt und es für den Rest der Nacht so weiterging, würde am nächsten Morgen sehr viel Schnee liegen. Er fror. Einmal stolperte er und fiel auf die Knie, die Pflastersteine waren glatt. Der schleimige Schmutzbelag, der sie stets bedeckte, hatte sich in eine dicke Eisschicht verwandelt.

Wegen des Schnees war es zu dieser Nachtstunde noch stiller als gewöhnlich. Nur vereinzelt begegneten ihm Nachtschwärmer, zwei Mädchen, einige Betrunkene, ein Polizist mit langem Schnurrbart, dessen Enden der Schnee weiß gefärbt hatte. Je näher er seiner eigenen Straße in der Nähe der Tottenham Court Road kam, um so stärker erfüllte ihn ein vages Gefühl – es erinnerte an Entsetzen, an Angst vor Einsamkeit – es hatte sich in der Brust gesammelt und erzeugte in ihm einen ekelhaften Drang zum Weinen. Als hätten das Schneewetter, die kalte, öde, winterliche Straße und die Ereignisse dieses Abends in seinem Inneren einen vergessenen Damm aus der Kindheit durchbrochen – dahinter lag die Furcht des Kindes vor Einsamkeit und Dunkelheit.

Die Fenster in der dunklen Straße waren fast alle ohne Licht. Die Glasscheiben wirkten matt und aschgrau, wie schlaffe, hängende Segel. Er dachte an die Schuten auf der Themse bei Nebel und Regen, die er als Kind gesehen hatte. Und plötzlich stand ein Bild von damals klar und scharf vor ihm: Das Choleraschiff. Es war eine Schute, die Cholera an Bord gehabt hatte. Unter den schlaffen Segeln, die die Mannschaft nicht mehr hatte reffen können, hatten sich die entsetzlichsten Leiden abgespielt – ganz oben, am Großmast, hing gelb und nüchtern die Epidemieflagge. Das Schiff hatte ein ganzes endloses Frühjahr lang vor dem St. Saviours Dock gelegen. Jeden Tag hielten die Passanten auf dem Whitechapel-Ufer an und sahen hinüber zu dem Pestschiff. Nie schien der Frühling dorthin zu kommen.

Über die Ereignisse an Bord wurden düstere Geschichten erzählt. In regelmäßigen Abständen fuhr ein Boot der Hafenaufsicht mit Särgen hinüber und setzte einen Herrn an Bord ab. Der Doktor. Und wenn das kleine Boot zurückkam, brachte es die Särge wieder zurück, dieses Mal mit Inhalt. Als Junge hatte Jason oft schlimme Träume von diesem Schiff gehabt, sogar noch lange danach, bis es eines Tages plötzlich verschwunden war.

Dieses Schiff sah er jetzt wieder, während er dort ging. Es schneite noch dichter, und allmählich wurde auch der Abstand zwischen den Gaslaternen größer. Es ließ sich nicht leugnen: Er wohnte im Slum. Vielleicht war er selbst einer der vielen gesichtslosen Gestalten dort, dies aber war nie beabsichtigt gewesen. Er dachte an den Vater und die Mutter, vermutlich hatten sie sich etwas Besseres für ihn vorgestellt.

Ja, er war einer der Gesichtslosen. Ginge er heute nacht zur Waterloo-Bridge und ließe sich von der starken Strömung der Themse forttragen, welche Bedeutung hätte das schon? Keine, weder für Gott (an den er nicht glaubte) noch für Menschen (an die er in dunklen Augenblicken auch nicht glaubte). Frau Bucklingham würde ihn vielleicht als vermißt melden. Nach einigen Wochen, vielleicht nicht mehr als zwei, würde sie seine Sachen und Kleider in einen Kasten packen und ihn wegtragen. Der Diwan gehörte ihr, würde Frau Bucklingham wahrscheinlich sagen. Und nur ein paar vergilbte Bilder würden in einigen Jahren bezeugen, daß er ein Gesicht gehabt hatte, ehe auch sie in Stromwirbeln verschwinden würden, Kriege und Brände würden folgen und alle Erinnerung auslöschen.

Wenn die Nacht kommt, sind die Menschen so einsam wie Schneeflocken, die von einem grauen Stadthimmel heruntersinken. Manchmal schweben wir an einer Straßenlampe vorbei und werden sichtbar, für einen kurzen, losgelösten Augen-

166

blick sind wir sichtbar, *wirklich*. Dann verschwinden wir im grauen Dunkel, und die Erde zieht uns zu sich.

Wenn ich nicht so betrunken wäre, dachte er, würde ich mich nicht mit solchen Gedanken quälen. Denk an etwas anderes, Jason, denk an einen lustigen Abend, an ein nettes Mädchen.

Doch dieser vergnügte Abend erschien ihm wie eine dünne Haut, eine Illusion, wie eine dünne Wachsschicht auf einem schwarz angelaufenen, toten Gesicht.

Denk an ein Lied. Ja, das war es. Er könnte ein kleines Lied singen, es würde ihn wärmen, während er ging. Er begann mit »Londonderry Air«, doch das schenkte ihm an diesem Abend keinen Trost. Dann versuchte er es mit »Greensleeves«, aber das war so traurig. Er stolperte über das Kopfsteinpflaster, fiel ein weiteres Mal hin und lag einige Sekunden lang in Dreck und Schnee, ohne aufstehen zu können. Sofort hatte er Angst, liegenzubleiben, und dann merkte er, daß sie kamen, Tränen, die er nicht weinen wollte. Er fluchte. Wenn er nur nicht so betrunken wäre.

Er kam wieder auf die Beine, und dann fand er auch ein Lied, mit dem er sich trösten konnte, es kam von selbst und schob das Bild des Pestschiffes beiseite:

> Es kommt ein Schiff, geladen
> bis an den höchsten Bord,
> trägt Gottes Sohn voll Gnaden,
> des Vaters ewigs Wort.

Er bemerkte sofort, wie es in seinem Inneren etwas heller wurde. Er konnte sich an die Melodie vom Knabenchor in der Bethnal Green Road erinnern, ihm fielen die Weihnachtskonzerte in der Kirche ein.

Das Schiff geht still im Triebe,
es trägt ein' teure Last:
das Segel ist die Liebe,
der Heilig Geist der Mast.

Doch, das half. Und es war eine schöne Melodie. Er summte abwechselnd die zweite und die dritte Stimme und stellte sich die Soprane vor. So bog er um die nächste Ecke und fuhr fort:

Der Anker haft' auf Erden,
da ist das Schiff an Land –

Jäh blieb er stehen. Vor ihm, gleich neben einer Mülltonne, lag eine Gestalt im Schnee.

Er machte ein paar Schritte auf sie zu, dann stand er wieder ganz still. Es war ein Mädchen, eines der unzähligen Mädchen, eine der namenlosen Gestalten, die einen praktisch überall in dieser Stadt umgaben. Sie war ärmlich gekleidet, mit einem zerlumpten, dunklen Rock, einer dünnen Bluse und einer Jacke. Die Füße waren nackt und wirkten bläulich fahl gegen den Schnee. Sie trug noch nicht einmal ein Kopftuch. Das Haar war dunkel und hing in einem schlaffen Knoten im Nacken.

Jason raffte sich zusammen, ging ganz zu ihr hin und wollte sich niederbeugen, als ihm einfiel, sie könnte vielleicht tot sein. Er empfand Unwillen bei dem Gedanken, eine Leiche zu berühren – und wieder kam das Pestschiff angesegelt. Dann aber beugte er sich dennoch hinunter und rüttelte sie.

Sie lag mit dem Gesicht im Schnee. Er drehte sie um, der Haarknoten hatte sich gelöst, und Jason mußte das Haar aus ihrem Gesicht streichen. Er ging in die Hocke und lehnte sie an seine Knie. Sie war sehr dünn, ausgemergelt, und hatte Schnee und Schmutz in den Augenhöhlen und auf der Stirn. Es war dunkel an dieser Stelle, aber Jason hatte den Eindruck, sie sei ebenso bleich wie der Schnee.

Sie ist tot, dachte er, und ihm schauderte bei dem Gedanken. Doch er stellte fest, daß sie nicht steif war, nein – sie lag ziemlich locker und weich auf seinen Knien. Er dachte nach... der rigor mortis, die Leichenstarre, tritt gewöhnlich nach $\frac{1}{2}$–1 Stunde ein, bei Kälte etwas rascher... Er legte die Hand auf ihren Hals. Sie war sehr kalt, aber nicht ganz so kalt wie das Eis. Und sie hatte einen Puls, ein schwaches, aber regelmäßiges Pochen.

Gott sei Dank, dachte er, daß du nicht tot bist, Mädchen. Er entfernte den Schnee von ihren Augen und von den Ohren und versetzte ihr einige Klapse auf die Wange. Sie zeigte keine Reaktion. Er gab ihr noch einen Klaps und schüttelte sie. Nun gab sie ein paar kleinere Lebenszeichen von sich, sie zuckte mit den Augenlidern, der Mund verzog sich, und sie stieß einen leisen Laut aus, noch nicht einmal ein Stöhnen, fast nur ein Hauch.

Jason freute sich über das Resultat. Zugleich dachte er: Was mache ich, wenn irgend jemand vorbeikommt? Wenn ein Polizist vorbeikommt? Die glauben ja – verdammt.

»Hoch mit dir, Mädchen!« sagte er, ziemlich laut.

Aber es kam kein Lebenszeichen mehr. Er schüttelte sie kräftig:

»Du mußt aufwachen! Du kannst hier nicht liegenbleiben!«

Dieses Mal versuchte sie, die Augen zu öffnen, sie bemühte sich sogar, den Blick zu fixieren, es gelang ihr aber nicht. Vielmehr zeigte sie das Weiße der Augäpfel, und Jason befürchtete, daß sie vielleicht krank oder schwer betrunken war. In diesem Fall wäre es schwer, sie auf die Beine zu stellen. Womöglich roch sie leicht nach Gin? Vielleicht war sie in betrunkenem Zustand gestürzt und so liegengeblieben, was er ja für sich selbst auch befürchtet hatte. Oder vielleicht hatte sie jemand geschlagen und hatte etwas mit ihr versucht, wäre nicht ungewöhnlich, war aber gestört worden. Er sah hinauf zu dem schmalen Streifen Himmel zwischen den Hausdächern. Es schneite immer noch, die Wolken waren im Licht der Stadt rotgrau.

Als er den Blick wieder senkte, sah er in zwei große, dunkle Augen, die ihn ängstlich und abwesend anstarrten.

»Oh!« rief er aus. »Geht es dir besser?«

Sie gab keine Antwort und starrte ihn nur an. Auf ihre Wange fiel Schnee, der dort schmolz.

»Weißt du nicht, wo du bist?« fragte er sachlich. Er wollte jetzt schnell nach Hause.

»Im Himmel«, sagte sie in breitem Cockney.

»Was? Nein. Mädchen, im Himmel bist du nicht. Du liegst auf der Straße, in der Barnhart Alley. Ich habe dich gefunden.«

»Oh«, sagte sie.

»Ich habe nicht gedacht, daß du noch lebst. Bist du gestürzt?«

Doch sie antwortete nicht, die Augen waren wieder geschlossen. Er musterte das magere, unschöne Gesicht. Die Augen lagen in tiefen, dunklen Höhlen, die Wangenknochen und Nase waren scharf. Sie mochte siebzehn, höchstens achtzehn sein. Dennoch wirkte sie uralt, fast wie eine Greisin. Diese Augen ... Solche Augen sah man sonst nur bei den richtig Alten, bei denen, die die Welt nicht mehr kennen und die vergessen haben, wie sie heißen, und auf den Tod warten. Er erinnerte sich an seine eigene Großmutter, die Mutter seines Vaters, die gestorben war, als er sechs Jahre alt war. Sie hatte solche Augen gehabt, wie glänzende, schwarze Koksstücke in zwei tiefen, runden Schächten. Von einem Tag zum nächsten erinnerte sie sich nicht mehr, wer er war. Erkannte niemanden mehr. Jason hatte Angst vor ihr gehabt.

Genau solche Augen hatte dieses dünne, verwirrte Blumenmädchen hier im Schnee. Greisenblick. Auf der Stirn und der Oberlippe hatte sie bereits Schmerzfalten, die Lippen wirkten grau, in der Dunkelheit fast bläulich. Und etwas an ihr erinnerte an ...

Und plötzlich schien es, als vereinigten sich alle Straßenmädchen Londons, in denen er sonst nur umhertreibende, armselige Lumpenbündel auf der Straße gesehen hatte, in diesem

170

zarten Spatz, der hier auf seinen Knien lag, und es war, als würden diese zu wirklichen, sichtbaren Wesen und bekämen mit ihr ein Gesicht. Ihm fiel jetzt ein, daß nicht nur Greise solche Augen hatten, auch der Blick ganz kleiner Kinder war so, wenn sie Angst hatten oder ernst waren. Komm, du mußt jetzt aufwachen, dachte er. Du erfrierst, wenn du liegenbleibst. Du darfst nicht erfrieren.

In der Zwischenzeit aber war sie wieder weit entfernt. Und es war ziemlich kalt geworden, weit unter dem Gefrierpunkt, und es ging ein eisiger Wind. Es folgte eine zähe halbe Stunde, in der Jason durch hartnäckige Bemühungen so viel Leben in sie bekam, daß er ein paar Tropfen Branntwein aus seiner Taschenflasche auf ihre Lippen bringen konnte. Er dachte auch nicht mehr an die Cholera oder daran, daß sie schmutzig war. Auch den Gedanken, daß jemand vorbeikommen könnte, hatte er aufgegeben, ja, er hatte alle Gedanken aufgegeben, und er war nicht mehr betrunken. Je weniger sie auf die Beine wollte, um so eifriger wurde er: Ein großes, klares Gefühl glücklicher Besorgtheit ging durch ihn hindurch, denn trotzdem hatte er ziemliche Angst. Er war durchnäßt und schmutzig. Du *mußt aufstehen!* dachte er, dann sagte er es laut.

Gerade in diesem Augenblick hörte er ein langes, schallendes Gelächter von der Straße, in die das Gäßchen mündete. Irgend jemand mußte dort stehen und über sie lachen, aber er machte sich nicht die Mühe nachzusehen, wer oder was es war. Es war ein langes, häßliches Gelächter, und Jason konnte nicht erkennen, ob dieses heisere Geräusch von einem Mann kam oder von einer Frau. Der Betreffende lachte mehrere Male, ständig zischend oder hustend, böse und verkrampft, als wenn es schmerzte. Jason ignorierte es und bemühte sich fieberhaft, das Mädchen auf die Beine zu bringen, sie aber wollte nicht. Da nahm er sie entschlossen auf den Arm und trug sie mit langsamen, vorsichtigen Schritten in die Barnhart Alley, ohne sich noch einmal umzusehen. Es wäre im übrigen riskant gewesen,

171

denn das Gäßchen wurde immer dunkler, je tiefer er kam. Noch ein letztes Mal, dann verschwand hinter ihm das Lachen, und es wurde still. Er hörte keine sich entfernenden Schritte, der Schnee lag wie ein Teppich auf der Straße, und er hörte kaum seine eigenen Schritte, nur das Geräusch seines eigenen Herzens, das vor Anstrengung schlug. Und er hörte seinen eigenen, schweren Atem. Einmal mußte er den Körper auf seinen Armen etwas anheben, sie wäre ihm fast heruntergerutscht – so daß ihr Kopf auf seine Schultern fiel. Er hörte auch ihren Atem, ziemlich kurz und schwach. Sie roch nach etwas Ranzigem, vielleicht einem billigen Parfüm.

Als er Bucklingham Palace erreichte, mußte er darauf achten, daß er Frau Bucklingham, die Wirtin, nicht weckte. Hoffentlich hatte sie auch Dreck in den Ohren, wie überall sonst. Hoffentlich waren ihre Ohren verstopft!

Erst, als es ihm gelungen war, das Haustor aufzubekommen, und er das Mädchen in die Halle getragen hatte, wurde ihm bewußt, daß er dabei war, sie zu sich *nach Hause* zu tragen. Für einen Augenblick bemerkte er, wie absurd es war, was er gerade tat. Es war nicht seine Absicht gewesen, ja, noch schlimmer: Es war dumm von ihm. Wer konnte wissen, was ihr dort oben in seinem Zimmer einfallen würde. Oder was Frau Bucklingham einfallen würde, wenn sie aufwachte und sie beide entdeckte. Das Mädchen gehörte an einen anderen Ort, einen Ort, wo sie jemand auszog und in ein Bett legte, ihr Unterkunft, Essen und Kleidung gab. Ein Paar Schuhe. Was, wenn sie heute nacht starb? Was, wenn sie Lungenentzündung bekam? Sie hätte *anderswo* sein müssen.

Aber er hatte nie gehört, daß es ein solches *Anderswo* gab.

Darum trug er sie leise die Treppe hinauf in sein Dachzimmer. Es war für ihn nicht schwer, den Weg im Dunkeln zu finden. Oben legte er sie auf sein Sofa, auf dem er selbst normalerweise schlief. Auf dem Tisch fand er Streichhölzer, er entzündete eine Lampe, legte Kohlen in den Ofen und entfachte das Feuer.

172

Er nahm die Lampe mit zum Sofa und betrachtete sie. Jetzt wirkte sie nicht mehr ganz so leblos, doch vielleicht trog der warme Schein der Lampe. Ihre Augen waren fest geschlossen. Er tastete nach ihrer Hand. Sie war außergewöhnlich kalt, und jetzt sah er, daß sie durchnäßt war. Lungenentzündung, dachte er wieder. Mit derselben furchtsamen Entschlossenheit wie zuvor entkleidete er sie, sachlich und vorsichtig, wie ein Vater oder ein Arzt es getan hätte. Die Kleider hängte er zum Trocknen über den Ofen. Unter der Jacke trug sie nur eine Bluse und einen Rock, nichts sonst, noch nicht einmal Strümpfe.

Anschließend trocknete er sie mit einem alten Schal ab. Sie war viel zu dünn, er hätte ihre Rippen zählen können. Hier und da hatte sie blaue Flecken. Ohne Kleider sah sie fast aus wie ein zu großes Kind, fast nichts zeigte, daß sie eine erwachsene Frau war. Die Brüste waren kaum zu sehen, ihre Hüften und Schenkel waren so schmal wie bei einem Jungen, und das Geschlecht war struppig und zusammengedrückt wie bei einem toten kleinen Hühnchen... Ein Wort fiel ihm ein: verlassen.

Er legte eine Decke um sie herum und ein Kissen unter ihren Kopf. Er selbst richtete sich ein Bett vor dem Ofen. Ehe er sich auszog, verschloß er die Tür. Dann löschte er die Lampe und kroch unter die Decke. Einen Augenblick lang sah er hinauf zum Dachfenster. Es schneite noch immer.

Ein zartes, weißes Licht kam durch das Fenster in das Zimmer. Ein kleiner Himmelsfleck über einem Hausdach war sichtbar. Er war weiß. Auch die Dächer waren weiß. Und all dies floß in das Zimmer und machte die Gegenstände gleichsam durchsichtig.

Das Mädchen auf dem Sofa ließ den einen Arm locker zu Boden hängen. Und in diesem Licht wirkte der bleiche, dünne Arm fast wie Glas oder wie dünner Alabaster. Der Zeigefinger ruhte gerade eben auf dem Fußboden, die Hand bog sich zu einer schönen Linie, einer gefrorenen, zeigenden Bewegung.

Jason schlief. Weder er noch irgendein anderer würden je den Arm des Mädchens in diesem Licht sehen, seine Schönheit. Zwischen den beiden Schlafenden öffnete sich der Raum mit all seinen Gegenständen – der Tabakspfeife im Aschenbecher, einer leeren Flasche (jetzt, in diesem Licht, smaragdgrün) einem Paar ausgetretener Galoschen, einer Tasse mit einem Sprung, dem Geigenkasten. Verstreut lag alles dort und wartete darauf, daß das Leben zurückkäme. Entseelt hingen über dem Ofen Jasons Mantel und Hose, neben den dünnen Kleidungsstücken, die das Mädchen getragen hatte. Und es gab keinen, der all dies sehen konnte.

Jetzt zog das Mädchen den Arm an, sie fror.

Nach einer Weile wachte das Mädchen auf. Die Decke war heruntergerutscht, und sie zog sie jetzt bis unter das Kinn. Erstaunt sah sie sich im Zimmer um, sah an sich selbst herunter. Sie lag auf einem sehr abgenutzten Sofa, aber für jemanden wie sie war das ein guter Ort, um allein aufzuwachen. Sie sah einen Geigenkasten.

Eine Weile lag sie still und versuchte sich zu erinnern, was am vorhergehenden Abend geschehen war, was sie hierhergebracht hatte. Wie Stöße hetzten durch ihr Inneres einzelne Bilder, brachten aber keinen Zusammenhang. Das Letzte vom vorhergehenden Tag, woran sie sich erinnern konnte, war der Schnee. Hier aber lag sie warm, um sie herum war es ruhig und friedlich, sie glaubte allein zu sein. Darum zog sie die Decke noch weiter unter das Kinn und schloß die Augen, während sie lächelte, ein zufriedenes kleines Lächeln mit zusammengepreßten Lippen. Einige Zeit lag sie so da, döste und meinte, es sei unnötig, herauszufinden, wie sie hierhergekommen war. Es war nicht das erste Mal, daß sie an einem fremden Ort aufwachte. Und wahrscheinlich würde sie es früh genug erfahren. Nachdem sie aber eine Weile gedöst hatte, erwachte sie davon, daß sie mußte. Sie mußte!

Jason wurde von ihren Bewegungen geweckt. Einen Augenblick war er erstaunt, daß er selbst vor dem Ofen lag, doch im selben Augenblick standen ihm die Ereignisse der Nacht wieder klar vor Augen. Er richtete sich halb auf und sah zum Sofa hinüber. Das fremde Mädchen stand im Zimmer und schien etwas zu suchen, sie beugte sich halb über das Sofa und schaute umher. Jason räusperte sich. Erschrocken fuhr sie zusammen.

»Herrgott, wie bin ich jetzt erschrocken«, rief sie. »Ich habe nicht gewußt, daß jemand hier ist.«

Jason wußte nicht genau, was er sagen sollte. Verlegen sah er weg, sie stand nackt mitten im Zimmer und sah nicht aus, als geniere sie sich deswegen sonderlich. Sie jetzt, wo sie wieder sie selbst war, hier zu sehen, war etwas anderes als am Abend zuvor.

Befangen sagte er:

»Suchst du nach etwas?« Im Augenwinkel konnte er sehen, wie sie unter das Sofa schaute, und jetzt verstand er: »Der Nachttopf steht unter dem Fenster.«

Sie kicherte und ging durchs Zimmer. Dort stand der Nachttopf. Ohne zu zögern setzte sie sich darauf. Jason konnte nicht verhindern, hinzuschauen. Es rieselte lange und stark. Dabei hatte das Mädchen einen nachdenklichen Gesichtsausdruck und wirkte ganz nach innen gekehrt.

Sie wird hier ein Unglück anrichten, dachte Jason. Ich muß sie wegbekommen.

»Entschuldige«, sagte sie zu guter Letzt. »Ich mußte einfach.« Wieder lachte sie ein bißchen.

»Das habe ich gesehen«, sagte Jason. »Wie heißt du?«

»Emma«, sagte sie. Jetzt stand sie wieder aufrecht. »Und du?«

»Jason. Hör zu Emma, weißt du, daß du heute nacht hier unten auf der Straße gelegen hast und fast erfroren bist?«

»Wirklich?« Sie war aufrichtig erstaunt.

175

»Ja. Man kann dich nicht so liegenlassen, habe ich gedacht, und darum – äh – habe ich dich aufgehoben.«

»Oh je!« sagte sie bloß. Jason hatte jede andere Reaktion erwartet – aber vielleicht war es eine sonderbare Art, sich zu bedanken. Ihre Stimme klang jedenfalls warm und verwundert. Eine Zeitlang sagte das Mädchen nichts mehr und dachte wohl nach.

Plötzlich ging sie schnell zum Sofa zurück und legte sich wieder hin.

»Komm«, sagte sie und klopfte mit der Handfläche auf den Diwanrücken. »Hier ist es warm und schön.« Unwillkürlich erhob sich Jason und ging zum Diwan hinüber.

»Was?« sagte er.

»Komm zu mir.« Feierlich-scheu schaute sie ihn an. »Du darfst ganz umsonst, weißt du, weil du so nett gewesen bist.«

Jason wurde böse. Sie sah es. Und dann wandte sie den Blick traurig auf die Bettdecke.

»Entschuldige«, sagte sie. »Ich wollte dich nicht...«

Jason aber blieb ärgerlich. Und sie fing mit einem kleinen Schluchzer an, dann aber kamen mehr. Schließlich weinte sie richtig, aber fast ohne daß ein Laut aus ihr herauskam. Jason setzte sich zu ihr auf den Bettrand, jetzt etwas freundlicher, denn er wußte, daß sie es nicht böse gemeint hatte.

»Schsch«, sagte er ruhig. »Jetzt mußt du aufhören zu weinen. So ernst war das nicht gemeint.« Trotzdem dauerte es eine Weile, bis sie sich beruhigt hatte. Jason strich über ihre schmutzige Hand.

»Willst du etwas essen?« fragte er. Sie weinte immer noch, doch es schien, als hellte sich ihre Miene langsam auf.

Jason stand auf, zog sich Hose und Hemd an und holte Brot und Marmelade hervor. Dann goß er Tee auf. Währenddessen zog das Mädchen die Kleider an, sie waren jetzt trocken, und steckte ihre Haare fest.

Als sie an dem kleinen Tisch saßen, fragte Jason sie dieses oder jenes, so als unterhielte er sich mit einem Gast.

»Wie alt bist du, Emma?«

»Sechzehn, glaube ich.«

»Das weißt du nicht?«

»Nein.« Sie zuckte mit den Achseln. »Hab' nich' grad viel drüber nachgedacht.«

»Aber weiß das deine Mutter nicht?«

»Die ist tot.«

»Ach –«

»Aber so lang' sie lebte, hat sie auch nie was drüber gesagt.«

»Tut mir leid, daß . . .«

»Ja, Mama, die war lieb. Auf ihre Art. Aber sie hat so viel arbeiten müssen.«

»Ja?«

»Sie hat noch fünf andere gehabt. Gören meine ich. Deshalb . . .«

»Da mußten viele Mäuler gestopft werden.«

»Ja. Ich bin die älteste gewesen. Es war am besten, daß ich so schnell wie möglich rauskam und ein bißchen Geld verdient habe.«

»Und dein Vater?«

Sie zuckte wieder mit den Achseln.

»Mama hat erzählt, er spielt Geige auf einem Schiff. Auf so einem großen Schiff.«

»Er hat auf einem Schiff gespielt?«

»Ja, auf so einem Amerikaschiff. Aber ich weiß nicht, ob das wahr ist.«

»Nein.« Er goß mehr Tee ein.

»Es ist gut, wenn man etwas zu essen hat«, sagte sie.

»Hast du Hunger gehabt?«

Sie nickte.

»Hungern ist keine Schande«, sagte sie. »Das sagt Betty immer. Betty ist meine Freundin«, fügte sie hinzu.

»Damit hat sie sicher recht. Hungerst du oft?«

»Ach ja. Ab und zu. Aber Brot und Kohlblätter hebe ich nicht von der Straße auf. Da hungere ich lieber.«

177

Eine Weile war es still zwischen ihnen. Jason sah, daß sie nach etwas fragen wollte, es aber nicht wagte. Sie genierte sich jetzt vor ihm. Er sagte:

»Emma, willst du etwas fragen?«

»Ja. Also, bist du Musiker?« Sie sah nach dem Geigenkasten.

»Nein, ich bin Student. Das heißt, ich bin Student gewesen. Bis vor ein paar Monaten.«

»Student...«, sagte sie nur. Jason dachte: Vielleicht hat sie dieses Wort noch nicht gehört. »Student...«, kam es noch einmal, abwesend.

»Ja, ich wollte Arzt werden. Aber ich spiele auch.«

»Ja?« sagte sie, sofort wieder bei der Sache. »Spielst du auf der da?« Sie deutete auf den Geigenkasten. »Wie schön. Das ist ungefähr das Schönste, was ich kenne«, sagte sie. »Hast du mal die in den Pubs und in der Music Hall gehört?«

»Ja.«

»Sind die nicht toll? Ich bin mal in der Music Hall gewesen. Dort war ein schicker Mann in schwarzen, glänzenden Kleidern – so Frack und Weiß – der hat ganz allein ›Londonderry Air‹ gespielt. Das war großartig.« Ihr Gesicht hatte jetzt einen träumerischen Schimmer angenommen und leuchtete fast. Jason ging zum Geigenkasten, nahm das Instrument heraus, und ohne zu stimmen, spielte er »Londonderry Air«. Während er spielte, saß sie völlig unbeweglich und mit geschlossenen Augen da. Obwohl es Jason anfangs nicht besonders ernstgenommen hatte, spielte er schließlich mit zunehmender Hingabe. Denn sie war ein gutes Publikum. Er spielte jetzt mit größerem Ausdruck, mit langen, leichten Strichen. Und er merkte, wie die Töne in sie hineinglitten und dort leuchteten, und er fühlte sich sonderbar leicht und glücklich. Er beendete ritardando, mit einem leisen G am Schluß und legte die Geige weg.

Lange war es still. Dann öffnete sie die Augen.

»Jetzt kann ich den feinen Mann von damals in der Music Hall ganz deutlich vor mir sehen.«

Jason war etwas enttäuscht. Doch sie lächelte geheimnisvoll: »Er hatte einen großen, schicken Schnurrbart und hier oben fast keine Haare. Aber an den Seiten hatte er viele, borstige braune Haare.« Einen Augenblick lang schwieg sie. Dann sagte sie: »In seinen Tönen war Gold, hat Betty hinterher gesagt. Gold. Weißt du...«, sie senkte den Blick, »...ich hab' mir immer vorgestellt, daß das vielleicht mein Vater gewesen ist. Daß er an Land gegangen wäre. Das hätte er sein können!« Sie sah Jason flehentlich an. »Er hat eine ziemlich klumpige Nase gehabt, und...« Sie fing wieder zu weinen an: »Die hab' ich auch«, schluchzte sie.

Jason ging zu ihr und versuchte, sie zu trösten. Er klopfte ihr vorsichtig auf die Schultern und den Rücken. Durch die Bluse fühlte er die Wirbel ihres Rückgrates, als sie vornübergebeugt dasaß. Nach kurzer Zeit hörte das Weinen auf.

»Kannst du noch ein bißchen spielen?« Jason wußte aber, daß sie wieder weinen würde, und verwundert bemerkte er, daß auch er selbst von den Tränen nicht weit entfernt war.

»Nein«, sagte er. »Im Augenblick nicht.« Ihm fiel nichts anderes ein. Das Mädchen nahm es ohne weiteres hin.

»Kannst du denn nicht auf so einem Schiff spielen?« sagte sie nach einer Weile. »So wie mein Vater. Du bist doch bestimmt viel tüchtiger als er. Auch tüchtiger als der Kerl in der Music Hall.« Sie lächelte ihn glücklich an. Jason sah, daß er für sie zu einer Art Gott geworden war, einer Art Ares, einem rettenden Krieger.

»Ich hätte auf See nie Angst, wenn du die ganze Zeit für mich spielen würdest«, sagte sie.

»Bist du denn schon mal auf See gewesen?« fragte er.

»Nein..., aber Betty war mal in Brighton und hat erzählt, wie das aussieht. Und du?«

»Nein«, sagte er. »Nein, ich auch nicht.«

179

»Es ist so groß gewesen, hat Betty gesagt. Groß, mit Glitzer obendrauf, hat sie gesagt. Und ein bißchen erschreckend.«

»Was denn?«

»Die See natürlich. Das Meer.« Das letztere Wort sprach sie ganz feierlich aus.

»Ich schenk' dir etwas, Emma«, sagte Jason und zog die letzte halbe Krone hervor, die er besaß. »Dafür kaufst du dir Strümpfe und Schuhe, versprichst du mir das? Und vielleicht Handschuhe und etwas für den Hals. Das kriegst du billig, wenn du in die Petticoat Lane gehst.«

Er gab ihr die Münze. Sie bedankte sich nicht, sah ihn nur mit großen Augen an, dann sah sie hinab auf ihre Hand, auf die Münze. Eigentlich wußte er nicht, warum er das tat.

»Versprichst du mir das?« fragte er. »Verstehst du, was ich sage, Emma?«

Fast sah sie jetzt ängstlich aus.

»Ja«, nickte sie, »ich verspreche es.«

Bevor sie ging, fragte Jason, was mit ihr am Abend vorher passiert war. Sie stand genau an der Tür, blieb dort stehen und schaute vor sich hin, in die Bilder vom Vortag. Sie antwortete nicht.

»Erinnerst du dich nicht?« fragte Jason.

»Doch«, antwortete sie ernst und sah ihn an. Jetzt sah er, daß sie ganz graue Augen hatte. »Doch. Aber ich will es nicht sagen.«

Sie sagten Lebewohl. Als sie unten an der Treppe stand, rief sie zu ihm hinauf – so laut, daß Frau Bucklingham es hören *mußte:*

»Und vergiß nicht, daß du auf so einem Schiff spielen mußt!«

Und so sollte es werden. So hatte Jason den Anfang des Weges gefunden, seinen eigenen Lebensunterhalt zu verdienen. Etwas war mit ihm an jenem Abend bei den Rattenkämpfen geschehen, und dadurch, daß er das verfrorene Mädchen im

Schnee gerettet hatte. Einige Wochen später fing er an, auf der Straße und in verschiedenen Lokalen zu spielen, anfangs mit wechselndem Glück, denn er hatte keine Routine und war etwas verlegen, später ging es besser. Es gefiel ihm. Die ganze Zeit über hatte er das Ziel, Schiffsmusiker zu werden.

Nach einem Jahr lernte er den betrunkenen Russen kennen.

Das war Jason Cowards Geschichte.

»Verzeihen Sie, Mr. Jason.«

. . .

»Mr. Jason . . .«

Jason drehte sich um. Ein ängstlicher Blick traf ihn. Es war David.

»Ja«, sagte Jason freundlich und atmete tief die Seeluft ein. »Kann ich dir behilflich sein?«

»Ich – Alex und Jim haben mich heraufgeschickt, um nach Ihnen zu sehen. Wir nähern uns Cherbourg und –«

Jason wandte sich wieder der See zu. Ganz richtig, sie konnten schon die Küste sehen.

»Ja, natürlich«, sagte er. »Aber wir haben noch viel Zeit.«

»Ja aber, Alex – Petronius – und –«

»Nun?«

»Also, Petronius behauptet, er sei ein Ochse. Er gibt die ganze Zeit furchtbare Geräusche von sich und hört nicht auf, und Alex tobt und schimpft, außerdem war mit Spot etwas nicht in Ordnung, er hat in seiner Koje gelegen und war nicht wach zu kriegen, er ist ganz blaß und gibt keine Antwort, wenn man ihn anspricht. Jim und Georges haben ihm Riechsalz geben müssen, und Georges hat eine halbe Schüssel voll kaltem Wasser über ihn gegossen, um ihn auf die Beine zu kriegen.«

Jason biß sich auf die Lippe. Einen Augenblick stand er da und sah in die Dämmerung. Es war, als lösten sich die Bilder – die

181

Träume und die Erinnerungen – in der Luft, die ihn umgab, auf, sie versanken und verschwanden im Kielwasser.

»Das hört sich ja so an, als sei alles normal«, sagte er leise.

David antwortete nicht. Aber Jason konnte fühlen, wie der Junge ihn anstarrte.

»Gut, gut«, sagte er und entfernte sich von der Reling. »Ich komme und schaffe Ordnung. Du mußt nicht so erschrocken aussehen. Hast du etwas gegessen?«

»Nein«, sagte David, »denn erst hat Petronius mich festgehalten und wollte mir erklären, wie das ist, wenn man ein Ochse ist, und dann das Martyrium der Ochsen als Hekatomben-Opfer im homerischen Zeitalter, dann haben Jim und Georges vor dem Essen mit mir eine Runde durch das Schiff drehen wollen, vor dem Essen, dann haben wir Spot wiederbeleben müssen und gerade *da* hat Alex angefangen –«

»Ja«, sagte Jason. »Ich verstehe.« Er seufzte. Dann legte er David die eine Hand auf die Schulter, und sie gingen auf den Niedergang zu.

»Hör zu, David«, sagte Jason, »du mußt dir trotz allem Zeit zum Essen nehmen. Wir haben noch einen langen Abend vor uns.«

»Jawohl.« David sah zu Boden.

»Willst du vielleicht nach Hause, nach Wien?«

»Ja. Nein! Ich meine –«

Jason sah David an und lächelte.

»Weißt du, was ich glaube?« fragte er plötzlich scherzhaft. »Ich glaube, du hast vor abzuhauen, wenn wir nach New York kommen.«

David sah ihn schroff an.

»Aber ich meine, das solltest du nicht tun«, fuhr Jason fort. »Ich meine, du solltest dir das überlegen, während wir unterwegs sind, vielleicht willst du doch mit zurückkommen.«

David sah wieder zu Boden, und Jason hatte das Gefühl, den Ausdruck auf dem Gesicht des Jungen zu erkennen.

»Ich weiß nicht, wovor du weggelaufen bist«, sagte Jason leise.
»Und das will ich auch nicht wissen. Aber wenn du ein Zuhause hast, dann solltest du dorthin zurückkehren.«
David blieb stehen.
»Aber man entscheidet doch selbst, ob man ein Zuhause hat oder nicht – oder?«
»Doch«, sagte Jason. »Das ist möglich.« Er lächelte dünn.
»Komm«, sagte er, »jetzt gehen wir hinunter und sorgen bei den anderen ein bißchen für Ordnung.«
Sie gingen unter Deck.

A ls die *Titanic* draußen auf der Reede Anker warf, wurde es dunkel. Die Sonne war untergegangen, und die Bullaugen- und Fensterreihen in Rumpf und Aufbauten leuchteten warm in der Dämmerung. Die See war ruhig, und es lag ein bläulicher, leichter Frühlingsdunst über dem Wasser hinter der weitgestrecken Mole.

Auf der Pier hatten sich die Einwohner Cherbourgs versammelt, um zu sehen, wie das neue Riesenschiff heranglitt. Die beiden Tender *Traffic* und *Nomadic* liefen vom Kai aus und nahmen Kurs auf das Schiff, das viel zu leicht auf der klaren Wasseroberfläche lag. Der Widerschein des Schiffs glitzerte wie schwimmende Lichter auf der See rings umher, und die Dampfsirene gab Signale.

Auf der *Titanic* machten sich dreizehn Ersterklasse-Passagiere und sieben Zweiterklasse-Passagiere fertig, um von Bord zu gehen, sie wollten nicht weiter. Auch ein wenig Ladung sollte an Land gebracht werden – zwei Fahrräder, die Major G.I. Noel und seinem Sohn gehörten, zwei Motorräder im Besitz der Herren Rogers und West und ein kleiner Kanarienvogel nebst Käfig, der während der ganzen Überfahrt im Kontor des Pursers McElroy gezwitschert hatte. Er sollte zu einem Mann mit dem freundlich klingenden Namen Meanwell. Er hatte für seine Überfahrt fünf Schilling bezahlt, aber McElroy hätte ihn gern gratis befördert, so sehr hatte ihm das erfrischende Gezwitscher in diesen wenigen Stunden gefallen. Er würde es vermissen.

274 Passagiere kamen an Bord, ein Teil davon prominente Erster- und Zweiterklasse-Passagiere, und eine Masse Orientalen in der Dritten Klasse – meist Syrier und Armenier, die von verschiedenen Häfen des Mittleren Ozeans gekommen waren,

über Marseilles nach Paris, und von dort weiter mit dem Schiffs-Zug nach Cherbourg.

Postsäcke wurden zwischen dem Riesenschiff und den Tendern ausgewechselt.

Eine ruhige, entspannte Stimmung hatte sich nach den ersten erregenden Stunden auf See an Bord ausgebreitet. Als das Schiff um acht Uhr Anker lichtete, zog man sich zum Umkleiden für das abendliche Diner zurück, und auf dem Promenadendeck der Ersten und Zweiten Klasse standen nicht mehr viele Passagiere, die die niedrige französische Küste in der Dunkelheit verschwinden sehen wollten. Auch die Passagiere der Dritten Klasse waren hineingegangen, die Armenier und Syrer ausgenommen. Sie sangen. Fremdartig, müde und traurig sangen sie in die Dunkelheit, die das Schiff umgab, wieder ein Ton von Heimweh – dieses Mal nach fernen, unbekannten Dörfern und Dämmerungen.

Nachdem er sie beruhigt hatte, bereitete Jason Coward in der Kabine hinter dem Kartoffelkeller seine Männer auf das musikalische Repertoire des Abends vor. An diesem Abend war es ein Kinderspiel – die Passagiere würden müde und unkonzentriert sein.

Die Musiker nahmen die letzten Korrekturen an den Abenduniformen vor, Jim half David noch in aller Eile beim Kürzen der Hose um einen Zoll, Georges massierte sich eine weitere Dosis Rasierwasser ein und Petronius lief zerstreut herum – jedoch ohne weiter die erstaunlichen Ochsentöne von sich zu geben, nachdem Jason ihm eingehämmert hatte, daß er Musiker war. Hörst du, Petronius: Musiker, kein Ochse! Statt dessen öffnete er immer wieder seinen Baßkasten, sah nach dem Instrument, schloß den Kasten wieder, öffnete ihn und strahlte jedesmal, wenn der Baß zum Vorschein kam, vor kindlicher Überraschungsfreude, ob echt oder gespielt, ließ sich unmöglich sagen. Spot saß bleich, aber bei Bewußtsein, auf seiner Koje und kämmte sich die Haare vor einem Taschenspiegel.

Jason und Alex diskutierten das Programm für den Abend. Jason bestand auf Auszügen aus »Cavalleria Rusticana« und der »Diebischen Elster«, gegen die Alex jedoch überraschend heftig protestierte.

Und als das Schiff wieder in den Kanal gekommen war – dieses Mal mit Kurs auf Queenstown, Irland – und als die Herrschaften nach der üppigen Mahlzeit, die die Kellner Signor Gattis ihnen serviert hatte, in den Sesseln des Salons saßen, konnten sie sich zu den schmeichlerischen Tönen von »Cavalleria Rusticana« und »Hoffmanns Erzählungen« erholen. Als Extranummern gab das Orchester die Ouvertüre aus »Wilhelm Tell«, zwei Waldteufel-Walzer und zum Abschluß Mathes »Pastorale.«

Draußen in der Nacht sangen die Armenier, ohne daß jemand zuhörte.

So endete der erste Tag an Bord.

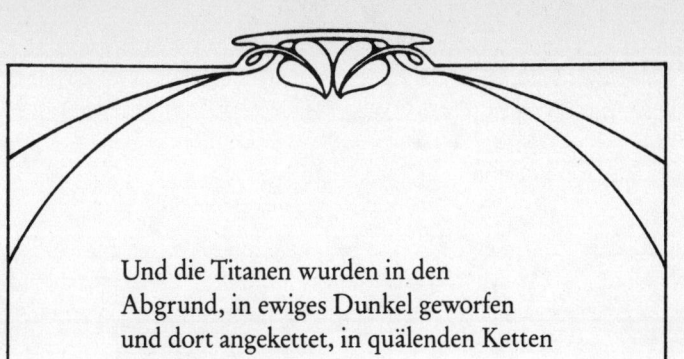

Und die Titanen wurden in den
Abgrund, in ewiges Dunkel geworfen
und dort angekettet, in quälenden Ketten
im nebligen Tartaros.

Hesiod: Theogonie

Ein tiefer, dröhnender Ton durchdrang wie ein klarer Lichtstrahl die Dunkelheit. Der Ton bahnte sich einen Weg in seinen traumlosen, barmherzigen Schlaf und wollte ihn wecken. Als wolle er nach ihm rufen, als wolle er fragen: Wer bist du? Ihm fiel aber kein Name ein. Erst als der Ton zum dritten Mal ertönte, stieg er auf in der Dunkelheit, auf zum Tag und zur Wachheit; er durchbrach die Oberfläche in seinem Inneren und wußte: Ich bin David.

Durch das Bullauge quoll das Morgenlicht herein. Blinzelnd sah er sich um und erinnerte sich plötzlich, wo er war.

David Bleiernstern hatte die Schiffssirene der *Titanic* gehört.

Eine Weile blieb er unbeweglich liegen, wieder mit geschlossenen Augen. Die Kabine war leer, er war allein, und das genoß er. So lag er, im Nachklang des Schlafes, und sah flüchtige Ausschnitte der vielen verwirrenden und ungewohnten Ereignisse des vorangegangenen Tages, jetzt aber wirkte das entfernter und ruhiger und versetzte ihn nicht in Panik.

Er sah Spot vor sich, als sie ihn gefunden hatten, bewußtlos und weiß wie Kalk, zusammengekauert in seiner eigenen Koje, mit geschlossenen Augen und dunklen Lippen. Jim war der bewegungslose Körper aufgefallen, er hatte geflucht, hatte sich über Spot gebeugt und ihn geschüttelt. Der Pianist aber war nicht zu Bewußtsein gekommen, er hatte bloß die Augen so verdreht, daß man nur das Weiße sah. Es war, als hätte er erfolglos darum gekämpft aufzuwachen, das hatte so unheimlich ausgesehen. David hatte dagestanden und zugesehen, wie Jim und Georges sich abmühten, Spot wieder zu Bewußtsein zu bringen.

»Verdammt nochmal«, sagte Jim, »immer dasselbe.«

»Am ersten Abend«, sagte Georges. »Was meinst du?«

»Es wird immer schlimmer.« Jim gab Spot einen Klaps ins Gesicht und schüttelte ihn freundlich, aber bestimmt.

»Ist er krank?« fragte David vorsichtig und biß sich auf die Lippe.

»Krank?« Jim warf David einen schrägen Blick zu: »Krank?« Er beugte sich wieder über den Pianisten. »Ja, gesund ist er jedenfalls nicht.«

»Eines schönen Tages stirbt er uns weg«, sagte Georges grimmig. »Er stirbt, wenn wir nicht besser aufpassen.«

Spot gab ein Röcheln von sich. Georges stand auf und holte Riechsalz.

»Armer alter Spot«, sagte Jim. Dann drehte er sich zu David um: »Das bleibt am besten unter uns«, sagte er. »Wir kriegen ihn schon wieder auf die Beine, und dann braucht weder Jason noch Alex zu wissen, daß –«

Aber die Tür war aufgegangen, und Alex hatte dagestanden, mit Petronius im Schlepptau.

»Was um Himmels willen!« zischte Alex. Er starrte auf Spots leblose Gestalt. »In Dreiteufelsnamen! Jetzt ist er zu weit gegangen!«

Wieder tutete die Schiffssirene, und David öffnete die Augen. Der Schlaf hatte ihm gutgetan, er fühlte sich entschieden besser, und im freundlichen Licht, das durch das Bullauge fiel, erschien alles erheblich einfacher. Zwar hatte er nun einige geheimnisvolle, teilweise sogar unangenehme Kollegen, beim Spielen versagten ihm ständig die Finger, und er erkannte Jasons unmerkliche Zeichen mit dem Kopf oder dem Geigenbogen nicht. Viel Seligkeit gab es in der kleinen Kabine nicht, und gleich, nachdem er eingeschlafen war, hatte Petronius in einer gelungenen Mischung abwechselnd geschnarcht und gefurzt. Vor Müdigkeit fast bewußtlos, war David dennoch über dem Ganzen eingeschlafen. Nun aber war der erste Tag überstanden, er *hatte* überlebt, und er war unterwegs nach New York. Die Kabinentür ging auf, und Jim kam herein.

»Guten Morgen, David«, grüßte er frisch, »du bist ein Faulpelz. Halb zwölf fast, und du liegst hier noch. Jason wollte dich heute ausschlafen lassen, aber jetzt werfen wir in fünf Minuten vor Queenstown Anker, wenn du also vor der Arbeit noch einen Bissen zu essen haben willst...«

»Ja«, sagte David, leicht verlegen. »Ist es wirklich so spät?«

»Du warst wahrscheinlich erschöpft. Zieh dich an, dann bringe ich dich zur Messe. Dort bekommst du zu jeder Tages- und Nachtzeit Eier mit Schinken. Aber vorher mußt du dich rasieren.«

Geschmeichelt durch Jims letzte Bemerkung, sprang David auf den Kabinenboden und war in zwei Schritten am Waschbecken.

»Und dann wirfst du mal einen Blick auf *Irland*«, tönte Jim drüben an der Tür, während David sich einseifte.

Irland. Die *Titanic* hatte zwei Seemeilen vom Land entfernt Anker geworfen, unmittelbar vor Roche's Point. Das Land dort drüben verlor sich in sanften Schatten. Jim und David waren auf das Promenadendeck der Ersten Klasse gegangen, um eine bessere Aussicht zu haben. Jim war an diesem Morgen in seinem Element, er zeigte auf die dreieckige Form der Kathedrale von Queenstown, die man undeutlich erkennen konnte, eines der Schmuckstücke Irlands. Er selbst sei von Geburt Engländer, erzählte er, seine Frau aber sei Irin, und außerdem habe er sowohl von väterlicher als auch von mütterlicher Seite vor allem irisches Blut und fühle sich so irisch, daß er es kaum aushielte, wenn er das Land dort drüben sähe.

Zwei Tender fuhren eilig auf das Schiff zu, beladen mit Auswanderern, wie ihm Jim erklärte. »Irland blutet«, sagte er. »Die besten jungen Leute verlassen das Land, und in London freuen sie sich darüber.« Jim fing an, ihm über Armut und Brotmangel zu erzählen, über Charles Parnell und Hauptmann Boycott, über The Irish Home League und Asquiths Vorschlag einer Selbstverwaltung. David hörte interessiert zu, ohne jedoch viel zu verstehen. Als Jim das merkte, wechselte er schnell das Thema und zeigte auf die kleinen Boote, die im Kielwasser der Tender herüberkamen.

»Da kommen die Händler«, sagte er. »Die haben alles mögliche dabei, Uhren und Kleider, Schuhe und Schals und Ansichtskarten. Man läßt sie in die Erste und Zweite Klasse kommen, denn es gibt immer ein paar Reiche, denen plötzlich einfällt, daß sie vergessen haben, ihrer Nichte in Chicago etwas aus Europa mitzubringen, und dort –«, er machte eine Kopfbewegung in Richtung einer kleinen, schwarzen Segelschule – »dort kommt das Frühstück für morgen. Kleine Hummer. Rot und köstlich, vor allem in milder Senfsauce. Ich glaube, selbst ohne all die Auswanderer würden die Reedereien ihre Schiffe Queenstown anlaufen lassen. Nur wegen der kleinen Hummer.«

Sie gingen die Treppe zum Brunnendeck hinunter.

»Ich habe noch nie Hummer gegessen«, sagte David. »Schmecken die gut?«

»Das ist wie mit den Mädchen«, sagte Jim. »Es ist unheimlich anstrengend, sie aus den Kleidern zu kriegen.«

David wurde rot.

Auf dem Brunnendeck blieben sie stehen und sahen zu, wie die Kisten mit Schalentieren an Bord kamen. Drüben auf einem der Tender spielte jemand traurig auf einer Flöte.

»Erin's Lament«, seufzte Jim. »Noch so ein armer Patrick, der nach New York will, um sich in den Docks die Seele aus dem Leib zu schuften. Ja, spiel nur, Kamerad. In einer Woche bist du am Ziel deiner Träume, und dann kannst du den Rest deines Lebens damit verbringen, dich nach Hause zu sehnen.«

David warf einen langen Blick auf die Auswanderer, die an Bord gingen, sagte aber nichts.

»Hey«, sagte Jim und machte eine Handbewegung, »sieh mal dort hinauf, da steht dein Chef.«

David drehte sich um und blickte nach oben. Auf der Brücke,

192

steuerbords, sah er einen kleinen, massigen Mann mit weißem Bart und Goldtressen auf der Uniform. Unbeweglich, die Arme über Kreuz, sah er auf das Brunnendeck hinab.

»Kapitän Smith«, sagte Jim. »Die Sphinx.«

Bei Tisch, in der lärmerfüllten Mannschaftsmesse, während David Eier, Schinken und gutes, frisches Weizenbrot aus der Schiffsbäckerei in sich hineinschaufelte, leistete Jim ihm Gesellschaft.

»Kapitäne«, begann er, »sind eigenartige Erscheinungen. Früher, in der guten alten Zeit, sagte man oft von einem Kapitän, er stehe im Bund mit – dunklen Mächten.« Das hörte sich dramatisch an.

»Ach?«, sagte David ungerührt und trank Kaffee.

»Es gibt viele Geschichten darüber, wie ein Kapitän mit einer Art siebtem Sinn Schiff und Mannschaft gerettet hat. Bei Nebel und Windstille, zum Beispiel. Das ist das schlimmste. Bei Nebel verändern sich die Geräusche, man kann nicht sagen, aus welcher Richtung sie kommen. Und man sieht keine Hand vor Augen. Trotzdem konnte es passieren, daß ein Kapitän plötzlich mit Sicherheit *wußte*, daß sein Schiff auf Kollisionskurs war oder daß es voraus eine Untiefe gab, und er hat den Kurs im letzten Augenblick geändert. So etwas ist vorgekommen.«

»Meinst du, der Teufel flüstert ihm das zu?« fragte David und lachte. Jim war ein bißchen gekränkt.

»Nein«, sagte er. »Das glaube ich nicht. Ich glaube, das ist so, weil die Kapitäne oft mit einem Schiff *eins* werden. Sie werden sozusagen genauso groß wie das Schiff, mit Sinnesorganen und allem. Sie erstrecken sich ebensohoch wie der Großmast und reichen ebensotief wie der Treibanker. Vermutlich mußte man das haben, damit man ein brauchbarer Schiffsführer war. Denn in der guten alten Zeit war eine Seereise – z. B. über den Atlantik – etwas ganz anderes als so ein Spaziergang wie heute, darüber mußt du dir im klaren sein.«

»Bestimmt«, sagte David und bestrich eine weitere Scheibe Brot.

»Ja, da ging es noch anders zu«, sagte Jim barsch. »Nicht Mama, liebe Mama oder hallo Ober, kann ich noch drei Plätzchen mit Marmelade haben. Noch vor einigen Jahrzehnten mußte man ernstlich mit der Möglichkeit rechnen, das Ziel niemals zu erreichen. Und selbst, wenn es gutging, konnte es passieren, daß man wochenlang bei Windstille trieb, oder man kam wegen eines Sturms weit vom Kurs ab. Mit verfaultem Trinkwasser und Schiffszwieback. In solchen Situationen hängt dann natürlich alles vom Kapitän ab, von seinem Können, wenn es kritisch wird. Alle Kapitäne, die heute die großen Linienschiffe führen, haben noch auf Segelschiffen angefangen.«

»Jim, bist du selbst Seemann gewesen?«

»Ich *bin* Seemann«, sagte Jim stolz, »auch wenn der Impresario das in meinem Vertrag geändert hat. Aber ich verstehe, was du meinst, ja, ich bin, als ich jung war, ein paar Jahre gefahren, als Decksjunge auf der Bark *Pythia* aus Portsmouth. Dort hatten wir übrigens einen Kapitän der guten alten Schule, Kapitän Kennedy. Dreißig Jahre hatte er Schiffe der Reederei gefahren, die letzten zehn Jahre davon die *Pythia.* Er hat dieses Schiff geliebt, er *war* geradezu dieses Schiff. Kennedy war nicht besonders groß, seltsamerweise ist das bei den meisten Kapitänen so. Aber er hat *groß gewirkt.* Wenn er am Ruder stand, sah es aus, als teile Moses das Meer. Wie ein Patriarch. Über sein Schiff hat er immer gesagt: Ich muß nur etwas *mit ihr wollen,* und sie gehorcht mir. Man konnte sich diesen Mann einfach unmöglich woanders vorstellen als auf der Brücke.

Dann aber – dann kam diese schreckliche Reise, als er den Bescheid der Reederei hatte, die Altersgrenze sei nun erreicht. Er sollte pensioniert werden und mußte an Land gehen, wenn das Schiff das nächste Mal Portsmouth anlief. Da ist es passiert.«

»Was ist passiert?« David kaute sein Ei.

»Es war ein grauer, diesiger Morgen, als das Schiff in den Hafen

194

glitt. Kennedy war während der ganzen Reise schweigsam gewesen, die Offiziere und die Mannschaft sahen, daß er schwermütig geworden war. Jeder wußte, daß er an Land keine Familie hatte. Aber niemand bemerkte, *wie tief* seine Trauer war. Es war nicht die Art von Trauer, die einen Mann dazu bringt, zusammenzubrechen, sich zu ergeben oder zu weinen. Es war eine Trauer, die ihn dazu trieb, seinen Pflichten noch gewissenhafter nachzukommen, noch sorgfältiger als sonst. Die *Pythia* glänzte tatsächlich wie ein Stern im Nebel, als sie hereinkam, so blankgeputzt und schön war sie. Nur einmal schien der erste Steuermann zu ahnen, wie es um den Kapitän stand, und das war an einem Abend, als er den alten Kennedy auf der Brücke entdeckte. Der Kapitän stand mit dem Sextanten da. Als er den Steuermann erblickte, entschuldigte er sich mit einem schiefen, sonderbaren Lächeln und verschwand unter Deck. Er hatte nicht die Sonnenhöhe gemessen, sondern die Mondhöhe, so als bereite er sich darauf vor, auf ganz anderen Meeren zu navigieren.«

Jim stockte einen Augenblick. Dann fuhr er fort:

»Am Abend bevor wir in Portsmouth einlaufen sollten ist der Kapitän all seine Seekarten durchgegangen und hat seine Notizen auf den neuesten Stand gebracht. Er hatte die Dokumente und das Logbuch unterschrieben. Er ließ alles in bester Ordnung zurück. Er hatte die Kiste aufgeräumt und Gerümpel weggeworfen und sein Ölzeug dem Bootsmann geschenkt. Am nächsten Morgen, als das Schiff Portsmouth erreichte, kam er nicht an Deck. Man fand ihn in der Koje.«

»Tot?«

»Ja. Es war unerklärlich. Der Mann hatte eine eiserne Gesundheit. Der Schiffsarzt konnte auf den Totenschein nur *gestorben an gebrochenem Herzen* schreiben.«

David hatte mit dem Essen aufgehört. Jim warf einen raschen Blick auf ihn, sah, daß ihm sein Publikum jetzt folgte, und fuhr fort:

»Auch Kapitän Wellem, auf einem der großen Dampfer des Norddeutschen Lloyds, erhielt eines Tages den Bescheid, seine letzte Reise stehe bevor. Am selben Tag, als das Schiff von Hamburg auslaufen sollte, brach er auf der Brücke zusammen, wurde ins Krankenhaus gebracht und starb ein paar Stunden später. Die Diagnose war die gleiche. In seinem Testament hatte er darum gebeten, daß seine Asche vom Bug seines Schiffes in den Wind gestreut wird, was auch geschah. Das Testament war erst ein paar Wochen vorher abgefaßt worden. Seit dieser Geschichte unterrichtet der Norddeutsche Lloyd alternde Kapitäne nicht mehr davon, daß ihre letzte Reise bevorsteht. Alle bekommen diesen Bescheid erst, wenn sie die letzte Reise hinter sich haben.«

»Komisch, daß sie daran gestorben sind«, sagte David.

»Es gibt nichts, was so traurig ist wie ein Kapitän ohne Schiff. Stell dir vor, du müßtest an Land sitzen, nachdem du das Kommando über ein Schiff wie dieses gehabt hast. Oder über einen schmucken Segler. Das Schiff gehört regelrecht dem Schiffsführer, so lange es auf See ist. Er hält Gottesdienste ab, er teilt Strafen oder Belohnungen zu. Wenn es sich um ein Passagierschiff handelt, fallen die Damen aus heiterem Himmel vor ihm in Ohnmacht. Er hat alle Mühe, sich die Bewunderer vom Hals zu halten. Alle wollen am Tisch des Kapitäns sitzen. Alle. Alle wollen ihn erzählen hören. Am liebsten etwas Abenteuerliches, etwas von Schiffbrüchen oder Hottentotten. Die Kapitäne erzählen dann die wildesten Lügengeschichten, und die Passagiere verschlingen sie rascher, als sie ihre Whiskey-Sodas trinken. Wenn ein Sturm tobt, wollen alle vom Kapitän persönlich beruhigt werden – obwohl er genau dann alle Hände voll zu tun hat. Man *verläßt* sich auf den Kapitän. Der alte Kapitän Hayes bei Cunard hat übrigens einen wunderbaren Trick, um Scherereien mit ängstlichen Passagieren vorzubeugen. Du mußt wissen, selbst auf großen Dampfern bekommen manche Passagiere bei hoher See das Zittern. Also, der alte

196

Hayes baute mit folgender Methode vor: Bei etwas schwererer See und Sturm, bei dem die Passagiere sich noch keine Sorgen machen und z. B. noch nicht seekrank werden, zieht er sich Ölzeug und Südwester an, und ein Seemann muß einen oder zwei Eimer Wasser über ihm auskippen, dann stapft er in schweren Seestiefeln in den Passagiersalon. Die Passagiere, die Karten spielen oder in aller Ruhe Tee trinken und in das Sauwetter draußen gucken, glotzen verdattert das Seegespenst an, das da plötzlich in der Tür steht, sich an den Kopf greift und verbittert ruft: ›Sieh dir das an, da sitzen diese Taugenichtse und elenden Landratten! Wie *können* sie eigentlich in aller Ruhe dasitzen, wenn draußen ein Sturm tobt, wie *ich* in meinen vierzig Seemannsjahren noch keinen erlebt habe!‹ Dann stampft er wieder hinaus, und die Passagiere bleiben verblüfft zurück. Vielleicht fühlten sie sich ein bißchen unwohl, zugleich aber auch beträchtlich in ihrem Selbstvertrauen gestärkt. Auf den Schiffen des alten Hayes gibt es auf jeden Fall nie Panik.«
David lächelte.
»Es gibt schon richtige Verrückte«, Jim war jetzt nicht mehr zu stoppen. »Beispielsweise den Unheimlichen Pete, der bei derselben Reederei fährt wie wir, *White Star.* Gott sei Dank fahren wir nicht mit ihm. Der Unheimliche Pete liebt Bestattungen. Seebestattungen. Das Lustigste, was er kennt, ist die Bestattung von Menschen. Stirbt unterwegs ein Passagier, was selten genug vorkommt, oder kriegt ein Heizer etwas Hartes auf den Kopf, befiehlt der Kapitän sofort, den Verstorbenen in Leinwand zu verpacken und an den Füßen ein Gewicht zu befestigen. Da hilft kein Gerede – ›Wir kommen doch morgen nach Southampton, Sir, vielleicht wollen die Eltern ihren Sohn in englischer Erde begraben wissen‹ –, nein! ›Denkt an die *Ansteckungsgefahr*‹, sagt der Unheimliche Pete finster und macht sich sofort an die Arbeit, den Toten zu den Seesternen zu schikken. Er liebt vor allem das Ritual. Das Ritual nimmt immer der Kapitän vor. Und der Unheimliche Pete tut es mit größerem

Einfühlungsvermögen und sorgenerfüllterer Stimme als irgend jemand sonst. Kein Auge bleibt trocken, wenn er auftritt. Und er fügt gern das eine oder andere Wort auf eigene Rechnung hinzu. Einmal wurde er mitten in einem dieser wunderbaren Augenblicke gestört! Einen Koch hatte auf der Reise westwärts, unmittelbar östlich von New York, der Schlag getroffen. Der Mann wurde also verpackt und bekam ein Lot an die Füße, kaum daß er richtig kalt war. Der Kapitän stand in voller Montur auf dem Vordeck, mild wie eine Sonne, das Gesicht perfekt in düstere Falten gelegt, und begann mit dem Ritual. Die Mannschaft in Habachtstellung, die Mützen abgenommen. Mitten in der Beisetzung ertönt das Nebelhorn und ruft den Kapitän unverzüglich auf die Brücke. Er wirft den Mantel ab, schleudert das Gebetbuch zur Seite und verschwindet die Leiter hinauf. Die Mannschaft noch immer andächtig um den Toten aufgestellt. Oben auf der Brücke erfährt der Unheimliche Pete, daß es sich nur um eine kleine Nebelbank handelt, er stürzt also wieder die Leiter hinunter auf Deck, zwängt sich in den Mantel, greift sich das Gebetbuch und ruft, irritiert durch die Unterbrechung: ›Zum Teufel! *Ich* bin die Auferstehung und das Leben!‹«

David lachte, daß ihm das Essen im Hals steckenblieb. Jim mußte ihm zwischen die Schulterblätter klopfen.

»Und Kapitän – heißt er nicht Smith? –, also *unser* Kapitän, was ist der?« fragte David, als er sich wieder erholt hatte.

»Von dem weiß ich nicht viel«, gab Jim zu. »Er ist schweigsam. Macht nicht viel Aufhebens. Soweit ich weiß, gibt es keine Geschichten über ihn. Aber gestern hat er Probleme gehabt.«

»Probleme?« fragte David.

»Schwierigkeiten. Wir sind ja fast mit der New York zusammengestoßen. Diese Schiffe sind zu groß geworden. Schwierig zu manövrieren. Das Schwesterschiff, die *Olympic*, hatte letztes Jahr eine Kollision. Sie sind in schwierigen Situationen unberechenbar, setzen zu große Wassermassen in Bewegung.

Das gestern hätte damit enden können, daß wir alle zusammen wieder hätten an Land gehen müssen. Und dann wäre es für Kapitän Smith aus und vorbei gewesen.«

»Aus und vorbei?«

»Ja. Schluß. Fertig. Dies soll seine letzte Reise sein, weißt du das nicht? Eine Art Ehrenrunde. Wäre es gestern schiefgegangen, hätte es keinen Lorbeer für ihn gegeben. Komm, David, jetzt haben wir lange genug palavert. Wir müssen die Uniformen anziehen. Nach dem Ablegen müssen wir spielen.«

Jim nahm einen brüderlichen Schluck aus Davids Kaffeetasse und trank sie leer.

Draußen auf Deck bereiteten sich die Souvenirverkäufer darauf vor, von Bord zu gehen. Die Ladeluken wurden geschalkt, und die Ladebäume auf dem Vordeck summten.

Um 13 Uhr 20 lichtete die *Titanic* den Anker. Dampf füllte die Zylinder. Das Schiff zitterte. Die *Titanic* schwenkte wieder an Roche's Point vorbei und setzte den Lotsen am Feuerschiff ab.

Dann lief sie in einem weiten Bogen steuerbords.

Eine wiegende Bewegung ging durch den großen Schiffskörper. Die Menschen an Bord hielten einen Augenblick inne und sahen einander an. Eine neue, stampfende Bewegung schloß sich an, dann noch eine. Sie stießen auf die ersten schwachen Dünungen der offenen See.

INTERMEZZO

Eins zwei drei, eins zwei drei – das geht ja richtig gut, »Roses of Picardy«, nette Walzer, die den Appetit anregen, *eins* zwei drei, *eins* zwei drei, welch himmlische Düfte aus dem Speisesaal, die sich mit der Musik vermischen, gerade halten die Zunge im Mund, junger Mann, zwei, drei, *eins* zwei drei, bald sind keine hungrigen Passagiere mehr im Salon, bald haben sie alle zum Verzehr von Pasteten und allerlei anderen kulinairschen Glückseligkeiten Platz genommen, nur das letzte Grüppchen noch, *eins* zwei drei, die letzten, die dort immer noch in ihren Sesseln sitzen und Unsinn über das Leben reden. *Eins* zwei drei. Mit tänzerischen Bewegungen und einem leichtgebeugten Rücken steht Petronius, der alte Bassist, da und hält den Takt. Er hält ihn gut. Die federnden Hände Spots schlagen lockere Akkorde, Dominante, Tonika, Subdominante. *Eins* zwei drei. Die Fiedeln erklingen, geht ja richtig gut, die Bögen schwingen, jetzt kommt der Refrain, nicht zu früh einsetzen, *eins* zwei drei. »David« zischt Alex dem jungen Wiener Juden zu, »David, paß auf, das ist G-Dur!« David bekommt einen roten Kopf und verschiebt einen Finger, was eine harmonische Veränderung ergibt, aber dem Publikum fällt so etwas nicht auf, das sitzt in seinen Ecken und quasselt über das Leben und läßt sich immer noch nicht vom Essensduft verführen, man sitzt in seinen Ecken, und *eins* zwei drei, werden sie sich bald erheben und gleichgültig über die weichen Teppiche, durch die Glastüren schlendern, oder werden sie bis zum jüngsten Tag dasitzen und reden? Wie lang sollen wir denn so Walzer spielen? Die Saiten klingen, bis sie fast bersten. Fragend nickt Jason über die Geige dem Purser mit seinem Gesicht zu, der zurücknickt. Dominant, dominant, *sub*dominant, *dub*dominant, schubbeduu zwei drei, schubbedubb, zwei – drei – und – halt.

»Ich glaube, es ist gut«, sagt Jason.

»Es ging doch sehr gut«, sagt Jim und lächelt David an.

»Etwas stimmt mit meinem Bass nicht«, murmelt Petronius. Der Salon ist jetzt fast leer.

»Du mußt lernen, besser mitzugehen«, zischt Alex.

»Ja, das war schön, Jungs«, sagt Spot.

»Etwas stimmt mit meinem Baß nicht.«

»Gehen wir jetzt essen?« fragt Georges.

»Du mußt dich zusammenreißen, David«, sagt Alex. »Habt ihr *gehört* wie er –«

»Ich denke, es war gut so«, sagt Jason wieder.

»Was ist mit meinem Baß?«

»Gut, ich gehe jetzt etwas essen.«

»Lassen wir die Instrumente stehen?«

»Ich persönlich habe keine andere Möglichkeit«, sagt Spot.

»Sechzehn Uhr«, sagt Jason. »Punkt sechzehn Uhr.«

»Ich würde gern wissen, meine Herren, ob ihr nicht auch meint, daß mit meinem Baß etwas nicht stimmt.«

»Ich würde lieber wissen, was mit *mir* nicht stimmt, daß ich hier überhaupt sitze«, sagt Alex.

»Na, Mahlzeit alle zusammen.«

»Mahlzeit, Mahlzeit.«

»Vielleicht bedeutet das Unglück? Vielleicht kommt dieser merkwürdig schnarrende Ton in meinem Baß daher, daß die Saiten von einem unglücklichen Ochsen stammen? Einem Ochsen, der uns Böses will? Vielleicht ist dieser grummelnde, unverdauliche Ton ein böses Omen, oder auch ein gutes? Nicht leicht zu entscheiden, meine Herren, nicht leicht. Hehehehe...«

»Jason, ich werfe ihn über Bord.«

Petronius entfernt sich lächelnd in seine eigene Welt.

»Ich werfe ihn über Bord«, wiederholt Alex.

»Ja gut«, sagt Jason, »wenn ich nur nichts mehr davon hören muß.«

»Entschuldige«, sagt David ruhig, zu Alex gewandt, »entschuldige, daß ich falsch gespielt habe.«

Alex stiert den Jungen feindselig an. Dann schaut er zu Jason.

»Wie hat man diese Kreatur nur anheuern können?«, fragt er.

»Na, na«, sagt Jason.

David errötet tief. Aber er sagt nichts. Er geht.

Jason überlegte. Er betrachtete Alex, der jetzt dasaß und vor sich hin starrte. Der Russe hatte schwarze Ringe unter den Augen, er schien nicht gut geschlafen zu haben. Jason tat David leid, aber Alex war ungewöhnlich schlechter Laune.

Am besten, man sagt gar nichts, dachte Jason. Laut sagte er: »Wollen wir essen?«

Alex gab keine Antwort, sondern starrte weiter vor sich hin. Dann kam es, leise:

»Ich glaube, ich muß mit dir über etwas reden.«

»Können wir das nicht beim Essen machen?« fragte Jason vorsichtig.

»Nein«, sagte Alex.

Die Unterhaltung fand auf dem Bootsdeck statt, vor dem Palmengarten, achtern. Jetzt, während des Lunchs, waren dort keine Passagiere.

Zuerst stand Alex lange Zeit an der Reling, ohne etwas zu sagen, und sah geradewegs aufs Meer. Offenbar hatte er Schwierigkeiten, den Anfang zu finden. Dann, ohne sich nach Jason umzudrehen, begann er zu sprechen.

Er erzählte, langsam und mit vielen Pausen. Jason stand

schweigend da und hörte zu, es gelang ihm nicht, ein einziges Wort dazu zu sagen.

Als Alex zu Ende war, dauerte es lang, bis man von Jason etwas hörte. Schließlich sagte er:

»Wenn es so steht, mußt du wohl an Land gehen?«

»Ja«, sagte Alex. »Das muß ich. Diese Überfahrt und vielleicht noch eine. Aber du mußt dich nach einem umsehen, der meinen Platz übernehmen kann.«

Jason bemerkte, daß er nicht mehr ganz klar dachte. Mit einem anderen zu fahren, sich einen anderen Partner zu beschaffen, erschien ihm unmöglich. Er sah Alex an, der so dastand, wie er schon am Tag vorher dagestanden hatte, schwer gegen die Reling gelehnt, den Blick auf irgend etwas dort draußen gerichtet.

»Das ist nicht so einfach«, sagte Jason ungeschickt.

»Ach, du findest schon einen anderen«, sagte Alex, plötzlich mit Jähzorn in der Stimme.

»Jaja – ich habe das anders gemeint«, sagte Jason. Er hielt einen Augenblick inne. »Hast du etwas gespart?«

»Nicht viel.«

Jason wollte gerade noch sagen, daß er sich keine Sorgen machen solle, aber so etwas sprach man nicht aus. Im Grunde genommen gab es nichts zu sagen.

»Wie fühlst du dich?«

»Mal besser, mal schlechter.«

»Du mußt sagen, wenn es dir zu viel wird.«

»Ja«, sagte Alex. »Vorläufig geht es. Eigentlich habe ich es überhaupt nicht sagen wollen, jedenfalls noch nicht. Aber gestern war ich – nicht ganz ich selbst. Auch jetzt noch nicht, mit diesem Pfuscher – diesem Deutschen.«

»Er ist Österreicher.«

»Ich habe es dir erklären wollen. Dich vorbereiten.«

»Wir sind zu lange zusammen gefahren, du kannst nicht herumlaufen und schweigen. Es ist gut, daß du es mir gesagt hast.«

»Ungefähr das habe ich mir auch überlegt.«

Jason dachte: Ich verstehe es nicht. Ich höre, was er sagt, aber ich verstehe es nicht. Da steht er. Ob er es selbst begreift? Er sah Alex an und dachte: Er ist mein Freund. Näher als er steht mir niemand.

»Ich hoffe, du läßt dir das nicht so nahegehen«, sagte Alex.

»Nahegehen?« rief Jason beleidigt.

»Du darfst dich nicht darum kümmern. Nicht die Arbeit davon beeinflussen lassen.«

Jason schwieg. Wie schlecht wir miteinander sprechen können, dachte er. Wir hätten uns vielleicht mehr unterhalten müssen. Letzten Endes gibt es Dinge, über die ich gern mit ihm gesprochen hätte. Wir sind immer gut miteinander ausgekommen, aber wir hätten vielleicht mehr sprechen sollen.

»Gibt es etwas, das du mir gern erzählen willst?« fragte er und spürte sofort, wie dumm das klang.

»Nein«, sagte Alex. »Warum?«

Nein, dachte Jason. Warum auch. Vielleicht ist es nicht nötig. Warum soll es nicht einfach weitergehen wie bisher, ohne Worte. Trotz alledem. Vielleicht kennt man sich wortlos am besten. Vielleicht kenne ich ihn nicht mehr, wenn er mir erzählt, wer er ist.

Eine Weile standen sie so da. Alex beugte sich über die Reling, Jason lehnte sich mit dem Rücken dagegen. So blieb es ihnen erspart, dem anderen in die Augen zu sehen.

Alex ging in die Kabine und fand sie leer vor.

Zuerst wusch er sich die Hände, dann setzte er sich auf seine Koje, den Kopf in die Handflächen gestützt. Einige Minuten saß er zusammengesunken da und atmete schwer. Gut, allein zu sein. Auf Essen hatte er keine Lust.

Im Wasser rauschte es an der Schiffsseite vorbei, in seinem Ohr wurde dieses Geräusch von einem hohen, pfeifenden Ton übertönt.

Er atmete tief ein und griff sich an die Seite.

Das kann ich nicht sein, sagte er zu sich selbst. All dies kann nicht ich sein.

Es schien, als ob alles um ihn herum, alles, was er wahrnahm, ihm widersprach. Ihm kalt und nüchtern widersprach.

Er versuchte sich zu erinnern, versuchte zurückzufinden zu etwas, das einmal er selbst gewesen war. Er schloß die Augen.

Tief in seinem Körper war etwas, das schmerzte, wie ein Tropfen flüssiges Zinn.

Er konnte das nicht sein, der hier saß. Nicht so. Es konnte nicht wahr sein. Es kam darauf an, daß er zurückfand. Oder voraus. Das käme vielleicht auf eins heraus.

Einen Augenblick nickte er ein.

Jemand war in der Kabine.

Er war allein, und dennoch stand jemand dort, vor ihm. Und er wußte, wer es war.

Das Schiff gleitet durch ruhige Dünung. Die Küste liegt achtern. Bald kann man das Schiff von Land aus nicht mehr sehen. Die Sonne tritt ihren Weg zum Horizont an. Unter 23 von 29 Dampfkesseln der *Titanic* ist Feuer. Zittern im Rumpf und in den Schotten. Die Schrauben treiben das Schiff mit 75 Umdrehungen per Minute an. Die Minuten vergehen. Vor ihnen öffnet sich das Meer. Alles an Bord ändert seinen Rhythmus. Das hektische Fieber ist jetzt völlig verschwunden. Ein geübtes Auge würde weiter Landkennung haben, wenn es nach achtern spähte. Niemand aber spähte nach achtern.

Achtern, auf dem E-Deck, in der Kabine hinter dem Kartoffelkeller, sitzt der Russe Alex. Er hat Papier und Feder hervorgeholt. Er sitzt auf dem Sprossenstuhl an dem kleinen Tisch. Lange sitzt er da, ohne die Feder zu bewegen, entweder, weil er nicht weiß, was er schreiben soll, oder weil er sich scheut.

Dann formt er Worte auf dem Papier. Die kyrillischen Buchstaben sind fremd. Anfangs zögert die Feder, dann geht es rascher. Er schreibt einen Brief, einen Brief, den er schon lang hätte schreiben müssen. Möglicherweise ist es jetzt zu spät, doch er schreibt.

Bald, denkt er, bald wird es zu spät sein für alles.

Er kann nicht mehr essen, ist fast niemals hungrig. Er kann auch nicht mehr richtig schlafen. Er hat lange nicht mehr gut geschlafen. Warum also nicht schreiben. Er wird diesen Brief schreiben. Vielleicht wird die Ruhe auf offener See ihm helfen. Vielleicht geht der langsame Rhythmus des Tages in den Brief ein. Bald ist es für alles zu spät. Jeden Morgen geht über dem Atlantik die Sonne auf, jeden Tag wird die Uhr entsprechend der Bewegung des Schiffes über die Längengrade westlich von Greenwich zurückgestellt, unmerklich bekommt der Schiffstag 25 Stunden. Er hat ein Meer aus Zeit. Er will schreiben.

ALEX' BRIEF

An Bord der R. M. S. Titanic, 11. April 1912

Lieber Gavrik. Lieber Bruder.

Ich bin es, Dein Bruder Sascha, der an Dich schreibt. Vielleicht hätte ich früher schreiben sollen. Jedes Mal aber, wenn der Gedanke an Dich und an alles, was ich verlassen habe, auftauchte, schob ich es vor mir her. Zuletzt schien es unmöglich, weil so viele Jahre vergangen waren. Und ich entschuldigte mich damit, daß ich nicht mehr wüßte, wo du warst. Daß es mir nicht gelingen würde, Dich mit einem Brief zu erreichen. St. Petersburg ist eine große Stadt, Rußland ein riesiges Reich.
Aber ab und zu begegne ich ja Landsleuten, und manche von ihnen fahren in regelmäßigen Abständen nach Hause. Irgendeine freundliche Seele hätte bestimmt einen Brief mitgenommen und versucht, Dich zu finden, wenn ich sie darum gebeten hätte. Es wäre mir gelungen, Dich zu erreichen, wenn ich es versucht hätte.
So ist also die Wahrheit, daß ich nicht wollte. Ich hatte Angst zu schreiben, Angst davor, daß Deine Augen meine Worte lesen würden.
Jeden Tag aber, in all den Jahren, die vergangen sind, habe ich an Dich gedacht. Du bist da, wenn ich aufwache und Du bist da, wenn ich zur Ruhe gehe.
Eben jetzt hast Du hier in der Kabine gestanden.

Es ist soviel passiert in diesen Jahren. Ich weiß nicht mehr, wie Du aussiehst, was Du tust. Jedesmal, wenn hier Nachrichten von zu Hause in Zeitungen und Zeitschriften stehen, ist es, als lausche ich hinein in die gedruckten Meldungen, lausche nach Deinem Namen und Deiner Stimme. Man berichtet von Verurteilungen und Deportationen, von heimlichen Aktionen. Und das Herz schlägt schneller. Ich halte Ausschau nach Deiner Hand, nach Deinen Zügen, Gavrik.

Vielleicht bist Du verheiratet, lebst in einem Gouvernementsdorf, unterrichtest oder arbeitest in einem Bergwerk, vielleicht bist Du Vater. Ich weiß es nicht.

So aber habe ich Dich in Erinnerung: ein blasser, dunkeläugiger Student, der jeden Morgen müde von zu Hause weggeht, um in der Morgendämmerung die vielen Flüsse und Kanäle zu überqueren und die Universität auf der Wasilewski-Insel zu erreichen. In meiner Vorstellung gehst Du noch immer jeden Morgen über Brücken, über Deiner Schulter hängt noch dieselbe abgeschabte Tasche, und Du trägst die blaue Schirmmütze.

Und Du – wie siehst Du mich? Für Dich muß ich tot sein. Am Anfang hast Du wahrscheinlich mit Bitterkeit an mich gedacht. Vielleicht aber später mit Freude? Über Dinge, die weiter zurückliegen als das Bittere, Dinge aus der Jugend? Perlmuttabende im Sommer, gemeinsame funkelnde Winterabende. Man versucht ja, bei einem, der tot ist, an das Gute zu denken. Erst die Toten können nicht mehr zurückkommen und unsere Erinnerung verändern. So ist es also, das Gefühl, tot zu sein. Ich bin tot. Es ist das beste, sich daran zu gewöhnen.

In meiner Vorstellung gehst Du über Brücken.

Im Monat Januar 1905, kurz nach dem Blutsonntag, bin ich aus St. Petersburg geflohen. Ich hatte mich an Bord eines schwedischen Segelschiffes geschlichen. Auf offener See wurde ich erwartungsgemäß entdeckt, und der Kapitän hielt mir eine lange

Rede über das Verwerfliche eines blinden Passagiers. Zumindest nehme ich an, daß es das war, worüber er tobte und schimpfte und mir – immer auf Schwedisch – damit drohte, mich kielholen zu lassen, neben anderen Widerwärtigkeiten. Als dies erledigt war, sprach er plötzlich russisch. Er habe eine russische Frau, zu Hause in Stockholm. Sie fehle ihm an Bord. Wenn ich ihm einen echten Borschtsch kochen würde, wolle er Gnade vor Recht ergehen lassen. Ich konnte keinen Borschtsch kochen. Aber er ließ trotzdem Gnade vor Recht ergehen, und ich arbeitete mich mit Kartoffelschälen über die Ostsee. Anfang Februar (nach dem gregorianischen Kalender) kamen wir in Stockholm an. Das ist eine winzige, merkwürdige Stadt. Ich schlich mich an Land und schlug mich mit verschiedenen Gelegenheitsarbeiten durch. Dann zog ich weiter. Ich musterte auf einem Dampfschiff an, das mich nach England brachte. In London ging es mit mir völlig bergab. Ich trank, ich hatte Heimweh, ich empfand Reue. Ich hatte immerhin meine Geige, und ich spielte auf der Straße.

Im Herbst jenen Jahres lernte ich einen anderen Geiger kennen. Wir taten uns zusammen. Einige Jahre lang haben wir auf den britischen Amerikadampfern gearbeitet und machten es gar nicht so schlecht.

So also ist mein Leben als Toter. An Land habe ich eine kleine Unterkunft. Einige Bekannte, keine engen Freunde.

Im Grunde habe ich mich genau hiervor immer gescheut: Mein eigenes Leben war nicht so, daß ich es meinem eigenen Bruder vorführen könnte.

Einmal hatte ich einen Bruder, der stolz gewesen ist auf mich.

Gavrik, man kann Menschen besitzen. Und man kann sich von Menschen besitzen lassen. Ich denke jetzt nicht in erster Linie an die Leibeigenschaft, die in unserem Land schließlich Tradition hat.

Ich denke an die Leibeigenschaft des Willens.

Von der Zarin Anna Iwanowna wird erzählt, daß sie im Winter 1739 ein Eisschloß auf der zugefrorenen Newa bauen ließ. Sie baute es zum Vergnügen, denn das vorangegangene Jahr war hart gewesen, es hatten Unruhen und Aufstände begonnen, das Ergebnis waren Hinrichtungen und die Auslöschung ganzer Ortschaften.

Der Winter in diesem Jahr war der härteste seit Menschengedenken. Monatelang waren die europäischen Flüsse zugefroren – die Seine, der Rhein, die Donau und die Themse. In Versailles soll es so kalt gewesen sein, daß die Branntweinflaschen platzten und bei den Mahlzeiten der Wein in den Gläsern gefror. In der Ukraine fielen die Vögel bei ihrem Flug nach Süden tot vom Himmel.

Die Zarin Anna Iwanowna war eine Frau mit einem absonderlichen Humor. Sie ließ sich gern von Zwergen, Krüppeln und Geisteskranken unterhalten. Vier ihrer Hofnarren waren Angehörige alter Adelsfamilien, deren Demütigung ihr Vergnügen bereitete. Einer dieser Narren, Fürst Michail Golizyn, war zum katholischen Glauben übergetreten, was die Herrscherin empörte. Zur Strafe zwang sie ihn vor aller Augen, auf einem Korb mit Eiern zu sitzen und zu gackern, bis die Küken ausgeschlüpft waren.

In diesem stahlkalten Winter errichtete die Kaiserin also auf dem zugefrorenen Fluß ein Eisschloß – und es war ein Eisschloß, wie man es weder vorher noch nachher jemals gesehen hat, konstruiert von dem großen Architekten Eropkin (der dann ja 1740 wegen Verrats zum Tode verurteilt worden ist). Die Eisblöcke wurden aus den klarsten Eisflächen gesägt, die man auf der Newa finden konnte, und man fügte sie mit Wasser zusammen, das bei dem strengen Frost die Teile fester verband als jeder Mörtel. Das Schloß ragte auf der Newa zwischen der Admiralität und dem Winterpalast auf, es hatte eine Balustrade, Statuen, Säulen und Möbel aus Eis. Die besten Handwerker und Künstler des Zarenreiches hatten es gebaut. Es war von neunundzwanzig Eisbäumen umgeben, und auf den Eisbäumen saßen Eisvögel. Bäume und Vögel waren mit naturgetreuen Farben bemalt. Den Palast selbst hatte man transparent gelassen, abgesehen von den Säulen, den Türen und den Fensterstürzen, die grün bemalt waren, um Marmor vorzutäuschen. Die Scheiben der Fenster waren aus laubdünnem Eis gefertigt. Handwerksmeister und -gesellen übertrafen sich draußen auf dem zugefrorenen Fluß selbst, wo sie von morgens bis abends schufteten, um die Laune der Zarin zu befriedigen.

Zwei Fabeltiere und zwei Kanonen aus Eis flankierten den Eingangsbereich des Palastes. Ein Eiselefant in natürlicher Größe diente als Springbrunnen – das Wasser sprühte aus seinem Rüssel – und die erwähnten Eiskanonen konnten tatsächlich Schüsse abfeuern, so stahlhart waren sie gefroren.

Die einzige Konstruktion, die nicht aus gefrorenem Wasser bestand, war ein hölzerner Zaun, den man um den Palast herum errichtet hatte, um die Bevölkerung auf Abstand zu halten.

Und das Volk hatte ein großes Vergnügen an Anna Iwanownas Einfall. Selbst in der Nacht gingen viele hinaus zu dem Eisschloß, das von innen erleuchtet war – es muß ein hinreißender, unwirklicher Anblick gewesen sein. An den Enden der Balustrade waren große achteckige Papierlaternen mit obszönen Motiven montiert. Diese Laternen wurden langsam gedreht, so daß die Menge die Bilder genießen konnte.

Es war ein Schloß ganz nach Anna Iwanownas Geschmack. Und um das Ganze vollkommen zu machen, ließ sie ein Brautpaar die Hochzeitsnacht in diesem Eishaus verbringen.

Wer sonst als Fürst Michail Golitschin (der mit den Eiern) wurde gezwungen zu heiraten? Die Zarin befahl ihm, eine Kalmücken-Frau von ungewöhnlicher Häßlichkeit, eine der niedrigsten Dienerinnen der Zarin, zu heiraten. Der Braut gab sie den Namen Buschenina, weil sie der Meinung war, die Kalmückin sähe diesem Gericht – gewürztes Schweinefleisch in Zwiebelsauce – ähnlich!

Der Adlige und Buschenina wurden entsprechend getraut, unter dem klingenden Gelächter der Zarin. Anschließend wurden sie in Pelze gehüllt, nahmen in einem Riesenkäfig auf dem Rücken eines Elefanten Platz und führten so den Hochzeitszug an. Der bestand im übrigen aus anderen Hochzeitspaaren – alles Untertanen der Anna Iwanowna, Lappen, Finnen, Kirgisen, Baschkiren und so weiter, alle in Nationaltracht, auf Pferderücken oder auf Kamelen schaukelnd oder in Schlitten, die von Rentieren oder von Wölfen und Schweinen gezogen wurden.

Unter dem großen Jubel Tausender von Schaulustigen erreichte der Zug das Eisschloß.

Im Schlafzimmer stand ein prachtvolles Himmelbett – aus Eis. Die Matratze war aus Eis, die Decke war aus Eis, die beiden Kopfkissen waren aus Eis – und auf jedem Kopfkissen: eine Nachtmütze, erlesen zugeschnitten aus Eis.

Auf den Tischen standen die köstlichsten Gerichte, naturgetreu bemalt, in Eis, Flaschen, Gabeln, Teller, Spiegel, Puderdosen – wohin das Paar sich auch wendete, alles war aus Eis. Sogar der Kamin – und das Holz im Kamin.

Die Neuvermählten entkleideten sich und gingen zu Bett. Aufgestellte Wachposten achteten darauf, daß alles richtig vonstatten ging. Das Paar überlebte, die Buschenina gebar dem Fürsten im Lauf der Jahre zwei Söhne.

Ich glaube, diese Geschichte ist ein schönes Bild dafür, wie weit man gehen kann, wenn man andere Menschen besitzt. Die Geschichte ist wahr, und ich habe sie niemals vergessen.

Was aber ist mit denen, die sich besitzen *lassen?*

Du kennst in großen Zügen die Ereignisse, die dazu geführt haben, daß ich aus St. Petersburg geflohen bin. Du wirst sie erfahren haben, von der Polizei, als sie kam, um nach mir zu suchen, oder von anderen.

Darf ich Dein Bild der Ereignisse ergänzen?

Es war, als ich die erste Geige im Kabarett an der S-Straße spielte. Das Auskommen war mager, die Arbeit hart, abends wurde es spät. Ich mußte Dir die Universität bezahlen, wie ich es Mutter versprochen hatte. Und ich muß gestehen, daß ich manchmal meine Pflichten als Belastung empfand, auch wenn ich Dich aufrichtig gern hatte.

Viktor Zjornov war im Kabarett Schlangenmensch. Jeden Abend schlängelte er sich durch Faßreifen und Zylinder, beugte sich so weit zurück, daß der Kopf das Kreuz erreichte (er war ein sogenannter Klischniker). Groteske, unnatürliche Stellungen für einen Körper. Einmal erzählte er mir, man habe mit ihm schon als kleinem Jungen angefangen – habe ihn einfach genommen und seine Glieder gebogen, ihn gedehnt, damit er die nötige Geschmeidigkeit bekam. Er erzählte, daß das sehr schmerzvoll gewesen sei. Er hatte selbst drei Kinder ausgesucht, die in seiner Nummer mit auftraten. Er formte sie so, wie man ihn selbst geformt hatte.

Ich erinnere mich, daß alle Mitglieder des Kabarett-Ensembles von ihm fasziniert waren. Nicht nur seine Nummer, sondern Viktor *selbst,* die Art, wie er war. Der Blick. Das Gesicht. In der Art, wie er das Publikum und seine Kollegen betrachtete, lag etwas Spöttisches. Die drei Kinder, die er trainierte – die Armen! –, standen völlig unter seinem Einfluß. Seele und Wille ebenso biegsam wie ihre Körper. Mit dem Blick befahl Viktor ihnen, sich durch Röhren zu winden, unter niedrigen Leisten hindurch, das Unmögliche zu vollbringen. Er selbst tat auf der Bühne Dinge, die noch unmöglicher erschienen.

Ich glaube, er haßte alle Menschen. Und ich glaube, er haßte sich selbst.

Nicht lange, nachdem man ihn engagiert hatte, lasen wir ihm im Theater jeden Wunsch von den Augen ab. Vor seiner Garderobe stand eine Schlange. Kleine Tänzerinnen bluteten für ihn. Die Mitglieder des Ensembles erledigten Besorgungen für ihn und taten, was sie konnten, um es ihm recht zu machen.

Ich wünschte mir, ich könnte Dir ein Bild von ihm geben, durch das Du verstehen könntest, wie er auf uns wirkte. Doch alles, was ich fühle, wenn ich heute an ihn denke, ist eine große Leere.

Er zeigte nie irgendeine Dankbarkeit oder Zuneigung. Vielleicht, weil man sich ihm unterworfen hatte. Vielleicht, weil man von ihm angezogen wurde?

Ohne mich genau erinnern zu können, wann oder wie – plötzlich war *ich* sein Freund, sein Auserwählter. Vielleicht, weil ich bei einem Teil seiner Nummern das Solo spielte und die ganze Zeit Augenkontakt mit ihm dort oben auf der Bühne halten mußte. Vielleicht war es auch reiner Zufall, vielleicht hat er mich so ausgewählt, wie man Lose zieht.

Ich sehe sein Gesicht vor mir: katzenartig, schmal. Ich sehe sein Lächeln, glitzernd, eiskalt. Ich höre seine Stimme, weich und zugleich mit einem schnarrenden Unterton.

Er machte mich zu seinem Freund. Freiwillig ging ich die Beziehung zu ihm ein, freiwillig ließ ich mich unterwerfen. Er führte. Wollte er sich unterhalten, unterhielten wir uns. Wollte er schweigen, schwiegen wir. Wollte er Wodka trinken, trank auch ich Wodka. Wollte er Champagner, gab es für uns beide Champagner.

Ich liebte es, mich ihm zu unterwerfen.

Ich genoß es, wenn meine eigenen Ansichten von seinen zynischen, häufig gnadenlosen Äußerungen zerschmettert wurden.

Es war eine Leibeigenschaft der Gefühle und des Willens.

Es gab nichts, womit er mich in der Hand gehabt hätte – er besaß kein Druckmittel. Nichts zwang mich. Ich ließ mich einfach von ihm zu seinem Besitz machen.

Leider habe ich häufig gedacht, ich täte dies alles nur, weil ich mich wegsehnte von der Bürde der Pflichten, weil ich insgeheim auf Abenteuer, auf Verrücktheiten aus war, auf etwas anderes als die tägliche Plackerei für Dich, für uns, damit für alles gesorgt war.

Die Wahrheit aber ist, daß ich aus reiner Bequemlichkeit, reiner Habsucht mitmachte. Er machte mich zum Dieb, zum Einbrecher, und ich ließ es freiwillig mit mir geschehen.

Für einen Kabarettisten floß ihm stets ungewöhnlich viel Geld durch die Hände. Mir fiel es schwer, mit seinen Ausgaben mitzuhalten, wenn wir unterwegs waren und tranken. Ich fragte ihn, wie das zuging – und er erzählte es mir –, erzählte von seinen monatlichen Raubzügen, allein oder zusammen mit einem der Kinder. Als Schlangenmensch hatte er als Einbrecher besondere Möglichkeiten. Ein Schlangenmensch konnte durch die schwierigsten Öffnungen kommen.

Er erzählte mir, wie er die Diebstähle durchführte, und erläuterte die Planung. Er brach z. B. nie in eine Villa ein, ohne zu wissen, wonach er suchte.

Er benötigte einen Helfer, der Wache hielt und die Beute draußen in Empfang nahm.

Ob ich mir das vorstellen könne?

Ich war geschmeichelt. Ich war in seinen Händen wie Butter. Ich vergötterte ihn, ich war glücklich, daß er mich fragte, daß er mir eine solche Gunst zeigte. So wurde ich zum Einbrecher.

Heute, im nachhinein, schäme ich mich nicht dafür, daß ich gestohlen habe. Die reichen Leute in den Villen draußen auf der Apotheker-Insel wurden nicht ärmer, weil wir die Häuser ein bißchen leerten. Mich quält, daß ich mich *steuern* ließ, daß ich mir *befehlen* ließ. Daß ich Viktor Zjornows Adjutant und Laufbursche sein *wollte*. Er hat mir meinen Willen gestohlen, und ich habe es zugelassen.

Ich erinnere mich an Dein fragendes Gesicht, Gavrik, als Du die knisternden Scheine gesehen hast. Hast Du mir alle Erklärungen geglaubt? Du bist stolz auf mich gewesen, bist immer stolz und dankbar gewesen, daß Du einen Bruder hattest, der Dir half, der für Dich sorgte. Ich entsinne mich an die kindliche, rührende Achtung, die Du – der Akademiker! – meinem niederen Beruf erwiesen hast. Wie Du Dich bemüht hast, Dich mit mir darüber zu unterhalten, wie Du wolltest, daß ich von der kleinen Welt des Kabaretts erzähle. Ich weiß, daß es an Dir genagt hat, weil Du auf meine Kosten studieren mußtest – während ich aus wirtschaftlichen Gründen nie das Konservatorium besuchen konnte.

Du hast nie nach den Scheinen gefragt, die ich plötzlich nach Hause brachte.

Lieber Gavrik. Dies ist ein langer Brief geworden, und ich weiß nicht, ob es mir gelungen ist, mein Verhalten so zu erklären, daß Du es verstehst. Im Grunde bitte ich weder um Vergebung noch um Verständnis. Ich stelle nur fest, daß ich selbst niemals den Willen zu irgend etwas gehabt habe. Ich habe alles mit mir geschehen lassen. Ich bin der Laufbursche anderer gewesen. Ich habe auf einem Korb mit Eiern gesessen und habe gegakkert wie ein Narr.

Als Viktor Zjornow beim letzten Raubzug im Schornstein steckenblieb, rannte ich weg. Daß er mich später, nachdem die Polizei ihn herausgezogen hatte, denunziert hat, mir die Schuld für alles gegeben und erklärt hat, ich sei der Organisator, der Hehler und der Nutznießer von allem gewesen, erscheint mir heute nur mehr als verdiente Strafe.

Gavrik, ich bin sehr krank, und ich habe bestimmt nicht mehr lange zu leben. Ich wollte Dir diesen Brief schreiben, bevor es zu spät ist. Ich wollte Dir schreiben, um Dir zu sagen, Du sollst bewahren, was Dein ist, wirklich Dein: Deine Freiheit. Laß Dir von niemandem jemals ein Eisschloß bauen, und gehe niemals freiwillig hinein. Ob Du inmitten einer glücklichen Familie lebst oder ob Du für eine große Sache lebst: Nimm Dich in acht vor Schlangenmenschen.

Dein Bruder Sascha

Auf See ist die Zeit anders als an Land. Die Stunden entgleiten, verfliegen mit Licht und Wind. Alles wird leicht und einfach. Die Passagiere stehen am Morgen auf, frühstükken, trinken Tee. Man denkt an das, was man tun will, an Bücher und Zeitschriften, die man mitgebracht hat, um sie zu lesen. Während des Vormittags liest man. Man liest viermal dieselbe Zeile. Die Gedanken verrutschen. Das Meer ist so schön, das Schiff so klein. Welche Unendlichkeit von Luft und Himmel... Dann nimmt man sich zusammen und liest einen Abschnitt. Und gleich darauf gibt es Lunch.

Nach dem Lunch hört man im Palmengarten der Musik zu, oder man geht an Deck spazieren, begegnet einem Mitpassagier, tauscht ein paar Trivialitäten über Sport oder Politik aus – das eine ebenso entfernt wie das andere, hier draußen. Einige wenige Tage ist man abgeschnitten von der geschäftigen Welt auf beiden Seiten des Atlantik. Die Entfernung zwischen der Alten und der Neuen Welt schrumpft ständig, wird zunehmend kürzer. Die Schiffe sind beladen mit der Welt, mit Büchern und Silberzeug und türkischen Bädern und Whiskysoda und Ohrensesseln und Wärmflaschen. Gleichwohl ist man auf halbem Weg, mitten im Nichts. Keine Zeitungen, keine Telefone. Im höchsten Fall ein Telegramm.

Als die *Titanic* durch die Wellen glitt, war sie erfüllt von jener bedächtigen, entspannten Stimmung. Die Passagiere der Ersten Klasse nahmen ihre Mahlzeiten mit Seeluftappetit ein, spielten Bordspiele, fotografierten sich an der Reling, veranstalteten abends Silben- und Fragespiele, wetteten über die in den vergangenen vierundzwanzig Stunden zurückgelegte Strecke, über die Geschwindigkeit und die Ankunftszeit in New York. Vorher spielte man auf dem G-Deck ein bißchen

Squash, oder man ging in das Bord-»Gymnasium« und bekämpfte die Folgen des Lunchs. Im prächtigen Speisesaal oder im À-la-carte-Restaurant dinierte man mit Freunden oder mit den Freunden von Freunden. In der Zweiten und der Dritten Klasse vergingen die Stunden auf See – obwohl es an einigen der Möglichkeiten fehlte, die in der Ersten zur Verfügung standen – mit der gleichen Ruhe. Die Kinder spielten, die Erwachsenen träumten. Spiel und Gesang, ein spontanes Tänzchen im Salon der Dritten Klasse. Den Passagieren stand ein Klavier zur Verfügung. Kleine Schiffsromanzen begannen zu blühen.

Und der Mannschaft gefiel das neue Schiff, als man keine Landkennung mehr hatte und das Meer sich öffnete. Täglich um Punkt zehn Uhr, die Sonntage ausgenommen, traten der Maschinenchef, der Purser, der Zweite Purser, der Schiffsarzt und der Obersteward auf der Brücke an, wo Kapitän Smith sie in voller Paradeuniform empfing, die Auszeichnungen auf der Brust (die *Transport Medal* und die *Royal Naval Reserve Decoration*). In Habacht-Stellung erstatteten sie Bericht über ihre Inspektionsrunden durch ihre entsprechenden Abteilungen. Und genau um 10.30 Uhr führte Kapitän Smith die ganze Schar auf seiner täglichen Runde durch das Schiff an, durch Korridore, Salons und Gemeinschaftsräume aller Klassen, durch Küche und Bäckerei, durch Frisiersalon und Bars, Speisesäle, Krankenzimmer und den Maschinenraum. Die von der uniformierten Schar vorgenommene Inspektion war gewissenhaft und galt der Ordnung, der Hygiene, der Disziplin und vor allem der Sicherheit. Ventilatoren und Winschen wurden getestet, der Davit eines Rettungsboots wurde untersucht, eine achtlos abgestellte Schaufel an einem Kohlebunker bemängelt, ein schmutziger Spüllappen angemerkt, eine Ladeluke wurde neu verschalkt. Ein Zigarettenstummel auf dem Fußboden der Wäscherei war Anlaß für einen scharfen Tadel. Nach der täglichen Runde hielten die Offiziere eine weitere

Zusammenkunft auf der Brücke ab, bei der Änderungen vorgeschlagen und Kommentare ins Logbuch eingetragen wurden. Dann besprach sich der Kapitän mit dem wachhabenden Offizier auf der Brücke und mit seinen übrigen Steuermännern, informierte sie über die Inspektion des Tages, setzte den neuen Kurs fest und erließ den Tagesbefehl.

Um 8 Uhr 30, 13 Uhr und 18 Uhr blies der Hornist der *Titanic*, P. W. Fletcher, in sein Signalhorn und gab bekannt, daß eine weitere Mahlzeit serviert wurde.

Große Bleche mit frischen Semmeln glitten aus den Öfen, ganze Berge von Rosenkohl und Kartoffeln wurden zu den Kesseln getragen, Bierflaschen auf Eis gelegt, Hühner geschlachtet und in rasendem Tempo elegant Servietten gefaltet.

Unermüdlich eilte Ingenieur Andrews von Harland & Wolff durch das Schiff und machte sich Notizen. Er konferierte mit dem Kapitän, er unterhielt sich mit Ismay, dem Reeder. Er sprach mit Küchenjungen und Heizern. Müßte dieser Haken nicht niedriger angebracht sein? Gab es Schwierigkeiten, wenn man an die größten Kochkessel heranwollte? Fehlte für die Kohlenträger nicht eine Sitzgelegenheit zum Ausruhen? Sollte man die Fächer der Wäscheschränke nicht mit Schmirgelpapier bearbeiten? Waren für die Kabinenmädchen die sanitären Anlagen hinreichend? Auf diese Weise lernte er das Schiff vom Bug bis zum Heck kennen; nichts entging seiner Achtsamkeit, und die Besatzung begann, den kleinen Ingenieur zu schätzen, der das große Schiff geschaffen hatte und der ihnen die Arbeit erleichtern wollte. Mal wurde Andrews vom Koch eingeladen, einen Hummer zu probieren, mal flirteten scherzhaft die Kabinenmädchen mit ihm. Der Bäcker im D-Deck buk ein Spezialbrot für Andrews (der eine empfindliche Verdauung hatte), während die Reinigung und der Bügelraum im F-Deck sich besonders um die Kleider des Ingenieurs bemühte, einen Knopf annähte, einen losen Faden entfernte, die Anzüge und die

Hemden aus Andrews Kabine abholte und sie in Rekordzeit zurückbrachte. Er war der Vater der *Titanic* und der Onkel der Mannschaft. Auch den Musikern stellte er Fragen – ob sie im Instrumentenraum genug Platz hätten, ob es zu warm oder zu kalt sei, ob das Licht abends, wenn sie spielten, hell genug war.

Auch die Musiker verfielen während der Tage auf See in einen ruhigen, eigenen Rhythmus. Die Morgenstunden waren frei, anschließend spielten sie zum Lunch und hielten danach das Promenadenkonzert im Palmengarten ab. Von 15 bis 17 Uhr hatten sie frei und gaben dann die Tafelmusik und das Abendkonzert. Die Tage waren anstrengend, und sie waren zum Umfallen müde, wenn sie gegen 11 Uhr zu Bett gingen. Doch der Arbeitstag hatte nichts Hektisches an sich. Die Ruhe und Stille während der Überfahrt verliehen auch der Musik ein etwas langsameres Tempo.

Für David gab es viel zu lernen. Er lernte Jasons Zeichen zu folgen, er bekam offensichtlich den Stil und Ton der Unterhaltungsmusik in den Griff und spielte sich nach und nach besser mit den anderen ein.

Und während der freien Zeit gab es für David viel zu sehen. Am Donnerstag verbrachte er seine gesamte Freizeit an der Reling, wo er das Meer in sich aufnahm, dastand und fühlte, wie sein ganzes Ich zitterte angesichts der Stille und der Unendlichkeit.

Wie hypnotisiert starrte er hinunter in den brausenden Schaum an der Schiffsseite, er sah den Vögeln um das Schiff herum zu, die in der Luft scheinbar stillstanden. Das Meer ergriff und bewegte ihn. Es rührte neue Saiten in ihm an, machte ihn wirr und glücklich und ein bißchen ängstlich.

Ansonsten verbrachten die Musiker die Zeit mit Lesen, sie unterhielten sich mit Besatzungsmitgliedern (Jim hatte ein wunderschönes Kabinenmädchen entdeckt, an dessen Fersen er sich heftete), oder sie saßen vor und nach den Mahlzeiten in der Messe, spielten Karten und unterhielten sich.

Am Freitagmorgen um 8 Uhr beim Frühstück erzählte der kleine Franzose Georges in der Messe eine Anekdote. Die Musiker hatten sich das Ende eines der langen Tische gesichert. Dort saßen sie und schaufelten Toast, Eier, Schinken, Marmelade, Tee und Kaffee in sich hinein. Petronius verzehrte kleine Toaststückchen, die er in den Kaffee tauchte. Alex hatte offenbar keinen Appetit und verließ rasch den Tisch. Jim gähnte, Jason aß ungestört und mit gutem Appetit. David stellte eine Frage nach dem Namen des Schiffes – *Titanic* –, was bedeutete das eigentlich auf Englisch?

»In Wirklichkeit«, erklärte Jason, »heißt das Schiff *Titan*. Allen Schiffs- und Bootsnamen der White Star Lines wird aber die Endung *-ic* angefügt: *Celtic, Megantic, Oceanic*, es sei denn, die Namen enthalten sowieso bereits die Endung *-ic*: *Cedric, Baltic, Adriatic*. Die *Titanic* ist das Schwesterschiff der *Olympic*, und das dritte Schiff dieser Klasse soll *Gigantic* heißen, wenn es einmal gebaut und zu Wasser gelassen ist. Die Cunard Line gibt all ihren Schiffen Namen mit der Endung *-ia: Caronia, Ivernia, Lusitania, Mauretania*.«

Der kleine Franzose Georges ergriff das Wort:

»Das heißt«, er räusperte sich, »daß die drei Schwesternschiffe in ›unserer‹ Klasse, *Olympic, Titanic* und die künftige *Gigantic*, ihre Namen aus der griechischen Mythologie bekommen haben, genauer gesagt, aus der *Theogonie* Hesiods und den orpheischen Schöpfungsberichten.«

»Hä?« sagte Jim und gähnte (er verabscheute Morgende).

»Ja, nach irgend etwas muß man Schiffe ja benennen«, sagte Jason.

»Erklär mal«, sagte Jim zu Georges, »warum wir auf einem griechischen Schiff fahren.«

»Doch nicht auf einem griechischen Schiff«, sagte Georges freundlich. Er war das sanftmütigste Orchestermitglied, obwohl er Pariser war. Er war sehr eitel und ein bißchen feminin, mit einem starken Hang zu Rasierwasser und etwas zu eleganter Kleidung. Er führte einen Berg von Büchern in seinem Gepäck mit, und man sah ihn fast nie ohne Buch. Und wie er seine Bücher behandelte, behutsam und fast liebevoll. Er öffnete sie vorsichtig, damit der Rücken nicht brach, ehe er zu lesen begann, achtete er stets darauf, daß er saubere Hände hatte, leckte aber Blatt für Blatt den Zeigefinger an, bevor er umblätterte. Am Mittwoch hatte er Jim ein Buch von Conrad geliehen, und Jim hatte Eselsohren darin hinterlassen. Als Georges das entdeckte, wurde sein Gesicht sehr traurig, zum einen wegen seines geliebten Buches, zum anderen, weil Jim seiner Geliebten Eselsohren verursacht hatte. Jim und Georges waren ansonsten dicke Freunde. Der natürliche, umgängliche Jim und der kleine Pariser Bücherwurm ergänzten sich gut und hatten viel, worüber sie sich unterhielten. Vor allem, um ihn auf diese Weise um Verzeihung für die Eselsohren zu bitten, hatte Jim Georges jetzt nach der Erklärung gefragt.

»Das griechische Wort *Titan*«, begann Georges zu dozieren, »bedeutet also ... Moment, am besten beginnen wir mit dem Schöpfungsbericht.«

»Ja, das wird das beste sein«, murmelte Jason in seine Teetasse.

»Um es einfach zu machen«, sagte Georges, »ist es wahrscheinlich am klügsten, daß ich unmittelbar verständliche Bilder wähle. Die griechische Mythologie erschließt sich den modernen Menschen schwer.«

»Georges, nimm die Bilder, die du willst«, sagte Jim zum Cellisten. »Fang an.«

»Gut. Die Schöpfung, wie müssen wir uns die vorstellen? Die Schöpfung des Himmels, der Welt, aller Wesen, die es im Kosmos gibt. Am besten stellen wir uns die Schöpfung wie eine Art Wecker vor.

Ganz am Anfang, bevor der Wecker klingelte, gab es nur Chaos. Nur Verwirrung und Unordnung, mit anderen Worten: alles war grau und formlos ohne Licht oder Dunkel. So, wie man sich kurz vor dem Aufwachen fühlt, wenn man nach einem Bummel zwölf Stunden geschlafen hat. So war das. Alle Elemente, alle Farben und Kräfte und Bilder flossen durcheinander und vermengten sich miteinander, trennten sich und verbanden sich wieder. Über und hinter dem anderen schlief *Chronos,* die Zeit, ihren Schlaf.

Da, mit einem Mal, so, wie wenn der Wecker, unmittelbar bevor er klingelt, so energisch tickt, geschah etwas in dieser ewigen Schlafsuppe aus allem und nichts. Wie es geschehen ist oder wodurch es bewirkt wurde, nein, das liegt weit außerhalb meines Vorstellungsvermögens. Plötzlich aber springt ein Ei, ein leuchtendes Ei aus Silber, durch den Elementenbrei, das Ei tanzt durch das Chaos. Und es scheint, als ob es in seinem Inneren singt, murmelt und gluckst – es ist ein sonderbares Ei. Man kann aus seinem Inneren Ziehharmonikamusik hören und das Geräusch unzähliger schlanker Damenbeine, die Can-Can tanzen, eieiei, was mag in diesem Ei sein? Bang! Sehr richtig, jetzt knallt es – der Wecker klingelt und schüttelt die Zeit aus ihrem Schlaf – die Zeit bricht an, und das Ei ist ausgebrütet, die Silberschalen zerbröckeln, und mit einem Mal findet die Schöpfung statt. Mit einem Schlag ist alles verändert, und dort, mitten im Chaos, entsteht Ordnung. Licht und Dunkelheit trennen sich, die Nacht wird geschaffen, und der Tag wird geschaffen und Sonne und Sterne, und unter dem ganzen liegt das Schöpferwerk, die Welt, um die herum alles gewölbt ist. Mit anderen Worten – und um ein adäquates Bild zu gebrauchen: Dort liegt Paris, und in der Mitte liegt der strahlende Mittelpunkt der Welt – *Montmartre.*«

»Du große Welt«, kam es trocken von Spot.

»Sehr richtig! Die Welt! Mit klingenden Glocken und zum Ton von Blasorchestern breitet Montmartre sich aus, die Welt, mit ihren kleinen und großen, häßlichen und schönen Geschöpfen.«

»Augenblick mal«, sagt Jim, »ich habe gedacht, du würdest

von Titanen und Olympiern und so etwas erzählen, und nicht von Montmartre!«

»Wir *wissen,* daß du ein Chauvinist bist, Georges«, lachte Spot, »Montmartre ist herrlich, ich habe selbst dort gewohnt und –«

»Moment mal«, sagte Georges. »Versteht mich nicht falsch. Das ist ein *mythologisches* Montmartre.«

»Ja, gut«, sagte Jim.

»Ich fahre fort. Unser Freund, die Zeit, steht aus dem Bett auf, reißt die Fensterflügel auf, sieht in den Morgen. Es ist ein wunderbarer Morgen, und er hat Lust auf Frühstück. Ein langes, friedliches Frühstück.«

»Ich auch«, murmelte Jason, Georges aber fuhr fort:

»Chronos war ein Titan.«

»Endlich«, sagte Jim.

»Er war der Sohn von Gaia, der Erde, und von Uranus, dem Himmel.«

»Ich denke, er ist aus Paris gekommen.«

»Ganz recht. Um es unkompliziert auszudrücken, können wir ja sagen, daß Gaia und Uranus ein sehr unglückliches Ehepaar waren, das auf Montmartre lebte. Dort betrieben sie eines der vielen Etablissements dieses Stadtteils, aber die Ehe kränkelte. Man muß sich vorstellen, daß Gaia eine große, runde, gemütliche Mama war, sozusagen die Mutter aller Dinge.«

»Aha.«

»Alles, was es gab, war von ihr geboren worden. Sie hatte geboren und geboren, seit es das Universum gab.«

»Verzeihung, ich habe gedacht, das wäre am selben Morgen gewesen?« fragte Jim.

»Ein mythologischer Tag dauert eine halbe Ewigkeit, Jim.«

»Merkwürdige Zustände auf dem Montmartre«, grinste Spot.

»Unterbrecht mich nicht, Gaia hatte das Meer geboren, also gewissermaßen die Seine. Und sie hatte alle Titanen geboren. Okeanos, Koios, Krios, Hyperion, Iapetos, Theia, Themis,

Mnemosyne, Foibe, Thetys, Rheia und unseren Freund Chronos. Ihr Mann Chronos war ihrer aller Vater.«
»Er muß sehr beschäftigt gewesen sein.«
»Denkt daran, daß er der Himmelsgott ist.«
»Dann sind die Titanen also Kinder des Himmelsgottes?«
»Richtig. Auch sie sind Götter, geboren von der Erde und dem Himmel. Über jeden einzelnen von ihnen gibt es Geschichten – Mnemosyne ist die Mutter aller Musen der Künste, Iapetos war der Vater von Prometeus, der später das Feuer und das Wissen stahl und sie den Menschen schenkte – dies aber würde zu weit führen. Wir wollen uns auf Chronos und seine Schwester Rheia konzentrieren, mit der er übrigens verlobt war –«
»Mit seiner Schwester.«
»Mit seiner großen Schwester, ja. Laßt mich aber zu Ende erzählen ...«
»Hast du nicht gesagt, Chronos hätte es von Anfang an gegeben, und jetzt sagst du, er sei von der Erde, von Gaia, geboren worden?« fragte David.
»Er ist beides, verstehst du. Auf dem Montmartre aber kommt es nun zu Unfrieden. Gaia ist mit ihrem Mann Uranus unzufrieden. Er ist sehr häufig abwesend – allzu beschäftigt damit, sein Etablissementsimperium auf Montmartre zu regieren.«
»Ein Monopolist, mit anderen Worten«, sagte Jason.
»So ist es. Er schaut nur zu Gaia herein, wenn es ihm gerade paßt, sie zu schwängern. Das Schlimmste aber ist, daß er seine Kinder im Stich läßt, sich nicht um sie kümmert, ihnen keinen Einfluß zugesteht. Die Titanen sollen selbst versuchen zurechtzukommen, so gut sie können, als Straßenmusiker, als Gaukler, als Clochards auf den Straßen von Montmartre. So auch Chronos und Rheia.
Gaia hat Uranus auch andere Kinder geboren, darunter drei Zyklopen, die jeder nur ein Auge hatten, und drei grauenhafte Wesen mit fünfzig Köpfen und hundert Armen. Diese grotesken Geschöpfe ließ Uranos in die Kellergewölbe und Kata-

komben unter Montmartre sperren, und Gaia mußte ihr klagendes Flehen und ihre Schreie von dort unten hören. Uranos ist ein Tyrann, obwohl er der Vater all dessen ist, was existiert.

Gaia ruft jetzt ihren Sohne Chronos zur Beratung, zu einem konspirativen Treffen. Und Chronos beschließt, sich an seinem Vater, Uranos, zu rächen und seine Rechte sowie die seiner Geschwister zu fordern. Gaia gibt ihm ein Rasiermesser, und am selben Abend, als Uranos müde und verbraucht das Schlafzimmer betritt, um mit Gaia zu Bett zu gehen, stürzt Chronos sich auf ihn und schneidet ihm – «

»Prost Mahlzeit«, sagte Jason.

»Schneidet ihn ihm ab. Die Blutstropfen fallen vom Himmel, hinunter auf die Erde, und neue Wesen entstehen, die Waldnymphen, die Erynien und die Giganten. Uranos zieht sich für immer ins Himmelsgewölbe zurück, ruft Chronos aber eine Prophezeiung zu: ›Dir wird das gleiche geschehen wie mir! Dein Sohn wird dich stürzen, wie du mich gestürzt hast!‹ – So sind die Titanen an die Macht gekommen, und die zwölf Geschwister beherrschten jetzt das Etablissement auf dem Montmartre.«

»Und Gaia?« fragte David.

»Sie ging wohlverdient in Pension.«

»Und die Monster im Keller?«

»Chronos glich seinem Vater in vielerlei Hinsicht. Er ließ sie nicht frei und hatte Angst vor ihnen. Eine Zeitlang herrschten gleichwohl Friede und Glück und Wohlstand im Etablissement, nachdem die neue Generation die Macht übernommen hatte. Die Probleme setzten ein, als Chronos und Rheia Kinder bekamen.«

»Aha?«

»Rheia gebar Chronos sechs Kinder, Hestia, Demeter, Hera, Hades, Poseidon und Zeus. Chronos aber hatte die Prophezeiung seines Vaters nicht vergessen, und um zu verhindern, daß

227

eine weitere Generation an die Macht kam, verspeiste er seine eigenen Kinder.«

»Darf es noch ein wenig Tee sein?« fragte Jason höflich.

»Eine halbe Tasse. Er verspeiste sie unmittelbar, nachdem sie geboren waren. Rheia war natürlich sehr betrübt darüber, und als sie den Jüngsten, Zeus, gebären sollte, tat sie dies heimlich. Sie gab Chronos einen in Windeln eingewickelten Pflasterstein, und Chronos, der kurzsichtig und machtgierig war, verspeiste statt dessen den Pflasterstein. Rheia versteckte ihr Kind Zeus auf der Ile de la Cité, einer Insel mitten in der Seine, zur Erklärung für diejenigen, die das Unglück haben, Paris nicht zu kennen. Dort liegt Notre Dame, und Zeus wurde dort im Kloster aufgezogen – aber das ist selbstverständlich ein mythologisches Kloster gewesen.«

»Ich verstehe«, sagte Jim.

»Während Zeus aufwuchs, wurde die Herrschaft der Titanen immer unerträglicher. Die zwölf Titanen beherrschten bald die ganze Stadt, und alles geschah nach ihrem Willen. Zeus aber wuchs auf. Und er wurde groß und stark. Eines Nachts schlich er sich in die Katakomben, brach die Pforten zur Unterwelt auf und ließ die schrecklichen Ungeheuer frei, das Fünfzigköpfige und die Zyklopen. Die Zyklopen schmiedeten Zeus eine Waffe – den Blitzstrahl –, und damit trat er zum Kampf gegen die Titanen an.

Es kam zu einer Schlacht in den Straßen von Montmartre, die ärger tobte als jede Revolution. Häuser stürzten ein, der Boden bebte, Donnerschläge ertönten. Tausend und abertausend Jahre tobte der Kampf, gegen Morgen aber besiegten Zeus und die Ungeheuer die Titanen. Zeus befreite seine Geschwister aus Chronos Bauch, und die Titanen wurden in die Unterwelt geworfen und dort angeschmiedet. Und das fünfzigköpfige Ungeheuer wurde zur Wache für sie eingesetzt. Von nun an herrschten die olympischen Götter, Zeus und seine Geschwister. Und Menschlichkeit, Rechtlichkeit und Licht herrschten auf dem Montmartre. Musik und Wonne, Cancan und Abenteuer. Das ist die griechische Mythologie.«

»Ja gewiß«, sagte Jim, »jetzt verstehe ich alles sofort viel besser.«

»Es gibt natürlich massenhaft Gestalten, von denen ich nichts erzählen konnte, und Unmengen von Geschichten. Das sind nur die Grundrisse. Sehr vereinfacht, selbstverständlich.«

»Ja, selbstverständlich«, sagte Jason und fügte, plötzlich verärgert, hinzu: »Götter und Götter. Mythologien und Religionen. Die eine schlimmer als die andere. Man sollte ohne irgendeinen Gott zurechtkommen.«

Die anderen sahen den Kapellmeister verblüfft an.

»Ich möchte wissen, was sich die Reederei gedacht hat, als sie dem Schiff die Namen dieser Figuren gegeben hat«, lachte Spot.

»Das ist der Name des zweiten Göttergeschlechtes, das umgekommen und in den Abgrund geworfen worden ist. Die *Olympic* ist nach dem dritten Göttergeschlecht genannt, Zeus und den Hauptgöttern. Die kommende, *Gigantic*, wird nach den Riesen genannt, die aus Uranos' Blutstropfen geboren wurden, als er –«

»Danke, wir verstehen schon«, sagte Jason.

»Nett von dir, daß du uns das erklärt hast«, sagte Jim zu Georges, der am Tischende strahlte wie eine Sonne.

Das war Georges Donners Mythologie.

Morgenstunden. David und Jim standen vorn auf der Back. Das Meer ging mit leichter Dünung. Hier vorn bemerkte man sie besonders deutlich. Die Spitzen schäumten leicht. Das Wetter war weiterhin klar, mit leichten Kumuluswolken.

Kein Schiff war in Sicht, und das gleiche, glückliche Gefühl von Unendlichkeit kam wieder über David. Wenn er sich dem Wind zuwandte, wurde die Seeluft stoßweise in ihn hineingepreßt.

»Spürst du den Duft?« fragte Jim.

»Duft?« David roch in der Luft, zuerst bemerkte er nichts, keinen Duft, keinen wirklichen Geruch. Die Luft war kühl, ohne Geschmack oder Duft. Er verstand nicht, was Jim meinte.

»Spürst du das nicht – über allem?« Jim lachte David vertraut zu. Und es *war* dennoch etwas in der Luft, ein Dunst des großen offenen Raums – die Luft trug ein ganzes Meer mit sich, der ganze Ozean und der Himmel lagen darin. Und für einen flüchtigen Augenblick begriff David, was Jim meinte.

»Weißt du, wonach das riecht?« fragte Jim.

»Nein?«

»Es riecht nach Freiheit. So duftet die Freiheit.«

Für einen Moment fühlte David sich unwohl. Jim legte ihm eine beruhigende Hand auf die Schulter.

»Yes, Sir«, sagte er. »Freiheit. Eine bemerkenswerte Sache. Etwas, vor dem du Angst bekommen kannst, wenn du nicht daran gewöhnt bist. Genau wie vor dem Meer.«

»Bist du an der Küste aufgewachsen?«

»Ja«, sagte der Bratschist. »In einem kleinen Fischerdorf im Norden. Das Haus lag fast am Strand. Bei Sturm hatten wir manchmal Wellenschaum an den Fensterscheiben. Aber so oft gibt es keinen Sturm. Meist ist das Meer schön.« Jim dachte nach. »Wenn die Sonne darauf scheint und die Wellen lächeln und fast mit dir plaudern wollen. Und man kann hineinrennen – als Junge habe ich das gemacht, im Sommer.« Jim blickte voraus, zum Himmelsrand. »Oder wenn die Fischerboote hereinkommen, schwerbeladen, und die großen Fischerhände an den Rudern. Sie reffen die Segel, wenn sie unter Land kommen, weißt du, und dann rudern sie, eins-zwei, eins-zwei, in festen Zügen, bis an den Strand. Als Jungen rannten wir immer hin und halfen ihnen. Zuerst mußten die Boote hochgezogen werden, und dann rannten wir auf den Ebbesteinen herum und halfen beim Ziehen. Einmal bin ich auf einem schlüpfrigen Stein ausgerutscht und habe mir ein Loch in den Kopf geschlagen.

Elf Tage lang habe ich gelegen, hehe.« Jim nahm nicht den Blick vom Horizont. – »Und auch der Fischgeruch. Der Duft von frischgefangenem Dorsch ist etwas Besonderes – hast du das einmal gerochen?«

»Nein.«

»Da liegen die Dorsche im Fischkasten, groß und zappelnd und glänzend. Große und kleine Dorsche, und sie wippen mit den Flossen. Leg die Hand in einen solchen Tank, und laß sie über all die glatten, zappelnden Fische gleiten... Ein Schiffsrumpf ist geformt wie ein Fisch, stromlinienförmig... Der Fisch ist perfekt, einfach ganz perfekt. Er ist ein Teil des Wassers und schlängelt sich ganz unten hindurch. Im Boot, wenn das Wasser klar ist, kannst du ihn sehen, wie ein augenförmiges, glänzendes kleines Etwas, tief unter dir. Und er ist im Schwarm. Weißt du, was Schwarm heißt?«

»Nein«, sagte David.

»In einem Schwarm schwimmen viele Fische zusammen. Hunderte, Tausende. Wenn du einen solchen Schwarm unter dir und dem Boot siehst, dann kannst du dich fast nicht mehr davon losreißen. Wie wenn tausend Silberstücke durch die Tiefe gleiten. Und du siehst sie nur einen Augenblick, wenn das Sonnenlicht auf sie fällt. Das hat etwas Geheimnisvolles. Ein Schwarm ist wie ein einziger großer Fisch, er bewegt sich völlig gleichförmig, wie eine Vogelschar im Flug. Aber noch eiliger und kräftiger. Und außerdem weißt du bei einem solchen Fischschwarm, daß du ihn niemals richtig in der Tiefe erreichen wirst. Ein paarmal, als ich in einem offenen Boot gesessen und ins Wasser hinabgesehen habe, habe ich Lust gehabt, ein solcher Fisch zu sein. Hehe. Genauso lautlos und geschmeidig. Auf dem Rücken Sonnenstrahlen, die von oben in das Wasser fallen. Wahrscheinlich wäre es etwas Besonderes, ein solcher Fisch zu sein. Und du kannst sie nie packen.«

»Falls man sie nicht fängt.«

»Ja. Ja. Aber das ist etwas anderes. Das ist einfach etwas anderes. Denn es ist sozusagen nicht der Fisch, den du erwischst. Er hört auf Fisch zu sein, wenn du ihn im Boot hast und er zappelnd dort liegt. Dann wird er zum *Ding*, er gehört dir, denn dann muß er sterben.«

David sah Jim an, mit einem Mal wirkte er völlig ernst, ernst und träumend.

»Und ihr Geruch, wenn sie gerade aus dem Meer gekommen sind – dieser Geruch, als ob du den Grund des Meeres selbst riechst. Es ist ein ziemlich feiner, eigenartiger Geruch, ein wenig nach Metall... ungefähr wie... ja.« Jim senkte die Stimme ein wenig: »Ungefähr so, wie die Mädchen riechen, wenn sie unten feucht werden. Aber es ist auch ein kalter Geruch, doch nicht ganz wie bei den Mädchen.«

David sah ihn mit großen Augen an. Jim erwiderte seinen Blick. Noch immer sah er in die Richtung, wo der Himmel sich mit dem Wasser verband.

David sah nachdenklich vor sich hin. Er war blaß geworden. Jims Worte hatten ihn an etwas erinnert.

Jim fuhr fort und machte einen Sprung:

»Alle Männer im Dorf waren Fischer, mit Ausnahme des Pfarrers und des Wirts und des Kaufmanns. Obwohl der Wirt im Boot meines Vaters auch mit anfaßte, wenn es darauf ankam. Sie waren tagelang hintereinander draußen, die Fischerboote. Die Fischer in Ölzeug und Südwester und mit hohen Seestiefeln. Sie sahen nicht gut aus, wenn sie hereinkamen – Fischblut und Schleim. Die Gesichter braun. Die Haare steif vom Salz. Aber an den Sonntagen hatten sie dann schnell ein weißes Hemd an. Sehr gottesfürchtig. Nahmen es damit sehr genau.«

David mußte lächeln:

»Ich glaube, Jason hätte es nicht so gut gefallen, daß sie an Gott glaubten.«

»Denkst du an das, was er heute morgen nach Georges Vortrag gesagt hat? Ja. Ja. Nein, Jason begreift nicht, daß für einen Fischer... für einen Fischer draußen auf der schwarzen See, wo-

232

möglich in einem kleinen offenen Boot, außer seinem Verstand Gott das einzige ist, woran er sich halten kann. Mit dem Verstand kommt man weit, hat mein Vater immer gesagt. Aber wo der Verstand nicht mehr trägt, mußt du Gott vertrauen. Stell dir vor, das Boot kentert, weit dort draußen in der – – – ja, draußen in der Freiheit. Das große Meer. Wenn das Segel gerefft ist und die Wellen schneller über den Dollbord schlagen, als acht Mann schöpfen können? Genug von ihnen sind nie wieder zurückgekommen. Nein, dort draußen, dort brauchst du einen Gott. Aber selbstverständlich schöpfst du weiter.

Ich bin Fischer gewesen, und ich bin Seemann gewesen. Ich bin früh von zu Hause weggegangen. Und ich habe festgestellt, es ist überall das gleiche, überall dort, wo man mit dem Meer lebt. So ist es bei Handelsseglern, und so ist es auf den Großen Bänken. Dort draußen übrigens, auf den Bänken, wenn die Fischerboote im Nebel liegen, läuten sie mit Glocken, um andere Schiffe zu warnen. Der Nebel ist dicht und weiß und undurchdringlich, von allen Ecken erklingt Glockengeläut.

Ich erinnere mich übrigens an viele zu Hause, die die See haßten. Besonders an einen, der in der Nacht, bevor er hinaus mußte, nie schlafen konnte. Nie. Er hatte mit einem kleinen Segler Schiffbruch erlitten und hatte mit seinem Bruder eine ganze Nacht auf dem umgeschlagenen Schiffsboden gelegen, bis sie gefunden wurden. Da war der Bruder tot, aber sie hatten sich so fest aneinander geklammert, daß die Rettungsmänner den Lebenden von dem Toten fast nicht losreißen konnten. So lag er all die Jahre da und hatte Angst davor, wieder hinauszufahren. Angst hatten alle – denn sie wußten, was geschehen konnte. Aber sie gingen hinaus, Fahrt für Fahrt mit denselben Flüchen.« Jim zog die Oberlippe in einer strengen, nachdenklichen Grimasse nach unten. »Nein, Jason weiß nicht, worüber er redet. Ein Sturm, ein Schiffbruch, und wenn du bis dahin keinen Gott hattest, wirst du erleben, daß du *dann* einen findest. Aus reiner Notwendigkeit.«

»Aber«, sagte David nach einer Weile, »wir sind jetzt draußen. Auf dem Meer.«

»Ja«, sagte Jim und drehte sich zu ihm um: »Das sind wir.« Er lächelte. »Und ich bin kein Fischer. Und auch nicht länger Seemann. Glücklicherweise. Hatte eine musikalische Begabung. Und hab' mich davon losgespielt.«

David dachte nach über das, was Jim erzählt hatte. Um sie herum lag das Meer. Hier draußen wirkte alles anders, anders als in der Wiener Rosenhügelstraße.

Im Laufe der Reise erzählte Jim David noch viele Geschichten und Anekdoten, denen David gerne zuhörte und über die er lachte. Jims Geschichten waren so.

Von Donnerstag bis Samstag legte die *Titanic* 900 Seemeilen zurück.

Be not afeard; the isle is full of noises,
Sound and sweet airs, that give delight and hurt not.
Sometimes a thousand twangling instruments
Will hum about mine ears; and sometimes voices,
That, if I then had waked after long sleep,
Will make me sleep again; and then, in dreaming,
The clouds, methought, would open and show riches
Ready to drop upon me: that when I waked,
I cried to dream again.

Shakespeare: The Tempest

Zitat auf der vorhergehenden Seite:

Sei nicht in Angst! Die Insel ist voll Lärm,
Kläng', süße Tön', die freun und keinem schaden,
Mir summt manchmal von tausend schrill'nden Zittern
Geklimper um mein Ohr, und manchmal Stimmen,
Die, wär' ich erst von langem Schlaf erwacht,
Zum Schlaf mich wieder brächten: dann im Traum' war's,
Als thät' sich das Gewölk auf, zeigte Schätze,
Die auf mich fallen wollten, daß beim Wachen
Ich heulte, neu zu träumen.

Shakespeare: Der Sturm

SPOTS GESCHICHTE

Samstag, 13. April   *30° West, 47° Nord, 22 Uhr 30*

Spot saß auf der Koje und hatte den Kopf gegen die Wand gelehnt. In der Kabine war niemand außer ihm, endlich niemand. Langsam ging ihm auf, daß er ganz allein war, zum ersten Mal seit mehreren Tagen, aber er konnte nicht wissen, wie lange das dauern würde. Seit dem ersten Abend an Bord hatten sie gut auf ihn aufgepaßt.

Mit gelassenen, entschlossenen Händen zog er aus seiner Brusttasche eine kleine Blechdose, sie sah aus wie die Dosen, in denen Herren Schnupftabak aufbewahren.

»Meine Schnupftabakdose«, flüsterte er diesem Gegenstand vertraulich zu. »Meine Schnupftabakdose.« Er öffnete sie und sah, daß alles war, wie es zu sein hatte. In seiner sitzenden Haltung zog er die Beine so weit an, daß die Knie fast sein Kinn berührten. Aus der rechten Tasche kamen ein kleiner Spiegel und ein dünnes Röhrchen zum Vorschein. In der Schachtel lag, zusammen mit dem Kokain, die Rasierklinge. Doch es war nicht notwendig, das Pulver zu zerkleinern. Vorsichtig, mit leichten, behutsamen Bewegungen, verteilte er kleine Mengen Pulver auf die Spiegelfläche und machte daraus einen Streifen.

»Nun«, sagte er, ohne auszuatmen, um nichts wegzublasen. »Nun, Pülverchen, Schneechen...« Als er sich vorbeugte, konnte er im Spiegel, den er mit seinen Knien festhielt, seine Augen sehen, er schob das Röhrchen an die richtige Stelle im einen Nasenloch und preßte das andere Nasenloch mit dem kleinen Finger der linken Hand zusammen. Er sah seine Augen, und es versetzte ihm einen Stich schlechten Gewissens. So mußte es sein. »Lieber Traumschnee«, sagte er und sah die Augen im Spiegel, hinter dem weißen Pulver. Ein jäher Druck in seiner Brust. Dann sog er, ohne zu zögern, den Atem tief ein. Es brannte, aber er wußte, was er tat. Schnell wechselte er das Nasenloch und sog wieder die Luft ein, so daß die andere Hälfte des Streifens verschwand. Es brannte ungewöhnlich stark. Als platzte irgendwo in seinem Inneren eine Blase.

»Du bist ein erwachsener Mann«, sagte er halblaut zu sich selbst. »Kein Kind. Du spielst nicht. Du schaffst das.« Er nahm das Röhrchen heraus und starrte in den Spiegel. Kleine Krümel des Stoffs waren übriggeblieben. Er opferte sie Helios, indem er sie hinauf zur Deckenlampe blies.

»So«, sagte er, »jetzt werden wir sehen.« Bevor die Wirkung zu spüren war, packte er die Gegenstände zusammen und steckte sie sicher an ihren Platz in der Brusttasche.

Eine Weile saß er ganz still, in zusammengekauerter Haltung. In ihm und hinter ihm war etwas, das wuchs, das aus seinem Inneren ausschlug wie eine Blütenkrone. Diese Blüte war kalt und heiß zugleich. Und sie wuchs und wuchs in ihm, erfüllte ihn völlig und erhob ihn völlig und wuchs dann weiter, in den Raum, bis auch er davon erfüllt war. Spot hatte jetzt ein Bein ausgestreckt und saß mit behaglich nach hinten gebeugtem Kopf da. Er merkte, wie Gedanken und Bilder zu ihm kamen, von einem Ort außerhalb seiner selbst, und das war gut. Der Raum würde bald zu eng sein. Noch eine kleine Weile aber konnte er so dasitzen, ehe er hinaus mußte, um sich zu bewegen. Langsam wurde er taub in den Gliedern, der Körper straffte sich, ein Gefühl stieg in ihm auf, eine Mischung aus Krankheit und Freude. Nun konnte er Laute hören. Um ihn herum wurde es heller.

Eigentlich war Spot ein Kind der Sonne, nicht dieser bleiche,

238

schweigsame, ironisch lächelnde Nachtmensch, für den man ihn hielt. Der Schein trog. In Wirklichkeit war Spot auch nicht schwarzhaarig. Das war bloß eine der vielen Einbildungen, die sich eingestellt hatten, als er erwachsen war. *Es schien nur so!* In Wirklichkeit hatte er ganz goldenes Haar, hell und leicht, und die Augen waren dunkel und klar. Wenn er sich jetzt morgens im Spiegel betrachtete, wußte er, daß er einen üblen Betrug anstarrte. Es war nicht wahr. In Wirklichkeit starrte er nicht sich selbst an, sondern eine Art Lüge. Eine Lüge mit blutunterlaufenen Augen. Es war nicht wahr, daß er schwarzes, dünnes Haar hatte, das mit Pomade zurück und zur Seite gekämmt werden mußte. Auch sein Kneifer war eine Lüge. Von der Nase ganz zu schweigen. Die erwähnte man am besten überhaupt nicht. Es war eine recht bedeutende Nase, lang und kräftig, die für etwas Starkes, Formgebendes in ihm sprach, eine Art Kraft, die von innen nach außen strahlte. Auch die Backenknochen waren stark und gemeißelt. Dies alles aber war Lüge. Er wußte, beim ersten Mal, als er zu sich selbst erwacht war, sich selbst das erste Mal gesehen hatte und sich völlig im klaren darüber war, daß es sich bei dem, was er sah, um ihn selbst handelte – damals war auf der Spiegelfläche ein völlig anderes Bild gewesen. Ein kleiner Junge mit goldenem, lockigem Haar und stumpfer Nase. Er suchte vergebens nach dem sanften Bogen im Gesicht, wenn er sich heute selbst betrachtete. Irgendwo auf dem Grund seiner selbst lebte dieser hellhaarige Junge, und eben auf ihn kam es an. Er selbst hatte sich nur ein wenig verkleidet. Vermutlich strahlte von diesem kleinen Jungen alles andere aus, all das, was sein Gesicht geformt und seine Haarfarbe schwarz und die Augen schmal und trüb hatte werden lassen.

Ja, eigentlich gehörte er der Sonne. Es gab Tage, an denen Spot es nicht ertrug, sich selbst im Spiegel zu sehen. Auch wenn es meist gutging. Er konnte noch arbeiten, noch meisterte er die täglichen Pflichten, noch hatte er die Kluft in seinem Inneren unter Kontrolle, die Kluft, die ihn in zwei Stücke zu reißen drohte. Falls dies geschah, würden sich Lüge und Wahrheit in ihm trennen, und die Lüge und die Wahrheit würden in derselben Wohnung leben. Sie machen den Menschen aus.

Er blieb sitzen und wiederholte das im stillen; die Lüge ... die Wahrheit ... Erst in diesem Zustand schienen die Worte ihren eigentlichen Sinn und ihre Tiefe zu offenbaren ...

Ihm fiel auf, daß er zu angespannt war, er zwang sich, ruhig zu atmen, den Pulsschlag bewußt zu senken. Sonst würde das Zittern kommen, und kam es einmal, würde es ihm nicht gelingen, ihm wieder Einhalt zu gebieten. Das wichtigste war, in der Nähe der Sonne zu sein. Bei ihr zu bleiben.

Ihr nämlich gehörte er. Er erinnerte sich, wie er damals der Sonne auf seiner Geige vorgespielt hatte. Denn damals war nicht das Klavier sein Instrument gewesen. In der Diele hatte er gestanden und geübt, aber niemand hatte sich um ihn gekümmert. Die Türen zum Garten waren geöffnet, und durch die Portieren spielte das leichte Sonnenlicht herein und zeichnete Muster auf Wände und Decke. Er konnte nicht sehr alt gewesen sein, denn er erinnerte sich, daß er zum Notenständer hinaufsehen mußte. Er erinnerte sich sogar an die Etüden, die er gespielt hatte. Der Raum war blau und still und voller kühler Schatten gewesen. Vielleicht war er sieben Jahre alt. Ihm genau gegenüber hing der große Spiegel, vor dem alle kurz zögerten, ehe sie hinausgingen oder wenn es eine Gesellschaft gab. Er selbst aber betrachtete den Spiegel nicht. Sein Blick ging immer häufiger zur Portiere, die das Sonnenlicht und den Garten draußen verdeckte. Er konnte merken, wie die Luft dort draußen ganz erfüllt war davon und daß die Sonne schwer und träge in den Baumkronen atmete. Aber gehorsam war er, und gehorsam wurde er durch die Etüden. Er wußte, daß er erst üben mußte, bevor er hinausgehen durfte. Dennoch war irgend etwas anders als sonst. Denn was aus seiner Geige kam, war klein und dünn, sobald er das Gehör dem Garten und allem dort draußen zuwandte. Jetzt bemerkte er, daß sogar das Licht erfüllt wurde von einer Art Ton, einer Art Brausen. Und ohne zu zögern, ging er, immer noch spielend, zu der geöffneten Glastür, bahnte sich den Weg vorbei an den Vorhängen, so daß die Sonne auf seine Geige fiel. Der Laut von dort draußen, bei dem es sich eigentlich nicht um einen Laut handelte, war größer als alles andere. Er kam ihm bekannt vor. Er war vielleicht sieben Jahre alt. Er wollte hinaus, dorthin. Und er schob die Vorhänge zur Seite.

Die Sonne traf ihn wie ein Schwert.

An das, was in diesem Augenblick geschehen war, erinnerte er sich überhaupt nicht mehr. Er selbst fand sich draußen im Garten auf einem Kiesweg wieder. Dort stand er und spielte die Geige; lange, gute Griffe, die das Instrument erklingen ließen, bis es fast barst. Und die ganze Zeit hielt er das Gesicht hinauf, empor zu den Baumkronen und der Sonne, die in ihnen lag und atmete. Damals war es gewesen, als er begriffen hatte, daß der Sommerwind nur die Sonne ist, die die Erde berührt. Die Sonne war überall, in den Bäumen, im Gras, sogar in den Steinchen des Kiesweges. Und sie war in ihm und um ihn herum. Vor allem in der Geige. Glücklich ging er umher und spielte wild für dieses Etwas, das überall war. Die ganze Zeit hörte er das Brausen. Er spielte Obertöne und Untertöne, kleine Kadenzen und Triller. Die Töne der Sonne vernahm er um sich herum, *fast* schien es, als könne man sie mit dem wirklichen Gehör hören. Er ging herum und fing sie in seiner Geige auf; so hatte sie noch niemals geklungen, und er hätte nicht geglaubt, daß er jemals so schön spielen könnte – ohne eine einzige Note in Sichtweite. Seine Hände fanden die Griffe von selbst. Bis ihn wieder die Stimme packte (und vielleicht rief sie zum dritten oder zum vierten Mal):

»Leo!«

Langsam ließ er den Bogen sinken.

»Leo! Was machst du!«

Selig war er gewesen, jetzt war es vorbei. Die Mutter. Mit strenger Stimme. Leo wußte, sie würde schimpfen.

»Haben dein Vater und ich dir nicht gesagt, daß du erst üben mußt, bevor du hinausgehst?«

Er senkte den Kopf.

»Und jetzt stehst du hier und spielst? Draußen! Und was, wenn du deine Geige beschädigst?« Glücklicherweise bekam sie jetzt rasch eine sanftere Stimme.

Leo sagte nichts. Er sehnte sich nur danach, wieder mit dem Bogen über die Geige zu streichen. Denn hinter der Stimme der Mutter gab es noch immer das Brausen, auch wenn er jetzt hier still stand und das Instrument gesenkt hatte. Selbst wenn augenscheinlich alles war wie gewöhnlich. Aber er konnte die Töne immer noch erreichen, wenn er sich streckte. Darum ließ er sie schimpfen. Und er ließ sich ohne weiteres zurückführen in die Diele, wo die Mutter auf einem Stuhl saß, während sie zuhörte, wie er zu Ende spielte.

Doch als er das Instrument wieder sinken ließ, sah er genau in den großen Spiegel. Er sah sich selbst im Zimmer, hinter dem Notenständer, mit heller Jacke und Kniehosen. Er sah sein eigenes Gesicht, das rund war und weich, und er sah zwei große, schwarze Augen darin. Er sah die Locken, die golden auf seine Schultern hingen. In sonderbarer Stimmung sah er sich selbst, mit Instrument und Bogen. Es war wie ein schönes, anziehendes Bild. Er konnte sich nicht erinnern, sich jemals so in einem Spiegel gesehen zu haben.

»Jetzt warst du tüchtig, Leo«, sagte die Mutter. Er sah in den Spiegel.

»Leo«, sagte er.

Leo. Leo von Lewenhaupt. Ein Name, den Spot fast nicht mehr auszusprechen, kaum zu denken wagte und von dem er fürchtete, er werde ihn eines Tages unerwartet hören. Nur einmal am Tag sagte er diesen Namen zu sich selbst, ins Kissen, bevor er abends einschlief. Er hatte immer Angst vor diesem Namen, Angst vor dem, was er bedeutete, Angst vor dem, woran er ihn erinnerte, Angst, er könne ihn unbeabsichtigt selbst aussprechen. Dieser eine Augenblick am Abend aber, wenn er ihn aus freiem Willen zu sich selbst sagte, dieser Augenblick war ein guter Augenblick: Es lief warm durch ihn hindurch, wenn er diesen Namen ins Kissen flüsterte, diesen Namen, der sein Geheimnis und sein Kummer war. »Leo«, konnte er flüstern, und um ihn herum wurde es warm und friedlich. »Leo Lewenhaupt.«

Das Wunderkind und das Glückskind. Man hatte sich viel erwartet von ihm, und er hatte sie nicht enttäuscht. Anfangs nicht. Leo mit Locken und braunen Augen, die Herzen schmelzen ließen und sämtliche Tanten und ältere, weibliche Verwandte begeisterten. Leo, der Geige und Klavier spielte. Leo, der auf Bäume kletterte und der früher als jeder andere in seinem Alter auf richtigen Pferden und nicht nur auf Ponys reiten konnte. Leo, der wegen seiner musikalischen Leistungen dem König von Württemberg vorgestellt wurde. Schon als Zwölfjähriger gab er Konzerte. Er wurde von einem wunderlichen, berühmten Maler porträtiert, der die ganze Zeit seine Wangen berühren wollte. Das Bild aber war gut geworden und wurde in einer Ausstellung gezeigt. Vielleicht hing es noch in irgendeinem Museumssaal.

Die meiste Zeit war er zutiefst unglücklich und ängstlich gewesen.

Anfangs aber war es nicht zu bemerken. Am Anfang, als er die ersten kleinen Kompositionen schrieb und sie zu Hause und anderswo aufführte, war er vergnügt gewesen. Die alten Damen, die gleichsam aus geklöppelter Spitze bestanden, und die Männer in Uniformen und Fräcken mit langen Schößen klatschten. Er war glücklich und stolz, daß sie klatschten. Auch die Eltern waren stolz. Sie nahmen ihn mit zu anderen Hauskonzerten. Er spielte, auf Geige und Klavier. Alle klatschten. Kleiner Mozart, sagte irgend jemand. Hinterher mußte er Kuchen essen und Likör trinken. Er konnte fortan den Geschmack von Likör nicht ausstehen. Die Schwerter der Offiziere klirrten. Diese Damen *faßten ihn an* mit trockenen, rauhen Händen. Die Eltern waren stolz. Nach und nach, ohne daß es Leo selbst richtig aufgefallen wäre, bekam er alles, was andere Kinder nicht bekamen. Die Eltern, aus deutschem Kleinadel, müssen große Summen aufgewandt haben für seine Kleider, für die Instrumente und die Lehrer. Die Lehrer: Sie kamen und gingen, der eine angesehener als der andere. Das technische Niveau stieg ständig.

Zu irgendeinem Zeitpunkt, irgendwo zwischen dem ersten Likör und dem fünften Lehrer, begann er das Ganze zu hassen. Er haßte die Eltern, und er haßte die Konzerte, die öffentlichen und privaten. Die privaten waren am schlimmsten. Besonders wenn Fürsten dabei waren. Und der Abscheu kam nicht daher, daß er allmählich entdeckte, daß Menschen mit Spitzen oder Schwertern nicht das mindeste von Musik verstehen, daß sie klatschen, gleichgültig, wie die Darbietung war – nein, es war etwas anderes.

Vielleicht lag irgendwo in diesen Jahren der Anfang jener Kluft in ihm, der Abgrund zwischen Lüge und Wahrheit. Der erste kleine Riß mußte früh entstanden sein. So zeitig, daß er es kaum bemerkt haben konnte. Vielleicht war es an jenem Vormittag im Garten, als er mit der Sonne spielte und die Mutter kam.

Denn die Sonne hatte Leo von Lewenhaupt berührt. Sein Spiel, vor allem aber die Kompositionen, die er in bester Wunderkinder-Manier um sich zu streuen begann, waren erfüllt von einem Nachklang jenes großen Brausens, das er damals gehört hatte. Nach wie vor war es in ihm. Und Eltern oder Lehrern war unmöglich zu erklären, daß jener Leo, der Konzerte gab und kindlich-galante Verbeugungen lieferte, überhaupt nichts mit dem wirklichen Leo zu tun hatte, der allein saß und Noten

244

niederschrieb, sich am Quintenzirkel entlangtastete und die Sprünge und den Widerhall des Unhörbaren fand. Ihm selbst konnte es schwerfallen, sie ständig auseinanderzuhalten. Es mochte ein milder Frühlingsabend sein, er mochte in seinem Zimmer sitzen und irgend etwas skizzieren, irgend etwas... Einen kleinen Choral oder eine Sonatine. Das ließ sich unmöglich sagen. Er mußte seinen Weg gehen, das wollte die Musik selbst. Er hatte ein neues Wort gelernt: immanent. Die Gesamtheit des Werkes mußte seinen einzelnen Teilen immanent sein. Es mußte fließen, wie es wollte. Und der Frühlingsabend ist lau, und die Feder kratzt leicht und regelmäßig auf das Papier. Er ist hier. Er ist er selbst, glücklich. Mehrere Tage lang hat er keinen einzigen Impresario gesehen oder irgend etwas, das nach Likör roch. Still weht draußen der Abendwind durch die Bäume.

Jetzt klopft es an die Tür. Herein. Er weiß nicht, ob er das denkt oder es sagt, er ist mitten in einem Übergang von g-Moll zu B-Dur. Der Vater kommt herein. Groß, breit, rund. Leo hadert mit sich selbst, was denkt er eigentlich über seinen Vater, warum *sieht* er ihn so deutlich, wie er ist, ein Fettwanst von einem Menschen? Könnte er ihn nicht etwas weniger deutlich sehen? So daß ihm erspart bliebe, zu sehen, daß der Vater ein selbstzufriedener alter Kavallerieoffizier ist, der Frieden geschlossen hat mit der Welt und mit seinem Wanst, sich in der wachsenden Anerkennung, die sein Sohn erfährt, sonnt und der vor allem an ein Pferd erinnert. Tatsächlich sind einige der engsten Freunde des Vaters Pferde – Leo kann das nicht begreifen, aber es muß *etwas geben zwischen* dem Vater und den Pferden –, und zugleich fragt er sich, ob er selbst nicht ungerecht ist, ob er nicht rastlos ist, *überempfindlich*, wie die Mutter meint – aber wie gesagt: Stimmt mit ihm selbst etwas nicht oder mit dem Vater, wenn er so denkt? Ist die Ähnlichkeit des Vaters mit einem traurigen Pony eine objektive Größe in der Welt, oder ist das etwas, das er selbst zusammenträumt? Einbildung?

All dies geht ihm durch den Kopf, als der Vater hereinkommt. Wie alt kann er sein? Nicht alt. War das vor oder nach dem Großen Lehrer gewesen? Ungefähr gleichzeitig. Also muß er zwölf oder dreizehn gewesen sein. Haben Zwölf- oder Dreizehnjährige ein solches Abstraktionsvermögen? Er weiß es nicht. Er hatte es. Der Vater öffnet den Mund, er sagt nicht Entschuldigung, er ist zu vergnügt, offenbar hat er etwas auf dem Herzen, eine Überraschung, eine große Überraschung. Und Leo gehorcht. Ein höfliches Kind. Wenn man übt, wird Selbstverleugnung zur Gewohnheit, wenigstens im Alltag. Außerdem hatte er Fürsten grüßen müssen. Darum sieht er höflich und gehorsam auf von g-Moll. Der Vater ruft:

»Leo! Man hat dir ein Pferd geschenkt!«

Einen Augenblick fühlt Leo, wie sich in seinem Inneren explosionsartige Ereignisse abspielen. Er weiß nicht, ob er lachen oder weinen soll. Er lächelt froh:

»Aber Vater, ein Pferd!« Der Tonfall: natürliche Begeisterung. Der Ausdruck: lächelnde Ungläubigkeit. So hat es zu sein, so wird es erwartet.

»Aber ich habe doch schon eins«, sagt er dann.

»Ein richtiges Pferd. Ein großer Vollbluthengst.«

»Aber...«

»Er ist gerade eingetroffen.«

»Ja, aber...«

»Er steht jetzt im Stall.«

»Ja, aber wo kommt er her? Wie ist er hergekommen...?«

Was Leo denkt: Wie soll ich denn noch Zeit für ein Pferd haben. Warum hat mich niemand vorher gefragt. Was soll ich damit. Wo bin ich stehengeblieben, g-Moll zu B-Dur? Innerlich versucht er, die Tonreihe zu summen, bei der er sich befunden hatte, der Vater aber sagt:

»Er ist ein Geschenk! Und vom wem, junger Mann!«

Leo ist zum Raten außerstande. Phantasielos sagt er:

»Von dir und Mutter.«

»Nett von dir. Aber du irrst dich. Er ist – er kommt von ...«
Obwohl der Vater die Maske des Kavalleristen wie ein herab-
gelassenes Visier vor dem Gesicht trägt, kann Leo erkennen,
daß er im Begriff steht, die Beherrschung zu verlieren. Er ist *zu*
begeistert. Er klopft sich selbst auf die Schenkel, wie man einen
Wallach klopft:
»Er ist von ... *dort* gekommen«, sagt er und zeigt auf die Wand.
Leo begreift nicht recht, er versteht nicht, wieso der Hengst aus
der Kammer des Nähmädchens nebenan gekommen sein soll,
dann aber geht ihm auf, daß der Vater das Bild an der Wand
meint.
»Stell dir vor, *er* ... *er* hat dir ein Pferd geschickt. Als Geschenk. Als Anerkennung. Meinem Sohn!« Das ist zuviel für
den Vater, jetzt platzt er, jetzt geschieht, was selten geschieht:
Leo muß aufstehen und die Umarmung des Vater entgegennehmen: »Wir! Du! Du wirst es weit bringen – *weit* – ... Wenn
er dir ein – ein –«
Und Leo erkennt, daß die Schlacht verloren ist. Er kann nicht
den Rest des Abends hier sitzen, wie er es gewollt hatte. Denn
wenn *er* ... Und er weiß mehr: Seine heimlichen Pläne, Pferde
Pferde sein zu lassen und nur an den Wochenenden eine Reittour zu machen, sind verdorben. Denn was würden die Leute
sagen, wenn er das Geschenk ungeritten im Stall stehen ließe.
Noch ehe es morgen Mittag wäre, würde die Mutter die Neuig-
keit in dem kleinen Dorf verbreitet haben, jeden Tag würde er
das Pferd reiten müssen, damit alle Leute ihn sehen: das Wunderkind im Sattel des Wundertieres.
»Genau das, was du dir gewünscht hast!« ruft der Vater.
Und in panischer Klarheit sieht Leo, wie alles zugegangen ist.
Auf einem der letzten Ausritte hatte der Vater gefragt, ob er
sich nicht bald ein größeres Pferd vorstellen könne. Und höflich hatte Leo geantwortet, ja selbstverständlich, aber er sei
noch klein und könne Bella noch ein weiteres Jahr reiten. Und
dann hatte der Vater vor den richtigen Ohren die richtigen

247

Worte fallenlassen, und so weiter bis nach oben, bis es *ihn* erreicht hatte! – Daß Leo sich ein Pferd wünsche.
Resigniert schloß Leo den Deckel des Tintenfasses. Er geht mit
dem Vater in den Stall. Schlacht verloren. Dies war eine der
großen Niederlagen, eine, an die er sich gut erinnert. Doch es
gab auch viele kleine Niederlagen. Die tausend kleinen Niederlagen im Kampf gegen die Übermacht der Kavallerie.

Jeden Morgen geht er hinunter und sattelt das *Tier*. Es hatte
bereits einen komplizierten griechischen Namen und eine
Stammtafel, so lang wie die Partitur von »Don Giovanni«, zum
alltäglichen Gebrauch aber hat er ihm den Namen Fidelio gegeben. Um sich daran zu erinnern, daß es sich bei ihm um etwas
anderes handelt, als es der Augenschein nahelegt.
Er hatte Todesangst, als er zum ersten Mal auf das Pferd steigen
und allein reiten sollte. Es war groß und unruhig. Er aber war
tapfer und machte gute Miene zum bösen Spiel. Er dachte:
Wenn er mich abwirft und ich mir den Hals breche, ist es auch
gut. Er wurde ruhig, wenn er das dachte, und insgeheim dachte
er, es sei seltsam, so denken zu können, das zu *meinen* und
gleichzeitig ruhig zu sein. So verschwand die Angst, und er war
mutig, wenn er ritt. Das Tier war gut geritten, aber etwas reserviert. Wie ein Höfling. Als er nach und nach mit Fidelio bekannt wurde, entstand ein zu nichts verpflichtendes, neutrales
Verhältnis. Das Pferd mußte gemerkt haben, daß er es aus purer Höflichkeit ritt, aber es hatte gute Manieren und ließ sich
nichts anmerken. In die Ponyohren Bellas hatte er kleine Geheimnisse flüstern können, denn er wußte genau, daß sie nicht
klatschte, sondern verstand und alles für sich behielt. Bei dem
Tier aber, bei Fidelio, konnte man nie wissen, ob er nicht zum
Vater ging. Oder zu *ihm*.
Es muß um diese Zeit gewesen sein, als er sich ernstlich eine Art
Zynismus zulegte, eine Trennung zwischen seinem Denken
und seinem Verhalten. Zugleich ertappte er sich einige Male

dabei, daß er im Begriff stand, eine gefährliche Grenze zu über-schreiten: er konnte durch den Wald galoppieren und laut und verrückt antiroyalistische Parolen oder Unanständigkeiten rufen, wenn nur das Pferd es hörte, und nach der Reittour konnte er flehentlich und ernst zu ihm sagen: Du klatschst doch nicht, Fidelio. Du erzählst das doch nicht Vater?

Der Vater benutzte nicht allzu häufig den Rohrstock, wären ihm aber solche Äußerungen zu Ohren gekommen, war es nicht schwer, sich vorzustellen, was passieren würde.

Ständig gab es Konzerte, lange Übungen, Drill – mehr und mehr, je älter er wurde. Und immer klarer wurde ihm, daß sein Gebiet die Komposition war.

Es hatte früh angefangen, mit kleinen Menuetten und Gavot-ten, die er hinschmierte, wenn er auf der Geige oder dem Kla-vier ein amüsantes Thema gefunden hatte. Nichts Großartiges, selbstverständlich. Gut genug jedoch, daß die Lehrer begei-stert waren und ihn aufforderten weiterzumachen. Leo tat, was die Lehrer sagten. Nach und nach wurden die Komposi-tionen zu seiner heimlichen Welt, dem einzigen Ort, wo er vor den Menschen allein sein konnte. In Henkerdingen, dem klei-nen Dorf, in dessen Nähe das Gut lag, konnte niemand mit ihm reden, ohne sich zu zieren, entweder waren sie übertrieben freundlich und respektvoll, oder sie bekamen geradezu häß-liche Gesichter, wenn sie ihn sahen. Es wurde auch dadurch nicht besser, daß ihn die Eltern, kaum daß er in der Schule be-gonnen hatte, wieder herausnahmen und dafür sorgten, daß sein Schulbesuch künftig zu Hause mit Privatlehrern erledigt wurde, damit er die Musik nicht beeinträchtigte. Wenn er in Henkerdingen Gleichaltrigen begegnete, auf den Wegen oder im Wald, zierten sie sich genauso wie die Erwachsenen. Es ge-lang ihm nicht, an sie heranzukommen, jeder derartige Ver-such wäre von vornehererin zum Scheitern verurteilt gewesen, denn das Bild von ihm, *ihr* Bild von ihm, stand dazwischen. Entweder bekamen die Leute, wenn sie ihn sahen, einen Gesichtsausdruck, als seien sie geblendet – sie schauten zu Boden oder mußten sich anstrengen, ihn richtig anzusehen –, oder sie bekamen graues Eis in den Augen. Es nutzte auch nichts, daß viele sich bemühten, sich nichts anmerken zu lassen, er sah es sofort: entweder die Untertänigkeit, den scheuen Respekt vor dem Wunder oder den Eisblick.

Der Vater hielt auf strenge Disziplin im Haus. Er war das Urbild des deutschen Offiziers und des niederen Adels, sparsam, fleißig, diszipliniert. Er setzte sich niemals das Ziel, etwas zu verstehen, das außerhalb seiner täglichen Kompetenzen lag. Wenn Leo spielte, klatschte der Vater mit höflicher Begeisterung. Bei langsamen Sätzen nickte er stets ein, konnte aber in Habacht-Stellung auf dem Pferderücken schlafen, daß keiner es bemerkte. Morgens nahm er kalte Aufgüsse, auch Leo mußte dies von früh an tun. Das Familienvermögen war nicht groß, aber es war rentabel plaziert, und das Gut brachte einen schönen Ertrag. So konnte er Leo die besten Instrumente und die besten Lehrer verschaffen. Und außerdem gab es selbstverständlich die Pferde, das Fechten und die Jagd.

Leo hatte schon geritten, fast bevor er gehen konnte, und im Stall standen drei Hengste, eine Stute und ein Pony. Die Hauskleidung waren Reithosen, ausgenommen beim Essen. Leo haßte dieses Kleidungsstück aus ganzem Herzen, besonders, wenn es aus Wolle war. Das Haus besaß einen eigenen Geruch aus Kaminfeuer, Öl, Pferden und Leder. Vor allem Leder. Dies waren die Gerüche seiner Kindheit gewesen, abends, wenn er einschlief, waren sie da, und sie waren da, wenn er morgens aufwachte. Aber allmählich empfand er den gewohnten Geruch als etwas Bedrückendes, Schweres. Er muß wohl ungefähr zehn Jahre alt gewesen sein, als ihm zum ersten Mal auffiel, daß er ihm Übelkeit und ein bißchen Angst bereitete. Deshalb war sommers wie winters das Fenster in seinem Zimmer offen. Der Vater faßte dies als Zeichen dafür auf, daß er allmählich ein Mann wurde. Es war besonders männlich, verstand Leo, wenn

250

man kalt schlief. Ansonsten spielte das Fechten eine wichtige Rolle in seiner Kindheit: Fechten und die andauernde Herbstjagd. Aber er hatte gehorchen gelernt und schoß systematisch Hasen ab, seit er alt genug war, um mit einem Gewehr ordentlich zu zielen. Anschließend trug er sie nach Hause. Dort wurde aus ihnen Einbrenne. Nach der Herbstjagd konnte er mehrere Tage lang fast keinen klaren Gedanken fassen und erst recht nicht komponieren.

Doch er hatte stille Abende, Stunden, in denen niemand störte, wenn der Hindernislauf des Tages zurückgelegt war, wenn Üben, Schulaufgaben, Schießen, Reiten und Mahlzeiten für eine Zeitlang weit hinter ihm lagen. Dann, erst dann fand er zu seinem eigenen Leben zurück. Dann kam er herunter vom dunklen Boden, wohin man ihn verwiesen hatte, und zugleich kamen die Töne. Immer. Er brauchte nur fünf Minuten am Schreibtisch zu sitzen, ohne Ahnung, was er sollte oder wollte. Er saß nur da und sah in die Luft, den Federhalter hinter die Vorderzähne geschoben. Draußen lagen der Garten und dahinter die Felder. Niemals war ein Mensch zu sehen, nur Bäume und Tiere. Und dann – unmöglich zu sagen, woher – kamen die ersten Fetzen, sie waren schwach hörbar für ihn, wie der Hauch eines Tones in seinen Ohren. Nur zwei, drei Töne. Noch schrieb er nicht. Er wartete, bis auch der Takt sich einfand, der Rhythmus, der Atem, der durch ihn und die Wirklichkeit hindurchgehen und ihn mit sich tragen mußte. Dann geschah es. Dann platzte es in seinem Inneren, und binnen eines Augenblicks war alles durchsichtig und durchhörbar geworden. Die Musik war in der Luft, die ihn umgab, und er mußte sie nur auf das Papier niederschreiben. Selbstverständlich war *er* es, der schrieb. Selbstverständlich war *er* es, der formte. Doch er formte aus, was zu ihm kam. Mit sicherer Hand und sicherem Instinkt suchte er unter den tausend Möglichkeiten die richtigen Formen aus. Und dann vergaß er alles. Wenn er, nachdem er lang so gesessen hatte, für einen Augenblick erwachte, war es ihm heiß, und er hatte einen schweren Kopf. Wenn er sich Wasser aus der Karaffe einschenkte, waren seine Bewegungen träge und wirr. Wenn er aber getrunken hatte, schrieb er weiter, und dann liefen die Hände schnell, mit scharfen, bestimmten Griffen. Und wieder vergaß er, daß er existierte.

Allmählich wurden auch die Nächte zum Zufluchtsort. Er konnte vom Abend bis zum Morgen, wenn es draußen vor den Fenstern dämmerte, dasitzen. Oder er konnte davon aufwachen, daß er nach einigen wenigen Stunden Schlaf aufrecht im Bett saß, um dann in drei Schritten zum Schreibtisch zu gehen, die Lampe anzuzünden und weiterzumachen. Nach einer solchen Nacht war der kalte Aufguß um genau sieben Uhr am Morgen hart. Und es war schwierig, die Aufmerksamkeit auf den Lehrer zu richten, wenn er mehrere Nächte lang aufgewesen war. Aber er biß die Zähne zusammen und brachte die Tage zu Ende. Denn er wußte, man würde ihm die Nächte nehmen – zumindest die Lampe –, wenn sich herausstellte, daß sich dergleichen auf den Unterricht auswirkte. Ansonsten billigten die Eltern stillschweigend, daß er an den Abenden dasaß, die Kompositionen trugen im Grunde ja zu seinem zunehmenden Ruhm bei. Das Üben aber war am wichtigsten. Wichtiger als alles andere. Erst als die Kindheit fast zu Ende war, hatte er eingesehen, warum die Gewichte so verteilt waren. Komponisten verdienen kein Geld. Solisten können reich werden. Und in den Augen des deuschen Landadels hatte ein Komponist etwas Verdächtiges an sich, ein Mensch, der etwas mit eigener Hand schafft und die Welt um etwas ergänzt, die Welt nicht sein läßt, wie sie ist. Man las zwar seinen Goethe und seinen Schiller, und man ließ sich begeistern von Beethoven, Schumann und Mozart. Die Büsten standen an ihren Plätzen in Bibliothek und Musikzimmer, wie Figuren aus glasiertem Zucker. In dem kleinen Henkerdingen gab es sogar eine Theatergesellschaft. Die erwähnten Herren hatten indessen gewisse Seiten gehabt, die selten erwähnt wurden, und auch die Zeitgenossen sahen am besten aus der Entfernung aus. Erst wenn man ihn auf Distanz hat, kann man stolz auf so jemanden sein. Und schließlich hat der arme Schiller ein geradezu elendes Leben verbracht. Regelrecht elend. Nicht zu fassen, daß er seine Offizierskarriere nicht wieder aufgenommen hatte, er hatte immerhin Pflichten und so weiter. Daß er nicht *zurückgefallen* war auf sie. Aber im übrigen waren doch die Künstler in der Jetztzeit besser gestellt. Familie und Freunde waren begeistert über den jungen Leo. Und schließlich, heutzutage ernteten junge, begabte Individuen höchste Anerkennung, von höchster Stelle, sogar von ... Ja. Es gab allen Grund zur Begeisterung. Ich bin stolz auf dich, sagte der Vater. Die Mutter sagte: Dein Vater und ich sind beide stolz. Alle beide.

Aber die Kompositionen, sein eigentliches Leben, mußten zu einer Zeit stattfinden, zu der ihm eigentlich anderes gutgetan hätte, in der Nacht.

So lange er sich erinnern konnte, waren die ersten Stunden des Tages dem Üben gewidmet. Klavier und Geige. Das Üben fand im Vorzimmer statt, das später in ein Musikzimmer umgewandelt wurde. Anfangs täglich eine Stunde, später mehr. Es waren lange, ermüdende Stunden, während der Vormittag und später auch der Nachmittag draußen vergingen. Mit oder ohne Lehrer. Alles, was Leo an Willenskraft besaß, wurde eingesetzt, um die Technik zu perfektionieren. Er blieb am Notenständer oder auf der Klavierbank, nur wenn er krank war oder die seltenen Male, wenn die Eltern nicht zu Hause waren, schwänzte er einmal. Die drei Bedienten hielten dann dicht, und er konnte sich im Garten tummeln oder ausschlafen.

Es kam nie mehr vor, daß er mit der Geige hinausging, um mit der Sonne zu spielen.

Die Lehrer wechselten ständig. Als er dreizehn war, kam der Große Lehrer zu Besuch. Er kam aus Paris, und Leo zitterte innerlich schon Tage vor seiner Ankunft. Als käme Gott zu Besuch. Nun hatte sich also Gott entschlossen zu kommen und Leo zu hören. Er kam in der Kalesche mit einem Wappenschild auf den Türen. Er war in einem solchen Maße Gott, daß Leos normale Lehrer ihm geopfert hätten, hätte man sie dazu aufgefordert. Auch die Eltern – unaufgefordert. Und Leo war es, der den Opfertod erleiden sollte.

Aus dem Wagen stieg ein schwarzgekleideter, feingliedriger Herr. Er trug einen hohen Zylinderhut und Hirschlederhandschuhe. Als er den Hut abnahm, fiel eine üppige, schwarzglänzende Mähne darunter hervor. Dunkelblau und scharf die Augen, die Nase gebogen. Jude, dachte Leo, der wußte, daß der Vater von Juden nicht begeistert war. Das jedoch war wahrscheinlich anders, wenn man Gott war. Dann grüßte der Meister Leos Eltern, er entblößte eine weiße Zahnreihe, die Eckzähne waren ungewöhnlich lang und spitz. Anschließend begrüßte er Leo.

»So«, sagte er in gebrochenem Deutsch, »das ist also der junge Lewenhaupt, von dem ich so viel gehört habe.« Sorgfältig betrachtete er Leos Gesicht.

Leo grüßte höflich zurück.

Aus dem Wagen stieg jetzt ein Diener, barhäuptig, der mit jeder Miene verriet, daß er eine wichtige Vertrauensstellung bekleidete. Er trug den Geigenkasten. Auch er war schwarzgekleidet, wie der Meister. Und jetzt fiel Leo auf, daß beide regelrecht glänzten und funkelten, die Kleider waren völlig blank, wie schwarzer Koks. Dann erinnerte er sich, daß der Meister ständig schwarze Seide oder Brokat trug und daß dies, wie man sagte, das einzige sei, was ihn gleichmäßig warm halten konnte.

Auch der Geigenkasten war mit schwarzer Seide bezogen.

Als das Mittagessen überstanden war – der Meister hatte im Essen nur gestochert und kurz und gezwungen auf alle Konversationsversuche von seiten der Eltern geantwortet –, ging es ins

Musikzimmer, um Leo spielen zu hören. Keiner von Leos Lehrern war anwesend; der Meister hatte sich ausdrücklich jegliche »entschuldigende pädagogische Wichtigtuerei« verbeten, als er seine Zusage gegeben hatte, er werde kommen, um Leo zu hören. Leo hatte gute, höchst anerkannte Lehrer, und eine derartige Bekanntmachung konnte man sich nur erlauben, wenn man Europas größter Geiger war.

Und Leo spielte. Er spielte Mozart und Bachs Chaconne, zwei Capricen von Paganini, drei kleine Stücke von Vieuxtemps und Etüden aus Bériots Geigenschule. Als er fertig war, saß der schwarzgekleidete Mann eine Weile still auf seinem Stuhl. Er sah aus, als ob er dachte. Dann sagte er: »Hm!« Anschließend war es wieder lange Zeit still, er saß unbeweglich da, so wie er zugehört hatte, die Augen von Leo abgewandt. Beunruhigt warfen die Eltern einander verstohlene Blicke zu. Endlich aber hörte man vom Meister:

»Gut. Gut. Was ich aber nicht begreife, was macht der Junge hier auf dem Land. In seinem Spiel ist eine Menge zu beseitigen. Er muß zu mir kommen. Nach Paris. Die Zeit, in der ich reisen konnte, ist bald vorüber, und ich trete demnächst eine Professur an. Er könnte dort hospitieren, auch wenn er deutscher Bürger ist. Hm. Er muß dorthin. Und er muß fünf oder sechs Jahre bleiben. Er muß mehr üben. Sechs Stunden am Tag reichen nicht aus. So wie es steht, muß er mindestens zehn Stunden üben. Aber er ist noch jung. Klein. Hm.« Der Schwarzgekleidete hielt einen Augenblick inne, und seine Augen wurden schmaler. Er sah Leos Vater an: »Aber eines schönen Tages ist er kein Kind mehr. Und das Interesse des Publikums gilt dem Kind.« Er erhob sich und ging zu Leo, der ihn schreckgelähmt ansah. Er ging ganz zu ihm hin und legte ihm eine Hand unter das Kinn.

»Hm«, sagte er. »Du hast braune Haut. Aber blaß unter der Bräune, oder? Hm. Dunkle Schatten auf den Wangenknochen und an den Schläfen. Gut.« Er ließ Leos Kinn nicht los, gleich-

255

zeitig ließ er einen Finger der anderen Hand zu Leos linkem Auge emporgleiten. Er zog das untere Augenlid herunter, daß das Weiße sichtbar wurde. Vor Angst gelähmt stand Leo da. »Hm«, sagte der Schwarzgekleidete, als er die roten Adern im Weißen sah. Die ganze Zeit war sein Gesicht verschlossen und scharf und die Augen streng. Dann plötzlich ließ er Leo los, wie man einen Gegenstand losläßt und drehte sich zu den Eltern um. »Bekommt er genug frische Luft?« fragte er.

Es folgten lange Darlegungen über das Fechten, die Jagd und dieses phantastische Pferd, das von... Der Meister unterbrach den Vater mitten im Redefluß, und wieder war er Gott:

»Er spielt noch lange nicht gut genug. Aber es *kann* gut werden. Vielleicht. Gewisse Möglichkeiten dazu sind vorhanden.«

»Aber er gibt doch schon Konzerte«, sagte die Mutter, etwas verblüfft über die mangelnde Begeisterung des Meisters: »Er hat ja sogar –«

»Hm!« sagte Gott, und die Mutter schwieg.

»Sie meinen also, er soll schon jetzt zu Ihnen kommen?« wagte der Vater sich vor.

»Und dann möchte ich gern mit dem jungen Lewenhaupt allein sprechen«, sagte der Schwarzgekleidete unerschütterlich. »Und ich möchte ihn allein spielen hören.«

Zögernd standen die Eltern auf.

»Er spielt ja auch viermal im Monat in Stuttgart. Mit Seiner Gnaden dem Hofkapellmeister...«, begann der Vater, doch ein Blick des Fremden brachte ihn zum Schweigen. Dann verließen die Eltern das Zimmer, verwirrt darüber, daß der Meister Leo nicht mit Lobesworten überschüttet hatte, wie sie es von den Lippen aller anderen gewöhnt waren.

Der Meister wartete, bis sich die Tür hinter ihnen geschlossen hatte. Dann nickte er dem Diener zu, der mit dem Geigenkasten in einer Ecke bereit stand. Der Diener brachte den Kasten und öffnete ihn. Der Kasten war mit blauem Samt ausgeschlagen, und darin ruhte das Instrument.

»Guarnerius«, sagte der Meister gelassen zu Leo.

Die Geige schien von selbst zu leuchten, wie sie dort lag. Das Holzwerk war mit einem Lack bemalt, der ihm eine ganz außergewöhnliche rotgoldene Farbe verlieh, nicht als ob ein Gegenstand im Kasten läge, sondern ein Stück Sonnenlicht.

Der Meister gab dem Diener das Zeichen, den Raum zu verlassen. Dann begann er zu sprechen.

»Dies«, sagte er, »dies ist eines der letzten Meisterstücke von Giuseppe Guarneri del Gesù. Eines seiner Werke. Denn eine solche Violine ist kein bloßes Handwerksstück mehr, man kann sie vergleichen mit einer ganzen, von einem Künstler geschaffenen Symphonie. Der arme Giuseppe! Armer, unglücklicher Mensch! Monatelang konnte er verzweifelt, betrunken, tobend und weinend durch die Straßen von Cremona wandern, von Weinstube zu Weinstube, während er versuchte, sein Elend zu vergessen, ohne den Mut, ein Instrument zu beenden, weil er das Vollkommene suchte... weil die irdische Geige niemals so klang, wie er sie sich erträumt hatte. Er arbeitete, Verzweiflung packte ihn, weil er es nicht zustande brachte, er trank, und er war unglücklich. So! Sieh sie an! –«

Der Meister warf Leo einen raschen Blick zu: »Die Farbe! Den Hals! Auf die Herstellerschilder ließ Guarneri immer die Buchstaben I.H.S. drucken, das Christusmonogramm, zusammen mit einem Rosenkreuz – *Jesus Hominum Salvator* –, als habe er um Vergebung für sein unvollkommenes Leben und um Erlösung seiner elenden Seele gebeten, die das Vollkommene ahnte, aber niemals vermochte, es auf Erden wieder zu erschaffen. Deshalb nennt man ihn *del Gesù* – von Jesus.«

Der Meister schwieg eine Weile. Leo betrachtete das Instrument, wortlos, immer noch ängstlich.

»Das Rottannenholz für den Steg«, sagte der Meister, »hat

257

Giuseppe selbst ausgesucht, ebenso das Ahornholz für den Resonanzboden und das Weidenholz für den Tonstock und den Baßbalken im Inneren der Geige. Den Lack hat er nach jahrelangen Experimenten hergestellt. Die Geige verdanken wir den Venezianern. Ja. Nein. Dem Meer verdanken wir sie, denn über das Meer, von den Küsten der Ostsee, kam Bernstein für Bernsteinlack. Es kam Kopalharz aus Westindien, ostindischer Schellack, nordafrikanisches Sandelholzöl, Mastix aus Smyrna, Benzoeharz von den Sundainseln, Terpentin aus Illyrien. Über das Meer kamen die unterschiedlichsten, kostbaren Farbstoffe, denn die Farbe des Instruments war ebenso wichtig wie sein Klang. Aloe-Gummi, Drachenblut, braunes Katgut aus Bombay, Gummigutta und Campeche-Holz aus Hinterindien. Alles, alles ist über das Meer gekommen, und deshalb erinnert die Geige mit ihrer Form an ein Schiff, und ganz oben ist der Hals wie eine Seeschnecke, wie eine Konkylie!
Und auf diesem Instrument erdreisten wir uns zu spielen! Nun gut!«
Der Meister hob seine Guarneri aus dem Kasten und legte sie ans Kinn. Einen Augenblick standen er und Leo reglos da und sahen einander an, und Leo spürte, wie er schwitzte und wie es unter den Armen und auf dem Rücken kitzelte.
Dann spielte der Fremde. Er spielte eine der Paganini-Capricen, die Leo gespielt hatte, und zwar auf eine Art, die Feuer und Eiskristall zugleich war. Als er das Instrument sinken ließ, heftete er wieder den Blick auf Leo.
»Hast du Angst«, fragte er. Sein Gesicht machte jetzt einen weniger strengen Eindruck.
»Nein«, log Leo.
»Hm. Jetzt kannst du die Caprice noch einmal spielen, und dann werden wir uns unterhalten.«
Leo spielte. Jetzt, wo die Eltern nicht mehr im Zimmer waren, ging es besser. Aber es lag an der Grenze dessen, was er bewältigen konnte. Vor allem die zweistimmigen Flageolett-Passagen

– für den Meister waren sie ein Spiel gewesen, Leo aber mußte hart kämpfen und sich damit begnügen, sie anzudeuten. Als er fertig war, schielte er zu dem anderen, der sich an den Flügel lehnte. Er lauschte noch, obwohl Leo sein Spiel beendet hatte. Das Kinn war bis auf die Brust gesunken.

»Nun«, sagte er. »Warum hast du Angst? Was ist mit dir los? Du hast jetzt, wo wir allein sind, weniger Angst, nicht wahr? Hör zu. Ich bin bereit, dich als Schüler anzunehmen. Jetzt sofort. Ich bin auf dem Weg nach München. Wenn ich zurückkomme, kann ich dich mitnehmen. Hm. Was du brauchst, ist ordentlicher Unterricht. Du brauchst die besten Lehrer. Nicht die zweitbesten. Du spielst gut, aber nicht gut genug. Wie ich vorhin gesagt habe: zehn Stunden täglich. Außerdem intensives Studium. Ich weiß aber nicht, ob du körperlich nicht noch zu schwach bist. Ich sehe deinen Eltern an, daß sie weit gehen wollen, damit du dein Ziel erreichst, daß sie dich noch heute einpacken und wegschicken würden, wenn ich sie darum bitte. Darum muß ich sorgfältig überlegen, ob ich sie bitten soll. Verstehst du?«

Leo nickte.

»Wie ich gesagt habe. Üben. Drill. Ich bin nicht ohne Übung dorthin gekommen, wo ich heute bin. Ohne eine fast wahnsinnige Ausbildung. Ohne daß ich geübt habe, bis mir das Blut buchstäblich aus der Nase floß. Verstehst du! Nasenbluten! *Am Ende hatte ich Nasenbluten!*« Mit zitternden Fingern zeigte er auf seine Nase.

»Aber du bist klein«, sagte er. »Und unter der Bräune bist du blaß. Vielleicht ist es zu früh. Vielleicht sollte ich noch ein Jahr damit warten, dich mitzunehmen. Vielleicht ist es besser, wenn du noch eine Zeitlang hierbleibst. Aber vielleicht ist es in einem Jahr andererseits zu spät. Hm. Schwierig, verstehst du? Aber – – «

Er verstummte, denn jetzt geschah etwas mit Leo. Die ganze Zeit, während der andere sprach, hatte Leo gefühlt, wie er im

259

Inneren zitterte. Wenn er ängstlich war, zitterte er immer innerlich, wenn er ohne Maske fechten sollte, wenn er im Galopp reiten sollte. Er zitterte im Inneren, wenn er die Hasen im Visier des Gewehres hatte und wenn er vor Publikum spielen sollte. Äußerlich aber war er immer ruhig.

Nun aber nicht. Die Erschütterung pflanzte sich fort nach außen, sie begann ganz schwach in Brustpartie und Oberarmen, wuchs und wuchs jedoch, bis seine Hände zitterten, die Beine, der ganze Körper. Und die ganze Zeit über nahm die Stärke des Zitterns zu, bis er am ganzen Körper zitternd dastand.

Der andere sah mit gelassenem Gesichtsausdruck zu. Er sah, wie Leo vor ihm zusammensank, weil ihn die Beine nicht mehr tragen wollten. Zuerst sank er auf die Knie und versuchte wieder in die Höhe zu kommen. Das gelang nicht. Schließlich lag er ausgestreckt auf dem Boden und wand sich in unkontrolliertem Schütteln, wie in Krämpfen. Er zitterte nicht mehr, ihm war, als werde er in Stücke gerissen. In seinem Inneren hörte er ein Tosen, das Blut sang ihm in den Ohren, und er spürte, wie das Herz in rasendem Tempo gegen das Brustbein hämmerte. Und während der ganzen Zeit klopfte es in seinem Körper, jeder Finger, jeder Muskel bebte, spannte sich aufs äußerste an und erschlaffte wieder, in rasendem Wechsel. Es wurde zum Strom, der ihn mit sich nahm, er konnte ihn nicht aufhalten. Er sagte kein Wort, gab nur ein zischendes Atmen von sich. Und die ganze Zeit war er bei vollem Bewußtsein, er fühlte, wie seine Gedanken wie zerbrechliche Blasen auf der heftigen, tosenden Woge trieben, die an ihm riß und zerrte. Dies war ihm noch nie passiert, und er hatte Angst. Und ihm fiel auf, daß er um so stärker zitterte, je mehr seine Angst zunahm. Der andere, Gott, der Meister, könnte ebensogut hundert Meilen entfernt sein. Er sah seine schwarzen Schuhe und die Beine. Die Zeit verging unendlich langsam und unendlich rasch. Er zählte seine Herzschläge, während er dort lag, er konnte das Sekundenpendel an der Längswand sehen. In zehn Sekunden schlug

das Herz sechsundzwanzig Mal, es ging rasend schnell und hämisch langsam. Das Pendel schwang auf seiner Bahn hin und her, an jedem der Außenpunkte schien es lange stillzustehen. Die Entfernung von der einen zur anderen Seite wirkte lang, es ging zäh, als gleite das Pendel durch Öl. Zwischen jeder Sekunde konnte er vieles denken. In einer halben Sekunde konnte er denken: Jetzt sterbe ich. Ich sterbe. Wäre ich nur vom Pferd gefallen und hätte mir den Hals gebrochen. Ich hatte keine Angst mehr. Keine Angst. Ich hatte keine Angst, als ich zum ersten Mal auf Fidelio saß, keine Angst um meinen Hals. Der konnte einfach brechen. Warum aber habe ich jetzt Angst?
Das Pendel erreichte den einen Außenpunkt.
Bald öffnet sich ein großes Dunkel und verschlingt alles hier. Ich kann fühlen, daß es dort ist, unmittelbar hinter allem. Unter allem. Und es zischt. Das Schwarze zischt. Und trotzdem ist es still, stummes Dunkel, schweigend. Aber es ist da, unter allem. Ich habe Angst.
Das Pendel erreichte den anderen Außenpunkt.
Aber ich habe Angst, daß sie mich so finden, daß Mutter und Vater mich so finden, daß er jetzt hinausrennt und sie holt und sagt, Ihr Sohn hat einen Anfall, Fallsucht, er stirbt, Sie müssen kommen – und dann kommen sie und finden mich so, *nein nein nein!* Nicht das, das nicht...! Ich kann sie fühlen. Ich fliehe, ich sehe sie im Salon sitzen und warten, auf die Entscheidung warten, sie sitzen dort, denken an ihr Wunderkind, *sind* dort...
Ihm wurde schwarz vor Augen.

Der Meister stand einige Sekunden still und beobachtete, was mit Leo geschah. Sein Gesicht war besorgt. Doch er hatte in seinem Leben viel gesehen. Und ohne daß er über Worte verfügt hätte, schien er allmählich etwas zu ahnen. Deshalb ging er neben Leo ruhig in die Knie. Einige Sekunden blieb er so, dann ergriff er den einen zitternden Arm. Er bewegte sich so heftig, daß er ihn fast nicht greifen konnte. Als er ihn aber schließlich gepackt hatte, ließ er ihn nicht los. Er zwang die Hand in seine Hand und preßte sie empor an Leos Brust. Mit der anderen Hand tätschelte er ihn vorsichtig. Dann strich er Leo langsam über die Achseln und die Brust. Das Streicheln half. Als Leo nicht mehr so stark bebte, sah er ängstlich zu dem anderen auf:

»Nicht gehen!« flüsterte er, zischte er. Und sofort nahm das Zittern wieder zu.

»Nein«, sagte der andere, »ich gehe nicht. Soll ich deine Mutter und deinen Vater rufen?«

Verzweifelt schüttelte Leo den Kopf.

»Nein, dann tue ich es nicht.«

Lange blieb der Fremde dort sitzen und beruhigte Leo.

»Hm«, sagte er nach einer Weile. Leo lag nach wie vor auf dem Boden, aber das Zittern hatte fast aufgehört. Nur ab und zu lief ein Beben durch ihn hindurch.

»Hm. Krämpfe sind das nicht. Keine Epilepsie. Das habe ich schon gesehen. Das ist anders.«

»So etwas ist mir noch nie passiert«, flüsterte Leo. Er fühlte, wie ihm die Tränen in die Augen stiegen.

»Du brauchst doch keine Angst vor mir zu haben.«

»Nein«, flüsterte Leo.

»Diese Angst hast du nicht vor mir.« Er lächelte, zum ersten Mal seit seiner Ankunft, und zeigte die spitzen Eckzähne. »Aber du willst nicht nach Paris geschickt werden, oder?«

»Nein«, flüsterte Leo, »aber das ist nicht alles.«

»So. Dann gibt es noch etwas anderes, oder?«

»Paris würde – – zehn Stunden Üben am Tag – – ich will eigentlich...« Aber ihm fehlten die Worte für das, was er sagen wollte.

Er hatte es noch niemals jemandem gesagt.

»Hm.«

262

»Ich will – ich komponiere nachts. Es geht nur nachts. Ich übe am Tag schon so viel, daß nur die Nächte übrigbleiben.«

Der Meister lächelte, und jetzt hatte sein Lächeln fast etwas Herzliches. Seine Augen wirkten plötzlich freundlich und klug.

»So. Also so steht es mit dir«, sagte er. Leo schluckte. Dann nickte er. Dann erzählte er mehr, von den Konzerten, von den Eltern, und wie die heimlichen Nächte aussahen. Als er zu Ende war, sagte der Erwachsene:

»Wenn es dir so geht, kann ich kaum etwas für dich tun.« Er lächelte wieder.

»Aber eigentlich möchte ich die Technik gern entwickeln ...«

»Aber die Hauptsache ist das nicht?«

»Nein ...«

»Hm. Jetzt hör mir mal zu. Hör zu. Wie du weißt, gibt es Komponisten, die Musiker sind, und Musiker, die Komponisten sind. Aber es gibt auch reinrassige Fälle, Komponisten, die fähige Musiker sind, die aber niemals öffentlich spielen. Und es gibt einen ganzen Haufen völlig phantasieloser Solisten, Virtuosen, die kaum ein Geburtstagslied schreiben können. Ich selbst gehöre leider zum letzteren Typ. Das bißchen, das ich komponiert habe, ist nicht gut. Auch wenn ich es gut *geträumt* habe. Und jetzt hör genau zu: Der Begnadete in diesem Fall ist der Komponist. Laß dir *niemals* etwas anderes einreden. Denn die Musik wird vom Komponisten geschaffen.«

Leo schwieg.

»Aber das ist nicht mein Gebiet. Du hast die Möglichkeit, ein sehr guter Solist zu werden, *vielleicht* einer der großen. Daß du hier in Württemberg Konzerte gegeben hast, bedeutet wenig. Das Wunderkind begeistert – das ist alles. Du kannst noch nicht richtig spielen. Aber das könnte ich dir beibringen. Wenn du willst.«

»Sagen Sie das ...«

»Ja?«

263

»Sagen Sie *das* bitte nicht...«

»Nun. Ich verstehe. Gut, junger Mann. Vorläufig mußt du deinem Vater gehorchen.«

»Ja«, sagte Leo leise.

»Wie du es gewohnt bist.«

Langsam, lautlos begann Leo zu weinen. Nur die Tränen flossen.

»Gib mir deine Hand.«

Leo gab sie ihm. Der Meister nahm sie in die seine, betrachtete sie prüfend, verglich die Länge der Finger im Verhältnis zueinander. Leo hatte eine lange, schlanke Hand, mit gewölbten Muskeln und Sehnen. Der Meister drehte sie, daß die Handfläche nach oben kam. Er betrachtete sie lange. Dann ließ er die Hand los.

»Nun gut«, sagte er. »Hör zu. Jetzt mußt du dir die Tränen abwischen.«

Sofort hörte Leo auf zu weinen. Er wischte sich Wangen und Augen ab. Der Meister fuhr fort:

»Jetzt hole ich deine Eltern. Aber denk daran: Eine Begabung zu besitzen ist eine zweischneidige Angelegenheit. Es ist eine Gabe – das liegt im Wort –, und es ist ein Los. Und ich kann dir viele einsame und schwere Nächte voraussagen; ich kann dir sagen, daß du viel weinen wirst und daß es dir sehr schlechtgehen wird. Denn für die höchste Glückseligkeit muß man bezahlen. In der Musik spricht man mit Gott. Das begreift kein Mensch. Fast keiner. Wer dieses Gespräch aber führt, wer sich seiner Sprache hingibt, seiner Musik, ob er sie nun schreibt oder sie ausübt, der ist verurteilt. Er muß bezahlen, denn er darf etwas erleben, was die Menschen nicht dürfen.

Ich kann über deine Kompositionen nichts sagen, ich habe sie nicht gehört. Aber ich bin nach wie vor bereit, dich als Schüler anzunehmen. Aber noch nicht. Das kann warten. Du mußt dich erst entscheiden können, es darf nicht über dich entschieden werden.«

Er erhob sich und ging zur Tür.

»Und jetzt werde ich mir einfallen lassen, was ich deinen Eltern sage.«

»Darf ich etwas sagen?«

»Bitte schön.«

Leo schwieg einen Augenblick. Dann sagte er:

»Danke.«

»Nichts zu danken, kleiner Bruder.«

Es ist früher Morgen, er reitet. Er ist am Fluß entlang geritten und im langsamen Schritt durch das Dorf. Die vorgeschriebene Strecke. Nun aber ist er auf der anderen Seite des Ortes, die roten Ziegeldächer liegen hinter ihm. Und vor ihm die Felder. Es ist zeitig im Frühjahr, man hat gepflügt. Überall liegt der Duft feuchter Lehmerde in der Luft. Das Gras ist noch nicht grün, es hängt wie zotteliges Haar über die Grabenränder.

Und jetzt kann ihn niemand sehen. Jetzt erhöht er das Tempo. Unter ihm galoppiert das Tier, er beugt sich nach vorn über den Pferdehals, hat Angst, abgeworfen zu werden, Angst, das Pferd könne in ein Maulwurfsloch treten und stürzen. Dennoch reitet er schneller, noch schneller. Der Wind peitscht ihm entgegen, die Pferdehufe donnern. Und bald reitet er laut schreiend dahin, er läßt die Worte über die Lippen strömen, Worte, von denen er kaum glauben kann, daß es sie in seinem Inneren gibt. Manche der Worte, die er schreit, haben keinerlei Bedeutung.

Erst nach einer halben Stunde sind er und das Pferd so ermüdet, daß er das Tempo verlangsamt und in den Laubwald reitet. Dort folgt er eine Zeitlang den Pfaden. In seinem Inneren fühlt er sich leer und matt. Er ist wie das farblose, trockene Gras vom vergangenen Jahr.

Das Pferd stößt einen erschöpften, schnaubenden Laut aus. Leo tätschelt ihm vorsichtig den Hals.

»Fidelio«, murmelt er tonlos. »Mein Geschenk.« Und dann

das letzte Schimpfwort an diesem Morgen: »Der Teufel soll dich holen!«

Er findet eine Lichtung mit einem kleinen Hügel. Dort läßt er sich vom Pferd hinuntergleiten, hinab in das graue Gras. Einen Augenblick sitzt er an den Vorderbeinen des Pferdes und sieht an dem Tier empor. Von hier unten wirkt es riesig. Die Augen sind wie zwei große, rote Glaskugeln, von hinten kommt das Sonnenlicht und fällt in sie hinein. Er kann erkennen, daß sie eine dünne, feuchte Haut haben. Das Pferd schnaubt, es bewegt den Kopf. Es schnaubt ihm in den Nacken. Leo erschauert, er zieht sich zurück. Er sieht hinauf in das Pferdegesicht, erhebt sich auf die Knie. Fidelio hat eine S-förmige Blesse. Mit knappen, bestimmten Bewegungen lehnt Leo seine Stirn gegen das Stirnbein des Tieres.

Tritt aus, denkt er. Tritt nach vorn aus.

Doch Fidelio steht nur abwartend da. Unmittelbar über seinen Augen kann Leo die Pferdeaugen sehen. Dann steht er auf, entfernt sich ein paar Schritte und setzt sich neben einer kleinen Esche ins Gras. Er lehnt sich mit dem Rücken gegen den Stamm, streckt die Beine aus. Der Boden ist noch immer kühl von der Nacht. Über sich hat er die Baumkronen, sie sind nackt, die Knospen haben sich noch nicht geöffnet. Das Frühjahr kommt spät. Und plötzlich macht ihn das Fehlen von Leben im Wald noch trauriger. Ihm ist, als wolle dieser eigenartige Zustand von *Pause* in der Natur, dieses Gefühl von Niemandsland, sich auf ewig so fortsetzen. Er weiß schon, daß sich in Wirklichkeit auch jetzt in der Natur etwas ereignet. Doch man sieht es ihr nicht an. Und ärger noch: Er kann es auch nicht fühlen. Er kann sich nicht entsinnen, daß er ein solches Frühjahr erlebt hat, so blutlos.

In dem dürren Gras, ganz dicht am Stamm der Esche, steht eine kleine Blume. Beinah hätte er sich auf sie gesetzt, jetzt bemerkt er sie und rückt etwas zur Seite. Es ist eine weiße Blume, aber er weiß nicht, wie sie heißt. Es ist die einzige Blume, die sichtbar ist. Wenn er im Sommer im Wald allein ist und niemand ihn sehen kann, legt er sich gern in eine Blumenwiese, lang ausgestreckt, und ruht dort aus. Jetzt kann er das nicht. Statt dessen legt er sich auf den Bauch und betrachtet die kleine, weiße, sternförmige Blume. Jetzt erkennt er, daß sie nicht ganz weiß ist, im Inneren sind die Blütenblätter schwach purpurfarben getüpfelt. Wie heißt sie? Er denkt nach, Hyazinthe, Iris ... Er kennt überhaupt keine Blumen. Sie aber ist weiß und rot und steht allein am Baum. Er schließt die Augen.

Rasch ist alles so wie früher. Der Gott, der große Gott und Meister der vielen europäischen Konzertsäle und Salons, der Virtuose mit Glut und Feuer im Spiel, war am selben Tag, an dem er gekommen war, wieder verschwunden. Leo aber erinnerte sich an sein knappes Lächeln, ganz zuletzt, im Musikzimmer. Und das Lächeln mit den Eckzähnen, als er sich schlangenhaft von den Eltern verabschiedete. Dort im Musikzimmer jedoch hatte das Lächeln etwas Menschliches an sich gehabt. Und Leo blieb es erspart, nach Paris fahren zu müssen. Die Eltern waren enttäuscht – oder froh; das ließ sich nicht genau sagen. Zumindest noch ein Jahr solle man warten, hatte der Meister gesagt. Genau da hatte sich auf ihren Gesichtern Enttäuschung eingestellt, insbesondere auf dem des Vaters – war *sein* Sohn etwa nicht gut genug? Zugleich aber söhnten sie sich rasch damit aus, daß er noch nicht richtig wegreisen mußte, vor allem die Mutter. So lange er im Haus blieb, fiel der Glanz direkter auf die Familie. Der Unterricht wurde fortgesetzt wie zuvor, jedoch mit einer zusätzlichen Übungsstunde nach dem Abendessen.

Bald soll er auf seine erste, richtige Tournee gehen.

»Für sein Alter ist er klein und groß zugleich«, hatte der Meister gesagt. Was immer er damit meinte. Nein, Leo war aus dem Großen, der ihn besucht hatte, nicht richtig schlau geworden. Wenn er ihn vor sich sah, wirkte er angsteinflößend. Vielleicht hatte Leo aus eben diesem Grund zu zittern begonnen. Das

267

war möglich. Zugleich aber, inmitten dieser erschreckenden Kälte, dieser Übermenschlichkeit des Mannes – inmitten dessen hatte es etwas anderes gegeben. Und er hatte ihn *getröstet*. Deshalb dachte Leo manchmal, der schwarzgekleidete Meister sei der einzige Mensch, mit dem er über einige der wirklichen Dinge sprechen konnte. Konnte er denn mit den Eltern darüber sprechen? Oder mit dem Hofkapellmeister, dem Hofkapellmeister Gösch? Gösch war ein Gnom mit Warzen auf dem Schädel; technisch spielte er sehr gut, und er unterrichtete ausgezeichnet – aber das war tot, alles war tot. Denn wie hatte dieser große Fremde, der gespielt hatte wie der Teufel, gesagt? Er hatte gesagt, er habe geübt, bis ihm das Blut aus der Nase gelaufen war. Hatte Gösch dies je getan? Gösch hatte kein Blut in den Adern. Eher Formalin.

Um so zu üben, denkt Leo, muß man eine Vorstellung haben von der Vollkommenheit, man muß einen Schimmer des Unmöglichen gesehen haben. Und dieser Schimmer muß so sein, daß er dem Bedauernswerten, der ihn erst einmal gesehen hat, weder Ruhe noch Frieden läßt.

Fast schien es, als sei Leo traurig, daß er nicht nach Paris mußte. Zugleich stieg ihm Übelkeit auf, wenn er an jenen finsteren Fremden dachte und daran, wie das Leben mit einem solchen Lehrer geworden wäre, allein, in einer großen, unbekannten Stadt, ohne Zeit, um Musik schreiben zu können. Aber es war eine Erleichterung, darum herumgekommen zu sein.

Der heftige, unerklärliche Anfall von jenem Nachmittag im Musikzimmer hatte sich nicht wiederholt. Die Eltern sollten niemals davon erfahren.

Was war das gewesen? Leo wußte es nicht. Nur manchmal nachts, wenn er besonders müde und überanstrengt war, bemerkte er ein leichtes Zittern in der Brust und den Oberarmen, eben so, wie es an jenem Tag begonnen hatte. Doch es wurde nie stärker. Er schlief vorher ein und entkam ihm so. Gleichwohl, das Gefühl, die Dinge seien im Grunde anders, als sie schienen, und sie lägen nur wie Häutchen über einem unheil-vollen Dunkel – dieses Gefühl blieb in seinem Inneren beste-hen. Nach dem Vorfall im Musikzimmer hatte es viele Tage ge-dauert, bis er sich wieder einigermaßen wohlauf fühlte. Nach wie vor ging es mit dem Schreiben schlecht. Das Wenige aber, was er zuwege brachte, war gut.

Leo drehte sich im Gras um. Über den Baumkronen ist der Himmel hoch, leicht und blau, mit weißen Wolken. Noch kann er ein paar Minuten liegenbleiben, ehe er nach Hause muß.

Irgend etwas aber stimmt nicht. Irgend jemand sieht ihn an. Ohne es begreifen zu können, weiß er plötzlich, daß ihn zwei Augen betrachten. Wo? Irgend jemand steht unter den Bäu-men. Wachsam erhebt er sich, klopft sich vorsichtig ab, sieht sich betont unschuldig um. Doch er sieht niemanden. Trotz-dem kann er sich nicht befreien von diesem Gefühl:

Irgend jemand sieht ihn an.

Er geht ein paar Schritte, hinüber zum Pferd: Es ist völlig still, nur der Wald braust leicht. Wahrscheinlich eine Einbildung. Vergiß nicht, daß du in Henkerdingen Tinte kaufen mußt. Noch einmal sieht er sich um. Und im selben Augenblick hört er ein leises Knurren.

Er erstarrt. Das ist irgendwo hinter ihm im Wald. Dennoch entfernt er sich vom Pferd und geht ein paar Schritte in die Richtung des Geräuschs. Jetzt nimmt es an Stärke zu und geht dann in ein Bellen über. Und aus dem Gestrüpp kommt der Hund und macht ein paar Schritte, groß und schwarz. Ein Schäferhund. Er bleibt stehen und bellt ihn an. Vorsichtig kommt Leo näher. Er wedelt nicht mit dem Schwanz, und die Ohren liegen dicht am Kopf. Er ist völlig schwarz, mit zotteli-gem Fell, ein Mischling, er ist schmutzig, und am Vorderlauf hat er eine Wunde, er muß in einen Kampf verwickelt gewesen sein.

»Ja, brav«, sagt Leo und spricht freundlich mit dem Hund. Er knurrt und sieht ihn aufmerksam an. Leo kann hören, wie das Pferd unruhig wird. Der Hund trägt kein Halsband, noch nicht einmal ein Seil um den Hals. Herrenlos. Die Haare stellen sich noch stärker auf, und das Knurren steigert sich zu einem tiefen, unheilverkündenden Dur, als Leo noch einen Schritt auf ihn zu macht. Der Hund scheint ihn anspringen zu wollen, und Leo ist überzeugt davon, daß er beißen kann, wenn er will.

Er steht still. Zwei Schritte vor ihm der Hund. Warum bleibt er stehen? Warum greift er nicht an? Dann begreift Leo – es gibt jemanden, irgendwo hinter ihm, den er schützt.

Hinter dem Gestrüpp hockt jemand, ist in dem dichten Dickicht kaum zu erkennen.

»Komm heraus«, sagt er ruhig.

Zögernd erhebt sich eine kleine Gestalt, ein kleines Mädchen, jünger als er, vielleicht acht Jahre alt, in zerlumptem grünem Kleid und brauner Jacke. Im Gesicht ist sie zerkratzt, und ihre Haare hängen strähnig, fettig und schmutzig herunter. Leo kann sich nicht erinnern, sie in Henkerdingen gesehen zu haben. Sie steht da und sieht ihn an, sie hat Angst. Er versteht nicht, warum. Sie beißt sich auf die Lippen und sieht ihn groß und ängstlich an. Im Gesicht hat sie eine Art Narbe, nein, einen von wunder Haut umgebenen Riß, der vom einen Mundwinkel nach oben läuft. Hasenscharte. Dann sieht Leo, daß sie in der einen Hand zwei Kaninchen hält.

Wilderei, denkt er. Auf diesem Land liegen Jagdrechte.

»Gehört der Hund dir?« fragt er. Die Augen des Kindes werden größer, doch es sagt nichts.

»Hast du lange hier gestanden?«

Sie ist noch immer stumm, schüttelt aber den Kopf. Sie ist unglaublich schmutzig und sie hat Todesangst.

»Ich tu dir nichts«, sagt Leo. Aber ihm geht auf, daß sie nicht versteht, was er sagt. Sie sieht sich besorgt um, dann

öffnet sie den Mund mit dem Riß. In einer Sprache, die Leo nicht kennt, kommt eine Reihe von Worten, in einer Sprache, die Leo noch nie gehört hat. Dann hält sie plötzlich inne.
Er muß lächeln, und als Zeichen, daß er nicht versteht, schüttelt er den Kopf. In ihm aber ist es, als verstehe er dennoch den Inhalt dieser fremden Laute, die sie von sich gegeben hat. Ihr Gesicht gibt ihm zu denken.
Dann spricht sie wieder. Sie ist ruhiger. Jetzt ein deutsches Wort:
»Der Bruder. Bruder.« Sie sagt es viele Male. Leo versteht.
»Suchst du deinen Bruder?«
Sie nickt eifrig. Auch der Hund hat sich jetzt beruhigt, beobachtet Leo jedoch die ganze Zeit wachsam und fast mißtrauisch. Leo lächelt noch einmal, dann zeigt er auf die Kaninchen, die sie an den Ohren festhält. Sie sind aufgebrochen, und sie ist mit Blut besudelt. Bis weit nach oben ist ihr nackter Arm rot. Schlingen, denkt er und schaudert. Das erinnert ihn an die Herbstjagd. Er deutet auf die Kaninchen, reibt sich den Bauch und fragt:
»Essen?«
Sie nickt eifrig, sagt nichts mehr, starrt ihn aber an. Hinter dem Einschnitt im Mundwinkel sieht er einen Zahn.
Leo fällt ein, daß er zu spät nach Hause kommt.
»Adieu«, sagt er, und winkt vorsichtig. Dann geht er zu Fidelio und sitzt auf.
Sie steht noch dort, als er wegreitet.

Danach begegnete er dem kleinen Mädchen noch zweimal im Wald. Immer kam sie ihm unversehens entgegen. Er erfuhr nie, wie sie hieß oder wer sie war. Der Hund begleitete sie jedes Mal. Da sie sich nicht miteinander unterhalten konnten, war es immer so, daß sie ihn nur ansah, während er dasaß und sich von der Reittour ausruhte. Was am ehesten an ein Gespräch erinnerte, war ein Treffen, bei dem sie sich neben ihrem Hund hinsetzte und zu ihm hinübersah. Und Leo, der sonst den Blicken von Menschen auswich, fiel auf, daß er nichts dagegen hatte. Sie wußte nicht, wer er war. Wußte nichts von dem Wunderkind, dem jungen Lewenhaupt. Sein eigenes Bild war ihm nicht im Weg. Es war vielmehr er, den sie sah. Beim ersten Mal hatte sie zwei weitere Kaninchen dabei. Beim zweiten Mal hatte sie leere Hände. An jenem zweiten Tag geschah auch etwas anderes: Der schwarze Schäferhund kam zu Leo und leckte ihm den Arm.

»Hast du deinen Bruder schon gefunden?« fragte Leo. Sie antwortete nicht, verstand nicht. Sie war versunken in sich und wiederholte verständnislos das Wort:

»Bruder.«

Leo dachte an den großen Lehrer in Paris.

Am selben Abend sagte der Vater beim Abendessen:

»Im Wald sind Zigeuner.«

Die Mutter: »Wie furchtbar.«

Der Vater: »Ich habe mit Schmidt und Stub darüber gesprochen. Sie fürchten, daß sie wildern. Stub hat Fallen gefunden.«

»Aber da muß man doch etwas unternehmen!«

Leo spitzte die Ohren.

»Stub und Schmidt gehen heute abend mit den anderen los.«

Am nächsten Tag begegnete Leo dem kleinen Zigeunermädchen nicht. Er ritt ein bißchen umher, als suche er sie, fast vermißte er sie. Dann hatte man sie also am Abend zuvor mit ihren Leuten verjagt. Im Grunde spielte es keine Rolle, sie wären in einigen Tagen ohnehin weitergezogen. Dennoch war er traurig. Außerdem befürchtete er, daß sie einigen von ihren Verwandten vielleicht erzählt hatte, sie habe im Wald einen großen, deutschen Jungen auf einem Pferd getroffen. In diesem Fall müßten sie ja denken, er hätte sie angezeigt. Würde das kleine Mädchen dafür büßen müssen? Er dachte an ihre Narbe, an die Hasenscharte, fragte sich, woher sie kam, ob sie vielleicht damit geboren war. Schlimm hatte das ausgesehen. War auch so etwas angeboren?

Leo hörte, wie das Pferd unruhig schnaubte. Er sah auf, während er dasaß und sich ausruhte.

Aus dem Gestrüpp kam der schwarze Hund. Allein. Er schlich zu ihm und schnupperte an ihm. Er tätschelte ihn, der Hund leckte ihm die Hand. Das Fell faßte sich gut an.

»Du Armer«, sagte Leo, »haben sie dich allein gelassen, dich Armen.« Er packte fest die Fellzotteln.

Einen Augenblick starrte er ins Blau. Dann stand er auf, und schnalzte dem Schäferhund zu.

»Komm«, sagte er.

Er folgte ihm bis nach Hause.

Von nun an folgt er ihm überall hin. Er wird sein Hund. Die Proteste der Eltern nutzen nichts. Der erste Tag, als er mit ihm nach Hause kam, war der schwierigste. Doch er überstand es.

»Was ist *das*?« Die Mutter zeigte auf den Hund, er liegt ausgestreckt im Vorzimmer, auf dem Fußboden vor dem Notenständer. »Was ist *das*?«

»Das ist ein Hund. Mein Hund.«

»Ich sehe, daß es ... *dein* Hund?«

Er antwortet aus weiter Entfernung, er übt, und der Hund liegt schläfrig vor ihm und hört zu. Sehr musikalisch ist er kaum. Dennoch hört er zu. Die ganze Zeit, während die Mutter redet, spielt Leo weiter. Es ist schwierig für sie, ihn zu erreichen, er befindet sich tief in den Arpeggionen. Doch als er antwortet, ist er bestimmt.

»Wer um Himmels willen hat dir erlaubt ... woher hast du ihn ...«

»Das ist ein Geschenk. Und jetzt gehört er mir.« Er spielt.

Sie sieht ihn an, zweifelnd, mit Tränen in den Augen. Ist das Leo, der sonst so gefügig ist? Sie betrachtet diesen großen, schwarzen Hund mit Widerwillen.

273

»Er ist schmutzig.«

»Ich werde ihn waschen.«

»Und er blutet.«

»Nur eine Schramme.«

Sie weiß nicht, was sie sagen soll. Schließlich, halb erstickt:

»...Tollwut!«

Sie sieht völlig verzweifelt aus. Er hört auf zu spielen. Er sieht ihr genau in die Augen.

»Der Hund bleibt bei mir.« Leise, deutlich. Gleichzeitig hält der Hund es für angebracht, ein Knurren von sich zu geben.

Er wendet sich wieder den Noten zu, spielt. Dennoch zögert die Mutter, will noch etwas sagen. Sie atmet schwer und pfeifend, als sei einer ihrer asthmatischen Anfälle im Anzug. Dann geht sie.

Leo spielt, der Hund liegt auf dem Boden. Er hat ein kleines häßliches Gefühl von Schadenfreude, weil er gerade die Mutter zur Verzweiflung gebracht hat. Sonst ist sie ziemlich lieb, prügelt nie, ist sanfter als der Vater und dämpft die Gemüter. Aber die boshafte Schadenfreude richtet sich nicht gegen sie, sie berauscht ihn, er lächelt in sich hinein, während er spielt. Die Arpeggionen sind perfekt.

Der Hund bleibt. Sogar die mit versteckten Drohungen vermischten Bemühungen des Vaters haben keinerlei Wirkung. Er darf bleiben. Leo ist erstaunt, weil er diesen Widerstand wirklich wagt. Er, der sich sonst Anweisungen, Ratschlägen und Ermahnungen beugt, der alles tut, was man ihm sagt, auch dann, wenn er weiß, daß er es nicht schafft: Er ist plötzlich hart wie ein Fels. Der Hund gehört ihm. Er ist ein Geschenk. Er wird bei ihm bleiben.

Davon abgesehen sagt er in dieser Angelegenheit nichts. Die Eltern sind verwirrt, sie erkennen ihn nicht wieder. Der Hund bleibt.

In den ersten Wochen suchten er und der Hund wieder zusammen im Wald, ob das Mädchen oder einer ihrer Verwandten zurückgekommen sei, um nach dem Hund zu suchen. In diesem Fall hätte er ihn weggegeben. Doch er sieht sie nie mehr wieder. Ist sie traurig, weil sie ihren Hund verloren hat? Denkt sie irgendwann an ihn oder an den deutschen Jungen auf dem Pferd?

Jeden Morgen, wenn er Fidelio reitet, begleitet ihn der Hund. Er läßt ihn nie aus den Augen, selbst wenn er Galopp reitet. Anfangs machte es das Pferd nervös, dieses schwarze Zottelfell neben sich zu haben, mißmutig gewöhnte es sich aber nach und nach daran, daß der Hund da war, genau wie die Eltern. Der Hund und Leo sind Freunde geworden, alle anderen knurrt er an. Nur Leo darf ihn führen, nur er darf ihn tätscheln. Die Eltern, die Lehrer und andere Menschen haben Angst vor ihm.

Selbstverständlich: Nach einiger Zeit begann der Vater zu schätzen, daß er einen lebensgefährlichen Hund im Haus hatte. Er ging so weit, daß er davon sprach, den alten Rottweiler zum Schlachter zu bringen und ihn gegen den schwarzen Schäferhund auszutauschen, ihn an der Hundehütte vor dem Stall anzuketten.

Aber als Leo diesen Vorschlag hörte, geschah etwas mit ihm. Er knurrte den Vater an, merkte, wie sich ihm die Haare sträubten. Er fauchte. Stand auf und verließ den Mittagstisch.

Erschöpft blieben die Eltern sitzen. Leo verändert sich. Aber vielleicht ist es nur so, daß erst jetzt die Veränderung sichtbar wird.

In jenem Jahr gab er den ganzen Herbst hindurch Konzerte. Der Hund kam auf alle Reisen mit. Groß, schwer, schweigsam liegt er in der Garderobe und wartet auf ihn. Wenn er nach dem Applaus hereinkommt, steht er auf und schleicht zu ihm hin. Dann hat Leo das ganze Konzert vergessen. Er wurde nicht müde, vor ihm zu hocken, ihn zu betrachten, ihm das Fell zu kratzen. Er findet niemals heraus, ob dieser glasklare Blick Dummheit oder Weisheit widerspiegelt. Er ist komplett unmusikalisch, weiß nicht, wer er ist. Er ist fremd.

Vor den Konzerten aber... Auch Leo begreift, daß er sich verändert hat. Vor den Konzerten packt ihn eine Nervosität, die an Angst grenzt. Sie gleicht dem Zustand, in den er verfallen war, als der Meister auf Besuch war. Mehrere Stunden vor den Konzerten konnte es ihn packen und ihn in nachtschwarze Verzweiflung schleudern. In der Garderobe, vor dem Konzert, geschah dasselbe wie damals. Er dachte an die Menschen, die sich draußen im Konzertsaal versammelt hatten: Sie sind gekommen, um ihn zu hören. Wie mit dem Blick eines Hellsehers kann er wahrnehmen, daß sie dort sind, daß sie husten, in den Programmheften blättern. Und jedes Mal, wenn er an sie denkt, beginnt er zu zittern. Er muß vor ihnen spielen. Sie kommen zum Zuhören. Jeden Fehler, den er macht, das kleinste Zittern werden sie mitnehmen. Es sind richtige Konzerte, er ist nicht mehr nur ein Wunderkind. Ein kritisches Publikum. Was er spielt, muß er jetzt selbst verantworten. In Gedanken geht er das Programm durch, die Stücke werden zu tückischen Fallen, das Ganze wird zu einem Lauf von Eisscholle zu Eisscholle über einen tiefen, eiskalten See. *Dort,* im Scherzo, ist er nicht sicher. Und *dort,* im Trio, im halsbrecherischen Spiel auf der g-Saite, und *dort* und *dort* und *dort* – – – Was er nur ein Jahr zuvor furchtlos tat, wenn manchmal auch unter Widerwillen, obwohl ohne Angst, ohne Nachdenken: Jetzt ist es zu einem bösen Traum geworden, aus dem er nicht erwachen kann. Er muß hinaus auf das Podium und tun, was man von ihm verlangt, auch das, wovon er nicht weiß, ob er es schafft.

Es kam vor, daß er alles erbrach, was er in sich hatte, bevor er zum Spielen hinausging, mit einem Gallegeschmack im Mund. Und wenn er sich über das Waschbecken in der Garderobe beugte, wenn er das Gefühl hatte, als wollten die Eingeweide heraus, dann befand er sich jenseits aller Hilfe. Er schickte alle aus der Garderobe, die Mutter, den Vater, die Lehrer, den Vertreter der Konzertgesellschaft. Er wollte nicht, daß sie ihn so sahen. So wie es war, war es demütigend genug. Und gleich sollte er hinaus und die tausend Augen des Publikums auf der Haut spüren.

Dann konnte ihm auch der Hund nicht helfen.

Erst hinterher. Dann machte er immer einen Spaziergang mit ihm, zum Dank dafür, daß er gewartet hatte.

Eines Abends macht er einen solchen Spaziergang, durch abendstille Straßen in einer kleinen Provinzstadt. Wo mag es gewesen sein? Gießen vielleicht: Die Luft war feucht und drückend, es roch nach Moor ... Er geht mit dem schwarzen Schäferhund durch die Straßen. Er ist ruhig, erleichtert darüber, daß das Konzert gut verlaufen ist. Er hat alle gefährlichen Stellen überwunden, es war ihm gelungen, von Eisscholle zu Eisscholle zu springen ... Einige Male hatte die Angst ihn so gepackt, daß auch die Partien, in denen er sich sicher fühlte, gefährlich und fast unüberwindbar wurden. Daß auch die verhältnismäßig sicheren Eisschollen gefahrvoll zu schaukeln begannen, so daß es ihm fast nicht gelang, sich zu retten. An diesem Abend aber war es gutgegangen. Er ist erleichtert, aber nicht froh. Ist er jemals froh? Die Spannungen im Magen haben nachgelassen, er fühlt einen leichten Schmerz im Zwerchfell, von der Übelkeit vor dem Konzert.

Die Straßen sind dunkel, alle Fensterläden geschlossen. Er geht und geht, ziellos. Kommt ihm jemand entgegen, zieht er sich an die Hauswände zurück, in den tiefsten Schatten. Die Stadt liegt in der Ebene, es bereitet Mühe, sich zu orientieren, er hat keine Ahnung, wo er sich befindet. Doch er hat keine Angst, sich zu verirren, außerdem hat er den Hund. Er läßt ihn den Weg bestimmen.

Er geht um eine Ecke, bleibt stehen. Vor ihm liegt eine erleuchtete Haustür, es ist ein großbürgerliches Haus. Vor dem Tor hält ein Landauer. Fünf Personen steigen aus, zwei Frauen und drei Männer. Sie sind festlich gekleidet, als seien sie im Theater oder im Konzert gewesen. Ja, natürlich. Die. Er hatte sie sogar gesehen, in der dritten Reihe. Zwei Ehepaare und ein junger Mann. Sie bleiben vor der Eingangstür stehen, das eine Paar will offenbar zu Fuß nach Hause gehen, jetzt verabschiedet man sich. Leo will vorüberschleichen, bleibt aber stehen. Hört zu. Sie unterhalten sich. Sie unterhalten sich über ihn.

». . . aber vortrefflich, das Mozart-Stück.«

»Oh, ja. Und Paganini. Herrliche Musik.«

»Virtuos.«

Diese Dinge. Wieder will Leo weitergehen, er kennt das. Doch der eine, der junge Mann, sagt etwas, das ihn stehenbleiben läßt:

»Aber er war nervös.«

»Nervös?«

»Er war ja kreideweiß. Ich habe noch nie so etwas gesehen. Und über der Oberlippe hat er vor Schweiß geglänzt.«

»Jetzt wo Sie es sagen, Jean . . .«

»Ja, nicht wahr!« sagte der junge Mann: »Und die ganze Erscheinung, so angespannt, so verkrampft. Ich kann nicht behaupten, daß es mir angenehm war. Es hatte etwas Unnatürliches, etwas . . .«

»Aber die Musik war schön.«

»Ja, aber verstehen Sie nicht, alles war gut, ja ausgezeichnet, so lange man die Augen geschlossen hatte. Aber wenn ich diesen Jungen sah . . . Ich weiß nicht . . . Hatten Sie nicht auch den Eindruck, eine Art Vorführung zu sehen, eine Art Zirkus –«

»Das ist die Kunst, Jean, denken Sie an Mozart. Er wurde auch so vorgeführt, das ist das Talent, das sich zeigen soll.«

»– wie ein dressiertes Pferd.«

Leo geht. Er geht weiter, geradeaus, ohne sich nach rechts oder links umzusehen. Ihre Stimmen verklingen hinter ihm. Die Tränen laufen ihm über das Gesicht, er läßt sie laufen.

Er ging lange. Zuletzt kam er auf einen offenen Platz, mitten in der Stadt, vor dem Schloß. Dort setzte er sich auf eine Bank. Ein Pferd. Ein Zirkuspferd.

Und es wird ihm klar, daß er Teil einer Zirkusvorstellung geworden ist, daß er im Stall des Vaters steht, und das seit langer Zeit. Ohne einen Gedanken sitzt er dort, der Hund liegt zu seinen Füßen. Nein, einen Gedanken hat er, er wächst in ihm, erfüllt ihn immer stärker: Das ist keine Musik mehr. Das ist keine Kunst mehr. Das ist Pferdeabrichtung. Und warum soll ein Dressurpferd einen Sinn in dem sehen, was es tut? Wo soll man einen Sinn in der Musik finden, wenn ihre Ausführung nur eine akrobatische Nummer ist? Pferdeabrichtung. Er lächelt, während er weint.

Es war nachts. Er saß auf dieser Bank, fror ein wenig, wollte nicht in die Pension gehen, wollte nur in der Dunkelheit verschwinden. Die Turmuhr schlug, eins und halb zwei. Schwarz lagen dort die Bogengänge und Fenster des Schlosses, es schien, als käme die Dunkelheit von ihnen. Die Dunkelheit rann und sickerte aus ihnen hinaus, hinaus in die Welt. Er fühlte sich so wie dieses Schloß, er war wie dieses Schloß.

Und da geschah es. In der Stille hörte er Töne. Trompeten. Hörner. Posaunen. Musik, die rief, die triumphierte. Klagende Geigen, und die ganze Zeit: Trommeln. Dröhnend, wie Pferdehufe.

Er setzte sich jäh auf. Jetzt! Jetzt war es da! Er hatte lang nicht schreiben können, er hatte festgesessen, alle Versuche waren im Sande verlaufen. Für einen, der schaffen will, ist das der quälendste Zustand: es nicht zu können. Früher oder später stoßen alle Künstler auf dieses lethargische, sinnlose Entsetzen. Für Leo war die Begegnung mit diesem Nichts früh, vielleicht zu früh gekommen. Jetzt aber, an jenem Abend, hatte die Musik ihn wieder gefangen, die wirkliche Musik. Er suchte in den Taschen, in der Jacke, in der Weste. Nicht ein Zettel. Kein Bleistiftstummel. Und die Töne wurden zunehmend klarer und stärker. Er steht auf, wo ist er? In der Pension hat er ein eigenes Zimmer, dort gibt es Papier und Tinte, er kann sich hinsetzen.

Er rannte durch die Straßen, der Hund voraus. In seinem Inneren schrie es, er schrie selbst. Finde nach Hause! Und der Hund zog ihn mit sich, er fand das richtige Haus, es gelang ihm, sich zusammenzunehmen, am Glockenzug zu ziehen, von der Wirtin in Nachtkleidern hineingelassen zu werden. Ihre Mutter sei ganz außer sich, sie ist auf und ab gegangen, hat ihre Hände gerungen; ach, das hat sie getan, ach so, wo ist das Zimmer, aha, dort, danke, gute Nacht, nein, Sie brauchen sie nicht zu wecken, ich spreche morgen mit ihr... Er kam in sein Zimmer, schloß die Tür, zündete die Lampe an.

Dies ist der Traum. Einmal, als Leo klein war, hatte der Vater ihn nach Stuttgart zum Kunstreiten mitgenommen. Mit Wohlbehagen hatte der Vater sich im Sitz zurückgelehnt und hatte hinunter in die Manege gesehen, wo sechs weiße, untadelige Tiere Formationen und Kunststücke ausführten. Auf den Köpfen trugen sie rote Federbüsche, die im Takt jeder Bewegung schwankten.

Dies ist der Traum. Ein Pferd steigt auf die Hinterbeine. Schwankend und plump bewegt es sich vorwärts – »fast wie ein Mensch«, flüstert eine Stimme. Vielleicht ist es der Vater, der flüstert. Nun aber ist es zur Stimme des Traums selbst geworden: *fast wie ein Mensch*. Er geht auf zwei Beinen. Vor ihm steht der Dompteur, mit Zylinderhut und erhobener Peitsche. Das Pferd sieht die schwarze Gestalt verständnislos an, die Augen voll Panik von der Anstrengung, sich auf zwei Beinen halten zu müssen, es wiehert und zeigt die Zähne. Der Körper ist angespannt und unnatürlich. Drei Schritte macht es, drei, vier, fünf, sechs, langsam und unsicher. Es ist eine Qual für das Pferd, auf zwei Beinen zu gehen, es scheint, als weine es.

Dies ist der Traum des Pferdes: Sie stürmen durch einen weißen Morgen, dort liegt die Stadt mit roten Dächern, hinter einem Fenster sitzt ein Junge und schreibt. Dann wird der Traum jäh von einem Peitschenknall unterbrochen, dort steht er wieder auf zwei Beinen, er zeigt die Zähne, und die Geige klagt, anfangs pianissimo, dann anschwellend und dissonant zum darunterliegenden Traumthema.

Dies ist die Musik: Aus den Pferdeaugen rinnt ein Streifen Blut, ebenso rot wie der Federbusch.

Leo zieht Taktstrich für Taktstrich auf das Papier. Wie immer, wenn er dasitzt und nicht darüber nachdenkt, geraten sie etwas schief, krümmen sich leicht nach links. Die Zwischenräume füllt er mit tintenblauen Notenzeichen, er zieht einen neuen Taktstrich und noch einen.

Schließlich ist es still in ihm.

Er sitzt noch einige Minuten und lauscht den Tonreihen nach, die unterbrochen sind – was bedeutet das, was ist aus ihnen geworden? Er richtet sich auf, lächelt sich selbst müde zu. Er sieht aus dem Fenster und erkennt, daß es früh und spät zugleich ist. Es muß mindestens sechs Uhr sein. Dann überblickt er schnell die Skizze, sie ist für ein volles Orchester – woran er sich früher kaum gewagt hat. Er sieht sie an, liest sie durch. Er versteht sie nicht. Er versteht nicht, was das *ist,* erkennt sich nicht darin wieder. So hat er noch nie geschrieben. Das ist gar nicht schlecht, denkt er, fast überrascht. Es ist der Beginn einer Symphonie.

Nach diesem Ereignis wurde der Rest der Tournee einfacher für Leo. Eine Ruhe kam über ihn, eine Art Abstand zu allem um ihn herum, der es leichter machte, die Konzerte, die langen Reisetage und das Zusammensein mit der Mutter zu ertragen. Es ist einfacher, sich zu fügen, weil er plötzlich anderes hat, an das er denken kann.

Die Mutter hatte immer Asthma gehabt, hatte ab und zu leichtere Anfälle. In letzter Zeit aber, und besonders seit der Hund ins Haus gekommen war, schien es fast, als benutze sie das Asthma als Waffe gegen ihn. Die Anfälle wurden häufiger und schwerer. Leo konnte nicht glauben, daß sie sie absichtlich hervorrief. Dennoch schien es so.

Und in gewisser Weise versteht er, warum die Anfälle kommen. Er weiß, daß vor allem die Mutter es büßen muß, wenn der Vater wütend auf ihn ist. Sie geht immer dazwischen. Das Asthma dient dazu, Leo und sich selbst zu beschützen. Das ist fast das Schlimmste. Zweimal während der Tournee mußte er einen Kessel Wasser heiß machen, ätherisches Öl aus dem Flakon der Mutter ins Wasser geben und ihr helfen, unter einem Tuch zu inhalieren. Er empfindet keine Sympathie und kein Mitleid in diesen Augenblicken. Ihre langen, pfeifenden Atemzüge sind ihm widerlich, ebenso der Schweiß, der auf ihrer Stirn glänzt, und die Unfähigkeit in ihrem Blick. Fast haßt er sie. Er kann Vorwurf in diesen Augen lesen. Als gingen ihre Asthma-Anfälle von *ihm* aus, als sei *er* die Krankheit.

An dem Morgen, als er die ganze Nacht unterwegs gewesen war, kam ein solcher Anfall. Dieses Mal aber war es anders: sein Inneres verkrampfte sich nicht, er haßte sie nicht, er war zu müde. Er war leer und offen und hatte nicht genug Energie, um etwas dabei zu fühlen. Er half ihr nur, ein reiner Reflex. Stillschweigend fand er sich mit ihren Vorwürfen ab, erst der Blick und dann die Predigt, weil er am Abend zuvor verschwunden war.

Plötzlich ist es, als löse sich zwischen ihnen etwas auf. Als gingen sie einander nicht mehr in derselben Weise an. Er bemerkt es deutlich, und er sieht, daß auch sie es wahrnimmt. Etwas ist geschehen. Er bestellt eine Tasse Bouillon für sie und hilft ihr, sie zu sich zu nehmen.

Es wird still zwischen ihnen.

Dann reisen sie weiter. Sie bekommt keine weiteren Anfälle.

An den Abenden, allein in einem der vielen Zimmer der Reise, holt er den Entwurf hervor, den er in jener Nacht geschrieben hat, er putzt etwas daran herum, bringt hier und da Kleinigkeiten in Ordnung. Noch immer begreift er nicht, daß er das geschrieben hat. Es unterscheidet sich von allem, womit er sich früher beschäftigt hat. Es ist eine andere Stimme darin. Er begreift nicht, was das bedeutet. Er unternimmt Spaziergänge und denkt darüber nach, er setzt sich über das Manuskript und versucht eine Fortsetzung zu finden. Doch in seinem Inneren bleibt es still. Es kommt vor, daß sich kleine Einfälle aus seinem normalen Vorrat an Melodien, Themen und Klängen melden. Aber nichts, was dem nahe kommt, das er in jener Nacht geschrieben hat.

Nichts, was zu gebrauchen ist.

Auch nachdem er nach Hause gekommen ist, spekuliert er weiter darüber. Um ihn herum ist stiller Herbst. Die Freude am Schaffen der normalen kleinen Dinge fehlt. Alles erscheint sinnlos. Alles wirkt traditionell und banal im Vergleich zu der beunruhigenden Skizze, die auf dem Schreibtisch liegt.

Ansonsten sind alle Dinge fern: die Eltern, das Haus, die Übungen. Er ist frei und gefangen zugleich.

Instinktiv ackert er alles durch, was ihm über Harmonie- und Satzlehre in die Finger fällt. Er liest alte Nummern der »Neuen Zeitschrift für Musik« und studiert, was er an Partituren finden kann. Doch es reicht nicht mehr aus, es hilft ihm nicht weiter. Als habe er mit dieser kleinen Skizze eine neue Welt aus neuen Klängen und neuen Themen betreten – als sei er zu einer völlig neuen Art des Schreibens gekommen. Eine Welt, in der er sich plötzlich vortasten und durchsuchen muß. Was er von früher kannte, hatte ihn ein Stück auf den Weg gebracht. Jetzt aber kann er nicht mehr genug, seine Palette ist nicht mehr reichhaltig genug, damit er fortfahren kann. Und das Wissen, das ihm fehlt, ist nicht von jener Sorte, die man sich anlesen kann.

So stirbt etwas.

So geschieht etwas. Es ist die Zeit der Herbstjagd. Fernes Knallen reißt Löcher in die klare, kalte Luft. Jeden Morgen liegt der Frost auf den Feldern, und nachts regnet es Sternschnuppen.

An einem frühen Morgen geht Leo mit dem Vater durch den Wald. Die Gewehrläufe halten sie wie gewohnt nach unten, und entsprechend den strengen Jagdprinzipien des Vaters hat jeder nur zwei Patronen, so wird keine Munition verschwendet.

Auf einer Lichtung bemerken sie einen Hasen. Der Vater ist viel schneller als Leo. Mit einer Bewegung hat er das Gewehr zusammengeschoben und es an die Wange gelegt, dann knallt es, und der Hase ist tot.

Sie gehen zu dem Tier.

»Ausgezeichnet«, sagt der Vater, und hebt ihn hoch. »Feiner kleiner Kerl.«

»Das war ein guter Schuß«, sagt Leo.

»Na«, brummt der Vater zufrieden. »Das weiß ich nicht. Wir waren nicht weit entfernt. Sehr nah eigentlich.«

»Ja, aber trotzdem.«

»Ich habe schon besser geschossen. Dieser Pirol im letzten Jahr – erinnerst du dich –, der war viel weiter weg.«

»Doch, das war er.«

»Und außerdem war er auf der Flucht.«

»Trotzdem«, sagt Leo, »es war auch ein guter Schuß.«

»Ja. Doch. Vielleicht.«

»Du warst schnell.«

»Sehr schnell. Doch, ich bin sehr schnell gewesen.«

»Du hättest ihn geschafft, selbst wenn er gerannt wäre.«

»Ja, das ist wahr. Ich hätte ihn geschafft.«

»Vater, ich möchte gern Komposition studieren.«

Der Vater schweigt.

Dann zieht er den Hasen vor Leos Augen ab.

Leo, Leo. Das ist der Augenblick. Das ist der Augenblick, in dem du die falsche Entscheidung triffst. In diesem Augenblick kannst du frei werden, wenn du dich nur traust. Du kannst ihm Widerstand leisten, sagen, daß du auf jeden Fall weggehst, um Komposition zu studieren, ob er nun will oder nicht. Schließlich weißt du, es würde dir gelingen, dich allein durchzuschlagen, falls das nötig sein sollte. Du aber sagst es nicht. Du leistest ihm keinen Widerstand. Du willst nicht frei sein. Viele Tage lang hast du Mut gesammelt, und jetzt verrätst du dich selbst, weil du ihn nicht benutzt. Der Mut verschwindet. Du fügst dich ihm. Du sagst: »Jawohl, Vater«, und beugst den Kopf. Und im selben Augenblick weißt du, daß schlimme Jahre folgen werden und daß jedes Jahr ein Kampf gegen dich selbst sein wird, bis du das nächste Mal wieder genug Mut gesammelt hast und wieder ein solcher Augenblick auftaucht.

»Du sollst doch nach Paris? Zu diesem, diesem – Dorthin sollst du.«
»Jawohl, Vater, aber –«
»Du kannst nebenbei machen, was du willst. Aber deine Karriere geht vor.«
»Ja, Vater, aber...«
»Ich bezahle ihn. Ich habe bereits viel bezahlt. Kompositionsstudien kommen nicht in Frage. Was willst du damit? Wovon willst du *leben?* Darüber sprechen wir gar nicht mehr. Du gehst nach Paris. Eines Tages wirst du es mir danken.«

Dann sitzt er im Stall. Er ist von der Jagd nach Hause gegangen, ist aber nicht in der Lage hineinzugehen. Er will einen Augenblick hier bleiben.
Fidelio schnaubt und streckt den Kopf zu ihm hinunter, Leo hat sich an die Wand der Pferdebox gelehnt. Der schwarze Schäferhund liegt dösend an seinen Füßen.
Eines Tages wirst du es mir danken.

Im warmen Dunkel des Stalls verflucht Leo sich selbst. Jetzt muß er nach Paris. Eines Tages wird er es dem Vater danken. Er betrachtet seine Hände. Er greift nach dem Gewehr.

Dann erschießt er Fidelio und den schwarzen Schäferhund. Es sind nur zwei Patronen.

In derselben Nacht träumte Leo, er stehe allein auf den herbstlichen Feldern. Es wird dunkel. Und in der Dämmerung erblickte er eine Gestalt, einen riesigen Mann, der über die Baumwipfel ragte. Er trägt einen roten Mantel. Sein Gesicht sieht aus wie Kupfer und Eiderdaunen. Leo wird durch seinen Anblick ruhig und ängstlich zugleich. Jetzt zeigt der Fremde auf die Hügel und den Himmelsrand, wo gerade zwei Sterne aufgegangen sind.

Siehst du die beiden Sterne.

Die Sterne waren golden und klar, klarer als irgendwelche Sterne am wirklichen Himmel sonst. Sie standen genau übereinander.

Ja, ja. Ich sehe sie. Zu ihnen will ich. Wenn ich nur zu ihnen heraufkäme.

Alles an Leo wurde von den Sternen dort oben am Himmel angezogen.

Dann verblaßte der oberste Stern und verschwand.

Wenn du den Stern erreichst, der übriggeblieben ist, wirst du sterben.

Dann war der Traum zu Ende. Den Rest der Nacht schlief er ruhig und träumte andere Dinge. An diesen kurzen Traum aber erinnerte sich Leo noch lange später, selbst als er schon in Paris war, dachte er an diesen Traum.

Spot setzte sich mit einem Ruck in der Koje aufrecht hin. Die Luft, die ihn umgab, war schwer vor Zeit. Er mußte lange so gesessen haben. Hatte er nicht lange hier gesessen?

Er sah sich um. Die Kabinenwände schienen nähergerückt

zu sein, als seien sie auf ihn zugewachsen. Die monotonen Schiffsgeräusche, das Sausen, Knacken, Klirren drückte in den Gehörgängen.

Irgendwo tat etwas weh.

Das Schiff glitt durch die Nacht. Das Bullauge war schwarz. Und er saß hier und war Passagier, Reisender, ein zufälliger kleiner Musikant, ohne auch nur einen Namen, an den er sich klammern konnte.

Er war Reisender, ein ewiger Reisender.

Im Grunde hatte diese Reise schon begonnen, als er im Landauer saß, der ihn fortbrachte vom Elternhaus, als er im Coupé saß und ein bißchen zitterte – zitterte, weil er Angst hatte und allein war – und zugleich glücklich, wegzukommen. Doch. An diesem Tag hatte er die Reise angetreten, die große Reise, die ihn bis hierher geführt hatte, fort von seinem eigenen Namen und seinem eigenen Gesicht.

Die ganze Zeit in Paris hatte er dieses Gefühl gehabt, unterwegs zu sein. Sein eigenes, gemütliches Studentenzimmer auf dem Montmartre war wie ein Wagen oder ein Schiff gewesen. Wenn er die Tür hinter sich schloß und dort allein war, merkte er, daß es sich bewegte. Am Tag, wenn er durch die Straßen ging, war es, als segelte er auf Flüssen und Strömen, auf fremden, wilden Wasserwegen fort – des Orinoko, Mississippi herunter (das waren die Avenuen) – und als stakte er durch auf der Karte nicht verzeichnete Flußdeltas, Nebenflüsse und Sümpfe (das waren die Nebenstraßen und -gassen).

Auch in der Musik unternahm er Reisen und Expeditionen. Er ging in Konzerte und hörte Musik, von deren Existenz er nichts gewußt hatte, Musik, von der man in Henkerdingen und Stuttgart nie gehört hatte, er besuchte Länder, die noch kein deutscher Geograph vermessen hatte, lernte die Eskimos und die Mongolen der Musik kennen – Impressionisten, moderne Menschen, Leute, die Musik schrieben, die keine Ähnlichkeit hatte mit allem, was er von früher kannte. Ihm selbst kam es vor

287

allem so vor, als sei er aus dem achtzehnten Jahrhundert gefallen, es gab sogar Dinge an seiner Kleidung, die an vorige Jahrhunderte denken ließen – es fehlte fast nur die Perücke! –, und wie ein Stein rollte er mit einem Schlag hundert Jahre durch die Zeit, er traf zum Fest in der falschen Kleidung ein, die Koffer voll mit verrücktem Plunder, er suchte wie ein Wahnsinniger unter seinen vielen Kleidungsstücken nach etwas Brauchbarem, er suchte und suchte, warf Perücken und Kniehosen, Degen und Spazierstock und mit Schleifen verzierte rosa Menuette, Gipsbüsten, Nippes, Medaillons und Große und Kleine Stücke für Violine von sich, holterdipolter, hurra! Auf dieser Reise durfte man köstliche Gerichte probieren, Getränke aus den Märchen, Düfte aus tausendundeiner Nacht, alles, alles *war* wie Champagner! Er wurde in die Klasse des Meisters aufgenommen, und der Unterricht war eine einzige Sturzflut aus Üben, aus alten und neuen Stücken, aus unermüdlicher Arbeit an Einzelheiten und Verzierungen, ein musikalischer Hexensabbat. Der Meister stand wie ein Zauberer unter seinen Schülern und hörte zu. Hörte ihnen zu. In der Klasse waren sie zwölf, neun Jungen und drei Mädchen, im Alter von elf bis neunzehn, und unglaublich verschieden. Zwölf Novizen der Hexenkunst, zwölf Mitreisende. Mit seinen neuen Freunden ging Leo in Konzerte und Ausstellungen, er weinte und er lachte, er lernte, daß es andere Getränke als Likör und Portwein gab, er zog mit ihnen durch stille Sonntagmorgenstraßen und auf Landpartien und Ausflüge. Er diskutierte Literatur und bildende Kunst mit ihnen, vor allem aber Musik, Musik, Musik! Er verliebte sich nacheinander in drei Mädchen aus der Klasse, und sie verliebten sich in ihn. Auch das war eine Reise.
Er ging jedoch auch auf eine andere Reise, eine Reise durch Fieber und Nebel. Er begab sich in die Krankheit. Nicht viele Monate nach seiner Ankunft in Paris bekam er die Masern. Dann bekam er Windpocken und Mumps. Kurz hintereinander kamen diese drei Kinderkrankheiten, und er war lange krank.

Mitten in den Windpocken brachte man ihn ins Krankenhaus. Keiner seiner Mitschüler durfte ihn besuchen, der Meister aber kam regelmäßig, inspizierte ihn und sah die sonderbaren Farben und Formen, die er nacheinander annahm. Es schien, als habe das beschützte, überanstrengte Dasein der Kindheit ihn nun aus seiner Umklammerung entlassen und als müsse er nun auf einmal alles nachholen, wozu alle anderen Kinder Zeit gehabt hatten. Er hatte keine Zeit zum Kranksein gehabt.

Da er fünfzehn Jahre alt war, traf ihn die Krankheit schwer. Er bekam Ausschläge und Bläschen und Schwellungen, und das Fieber war zeitweise erschreckend hoch. Er aber wehrte sich auf das entschiedenste dagegen, daß die Eltern benachrichtigt wurden. Der Meister stimmte ihm zu. Überhaupt schien er Leos Krankheit mit großer Gelassenheit hinzunehmen, obwohl sie den Unterricht störte.

Das Krankenhaus war katholisch und voller Nonnen. Sie waren freundlich und etwas reserviert. Nachts summten die Nonnen, während sie von Bett zu Bett gingen und im Schlafsaal wachten. Im Fiebernebel ging dieses Summen für Leo über in ein Meeresgeräusch von glitzernden Wellen, die ihn durch die Dunkelheit trugen. In der Wirklichkeit hatte er das Meer nie gesehen. Jetzt träumte er, er sei Odysseus und an ein großes Himmelbett gekettet, das auf einem mythischen Meer trieb, und er hörte die Sirenen singen. Später, als er gesund war, schrieb er ein kleines Scherzo über den bettlägrigen Odysseus.

Vorher aber geschah etwas anderes. Als er soweit war, daß er aufstehen konnte, brachte der Meister ihm seine Geige mit, und er spielte den Kranken und den Nonnen vor. Die Geige klang völlig anders, er hielt ein ganz anderes Instrument in den Händen als zuvor, weil er so lange krank gewesen war.

Er hatte sich nicht überwinden können, während seiner Krankheit in den Spiegel zu sehen, einmal war genug, das

war während der Windpocken, und er hatte so furchtbar ausgesehen, daß er durch seinen eigenen Anblick noch kränker geworden war. Als er aber entlassen werden sollte, vor dem
Schrankspiegel stand und seine eigenen Kleider anziehen
sollte, sah er plötzlich, daß ein Fremder in die Garderobe ge-
kommen war. Er schrie vor Entsetzen laut auf. Vor ihm im
Spiegel stand ein Unbekannter. Ein magerer, bleicher junger
Mann, mit hohen Wangenknochen und scharfer Nase. Die
Lippen waren grau. Er starrte den Fremden an, ohne ganz zu
glauben, was er sah. Er hob die Hand, und der fremde junge
Mann dort in seiner Spiegelwelt hob ebenfalls die Hand.
Sein Haar war fast völlig schwarz.
Lange zuckte er zusammen, wenn er sich selbst in einem
Schaufenster oder einem Friseurspiegel sah. Nur die Hände
waren dieselben. Sie erkannte er wieder.
Dann wuchs er so stark, daß seine gesamte Garderobe erneuert
werden mußte. Er wurde sechzehn, und er wurde siebzehn.
Rasch wurde er einer der besten Schüler in der Klasse des
Meisters.

Der Meister war offenbar immer derselbe, unveränderlich, unerschütterlich. Was er Leo zur Vorbereitung auf den Unterricht gesagt hatte, traf zu. Zehn Stunden am Tag. Der Meister
gab keine Konzerte mehr und widmete sich ganz dem Unterricht. Er trieb seine Studenten hart an. Stets gleichbleibend
verschlossen, stets gnadenlos kritisch, stets genau, stets streng.
Irgendeine Andeutung jener Vertraulichkeit, zu der es bei
seinem Besuch in Leos Elternhaus gekommen war, stellte sich
nie ein.
Den Schülern waren die Verdienste des Meisters, seine glänzende Karriere und sein Ruf bekannt. Sie zitterten vor ihm. Sie
übten hart. Sie kannten ihn. Keiner aber wußte etwas *über*
ihn.
Eines Abends aber geschah etwas. Zusammen mit zwei seiner

Klassenkameraden, Jean-Cyr (ein Junge, der etwas älter war als Leo) und Danielle (die Danielle in der Löwengrube genannt wurde, weil sie üppiges, rotes, zerzaustes Haar hatte, unter dem ihr Gesicht fast verschwand). Es war ein Samstagabend, sie waren in einem Abendkonzert und anschließend Tanzen gewesen und waren vergnügt und ausgelassen, eine helle Wolke von Gelächter umgab sie.

Leo und Jean-Cyr bemerkten jene schwarzgekleidete Gestalt nicht, die vorüberging, die Jungen waren mit der einen oder anderen albernen Unterhaltung beschäftigt (»Mozart hören ist, als trinke man Champagner mit den Ohren!«), und Danielle lauschte hingerissen. Gleichwohl muß sie hinter ihrem Haarwald die Augen offengehalten haben, denn sie hielt ihre beiden Kavaliere an, indem sie sie an den Ellenbogen packte.

»Das ist der Meister«, sagte sie atemlos. Es dauerte einige Sekunden, bis Leo und Jean-Cyr begriffen, wen sie meinte.

Sie blieben stehen und starrten dieses halb schwankende, halb kriechende Wesen an, das im selben Augenblick, als sie vorüberkamen, aus einer der Nebenstraßen gekommen war. Er war beschmutzt und übel zugerichtet. Er tat so, als sehe er sie nicht.

»Sollen wir –?« begann Leo unsicher, sah aber, daß die anderen wußten, was er meinte. Es war keineswegs sicher, ob der Meister wollte, daß sie ihn in diesem Zustand sahen.

»Wahrscheinlich will er... allein zurechtkommen«, sagte Jean-Cyr leise.

Jetzt konnten sie hören daß der Meister das eine oder andere vor sich hinmurmelte, konnten aber nicht verstehen, was er sagte. Hilflos standen sie da. Jean-Cyr war blaß geworden. Diese Situation hatte etwas Undenkbares, ja fast Naturwidriges an sich. Das *konnte* nicht der akkurate, strenge Mann sein, den sie von den Stunden kannten; der dort drüben in den Rinnstein fiel, das *konnte* nicht dieser große, weltberühmte Künstler sein. Was sie sahen, war ein Wrack, ein kranker Hund. Aus ihm drangen knurrende Laute. Sein Gesicht war völlig verändert, die Gesichtszüge aufgelöst, die Augen fast blicklos.

Dann faßte Danielle Mut:

»Kommt«, sagte sie, »wir müssen ihm helfen. Ein Polizist könnte kommen. Oder er kann sich die Hände verletzen.«

Sie gingen zu dem Schwarzgekleideten.

»Sollen wir Sie nach Hause bringen, Herr Professor?«

»Äh – aber... das sind ja...?« Er sah sie wie aus weiter Ferne an, als erkenne er sie nicht richtig wieder. Der Blick verriet, daß er sich zusammenzunehmen versuchte.

In solchen Situationen fragt man nicht: Sind Sie betrunken, Herr Professor? Man fragt:

»Sind Sie krank? Ist etwas passiert?«

Es dauerte eine Weile, bis er schluchzend und langsam antwortete:

»Äh, es ist überhaupt nichts passiert. Ab-so-lut nichts. Aber nein. Im großen und ganzen. Aber jetzt ist es weg. Ach ja. Alles. Jawohl. Ab-so-lut alles weg.«

»Weg?« fragte Danielle, während sie unter Mühen den Meister zwischen sich die Straße hinunterführten: »Weg? Was ist weg?«

»Alles. Das ganze Geld.«

»Was sagen Sie da, Herr Professor? Hat Ihnen jemand Ihr Geld gestohlen?« Noch immer führte Danielle das Wort; sie schien praktischer zu sein als die beiden Jungen.

»Das Geld? Das Geld? Ja, ich hab’ doch gesagt, das Geld ist weg. Ha. Pfeif auf das Geld. Pfeif darauf.« Die drei wechselten Blicke. Leo fühlte, wie ihm eine leichte Übelkeit aufstieg, als er den Erwachsenen so sah. Es erinnerte ihn an etwas, etwas Beunruhigendes.

Er hatte eine Eingebung:

»Haben Sie denn das Geld *verloren?*«

Der Meister warf ihm einen raschen, scharfen Blick zu:

»Wie verdammt viel ihr fragt und wühlt! Na, junger Lewen-

292

haupt? Das ist doch der junge Lewenhaupt, nicht wahr? Der kleine Scheißjunge aus dem Schwabenland? Hm? Dieses verwöhnte Samtjüngelchen mit den Locken? Leugne nicht! Ich erkenn' dich wieder! Ich hab' dich erkannt, wie du bist! Ich weiß genug! Ich kenne deine innersten Geheimnisse, vergiß das nicht! Was treiben Sie denn zu dieser Zeit in der Stadt, junger Mann? Hm? Müßten Sie nicht zu Hause sein und Ihre Aufgaben machen? Sie müssen mehr üben, junger Mann. Mehr üben. Und weniger fragen.«

Die beiden anderen sahen den Lehrer schockiert an.

Dann wurde ihm übel. Ein Polizeikonstabler kam zu ihnen und fragte, ob alles in Ordnung sei. Blaß um die Nase antwortete Danielle, alles sei in Ordnung, den Herrn habe nur eine Unpäßlichkeit überfallen. Der Konstabler zuckte phlegmatisch mit den Schultern. »Unpäßlichkeit«, sagte er und verschwand.

Abwesend half Leo den beiden anderen, den Meister in die richtige Richtung zu steuern. Jetzt hatte er verstanden, was dem Erwachsenen zugestoßen war. Und es tat weh, daran zu denken. Er hoffte, der Meister werde nichts mehr sagen, sonst würden auch Danielle und Jean-Cyr den Zusammenhang verstehen. Ein Stück weiter kam es dann aber.

»Dabei hat es nach so einer herrlichen Partie Baccarat ausgesehen. Ich hatte schon eine große Summe gewonnen, hatte den ganzen Abend vor allem *à cheval* gespielt. Habe nur noch eine Runde spielen wollen. Dann habe ich Baccarat bekommen – eins, zwei, drei, vier – vier? Fünf? Ich glaube fünfmal hintereinander. Also bin ich jetzt ruiniert. So ein Gefühl ist das also.«

Leo nickte den anderen leicht zu.

»In dieser Straße ist eine Spielhölle«, sagte er leise.

»Im übrigen«, fügte der Meister, jetzt fast dozierend, hinzu, »im übrigen ist es mir jetzt binnen sechs Monaten gelungen, alles zu verspielen, was ich hatte. Alles, was ich in zwanzig

Jahren verdient habe. Es ist unfaßbar, wie schnell heutzutage Vermögen kommt und geht. Obwohl es schneller geht, als es kommt, ich habe auf jeden Fall zwanzig Jahre gebraucht, um meines zu schaffen. Ich habe – laßt mich sehen – alles verpfändet, was ich besitze, um ganz genau zu sein. In Geldsachen muß man genau sein. Aber heute abend habe ich mich nach der letzten Runde verschuldet, und da ist auch die Geige verlorengegangen, und das war traurig. Ich mußte – hm, ich mußte ihnen die schriftliche Zusicherung geben, daß die Geige ihnen gehört, voll und ganz ihnen, vorher ließen sie mich nicht gehen. Das ist sehr unangenehm. Jaja.«

Leo ließ den Meister los.

»Nicht die Guarneri! Die doch nicht!« schrie er.

Auch die beiden anderen hielten inne, blieben stehen und starrten den Meister an, als sei er ein Fremder.

»Doch«, seufzte der Erwachsene. Er sah zu Boden. Einen Augenblick wirkte er völlig nüchtern. Dann sagte er: »Giuseppe Ghu-huarneris kleine Scheißgeige.« Die Worte kamen stückweise.

»Das ist nicht wahr«, flüsterte Leo. »Das ist nicht wahr.«

Der Meister sah auf. Und falls die drei vorher nicht gewußt hatten, was der Ausdruck, ein Mensch sehe zerstört aus, bedeutet, dann verstanden sie es jetzt, als sie sein Gesicht sahen. Dann aber brauste er auf, zog die Augenbrauen zusammen und starrte sie wütend an.

»Was geht das euch an!« zischte er. »Wißt ihr nicht, wer ich bin? Wagt ihr vielleicht, darauf zu bestehen, daß ... Und was wißt ihr schon vom Leben! Kleines Gesindel. Was wißt ihr denn schon!«

Sie sahen zu Boden.

»Üüübbbrigens, üübbrigens«, fuhr der Meister wie beiläufig fort, »es war auch ein richtig schlechtes Instrument. Eine erbärmliche Geige. Nicht wert, daß man es aufhebt. Außerdem gewinne ich sie zurück. Ganz bestimmt. Das ist eine Kleinigkeit. Morgen oder an einem anderen Abend. Ganz bestimmt.«

»Pfui Teufel«, sagte Leo.

»Leo!« rief Danielle und sah ihn an. Leo sagte nichts mehr.
Dann brachten sie den Meister nach Hause.

Aber wie auch immer er es geschafft hat – am Montagmorgen
empfing sie der Meister wie gewöhnlich. Um acht Uhr, straff
im Gesicht und kurz angebunden. Danielle, Jean-Cyr und Leo
hatten die Samstagnacht und den größten Teil des Sonntags mit
langen Diskussionen darüber verbracht, was sie tun wollten.
Was sollten sie tun! Das einzige, was dabei herauskam, war,
daß sie schweigen mußten. Verwirrt und nervös erwiderten sie
nun den Blick des Meisters, als er die versammelte Klasse überblickte, ihm war aber nichts anzumerken, der Blick ruhte nicht
länger auf ihnen als auf den anderen. Er verzog keine Miene.
Wie üblich wünschte er der Klasse einen guten Morgen und
öffnete seinen Geigenkasten.

Es glänzte golden. Die Guarneri lag in der Hand des Meisters.
Dann begann er mit dem Unterricht. Das Vorkommnis wurde
von den dreien nie mehr erwähnt, und auch vom Meister kam
keine Andeutung. Es war tatsächlich so, als sei nichts geschehen, als sei das Ganze ein Traum gewesen.

Ob es dem Meister tatsächlich gelungen war, das Instrument
zurückzugewinnen, oder ob einer seiner vielen Gönner ihm
geholfen hatte, es auszulösen oder für ein Darlehen gebürgt
hatte – sie fanden es niemals heraus. Schließlich vergaßen sie die
ganze Geschichte fast. Zu vergessen war das Beste. Und in gewisser Weise waren sie dankbar, keine weiteren Einblicke in
das Doppelleben des Meistes zu erhalten, sie waren froh, daß es
ihnen erspart blieb, etwas *über* ihn zu wissen.

In Leo blieb jedoch etwas zurück: dieses beunruhigende Gefühl des Verstehens, des *Wiedererkennens*, das ihn überfallen
hatte, als sie den Meister auf der Straße gefunden hatten.

Dies war eine der vielen Etappen der Reise.

Sechs Jahre dauerten die Studien. Währenddessen durfte keiner der Studenten Konzerte geben, dies war die ausdrückliche Anweisung des Meisters. Nichts Unfertiges sollte vorgeführt werden. Erst in den letzten beiden Semestern wurden Schülerkonzerte veranstaltet, damit die Studenten geistig auf die Situation bei den Diplomkonzerten vorbereitet waren.

An diese sechs Jahre ließ sich gut zurückdenken. Es war eine große Menge Arbeit und mehr Üben als früher, und es blieb sehr wenig Zeit zum Komponieren. Dennoch war Leo zufrieden. Daß er nicht vor Publikum spielen mußte, war hilfreich. Der Drill und die erschöpfende Perfektionsarbeit wurden auf diese Weise zu einer Aufgabe für sich, losgelöst von dem Gedanken an Publikum, an Auftritte und an Zirkus. Es war hilfreich, daß er nicht mehr bei den Eltern wohnte und ihm erspart blieb, sie zu sehen. Diese ersten sechs Jahre in Paris waren völlig anders, als er es befürchtet hatte. Er lernte viel.

Manchmal war er fast krank vor Sehnsucht danach, ordentlich und gründlich an Kompositionen arbeiten zu können. Aber die Stimulanz durch die Lehrer in Theorie und von allem, was er in Konzerten hörte und was er mit den Freunden diskutierte, wogen in gewisser Weise auf, was er vermißte. Außerdem machten ihn die vielen neuen Strömungen, die vielen neuen Sprachen, die er im Musikleben kennenlernte, unsicher. Sein eigenes Wissen und sein eigener Ausdruck reichten nicht aus. Sie stammten aus einer anderen Zeit, einer anderen Stimmung. All das Neue begeisterte ihn und verwirrte ihn. Abgesehen von einzelnen kleineren Stücken schrieb er wenig. Das schob er auf. Er blieb bei der Geige. Die Symphonieskizze von damals blieb liegen.

Regelmäßig meldete sich der Gedanke an seine Feigheit, an seine mangelnde Willensstärke bei ihm, und er dachte an die Verwünschung, die er über sich selbst ausgesprochen hatte. Doch all das andere, das, was er erlebte, und alle Arbeit nahmen den quälenden Gedanken ihre Schärfe. Und schließlich lernte er hier ja

Kompositionsstudenten kennen, mit denen er sich unterhalten konnte. Und seine Lehrer in Theorie bewahrten Stillschweigen darüber, daß seine Kompositionsversuche manchmal über die eigentliche Arbeit hinausgingen. Ansonsten waren sie sehr zufrieden mit ihm, und es war bestimmt nicht nur der Meister, der ahnte, wonach er sich eigentlich sehnte.

Doch auch dies, die Entscheidung des Ganzen, verschob er und setzte sie auf unbestimmte Zeit aus.

In diesen Jahren lernte der junge Leo Lewenhaupt zudem besser mit Menschen umzugehen. Viele der Mitschüler waren ebenso sonderbare Vögel wie er selbst und hatten ungefähr das gleiche durchgemacht. Man konnte mit ihnen reden. Wenn es nötig war, konnte er mit ihnen über die ernsten Dinge sprechen. Aber vor allem konnte er mit ihnen auch über alles mögliche andere sprechen, Scherz und Ernst, und sich mit ihnen Sachen einfallen lassen – Streiche und Ausflüge –, denn zwischen ihnen herrschte ein großes, stillschweigendes Einverständnis. Bis dahin hatte Leo keine Freunde gehabt. Vermutlich lag das an seinem isolierten, künstlichen Dasein als Kind, aber auch daran, daß er besonders war, anders. Freundschaft muß von selbst kommen, muß selbstverständlich sein.

Anfangs sollte Leo natürlich viele Fehler machen, im Verhalten gegenüber den Freunden und den Lehrern. Er war im Umgang mit Menschen ungeübt und plump. Zuerst einmal war er ziemlich ungeduldig gewesen, überheblich, verwöhnt, selbstzufrieden – kurz und gut, ein *Wichtigtuer*. Gott sei Dank fiel ihm das selbst nicht so sehr auf. Und als der Krankenhausaufenthalt vorüber war, waren die schlimmsten Kanten abgeschliffen. Nicht nur aus den Kleidern von zu Hause war er herausgewachsen und konnte sie gegen die normale Kleidung eines jungen Mannes austauschen – nein, er wuchs sozusagen aus sich selbst heraus. Als habe er *sich selbst* ausgetauscht.

Sein gesamtes früheres Leben, die ganze Kindheit, wurde von ihm gestrichen, verschwand, wie sein altes Gesicht verschwand.

Alles ging direkt in sein Inneres und verpuppte sich dort.

Leo schrieb pünktlich nach Hause, einmal im Monat, wie ein Kontorist. Er variierte die Briefe routiniert und leidenschaftslos, ohne Berücksichtigung dessen, was er tatsächlich erlebte. Er berichtete ihnen, was sie seiner Meinung nach hören wollten. Jeden letzten Sonntag im Monat schrieb er die Briefe ins Unreine, am Montagmorgen schrieb er sie in seiner saubersten Schönschrift nieder – in jener unpersönlichen Schrift, von der er wußte, daß die Mutter sie schätzte.

Die Antwortbriefe kamen ebenso pünktlich zurück und enthielten meist dieselben Ermahnungen und die letzten, interessanten Neuigkeiten aus Schwaben. Der Vater war auffallend wenig mitteilsam hinsichtlich der Pferde und der Jagd: Nach dem, was Leo getan hatte, bevor er von zu Hause abgereist war, konnte er sich dazu wahrscheinlich nicht überwinden. Darum waren die Briefe des Vaters meist ein Gepolter über verschiedene Angelegenheiten. Die Mutter hatte ihr altes Interesse für die Königliche Familie wieder erneuert und vertieft und konnte immer größere und kleinere Sensationen zum besten geben. Sie schrieb nie von ihrem Asthma – es schien mit Leo verschwunden zu sein.

Auf diese Weise setzten sich die Lügen und die Verstellungen zwischen ihnen einmal im Monat fort.

Ansonsten vermied er so weit wie möglich, an die Eltern zu denken und an das, was er zu Hause zurückgelassen hatte. In den Ferien fuhr er nicht nach Hause nach Henkerdingen. Die Eltern ließen sich auffallend leicht davon überzeugen, daß die Arbeit ihn zurückhielt. Außerdem *waren* die Ferien kurz. Den allerersten Sommer verbrachte er allein in Paris, in stickiger, unerträglicher Stadt-Hitze, und genoß jeden Augenblick. Er war frei, er war allein, und er beging alle Verrücktheiten, die ihm in den Sinn kamen. An den ersten Tagen reichte seine Phantasie zu nicht mehr aus als zu ganz simplen Streifzügen in der Pariser Schattenwelt, zuerst bei Tageslicht, dann abends. Er vergnügte sich damit, umherzugehen und sich alles *anzusehen*, was ihm bis dahin verboten gewesen war. Nach und nach nahm er selbst teil. Und eines Abends schließlich kam er nach Hause in sein Zimmer und entdeckte mit Verblüffung, daß er vor Trunkenheit nicht auf den Beinen stehen konnte. Am darauffolgenden Morgen gelobte er hoch und heilig, daß er nie mehr versuchen wollte herauszufinden, wie es war, betrunken zu sein, und dann war er eine Woche lang jeden Abend betrunken.

Das war in jenem ersten Sommer gewesen. Die folgenden Sommer aber verbrachte er meist mit einem oder mehreren der Freunde. Entweder fuhren sie zusammen aufs Land, oder er war in den Ferien bei einem von ihnen zu Hause. Jean-Cyr kam aus einem Ort in der Nähe von Marseille.

So kam es, daß Leo zum ersten Mal das Meer sah. Er erkannte, daß seine Geburt in Schwaben ein Mißverständnis gewesen war, verdammt noch mal, so weit auf dem Festland mit Wald und Pferden und Büschen und Hasen. Irgendwo mußte etwas schiefgelaufen sein, eine kosmische Verwechslung. Die Wellen mußte er reiten! Und seine Werkzeuge waren die Angelrute und der Kescher! Er kam vom Meer. Im Meer spiegelte sich die Sonne. Er gehörte dem Meer.

Spot richtete sich wieder in der Koje auf. Er sah sich blinzelnd um. Dann lächelte er.

»Leo von Lewenhaupt«, sagte er zu sich selbst, »das waren gute Jahre. Göttliche Jahre. Goldene Tage.«

Er holte wieder die kleine Schnupftabakdose und den Taschenspiegel hervor und begann einen neuen Streifen Kokain vorzubereiten.

Goldene Tage. Glitzerndes Licht aus jener Zeit flackerte dort umher, wo er gerade saß.

Warum, dachte er, warum hatte er sich in jener Zeit niemals selbst gefragt, wohin er unterwegs war? Warum sein Gesicht sich verwandelt hatte? Wäre alles anders gekommen, wenn er innegehalten und gefragt hätte? Ahnte er, damals, was geschehen würde? Wußte er es, in seinem tiefsten Inneren? Vielleicht. Vielleicht.

Er dachte an das Meer, so wie er es kennengelernt hatte, beim ersten Mal. Er dachte, daß das Meer ein großes, freundliches Wesen war, auf dem er mit Jean-Cyrs Jolle wegsegelte. Als werde man von einem großen Bruder auf dem Rücken getragen.

Er sah die Meeresoberfläche vor sich, an einem dunstigen Septembertag, wenn es völlig still dalag, als wartete es.

Und er dachte an Danielle. Danielle aus der Löwengrube. Im fünften und vorletzten Jahr, nachdem er am Meer gewesen war. Da hatte er sie geliebt.

Spot schnupfte das Kokain vom Taschenspiegel. Ein letztes Mal blies er die letzten Körner hinauf zur Deckenlampe.

Er lächelte nicht mehr.

Der Rausch packte ihn überraschend. Er zitterte leicht. Er schloß die Augen. Er dachte an Danielle. Er dachte an jenen Frühling.

Und von nun an konnte er sich nur an Schlimmes erinnern.

Aprilregen über Paris. Diese rieselnde, leichte Feuchtigkeit, die alles sauber und glänzend werden läßt und die Luft mit einem Geruch von Straßenstaub und Sternen erfüllt.

Es ist Samstagmorgen. Aus dem Regenwetter kommt Danielle, atemlos, weil sie die Treppe heraufgerannt ist. Das rote Haar steht um ihren Kopf wie ein feuchtes Feuer, voll kleiner Tropfen. Sie hat den Arm voller Päckchen und einem riesigen Blumenstrauß.

»Schau hier, Leo!« ruft sie ihm zu. »Ich bin auf dem Markt gewesen. Schau! Es sind neue Karotten und frischer Salat eingetroffen. Und *Spargel!* Und ich habe frische Erbsen.« Sie geht langsam durch das Zimmer, zu der kleinen Küchenbank. Sie hat jungen, frischen Salat bekommen, smaragdgrün und zart.

»Und außerdem gab es Zucchini«, sagt sie und schwenkt beides hin und her. »Und hier!« Jetzt kommt sie dicht zu ihm, er sitzt auf dem Bett, und hält ihm den großen Blumenstrauß ganz nah ans Gesicht.

»Ich habe mich mit den Blumen ruiniert. Schau. Anemonen! Sind sie nicht wunderbar?«

Ein Meer aus Rot und Blau und Violett.

»Und Osterglocken«, sagt sie, »und Tulpen.«

Die Blumen sind feucht vom Regen und duften stärker als gewöhnlich. Er ist ganz erfüllt von ihrem Duft.

»Das ist der Frühling!« ruft Danielle aus.

Er lächelt blaß zu ihr hinauf. Sie zerzaust ihm die Haare.

»Und außerdem habe ich Brot und Wein und Käse gekauft und vier Lammkoteletts. Du bekommst die größeren, wenn du richtig brav bist. Vielleicht.«

Die Blumen bleiben in seinem Arm liegen. Wie ein Wirbelwind ist sie wieder beim Spülbecken. Dann beschäftigt sie sich mit den Lebensmitteln. Sie ist mehr oder weniger zu ihm gezogen, ihre eigene Adresse hat sie vor allem des Anscheins wegen behalten und weil sie einen Platz braucht, wo sie üben kann.

»Jetzt machen wir ein Mittagessen, das uns unheimlich guttun wird!«

Eigentlich hätte er sich schon lange vom Bett erheben müssen, er hätte die Blumen ins Wasser stellen, ihr mit dem Essen helfen müssen. Er aber bleibt sitzen. Er sagt:

»Mit anderen Worten, ein richtiges Frühlingsfest.« Die Stimme läßt er so begeistert klingen, wie er nur kann, sie aber hört, daß etwas nicht in Ordnung ist. Sie kennt ihn gut. Sie legt den Spargel weg, sieht ihn an, sieht ihn gründlich an.

Dann setzt sie sich neben ihn.

»Aber Leo. Du darfst nicht weinen.«

»Nein«, sagt er, »ich werde nicht weinen.«

Er zittert, während er in ihren Armen liegt. Aus weiter Ferne hört er sie flüstern, leise und vorsichtige Worte.

»Was ist denn, was ist denn.«

»Es tut mir leid«, sagt er. »Aber während du weg warst, ist die Post gekommen.«

»Ja?«

»Ein Brief von zu Hause.«

»Ist etwas Schlimmes passiert?«

»Nein. Nein. Bestimmt denkst du, das ist dumm, aber – aber, es ist also so, daß sie mich im Sommer zu Hause haben wollen.«

»Ja und?«

»Ich bin doch vier Jahre nicht zu Hause gewesen, ich meine, diesmal *muß* ich fast, aber –«

»Leo...« Sie hält ihn im Arm.

»Mutter schreibt... Sie schreibt, sie hätten gern, daß ich ein oder zwei Konzerte gebe, wenn ich ausnahmsweise einmal nach Hause komme. Ein Hauskonzert. Genauso wie früher. Und. –«

»Ist das so schlimm?«

»Danielle, du verstehst nicht. Du begreifst nicht, wie das *ist*. Ich kann nicht nein sagen. Ich weiß genau, wie das wird. Sie haben schon alles geplant, die Einladungen sind schon verschickt, darauf wette ich. Und in den Kulissen steht bestimmt ein Impresario und tritt von einem Fuß auf den anderen. Es wird genauso kommen wie früher. Genau wie immer. Und ich... als ich gerade den Brief gelesen habe, war mir, als werde mir schwarz vor Augen, ich habe geglaubt –«

»Aber Leo«, sagte sie, »es ist doch nur ein Konzert.«

Er erstarrt und reißt sich mit einem Ruck von ihr los:

»Das kannst *du* leicht sagen!« sagt er verbissen. »Du bist immer so tüchtig. Du kannst einfach auf das Podium gehen und machen, was du sollst, ohne weiteres, dann verbeugst du dich und gehst wieder. Du *hast* ja keine Nerven.«

Das ist nicht wahr. Sie sieht zu Boden, versucht zu verbergen, daß er sie verletzt hat.

»Du ahnst nicht, wie sie sind! Erinnerst du dich – erinnerst du dich, wie ich einmal erzählt habe, daß ich mein Pferd und meinen Hund erschossen habe, kurz bevor ich von zu Hause weggegangen bin? Ja. Glaubst du mir, daß sie sich mehr um das Pferd gekümmert haben, dieses arme Pferd, als um *ihren Sohn*, der es tatsächlich erschossen hatte. Der es aus dem einen oder anderen Grund also erschossen hatte. Sie waren in ihrer Fürsorge für den Verstorbenen ganz rührend. Dabei war es mein Pferd. Außerdem ist es ein guter Schuß gewesen. Mitten in die Stirn. Du hättest Vater sehen sollen, wie er sich um die Leiche bemüht hat. *Mich* haben sie ins Bett geschickt, nachdem er mich verprügelt hatte. Noch nicht einmal das Blut und die Schmiere durfte ich mir abwaschen. Glaubst du, sie hätten jemals darüber nachgedacht, warum ich das getan habe?!«

»Doch, Leo. Ich glaube schon, daß sie das haben. Das haben sie ganz sicher.«

»Was weißt du davon! Was weißt du davon!«

Wieder mußte sie ihn in den Arm nehmen. Nach einer Weile sagt er:

»Ich habe vier Jahre lang kein Konzert mehr gegeben.« Dann kommt es: »Und ich hoffe – ich hoffe, daß ich es nie mehr tun werde.«

Im nächsten Augenblick beginnt er zu zittern, zu zittern, als solle er in Stücke gerissen werden, wie damals im Musikzimmer. Um ihn herum wächst ein kaltes Dunkel. Er hatte schließlich fast vergessen, wie das war. Er hatte sich eingebildet, alles sei anders geworden. In Wirklichkeit aber ist alles wie früher, oh! er hatte sich eingebildet, hatte sich eingebildet – er hatte sich so vieles eingebildet. Er hatte sich eingebildet, er sei frei.

Wie durch einen weichen Stoff hört er ihre Stimme.

»Leo. Lieber Leo.«

Lange danach ist die Welt wieder zur Ruhe gekommen. Er liegt in ihren Armen. Er öffnet die Augen, sieht sie an. Sie ist besorgt. Sie ist ein feines Mädchen, sie ist ehrlich und tapfer, sie kommt aus gutem Haus, einem wirklich guten Haus. Und sie hat alles gelesen. Viel mehr als Leo. Sie ist eine begabte Musikerin, eine der besten. Dort in der Löwengrube wohnte ein seltsamer Mensch. Jetzt sieht sie ihn besorgt an.

Er lächelt vorsichtig zu ihr hinauf.

»Eigentlich wollte ich doch im Sommer mit dir zusammen sein«, flüstert er. Jetzt ist er fast ruhig.

»Aber du bleibst doch nicht den ganzen Sommer dort?«

»Doch, vermutlich. So wie ich sie kenne.«

Sie fährt ihm über die Stirn, sieht ihn forschend an. Nach einer Weile sagt er:

»Ich wünschte, du könntest mitkommen.«

»Du weißt, daß sich das nicht gehört.«

»Doch«, sagt er. »Es würde gehen. Wenn du *wolltest* . . .«

»Was *wolltest* – ?«

Er unterbricht sie – »Die Blumen!« schreit er. Er hält eine zerdrückte Osterglocke in die Höhe. Fast alle sind unter ihm auf dem Bett zerdrückt worden.

»Denk jetzt nicht an die Blumen«, sagt sie. »Was *wollte* ich denn vielleicht – ?«

»Ehrlich gesagt, Danielle, ich weiß nicht, wie man –«

Sie lächelt.

»Das macht man so«, sagt sie. »Man wirft sich vor der Angebeteten auf den Boden, und dann reicht man ihr eine Blume, und dann fragt man.«

Er hält eine Osterglocke vor sich und sieht sie fragend an. Zu mehr ist er nicht imstande.

»Das ist vermutlich ziemlich unvernünftig«, sagte sie. »Ich glaube, du bist verrückt.«

Er schüttelt den Kopf.

»Ich glaube, du willst bloß nicht allein sein.«

»Nein«, sagt er. »Danielle.«

Dann wird sie ernst.

»Ja«, sagt sie. »Ja. Ja.«

Er zieht sie zu sich hinab. Sie umklammern einander fest.

Dann wird es Nachmittag, und sie fragt:

»Meinst du, was du gesagt hast?«

»Ja.« Ihm ist noch immer schwindlig. »Selbstverständlich habe ich es so gemeint, als ich gefragt habe – «

»Das nicht, Leo. Ich meine das andere. Meinst du, daß du nie mehr Konzerte geben willst?«

Sie sieht ihn eindringlich an. Er weiß nicht, was er sagen soll. Er legt das Gesicht an ihre Schulter.

»Gut, gut«, sagt sie. »Es soll kommen, wie es will.«

Die Lammkoteletts aßen sie statt dessen zu Abend. Danielle bekam die größeren.

Und so fuhren sie zusammen nach Henkerdingen, und es war schrecklich. Es wurde genauso, wie er befürchtet hatte. Die Mutter war vor Stolz, vor Nervosität, vor Neugier außer sich. Sie erkannten Leo beinah nicht wieder, die Mutter schlug die Hände zusammen und gab erstaunte Ausrufe von sich, der Vater war etwas peinlich berührt, daß Leo größer geworden war als er selbst. Danielle betrachteten sie forschend. Sie mußte sofort allen vorgeführt werden. Daß Danielle kein Deutsch sprach, machte die Sache nicht besser, auch nicht, daß der Vater ein eingefleischtes Mißtrauen gegen alle Vertreter des froschschenkelessenden Gallien hegte. Er unterhielt die Gäste mit deftigen Geschichten aus dem letzten Krieg. Dieser ganze Sommer war ein einziges Schauspiel, eine Vorstellung. Tapfer spielte Leo seine Rolle, und er *gab* dieses Konzert, und noch zwei weitere. Er sah, wie Danielle kämpfte, um die Maske aufrecht zu halten, wie sie sich bemühte, sich mit seinen Eltern zu unterhalten und freundlich zu sein. Leo begann zu bereuen, daß er sie mitgenommen hatte. Er wußte, sie tat es um seinetwillen, aber sein Inneres verkrampfte sich, wenn er Danielle mit seiner Mutter schwesterlich Arm in Arm durch den Garten spazieren sah. Der Vater hielt ihm einen längeren Vortrag, über Pflichten und Freuden der Ehe, und anschließend mußte Leo ins Freie und es aus sich herauslaufen, sonst wäre ihm übel geworden. Alles war eng, eng und drückend. Die Konzerte waren entsetzlich. Er hatte geglaubt, er sei verändert, alles Schlimme liege hinter ihm. Jetzt überfiel ihn wie aus einem Hinterhalt sein altes Ich, und er zitterte und hatte Angst und mußte sich übergeben. In ihm geschahen Dinge, umwälzende, unbegreifliche Vorgänge. Danielle mußte die Schläge auffangen.

Sie mußte immer die Schläge auffangen.

Wenn sie allein waren, ließ er sie es büßen. Er merkte es selbst, es gelang ihm aber nicht, sich zurückzuhalten, es quoll einfach aus ihm heraus. Selbst dann begriff er noch nicht, was für ein Egoist er war, wie er sich benahm. Es sollte viele Jahre dauern, ehe er verstand, was er getan hatte. Hätte sie ihn weniger geliebt und sich offen gewehrt ... Danielle aber war einer der seltenen Menschen, die *tragen,* und sie trug für ihn, und sie hörte ihm zu und stützte ihn und fand sich mit fast allem ab. Die ganze Kindheit stieg wieder in ihm auf. Sie fing den Schlag auf. Oh doch, der Leo lebte noch immer in ihm, verwandelt, maskiert und in seiner Selbstsucht weit raffinierter. Er, er. Dieser ganze Sommer handelte von ihm, Danielle sagte nichts. Aber sie weinte, als sie im Zug nach Hause saßen, und unter den Augen war sie schwarz.

Sie heirateten Ende September. Es geschah in aller Schlichtheit, eine bürgerliche Trauung, in Paris. Keiner von ihnen war gläubig. Leos Eltern hatten bereits mit der Planung der Hochzeit begonnen, und die Mutter hatte verrückte Erwartungen von einem großen, weißen, einzigartigen Ereignis. Doch irgendwie war es Leo gelungen, sie zu stoppen, als er die Panik in Danielles Augen sah. Auf seiten der Mutter war der Preis ein

306

Asthmaanfall und vier Tage Eiseskälte, wohin im Haus sie auch gingen. Doch sie bekamen, was sie wollten.

Sie heirateten und zogen in eine kleine Wohnung. Beide setzten ihr Studium fort.

Diesen ganzen Herbst über war Leo in erregter Stimmung, obwohl er äußerlich ruhig war. Bewußte und unbewußte Gefühle stiegen auf und versanken wieder in ihm. Und um Neujahr herum mußte Danielle ihn einige Nächte in den Armen halten und ihn pflegen, weil er Angstanfälle hatte. Ernster wurde es, als die Schülerkonzerte begannen, Danielle selbst mußte auch kämpfen, er aber bemerkte es kaum. Er half ihr nicht bei der Zusammenstellung ihres Programms, er gab keine Antwort, als sie vorschlug, sie sollten ein Duett spielen. Sie hatten häufig zuvor Duett gespielt, und mit großem Erfolg. Beide hatten ihre Freude daran gehabt. Jetzt aber gab Leo keine Antwort. Als höre er nichts.

Ab und zu trank er ein wenig.

Eines Abends im März drohte er damit, seine Hände zu zerstören, sie über die Gasflamme zu halten, bis sie so verbrannt waren, daß er nicht mehr spielen konnte. Sie mußte ihn mit Gewalt daran hindern. Er fühlte sich erbärmlich, war fast zornig auf sie, weil sie ihn so erniedrigt gesehen hatte, dieses Mal und viele Male zuvor. Er sagte:

»Ich will nicht mehr. Ich will kein Solist sein. Ich will komponieren. Das ist das einzige, was ich will.«

Und auch dieses Mal antwortete sie dasselbe, aber erst nach langer Zeit. Still und resigniert sagte sie, es komme alles, wie es wolle.

»Es liegt bei Gott«, sagte sie.

So kam es, daß Leo niemals sein Diplom bekam. Zur großen Empörung des Meisters, der Lehrer und der Mitschüler.

Danielle bestand ihr Diplom glänzend. Im Winter bekamen sie eine Tochter.

307

Zehn Jahre deines Lebens, Leo Lewenhaupt. Sein Leben als Komponist hatte zehn Jahre gedauert. Und es war Lüge. Alles Lüge.

Zehn Jahre neuer Studien. Mit wahnsinniger Arbeit an Projekten, die nie ihre Form fanden. Rechnungen, die ständig kamen. Leos Eltern leisteten nach dem endgültigen Bruch keinen Beitrag mehr. Und Danielle war zu stolz, um von ihren Eltern etwas anzunehmen. Leos Lebensgewohnheiten waren kostspielig – kostspieliger, als er sich selbst darüber im klaren war. Außerdem hatten sie die kleine Josephine. Wären die Dinge aber richtig gewesen, zwischen ihnen und mit Leos Arbeit, hätten sie diese Jahre überlebt. Leo aber nahm an seinem eigenen Leben nicht richtig Anteil. Selbst die Tochter ließ ihn häufig ungerührt. Einige Male erschrak er über sich selbst.

Danielle schleicht durch das Zimmer, die Tochter auf dem Arm. Josephine ist drei Jahre alt. Er hört sie genau, während er dasitzt und schreibt, aber er weiß, er muß der Tochter die Freude gönnen, ihn zu erschrecken. Genau hinter ihm bleiben sie stehen. Dann beugt Danielle sich über seine Schulter, Josephine steckt ihren kleinen Kopf in seine Halsgrube, während beide rufen:

»Buuuuh!«

Josephine gluckst vor Lachen über das erschrockene Gesicht, das er aufsetzt.

»Noch einmal!« ruft sie: »Noch einmal!« Danielle hebt sie hoch, und sie wiederholen es. Josephines Haare sind golden und lockig und kitzeln ihn im Gesicht. Sie duftet. Es ist, als dufte ihr Körper selbst, süß wie Zimt.

»Noch einmal!«

»Nein«, sagt Leo, »für heute bin ich jetzt genug erschrocken. Ich arbeite.«

»Papa Arbeit!«

»Ja, Josephine.« Er sieht in das kleine Gesicht, das bittend zu ihm aufsieht und etwas von ihm will. Es ist sein Kind. Es ist *sein* Kind. Was will es eigentlich von ihm?

»Danielle«, sagt er hastig, »sieh dir das doch mal an. Was hältst du davon.« Er reicht ihr einen Notenbogen. Sie bleibt stehen und betrachtet ihn prüfend mit gerunzelten Augenbrauen. Leo sieht das Kind nicht an, kann aber Josephines Gesichtsausdruck dennoch wahrnehmen, die Enttäuschung, Mundwinkel, die nach unten gehen.

Danielle holt die Geige, sie liegt auf dem Klavier. Sie spielt die Takte durch.

»Das ist gut, Leo«, sagte sie. »Das ist gut.«

»Ja, findest du nicht auch? Nicht wahr?«

»Wenn ich etwas sagen darf«, beginnt Danielle vorsichtig, »dann ist es vielleicht ein wenig steif, hier gegen Ende ...«

»Steif.«

»Da *passiert* nicht so viel. G, C, E, – das ist nicht ganz unerwartet, oder?«

Er schlägt ärgerlich mit der Hand auf den Tisch.

»Steif!« ruft er.

»Papa Arbeit«, sagt Josephine nachdenklich von unten.

»Ja, aber du hast doch gefragt, was ich davon halte, Leo. Soll ich denn nicht ehrlich sein? Ich habe doch auch gesagt, daß ich es gut finde.«

»Doch«, sagt er, kleinlauter. »Das hast du gesagt.«

Er weiß, daß sie recht hat. Er weiß, daß diese kleine Skizze allem und allen möglichen anderen gleicht – nur nicht ihm selbst. So geht es ihm fast immer: Er hat einen Einfall, ein, zwei-drei gute Takte. Einen Anfang mit Schwung. Dann bleibt er stecken, es wird zwischen seinen Fingern wie Staub, verrinnt in nichtssagenden Allgemeinheiten.

Ist er zu stolz, das zuzugeben? Oder zu feige?

»Kannst du ein bißchen auf Josephine aufpassen? Ich muß eine Weile weg.«

Er seufzt schwer.

309

»Bleibst du lange weg?«

»Nein«, sagt sie leise. »Ich bleibe nicht lang.«

Josephine hockt da und sieht zu ihm hinauf. Was soll er mit ihr machen? Nach einiger Zeit geht auch er vor ihr in die Hocke. Sie sagen nichts. Es vergeht eine Weile, bis ihnen einfällt, was sie machen können.

Dann zeichnen sie.

»Schau, Josephine, jetzt zeichne ich ein Boot. Es fährt auf dem Meer.«

»Will kein Boot«, kommt es vorsichtig.

»Du willst kein Boot zeichnen? Schau dir das Boot an«, sagt Leo bemüht. »Es fährt so schön. Und auf ihm sitzt der Junge und fischt.«

»Will kein Jungen zeichnen.«

»Na gut. Dann zeichnen wir ein kleines Mädchen. Ein kleines Mädchen, in dem Boot.«

»Kein Boot.«

»Wie du willst«, sagt Leo erschöpft. Er läßt den roten Stift fallen. »Was willst du denn zeichnen?« Er ist wirklich nicht gut, weder als Komponist noch als Zeichner.

Josephine sieht ihn lange und nachdenklich an. Er empfindet diesen Blick als etwas Furchtbares.

»Papa *lieb!*« sagt sie. »*Lieb.*« Dann legt sie ihm die Arme um den Hals. Er hält sie, weiß nicht, was er tun soll. Ungeschickt streichelt er ihr Haar. Er muß an einen kleinen Jungen denken, der mit der Sonne spielte, der aber nicht spielen konnte. Das ist tausend Jahre her, tausend Sonnenjahre. Und er muß an ein anderes kleines Mädchen denken, das im Gras saß und ihn ernst ansah. Sie sprachen nicht dieselbe Sprache. Sie waren weit voneinander entfernt. Tausend Jahre her, auch das. An all dies denkt er, während er streichelt, diesem kleinen Mädchen das Haar streicht.

Es waren neue Zeiten in der Musik, wie es neue Zeiten waren in der Malerei und in der Literatur. Man komponierte nach völlig neuen Methoden, in völlig neuen Ausdrücken. Die Diskussion zwischen Klassizisten und Neudeutschen tobte. Die Programme wechselten, Uraufführungen wurden ausgepfiffen oder mit frenetischem Applaus begrüßt. Man suchte neue Wahrheiten, neue Sprachen. Eine Auseinandersetzung folgte der nächsten. Man rechnete ab mit der absoluten Musik und mit dem Geniemythos. Dem Beethoven-Mythos. Dann kamen neue Mythen und neue Begriffe.

Bei all dem kam Leo Lewenhaupt zu kurz. Aber er komponierte. Große Stücke und kleine Stücke, mit größerem oder kleinerem Erfolg, er konnte kaum davon leben. Viele hielten ihn für vielversprechend, meinten aber, der wirkliche Durchbruch stehe noch bevor.

Daß er aber komponieren durfte, wie er es immer gewollt hatte, schenkte ihm keinen Frieden, befreite ihn nicht, wie er es gehofft hatte. Leo ahnte die Wahrheit, und eben dies zerstörte alles, er ahnte, daß es eine Lüge war. All das war Lüge. Er hatte keinen eigenen Ausdruck, es gelang ihm nicht, seine eigenen Grenzen zu durchbrechen, eine Sprache zu finden, die echt war. Was ihm gehörte, was sich unmittelbar meldete, war Teil einer vergangenen Zeit. So entstanden Hemmungen und Skrupel und Perioden absoluter Schreibblockade, von Machtlosigkeit.

Bereits nach einem Jahr erkannte er, daß er wahrscheinlich den Bogen zu weit gespannt hatte. Daß er sich zu etwas befähigt fühlte, was er nicht vermochte. Doch einen Weg zurück fand er nicht. Sein eigener Stolz und seine Feigheit hinderten ihn. Er hätte umkehren können. Doch er *ahnte* das Vollkommene. Er war mehr als genug begabt, um zu wissen, was groß war und was echt – und was Lüge war. Und genau dies, zu wissen, es aber nicht zu können, das machte ihn krank.

Hinzu kam seine Selbstverliebtheit. Wenn er hätte sehen kön-

nen. Wenn er an seinem eigenen Leben hätte teilnehmen können. Mehr und mehr aber lebte er für den Traum, den Traum
von der Komposition, davon, mit den großen Jägern auf der
großen, weiten Jagd jagen zu können in den großen, weiten
Jagdrevieren. Der Traum von der Sonne.

Und wie er träumen konnte! Er konnte von allem träumen, was
er schreiben wollte. Er träumte es groß und schön. Auf dem
Papier aber wurde es unverzüglich zu Asche. So kam es, daß
er weniger und weniger schrieb. Schließlich schrieb er fast
nichts mehr.

Hätte er nur *sehen* können. Statt dessen zerstörte er Danielle.
Er zerstörte den feinsten Menschen, den er jemals gekannt
hatte, und er zerstörte sie, ohne *sehen* zu wollen, fast wohl-
überlegt. Er *hätte* verstehen können. Doch er machte sich
blind, ebenso, wie er gelogen hatte, als er diese Ehe einging.
Aus Angst, einsam zu sein. Geschah es nicht darum? Oder?

Diese Verantwortung und diese Schuld belasteten ihn für den
Rest seines Lebens. Als Danielle nach sechs Jahren wieder
Konzerte geben konnte, war in ihr etwas zerbrochen. Es war
anders als früher. Ihrem Spiel fehlte Konzentration und Energie. So kam es, daß sie Unterricht zu geben begann, worüber
Leo sofort seine Verachtung äußerte. Auf diese Weise verpe-
steten Leos Selbstverachtung und Eigenliebe alles in seiner –
und ihrer – Umgebung. Sie war noch tapfer, tapferer, als ihre
Kräfte es gestatteten. Und sie mußte sich selbst etwas gelobt
haben, damals, als er sie gebeten hatte, ihn zu heiraten. Er war
ein Kind, das nicht verstand. Ihm kam nicht einmal in den Sinn,
ihr zu helfen, dieses Gelübde zu halten. Denn hatte eigentlich
er etwas versprochen? Versuchte er irgend etwas zu halten?

Er war ein Mensch ohne die Fähigkeit zum Einhalten von Versprechen. Alles, alles waren Versprechen, die er nicht einhalten
konnte, also Lügen. Die Arbeit und das Zusammenleben. Und
alles starb ab, weil das Eigentliche fehlte, die Begabung, auf die
es ankam.

Und dann, ohne Liebe, zerstörte er langsam sein eigenes Leben.

Nach neun Jahren verließ ihn Danielle, und die Tochter nahm sie mit. Der Auszug selbst spielte sich, ganz wie es zu Danielle paßte, ruhig und undramatisch ab. Alle Rechnungen hatte sie bezahlt, sie hatte geputzt und alle Papiere geordnet, und sie hatte ihm sogar kleine Listen aufgesetzt. Dann erklärte sie ruhig und sachlich, sie liebe ihn noch immer, mehr, als sie sich eingestehen könne, sie glaube aber nicht, daß er wisse, was es heißt, einen anderen Menschen zu lieben.

Leo verstand sehr wohl, was sie meinte, bekam aber einen heftigen Wutanfall. Er verhielt sich niederträchtig genug, bettelte, flehte, beschuldigte sie, griff sie an und überschüttete sie mit Vorwürfen. Darum ging sie einfach inmitten von alldem.

Einige Monate lang ging es ihm gut so, wie schon lange nicht mehr, und er genoß es, frei zu sein. Dann kam ein Winter, in dem er nicht viel mehr tat, als sich nach ihr zu sehnen, sich nach ihren Händen zu sehnen, nach ihren Worten und nach ihren Umarmungen. Er versuchte, sie dazu zu bewegen, zurückzukommen, sie aber beantwortete keinen seiner Briefe. Er hatte Sehnsucht nach der Tochter, um die er sich niemals hatte richtig kümmern können – das Geld für die Gasrechnung nahm er und kaufte Josephine eine Porzellanpuppe. Im Begleitbrief an Danielle log er und behauptete, es handele sich um Geld, das er für Kompositionen erhalten hätte, und dann mußte er eine Zeitlang ohne Gas auskommen.

Was ihn erfüllte, war indessen sein Gefühl des Verlustes, nicht die Ehefrau, nicht die Tochter. Dieses Gefühl betete er an.

Neunundzwanzig Jahre war er alt. Sein Haar wies graue Strähnen auf.

Dann vertiefte er sich in der Arbeit, eine letzte, furchtbare Reise in die Verzweiflung. Jeder Federstrich war nun ebenso verabscheuungswürdig für ihn geworden, wie es die Konzerte und die öffentlichen Auftritte einmal gewesen waren.

313

Er versuchte, eine Symphonie zu komponieren. Zum Ausgangspunkt verwendete er eine alte Skizze, ein Thema weit aus der Vergangenheit, aus einer kalten, sonderbaren Nacht in Gießen.

Sein ganzes Können legte er in die Arbeit. Er klammerte sich daran wie an eine Rettungsboje – das würde ihn erlösen, ihn an einen Ort bringen, wo alles wieder in Ordnung war und wo es keinen Unterschied mehr gab zwischen Wahrheit und Lüge.

»Ist das nicht der junge Lewenhaupt?«

»Wer? Ich? – Meister!«

Leo sprang vom Stuhl auf, stieß fast das Absinthglas um und drückte dem Meister die Hand.

»Darf ich mich setzen?« Die alte Stimme. Fein durchdrang sie Geschwätz und Gläsergeklirr. In dem engen Lokal war es dunkel, dennoch konnte Leo erkennen, wie sehr der Meister gealtert war. Er war in Schwarz gekleidet, wie immer. Auch die Handschuhe waren schwarz.

»Nun?« sagte der Meister. »Wir haben uns lange nicht gesehen.«

»Ja. Wie viele Jahre?«

»Jahre – denken wir nicht daran. Wenn man mein Alter erreicht hat, will man an sie nicht mehr erinnert werden. Sie gleichen einem Wald. Und eines Tages bläst der Wind durch den Wald, und die Bäume fallen.«

»Mindestens fünf Jahre.«

»Bestimmt. Und wie geht es dir?«

»Danke, gut.«

»Ja? Das freut mich. Und Danielle?«

»Danielle ist – verreist.«

»Ja, das habe ich gehört. Aber, Lewenhaupt, ich muß sagen – ja, wollen wir nicht etwas trinken? Was trinken Sie?«

Leo machte eine Kopfbewegung in Richtung seines Glases.

»Eben das«, sagte der Meister. »Kellner. Bringen Sie uns noch zwei von dem da... Nun. Wo waren wir stehengeblieben? Danielle.«

»Ja, dort...«

»Ich muß sagen, Lewenhaupt, ich habe mir von Ihnen beiden etwas erwartet. Ich habe mir wirklich etwas erwartet.«

»Ich fürchte, das haben wir auch.«

»Und jetzt sitzen Sie hier.« Die Absinthgläser wurden gebracht.

»Kommen Sie oft hierher?« fragte der Meister.

»Jeden Abend.«

»Ach so. Und die Kompositionen?«

Leo schwieg lange. Dann sagte er:

»Meister, gestern abend habe ich Debussy gehört, *Nachmittag eines Fauns.*«

»Ach ja? Ich bin auch dort gewesen. Ich habe Sie nicht gesehen.«

»Ich hatte einen Stehplatz. Ganz hinten.«

»Ach so.«

»Ich habe gelauscht. Ich habe geweint. Aus Freude und vor Wut. Seine Musik ist wie ein Sonnenschirm. Er kommt damit unter dem Arm daher, und wenn er dann am Meer angekommen ist, spannt er ihn auf, rotorange, groß und schön.«

»Ja...«

»Ich habe geweint. Können Sie sich erinnern – können Sie sich erinnern, daß Sie mir einmal viele Tränen und viele schwere Nächte vorausgesagt haben?«

»Ja, Leo. Daran erinnere ich mich.«

»Ich habe jetzt ein paar Jahre lang komponiert, Meister. Sie haben einiges davon gehört, ich weiß das. Sagen Sie mir ehrlich: Was meinen Sie?«

Der Meister dachte nach.

»Ganz ehrlich«, sagte er, »all deine Stücke verraten gutes musikalisches Talent und solides handwerkliches Können.«

»Ja?«

»Mehr nicht.«

Leo blieb lange still. Dann sagte er:

»Ich habe einmal eine Sprache besessen. Das war *unsere* Sprache. Die Tonsprache Europas. Die Zunge Beethovens und Mozarts und Haydns. Sie war gedacht für einen hohen, komplizierten künstlerischen Ausdruck, und gleichzeitig konnte sie schlicht und allgemein verständlich sein. Mit dieser Sprache bin ich aufgewachsen. Von klein auf habe ich in ihren Lauten gelebt. Und dann bin ich erwachsen, und ich entdecke, daß diese Sprache übernommen wurde, ausgenutzt und banalisiert. Von den Kleinbürgern. Von Herrn und Frau Biedermeier. Von meinen Eltern. Sie wird benutzt für nette, kleine Stücke – zum wohlfeilen Gebrauch auf den Klavieren, in Tausenden von Familien. Das *Allgemeine*, was ist es heute? *Walzer*. Die Walzerkönige entlehnen Wendungen aus unserem gesammelten musikalischen Erbe, zur Massenproduktion. Die Walzerkönige werden reich.«

»Sehr reich«, sagte der Meister.

»Und der Inhalt – der zeigt sich in Offenbachs Abscheulichkeiten. Die Sprache, die unsere und meine gewesen ist, in der ich mich ausdrücken konnte, ist zerstört worden. Die Biedermeier haben sich mit ihren feisten Hinterteilen darauf gesetzt. Der Weg zum wahren, künstlerischen Ausdruck verläuft heute anderswo, in etwas anderem, etwas Neuem.«

Der Meister betrachtete ihn mit Interesse.

»Und«, fuhr Leo fort, »so ist das schon lange gewesen.«

»Ja«, sagte der Meister. »Das war schon so, bevor du geboren wurdest.«

»Ja! Ja! Ich habe es entdeckt, als ich hierher nach Paris gekommen bin. Ich habe entdeckt, daß ich nur ein Nippesgegenstand war. Aus Meißner Porzellan. Und daß man mich ausgestellt hat. Überall, wo man mich ausstellen wollte.«

»Ja«, nickte der Meister. »So wie du ausgesehen hast.«

»Und ich habe geglaubt, ich könnte die Lüge auslöschen. Ich

habe geglaubt, es genüge, sie zur Seite zu fegen, die ganze Porzellanfigur zu zerschmettern. Ich habe geglaubt, man könne die Luft reinigen und von vorn anfangen, und in Wahrheit. Mir eine neue Sprache schaffen. Ich wollte die Lüge loswerden. Aber ich bin selbst ein Teil von ihr gewesen. Es ging nicht.«

»Ich weiß nicht, ob ich dich richtig verstehe.«

»Meister, gestern habe ich Debussys neues Stück gehört.«

»Ja?«

»Ich kann nichts schaffen. Ich besitze nicht das, was dazu nötig ist. Nicht das, was *heute* dazu nötig ist. Es ist, als rinne mir das Talent durch die Finger.«

Der Meister sah ihn lange an.

»Ich nehme an, das meinst du wirklich, Leo.«

»Ja, ich *höre* keine Musik mehr. Sie ist fort. Ich selbst habe sie abgeschafft.«

Wieder schwieg der Meister. Leo sagte:

»Und damals im Musikzimmer, als du – warum hast du mir nicht gesagt, daß – «

»Na«, sagte der Meister. »Jetzt komm nicht und sag, ich hätte dich nicht gewarnt.«

»Nein«, sagte Leo. »So meine ich das nicht.«

Der Meister leerte sein Glas.

»Das«, sagte er mit einer Grimasse, »ist ein ordentlicher Mist. Für Kinder. Nicht für erwachsene Menschen.«

Leo hörte ihn nicht. Er sagte vielmehr aufgebracht:

»Aber ich muß immer davon träumen! Ich *will* doch sonst nichts. Das ist doch das einzige, was ich mir jemals gewünscht habe: Komponieren. Etwas Großes, Wahres komponieren!«

Der Meister sah ihn an. In seinen dunklen Augen zeigte sich ein tückisches Leuchten. Dann sagte er sanft:

»Viele sind berufen. Aber nur wenige sind auserwählt.« Er lächelte knapp.

»Und du – bist du einer der Auserwählten?«

»Leo. Kleiner Bruder. Du wärest ein ausgezeichneter Geiger geworden.«

»Aber keiner der Auserwählten, auch unter ihnen nicht?«

»Nein. Vielleicht nicht.«

»Aber ich konnte doch –«

»Ja, Leo. Du *konntest* alles. Du warst sehr tüchtig. Hast die Technik bis in die Fingerspitzen beherrscht. Buchstäblich. So wie du Technik und Theorie der Komposition beherrschst.«

»Aber worauf kommt es denn dann an?«

Der Meister zuckte zusammen, sah ihn an. Dann lachte er, lachte laut und lang. Anfangs war Leo wütend, dann erstaunt. Zum ersten Mal hörte er ihn lachen.

»Leo, Leo«, lachte der Meister. »Ich bitte um Entschuldigung für mein unpassendes Gelächter in diesem für dich so feierlichen Augenblick der Selbsterforschung. Aber ich bin jetzt über sechzig Jahre alt. Und ich habe nie herausgefunden, worauf es *ankommt*. Was das Echte vom Falschen unterscheidet. Das Originelle vom Oberflächlichen. Und was den einen Menschen zum Künstler und den anderen zum Handwerker macht, zu einem der vielen Handwerker. Um die Wahrheit zu sagen, ich weiß noch nicht einmal, auf welcher Seite dieser Grenze ich mich selbst befinde.«

»Ich möchte sterben, Meister.«

»Unsinn. Hast du Gläubiger?«

»Jedesmal, wenn ich nach Hause komme, steht ein anderer vor meiner Tür.«

»Dann stirbst du nicht. Dann gibt es doch immer einen, der dich braucht.«

»*Nein, verdammt –*«

»Na. Na, na. Brause jetzt nicht auf. Du hast eine Ehefrau. Du hast – ist es nicht eine kleine Tochter?«

»Ja. Josephine. Sie ist bald zehn Jahre alt.«

»Sie warten auf dich.«

»Ich kann nicht dorthin. Ich glaube, sie würde mich noch nicht

318

einmal empfangen. Und selbst wenn ich wollte – ich würde es nicht schaffen. Was Danielle und Josephine brauchen, das habe ich nicht.«

»Leo. Meine Prophezeiung gilt noch immer. Du hast noch viele Nächte voller Tränen vor dir. Die Reise hat erst begonnen. Diese Reise dauert länger, als du glaubst. So ist es immer. *Aber du wirst sie durchführen!*« Den letzten Satz schrie er fast. »Du *wirst* sie durchführen, gleichgültig, um welchen Preis! Gleichgültig, wohin sie geht!«

»Auch, wenn ich nichts schaffen kann?«

»Natürlich kannst du schaffen, Leo. Du bist ein reich begabter Mensch. Die Frage ist nur, *was*.«

Leo schüttelte den Kopf.

»Gut – du wirst sehen. Warte ab. Übrigens muß ich dir erzählen, daß ich nicht mehr unterrichte.«

Leo sah hastig auf.

»Schau«, sagte der Meister. Mühevoll zog er die Handschuhe ab und streckte die Hände aus. Sie waren völlig gekrümmt, wie Klauen. »Gelenkrheumatismus«, sagte er.

»Tut es – sehr weh?«

»Eigentlich nicht. Nur wenn ich spiele.« Er lächelte wieder, und wieder leuchtete das Tückische in seinen Augen.

»O Gott«, murmelte Leo.

»Darum gehe ich jetzt nur herum und denke. Ich warte. Die Jetons kann ich noch halten. Aber ich habe Geld, so daß ich zurechtkomme. Man hat seine Quellen – übrigens habe ich schon wegen der Hände mit den Konzerten aufgehört und mit dem Unterricht begonnen. Ich habe schon früh gemerkt, worauf es hinauslief. Darum habe ich auch immer schwarze Seide getragen. Wegen der Wärme. Und jetzt bin ich hier.«

»O Gott«, murmelte Leo wieder.

»Meine Guarneri habe ich noch. Eigentlich wollte ich sie verschenken. Im Grunde hatte ich vor, sie dir zu schenken. Stell dir vor, das hatte ich schon beschlossen, als wir uns

319

zum ersten Mal begegnet sind, du solltest sie haben, wenn es so weit war.«

»Nein«, sagte Leo. »Um alles in der Welt nicht!«

»Du mußt keine Angst haben. Du bekommst sie nicht.«

»Gott sei Dank.«

»Sie ist – mehr als Geld wert. Aber... kennst du niemanden, der sie besser gebrauchen kann – ich meine, wo sie doch nur in ihrem Kasten liegt?«

»Nein«, sagte Leo. »Wer sollte das sein?«

»Leo, du bist ein Dummkopf. Erinnerst du dich, daß ich, als du noch in meine Klasse gegangen bist, ab und zu *für euch denken mußte?* Ja, auch für dich. Ich habe das Stück durchgedacht, habe laut für euch gedacht, damit ihr lernt, genauso klar wie in einer mathematischen Gleichung Intentionen und Linien zu erkennen. Erinnerst du dich wirklich nicht?«

»Doch.«

»Jetzt werde ich noch einmal für dich denken, nachdem du es selbst nicht kannst. Ja, die Guarneri, die wollte ich deiner Ehefrau vererben. Kannst du mir ihre Adresse geben?«

»Dani...?«

»Danielle, ja. Danielle in der Löwengrube. Die kleine, ernste Danielle. Die mich einmal von der Straße aufgelesen hat. Und die dich – soweit ich das verstanden habe – im Lauf der Jahre einige Male aufgelesen hat. Sie bekommt sie.«

»Aber sie – sie gibt doch keine Konzerte mehr.«

»Nein, Leo«, sagte der Meister säuerlich. »Das tut sie nicht. Und ich weiß nicht, warum. Daran will ich nicht denken. Aber – und gerade hier muß ich für dich denken: Vielleicht kann sie wieder damit beginnen?«

Leo sagte nichts.

»Und jetzt«, sagte der Meister, »jetzt gehe ich. Ich habe zu lange in diesem Loch gesessen. Pfui.«

»Warte«, sagte Leo. »Warte.«

»Hast du Angst, allein zu sein?«

320

»Ja.« Leo senkte den Blick. »Wohin gehst du?« fragte er.

»Das willst du wahrscheinlich nicht wissen. Dorthin, wohin ich immer gehe, wenn es in den Händen schmerzt.«

»Wohin?«

Der Meister betrachtete Leo eingehend.

»Ich weiß nicht, ob das richtig ist, bei dem Zustand, in dem du dich schon befindest.«

»Nimm mich mit.«

»Leo, hör genau zu. Du gehst auf eigene Verantwortung mit.«

»Ja«, sagte Leo.

»Jeden Schritt, den du von nun an unternimmst, unternimmst du auf eigenes Risiko. Es wird niemand kommen und dich auflesen.«

»Es ist meine Verantwortung«, sagte Leo.

Sie verließen das Lokal gemeinsam.

So kam Leo zum ersten Mal in die *Association des Assassins*, die gut versteckt in einem baufälligen Hinterhaus im 12. Arrondissement lag, in der dritten Etage. Ein düsteres, ruhiges Lokal mit vielen Séparées an einem langen, schwarzen, gewundenen Korridor. Ein kleiner Buckliger mit einem Turban nahm ihre Mäntel und Hüte in Empfang und wies sie in einen Salon, der von roten Lampen erleuchtet wurde. Auf dem Boden lagen weiche Teppiche und orientalische Kissen, und um einen niedrigen Tisch saßen schon einige Gestalten im Halbkreis. Leo erkannte ein paar von ihnen wieder, einen Dichter, einen Maler – und er begriff, wo er sich befand.

Auf dem niedrigen Tisch, im Zentrum des Kreises, stand die Wasserpfeife.

»Fremder. Suchst du Lust oder Linderung.«

»Er gehört zu mir«, sagte der Meister sauer. »Er bekommt nichts. Er sieht sich nur um.«

»Mein Herr. Gestatten Sie – Sie wissen genau, daß keine Gäste mitgebracht werden dürfen.«

321

»Unsinn«, sagte der Meister. »Weißt du, wer ich bin, du Gnom? Scher dich in die Garderobe. Und sieh zu, daß ein Arzt dir den Verband am Kopf wechselt. Es ist nötig.«

»Linderung! Linderung!« rief Leo. Irgend jemand im Halbkreis um die Pfeife gab ihm zu verstehen, er solle schweigen. Die ganze Zeit hatte Leo sie beobachtet, hatte gesehen, wie ihre Gesichter weicher wurden und sich veränderten, als der Rausch sie packte. Er sah, wie ihre Augen blank und groß wurden. »Linderung«, sagte er fast flehend, »Linderung.«

Der Bucklige hob die Hände und lächelte den Meister säuerlich an. Der Meister seufzte. Dann nahmen sie Platz.

Leo inhalierte den Rauch zum ersten Mal, ungeübt und unsicher. Der Meister beugte sich zu ihm:

»Leo«, sagte er, »das geschieht auf deine eigene Verantwortung.«

»Ja«, nickte Leo und mußte lächeln. Er mußte lächeln, weil sein Mund so unsäglich trocken geworden war und weil seine Lippen an den Vorderzähnen klebten, als er zu sprechen versuchte.

»Leo, du bist ein Kind.«

»Ja«, sagte Leo. Es stimmte. »Ja, ja. Das weiß ich. Ich will es.«

»Gut«, sagte der Meister. »Ich habe es geahnt.«

Dann nahm er selbst einen Zug aus der Pfeife.

Und Leo sah, wie die Luft schmolz und sich in flackernde Farben verwandelte. Aus weiter Ferne hörte er Musik. Er hörte den Widerhall des großen Brausens, des ernsterfüllten Sonnenbrausens, das ihn umgeben und mit ihm gespielt hatte, ihn zu großen Träumen erhoben hatte, um ihn dann fallen zu lassen, hinab ins Dunkel fallen zu lassen. Aufs neue näherte er sich der Sonne. Aufs neue war er ein Kind. Und zwischen Lüge und Wahrheit gab es keinen Unterschied. Keinen Unterschied zwischen dem, was er wollte, und dem, was er war.

Das war der erste Besuch Leos in der *Association des Assassins*, und es war einigermaßen sonderbar, wenn man daran dachte,

322

daß der Meister ihn hierher geführt hatte. Leo kam häufig wieder. Hier fand er eine Art Frieden.

Leo, Leo von Lewenhaupt. Dies war dein Leben. Und als du ein paar Monate später die Flucht ergriffst, vor Gläubigern und deiner mißlungenen Symphonie, da hast du deinen Namen abgelegt. Niemand sollte ihn je wieder hören.

Danach folgten viele andere Namen.

Jetzt bist du resigniert, Leo, völlig resigniert. In dir und um dich herum ist Schweigen. Dort ist keine Musik. Einmal bist du ein kleiner Junge im Sonnenschein gewesen. Und dieser kleine Junge wurde in der Mitte geteilt, zwischen dem, was er war, und dem, was seine Sprache war. Er wurde zum Lügner, ohne es zu wollen. Und damit war er kein Mensch mehr.

Du bist eine tote Erde, die durch das stille, leere All treibt. Du lauschst, doch du hörst nichts. Einen Himmel gibt es nicht mehr.

Noch aber kannst du überleben. Du kannst einen Versuch unternehmen, ohne Widerstand und ohne Träume zu leben, bis dich der Himmel einholt, oder der Tod. Du kannst versuchen, *durch* das Nichts zu gehen. Du sprichst fremde Sprachen. Du kannst überall leben. Du kannst in Cafés oder bei den Walzerkönigen Klavier spielen. Du kannst dich in den Palmengärten der Hotels verbergen und dich in den schmachtenden Melodien der Menschenträume hinter der Zweiten Geige verstecken. Eines Tages wird etwas geschehen, und du wirst nicht mehr existieren. Du aber, Leo Lewenhaupt, Wunderkind und Nippesgegenstand, Lügner und Wahrheitssucher – du lebst weiter. Du lebst weiter in jedem banalen Schlager, den die Unterhaltungsorchester spielen. Du lebst weiter in den wundervollen Träumen des gebildeten Publikums. Du lebst in der Wahrheit, und du lebst in der Lüge. Du bist zur Stelle in den taktfesten Kampfliedern der Arbeiter und im elitären Traum des verfeinerten Solisten von der Größe des menschlichen Gei-

323

stes. Du wirst weiterleben in allen, die schöpferisch arbeiten. Eines Tages vielleicht heilt jemand deine Wunden, und du, Leo, der Mensch, wirst wieder ganz sein. Eines Tages wirst du wieder du selbst sein, heil, und du wirst die Wahrheit sagen, du wirst lieben können und du wirst singen.

Spot stand von der Koje auf und ging zur Kabinentür. Dort zog er den Mantel an und setzte den Hut auf. Er wollte hinaus. Er mußte hinaus und spazierengehen.

Er lächelte ein wenig über sich selbst. Wenn er jetzt hier stand und zurückdachte, wirkte alles beinahe einfach. So einfach, daß es sich auflöste in fast nichts. Doch er wußte, tief im Inneren des Rauschs, daß, was *jetzt* leicht aussah, in nüchternem Zustand schwer und unüberwindbar war.

Jaja, dachte er und schüttelte es ab. Das Ganze, es war eine Niederlage. Es scheint nur groß zu sein, weil es von mir selbst handelt. Alles, was von mir selbst handelt, ist für mich nun einmal so groß und wichtig. Tatsächlich ist es dir gelungen, der Welt einen weiteren anmaßenden, halbbegabten Künstler zu ersparen. Und Danielle, und Josephine? Gut. Du hättest niemals heiraten sollen. Was hattest du einem anderen Menschen zu bieten? Es war gut, daß sie schließlich gegangen ist. Am besten so. Sie hätte früher gehen sollen. Hat er ihr die Geige geschenkt? Vielleicht spielt sie wieder?

Er knüpfte den Schal.

Nur eine Niederlage, dachte er. Das ist deine Geschichte.

Er verschwand durch die Tür.

So war die Geschichte Spots.

Im Korridor stieß er ums Haar mit einer kleinen Gestalt zusammen. Sie sagte seinen Namen.

»Spot«, ertönte es, eigenartig und fern, durch Mauern aus Zeit. »Spot.«

Die Luft, die sie umgab, schien erfüllt zu sein von Farben und Formen, die hin und her wogten.

Spot lachte laut in sich hinein und zugleich dem anderen ins Gesicht. Jetzt ging es ihm gut, denn die Luft war voller Zeit und voller Töne, die für ihn spielten, all das spielten, was er sonst nicht mehr hörte. Und er hatte sich erinnert und gedacht und war sich bewußt, daß er selbst nichts bedeutete, daß es ihn nicht *gab*. Letztlich existierte er nicht.

Spot war klar, daß er jetzt auf Deck mußte, zu den Sternen und zum Meer. Er lachte wieder. Dann erkannte er David.

»Komm mit«, sagte er, herzlich und sanft. David zögerte einen Augenblick, während er den Pianisten forschend ansah.

»Weißt du, ich schlafe«, sagte Spot auf deutsch mit natürlicher Vertraulichkeit. »Ich schlafe den kleinen Schlaf.« Wieder lachte er, dieses Mal über den Ausdruck. David sah ihn ängstlich an und sagte etwas. Spot hörte den Namen Jason, im Augenblick sagte dieser Name ihm jedoch nicht viel. Jason. Jason war etwas weit Abgelegenes, das ihn nicht betraf. Dieser David dagegen, dieser sympathische junge Mann – sie hatten doch das Klavier zusammen gestimmt! Das war richtig! Spot lachte aufs neue. Diesem jungen David mußte Verschiedenes erklärt werden. David. David. Was hatten die anderen über David gesagt? Irgend etwas hatten sie gesagt. Etwas Häßliches. Es wäre gut, wenn er ihm etwas mit auf den Weg geben könnte, dachte Spot. Er packte David am Arm und zog ihn mit sich.

Und David, der nicht verstand, was mit dem anderen war, wurde erfüllt von der Herzlichkeit und Freundlichkeit, die Spot plötzlich ausstrahlte.

»Ich muß auf Deck und mir die Nacht ansehen«, erklärte Spot. »Und du mußt mitkommen!« Spot konnte David jetzt wirklich *sehen*, ihn voll und ganz sehen: Mit allen Sinnen sah er ihn – nicht neblig und unscharf wie sonst. David war ein sehr junger Bursche, fast noch ein Kind, und Spot hatte an diesem Abend viel Kindheit in sich. Darum mußte David mitkommen, Spot verlangte danach, all dies mit ihm zu teilen. Und ohne viel Federlesens zog er David am Arm und nahm ihn mit.

Wenn auch erstaunt, folgte David ihm bereitwillig. Während sie durch Korridore wanderten und Treppen hinaufstiegen, brabbelte und lachte Spot unaufhörlich, und es tat David gut, ihm zuzuhören, auch wenn das, was er sagte, ziemlich zusammenhanglos war. David aber genoß diese seltsame, intensive Freundlichkeit, mochte sie auch unbegreiflich sein.

Sie kamen aufs Promenadendeck. So spät am Abend war nur der eine oder andere nächtliche Wanderer unterwegs, sie hatten fast das ganze Deck und alle Sterne für sich allein. Spot ließ David los, als sie ins Freie kamen, und öffnete die Arme halb. Dann trat er an die Reling und starrte auf die See. Sie war schwarz und ruhig. Am Horizont war der Himmel leicht bewölkt, und es ließ sich unmöglich feststellen, wo das Meer endete und der Himmel begann. Über ihnen jedoch, im Zenit, war es wolkenlos und sternklar.

»Schau!« sagte Spot in all dies hinaus. »Hör!« Dann war er still.

Und David sah. Und David hörte.

Dies nämlich sah er. Unter tausend anderen ist auch das Schiff ein Stern, der durch die Nacht segelt. Vor dem Bug schäumt es weiß. Der Rumpf bebt. Die Laternen schicken ihre Lichtspeere in die Schwärze. An Bord, hinter Bullaugen und Salonfenstern, sind die Menschen. Millionäre und Küchenjungen gibt es hier. In der Tiefe des Schiffes beginnt die Nachtschicht der Heizer. Erschöpft taumelt die Spätschicht in die Waschräume und spült sich Kohlenstaub und Schmutz ab. Mit heiseren Stimmen ruft man einander zu. Dann schlafen sie fast schon, noch ehe sie sich in die Kojen gelegt haben. Das Schiff ist ein Stern. Kellner und Decksjungen spielen in der Messe Karten. Drei Orchestermitglieder trinken Tee mit Rum. Im Rauchsalon der Ersten Klasse sitzen Redakteur Stead und

Archibald Butt, der militärische Berater des amerikanischen Präsidenten Taft, und diskutieren in friedlichem Beisammensein die Friedensfrage. Ansonsten ist es leer, das Schiff geht allmählich zur Ruhe. Auf dem Promenadendeck der Dritten Klasse aber geht eng umschlungen ein junges Paar umher, hin und her, hin und her, wortlos. Sie wollen nicht hineingehen. Ein Stern aus Träumen.

David steht da, und Spot steht da, und sie nehmen all dies wahr. Laute. Laute. Schwach singt das Schiff. Es summt. Wie es in der Telegraphenantenne summt. In der dunklen Nacht gehen die Morsesignale hinaus in den Äther. Der Drahtlose schläft nie. Telegraphist John Philips bedient die Station. Er sendet Worte in die Nacht. Worte und Träume. Die wortlose Telegraphie ist eine unfaßbare Sache, sogar dem Telegraphisten Philips erschien das so, obwohl er – im Gegensatz zu den meisten – eine Art von Begriff hatte von dem, was geschieht, wenn die Signale gesendet werden. Er hat seinen Beruf gewählt, weil er in gewisser Hinsicht mit Träumen zu tun hatte. Eine nüchterne, ruhige Tätigkeit, bei der man zuhören muß.

Ganz anders ist es mit der unmäßigen Begeisterung der Passagiere für die drahtlosen Unterhaltungsmöglichkeiten, vor allem in der Ersten Klasse. Im Kontor des Pursers kann man Telegrammformulare ausfüllen – ganz wie an Land! –, die mit Hilfe der Rohrpost hinauf in den Marconi-Raum geschickt werden. Hier befördern die Telegraphisten die Grüße zum Preis von 12 Schilling 2 Pence für die ersten zehn Worte und von 9 Pence für jedes darüber hinausgehende Wort weiter. Bis lange in die Nacht senden sie Grüße und Meldungen, viele nichtssagend, wenige wichtig. Zu und von all den anderen Dampfern, die in dieser Nacht das Weltmeer kreuzen. Eine besorgte Amerikanerin an Bord hat ihrem Neffen an Bord der *Caronia,* ostgehend, den Bescheid geschickt: VERGISS NICHT DEN SCHAL WENN DU AN DECK GEHST ES IST KALT TANTE GEORGIA. Ein professioneller Spieler,

eine der vielen unausrottbaren Pokerläuse der Atlantik-
schiffahrt, telegraphiert an einen Kollegen an Bord der *Olympic*, ostgehend: GESCHÄFTE GUT ALLES IN ORDNUNG
HAL. Der Pokerspieler hatte auf dieser Reise das Glück auf
seiner Seite (diese Läuse haben das Glück *immer* auf ihrer Seite,
woher dies auch kommen mag) – darum kann er es sich leisten,
ein längeres Schreiben an ein Mädchen in New York zu senden,
er sendet bei Gott, ein ganzes Sonett von Shakespeare. Wahrscheinlich will er etwas in Ordnung bringen. Das ist nicht billig. Wort für Wort klopft Telegraphist Philips pflichtgemäß
die Lyrik nieder, nach Cape Race, wo andere Telegraphisten
heute Nacht bereit sind, die Mitteilungen durch das amerikanischen Telegraphennetz weiterzusenden. Ununterbrochen tik-
ken die Signale, bis in die frühen Morgenstunden. Philips hat
dunkle Schatten unter den Augen, während er dort sitzt. In der
vorausgegangenen Nacht ist eine Spule kaputtgegangen, und
die Station war stumm, während er und sein Kollege Bride die
Reparatur durchführten. Die Formulare hatten sich getürmt.
Achtzehn Stunden hat er nicht geschlafen. Mit gebeugtem
Rücken sendet er die Worte, sendet er die kleinen und großen
Bruchstücke von Sorgen, ausgelassenen Scherzen, Witzen und
Nachrichten der Passagiere. Die ganze Nacht laufen Meldun-
gen von anderen Schiffen ein, entweder direkt oder via Cape
Race. Einige der Meldungen gehen an den Kapitän. *Livia* und
Puck melden Nebel in der Nähe der amerikanischen Küste.
Borderer meldet Eis, ebenso der Norweger *Hellig Olav*:
MELDEN EIS ZWISCHEN 41° UND 42° NORD UND ZWI-
SCHEN 49° UND 50° WEST STOP GROSSES TREIBEIS-
FELD MIT VEREINZELTEN GRÖSSEREN BLÖCKEN
UND EINIGEN EISBERGEN STOP INFORMIEREN SIE
BITTE DEN KAPITÄN --- Die Papiere mit einlaufenden
und ausgehenden Meldungen türmen sich. Die Nacht des
Nordatlantiks ist erfüllt von Lauten, erfüllt vom summenden
Gesang der Telegraphen, von der irischen Küste bis nach Neu-

fundland laufen heute nacht die Signale, laufen Fragmente von Worten über Wetter, über Eis, und Bruchstücke reiner Träume.

So ist das Schiff. Und hört man genau hin, ist es, als fange man all die anderen Stücke und einzelnen Teile ein, die aufsteigen von dem Schiff, alle Träume der Nacht, abgetrennt von ihrem Zusammenhang des Wachseins. In dunklen Kabinen wird geatmet. Ein Kind schläft geborgen neben seiner Mutter, träumt von einem Hund, einem Vogelhund, der so lieb ist. Ein Heizer träumt von seiner Frau und dem Sohn zu Hause in Southampton. Ein Mädchen ist halbwach und denkt an einen grünen Wald irgendwo in Irland. Mit diesem Wald ist etwas besonders Schönes, und sie hat dort etwas erlebt. Auch der Kapitän schläft. Schwer und graubärtig und streng hat er sich auf seinem Lager ausgestreckt, wie eine Figur auf einem Grabstein aus dem Mittelalter. Er ist ein König oder ein Ritter im Stein über seinem Tod. Kapitän Smith schläft leicht, wie Kapitäne dies müssen. Er schläft, und sein Traum wacht. Sein Traum ist das Schiff.

Das Schiff wandert durch das All. Der Kurs ist abgesteckt. Die Bahn wird genau eingehalten. Ab und zu gleitet irgendwo im Schwarzen ein anderer Wanderstern vorüber, eine Laterne ragt kurz über den Horizont, blinkt auf, verschwindet wieder.

Und hoch auf dem Vormast des Schiffs sitzt der Ausguck und späht nach vorn. Ein ruhiges, wachendes Auge in der Dunkelheit dort oben zwischen Meer und Sternen. Er ist Seemann und friert nicht. Neben sich hat er ein Telefon mit Verbindung nach unten zur Kommandobrücke. Wie ein Kreuz steht der Rudergänger am Ruder, unbeweglich im schwachgrünen Licht der Instrumententafeln, und sieht nach vorn ins Nichts.

Ein Schiff aus Träumen. An der Reling Spot und David. Davids Gesicht verändert sich, während sie dort stehen, lange dort stehen. Er träumt auch.

329

»Nun«, sagte Spot. Er ist jetzt wieder stärker er selbst. »Nun, David, woher kommst du eigentlich?«

»Ich bin Wiener«, sagte David nach einer kleinen Weile.

»A ja, das bist du. Und was machst du hier an Bord?«

David antwortete nicht.

»Jason«, begann Spot, »unser guter Freund und Leiter Jason behauptet, du seist von zu Hause durchgebrannt. Die anderen meinen das auch.«

David schwieg noch immer.

»Hör zu«, sagte Spot freundlich. »Ich will dich nicht quälen.«

»Danke«, sagte David mit etwas seltsamer Stimme.

»Mich hast du nicht gequält, als du mit mir hier herauf gekommen bist. Auch ich habe meine Geheimnisse.«

David sah ihn nicht an.

»Aber auch mit dir war etwas, als wir dort hinaus gesehen haben. Ist es etwas mit einem Mädchen?«

David blieb stumm.

»Also ist es etwas mit einem Mädchen«, sagte Spot vorsichtig. »Habe ich recht?«

»Ja«, sagte David, »du hast recht.«

Spot zögerte. Dann sagte er:

»Mußt du es wirklich so schwer nehmen?«

David kehrte ihm das Gesicht zu. In seinen Augen glänzte es. Er sagte nichts.

»Also so eine Liebesgeschichte«, sagte Spot. »Eine richtige Liebesgeschichte.«

»Ja«, sagte David. »Eine richtige Liebesgeschichte.«

Oh, du lieber Augustin,
Alles ist hin!

Wiener Volkslied

DAVIDS GESCHICHTE

Es war einer der letzten Tage des Sommerlagers. In dem großen, gelben Hauptgebäude herrschte bereits Aufbruchstimmung. Keiner der hundertzwanzig Jungen wollte noch wirklich tun, was ihm gesagt wurde, so als müßten sie die letzten Augenblicke der Freiheit noch nutzen, um ein paar Streiche zu spielen, ehe die Stadt und die Eltern ihnen wieder die Begrenzungen des Alltags auferlegten.

Der Lagerleiter, Rittmeister Rindebraden, war gelinde gesagt erschöpft. Und besonders nach dem, was sich an diesem Tag zugetragen hatte.

Der Rittmeister war ein kräftiger Mann mit rotem Schnurrbart, Mitte Sechzig. Sogar Ende Juli trug er Lodenkleidung. Nachdem man ihn wegen einer Schußverletzung pensioniert hatte, bezog der Rittmeister eine bescheidene Staatspension und wurde jetzt als Leiter des Sommerlagers eingesetzt. Nach bestem Vermögen versuchte er dort die Vorstellungen des Engländers Baden-Powell über die Erziehung von Jungen in Kombination mit seinen eigenen Vorstellungen von einem – wie er das nannte – *gesunden Lebensstil* in die Tat umzusetzen. Der *Gesunde Lebensstil* war eine Art Existenzzustand, der sich am besten erreichen ließ durch die Ausübung eines vom Rittmeister entwickelten *Systems der Gesundheit*. Das System setzte sich zusammen aus gymnastischen Übungen, kalten und warmen Bädern, Fußpflege, acht Stunden Schlaf sowie Strümpfen aus Lammwolle mit einem Finger für jeden Zeh, genau wie Handschuhe. Nach eigener Aussage trug Rindebraden unter dem Loden lediglich Leinenunterhosen, und er schärfte den Jungen ein, daß jeder Mundvoll Essen, selbst Hafergrütze, zweiunddreißigmal gekaut werden mußte.

Verständlicherweise hatte Rittmeister Rindebraden gewisse Probleme mit der Durchsetzung einzelner Teile dieses *Systems* bei den Jungen des Sommerlagers. Im großen und ganzen aber ging es reibungslos. Die Jugendlichen aus der Hauptstadt waren indessen in den ersten drei Wochen ihres einmonatigen Aufenthalts der totalen Erschöpfung sehr nahe, auf Grund all der frischen Luft, der Bewegung in Wald und Feld und nicht zuletzt wegen der gymnastischen Übungen des Rittmeisters, die zum größten Teil aus *Drehungen* bestanden. Nach einem solchen Tagesprogramm (und nach der letzten kalten abendlichen Abreibung) kam es vor, daß einige Jungen zu ihrer Verblüffung schon schliefen, bevor sie ihre Etagenbetten erreicht hatten. Für Unfug blieb also nicht viel Zeit übrig. In der letzten Woche des Aufenthalts aber geschah immer das gleiche, völlig unabhängig davon, wie hart er sie antrieb. Die Jungen, im Alter zwischen zehn und vierzehn, kamen bis zu einem gewissen Grad auf die Höhe des Programms und verfügten infolgedessen über einen bedauerlichen Energieüberschuß. Diesen investierten sie in regelwidrige Expeditionen nach dem Zubettgehen, in orgiastische Besuche in der Speisekammer, in Pflichtverletzungen und Schlendrian und nicht zuletzt: in Besuche auf der anderen Seeseite.

Insbesondere letzteres war eine schwere Plage.

Das schöne Sommerlagergebäude lag in der Nähe von Ischl, in einer sanften Waldlandschaft, unmittelbar an einem See. Und auf der anderen Seeseite lag das Mädchenlager.

Das Mädchenlager wurde von derselben Stiftung betrieben, auch wie das der Jungen nach ungefähr denselben Prinzipien. Und zwischen den beiden Lagerleitungen gab es eine klare Übereinkunft: Die Geschlechter sollten absolut getrennt gehalten werden. Gleichwohl aber ließ sich nicht vermeiden, daß sich von den älteren Jungen einige Unentwegte davonstahlen, um – und das war das Übliche – recht oder schlecht zu *gukken*. An und für sich hatte Rindebraden Verständnis dafür, daß es in ihnen gärte. Als Offizier wußte er auch den strategischen Erfindungsreichtum und die Planungen zu schätzen, die in diese Expeditionen investiert werden mußten. An und für sich war dies vielversprechend für die männliche Jugend der Doppelmonarchie. Die Jungen kamen aus guten, soliden, bürgerlichen Wiener Elternhäusern, Arztsöhne, Söhne von Handwerksmeistern, Ingenieuren und Rechtsanwälten. Gleichwohl. Dieser Energieüberschuß, dieses Bedürfnis, dieser... *Drang* mußte gezähmt werden. Gezähmt und umgeformt. In Ritterlichkeit und Maßhalten. An und für sich entstand durch diese Ausflüge ja kein Schaden. Und der Rittmeister war gerecht, wenn er strafte – nicht *zu streng*.

An diesem Tag jedoch... An diesem Tag waren die Grenzen von Anstand und gesunder Vernunft überschritten worden.

Alles hatte so angefangen: Am selben Tag, kurz vor dem Mittagessen, war Hannes Schachl zu David gekommen und hatte geflüstert:

»Kommst du in der Mittagspause mit?« David zögerte. Hannes war so alt wie er, aber größer und erwachsener.

»Wohin denn?« fragte er, um Zeit zu gewinnen.

»Das weißt du doch.« David und Hannes waren Klassenkameraden, sie kannten sich also von früher. Ab und zu aber ließ Hannes sich Sachen einfallen, die...

»*Dorthin?*«

Hannes nickte: »*Dorthin.*«

»Herrgott, Hänschen, die entdecken uns doch.«

»Gut, dann geh ich allein.« Er blieb aber noch stehen und sah David an.

»Ich habe keine Lust, morgen den ganzen Tag Unkraut zu zupfen.«

»Ich auch nicht«, sagte Hannes Schachl. Er lächelte breit, mit

335

geschlossenen Lippen, und kreuzte die Arme über der Brust. Er war im letzten Jahr heftig in die Höhe geschossen und konnte jetzt zu seiner großen Freude auf seine Freunde hinabsehen. Sein Blick war stets erfüllt von gefährlicher Abenteuerlust, und es war eine Ehre und ein Privileg, von ihm aufgefordert zu werden, auf eine Expedition mitzukommen.

»Wenn wir nur zu zweit sind«, sagte Hannes, »fällt es nicht auf. Wir machen es anders als Dieter, Rüdiger und Schellkopf gestern. Daß man da geschnappt wird, ist ja klar.«

»Wie machen wir es denn?« David schielte zum Freund hinauf. David war gerade vierzehn Jahre alt geworden und meinte, die Kindheit sei allzuschnell vergangen. Im Herbst würde seine *Bar Mizwa* kommen, und nach aller Wahrscheinlichkeit war dies das letzte Sommerlager.

»Wie legen unsere Decken so, daß es aussieht, als lägen wir zur Mittagsruhe dort. Dann treffen wir uns hinter dem Schuppen, im Gebüsch. Wenn wir zu zweit sind, kann der eine immer Ausschau halten.«

»Abgemacht!« sagte David und gab Hannes kurz die Hand.

Es ging wie geplant. Nachdem sie lange unter Mühen durch die Büsche am Ballplatz bis zum Waldrand gekrochen waren, setzten sie zum Lauf durch den Wald an, bis sie das Wasser erreichten.

»Jetzt kommt es darauf an«, sagte Hannes, »in einem großen Bogen um den Weg herumzugehen, damit wir auf der anderen Seite durch den Wald nach unten kommen.« Er war jetzt der Expeditionsführer, und David gehorchte. Die ganze Zeit, während sie sich ihren Weg durch das Unterholz bahnten, kamen in gleichmäßigen Abständen Anweisungen von Hannes. Runter! Ducken! Still! Und als sie sich zum dritten Mal auf beste Cherokesen-Art zu Boden geworfen hatten, konnte David sich nicht mehr zurückhalten:

»Jawohl, Herr Rittmeister!« Er sagte es mit einem Grinsen.

Denn in seinem ganzen übertriebenen Ernst erinnerte der Freund tatsächlich an den Rittmeister.

»Idiot!« sagte Hannes.

»Rittmeisteraspirant!«

»Wiederholen!«

»Jawohl, Herr Rittmeisteraspi –«

Hannes gewann die Rauferei und wollte von David gerade das Kapitulationssignal erzwingen, als sie plötzlich Stimmen hörten.

»Runter!« Dieses Mal hatte David den Befehl geflüstert, und Hannes hatte sich gehorsam in die Tannennadeln geworfen. Die Stimmen kamen aus der unmittelbaren Nähe. Es waren ziemlich viele – und am schlimmsten war, daß es sich um Mädchenstimmen handelte. Obwohl, um die Wahrheit zu sagen, die beiden Indianer nicht wußten, ob dies das beste oder das schlimmste war. Das kam sozusagen darauf an. Da beide in eine Jungenschule gingen, sahen sie Mädchen eigentlich nur als verdrossene Schwestern oder in gebührender Entfernung auf der Straße und im Burgtheater. Keiner der Jungen wußte sonderlich viel über Mädchen. Und die ständigen Vorstöße zum Mädchenlager kamen mehr aus einer Art Neugier, die an Trieb grenzte, als daß es bewußte Versuche zu menschlichem Kontakt waren. Selbstverständlich erzählte stets irgend jemand in der Klasse, er habe Mädchen geküßt, und vereinzelte Freimütige behaupteten sogar, sie *hätten es gemacht*, an konkreten Beweisen lag indessen nur die Aussage eines Augenzeugen vor, nach der Rüdiger tatsächlich einmal mit einem Mädchen auf der Straße *gesprochen* hatte.

Nur die fortgeschrittensten Jungen erreichten mehr, als aus sicherer Entfernung nach den Mädchen im anderen Lager zu schielen. Zwei glückliche, verwegene Burschen waren kürzlich weitergegangen. Sie hatten sich bei einem heimlichen Treffen nach Sonnenuntergang mit einigen Mädchen unterhalten und hatten unerlaubt drei Prinzeßkekse verzehrt. Die anderen, die Sterblichen, begnügten sich mit dem Gucken. Und bekamen unter Umständen flüchtig ein Bein zu sehen, wenn ein Strumpf hochgerollt wurde, oder eine Schulter, wenn ein Mädchen sich an einem Mückenstich kratzte.

Darum war es keineswegs erstaunlich, daß Hannes und David der Atem stockte, als sie durch das Gras eine ganze *Herde* Mädchen auf dem Weg durch den Wald sahen. Alle in Badeanzügen. Sie erzeugten dieses etwas erschreckende, spitze Geräusch von vielen Mädchenstimmen, von Gelächter und Geschrei. Nur einen Steinwurf entfernt ging die Schar an ihnen vorbei, und David und Hannes kämpften mit ihrer Selbstbeherrschung.

Als sie außer Sichtweite waren, sah Hannes David an. Er war ganz blaß. Nach einer Weile sagte er:

»Wir gehen hinterher!« Er hatte eine Miene aufgesetzt, als nehme er ein schweres Opfer auf sich.

»Ja«, nickte David, der fühlte, daß dies entscheidend sein konnte, und zwar sowohl für den eigentlichen Aufenthalt, als auch für seine Freundschaft mit Hannes.

Sie schlichen hinterher, ohne auch nur einen Zweig zu knikken.

»Wohin wollen die?« zischte David verbissen. Er konnte nicht begreifen, warum die Gruppe in entgegengesetzter Richtung ging, vom großen See weg und in den Wald hinein.

»Keine Ahnung«, flüsterte Hannes zurück, den Mund voller Tannennadeln. Sie krochen weiter. Es war ein schöner, großartiger Sommertag, und träge und warm ging der Wind durch den Wald. Und während sie so dahinkrochen, schlug ihnen der Duft des Waldbodens entgegen, nach Gras und Moos. Über ihnen neigten sich glänzend grün und hochsommersatt die Baumkronen. Es war genau so ein Tag, an dem man schwänzen und im Wald sein mußte. Wären diese Mädchen nicht gewesen...

»Ja!« sagte Hannes plötzlich.

»Psssst!«

»Jetzt weiß ich's! Die wollen zum Waldsee!«

»Was für ein Waldsee?«

»Der kleine Waldsee, wo der Bach herkommt. Wo wir letztes Jahr gewesen sind.«

David nickte. Er erinnerte sich an den Platz.

Jetzt, als sie wußten, wohin die Mädchen wollten, konnten sie den Abstand etwas vergrößern. Und nach ungefähr 20 Minuten erreichten sie den kleinen See.

Auf dem darüberliegenden Hang fanden sie ein Gebüsch. Dort nahmen sie bäuchlings ihre Stellungen ein und begannen mit der Observation.

Unten war das Baden in vollem Gang. Sie schwammen, spritzten und planschten im kalten Wasser. David war erstaunt, keine der Lagerleiterinnen zu sehen. Hannes aber knuffte ihm in die Seite:

»Schau ... Dort ist die Führerin. Die Wölfin.« Er zeigte herüber, damit David sie sah. Die Wölfin war ein älteres Mädchen, achtzehn oder neunzehn Jahre alt, die immer noch in Mädchenlager fuhr. Niemand wußte genau, warum, nur daß sie dort eine Art inoffizieller Leitungsposition hatte. Es hieß, sie sei eine Nichte oder Schwester einer der erwachsenen Leiterinnen und dürfe deshalb jedes Jahr mitkommen. *Sie* jedenfalls war dabei und hatte die Aufsicht ... Alle wußten, daß sie furchtbar war, sie hatte eine barsche, feindselige Art, und einige Male hatte sie einen der ungebetenen Besucher eingefangen. Und sie kannte keinen Pardon. Außerdem trug sie *Hosen*. Auch die Mädchen fürchteten sich vor der Wölfin – jedenfalls wirkte es so.

Dort stand sie und hatte ein wachsames Auge auf ihre Untertanen im Wasser und am Ufer. David schauderte, und er sah, daß auch Hannes nicht wohl zumute war.

Aber bald hatten sie an anderes zu denken. Die Mädchen kamen aus dem Wasser. Es kam zu einigen Verhandlungen,

339

und die Wölfin bellte einige Befehle. Dann zogen die meisten die Badeanzüge aus.

Am Waldrand hörten zwei Herzen zu schlagen auf.

Die Badeanzüge wurden zum Trocknen aufgehängt, einige Mädchen hüpften wieder ins Wasser, andere trockneten sich ab und legten sich auf Handtücher und Strohmatten in die Sonne. David und Hannes glotzten. David sah nach einer der Gestalten dort draußen im Wasser, sie war in seinem eigenen Alter und hatte weiche, runde Brüste. Sie waren naß. Oder dort, auf dem Hügel, lag eine der größten der Gruppe, sie sah fast aus wie eine erwachsene Frau, und zwischen den Beinen hatte sie einen blonden, dichten Haarstreifen. Hannes fiel es schwer, stillzuliegen. Allmählich begannen einige, sich wieder anzukleiden, da das Badezeug getrocknet war. Es war offensichtlich, daß sie sich genierten, obwohl sie glaubten, allein zu sein. Noch immer waren viele, phantastisch viele, erschreckend viele nackte Körper im Teich und darum herum. Die Wölfin stand auf einer kleinen Erhebung und betrachtete sie mit zufriedener Miene. Jedes Mal, wenn die Mädchen in ihre Nähe kamen, gab es ein lautes Kichern.

»Das ist nicht wahr«, flüsterte Hannes. Gerade eben blickten sie auf zwei spitze Brüste eines weniger entwickelten kleinen Mädchens, die wippten, als sie ins Wasser sprang.

»Nein«, sagte David. In seinem ganzen Leben hatte er noch keinen nackten Frauenkörper gesehen, außer auf den vielen frivolen Postkarten – und hier betrachtete er bestimmt fünfzehn.

»Wärest du nicht gern dort unten bei ihnen?« flüsterte Hannes. Für einen Augenblick fühlte sich David unwohl.

»Was? Nein. Doch. Ja.« Hannes grinste und schielte zu seinem Freund hinüber. Und als David den Blick wieder den Badenden zuwandte, kroch Hannes ein wenig zurück und ging in die Hocke. Und ehe David sich versah, hatte Hannes seine Beine gepackt und schob ihn den kleinen Abhang hinunter.

David war so verblüfft, daß er keinen Laut herausbekam. Ehe er noch am Wasserrand ausrollte, war Hannes dort oben verschwunden. Die Mädchengruppe stieß ein Geheul aus. Und im selben Augenblick ertönte der Kommandoruf:

»*Ein Junge! Packt ihn!*« Er sah die Ruferin nicht, am Tonfall erkannte er aber, daß es die Wölfin sein mußte, und er wußte, er war verloren. Zwei größere, bekleidete Mädchen waren über ihm und hielten ihn fest. Die Nackten griffen nach Handtüchern und bedeckten sich, einige schlüpften in die Bademäntel. Resignierend blieb David liegen und verfluchte Hannes aus ganzem Herzen.

»So ...«

Er schaute herauf, es war die Wölfin. »Was haben wir denn da? Ein kleines Ferkel?«

Nach dem Schock anfangs noch etwas unsicher, fingen sie jetzt zu kichern an – Oh Gott, nicht auch das noch! David sah herauf in ein schmales, hartes, knochiges Gesicht, das auf breiten, braunen Schultern ruhte. Das Gesicht der Wölfin und ihre kalten Augen.

»Einen kleinen, schwarzhaarigen Teufel, was? Einen Knecht Ruprecht?« Nach dem Vergleich mit dem maskierten Nikolaus-Begleiter wurde das Gekichere lauter. David schluckte. »Setz dich hin!« Er setzte sich auf. »Anna! Resi! Geht hinauf und schaut, ob er allein gewesen ist.«

»Jawohl, Fräulein Schlinger.« Fast machten sie mit der Stimme einen Knicks. Die Wölfin hieß also eigentlich Schlinger. David war schreckgelähmt.

»Ein kleiner, ekliger Scheißkerl.« Höhnisch grinste die Wölfin. Sie stand breitbeinig vor ihm, die Hände in die Seiten gestemmt. Das Kichern und Kicksen der Mädchen ging über in offenes Gelächter. Und dieses Gelächter war siegesgewiß. Sie hatten ihn jetzt, es gab keine Fluchtmöglichkeit, er war ihnen völlig ausgeliefert. Und das Ärgste war im Grunde, daß David völlig davon überzeugt war, daß Hannes nun irgendwo auf der anderen Seite des Teichs lag und das entwürdigende Schauspiel genau verfolgte.

»Er ist bestimmt allein gewesen, Fräulein Schlinger.« Wieder dieser Knicks in der Stimme.

»Na. Dann haben wir einen Einzelbesuch aus dem Jungenlager bekommen. Wie unglaublich einzigartig.« Erneutes Gelächter. »Und wie heißen wir, kleiner Mann?«

David gab keine Antwort.

»Nana, Sie wissen doch bestimmt, daß man seine Visitenkarte abgibt oder sich korrekt vorstellt – in Gesellschaft von *Damen*?« Die Stimme der Wölfin wurde schärfer, und ihre Augen wurden noch schmaler.

»Na gut! Den Namen können wir später in Erfahrung bringen. Kein Problem. Und wie lange haben Sie dort im Gebüsch gelegen, mein Herr?«

Von David keine Antwort. Er dachte daran, daß er den schlimmsten Tadel aller Zeiten im Protokoll bekommen würde, wenn das herauskam.

»Also lange«, sagte die Wölfin. »Und warum, wenn man fragen darf?« In der Gruppe Gekichere. Aber die Wölfin zerrte ihn mit harter Hand auf die Beine:

»Hast du auch noch die Stimme verloren – wie deinen Verstand?!« Sie hielt ihn fest am Jackenkragen, und David fiel auf, daß ihr Zorn echt und tief war. Vor allem ihr Blick war haßerfüllt. Sie streckte eine Hand aus und beschrieb einen Kreis über die Runde:

»Wahrscheinlich bist du hergekommen, weil du *gucken* wolltest, stelle ich mir vor. Um deine –« Jetzt gab sie ihm eine Ohrfeige, »– deine schmutzige kleine Phantasie zu befriedigen!« Empörtes Gemurmel unter den Mädchen. Als gehe allen die grauenhafte Wahrheit erst jetzt auf, als die Wölfin eine so grauenhafte Sprache benutzte. David starrte sie unruhig an. Er konnte ihre Zähne sehen, sie schienen völlig blau zu sein.

»Oder...« sagte sie säuerlich: »bist du vielleicht hier, um deine

342

Liebste zu sehen, was? Dein kleines Mädchen? Hm?« Wieder Gelächter, unbeherrscht dieses Mal. »Hast sie ohne Röcke sehen wollen?«

Verzweifelt schüttelte David den Kopf. Er hatte doch kein Mädchen! Aber die Wölfin deutete dies leider als ein Ja.

»Aha. Ach so! Das ist es also! Nun! Wärest du so nett, mir zu zeigen, wer die Auserkorene ist. Denn sowas möchten wir nicht nochmal erleben!« David sah sie verzweifelt an. Die Wölfin biß ihre blauen Zähne zusammen und zeigte auf die Mädchen, die verstummt waren. »Jetzt wirst du mir zeigen, wer es ist«, sagte sie mit besorgniserregender Freundlichkeit. »Wenn nicht, dann...« Und David zweifelte nicht einen Augenblick daran, daß sie ihn verprügeln würde, bis er nicht mehr stehen konnte. Doch er schüttelte nur leicht den Kopf. Sein Blick glitt von einem Gesicht zum anderen. Die Blonde, Lange, die in der Sonne gelegen hatte, eine kleine, Dunkle, mit Stupsnase, ein Mädchen mit liebem Blick und runden Brüsten... vielleicht sollte er sagen, daß sie es war... etwas in seinem Inneren aber sagte ihm, daß er das nicht konnte. Der Blick flackerte weiter, von feindlichen zu sanftmütig lachenden Augen, bis zwei dunkle Augen ihn erwiderten. Ein ziemlich langes, dünnes Mädchen mit dunklen Haaren und weißer Stirn. Und während sein Blick dem ihren begegnete, bewegte sie ein wenig die Lippen. Sie sah ihm genau und völlig offen ins Gesicht.

David aber schüttelte den Kopf. Im selben Augenblick stürzte sich die Wölfin auf ihn.

»So!« zischte sie. »Dann wird es Zeit, daß du deine Tracht Prügel bekommst. Resi! Einen passenden Ast. Und rasch!« David fühlte, wie ihn der Mut verließ.

Dann hielt die Wölfin den Ast in der Hand.

»So«, sagte sie. »Knöpfst du freiwillig auf, oder muß ich es für dich tun?« David war den Tränen nah, unfähig, sich zu bewegen.

»Gut«, sagte die Wölfin, »dann bleibt nur eins.«

»Nein«, sagte eine Stimme. Die Wölfin hielt inne, drehte sich um. Und David sah, es war die mit den dunklen Augen. Jetzt trat sie einen Schritt vor. »Er ist mein Freund«, sagte sie mit fester Stimme. »Niemand faßt ihn an.«

Stille. Sogar die Wölfin sah unschlüssig aus.

Das Mädchen mit den dunklen Augen ging zu David. Sie war größer als er. Die ganze Zeit war sie furchtbar ernst. Und auf der Stirn wurde sie noch weißer. Sie sah ihm genau in die Augen. Jemand kicherte.

»Aha, Sofia«, sagte die Wölfin grimmig. »Wenn dieses kleine Geschöpf dein – Liebster ist, dann darfst du ihm die Schläge persönlich geben. Verstanden.«

»Nur auf die Hand«, sagte Sofia, ohne den Blick von David zu lösen.

»Gut«, sagte die Wölfin. »Fang an.«

Sofia nickte.

Sie gab ihm die Schläge. Es tat weh, und er sah daran, wie sie ihren Blick wandte, daß es auch ihr unangenehm war. Keiner von ihnen aber gab einen Laut von sich. Das heißt, ganz zum Schluß hörte David, wie sie nach Luft schnappte, als es vorbei war. Dann war die Bestrafung vorüber, ihre Blicke trafen sich wieder, wortlos, und sie ging zurück in die Gruppe.

Um zum Lager zurückkehren zu dürfen, mußte David seinen Namen angeben. Es würde eines Tages ja ohnehin herauskommen. Und dann ging er allein durch den Wald zurück. Die ganze Zeit standen ihm Tränen in den Augen, teils über Hannes' Verrat, teils aufgrund der Erschütterung durch das, was er gesehen hatte und das, was geschehen war. Und vermutlich taten auch die Schläge weh. Vor allem aber standen ihm die Tränen in den Augen wegen des schwarzen Blicks und dieses kurzen Schluchzens eines Mädchens, das Sofia hieß.

Wie ein hin- und herziehendes Unwetter ging Rittmeister Rindebraden im Zimmer auf und ab und geriet immer mehr in

Wut. Und David stand wie versteinert da und hörte auf die Donnerschläge. Zu guter Letzt bekam er Prügel. Anschließend wurde er zu Bett geschickt, ohne Essen.

Im Schlafsaal stieß er auf Hannes. Er saß auf seinem Bett und wartete offensichtlich auf David.

»Ist er sehr wütend gewesen?« fragte er. David aber würdigte ihn keines Blickes, zog sich vielmehr gelassen aus. Er war froh, daß er wegen der Prügel nicht geweint hatte. Wahrscheinlich sah er aber dennoch nicht völlig ungerührt aus, denn Hannes sagte:

»Ich habe nicht gewußt, daß sie so wütend werden.«

David zog sich das Nachtzeug an.

»Ich hab mich einfach nicht beherrschen können«, sagte Hannes leise. »Ich erzähl keinem etwas von dem, was ich – hinterher gesehen habe.«

Nach wie vor sagte David nichts, er *sah* Hannes nur an.

»Und du hast doch gesagt, du wärst gern unten bei ihnen.« Hannes versuchte es mit einem kurzen Lächeln. David ging zu Bett.

»Ist sie schlimm gewesen, die Wölfin?«

»Gute Nacht«, sagte David.

»Und wer hat dir eigentlich die Schläge gegeben?«

David stützte sich im Bett auf den Ellbogen auf:

»Hör zu. Ich darf mit keinem sprechen, ich muß auf kürzestem Weg ins Bett.« Das klang mißmutig.

»Ja.« Hannes sah ihn an. »Es tut mir unheimlich leid. Das habe ich dir nur sagen wollen.«

»Ja«, sagte David. Er dachte nach. »Im Grunde bin ich nicht wütend«, sagte er.

»Hat er gefragt, ob es mehrere von uns gewesen sind?«

»Ich habe nicht gepetzt«, sagte David.

Hannes schwieg eine Weile.

»Na dann«, sagte er. »Ich gehe jetzt. Gute Nacht.«

Eine Zeitlang lag David da, ohne einschlafen zu können. Im

Schlafsaal herrschte eine ungewöhnliche Stille, und vor den Fenstern war es noch immer früher Abend, das Licht war blau und rein. Wahrscheinlich war er das letzte Mal als ganz kleines Kind so früh zu Bett gegangen. Etwas an dem Licht dort draußen, der Stille in dem großen Raum und den Geräuschen von Betriebsamkeit im Freien erinnerten ihn daran, wie das ist, wenn man ganz klein ist. Oder wenn man krank war. Zugleich aber kam er sich groß vor, ja, fast erwachsen, jedenfalls erwachsener als am Morgen. Wenn er die Augen schloß, konnte er spüren, wie der Körper ausgestreckt unter der Decke lag. Noch taten die Schläge weh, doch da war auch etwas anderes. Er konnte fühlen, wie das, was er selbst war, ihn bis in alle Glieder erfüllte – bis in die äußersten Fingerspitzen, wie wenn man die Hand in einen Handschuh steckt. Er fühlte seinen Körper ganz, er war er, er gehörte ihm. Und zugleich war er nur ein Ding, das er ausfüllte.

Er öffnete die Augen. Außerdem war er wirklich nicht mehr wütend auf Hannes. Und vielleicht auch nicht auf die Wölfin. Vielleicht. Auf Hannes jedenfalls war er nicht wütend. Er empfand starke, triumphierende Freude darüber, daß er nicht wütend war. Es war sonderbar. Und trotz des Rittmeisters und der Wölfin, aber auch trotz der Lehrer und anderer Obrigkeiten drinnen in der Stadt nahm die Freude zu. David hätte gern gelacht, wenn er jemanden gehabt hätte, mit dem zusammen er lachen konnte. Er lächelte, während er so dalag. Wieder schloß er die Augen. Und dann dachte er an die Mädchen.

Er wäre vor Scham in den Boden versunken, wenn er einer von ihnen wieder begegnet wäre, und trotzdem, während er dort lag, dachte er an sie. Er rief sich die einzelnen, chaotischen Bilder vom Nachmittag wieder ins Gedächtnis, und deutlich sah er die nackten Körper vor sich. Er bemerkte, daß er erregt war. Doch er behielt die Kontrolle über sich, lag eine Weile träumend und dösend da...

Und dann sah er sie. Die großen, dunklen Augen, das dunkle

346

Haar. Er richtete sich jäh im Bett auf, schüttelte den Kopf. Vor Scham, gräßlich nagendem Scham, wurde ihm heiß und kalt. Als hätte ihn die trotzige Freude verlassen, erfüllte ihn wieder die Demütigung vom Nachmittag, er warf sich auf das Kissen und fluchte in stiller Verzweiflung. Er war froh, daß es das letzte Lager war. Es war wirklich gut, daß er im nächsten Jahr nicht wieder hierher mußte.

Während er daran dachte, schlief er ein.

Und als, zu Hause in Wien, seine *Bar Mizwa* kam, war dies eigentlich eine ziemlich überflüssige Zeremonie. Schon an jenem Nachmittag, als er zusammen mit Hannes den Mädchen nachgeschlichen war, hatte David die Kindheit hinter sich gelassen, ohne sich dessen bewußt zu sein.

Bevor das Lager zu Ende ging, sah er das dunkelhaarige Mädchen, Sofia, noch einmal. Es war am letzten Abend, David hatte sein unendliches Unkrautzupfen hinter sich – ein Teil von Rittmeister Rindebradens Strafsystem – und war mit Hannes zum See gegangen, Steinewerfen. Es war gerade noch so hell, daß sie die Ringe auf dem blanken Wasser sehen konnten. Dann unterhielten sie sich eine Zeitlang. Die Freundschaft zwischen ihnen hatte sich in den letzten Tagen in gewisser Weise gefestigt. Und als es so spät war, daß sie hinauf ins Haus mußten, waren beide bei guter Stimmung. Unter den Schuhen knirschte der Kies.

Dann stand sie da, vor ihnen auf dem Weg. Sie hielten unvermittelt an. David erkannte sie sofort wieder. Die Augen waren so groß und ernst wie zuvor und die Stirn ebenso weiß. Nein, weißer, jetzt im Halbdunkel. Hannes sah ihn fragend an. David hatte vor allem Lust wegzulaufen – das war seine erste Eingebung. Er wollte weglaufen. Hannes aber nickte vielsagend, grüßte kurz und erwachsen »Guten Abend«, und ging allein weiter in Richtung Haus. Der Kies knirschte, die Schritte entfernten sich.

Sie machte einen Schritt auf ihn zu und noch einen. Und bei

347

jedem der Schritte fühlte David, wie sich in seinem Inneren eine Art Lähmung ausbreitete. Schließlich stand sie ganz nah.

»Kommst du auch aus Wien?« fragte sie.

»Ja. Doch.« Seine Stimme wollte ihm nicht richtig gehorchen.

»Ich hab mich heute abend weggeschlichen, wir haben Abschlußfeier mit Lagerfeuer und Gesang und so weiter.« Sie lächelte vorsichtig, ließ seinen Blick nicht los. David hörte zum ersten Mal, daß auch die Mädchen unerlaubte Expeditionen unternahmen. Wieder wollte er weglaufen.

Sie griff nach seinen Händen, nahm sie ohne weiteres, musterte sie gründlich. Sie sahen wahrscheinlich nicht so richtig gut aus, denn sie runzelte die Stirn. Außerdem war durch das Unkrautzupfen Erde in die Wunden gekommen.

»Tut es weh?« Wieder glitt über ihr Gesicht ein Lächeln. Wie kann ein Mensch so ernst sein, obwohl er lacht, dachte David, er sah zu Boden.

»Nein. Nein.« Er schüttelte den Kopf. »Es tut nicht weh.« Sie aber ließ seine Hände nicht los, jetzt nicht, sondern stand noch einen Augenblick so da und hielt sie in ihren Händen. Renn, David! Renn! David fühlte, wie Wellen quälender Scham in ihm aufstiegen und wieder versanken, er hatte nicht gewußt, daß Mädchen so sein konnten, so – ernst, herausfordernd. Sie sagte:

»Sonntag morgens bin ich in Schönbrunn. Ganz früh. So früh, daß man den Kaiser sehen kann, wenn er hierher nach Ischl fährt.«

»Ja«, sagte David. Dann ließ sie seine Hände los, legte ihre eigenen Hände auf Davids Schultern und lehnte sich an ihn.

Einen Augenblick zog sich die ganze Wirklichkeit auf zwei Hände auf den Schultern, ein warmes Gesicht, einen Mund zusammen. Aber dann riß er sich los und rannte den Weg hinauf.

»David!« rief sie ihm nach.

Am nächsten Tag war er wieder in Wien. Mit nach Hause hatte

348

ihm Rittmeister Rindebraden den furchtbarsten Beschwerdebrief gegeben, der je geschrieben worden war von Ewigkeit zu Ewigkeit, davon war er überzeugt.

Unten, im Kontor des Musikaliengeschäftes, händigte er dem Vater den Brief aus. Der Vater musterte ihn streng, während er den Umschlag aufriß. Dann las er es. Die ganze Zeit strich er sich über den ergrauenden Löwenbart.

David wartete. Hatte er das Donnerwetter des Rittmeisters überstanden, würde er wahrscheinlich auch dies überstehen. Doch er war sich nicht mehr so sicher.

»David«, sagte der Vater, als er zu Ende gelesen hatte. »Komm her.« David gehorchte. Der Vater musterte ihn wieder, sah ihm ins Gesicht, dieses Mal aber war der Ausdruck nicht mehr streng, sondern fast zärtlich und traurig. Draußen klapperten Kutschen und Straßenbahnwagen vorbei.

Dann gab ihm der Vater eine Ohrfeige.

»Bald«, sagte er, »bald bringst du deine Bar Mizwa hinter dich. Unsere Familie ist immer modern gewesen – wenn ich das sagen darf –, ohne Orthodoxie, und ich befürchte, so etwas hat heute eine viel geringere Bedeutung als damals, als ich ein Junge war. Damals war das anders. Eigentlich habe ich mir gewünscht, daß du etwas von dem erlebst, was ich damals erlebt habe. Etwas vom selben *Ernst*. Aber – ja, weißt du, früher war es nicht üblich, daß jüdische Jugendliche so viel mit anderen Jugendlichen umgingen. Und soweit ich aus diesem Brief ersehe –« Er runzelte die Augenbrauen, »vielleicht hat es früher eine bessere Moral gegeben und strengere Sitten.« Er hielt inne, das Gesicht nahm einen etwas angestrengten Ausdruck an. Es kam fast nie vor, daß der Vater so offenherzig sprach, vor allem nicht über Glaube und Moral. Er war Musikalienhändler, verkaufte Instrumente und Noten und sprach gern lange und ernst über Musik, nahm die Kinder mit ins Burgtheater, hatte abends Kollegen und Musiker zu Hause. Aber die Äußerungen über den Glauben, das Judentum und die Moral beschränkten sich meist auf pure Maximen. David konnte sich kaum erinnern, den Vater einmal so wie jetzt gesehen zu haben. Fast war er ein wenig gerührt. Der Vater war ansonsten streng – und betrübt, wenn er eines der Kinder bestrafen mußte.

»Ich meine, wir lassen es damit bewenden«, sagte der Vater dann. »Was dir jetzt eigentlich bevorsteht, ist deine Aufnahme in die Gemeinde als erwachsener Mann. Ich weiß, wie gesagt, nicht, wieviel das für euch bedeutet, die ihr heute jung seid. Von nun an aber will ich dich nicht mehr bestrafen. Dies war das letzte Mal. Das ist ein Versprechen.«

David sah ihn mit großen Augen an.

»Ich hoffe, daß du später verstehst, was das heißt«, sagte der Vater. »Alle Strafen mußt du dir künftig selbst auferlegen.«

David nickte, ohne zu verstehen. Erst viel später kam, was der Vater gesagt hatte, zu ihm zurück, da aber waren es nicht mehr die Worte des Vaters, sondern es war eine Stimme in seinem Inneren, die diese Worte sagte.

»Aber mach so etwas bloß nicht wieder«, sagte der Vater. »Das ist unmännlich, ein Herr benimmt sich so nicht.«

»Nein«, sagte David.

»Willkommen zu Hause«, sagte der Vater. »Ist es ein schönes Lager gewesen?«

»Ja«, sagte David. »Aber es war dieses Jahr das letzte Mal.«

»Das letzte Mal.« Der Vater nickte.

»Aber es ist ein schönes Lager gewesen. Und ich habe einen neuen Freund.«

»So?«

»Hannes – Johannes Schachl. Den Sohn des Rechtsanwalts.«

»Ausgezeichnet.«

»Es ist ein sehr schönes Lager gewesen«, sagte David.

Davids Elternhaus war eine große, altertümliche Wohnung im dreizehnten Bezirk, im zweiten Stock eines großbürgerlichen Hauses in der Rosenhügelstraße. Eine dieser ruhigen, stillen

Straßen, in denen die Wiener Bürger in den Vorgärten Rosen, Tulpen und Ziersträucher anpflanzten. Aber weil die Straße eine kleine Anhöhe hinaufging und obendrein in ost-westlicher Richtung verlief, erhielt sie besonders viel Sonne, und vor allem die Rosenbüsche gediehen ungewöhnlich prachtvoll. Es gab Rosen in allen Schattierungen von Rot, vom zartesten Rosa bis zum fast schwarzen Purpur. Die Rosen waren der Stolz der Straße, und vor den Häusern strotzte es fast von ihnen, von wohlbestellten Beeten bis zu verschwenderischen Hecken.

Der Vater hatte das Musikaliengeschäft von seinem Vater übernommen. Und mit der Zeit würde es auf David übergehen. Das war sozusagen ebenso selbstverständlich wie die Beisetzung des Kaisers und seiner Vorgänger in der Kaisergruft. Wie seine Nachbarn gehörte Herr Bleiernstern der heiligen, allgemeinen Bürgerschaft an, und das Haus war dementsprechend: solide, gut und gepflegt. David und seine Schwester Mira wuchsen in einem Haus auf, wo alles gleichmäßig und exakt ablief wie ein gutgepflegtes Uhrwerk. An den Sonntagabenden gingen die Mutter und der Vater die Haushaltsrechnungen und die Buchführung des Geschäfts für die vergangene und die kommende Woche durch, und das verbleibende Geld wurde auf sicheren Konten und in guten Papieren angelegt. Einmal im Jahr zählte der Vater, ebenso wie seine Nachbarn, die Zinsen zusammen. Stets waren es so-und-so-viele Kronen und Heller mehr als im Jahr zuvor.

Davids erste Welt war eine Welt der absoluten Ruhe, der Freundlichkeit, der Geborgenheit, der Rechtschaffenheit und des Fleißes, der gediegenen Gläser, schweren Plüschmöbel und würdevollen Schränke auf Löwenfüßen. Er lernte Klavier und Geige zu spielen – jene Instrumente, die der Vater am besten beherrschte –, während die Schwester Cello und Flöte lernte, die Instrumente der Mutter. Abends musizierte die Familie zusammen, oder sie wechselten sich beim Vorlesen von Romanen für die Kinder ab. Es handelte sich stets um Literatur mit erzieherischem Wert, von Goethe bis Kipling, und die ganze Familie hatte Freude an dieser Lektüre. Nur an den Feiertagen las der Vater laut aus den Büchern Mose und stattete pflichtgemäß der Synagoge einen Besuch ab. Aber wie in allen Wiener Bürgerhäusern war der Glaube etwas, das zur Privatsphäre gehörte. Nicht etwas, das man außen auf dem Körper trug, wie die Ostjuden im zweiten Bezirk. Der Glaube war grundlegend, selbstverständlich und unsichtbar, wie das Blut selbst. Er gehörte nicht zu den Angelegenheiten, über die man redete.

Nur äußerst selten, so wie damals, als er den Brief des Rittmeisters übergeben hatte, konnte David dem Vater ansehen, daß das nicht immer so gewesen war. In Wirklichkeit war der Vater ein gläubiger Mann, wenn auch nicht der äußeren Form nach, so doch in der Haltung. Selbst wenn er mit seiner glasklaren Vernunft nicht mehr von der persönlichen Anteilnahme Jahwes, des Herrn, am Wohlergehen des jüdischen Volkes ausgehen konnte, wohnte der Glaube irgendwo in ihm. Meist aber äußerte er sich in der Einhaltung der wichtigsten Teile der Tradition, und er ließ seine Kinder auch nicht in der Kirche taufen, wie dies einige Juden taten. Weder David noch Mira aber lernten jemals Jiddisch – der Vater hatte diese Sprache für immer abgelegt, als er heiratete, ihre Mutter war ausschließlich deutschsprachig. Nur wenn er seinen Bruder aus Prag zu Besuch hatte oder wenn ein Musikstück ihn besonders stark rührte, tauchte das Jiddische aus ihm auf, immer nur wenige Sätze oder Brocken, die er dann aber mit großer Wärme und mit einem wehmütigen Tonfall aussprach, den die Kinder nicht kannten. Es war die Stimme einer anderen Zeit und aus einer anderen Himmelsrichtung, die aus dem Vater sprach, der Widerhall einer Flucht aus Rußland, zwei Generationen zuvor, es war der Klang langer Nachmittage der Schriftlesung in der *Schul* der Gemeinde. David und Mira mochten diesen leicht klagenden Ton, vor allem, weil der Vater sonst das kor-

352

rekteste, bodenständigste Kaufmannswienerisch sprach. Und wenn der Vater in gleichmäßigen Abständen den Sohn darin unterwies, wie die Dinge auf dieser Welt lagen, bediente er sich des gleichen, kleinbürgerlichen Tonfalls wie Tausende anderer Väter ringsumher in der Kaiserstadt.

»Ob Jude oder Christ – die beste Art, Gott zu dienen, ist es, seine Arbeit oder sein Amt zu versehen, sein Haus und sein Gewerbe auszubauen. Es sind die Fleißigen und die Vorsichtigen, die aufbauen, die die Welt errichten.«

Und wie Tausende anderer Söhne in derselben Stadt nickte David gedankenvoll zu den Worten des Vaters.

»Meine Generation«, sagte der Vater etwa, »hat noch die Nachwirkungen des Krieges erlebt. Wir haben gelernt, daß Aufruhr und große Gebärden die Welt nicht verändern – hingegen Sparsamkeit, Arbeit, friedliches Wetteifern. Die sorgfältige Buchhaltung, der strebsame Einsatz. Die Generation meines Vaters hat das Kaiserreich im Chaos erlebt, und das führte zur Besinnung. Lange Zeit hat Europa keinen Krieg gesehen. Und wenn wir bald die Zügel an euch Junge übergeben, sollt ihr wissen, daß das Haus in Ordnung ist. Vielleicht erscheinen wir euch im Augenblick altmodisch, aber ihr werdet bald sehen, warum alles so ist, wie es ist. Ihr sollt wissen, daß der Nachlaß reicher ist, als wir ihn übernommen haben, er ist geordnet und gepflegt. Und ihr sollt ihn weiter ausbauen, damit ihr ihn noch reicher an eure Kinder übergeben könnt.«

Alles mit Maß, war das grundlegende Axiom des Vaters. Die Unveränderlichkeit der Geborgenheit und Solidität schien ewig zu sein wie die Donau, der Fluß würde immer weiterfließen. Die Söhne der Väter indessen begannen sich zu verändern, und auch David sollte Dinge tun, bei denen der Vater schauderte und die ihn verletzten. In gewisser Hinsicht hingen diese Dinge zusammen mit Davids Aufenthalt im Sommerlager bei Ischl, sie hingen zusammen mit Davids Freundschaft mit dem Rechtsanwaltssohn Schachl und noch stärker mit seiner Bekanntschaft mit einem Mädchen, von dem er kaum mehr wußte als den Namen. All dies sollte jedoch später kommen. Und dann sollte David erkennen, daß die Geborgenheit und Solidität, was seinen Vater betraf, auch mit einem sehr bewußten Wunsch nach Assimilation zusammenhingen. In ganz Österreich lebten Zehntausende jüdische Bürger so wie der Vater, und sie ließen sich kaum noch unterscheiden von ihren Zehntausenden christlichen Durchschnittsbrüdern aus dem gleichen Bürgerstand.

David selbst dachte fast nie an solche Dinge. Er war sich kaum bewußt, daß ein Unterschied existierte. »Erst Bürger, dann Jude«, sagte der Vater. Nur diese sonderbare, mit Zärtlichkeit vermischte Traurigkeit, die er an jenem Tag in seinem Kontor gezeigt hatte, als David mit dem Brief nach Hause gekommen war, ließ erkennen, daß der Vater etwas wußte, was David nie erfahren würde. Der Vater erinnerte sich an etwas, das seine ganze Familie ertragen hatte, und zugleich war es sein Wunsch, daß es mit ihm in Vergessenheit geriet. Es schien, als sei die Zeit jetzt dafür reif. David und Mira wurden völlig deutschsprachige, normale Wiener Kinder.

Und David brachte seine *Bar Mizwa* hinter sich, und es war wirklich eine fast überflüssige Zeremonie. Er las in der Synagoge, es war sehr feierlich, beim Familienfestessen hielt er das Tischgebet. Onkel, Tanten, Verwandte zweiten Grades und die Cousinen von Schwägerinnen von nah und fern – die entferntesten Onkel hatten an den Schläfen lange Locken, was dazu führte, daß David sich in seinem eigenen Elternhaus ein wenig fremd fühlte. Nachmittags bekam er die Geschenke: eine Taschenlampe, eine Dickens-Ausgabe, eine Krawatte, einige Notenhefte, eine Krawattennadel, einen blauen Frühjahrs- und Festanzug, in den er hineinwachsen konnte, sowie ein Rasieretui, das noch einige Jahre unbenutzt bleiben würde (wie es leider aussah). Den neuen Anzug hatte er im übrigen vor dem großen Tag bekommen, damit er rechtzeitig gekürzt werden konnte. Alles. Alles – die Welt, der Anzug, das Rasierzeug und die Stadt, die ihn umgab, die Straßen und Plätze, das Leben, die Bücher und die Musik –, alles war dazu da, damit er hineinwuchs. Und der Vater wollte ihn nie mehr bestrafen. Johannes Schachl wurde im selben Herbst konfirmiert.

Es folgte ein stiller Winter, mit viel Schnee, besonders nach Neujahr. Der Schnee lag in Schneewehen in den Straßen, er veränderte das Aussehen der Häuser und der Bäume. In den frühen Morgenstunden lag er wie grauer Star auf den Sprossen des Klassenzimmerfensters und machte den Raum blind. Mit schleppender Stimme sprach Magister Schulze Englisch. Der wohlgepflegte, graue Kinnbart wippte mit methodisch-philologischer Präzision im Rhythmus auf und ab. An diesem besonderen Januarmorgen schien es, als habe er bereits lange gesprochen, dort in jenem blinden Zimmer, an jenem grauen Morgen. Lange bevor die Jungen kamen, war der Kachelofen schon gut geheizt worden, mit dem Ergebnis, daß eine trockene, schwere Wärme zweiundzwanzig Jungen mit dem Schlaf kämpfen ließ. Es war, als fülle die Wärme die Ohren und dichte sie ab.

In der Bank vor David sank Hannes Schachl langsam zusammen. Ab und zu fuhr der Freund hoch, dann straffte sich der Rücken, doch nur, um langsam wieder zusammenzusinken. Eine ebenso monotone und langweilige Bewegung wie der grammatische Kinnbart Magister Schulzes, der zum zehnten Male einen Satz aus *The Tempest* analysierte.

David versuchte mit aller Kraft, sich zu konzentrieren, den Blick an etwas anderes zu heften als auf den Rücken. Aber die Gedanken gruben kleine, heimliche Tunnel in die dicke Schicht aus Wärme und Müdigkeit, und bald waren sie anderswo.

Für David hatte dieser Winter sich von früheren Wintern unterschieden. Er war in die zweite Klasse des Gymnasiums aufgerückt, und die Dinge waren erwachsener und ernster. Auch das Klassenzimmer trug einen Zug davon. Das vorhergehende hatte eine Art süßlichen Geruch gehabt, einen Duft nach Kastanien und Sirupbonbons. Es war ein Klassenzimmer für Kinder gewesen. Hier in diesem Jahr roch es anders, strenger und bitterer. Die Lehrer waren streng und unpersönlich. In gewisser Weise waren sie nur Teil des Geruchs im Schulgelände. David mochte ihn nicht. Er mochte auch die Gymnastikstunden nicht, wo alles nach herber Disziplin roch, einem durchdringenden Geruch von Schweiß.

Und alle schwankten sie unter der Bürde der Hausaufgaben.

Dieser Winter hatte aber auch die Freundschaft mit Hannes Schachl bestätigt und bestärkt, den David im Grunde vor dem Lager nur einigermaßen oberflächlich gekannt hatte. Es stellte sich heraus, daß eine hervorragende Freundschaft zwischen ihnen entstanden war. David und Hannes waren sehr unterschiedlich, sowohl äußerlich, als auch vom Temperament her. David war ruhig, schweigsam und stand im Ruf, ein wenig weinerlich zu sein. Er war schmächtig. Hannes war groß, stark und unbesonnen. Hannes prahlte mit mehr oder weniger erfundenen Heldentaten, David hielt sich streng an die Wahrheit. Auch wenn sie das selbst nicht immer glaubten, so waren sie doch in die Reihen der Erwachsenen eingetreten. Aber sie prügelten sich noch immer zum Spaß, wenn keiner sie sah. In Diskussionen, die den Eindruck vermittelten, sie parodierten die Haarspaltereien der Erwachsenen (und von denen weder David noch Hannes sagen konnten, ob sie sie ernst meinten oder nicht), nahmen sie stets die entgegengesetzte Position ein. David zog Brahms vor, Hannes ergriff die Partei Wagners. Über Derartiges stritten sie lange und gern. Auf dem Nachhauseweg von der Schule schubsten sie sich in Laubhaufen und im Winter in die vielen Schneewehen. Sie besuchten sich in ihren Jungenzimmern, sie aßen beim anderen zu Mittag. David wurde von Hannes' Eltern stets mit größter Freundlichkeit empfangen, obwohl Rechtsanwalt Schachl ein offener Anhänger Karl Luegers war. Über Davids Herkunft wurde gleichwohl nie ein Wort verloren oder eine Miene verzogen – auch nicht zwischen den beiden Freunden.

Vor allem die Bücher stärkten und vertieften die Freundschaft. In diesem Winter entdeckten sie nämlich beide die Poesie, die neben ihren Raufereien einen wichtigen Teil ihrer Gemeinschaft ausmachte. Es war eine bemerkenswerte Erfahrung, daß man Gedichte lesen und wirklich einen Gewinn davon haben konnte. Gedichte, die dem Zimmer Decke und Wände nahmen, Gedichte, die aus simplen, mühevoll aufgeschnittenen Gedichtbänden Bildergalerien werden ließen, die mit Aquarellen und Glasmalereien angefüllt waren, Gedichte, geschrieben von *jungen* Dichtern, die noch immer auf der Welt lebten. Einige sogar in derselben Stadt wie sie. Nicht nur Hannes und David schlossen zu jener Zeit Bekanntschaft mit der Literatur – auch bei einigen anderen Schulkameraden war dies der Fall. Es passierte inmitten des langweiligen, grauen Schulalltags. Was sie lasen, wurde zu ihrer ersten Literatur. Sie gehörte ihnen, den Jungen, den Erwachsenen blieb sie verschlossen.

Typischerweise zog David die empfindsamen Beschwörungen Rilkes vor, während Hannes eher Hofmannsthal schätzte. In den anderen Kunstarten, in der Musik, in der dramatischen Dichtung und der bildenden Kunst entwickelte sich Neues, das mit all dem Alten, Konventionellen, dem Akademischen brach. Die Jungen ahnten es mehr, als daß sie tatsächlich Wissen darüber besaßen. Sie ahnten, daß etwas geschah.

All dies machte ihre unsicheren, ersten Schritte auf einem Weg aus, der einzelne von ihnen schließlich weit fort führen sollte, sie ihren Vätern fremd machte und Sorge bereitete. Noch aber reichte es aus, daß es Dichter gab, die in den peinlich geordneten Bücherschränken der braven Bürger nicht zu finden waren und deren Zeilen in den Klassenzimmern des Kaiserlich-Königlichen Wiens nicht interpretiert wurden. Noch reichte es aus, daß ein Begriff wie Liebe durch die Gedichte neue Farbe, neue Tiefe, neue Bedeutung erhielt – wenn auch vorerst nur in der Welt der Vorstellung. Noch war es nicht soweit, daß sie andere Dinge lasen, fruchtbare Dinge, die nahezu unverständlich waren, Bomben- und Revolutionsliteratur, wie Strindberg, der nicht erwähnt werden durfte, und den unheimlichen Wedekind. Noch hatte niemand im Freundeskreis damit begonnen, einige kleine Gedichte und Artikel zu schreiben, mit denen man sich in die Cafés schlich, in denen die Literaten saßen, um ihnen in der Hoffnung auf Beurteilung die zierlich abgefaßten Manuskripte zu überreichen. Die großen politischen Diskussionen zeichneten sich bislang nur ab, etwa bei Davids und Hannes' Schattenboxen über Wagner und Brahms.

Auch Gott stand noch nicht richtig auf der Tagesordnung, wartete aber in den Kulissen auf sein Stichwort.

Bei seiner *Bar Mizwa* hatte David eigentlich nur in konventionellem, symbolischem Sinn an Gott gedacht, vor allem als Verlängerung der ästhetischen Züge dieser Zeremonie, der Atmosphäre der Synagoge, der Düfte, der Lichter dort. Die bewußte *Frage* nach Gott gab es für ihn noch nicht, ebensowenig wie irgendein Erlebnis dieses Rätsels selbst. Am nächsten war er diesen Dingen wahrscheinlich an jenem Abend im Lager gekommen, als man ihn zu Bett geschickt hatte. Es war ein Erlebnis, für das keine Begriffe existierten, und es verband sich eng mit dem Erfahren von Zeit und Körper, dem Erleben der Liebe. Auf diese Weise bildeten diese Bereiche für David einen Zusammenhang, ohne daß er über Bezeichnungen oder Verständnis für sie verfügte. Im Grunde dachte er vor allem an die Liebe – ohne recht zu bemerken, daß er die ganze Zeit nichts anderes machte, als an die Liebe zu denken.

Eine andere Sache waren jetzt die ewigen Bildkarten, das schlüpfrige Geschwätz, mit dem sie sich in den Unterrichtspausen häufig beschäftigten. Fast wie der Schulgeruch –

scharf und etwas unangenehm. Schamerfüllte, hilflose Begier-
den und mehr oder weniger erträumte Erlebnisse – oder die
Andeutung von Erlebnissen – mit Cousinen und Nachbars-
mädchen und einem Mädchen in einem Tordurchgang oder
flinken Händen und knisterndem Taft auf einem Tanzabend
für die Jugend. Was die Dichter sagten, stimmte nicht überein
mit jenem Liebesleben zum allgemeinen Erwerb, das sie auf
Straßen und Plätzen erahnten. Nichts stimmte überein.

Etwas anderes aber – und dies waren Davids Augenblicke –
war das Geräusch raschelnden Laubs, stille Nächte, in denen
der Viertelstundenschlag der Turmuhr vorsichtig an Davids
Fenster klopfte und ihn weckte. Wach von Träumen erfüllt. Er
hatte es nicht gewagt, an einem frühen Sonntagmorgen nach
Schönbrunn zu gehen. Er wollte sich überhaupt nicht in der
Nähe von Schönbrunn zeigen, er hatte Angst vor zwei großen,
schwarzen, klaren Augen, vor einem Augenpaar, das durch ihn
hindurchsah und in seinem Inneren keinerlei Widerstand fand.
Er hatte Angst vor der bewußten Sicherheit in diesen Augen, so
anders als jene, die er bei anderen Mädchen sah, die fast nur verschämt und kindlich kicherten.

Diese Augen. Geh niemals nach Schönbrunn. Unbewußt und
aus Leibeskräften wehrte David sich gegen das, was kommen
sollte. In solchen Nächten jedoch, wenn der Schlag der Uhr
sein Gefährte war, sehnte er sich. Dann konnte er gegen die
Fensterscheibe flüstern, Worte flüstern, die es nicht gab, sich
wünschen, daß alles beginnen solle. Nimm mich mit, konnte er
der vergehenden Zeit zuflüstern, nimm mich mit dorthin, wohin ich soll.

Bisweilen ist der Schlaf prophetisch. Bisweilen wird man geweckt von einem bestimmten Laut, einem bestimmten Wort,
einem bestimmten Satz. Und im Schlaf, im Traum, unmittelbar
bevor man erwacht, weiß man bereits, wovon man geweckt
werden wird. Lange bevor eine Mutter oder ein Vater oder eine
Schwester die Tür öffnen und sagen, daß es Morgen ist, daß die

Sonne scheint, daß der Regen rauscht – lange vorher *weiß* man, daß genau diese Worte fallen werden und daß man genau von ihnen geweckt wird. Bei solchen Gelegenheiten wird die Zeit zu etwas, das außerhalb des eigenen Selbst liegt. Und so verhielt es sich in mancher Weise mit dem Schlaf Davids in jenem Herbst und in jenem Winter. Er hatte eine tiefe Vorahnung von allem, was geschehen sollte, er wehrte sich dagegen, und er sehnte sich danach. Es war Herbst, es war Winter, er war mit Hannes zusammen. Er ließ die Zeit des Kindes hinter sich und betrat seine eigene, er legte neue Sprünge in Wissen und Bildung zurück, er spielte im Streichquartett, er ging ins Theater, er las Poesie. Nachts schlief er tief, und im tiefsten Schlaf war er wach, und mitten in der bewußtesten Wahrheit schlief er. Er war deshalb nicht sonderlich erstaunt, als der Zeigestock Magister Schulzes mit ohrenbetäubendem Knall vor ihm auf das Pult schlug – eigentlich hatte er diesen Knall schon lange, bevor er von ihm geweckt wurde, gehört.

Schuldbewußt sah er auf.

»Zum dritten und letzten Mal, Herr Bleiernstern, zum dritten und letzten Mal«, sagte der Magister ärgerlich, und David sammelte sich, bereit die Frage zu beantworten. »Sie schlafen, Herr Bleiernstern«, sagte der Magister, »und sie sollen nicht schlafen. Sie sollen analysieren.« Die Klasse kicherte. Analysieren Sie: *A brave vessel, who had, no doubt, some noble creature in her, dashed all to pieces.* Das gibt einen Tadel, Bleiernstern, das gibt einen Tadel.«

»Herr Magister, es tut mir leid, daß ich geschlafen habe. Ich habe es nicht gewollt.«

»Das gibt einen Tadel. Nun? *A brave vessel...*«

Miranda zu Prospero – eine dieser entsetzlichen Langweiligkeiten, die in keinerlei Zusammenhang stehen mit irgend etwas auf dieser Welt, vor allem, wenn man sie unter besonderer Berücksichtigung der Grammatik betrachten muß. Während David aber dort sitzt, ist er, ohne es zu wissen, im selben Augenblick eine Art Prospero – ein schlafender, unbewußter Prospero, der alles weiß und alles sieht. Er befindet sich in diesem dunklen, warmen Klassenzimmer, draußen schneit es noch stärker, was *ist* mit diesem Tag? Das läßt sich selbstverständlich nicht beantworten. Als David sich auf der Straße, auf dem Nachhauseweg, jedoch über den Tadel ärgerte, ärgerte er sich völlig äußerlich, das betraf nicht ihn.

Hannes ging neben ihm. Der Schnee unter den Stiefelsohlen war blank und festgetreten. Im Viererzug trabten braune, elegante Pferde vorbei, mit dampfenden Nüstern und glänzenden Schweißrändern auf Beinen und Flanken. Es war milder geworden, das Schneetreiben hatte eine Pause eingelegt, würde aber bald wieder einsetzen. Über dem Wiener Nachmittag hing ein grauroter, schwerer Himmel.

»Kommst du mit nach Hause, Aufgaben machen?« fragte Hannes, als sie die Ecke erreichten, an der sie sich entscheiden mußten. Eigentlich hatte David gar nichts anderes vorgehabt, als den Nachmittag mit Hannes zu verbringen, mit Aufgaben und dann mit Literatur, von irgendwoher aber überfiel ihn eine vage, träumerische Eingebung, und ein wenig erstaunt hörte er sich selbst sagen:

»Nein, Hannes, heute nicht. Ich muß zu Vater ins Geschäft.«

Hannes nickte, erstaunt auch er, dann lächelte er zum Abschied und verschwand in seiner Straße, einer Lindenallee. Rasch und gut gelaunt verschwand er in der Dämmerung, und etwas verloren, ohne zu wissen warum, stand David da und sah ihm nach.

Dann ging er den langen Weg in die Innenstadt. Gewöhnlich sah er nach Schulschluß nie beim Vater herein, es sei denn, sie hatten es so abgemacht. Er wunderte sich, daß er Hannes so etwas gesagt hatte, wo er sich doch sonst an die Wahrheit hielt. Jetzt trottete er auf das Stadtzentrum zu. Er hätte die Straßenbahn nehmen können, redete sich aber ein, es eile nicht, er habe Zeit genug. So schlenderte er durch die Straßen, unter dem

Arm die Schultasche. Es begann wieder zu schneien, und man sah den im Zentrum immer dichter werdenden Verkehr wie durch einen Schleiervorhang im Theater. Ein Regiment zu Pferd, ein Bierwagen, Damen mit Pelzhüten und Muffs, dunkle Häuserfassaden, eilige Laufburschen im schwinden- den Licht – das Schneetreiben ließ alle Konturen und Formen unschärfer und flacher erscheinen als sonst. Der Schnee ver- setzte ihn in eine eigenartige Stimmung.

Dann hatte er endlich den Graben erreicht und ging auf das Ge- schäft des Vaters zu, das in einer der Querstraßen lag, klein, aber sehr renommiert. Er sah hinauf zum Dom. Das Zickzack- muster des Dachs verschwand an seinem oberen Ende unter dem Schneetreiben.

Was hatte er hier unten jetzt eigentlich zu suchen? Plötzlich hatte er den Einfall, er sollte überhaupt nicht zum Geschäft des Vaters gehen, er sollte einen anderen Weg nehmen. Pflicht- schuldigst aber ging er weiter, um die Ecke, erreichte die rich- tige Gasse.

Ein paar Meter vor dem Geschäft blieb er wie angewurzelt ste- hen. Dort, auf der Straße, im Schnee, stand der Vater, barhäup- tig und ohne Mantel, er wandte ihm den Rücken zu. Er gestiku- lierte mit den Armen und unterhielt sich mit jemandem, einem Polizisten mit Helm, der, einen Notizblock in der Hand, dastand und schrieb. Einige Passanten waren stehengeblieben, um den Vorgang zu beobachten. Das Schaufenster hinter den beiden Männern war zerbrochen. Das schwarze Loch hatte einen Rand aus scharfen Glasstücken. Dahinter, im Fenster, lag eine zerschmetterte Geige, Schneeflocken fielen durch die Öffnung und legten sich auf die Instrumente, auf den Flügel und die Notenhefte.

David starrte auf die zerbrochene Scheibe. Der Vater und der Polizist bemerkten ihn nicht. Er starrte auf die Glasscherben, er starrte auf den Schnee, der in den dunklen Laden stob. In der Luft schwebte die Stimme des Vaters. »Weiß nicht, was das be-

deuten soll«, sagte er, und der Polizist sagte etwas von einer Versammlung, die stattgefunden hatte. David sah, wie der Vater barhäutig dort stand und Bewegungen mit den Armen machte, und plötzlich fühlte er, daß er einen Unbekannten beobachtete. Eigentlich sollte ich zu ihm gehen, dachte er, mich zu erkennen geben, fragen, ob ich helfen kann. Aber der kleine Instrumentenhändler dort drüben war ein Fremder, und der Laden auch. David war nur ein Passant, der einen Augenblick stehengeblieben war und zusah, es war nur eine Schaufensterscheibe zerbrochen und nicht ein Teil seines väterlichen Erbes. Mit ihm hatte das nichts zu tun. Dann zog er die Mütze in die Stirn und ging halb schockiert, halb verlegen über sich selbst an der klaffenden Wunde in der Schaufensterscheibe vorüber. Er ging hastig die Straße hinunter und verschwand um die Ecke und in den Abend hinein. Ziemlich dunkel war es schon, und diese Dunkelheit war gut und sanft und schonend.
Er drehte sich nicht um.

Sie sieht ihn, als er die Gasse entlangkommt. Und trotz der dikken Winterkleidung und der Mütze erkennt sie sofort, daß er das ist. Und daß er geht, als käme er von seinem eigenen Begräbnis.
Sie denkt seinen Namen. Dann sagt sie ihn laut, aber er hört nichts. Halb rennend eilt sie durch den Schnee hinter ihm her, um ihn einzuholen. Sie stellt sich vor ihn, versperrt ihm den Weg.
Ein Augenblick vergeht, bis er aufsieht. Er holt tief Atem. Dann schenkt er ihr sein Gesicht.
»Da bist du«, sagte sie leise.
»Ja.« Er sieht sie an, nicht sonderlich überrascht.
»Da bist du also.« Sie ist ebenso ernst, selbst wenn sie, so wie jetzt, lächelt. Sie packt ihn schnell unter dem Arm, niemand sieht sie hier. Zusammen gehen sie weg.
»Jeden Sonntagmorgen habe ich in Schönbrunn auf dich gewartet. Aber das hast du gewußt?«

»Ich habe es gewußt. Ich konnte nicht kommen.«

»Das ist nicht so schlimm. Es war trotzdem gut. Einfach zu warten.«

»Ja. Es war gut.«

»Es war nötig. Aber jetzt ist es langsam genug.«

Sie gehen durch die Gassen. Sie legt vorsichtig ihre Hand auf seine. Dann bleibt sie stehen. Stellt sich wieder vor ihn.

»Du frierst an den Händen. So.« Sie steckt seine Hände in ihren Muff, behält sie dort. So bleiben sie eine Zeitlang stehen. So stehen sie in einem schneeweißen Jahrhundert. Ohne daß es ihm auffällt, läßt er die Schultasche fallen, der Deckel geht auf, ein paar Bücher fallen heraus.

»Ich habe einen Pinsel gekauft. Ich will ein Bild malen, von dir. So, wie ich dich in Erinnerung hatte. Ich will Malerin werden.«

Er nickt:

»Ich weiß nicht, was ich werden will.«

»Nein.«

»Aber ich will nicht in einem Geschäft stehen und Instrumente verkaufen.«

»Nein. Wollen wir vorher Schokolade trinken gehen?«

»Ja. Schokolade.«

»Aber wir gehen nicht zu Novak. Dort trinke ich immer Schokolade mit ein paar Cousinen. Dorthin gehen wir nicht.«

»Ich hab' auch viele Vettern.«

»Wir gehen einfach so lange durch die Straßen, bis wir das Richtige finden.«

Sie gehen. Sie hakt sich wieder bei ihm ein, verschwindet mit ihm, nimmt ihn mit. Ein paar Schulbücher sind im Schnee liegengeblieben, auf den Umschlägen schmelzen Schneeflocken. Weiß. Weiß. Es ist dunkler Abend, als sie weitergehen.

364

»Ja, über Kinder, die ihren Eltern nie gehorchen, kann man schließlich verschiedener Ansicht sein, aber dieses junge Fräulein hier, die will immer nur malen. Genau wie ihre Mutter. Ich würde mir wünschen, sie verfiele auf etwas anderes. Wäre ein bißchen ungehorsamer.«

»Aber Mamá!«

»Ach, verstehen Sie –?« Frau Melchior seufzte vergnügt und sah David vielsagend an. »Sie will ihre Mutter erziehen, das ist das Problem.«

David sah verlegen zu Boden, aber Sofia griff ein:

»Aber Mamá. Du machst David Angst.«

»Sehen Sie? Naja, ein bißchen Erziehung kann ich schließlich auch gebrauchen. Seit mein seliger Mann – äh – umgekommen ist, bin ich, wie soll man sagen, sehr zerstreut. Ja, das kann man schon sagen. Zerstreut. Sofia hat nie eine richtige Erziehung bekommen. Damit Sie es nur wissen, Herr Bleiernstern. Ach, macht es ihnen etwas aus, wenn ich David sage, Sie haben einen so langen Nachnamen – in diesem Haus sind also, damit Sie es nur wissen, ausschließlich Schauspieler, Maler und Bildhauer aus- und eingegangen – und diese, diese – ja, die Schreiber. Die arme Sofia hat nie eine feine Erziehung genossen. Ja, entschuldigen Sie, daß ich so offen rede. Aber Sie fragen sich bestimmt, warum sie so ist, wie sie ist. Bei ihr ist alles ein bißchen drunter und drüber gegangen. Besser, ich sage es als Mutter ganz frei heraus, bevor Sie es selbst entdecken, David, Sie scheinen im übrigen ein schneidiger junger Mann zu sein. Und heute erzieht sie also *mich*. Jaja.«

Sofia sah ihre Mutter verzweifelt an, die sich in höchstem Maß zu amüsieren schien. Zwischen den langen Monologen trank die Mutter Tee. David saß mit seiner Tasse da und antwortete einsilbig. Er war rot geworden.

»Und jetzt«, sagte Frau Melchior, »ist sie also soweit, daß sie meinen Platz im Atelier mit Beschlag belegt. Ich sage es ganz offen, Sofia, ich sage es ganz offen: Das geht nicht mehr so weiter. Kannst du denn nicht etwas Vernünftiges machen? Französisch lernen oder Briefmarken sammeln oder in einen Tanzkurs gehen, wie das ordentliche Mädchen tun.«

»Mamá, du weißt, daß ich Tanzen hasse. Und ich will nicht so sein wie die ordentlichen Mädchen.«

»Und stellen Sie sich vor, David – ja, ich sage jetzt David –, daß sie jeden Morgen *malt*, jetzt, bei diesem schönen Märzwetter.«

»Mamá, es *regnet*. Es hat tagelang geregnet.«

»Geschwätz.«

»Es stimmt, Frau Melchior, es regnet wirklich.«

»Eh?« sagte Frau Melchior. »So? Ja, da sehen Sie, David. So bin ich jetzt. Zerstreut. Hoffentlich schlägst du nicht zu sehr nach mir, meine Kleine. Sondern eher nach deinem seligen Vater. – Sonst müssen *Sie* das womöglich ausbaden«, sagte sie und sah David rasch an. David wurde wieder rot. »Ja, wo waren wir stehengeblieben, wo waren wir…«

»Bei der Malerei, Mamá, dem Atelier. Ich habe David mitgenommen, damit er ein paar Bilder zu sehen bekommt, nicht wahr, David?«

»Natürlich, selbstverständlich«, sagte Frau Melchior. »Natürlich. Und dann habe ich Sie mit Beschlag belegt. Liebe Sofia, mir ist schon aufgefallen, daß es da irgend etwas gegeben hat. Man hat dich in den letzten drei Monaten abends ja kaum zu sehen bekommen. Wo du doch sonst immer zu Hause warst, für dich allein. Wenn du jetzt also endlich mit deiner Entdekkung kommst, ist es doch wohl das Wenigste, daß du ihn mit hier herein bringst, damit ihr Tee mit *mir*, deiner Mutter und nächsten Angehörigen, trinkt. Übrigens hat sie Talent«, sagte Frau Melchior und wandte sich David zu. »Gott weiß, woher sie das hat. Ich selbst male äußerst mittelmäßig. Vielleicht von ihrem Vater? Mein seliger Mann war Bergwerksbesitzer, können Sie sich das vorstellen! *Bergwerksbesitzer?!* Ja, das hört sich schrecklich an, nicht wahr?« Aber im Grunde ist er eine

366

poetische Seele gewesen, der Adalbert, eine poetische, was man von seinen Brüdern, die hier alle zwei Jahre einmal hereinschauen, nicht sagen kann. Wissen Sie, also mein verstorbener Mann, der Bergwerksbesitzer, ist also verstorben, wollte ich sagen, meine ich, und hat uns dies alles hinterlassen, das Haus und alles, ja, und Herrgott, das Bergwerk auch! Das hätte ich fast vergessen, das ganze Bergwerk, mit Gold und Diamanten und –«

»*Eisenerz*, Mamá.«

»– und das Ganze, dann haben selbstverständlich seine Brüder den eigentlichen Betrieb übernommen, ja, den haben sie übernommen. Zwei richtig unangenehme Mannspersonen, genau das. Men of the world. Zeigen sich hier nie, außer wenn sie vorbeischauen, um diesen Ablaß in Ordnung zu bringen, diese Bußgelder oder wie man das nennt, was wir für die Vergebung der Sünden bezahlen –«

»*Steuer* heißt es, *Mutter*! Vermögenssteuer.«

»Ich nenne das eben Ablaß. Das ist die Summe, die wir an den Staat bezahlen, damit uns alle Verrücktheiten, die wir machen, verziehen werden.«

»Das ist doch Unsinn, Mamá. Steuer ist etwas, was wir an den Staat bezahlen, damit der Staat zum Wohle aller handeln kann. Das weißt du genau.«

»Zum Wohle aller, ach so«, kicherte Sofias Mutter. »Komm mir nicht damit. Ich habe gesehen, welche Bücher du nachts liest!«

»Nachts, Mamá?«

»Kropotkin«, sage ich nur. »Und Marx. Und diesen – diesen Baldrian –«

»Bakunin, Mamá.«

»Erzähl mir also nichts vom Staat und vom Wohl aller, Sofia, meine kleine Bombenlegerin.«

David hatte das Gefühl, daß er mit dem ganzen Gesicht Tee trank. Es war eine riesige Kanne, und sie schien keinen Grund zu haben. Sie saßen in Frau Melchiors Wohnzimmer, einem hohen, etwas nackten Raum. Möbel, Bilder und Gegenstände waren teuer, einige sogar unschätzbar, aber das Zimmer machte dennoch einen etwas unordentlichen Eindruck. An der einen Wand waren zwei Gemälde abgenommen und standen nun trotzig mit dem Gesicht zur Wand. In der Tapete leuchteten weiße Vierecke. Auf dem Sekretär diente eine römische Büste als Briefbeschwerer. Am Fenster stand ein stattlicher Käfig mit einem aggressiven Kanarienvogel. Als sie hereingekommen waren, hatte er David unter Triumphgeschrei in den Finger gehackt, er hieß Franz-Josef. Es war ein verwirrendes und charmierendes Zimmer, das an seine Herrscherin, Frau Melchior, erinnerte, die im Korbsessel vor David thronte. Sie war in Weiß gekleidet, mit einem weißen Seidenschal um die Schultern. Wie Sofia war sie hochgewachsen, mit einem langen, schmalen Hals. Frau Melchiors Gesichtsausdruck war mild, im Gegensatz zu Sofias ernsten, entschlossenen Zügen. Die beiden sahen sich ähnlich und unterschieden sich stark voneinander. David hatte schon früher von Frau Melchior gehört, sie war wegen ihrer Gemälde bekannt, vor allem vielleicht aber für ihren Salon, der die ersten Namen anzog. David wurde es ein wenig schwindlig.

Das Licht von Regenwetter und schmelzendem Schnee sikkerte herein und legte sich auf Bücherstapel, Bilder und Möbel. In diesem Licht saß Sofia, und sie war *zu Hause*. David erschien das fast unbegreiflich. An den Füßen trug sie Hausschuhe, mit Schottenkaros. Jedes Mal, wenn er diese Füße sah, die sie unter sich auf den Stuhl gezogen hatte, so, wie es Kinder tun, durchlief David ein Freudenstoß.

»Möchten Sie noch etwas Tee, David?«

»Nein danke, ich glaube –«

»Mamá. Wir sitzen jetzt eine Stunde hier und haben eine ganze Tonne Tee mir dir getrunken. Darf ich David jetzt mit hinauf ins Atelier nehmen?«

»So, so, meine Liebe«, sagte Frau Melchior und sah Sofia mit unverhohlenem Stolz an. »David?«

»Tausend Dank für den Tee, Frau Melchior«, sagte David und stand auf. »Entschuldigen Sie uns bitte.«

»Selbstverständlich, David.«

Sofia ging bereits zur Tür. Frau Melchior nahm Davids Hand und drückte sie zum Abschied. Einen Augenblick war sie völlig ruhig, und ihr Gesicht war konzentriert. Ernst und ermahnend nickte sie David zu. Dann lächelte sie.

»Auf Wiedersehen, Frau Melchior.«

»Auf Wiedersehen, David – und vielen Dank.«

Nachdem sie lange, dunkle Treppen hinaufgestiegen waren, standen sie in dem großen Dachraum, der als Atelier diente. Durch das Licht der Dachfenster fiel weiches, weißes Licht. Sofia schloß die Tür hinter ihnen. Dann legte sie ihm in jäher Zärtlichkeit die Arme um den Hals.

»Hat sie dich sehr erschreckt?« fragte sie, an seiner Schulter.

»Erschreckt?« So hatte er Sofia noch nie gesehen.

»So viele sind vor ihr erschrocken«, flüsterte sie. »Sie ist – anders. Ich hatte solche Angst, daß sie dich erschreckt.«

»Nein, Sofia.«

»Ich habe gedacht, du kommst aus einem Elternhaus, wo alles so normal ist – und hier ist alles wirklich so ganz unnormal.«

Schüchtern strich er ihr über die Haare.

»Natürlich ist es überall ein bißchen anders als zu Hause.«

»Aber sie ist alles, was ich habe«, fuhr Sofia fort. »Alles, was ich je gehabt habe. Es stimmt, daß hier immer nur Maler und Schauspieler und so weiter ein- und ausgegangen sind. Die ganze Zeit, solange ich mich erinnern kann. Als ich klein war, habe ich gedacht, daß muß so sein. Dann aber habe ich verstanden, warum diese Onkel mit ihren Familien nie hierher kommen. Nicht, daß ich sie besonders mag, ich . . .«

»Sofia, Sofia –«

369

»Letztes Jahr hat sie Weihnachten vergessen«, erzählte Sofia. »Sie ist so, seit Vater tot ist.«

»Ich habe mich gefragt, Sofia, wieviel davon gespielt ist, und wieviel –«

»Echt ist? Natürlich ist das gespielt, alles. Das ist eine Manie, die sie sich zugelegt hat. Das wissen wir beide, sie und ich. Aber echt ist es trotzdem, weil sie die Maske nicht mehr ablegen kann. Das ist so seit damals.«

»Wann ist dein Vater gestorben?«

»Oh. Da war ich noch klein. Er –«

»Ja?«

»Ich weiß nicht. Er ist in einen Schacht gestürzt. Hieß es jedenfalls.«

David fragte nicht mehr, strich ihr aber weiter über das Haar.

»Ich glaube, es gab einen ziemlichen Skandal, aber der wurde vertuscht. Seitdem ist Mutter ein bißchen – aus dem Lot. Aber sie lebt und stirbt für die Kunst.« Sofia machte eine kleine Pause. »Erinnerst du dich, am ersten Abend habe ich erzählt, daß ich mit meinen Cousins bei Novak immer Schokolade trinke? Ja, das ist also eine Art erzwungener Zusammenkunft mit erzieherischer Absicht. Meine Onkel sind der Meinung, daß dieses Haus hier nicht so gut für mich ist, und haben meinen Cousins befohlen, mir Gesellschaft zu leisten, obwohl sie mich ebensowenig mögen wie ich sie – und das Seltsame ist, daß Mamá mit meinen Onkeln in dieser Angelegenheit völlig einer Meinung ist. Oh, David, findest du das alles nicht –«

»Nein, Sofia.« David lachte in ihr Haar. »Überhaupt nicht.«

»Die Idee, mich im letzten Sommer in dieses Ferienlager zu schicken, stammt übrigens von einem der Onkel. Er ist ein Freund des Fortschritts und setzt sich für die *Gesundheit* ein, darum –– übrigens, David.«

»Ja?«

»Du hast ihr gefallen. Besonders dieses ›Frau Melchior, es

regnet wirklich‹! Wenn du ihr nicht gefallen hättest, hätte sie dich womöglich hinausgeworfen. Das ist schon vorgekommen.«

»Sie hat mir auch gefallen, Sofia.«

»Ja, und gerade deshalb kannst du jetzt hierherkommen. Es ist ihr egal. Du kannst herkommen. Dann brauchen wir nicht die ganze Zeit auf der Straße hin- und herzugehen.«

Oh, wie oft waren sie durch die Straßen gegangen. Sie hatten auch in Cafés gesessen, aber vor allem waren sie durch weiße, stille Straßen und Parks gewandert, an Nachmittagen und an Sonntagen: gestohlene, kostbare Zeit zwischen Schule und Aufgaben. Sie waren gegangen, immer gegangen, den ganzen Spätwinter hindurch, eng nebeneinander, sich unterhaltend, schweigsam, lächelnd. Oft ein wenig in Sorge, sie könnten von Freunden und Verwandten entdeckt werden. Still hatten sie in Hauseingängen und hinter Bäumen gestanden. In den Prater hatten sie sich aus Furcht, jemand könne sie sehen, nicht gewagt, aber sie waren im Wienerwald gewesen und bis auf die Haut naß und erkältet zurückgekommen. Für David, der nachts das Notwendigste an Schulaufgaben nachholen mußte – von denen die Eltern annahmen, er habe sie bei Hannes gemacht –, wurden das lange Abende. Jeden Morgen aber ist er hellwach, eilt in die Schule, der Schultag geht vorüber wie ein Windstoß. Dann wartet sie an der Ecke der Lindenallee auf ihn, wo er sich von Hannes verabschiedet. Hannes nickt ihnen verständnisvoll zu; wahrscheinlich fühlt er sich ein wenig verantwortlich für sie, schließlich war er es, der David buchstäblich in diese Sache hineingetrieben hatte. Er hält dicht.

Und dann sprechen sie miteinander. Sie sprechen über Bücher, die sie gelesen haben, sie lesen einander Gedichte vor, sie unterhalten sich über Bäume, und sie unterhalten sich über Menschen, die sie sehen, und über die sie Geschichten erfinden. Sie ist so anders, so wie Mädchen einfach *nicht sind,* und in David wächst ein Gefühl der Dankbarkeit, es erfüllt die ganze Welt, daß sie dies alles erleben dürfen, heimlich zwar, aber frei, und Jahre, bevor die Moral es gestattet. David kauft einen dünnen Silberring für sie, der Gebrauchtwarenhändler sieht ihm lächelnd nach, als er glühend rot mit dem kleinen Päckchen verschwindet. Sie schenkt ihm ein Medaillon. Das war an jenem Tag, als sie ins Museum gegangen waren und man sie beinah hinausgeworfen hatte, weil sie einander immerzu berühren mußten. Ein blutjunges, öffentliches Ärgernis. So ist sie. So ist es. Anders.

»Zeig mir deine Bilder, Sofia.«
Sie gingen durch den Raum, vorüber an den vielen bunten Stilleben Frau Melchiors. David schnüffelte ein bißchen und bemerkte, woher dieser süßliche Geruch kam, der immer an Sofias Händen hing: Es war der beruhigende Geruch von Ölfarben und Terpentin.
In einer Ecke hatte Sofia ihre Sachen. Auf einer Staffelei stand ein Bild in kühlen Farben. Sie deckte es rasch ab. Dann holte sie eine Mappe hervor.
»Zuerst mußt du die Zeichnungen sehen«, sagte sie. Ihr lächelndes Gesicht leuchtete. Hastig drückte sie seine Hand.
Dann betrachteten sie lange Sofias Bilder.

Ein dunkler, stiller Raum mit Erker, fast wie die Zelle eines Klosters. Es dauert ein paar Sekunden, bis er entdeckt, daß das eigenartige Licht von der Glasmalerei in der Fensterscheibe kommt. Sie ist halbkreisförmig und stellt ein blaues, von Rosen umgebenes Kreuz dar. Sieben Rosen.
Hier wohnst du? Hier oben.
Ja.
Wie – schön es hier ist. Der Stuhl und der Tisch. Und das Bett.

Früher hatte ich ein anderes Zimmer. Als ich kleiner war, habe ich woanders gewohnt. Ich glaube, das ist einmal eine Kapelle gewesen. Mein Großvater war Alchemist, dreihundert Jahre nach seiner Zeit. Dies war sein Zimmer. Ich wollte hier wohnen.

Und hier schläfst du.

Hier schlafe ich.

Sofia, Sofia. Erzähle. Die Formen des Lichtes, die unaufhörlich fließen. Erzähle.

Was soll ich erzählen?

Erzähle von der Stille. Erzähle, daß du ebenso von Stille umgeben warst, wie ich von Stille umgeben war.

Ja. Um mich herum ist es immer still gewesen. In all den Jahren immer still. Sogar, wenn mir dort unten vor Lachen die Luft weggeblieben ist.

Dort unten.

Dorthin kamen all die Leute. Alle Berühmtheiten. Die Schauspieler und die Maler. Alle, die du im Burgtheater auf der Bühne gesehen hast, die habe ich hier gesehen. Sie begrüßten mich und unterhielten sich mit mir.

Worüber haben sie sich mit dir unterhalten?

Über so vieles. Über nichts, eigentlich.

Hast du ihnen irgendwann deine Bilder gezeigt?

Niemals. Niemals meine Bilder.

Sind sie irgendwann hier heraufgekommen?

Niemals. Mein Geliebter. Halt mich.

Sofia. Was ist denn los?

Einmal hat einer von ihnen – einer von ihnen. Ich war erst zwölf.

Sofia.

Er hat mich berührt. Er hat die Stille zerbrochen. So sehr, daß ich Angst bekam. Ich will nicht darüber sprechen. Ein Schauspieler. Damals geschah soviel im Haus. Er hat mich so tief berührt. Danach war ich anders. Halt mich fest. Ich will nicht

darüber sprechen. David, alles wurde anders. Ich bekam
Angst. Versprich mir eines.

Was soll ich versprechen?

Versprich, daß du mich niemals verläßt.

Ich verspreche es.

Geh niemals weg von mir. Laß mich nie los.

Ich verspreche es.

Du darfst mich nie verlieren.

Ich verspreche es.

Geht in die Jahre, Sofia Melchior und David Bleiernstern. Geht
weiter. So wachst ihr zusammen. Durch Sonnenlicht und
Wind entsteht ihr. Ihr sehnt euch nacheinander, wenn Familie,
Ferien und Abschlußprüfungen euch trennen: kein ängstliches
Verlangen, kein unerträgliches, krankes Verlangen, sondern
still und demütig. Briefe, die an ruhigen Sommerabenden an
einem See geschrieben werden, eine Hand, die den Brief durch
den *Poste-restante*-Schalter des Postamts reicht, so daß man
ihn in der Straßenbahn nach Hause lesen kann. Still und wach-
send. Für dich ist sie diejenige, die dich weiterführt, David.
Draußen auf der Straße erwartet dich ihr Blick. Ihre Worte sind
deine Gebete. Ihre Hände sind Glocken, die dich rufen.

In diesen Jahren gibt es Tage, an denen der Himmel die Erde
berührt, draußen im Wienerwald berührt der Himmel plötzlich die Erde, ohne daß es jemand bemerkt, nur ihr beide.
Schließlich habt ihr euch fast daran gewöhnt. Wißt ihr, während ihr dort geht, daß ihr die Welt erhaltet? Sie davor rettet, im
nächsten Augenblick unterzugehen? Wißt ihr, während ihr in
Sofias stillem Zimmer sitzt und in Kunstbüchern blättert, daß
ihr es seid, die alles tragen? Daß es, während eure Augen auf
dem großen Altarbild van Eycks im Buch ruhen, klar ist, es
wird nie in Feuer aufgehen, niemals zu Staub zerfallen.

Lang lebe die Revolution! Denn es ist die Zeit der Revolution
und des Umsturzes! Auf allen Gebieten! Das Alte muß weg,

die festumrissenen Ansichten und Meinungen des morschen Kaiserreichs knirschen in den Fugen. Bald muß es weg. Bald kommt die Zeit für eine neue Welt. Der Kaiser. Die Macht der Kirche. Die Dogmen der Kunst. Weg muß es, alles weg! Es leben die Unterdrückten! Es lebe die Freiheit! Es lebe die freie Liebe! So steht es geschrieben. Sofia hat unbegrenzten Zugang zu freisinniger Literatur, und sie hat alles gelesen, und David folgt ihr, während sie älter werden, sechzehn werden und siebzehn werden und noch immer weiter miteinander verwachsen.

Stille Stadtstraßen in der Sonne. Die Stadt erwacht aus einem langen Winter. Auf den Straßen spazieren Leute, Paare Arm in Arm. Kinder lachen.
Straßen der Kindheit, der Jugend. Nur in einer großen, schönen Stadt zu leben ist eines jungen Menschen würdig. Gesimse und Rosetten, verzierte Hauseingänge, geschwungene Straßenlaternen – oh, es ist schön. Es ist schön, wenn es regnet und wenn die Sonne scheint. Das sanfte Stimmengesumm in den Cafés, die grauschwarzen Streifen der Marmortische, der Kellner nickt freundlich und bringt dir die Zeitung und den Milchkaffee, die Schultasche legst du auf einer Steintreppe ab, duftend stehen die Fliederbüsche im Park.
Und am schönsten ist es zu zweit: Zwei Menschen gehen die Straße entlang, Arm in Arm. Er ist jung, mit blassem, unfertigem Gesicht und üppigem, lockigem Haar. Selbstverständlich trägt er den albernen, blauen Frühjahrsanzug und aus irgendeinem Grund einen Hut – er sollte nie einen Hut tragen –, der durch ein Unglück auf seinem Kopf gelandet zu sein scheint. Und sie? Sie trägt ein rot-schwarzes Kostüm, einen Muff, niedrige Schuhe. Natürlich sieht sie seinen Hut und den Anzug, in dem er fast verschwindet. Warum können Männer sich nicht bequem anziehen? Entweder ist der Rock zu groß, oder der Schlips sieht aus wie ein Selbstmordinstrument – in früheren Zeiten ist das anders gewesen, denkt sie. Eine Toga würde ihm

stehen. Oder ein Jägeranzug mit Umhang. Aber sie verschweigt, was sie sieht. Sie lächelt.

»Du bist so elegant«, sagt sie und korrigiert seinen Schlips. Er sieht sie unsicher an, lächelt verlegen. Niemals legt sich seine Befangenheit vor ihr.

Auf den Straßen gibt es einige solcher Paare.

O Gott, wie herrlich ist es, siebzehn Jahre alt zu sein! Die Stadt ist niemals schöner als in diesem Alter! Alles, alle Häuser nehmen einen sanften Glanz von Gefühlen an, die Häuser sind verliebt ineinander. Die Linien und Bogen der Fassaden spielen in einer Weise miteinander, daß man moralisch empört sein könnte. Die Architektur der Stadt spiegelt, ob die Menschen dieser Zeit lieben können oder nicht. Es zeigt sich in den Formen, die die Menschen umgeben. Und nun gehen sie hinunter zum Graben, auf den Stephansdom zu. Ein Monument der Liebe. Furchteinflößend, ewig, unerschütterlich. *Er steht.* Ein Gebirge, ein Dornenstrauch aus Stein. Schwarz, streng.

Und er ist so schön, daß beide einen Augenblick lang stehenbleiben. Sie sehen nur: Dornen, die sich recken. Steinbögen, die vom Mittelschiff zum Seitenschiff laufen. Fliegende Vögel.

»Stell dir vor, wieviel Blut es gekostet hat, ihn zu bauen«, sagt der eine.

»Ja. Unmenschliche Leiden.«

»Die Macht der Kirche. Grauenhaft.«

»Im neuen Staat werden die Kirchen in Museen verwandelt. In Versammlungshäuser oder Volkshäuser.«

»Ja. Und kannst du begreifen, daß die Menschen sich damit abgefunden haben? Und nicht murrten, obwohl sie jahrhundertelang Steine hauen und Ablaß bezahlen mußten, damit die Priester ihre Bauwerke errichten konnten.«

»Im neuen Staat werden Kirchen wie diese endlich einen wirklichen Nutzen haben.«

»Dann hat man sie wenigstens nicht vergeblich erbaut.«

Sie stehen da und betrachten den Stephansdom, und der Mund fließt ihnen über von all dem, was sie gelesen und gedacht haben. Die Macht der Kirche und dieser Priester ist furchtbar, dessen sind sie sich sehr wohl bewußt. Dennoch lächelt sie und sagt:

»Komm, laß uns hineingehen und die Glasmalereien betrachten.«

Die Farben im Inneren berauschen sie. Unter den Gewölben verliert die Kirche ihre Schwere und Strenge, sie wird leicht und offen, wie Kristallfarben, wie ein Himmelsall. Die Glasbilder umschweben sie.

Schweigend gehen sie von Bildwand zu Bildwand. Hier drinnen nimmt er seinen Hut ab, er hält ihn in der Hand wie einen Gegenstand, den er gefunden hat.

Sie packt ihn am Arm.

»Schau.«

Dort ist das Fenster mit den Rosen. Und lange stehen sie da, hingerissen.

Hinterher gelingt es ihnen nicht mehr, noch einmal etwas über das Leiden des Volkes zu sagen. Der Dom ist einfach zu schön. Sie treten ins Tageslicht.

Wie die Formen des Lichtes, das fließt durch farbiges Glas war alles, eh wir sprechen konnten miteinander.

Sprechen? Sich unterhalten? Ja, gewiß. Nach und nach hatte sich ein Kreis von Jugendlichen in ihrem Alter gebildet. Einige wollen Künstler werden, andere schwärmen für die Politik, und einige wollen sowohl das eine als auch das andere werden. Sie haben ein kleines Café gefunden, in dem sie sich regelmäßig treffen, nach Galerierundgängen und Theatervorstellungen und Musikabenden. Dorthin sind Sofia und David geschlüpft. Dort sitzen sie an runden Tischen. Etwas weniger verlegen, etwas sicherer, etwas offener. Die Erdachse läuft durch sie hin-

377

durch, während sie dort sitzen und sich heiser reden über alle Themen zwischen Himmel und Erde. Zeitungen und Zeitschriften gehen herum. Auch Hannes ist jetzt dabei. Eine winzig kleine Zeitschrift hat sein erstes Gedicht unter einem Pseudonym gedruckt, alle aber wissen, daß er, der Siebzehnjährige, es geschrieben hat. Und als gute Freunde loben sie ihn bis in den Himmel. Man könnte meinen, er habe die Marienbader Elegien geschrieben, und tatsächlich kommt es ihm selbst fast so vor, auch wenn die Zeitschrift lediglich eine dreistellige Auflage hat. Ja, allmählich nimmt alles Form an. Über alles mögliche wird hier gesprochen, über wichtige Dinge. Sofia ist es von zu Hause gewohnt, sich in Diskussionen und intellektuellen Unterhaltungen zu behaupten, und sie kommt gut zurecht damit. David ist eher schweigsam. Heimlich drückt sie, während die Unterhaltung im Gang ist, unter dem Tisch seine Hand – ein kleiner Strom der Stille, von ihr zu ihm. Die Gespräche – David erinnert sich, daß sie alle ungefähr ähnlich verlaufen:

»Kierkegaard«, sagt einer. »Furcht und Zittern.«

»Schelling«, sagt ein anderer. »Großer Gott!«

»Kritik der reinen Vernunft«, sagt ein dritter und klopft geheimnisvoll auf den Tisch.

»Die Befreiung der Massen«, schiebt es sich aus einem anderen Gespräch, das quer über den Tisch geht, dazwischen. »Marx und Engels.«

»Ich glaube, daß Wedekind...« unterbricht laut und fröhlich ein Dickbäuchiger und übertönt die Politiker. Worte und Namen, Namen und Worte.

»Übrigens, wenn Herzl sagt, daß...«

»Während J. P. Jacobsen also, der schildert wie...«

Ein kleiner, magerer, kränklicher Bursche an einem Ecktisch ruft:

»Nietzsche!«

Durch die Versammlung geht ein Schauder, und alle nicken

andächtig. Sie hatten Nietzsche vergessen. An Nietzsche kommt keiner vorbei. Eine Weile redet man über ihn. Dann lösen die Unterhaltungen sich auf in eine Reihe von Dialogen, und eine Menge Kirchenväter schwirren durch die Luft. Ibsen Ibsen, Hauptmann Hauptmann, Murmeln, Murmeln. »Wagner!« schlägt jemand vor, wird aber sofort zum Schweigen gebracht.

Mit zitternden Ohren kann man hier sitzen und zuhören. Hinterher kann man – wie David – in Bibliotheken eilen und fieberhaft jene Namen aufsuchen, die – mehr oder weniger um Eindruck zu machen – an diesem Nachmittag so selbstverständlich hingeworfen wurden. Denn so ist dieser Kreis aus mutigen jungen Männern und der einen oder anderen mutigen jungen Dame. Hier haben sie eine Retorte, wo alle Theorien, Verbindungen und Mischungen ausprobiert werden können. Langsam kristallisiert sich heraus, wer in die Kunst geht, wer dichten wird, wer zum Denken bestimmt ist: Und aus wem zu guter Letzt nichts werden wird.

David wußte nicht, in welche Richtung ihn das alles trug, und das bekümmerte ihn ein bißchen. Doch es war unendlich viel besser, hier mit den Freunden und Sofia zusammenzusein, als zu Hause. Er war tief von ihr beeindruckt, was sie alles wußte, womit sie sich alles beschäftigt hatte. Wenn sie eine Entscheidung traf, dann geschah das ruhig, ernst und ohne große Gesten – nach tiefer Überzeugung. Sie setzte sich für verschiedene ideelle Zwecke ein, übernahm Verantwortung, arbeitete als Malerin, las – und stets war sie sie selbst und sich ihrer sicher.

Am besten war es, wenn sie zusammen in den Wienerwald zogen und spazierengingen. Dort sprachen sie nie über Kunst oder Politik, sondern viel über Blumen und Pflanzen. Sie kannte das Pflanzenreich, erkannte ohne weiteres den Unterschied zwischen Baldrian und Sumpfdotterblume, zwischen Kiefer und Tanne. Während sie gingen, sagte sie sonderbare, geheimnisvolle Pflanzennamen auf. »Katzenfuß«, sagte sie.

»Akelei.« David war in den Botanikstunden niemals besonders aufmerksam gewesen, und niemals war es ihm gelungen, eine Verbindung zwischen den verstaubten Herbarien und der lebendigen Flora herzustellen. Befand er sich in der Natur und sah eine blaue Blume, hieß sie einfach so: blaue Blume. Er ahnte, daß es auch für diese einen lateinischen Namen geben mußte, der aber war ihm unbekannt. Sofia jedoch hatte Blumen gezeichnet und nannte sie bei Namen.

Häufig schwiegen sie nur, während sie gingen. Die Wanderung wurde zu einer Art Traum, einer Wanderung durch eine innere Landschaft. Einmal, als Sofia ihm die Verwandlung der Rosenblätter gezeigt hatte, vom innersten bis zum äußersten Blatt, setzte er sich, als er nach Hause kam, sofort ans Klavier und komponierte eine kleine Melodie, eine Rosenmelodie – völlig ohne nachzudenken. Sofia hatte die Blüte auseinandergezupft und hatte ein Blatt nach dem anderen auf eine Felsplatte gelegt, so daß er deutlich sehen konnte, wie die äußeren, stark herzförmigen Blätter kleiner und runder, zarter wurden, um schließlich in eine kleine Samenkrone überzugehen. Und plötzlich, übergangslos, kam dann der Stempel selbst, die entzückenden inneren Formen der Rose. Er hatte gesehen, daß die Rose die Variation eines einzigen Themas war, nämlich der Herzform im Rosenblatt. All dies war Inhalt seiner kleinen Melodie.

Später, als er sie in nüchterner Gemütsstimmung durchspielte, wußte er nicht recht, was er davon halten sollte. War sie nicht zu idyllisch? Er spielte sie niemandem vor – wie er es auch nicht wagte, ihr oder anderen die kleinen Gedichte zu zeigen, die er geschrieben hatte. Damit zu einer Zeitschrift zu gehen, zu einer *Redaktion,* wie Hannes es mit seinen getan hatte ...

Er versteckte sie in einer Schublade wie ein Geheimnis, hatte Angst, sie anzusehen und vielleicht zu entdecken, daß alles an ihnen falsch war. So machte er es auch mit der kleinen Melodie.

In jenem Frühjahr geschah vieles. Anfang April war Sofia zu Hause ausgezogen, oder zumindest teilweise. Das war nicht von einem besonderen Ereignis ausgelöst worden, kein dramatischer Aufbruch, sondern nur die ruhige Entscheidung, es sei Zeit, sich loszureißen. Schon seit längerem nahm sie Malstunden und wollte im Herbst die Aufnahmeprüfung ablegen. Zu Hause, sagte sie, bei der Mutter, gab es selten Ruhe zur Arbeit. Und auch keinen Platz. Frau Melchior protestierte zustimmend. Dann nahm Sofia sich ein Mansardenzimmer in der Laimgrubengasse, das teils als Atelier, teils als improvisiertes Studentenzimmer diente. Sie war erwachsener geworden.

Auch im Verhältnis zwischen Sofia und David gab es Veränderungen. Die scheue, still wachsende Freundschaft veränderte sich in der Farbe und Temperatur. Plötzlich konnte eine unbegreifliche Heftigkeit sie überfallen, sie konnten einander küssen, bis sie fast nicht mehr auf den Beinen stehen konnten, fast bis sie bluteten, und einander zugleich, ein wenig erschrocken, wegschieben mußten. O doch, sie hatten über die Liebe *geredet*, sie hatten über die Liebe *gelesen* und über die Liebe diskutiert. Doch diese erwachsene, mächtige Begierde an sich selbst kennenzulernen – das war etwas Fremdes, Erschreckendes. Langsam hatten sie sich diesem Punkt genähert. Die Zärtlichkeit zwischen ihnen war sacht und vorsichtig gewesen. Sie hatten einander umarmt, hatten sich an den Händen gehalten, hatten einander berührt, sich feierlich und ernst geküßt. Jetzt blühte es auf, wild und unerklärlich. Sie sind nervös, etwas überempfindlich und manchmal gereizt. Ab und zu muß sie ihn bitten, sie in Ruhe zu lassen, zu gehen, sie allein zu lassen, sonst... Sonst könne etwas geschehen. Oder sie wissen nicht, was sie tun. Ende April wirft sie ihn eines Tages aus dem Atelier.

Wie gewöhnlich kommt er eines Nachmittags nach der Schule, um ihr bei der Arbeit zuzusehen und mit seinen Schulaufgaben allein in einer Ecke zu sitzen. Dann gehen sie vielleicht hinunter ins Café, oder sie machen allein einen Spaziergang. Pfeifend betritt er den Hauseingang in der Laimgrubenstraße, eilt die Treppen hinauf, klopft an ihre Tür. Sie öffnet, hält den Pinsel noch in der Hand, ihre Haare sind zerzaust. Sie hat glänzende, große Augen, größer als sonst. Er geht hinein, legt die Schultasche ab, will sich gerade mit seinen Schulaufgaben hinsetzen, aber irgend etwas ist anders. Er geht zu ihr hinüber, sie steht an der Staffelei und erwartet ihn. Dann liegen sie auf dem farbbefleckten Fußboden, zerren aneinander, lassen die Hände überall herumwandern, bis sie plötzlich schreit, laut schreit, ihn von sich wegschiebt, ihn hinauswirft.

»David! Nein. Du mußt gehen. Geh jetzt.«

Er steht auf, beschämt, verwirrt, streichelt vorsichtig ihre Schulter, bittet um Verzeihung.

»Geh jetzt.«

»Das hab' ich nicht gewollt.«

»Red keinen Unsinn«, sagt sie nüchtern. Es zuckt in ihrem Gesicht. »Sag überhaupt nichts, David.« Sie sieht ihn nicht an. »Geh jetzt. Komm nicht wieder, bis ich es dir sage.«

Danach verbringt er eine furchtbare, bleierne Woche. Obendrein sind die Eltern sich jetzt über das im klaren, was sie seit Weihnachten vermuteten, daß er nämlich keineswegs jeden Tag bei Hannes Schachl ist. Sie entdecken neue, ungeahnte, fast konspiratorische Züge an ihrem Sohn und Erben. Das hatten sie von ihm nicht erwartet, sie hatten es einfach nicht erwartet, *und wo treibst du dich eigentlich herum, junger Mann?* Auch Advokat Schachl und seine Frau wissen nicht, wo *ihr* Abkömmling sich aufhält. Die Zeugnisse von Hannes und David sind besorgniserregend, *und solange du unter diesem Dach wohnst, mußt du auch*... Mira, die kleine Schwester, hat ihm natürlich nachspioniert und erzählt den Eltern, was sie weiß, sie ist in diesem Alter. Sie kann von der Gruppe unten im Café erzählen und daß David sich mit zweifelhaften... Von Sofia aber weiß sie nichts. Und das ist im übrigen auch gleichgültig.

Mitten am hellichten Tag hat David angsterfüllte Alpträume, daß er sie nie wieder sehen werde, daß sein Leben vertan sei, daß alles zu Ende sei. Der Vater hält ihm eine längere Rede, bestraft ihn jedoch nicht. Er steht nur da und redet, so mild und bürgerlich und hilflos. In David steigt eine leichte Verachtung für den Vater auf, lang lebe die Revolution! Auf irgendeine Weise gelingt es ihm aber, die Eltern zu beruhigen. Auf irgendeine Weise überzeugt er sie davon, daß er Buße tun und sich bessern wird. Er geht hinaus, er schleppt sich durch die Stadt, ist außerstande, Hannes zu treffen oder irgendeinen anderen Freund. Ist zu nichts imstande. Die Tage – die wundervollen Frühlingstage – sind grau, wie Blei. Er denkt an sie, denkt, wie ihr Körper sich dort auf dem Fußboden an seinen schmiegte, und er wird rot, wird blaß, vor Scham, vor Freude, Trauer.

Der April geht zu Ende. Der erste Mai kommt, und mit ihm setzt die Sommerhitze voll ein. Schon morgens liegt sie dicht wie ein Mantel über Wien. Später am Tag wird es schwül. Der Schultag ist öde. Nach den Vorschriften sind Vorhänge an allen Klassenzimmerfenstern angebracht worden, damit die Schüler die gesellschaftliche Moral nicht untergraben, indem sie hinaussehen in das schöne Wetter – so feiert man die Ankunft des Sommers.

David durchleidet den Tag. Als er sich nach der letzten Stunde ins Freie schleppt, steht sie dort, am Tor. Zum ersten Mal, sogar am Tor! Ganz offen und ungeniert, und wartet auf ihn. Er steht vor ihr, sprachlos. Einige Jungen sehen sie und lächeln frech, aber es gelingt Hannes, sie abzulenken, David und Sofia bleiben stehen. Sie sieht ihn nicht an, starrt zu Boden. Er wagt nicht, sie zu berühren.

»Kommst du mit zur Ersten-Mai-Feier?« Ja – es stimmte, darüber hatten sie gesprochen, es gab eine unverbindliche Verabredung... Er geht mit ihr, noch immer wortlos.

Es war heiß. In Straßen und Parks ist die Stimmung angespannt. Von der plötzlichen Wärme haben die Menschen glänzende Gesichter, sind gereizt, kommen aber nicht zur Ruhe. Das Leben bekommt vielmehr einen neuen fieberhaften Zug. Sommer. Es wird gelebt.

Auf dem Weg zur Veranstaltung, die im Park stattfinden soll, gehen sie am Donaukanal entlang. Sie wagen nicht, sich an den Händen zu halten, das heißt, *er* traut es sich nicht und versucht es mit der alten, nicht mehr zutreffenden Erklärung, jemand könne sie sehen. »Wer denn?« fragt sie, aber sie versteht, daß er nicht will, und tut deshalb so, als wolle sie ebenfalls nicht.

Jedes Mal aber, wenn sie sich zufällig berühren, ist es, als sei in ihrem Inneren Gewitterluft. Ihre Gesichter röten sich von der Hitze, doch es ist mehr. Als sie einmal stehenbleiben, will sie ihn küssen, aber sie müssen sich voneinander losreißen, sobald die Lippen aufeinandertreffen. Wieder bebt es in ihrem Gesicht. Sie sieht zu Boden, die ganze Zeit.

Sie erreichen die Erste-Mai-Feier. Man feiert im Park, mit Blasmusik und Reden. Beim offenen Ausschank wird Bier getrunken. Auch die Feier hat etwas Fieberhaftes an sich, und in der drückenden Atmosphäre scheinen die Redner zu spüren, daß die Revolution unmittelbar bevorsteht. Auch dem Publikum geht es so, die Mützen fliegen in die Luft, man jubelt, man ruft. Bald wird gesungen.

Dort, in der Menge, wagt er plötzlich ihre Hand zu nehmen. Seit sie angekommen sind, haben sie während der Reden und der Musik nicht ein Wort gewechselt und haben kaum gewagt, einander einen Blick zuzuwerfen. Jetzt aber schiebt sich ihre Hand in seine – oder es ist seine Hand, die sich in ihre schiebt –, und die Hände sind warm und feucht. Er fühlt die kleine Erhebung harter Haut in ihrer Handfläche. Sie hat eine gute Hand, eine Hand, die arbeitet und die davon geformt wird. Eine Hand, in der Sinn ist. Plötzlich sieht er, wie diese Hand ihre Gegenstände festhält, Pinsel, einen Bleistift, ein Buch, ein Bügeleisen. Diese Hand hält die Bürste, wenn sie ihre Haare kämmt. Jetzt hält sie ihn.

384

In der Dämmerung betritt eine Frau die Rednertribüne. Sie kennen sie von früheren Versammlungen. Dort oben steht eine der wirklich Berühmten, Einsamen, eine zarte Dame in mittleren Jahren, und sie spricht über die Frauenrechte. Und das Seltsame ereignet sich, es gelingt ihr so zu sprechen, daß die biertrinkenden, schwitzenden, erschöpften Arbeiter still werden und sich ein wenig zu schämen scheinen. Sie spricht über die Heldinnen des Kampfes, sie nennt die großen Namen, Louise Michel, Emma Goldmann, Rosa Luxemburg – sie selbst ist allein und hat keinen Auftrag, sie spricht genauso von den Anarchisten wie von den Sozialisten. Nervöses Husten des bartgeschmückten Veranstaltungskomitees gibt zu erkennen, daß dies nicht ganz gnädig aufgenommen wird, sie aber hört es nicht. Sie ist eine sehr gute Rednerin.

»Rosa Luxemburg«, sagt sie, »kommt für die Revolution ständig ins Gefängnis. Und wir? Was tun wir?« Plötzlich ist die Stimmung aufgeladen, nicht mehr ausgelassen, sie verwandelt sich in einen begeisterten Ernst im Zuhörerkreis. Ständig kommen neue Zuhörer, angezogen von der plötzlichen Stille der Menge, und man bringt das Blasorchester zum Schweigen.

Sie erzählt weiter von Rosa Luxemburg und beschreibt sie so, daß man meint, sie vor sich zu sehen, mit Brille, hinkend, die Tasche stets voller Flugblätter und Zeitungen.

»Eine schwache Frau, ja, *nur* eine Frau, sagen sie, vielleicht, meine Herren.« Kichern. »Aber das Äußere trügt, wie immer.«

Jetzt wirft David Sofia einen Blick zu, ihre Augen glänzen, sie lauscht hingerissen, wie er selbst. Doch sie halten einander an den Händen. Nicht einen Augenblick vergessen sie, daß sie sich die Hände halten. Und plötzlich, mitten in Rosa Luxemburg und der Bewegung in Deutschland, dreht Sofia sich um und starrt ihn an. Sie drückt ihm die Hand. Er zuckt zusammen, als er ihre Augen sieht, wie diese sich verändert haben, sie sind jetzt unnatürlich groß und schwarz, als hätten die Pupillen sich völlig geöffnet und zögen sich nicht zusammen. Es sind seine eigenen Augen – er sieht, daß es ganz dieselben sind, denn ihr Blick wird sogar noch erstaunter, als sie sich ansehen. Und sie gehen. Mitten im Applaus und im Jubel müssen sie gehen. Sie hasten am Blasorchester vorbei, vorbei an den gelben Laternen des Cafés, durch den dunklen Park unter dem schweren Laub der Bäume. Sie rennen fast durch die Straßen, die von berauschten, lächelnden, roten Gesichtern wimmeln. Die ganze Zeit halten sie sich fest, wissen, daß sie nicht loslassen können, wissen, daß sie nicht die Straßenbahn nehmen können, das Licht in einem Straßenbahnabteil würde alles zerstören.

Sie rennen bis in die Laimgrubengasse.

Sie erreichen ihr Mansardenzimmer. Hinter ihnen schlägt die Tür zu. Sie zieht ihren Mantel aus und wirft ihn auf die Kommode. Dann öffnet sie das Fenster. Hier oben ist es heiß, die Sonne hat das Dach erwärmt. Dann kommt er zu ihr, sie steht unter dem Fenster, er greift nach ihr.

Während sie sich küssen, fühlt sie, wie alles wächst. Als wachse der Körper, als wachsen die Gegenstände, die Luft und die Dunkelheit. Vor allem wächst er in ihren Armen. Ein Schauder läuft ihm über den Rücken, als sie in sein Ohr atmet. Und sie versteht...

Sie stehen im Dunklen, einen Schritt voneinander entfernt, und sehen. Und dann ziehen sie sich aus.

Er flüstert, als sie sich auf das Bett legen:

»Du bist warm.« Die Weichheit der Haut ist fast unerträglich. Anfangs liegen sie nur da und halten sich in den Armen, sehen einander an. Jetzt hat sie Angst, weil sie *will*, sie will fast zu viel. Es ist ein Gefühl wie eine leichte Übelkeit. Er küßt sie behutsam. Über das ganze Gesicht. Auch er muß doch ängstlich sein.

Vorsichtig schob sie ihn ein Stück von sich weg. Er kniete vor ihr auf dem Bett.

386

Rosa Luxemburg kommt andauernd für die Revolution ins Gefängnis, dachte sie tapfer.

»Komm«, flüsterte sie.

Er schluckte. Er spürte, wie das Blut aus den Wangen wich. Auch sie war blaß.

»Komm jetzt«, haucht sie.

Er kam in sie. Sie stieß einen Laut aus, er konnte sehen, wie sie die Augen zusammenkniff. Dann begrub er sein Gesicht an ihrem Hals.

Und was folgte, war wie eine Welle, die sich erhob und lange stehenblieb. Anfangs tasteten sie sich vor, zögerten, wagten nicht zu glauben, daß es tragen würde. Aber die Bewegungen wurden sicherer, der eine konnte fühlen, was im anderen geschah. Sie legte die Arme um ihn, umschlang ihn ganz mit allem, was sie war, ihr Atem ging im Takt mit seinem.

Ihr Wille und ihre Lust leben in diesem Atem. Er kann ihn hören, er fühlt ihn in ihr, er ist stärker als sein eigener Atem. Jetzt kommt er tiefer in sie hinein. Ihr Gesicht, flüchtig sieht er ihr Gesicht, es ist aufgelöst, als weine sie, sie klammert sich an ihn, gibt kurze, jammernde Schreie von sich. Niemals zuvor hat er gesehen, wie schön sie ist. Und weil sie sich vortasten müssen und ihnen Erfahrung fehlt, trägt die Entdeckung sie selbst mit sich fort und macht es einfach. Es ist sehr einfach, er ist erstaunt, wie einfach es ist. Jetzt klammert sie sich noch fester an ihn, sie sieht aus wie eine Göttin. Er wimmert.

Hinterher liegen sie still zusammen, und sie sieht sein Gesicht, jetzt ist es ganz schmal, als hätte er ganz andere Gesichtszüge bekommen, und sie greift ihm hart in die Locken.

In dieser Nacht geschah es noch zweimal. Zweimal waren sie das Meer, das auf einen Strand schlug. Die Woge bäumte sich auf und stand im Sonnenschein still. Und in der Lichtflut mitten in der Woge zwischen Land und Meer ahnten sie ein kleines Kind mit erhobenen Armen.

Noch zweimal. Dann kam der Morgen, und mit dem Morgen kam der Regen. Sie hörten, wie er plätscherte und das Dach hinunter rann. Weit entfernt schwache Donnerschläge. Graues Morgenlicht kroch ins Zimmer. Sie schliefen in kurzen Intervallen. Traum und Wachen vermischten sich mit dem Geräusch des Regens und den warmen, hautdichten Erinnerungen der Nacht, die noch nicht weit entfernt war. Irgendwo zwischen Wachen und Schlaf fiel ihm etwas ein, und er flüsterte: Merkst du, daß es nach Erde riecht?

Erde, murmelte sie. Erde? Doch es roch tatsächlich nach Erde. Ein frischer, warmer Duft nach Humus.

Ja, flüsterte sie. Du hast recht.

Aber Erde, mitten in der Stadt, wie kann das sein?

So merkwürdig ist das nicht, sagte sie schläfrig. Das hier ist doch alles – sie klapste mit der Hand auf den Dachbalken über ihnen – ziemlich feucht und schimmlig. Das ist doch auch Erde.

Sie strich ihm über den Bauch. Er lag da und hörte auf das Glucksen und sog die Düfte ein, von Regen, Humus, von ihnen.

Außerdem stehen vor dem Fenster Topfpflanzen, sagte sie.

Aber, sagte er. Sie aber sagte: Sag nichts mehr. Schlaf jetzt.

Ihr Körper war erfüllt von warmem, sattem Dunkel. Jetzt wollte sie still sein, nicht sprechen, niemals mehr sprechen. Und gehorsam legte er sich zurecht, sein Gesicht an ihren Hals gepreßt.

Von irgendwo, vom Land und den Feldern kam eine neue Regenböe, in leichten, feinen Wellen fuhr sie über die Stadt. Das Trommeln auf dem Dach verstärkte sich, ein sanftes Geräusch, dem er zuhörte, dem er zuhörte und mit dem er fortschwebte. Er seufzte.

Und mit dem Regen kam der Schlaf.

Immer, immer sind wir umgeben von Stille. Nichts und niemand durchdringt sie. Keine Stimmen, keine Worte. Ich schöpfe aus dem dunklen Brunnen meiner Kindheit und laß dich daraus trinken. Du bist die Antwort auf eine Frage, von der ich nicht einmal wußte, daß es sie gab.

So veränderte sich das Verhältnis in jenem Frühjahr. Das geheimnisvolle Zusammentreffen, diese unverständliche Verbindung, die in Ischl, fast drei Jahre zuvor, begonnen hatte, zwischen zwei Kindern und am Rande eines Tümpels – das, was es *zwischen ihnen gab* und wovon sie nicht wußten, was es war, woher es kam – jetzt fand es eine Sprache und eine Form. Es veränderte sie. Binnen kurzer Zeit veränderten sie sich beide sehr. Unnötig zu sagen, daß sie sich in der folgenden Zeit in ihrem Café-Kreis wenig sehen ließen, daß sie sich von fast allem zurückzogen, von all ihren Aktivitäten, vom Streichquartett, von der Organisationsarbeit, von den Malstunden, Theaterbesuchen, Galerierundgängen, und – was David anbetraf – von jedem tieferen Engagement für Schule und Schulaufgaben. Sie tranken einander, sie liebten sich bis zur Erschöpfung, bis zur Blutarmut und zu Mangelerkrankungen und waren sehr, sehr glücklich. So glücklich war David, daß er zu dieser Zeit, als Hannes ihn sanft und brüderlich ermahnte, Maß zu halten (in einigen Fächern sah es für David mittlerweile richtig schlecht aus, und Hannes, der ahnte, was im Gang war, machte sich Sorgen um seinen Freund), in glückliche Tränen ausbrach. Glücklich wegen allem, was geschehen war, weinend, weil es sich um Gefühle bar jeder Logik handelte. Er versuchte zu erklären, während er sich die Tränen abwischte, daß Hannes sich keine Sorgen machen solle. Er versuchte Hannes zu erklären, daß er sie anbete, er versuchte alles zu erklären, was sich nicht erklären läßt – daß er im leibhaftigen Leben die Poesie gefunden habe, und daß er – ein Auserwählter unter den Menschen – gefunden habe, was der Dichter in *Wiederfinden*

389

als »meiner Freuden süßer, lieber Widerpart« bezeichnete! (Zwei Jahre zuvor waren David und Hannes über den Begriff *Widerpart* gestolpert und hatten ihn als drastisch empfunden.) Hannes aber, der Poet, schien nicht richtig zu verstehen, was David meinte. Hannes war mittlerweile selbst mit Mädchen zusammengewesen und sagte vorsichtig:

»Aber David. Das ist doch nur ein Mädchen.«

»Nur ein Mädchen?«

»Ja. Die Welt ist voll von ihnen. Mit allem Respekt vor Sofia – ihr könnt doch nicht *heiraten!*«

»Wer redet denn vom Heiraten? Wir *sind schon* –« David versagte die Stimme, und das war gut, er hätte sonst etwas ungeheuer Pathetisches und Erhabenes von sich gegeben. Statt dessen sagte er: »Hannes, ich glaube, das verstehst du nicht.«

»David, ich will nur sagen – sei vorsichtig, laß dich, laßt euch von den Gefühlen nicht so mitreißen. Ihr seid noch jung, ja, ja, *wir* sind jung, ich will es nicht so überheblich sagen – aber du bist verrückt, wenn du ...«

»Das ist die schlimmste bürgerliche Besserwisserei, die ich seit Rittmeister Rindebradens Tagen gehört habe.«

»Die Welt hat auch ihre praktischen Seiten, David. Hör auf mich. Ich will nichts kaputtmachen. Aber das mußt du doch einsehen, *ihr* müßt das einsehen, wo ihr doch beide *Radikale* sein wollt. Ich glaube, du bist verrückt geworden.«

»Wenn das so ist, dann ist es das Schönste, was ich erlebt habe.«

»Das Leben ist nicht so, wie es einen die Poesie ab und zu glauben läßt. Einen solch statischen Glückszustand gibt es nicht, es kann ihn nicht geben. Glaub mir. Ich versuche, Poesie zu *schreiben*.«

»Ja, aber von dem hier weißt du nichts. Könnte es nicht sein, könnte es nicht denkbar sein, daß das Universum sich ausnahmsweise, ein einziges Mal von Millionen Malen, zusammengerissen hätte und daß die Poesie recht hat? Und daß es also dieses einzige ...«

»Du bist ein Romantiker. Du hast keine Ahnung, wovon du sprichst. Du wirst furchtbar enttäuscht werden oder verletzt. Früher oder später drängt sich etwas in den Glücksrausch. Irgend etwas reicht hinauf bis zu den höchsten Glückswolken und *rumms*. Der Sturz wird tief sein. Hör mal, man sieht dich – euch – fast nie mehr im Café. Das ist nicht meine Angelegenheit, ihr seid willkommen, jeder für sich oder beide zusammen. Schlimmer aber ist, daß du jetzt sitzenbleibst. Und es ist nur eine Frage der Zeit, bis deine Eltern das mit Sofia herausbekommen. Die Familie Melchior ist bekannt, und vielleicht redet man schon? Sei sicher, es kommt heraus – ich habe gehört, wie sich *dein* Vater mit *meinem* Vater unterhalten hat. Jawohl. Der Instrumentenhändler Bleiernstern im vertraulichen Gespräch von Mann zu Mann mit Advokat Schachl! Eine ungewöhnliche Allianz. Du hättest sie hören sollen. Natürlich ist mein Vater sehr besorgt wegen meiner Poesie und fragt sich, was aus mir werden soll – aber verglichen mit den Sorgen deines Vaters über dich, nach deinem letzten Zeugnis, schrumpft diese Besorgnis fast zu einer trivialen Familienangelegenheit zusammen. Die Sorgen deines Vaters waren *monumental*. Und du hättest hören sollen, wie er Papa gefragt hat, gefragt und gewühlt, vorsichtig und höflich, ob er etwas *weiß*. Aber Papa weiß ja nichts. Früher oder später kommt es jedoch *heraus*, David. Nun, auch das ist nicht meine Angelegenheit, mein Freund. Ein Freund mischt sich nicht ein. Ich weise nur auf gewisse Konsequenzen hin. Was mir *wirklich* Sorgen macht, ist, daß du so hoch fliegst und dich so stark bindest ... Wovon soll sie denn leben, diese Liebe? Was ist die Substanz? David, ich habe Angst, daß du dich selbst unglücklich machst, oder sie.«

»Du verstehst nicht, Hannes. Ich hätte nicht versuchen sollen, es dir zu erklären. Ich *muß* mich binden, *muß* fliegen. Bin schon gebunden. Ich habe keine Wahl.«

391

»Ach, du Idiot. Du rennst herum, jung und dumm, mit schmutzigen Kragenecken, bleich wie ein Laken, und gibst Gedichte und dummes Zeug von dir. Ich wünschte mir, ich hätte dich nie diesen Abhang hinuntergestoßen, im Lager.«

»Das hast du aber getan. Du hast es getan.«

»Ja«, sagte Hannes nach einer Weile, »und das Schlimmste ist... das Schlimmste ist, ich wünschte mir, du hättest mich dort hinuntergestoßen. Das Schlimmste ist, du Schurke, daß ich dich beneide. Ich bin neidisch auf dich wie der Teufel.«

David grinste.

»Darüber braucht man nicht zu lachen«, sagte Hannes, »es wird ein schlimmes Ende nehmen. Ihr geht vor die Hunde. Aber du mußt wissen, David, daß ich... ja, das ist ein Geheimnis, das keiner kennt. Aber ich bete noch immer zu Abend. Ich habe es mir immer noch nicht abgewöhnen können.«

»Was redest du da...?« begann David mißtrauisch.

»Halt den Mund. Ich muß dir sagen, daß ich alle guten Menschen einschließe, die ich kenne, und euch auch. Euch vor allen anderen. Glaub nur nicht, daß daran etwas Besonderes ist. Es ist eine Art mentaler Hygiene. Aber euch schließe ich ein. Weil ihr nicht das mindeste begreift. Weil ihr in irgendeinem verrückten Traum gefangen seid. Und ich bete darum, daß ihr nicht unglücklich werdet.«

David wandte den Blick ab. Es war ziemlich peinlich geworden. Auch Hannes sah verlegen aus. Sie gingen ohne sonderliche Herzlichkeit auseinander.

Nein. Hannes verstand von all dem nicht sonderlich viel, und bald hatte David das Gespräch vergessen. So wie er schon längst die bleigraue Woche vor dem Ersten Mai vergessen hatte. Dann ging es weiter wie vorher zwischen ihm und Sofia. Womöglich war es nur Hannes' mentalhygienischem Abendgebet zu verdanken, daß David nicht sitzenblieb. Und Davids Eltern blieb die ganze Geschichte verborgen.

Sofia war in jener Zeit schweigsamer als früher. Sie war zärtlich und behutsam mit ihm. Ab und zu wirkte sie abwesend, fast etwas furchtsam, fragte er jedoch, bekam er keine Antwort. Als würden sie von diesem Neuen zugleich vereint und getrennt. Der Liebesakt zeigte ihm andere Seiten an ihr, andere Gesichter, die er nicht kannte. In diesen Augenblicken wurde sie zu einer Fremden, einer Fremden, die er liebte.

Dann kamen die Sommerferien, die sie trennten. Sofia mußte mit der Mutter aufs Land. Dort wollte sie etwas von dem nachholen, was sie in der Malerei versäumt hatte. David würde hauptsächlich in der Stadt bleiben.

David hatte vor der Trennung keine Angst. Er war völlig ruhig, als Sofia ihn am letzten Tag nach Hause einlud, zum Tee mit der Mutter. Deshalb war das, was geschah, sonderbar. Er sprach lebhaft, im Laufe der Jahre hatte es eine Reihe solcher Einladungen gegeben, und er war vor Sofias Mutter nicht mehr verlegen. Sie unterhielten sich auf die unstete, abwesende Art Frau Melchiors über das Wetter und über die Politik, über sommerliche Aktivitäten und die eine oder andere Ausstellung. David befand sich mitten in einem Satz, der Blick wanderte von Frau Melchior zu Sofia, die auf dem Sofa saß, als er plötzlich fühlte, daß ihm Tränen in den Augen standen. Sie flossen über. Es war unbegreiflich. Frau Melchior warf ihm einen raschen, nachdenklichen Blick zu. Dann sah sie die Tochter an.

Verlegen stand David auf, entschuldigte sich, wünschte verwirrt einen guten Sommer und eilte zur Tür.

Sofia begleitete ihn hinaus.

Im Treppenhaus hielten sie an.

»Es tut mir leid«, sagte David.

»Es ist in Ordnung.« Sie gab ihm die Hand, lächelte ernst. »Es ist in Ordnung, David.«

»Ohne dich wird es jetzt schwer.«

Mit dem Finger vor dem Mund brachte sie ihn zum Schweigen. So gerade und klar stand sie da und sah ihn an, fast ein wenig distanziert, so wie sie auch ein Motiv betrachten mochte. Wieder wirkte sie wie eine Fremde.

Er wollte etwas sagen, aber wieder kamen ihm die Tränen.

»Du mußt jetzt gehen«, sagte sie leise. »Mach es uns nicht schwer. Lebwohl, David.«

Er blieb noch einen Augenblick stehen. Jetzt sah er, wie sie sich in der letzten Zeit verändert hatte. Und in gewisser Weise hatte ihn das dort drinnen im Wohnzimmer überwältigt – der Kontrast zwischen früher und jetzt. Sie war so unglaublich schön, so erwachsen geworden. Hatte eine andere Haltung, einen völlig anderen Ausdruck. *Man sah es ihr von weitem an!* Vielleicht konnten sie alle sehen und erkennen, wenn sie über das, was sie sahen, nur ein wenig nachdachten. Vielleicht erkannte es sogar Frau Melchior. Dort stand eine neue Sofia. Und an diesem neuen Menschen war er beteiligt. Er biß die Zähne zusammen und beherrschte sich.

Sie nahmen Abschied.

Der Sommer – in diesem Sommer verlor David seine ganze Schüchternheit und Zurückhaltung ihr gegenüber. Briefe, Briefe. Seite für Seite über Einsamkeit und Sehnsucht. Ihre Antwortbriefe waren ruhig und gefaßt und in ihrer Ruhe fast ein wenig anklagend. Er beachtete es nicht, schrieb, daß die Tinte spritzte, schrieb Gedichte, gab jede Scham auf, und schickte sie ihr. Früher hatte ihm die Sehnsucht, wenn sie getrennt waren, Ruhe geschenkt und war fast wohltuend gewesen – jetzt wurde sie zu einem Gefühl, das ihn völlig lähmte. Die Sehnsucht tat physisch weh. Sie wurde zu einer Besessenheit, zu einem Fieber. Er flehte sie an, so schnell sie konnte nach Hause zu kommen, er unternahm lange, einsame, melancholische Spaziergänge und sprach mit sich selbst, sprach mit *ihr*, als sei sie da. Vorübergehende drehten sich um und sahen ihn sonderbar an.

Im September dann kam sie nach Hause. Es stellte sich heraus, daß sie bereits einige Tage zu Hause gewesen war, als David im

Café erfuhr, daß sie angekommen war. Er kaufte Blumen und ein viel zu teures Kunstbuch und stürzte hinauf in ihr Zimmer in der Laimgrubengasse.

Dort überschüttete er sie mit Sehnsucht und Begierde und Freude, küßte sie, umarmte sie, redete und redete. Er erzählte, wie entsetzlich es ohne sie gewesen war, warf ihr lächelnd, aber deutlich, vor, daß sie ihn nicht sofort benachrichtigt hatte, als sie nach Hause gekommen war. Wußte sie nicht, daß er vor Sehnsucht verging? Liebe, Geliebte, geliebte Sofia, verschmachten. Schmerz. Elend. Qual! Aber es war gut, sie zu sehen, schön, wunderbar, den ganzen Herbst würden sie nun zusammensein. Er würde sie in Liebe ertränken können, in Dankbarkeit, in Blumen, schau, die Blumen, sie sind für dich, und dieses Buch auch, ja, *ich kann nicht ohne dich leben!*

Sie lächelte ein wenig über ihn, küßte ihn zum Dank für die Geschenke. Etwas aber fehlte oder war zwischen ihnen hinzugekommen. David war verwirrt.

Dann gingen sie zu Bett, hastig und unachtsam. Mitten im wichtigsten Augenblick fühlte er, daß es falsch war, trotzdem brach es wieder aus ihm hervor: Ich kann nicht leben ohne dich.

Da schob sie ihn ruhig, aber bestimmt von sich weg. Sie drehte sich zur Seite, verbarg das Gesicht halb im Kissen, weil sie traurig war oder wütend.

»Sofia. Es tut mir leid. Was habe ich falsch gemacht? Du sollst nicht traurig sein. Du mußt immer fröhlich sein. Ich will dich immer fröhlich sehen. Ich will dich nur bei mir haben, immer.«

Sie aber ließ sich nicht trösten oder besänftigen. Nicht auf diese Weise. Erst nach einer Weile fanden sie zurück zu dem früheren Gefühl von Ruhe – erst als er schwieg und sie nicht mehr zu trösten versuchte, sondern erschöpft auf dem Rücken lag und grübelnd und traurig zur Decke starrte. Da drehte sie sich plötzlich zu ihm um und legte ihren Kopf auf seine Schulter. Dort schlief sie ein.

In den folgenden Wochen war alles fast wie früher. Doch beide waren stärker nach außen gekehrt als zuvor. Sie nahmen die Besuche im Café wieder auf, Galerierundgänge, Theater- und Konzertabende, sie gingen zu Versammlungen und Vorträgen. Vor allem bestand Sofia die Aufnahmeprüfung und war von nun an einen großen Teil ihrer Zeit mit der Schule beschäftigt. Sie ging stark in der Arbeit auf und war auch mit ihren neuen Freunden von dort zusammen. David aber errichtete seine gesamte Existenz auf dem Schmerz, den er empfunden hatte, als sie fort war. Er hing an ihr, sein ganzes Lebensgefühl verwob sich zu einem dünnen, unsichtbaren Band, das ihn an Sofia fesselte. Er hörte nicht damit auf, Gedichte an sie zu schreiben, er hörte nicht auf, ihr zu sagen, wie lieb er sie hatte und daß er niemals ohne sie leben könnte.

Im November gab das Burgtheater Faust. Erster Teil. Die Vorstellung wurde vom sachverständigen Publikum der Theaterstadt begeistert begrüßt, vor allem der Darsteller des Faust wurde gefeiert. Aber der Abend, an dem Sofia und David im Theater waren, brachte eine Überraschung.
Im Zuschauerraum summte es schon leise, man wartete darauf, daß der Vorhang sich öffnete, es war schon einige Minuten über die Zeit.
Ein schwarzgekleideter Herr betrat die Bühne.
»Ihre Hoheiten. Meine Damen und Herren. Das Kaiserlich-Königliche Theater muß Ihnen die folgende Mitteilung machen. Wegen einer Erkrankung werden wir heute abend Herrn Maier als Mephisto nicht sehen können.« Enttäuschtes, überraschtes Gemurmel im Saal. »Indessen hat – in kürzestmöglicher Frist, Herr Hofschauspieler Max Jänner, der sich in den letzten Jahren in Berlin aufgehalten hat, nun aber zu einem privaten Besuch in Wien weilt und der gestrigen Vorstellung beiwohnte – hat Herr Jänner sich umgehend bereit erklärt, die Rolle des Mephisto zu übernehmen, die er, wie Ihre Hoheiten

und das verehrte Publikum sich erinnern werden, bereits früher auf dieser Bühne gegeben hat.«

Im selben Augenblick war die Stimmung im Saal wie verwandelt. In den Bankreihen kochte es vor Begeisterung und Erwartung, einige Übermütige riefen sogar *Bravo*. Einige Jahre zuvor hatte Wien Max Jänner zu Füßen gelegen, er war eine der Größen des Theaters, er hatte die Grenzen der Interpretation klassischer Rollen erweitert. Ein genialer Schauspieler, darüber waren sich alle einig, der leider in den letzten Jahren seine Tätigkeit nach Berlin verlagert hatte – letzteres war unbegreiflich und wurde von vielen als Zeichen des Hochmutes gewertet – nach *Berlin*, diesem Kaff! Sofort wurde Jänner indessen sein Exil vergeben, das Publikum applaudierte freudig überrascht und ertränkte die Bitten des schwarzgekleideten Vertreters der Theaterdirektion um Nachsicht, falls es aufgrund der fehlenden Kenntnis Herrn Jänners mit der Regie dieser Inszenierung zu dem einen oder anderen Patzer käme.

»Er ist bestimmt gut«, flüsterte David Sofia zu. Sie standen auf dem Heuboden, oben unter dem Dach, auf billigen Plätzen.

»Hast du ihn schon einmal gesehen?« Jänner hatte seine Wiener Glanzzeit gehabt, kurz bevor David seine Freude am Theater entdeckt hatte.

»Nein«, flüsterte Sofia zurück. »Ich habe ihn noch nie gesehen.«

Sie ergriff Davids Hand.

Der Vorhang öffnete sich. Die Zueignung und das Vorspiel auf dem Theater waren gestrichen, man begann unmittelbar mit dem Prolog im Himmel.

Der siebente Himmel, Wolken und Schleier. Mit graziösen Bewegungen schwebten Engelsscharen und Sterne hierhin und dorthin. An diesem Abend aber war das Publikum damit nicht zu betören, auch der Wechselgesang der drei Erzengel schien das Publikum nicht sonderlich zu bewegen, obwohl die Rezitation erstklassig war. Man wartete auf jemanden. Auch Gott der Vater, unnahbar und schweigend, stand bereits auf seinem Thron und wartete.

Die Passage der Engel ging ihrem Ende entgegen.

Ein schwarzes, unförmiges Wesen kroch auf die Bühne, geschmeidig und insektenartig. Plötzlich richtete das Wesen sich halb auf, das Gesicht weiterhin im Umhang verborgen, streckte in einer jähen, raschen Bewegung den einen Arm aus, als öffnete es einen Fledermausflügel.

Dann kam ein weißes Gesicht zum Vorschein, kalt und ausdruckslos noch – aber es wirkte größer, *deutlicher* als die Masken der anderen Schauspieler. Und dann, wie von einem anderen Ort kommend, durchschnitt die Stimme dieses Wesens das Publikum, füllte den Salon, obwohl es fast flüsterte:

> *Da du, o Herr, dich einmal wieder nahst*
> *Und fragst, wie alles sich bei uns befinde,*
> *Und du mich sonst gewöhnlich gerne sahst,*
> *So siehst du mich auch unter dem Gesinde ...«*

Durch den Zuschauerraum lief ein kalter Strom. Sofia preßte Davids Hand. Sie war kalt, auch sie.

> *»Verzeih, ich kann nicht hohe Worte machen,*
> *Und wenn mich auch der ganze Kreis verhöhnt;*
> *Mein Pathos brächte dich gewiß zum Lachen,*
> *Hätt'st du dir nicht das Lachen abgewöhnt.«*

Das Wesen, das bis dahin stillgestanden hatte, vollführte eine höhnische Grimasse und war – mit einem fast nicht sichtbaren Sprung – plötzlich am Thron des Herrn und schmeichelte ihm. Im Salon hörte man das erste Lachen, doch es war ein Lachen, das im Hals des Publikums steckenblieb. Die Szene ging weiter. Mephistopheles schloß seine Wette mit Gott um Fausts Seele ab. Gefesselt stand David da, Diktion und Technik des

Schauspielers nahmen ihm den Atem. Jänner ließ jedes Mephistowort eisklar und deutlich klirren, die Bewegungen waren grotesk überzeichnet. Zugleich war er völlig entspannt, ganz natürlich.

Sofia ließ Davids Hand nicht los. Als Mephisto dort unten auf der Bühne schnarrte, er pflege nicht gern den Umgang mit den Toten, sondern liebe am meisten die frischen, lebendigen Körper – da zuckte es in Sofia so stark, daß David sich zu ihr umdrehte. Sie war weiß. Die Augen aufgerissen, die Nasenflügel bebten. Sie selbst schien gar nicht zu bemerken, daß sie seine Hand so stark preßte. Und sie bemerkte nicht, daß er sie forschend ansah.

Als die erste Szene vorüber war und Mephisto seine Schlußreplik gesprochen hatte und verschwunden war, lockerte sich Sofia merklich, ihr wurde wieder bewußt, wo sie sich befand, und sie ließ Davids Hand los.

Dann ging die Tragödie weiter. Es war weitgehend der Abend Max Jänners. Er überragte sie alle, überragte Faust und Margarete, *spielte* mit ihnen, zog gleichsam an unsichtbaren Fäden, summte unhörbar, lockende, verführerische Melodien. Ab und zu hatte Jänner Probleme mit einem Stichwort und mit einer sorgfältig choreographierten Position in den größeren Szenen wie der Hexenküche und der Walpurgisnacht. Aber er beherrschte die Bühne und den Zuschauerraum so souverän, daß diese Fehler eher wie ein Zeichen der teuflischen Natur des Mephistopheles wirkten: Er *tat* geradezu das Unerwartete, sprach nicht genauso, wie man es von ihm erwartete, er kümmerte sich buchstäblich den Teufel darum, sich wohlerzogen zu benehmen. Man war sich seiner nicht sicher. Auf der Bühne erzeugte dies eine besondere Stimmung unter den Schauspielern, aber das Spiel wurde nicht steif, nicht nervös – es war ungeheuer konzentriert und sonderbar ungezwungen zugleich. Das ging aus von der Gestalt des Mephistopheles, er beherrschte sie.

David war überwältigt. Vor Begeisterung stockte ihm der Atem, er schauderte vor Glück. Auch Sofia war hingerissen – fast noch ungestümer. Jedesmal, wenn sich Mephistopheles auf der Bühne befand, drückte sie Davids Hand fester, wie während des Prologs, und erstarrte. In der Pause wollte sie nicht hinausgehen, sondern setzte sich, den Kopf in die Hände gestützt, auf die Treppe, völlig abwesend, antwortete ihm wie im Fieberwahn, als er fragte, ob es ihr gutgehe. Sie blieb dort sitzen, während David hinausging, um ein Glas Wasser zu trinken und Luft zu schnappen – das alles war fast *zu* gut.

Und als die Vorstellung beendet und der donnernde Beifall vorüber war, war Sofia noch ebenso bleich, ebenso abwesend. Sie klatschte nicht. Sie lächelte nicht. Der starre Gesichtsausdruck löste sich nicht auf. Dort unten mußte Jänner drei-, vier-, fünfmal den Beifall allein entgegennehmen. Er hatte die Teufelsmütze abgelegt und zeigte eine unerwartet kornblonde Haarmähne. Er lächelte herzlich, freundlich und erschöpft – fast wirkte das unnatürlich –, winkte in den Saal und hob die Blumen auf, die das Publikum sich in der Pause eilig besorgt hatte.

Sofia schwieg. Als David sie nach Hause begleitete, war fast ein halbstündiger Spaziergang nötig, bis ihr Gesichtsausdruck wieder so normal war, daß er wagte sie anzusprechen. Und selbst dann antwortete sie nur einsilbig.

Glücklich in der Laimgrubengasse angekommen, warf sie sich ihm um den Hals und preßte ihn fest an sich. Sie hauchte irgend etwas in sein Ohr. Dann verließ sie ihn, verschwand in das Haus, die Treppe hinauf.

Nachdenklich ging er nach Hause.

An den nächsten beiden Tagen sah er Sofia nicht. Ihm war eigentümlich zumute, nachts schlief er unruhig. Er klopfte an ihrer Tür, aber sie war nicht zu Hause. Ihm fiel ein, er könne nachsehen, ob sie bei ihrer Mutter war, aber es wäre dumm gewesen, dort ohne Einladung einzudringen. Er beruhigte sich damit, daß Sofia viel zu tun hatte.

Am dritten Tag ging er ins Café, um sich mit Hannes zu treffen. Dort, unerwartet, saß sie am selben Tisch wie der Freund. Hannes hörte zu, während Sofia sich mit einem Dritten unterhielt, einem Erwachsenen, der David unbekannt war.

David kam zu ihnen, schlug Hannes auf die Schulter. Hannes sah auf. Was war mit seinem Gesicht? Er lächelte verwirrt zu David empor, wechselte gleichsam die Farbe, grüßte, bekam keine Worte heraus. David ging vorsichtig hinüber zu Sofia, die ihn noch nicht bemerkt hatte, sie sprach weiter mit dem Fremden. David legte ihr die Hand vorsichtig auf den Nacken. Sie zuckte zusammen und sah auf zu ihm.

»David«, lächelte sie, »wie schön, dich zu sehen.«

David erschrak, erstaunt. Das war nicht ihre Art zu grüßen. Jetzt war David auch dem Fremden aufgefallen, er stand auf, streckte die Hand aus. Ein großer, gutgebauter Mann in den Vierzigern, gut gekleidet, mit pomadisiertem, blondem Haar und Brille. Das Gesicht war regelmäßig und breit, die Augen tiefblau. Es war ein sehr sympathisches Gesicht, fast leuchtend von Ruhe und Wohlwollen. David nahm die Hand des Fremden, sie war groß und warm und wirkte sicher.

»David«, sagte Sofia, »das ist Max Jänner. Max, das ist David Bleiernstern.«

»Sehr erfreut, Herr Bleiernstern«, sagte der Große freundlich. »Sofia hat mir von ihnen erzählt.«

Davids Gedanken standen einen Augenblick still. Dann ging ihm auf, was er gehört hatte.

»Sehr erfreut – Herr Jänner«, murmelte er. Er sank auf einen Stuhl. War das möglich? War dieser freundliche, fast leuchtende Mensch dieselbe Gestalt, die das ganze Burgtheater vorgestern abend zum Schaudern gebracht hatte? Seitdem war die Vorstellung Tagesgespräch, und Wien bebte vor Sensationslust. Jänner war aufgefordert worden, die Vorstellung zu wiederholen, aber der eigentliche Mephistopheles war wieder gesund, und Jänner hatte alle Angebote kollegial abgelehnt. Jetzt saß er hier. Und David begriff den Zusammenhang nicht. Von den anderen Tischen wurden neugierige Blicke zu ihnen hinübergeworfen, wo der Künstler zusammen mit diesen drei Jugendlichen saß.

»Ich habe gehört, daß Sie und Sofia am Mittwoch zusammen im Theater waren«, sagte Jänner einleitend, er erkannte und verstand Davids Erstaunen und wollte ihm auf die Sprünge helfen.

»Das – das stimmt«, sagte David. »Wir waren sehr begeistert.« Er wurde rot vor Verlegenheit.

Der Schauspieler nickte freundlich.

»Es ist schön, wieder in Wien zu sein«, sagte er. »Ausnahmsweise. Ja. Ausnahmsweise.« Die ganze Zeit über behielt er den Blick auf David gerichtet. David lächelte schüchtern zurück.

»Schön, junge Menschen zu treffen. Die Veränderungen finden ja bei euch Jungen statt. Ihr Freund hier, der junge Schachl, schreibt doch Gedichte. Es ist ermunternd, daß unter der Jugend solche Strömungen lebendig sind. Ich habe tatsächlich einige von Herrn Schachls Gedichten gelesen, in der Zeitschrift *Ahorn* – ja, ich versuche mich auf dem laufenden zu halten, auch an meinem derzeitigen Aufenthaltsort –, über diese Gedichte haben wir uns gerade unterhalten, als Sie gekommen sind, David.«

»Aha«, sagte David. Etwas anderes fiel ihm nicht ein, sein Kopf war völlig leer. Der Schauspieler verstand seine Verlegenheit und fuhr ruhig fort:

»Ich habe zu Schachl gesagt, daß ich seine Gedichte sehr musikalisch finde. Ich muß zwar sagen, daß sie noch nicht die geistige Spannung haben, die dazu nötig ist. Aber ungeheuer musikalisch.«

»Ich bedanke mich noch einmal, Herr Jänner«, sagte Hannes stolz und hob an zu einer längeren Ausführung über Poesie, über den Unterschied, Gedichte leise zu lesen und sie zu rezitieren, was wiederum zu anderen Überlegungen führte, denen David nicht mehr folgen konnte.

Als Jänner antwortete, geschah es zurückhaltend und mit natürlicher Sicherheit. In gleichmäßigen Abständen warf er Sofia und David einen Blick zu, um sie mit einzubeziehen, David lächelte er mehrere Male zu, offenbar darum bemüht, ihn dazu zu bringen, seine Verlegenheit zu überwinden. Das hatte auch Erfolg, aber erst später am Abend. Jetzt saß David hier und versuchte, seine Verwirrung zu begreifen und eine logische Erklärung für alles zu finden. Sofia mußte dies bemerkt haben, denn sie sagte leise zu ihm, während die beiden anderen sich unterhielten:

»Max ist ein Freund von Mamá. Er ist früher oft bei uns zu Hause gewesen.«

»Ach so«, sagte David. Doch die Verwirrung ließ ihn nicht los. Er sah sie an. Sie wich seinem Blick aus. »Hast du nicht gesagt, daß –«

»Was?«

»Nein . . .« sagte David. »Nein, nichts. Wo habt ihr euch denn diesmal getroffen? Zu Hause bei deiner Mutter?«

»Ja«, sagte Sofia. »Weißt du, er wollte mich gern sehen – ich bin ja damals noch ein Kind gewesen. Er hat Mamá besucht – ja, er hat auch sie sehen wollen – und dann hat sie mir eine Nachricht geschickt. Das ist vorgestern abend gewesen.«

»Ach so«, sagte David unsicher. »Wie schön.« Dann lächelte er ihr zu. Etwas aber wuchs in ihm, ein ätzendes Gefühl von Unruhe, von Angst.

»Max hat dich kennenlernen wollen«, begann Sofia, ebenso leise, »darum sind wir hergekommen. Darum sind wir gekommen. Ich habe gedacht, du sitzt vielleicht hier. Dann war Hannes statt dessen hier. Jetzt belegt er Max wahrscheinlich für den Rest des Abends mit Beschlag.«

Ein Bild durchfuhr David, das Bild einer zerbrochenen Fen-

403

sterscheibe, mit scharfen Scherben. Etwas quälte ihn, etwas, woran er sich nicht erinnerte, etwas, das ihm einfallen mußte. Sofia wich noch immer seinem Blick aus. Aber sie sah Jänner an, während er sprach. Sie sah ihn mit großem, schwarzem Blick an.

»Wollen wir nicht etwas trinken?« fragte Jänner jovial.

Eine Flasche kam auf den Tisch.

Der Rest des Abends wurde entsetzlich peinlich, weil David nun seine Verlegenheit verlor und auftaute. Er war nicht an Alkohol gewöhnt, und schon nach zwei Gläsern war er beschwipst. Er wollte beweisen, daß er keineswegs verlegen war, daß die Angst keineswegs durch sein Inneres mit Glasscherben schnitt. Darum unterhielt er sich mit dem Schauspieler, laut und lebhaft, lächelte, lachte, plusterte das Gefieder auf. Wie sei das eigentlich – könne man den Teufel spielen, ohne selbst der Teufel zu *werden*, während man auf der Bühne steht? Das wollte er gern wissen: Müsse man nicht ein wenig vom Teufel in sich haben, auch im Alltag? Ihn kennen? Ihn persönlich kennen? Er stellte die Frage sehr provozierend. Sofia warf ihm einen ärgerlichen Blick zu, Jänner jedoch antwortete, ungerührt und gefaßt:

»Mein junger Freund – das ist eine schwierige Frage. Schwieriger, als du glaubst. Wenn es den Teufel nämlich gibt – was ich persönlich stark bezweifle –, dann ist er ein Wesen von so ungeheurer Bosheit und von einer solchen Häßlichkeit, daß man die Begegnung mit ihm persönlich nicht überstehen würde. Er wäre wie die Ängste aller Kriege, wie das schadenfrohe Gelächter der gesamten Welt, konzentriert und in einem Wesen verdichtet. Ein solches Wesen läßt sich auf der Bühne nicht darstellen. Das ist unmöglich. Ich stelle nicht den Teufel dar.«

»Nein?« sagte David übermütig. »Wen denn dann?«

»Ich versuche einen Schauspieler darzustellen, der den Teufel darstellt. Das ist, glaube ich, der einzige Weg. Denk darüber nach, es ist nicht so einfach, wie es klingt.«

404

»Aber dieser Schauspieler, dieser Gaukler-Teufel, er muß doch auch eine gewisse Bosheit in diesem Augenblick in sich haben, muß von einer gewissen Grausamkeit beseelt sein, damit er glaubwürdig sein kann.«

»Ja«, sagte Jänner ernst, »ich glaube, das muß er.«

»Genau«, sagte David hitzig. Sofia packte ihn am Arm, als wolle sie ihn zum Schweigen bringen, Jänner aber legte seine große Hand beschwichtigend auf die ihre und fuhr fort:

»Das Sonderbare ist«, sagte er zu David, »daß diese Bosheit, in die der Schauspieler sich hineinversetzen muß und die er ganz richtig aus sich selbst holen muß – das Sonderbare ist, daß er niemals szenisch effektiv wäre, ehe er sie *beherrscht,* ehe er sie *durchschaut* und *überwunden* hat. Mit aktiver, *persönlicher* Bosheit kann er nicht spielen. Er muß sie verwandeln. Und das Kuriose ist, wenn er dieses Stadium, diese Stilisierung erreicht hat, dann kann man bei ihm – dem Schauspieler – nicht mehr von Bosheit sprechen, von dunklen Kräften in ihm. Dann wird daraus eine neue Kraft, eine Leuchtkraft. Auch wenn es für das Publikum so aussieht, als sei es ein Strom aus Dunkelheit, er selbst erlebt es als Licht, als Güte, als etwas, das hilfreich ist für ihn. Der Sinn ist ja, daß es boshaft aussehen soll. Aber im übrigen ist es ja überaus üblich, daß die Repräsentanten des Bösen, die also, die wirklich böse handeln, unschuldig und harmlos aussehen. Ein harmloser Mephisto auf der Bühne aber wäre ein Witz.«

Sofia und Hannes begleiteten die Worte des Schauspielers mit andächtigem Nicken, offenbar hatte er ihnen an diesem Abend etwas offenbart – für David aber schien das ein Spiel mit Worten zu sein, ein Spiel mit den Begriffen, das den Begriffen ihren unerschütterlichen Sinn raubte. Wäre er nüchtern gewesen, hätte er es vielleicht anders verstanden. Nun aber fühlte David, wie in seinem Inneren ein furchtbarer, aktiver Zorn glühte und im ganzen Körper brannte, der sich gegen den sympathischen und freundlichen Schauspieler richtete, der ihm dort gegenübersaß. Ihm fiel auf, daß Jänner den beruhigenden Druck auf Sofias Hand erst aufgab, als sie selbst die Hand wegzog – und es dauerte einige Minuten, bevor sie das tat. David fühlte sich den Tränen nahe, er hatte Lust, den Tisch umzustoßen und Max Jänner an die Kehle zu gehen. Sofia saß da und sah diesen Clown, diesen Aufschneider, diesen – diesen genialen Künstler an. Sie sah Jänner immer nur an, groß und offen. Noch einmal berührte er ihre Hand, diese schmale weiße Hand, die für David der Himmel war. David wurde tieftraurig, als er das sah. Und er wurde sehr betrunken. Später erinnerte er sich, daß er geredet und geredet hatte, geschwätzt und geplappert, ohne jedoch Jänners Selbstsicherheit erschüttert oder sonderlich Eindruck auf Sofia gemacht zu haben. Er erinnerte sich, daß er etwas Peinliches gesagt hatte, daß er es sehr laut gesagt hatte, daß Jänner ihm geholfen hatte, den Skandal zu vermeiden, rücksichtsvoll und vorsichtig, daß er ihm geholfen hatte, wie ein Vater oder ein erwachsener Freund es getan hätte, ihm hinaus auf die Straße geholfen hatte, wo es David schlecht geworden war. Jänner hatte ihm das Ärgste mit seinem eigenen Taschentuch abgewischt. Es war äußerst demütigend. Dann war Sofia gekommen, sie hatte verzweifelt ausgesehen, sie hatte ihn nicht berührt, hatte nicht Gute Nacht gesagt, war mit Jänner verschwunden. Arm in Arm.

Hannes half ihm nach Hause, lief mit ihm herum, bis er einigermaßen präsentabel war und dem Unmut seiner Eltern entgegentreten konnte.

»Kümmer dich nicht um sie«, sagte er beruhigend zu David, während sie zum vierten Mal eine Runde ums Quartier drehten. »Kümmer dich überhaupt nicht um sie. Er fährt bald nach Berlin. Hörst du, David. Er fährt bald nach Berlin.«

»Hannes, mir geht es so schlecht.«

»Du bist betrunken«, sagte Hannes.

»Nein, Hannes, es ist etwas anderes. Was *ist* mit mir. Ich habe das Gefühl, ich könnte–«

»Du bist eifersüchtig«, erklärte Hannes. »Aber du darfst nicht eifersüchtig sein. Auf so jemanden ist man doch nicht eifersüchtig. Nur ein dummer Schauspieler mit einem flotten Namen.«

»Er *ist mir ihr weggegangen*«, stotterte David.

»Ja, das ist er. *Du* hast sie ja nicht nach Hause begleiten können, oder?«

»Nein, aber du hättest doch ...«

»Ich? Ich muß *dich* doch nach Hause bringen. Hätte ich dich im Stich lassen sollen? Oder hätte *Jänner* dich nach Hause bringen und mit hinaufgehen und deine Eltern begrüßen sollen? Nimm dich jetzt zusammen, David. Übrigens heißt er eigentlich gar nicht Jänner.«

»Was willst du damit sagen?«

»Das ist ein Künstlername. Eigentlich heißt er Errschling. Herrgott Errschling, wenn dich das tröstet.«

Mitten im Elend mußte David lachen.

»Laß dich jetzt nicht von den Gefühlen mitreißen«, sagte Hannes. »Du bist ja wie eine Feder im Wind.«

»Ja, aber hast du nicht gesehen, wie sie ——«

»Doch«, sagte Hannes ehrlich. »Ich kann nicht leugnen, daß Verschiedenes auffällig war... Aber das muß nichts heißen, David. Du darfst dich nicht darum kümmern.«

»Und warum hat sie ihn mitgebracht, wenn sie mich treffen will? Das ist die schlimmste Beleidigung, die ich—«

»Na, na«, sagte Hannes. »Kannst du dir nicht vorstellen, daß sie das vielleicht deshalb getan hat, um dir die Freude zu machen, einen großen Schauspieler kennenzulernen? Wenn sich heute abend jemand dumm und beleidigend benommen hat, dann du, David, es tut mir leid, daß ich das sagen muß.«

»Das weiß ich«, sagte David leise. »Aber nur, weil ich so furchtbare – Angst hatte. Weißt du, Hannes, ich habe ihr versprochen, daß—«

»Nein«, sagte Hannes bestimmt, »was du ihr versprochen hast,

407

will ich gar nicht wissen. Sie hat ihn mitgebracht, weil sie wollte, daß du ihn kennenlernst. Sie hat ihn doch nicht um seinetwillen mitgebracht! Sie hat doch glauben müssen, du bewunderst ihn, und ehrlich gesagt, habe ich das auch gedacht. Du hast in den letzten beiden Tagen ja kaum von etwas anderem gesprochen als von dieser Faust-Aufführung.«

»Ja, Hannes, ich verstehe das alles, aber da war noch etwas *mehr*, da war noch etwas *anderes*. Etwas – etwas *zwischen* ihnen.«

»Du darfst dich nicht um sie kümmern«, wiederholte Hannes leise. »Du mußt so tun, als sei nichts geschehen. Jetzt, in den nächsten Tagen, fährt Jänner nach Berlin, das hat er erzählt. Dort spielt er die ganze Saison und die nächste auch. Wenn du Sofia das nächste Mal siehst, mußt du sie um Verzeihung bitten, weil du dich so dumm benommen hast, und dann solltest du das alles vergessen. Vergiß Herrgott Errschling. Sonst wird es nur furchtbar.«

»Ja«, nickte David dankbar.

»Fühlst du dich soweit in Ordnung, daß du deine Erzeuger sehen kannst?«

Als er Sofia das nächste Mal sah – erst eine Woche später –, tat er, was Hannes ihm geraten hatte. Er bat Sofia aufrichtig um Entschuldigung. Es hatte den Anschein, als sei Sofia wieder sie selbst und ihre etwas abweisende Distanz sei verschwunden. Vielmehr war sie liebevoller zu ihm als seit langer Zeit, fast überwältigend, als wolle auch sie für etwas um Verzeihung bitten.

Das verwirrte ihn, es machte ihn froh. Lange wurde Jänner nicht von ihnen erwähnt.

Der Herbst und der Winter hatten dennoch eine Unruhe an sich, einen Ton der Unsicherheit, der Gefahr. Doch, etwas *war* geschehen, etwas *war* anders, etwas, das nicht ausgesprochen wurde, irgend etwas war zwischen ihnen und fraß. Vor allem drückte es sich in Sofias häufig wechselnder Gemütsverfassung aus. Manchmal war sie zu ihm wie immer, ebenso nah und zärtlich. Aber jäh, offenbar ohne äußeren Anlaß, verschloß sie sich, Blicke und Worte wurden abwesend. Tagelang konnte sie ihm aus dem Weg gehen, sich damit entschuldigen, daß die Arbeit sie sehr beanspruche, was auch stimmte. Doch das hatte sie früher nie daran gehindert, zusammenzusein. David war sehr beunruhigt und begann wieder, sie mit Gedichten und schriftlichen Treuebekundungen zu überschütten, mit kleinen und großen Aufmerksamkeiten, Geschenken und Büchern.

Zeitweise machte sie den Eindruck, sie sei traurig. David fehlte der Mut, sie nach der Ursache zu fragen. Er ahnte – tief in seinem Inneren, mit einem bösen Gefühl –, daß dies etwas mit diesem Schauspieler zu tun hatte. Er wagte jedoch nicht, mit ihr darüber zu sprechen, und klammerte sich an die Hoffnung, wenn er sich nichts anmerken ließe, werde alles so sein wie früher. Er kam nicht auf den Gedanken, sie zu trösten, zu erfahren, worin *Sofias* Trauer lag. Vielmehr ließ er durchblicken, daß er unglücklich war. Mit seinen Tausenden von Aufmerksamkeiten warf er ihr vor, sie sei wankelmütig. Eines Tages im Neuen Jahr entdeckte er zufällig in ihrem Atelier einen Umschlag, er lag auf der Kommode, mit der Rückseite nach oben, und die Adresse des Absenders war sichtbar... *Berlin 3, Max Jänner...*

Und nun klagte David sie mit eiskalter Eifersucht an:

»Du wechselst also Briefe mit dieser Figur Jänner?«

»Ja?« sagte Sofia, sie stand hinter der Staffelei. »Max? Ja, wir schreiben uns, ab und zu.«

David hätte viel darum gegeben, wenn er diesen Umschlag nicht entdeckt hätte. Sie hätten einen schönen Nachmittag miteinander verbracht, er und Sofia, fast so wie früher. Sie wären durch Schneewehen gelaufen und hätten Fangen gespielt, dann hätten sie gesungen. Jetzt war alles zerstört. Der Umschlag hatte alles zerstört.

»Für *ihn* hast du also Zeit«, rief er, »wo du doch so viel zu tun hast, daß du mich die ganze Woche nicht einmal sehen konntest.«

Sie legte den Pinsel weg, kam zu ihm, sah ihn prüfend an.

»Aber David«, sagte sie bittend. »Sei nicht ungerecht. Bitte.«

»Ungerecht«, sagte er verletzt. »Wenn jemand ungerecht ist, dann du. Was treibst du eigentlich mit diesem Mann?«

»Treiben«, sagte Sofia und blickte zur Seite. »- wir wechseln Briefe. Er ist ein alter Freund der Familie – von Mamá vor allem. Das habe ich doch erzählt.«

»Damals im Theater hast du gesagt, du hättest ihn noch nie gesehen.«

»Habe ich das gesagt? Daran kann ich mich nicht erinnern.«

»Du lügst«, sagte David niedergeschlagen.

»Aber David, ich kann mich wirklich nicht erinnern, daß ich so etwas gesagt habe. Vielleicht habe ich geglaubt, du fragst, ob ich ihn schon einmal auf der Bühne gesehen habe – das hatte ich nämlich nicht. David. Es ist wahr.«

David sah sie an. Ihr Blick – in ihrem Blick lag Verzweiflung. Die Augen flackerten. Log sie? Mußte sie lügen? Verbissen sagte er:

»Und worüber wechseln dieser Jänner und du Briefe?«

»Über – über so viel. Über Kunst. Über das, was sich zuträgt. Über das, was uns interessiert – ehrlich gesagt, David, worüber schreibt man sich schon? Wie auch immer, es ist nicht deine Angelegenheit.«

David schwieg eine Weile. Dann sagte er ganz ruhig:

»Ist dir auch aufgefallen, daß wir nicht mehr über alles reden, so wie früher. Nicht immer. Irgend etwas ist anders gewesen.«

»Ja, David.«

»Tauschst du jetzt mit ihm Gedanken aus?«

»Und wenn es so wäre? David, du willst ja nicht verstehen. Du redest nur von dir, immer. Alles dreht sich um deine Sehnsucht, um deine Liebe, um dich und mich – ständig. Sag mir, was soll nach deiner Meinung eigentlich werden mit uns? Soll das einfach immer so weitergehen, so wie jetzt, bis es in einer ordentlichen Ehe endet, und so weiter, bis in alle Ewigkeit? Das kannst du doch nicht wollen. Ich bin nicht so, David. Wir müssen doch *weiterkommen.*« Sie sah ihn scharf und schonungslos an. »Du mußt jetzt wirklich verstehen, daß *ich* weiterkommen will. Ich will älter werden, und ich will lernen. Ich kann nicht alles von dir bekommen. Ich muß frei sein.«

»Ach, du mußt frei sein.«

»Unter einem Deckel kann man nicht wachsen.«

»Ich bin kein Deckel.«

»Doch, David. Manchmal bist du ein Deckel.« Sie lächelte ihm zu, ein wenig beklommen.

»Was soll ich denn eigentlich machen?« kam es erschöpft von David.

»Auch du sollst frei sein. Frei und mutig. Genau wie damals, als du in die Mädchengruppe gefallen bist, damals, draußen in Ischl. Genauso, wie du dich geweigert hast zuzugeben, daß ich deine Liebste bin, obwohl du gesehen hast, ich wollte, daß du das sagst. So frei wie damals, als du vor mir weggelaufen bist, am letzten Abend im Lager. Wie in diesem ganzen Herbst, als du sonntags morgens nicht nach Schönbrunn gekommen bist. So mußt du sein, damit ich dich liebe.«

»Jetzt liebst du mich nicht?« fragte David leise.

»Nein«, sagte Sofia. »Nicht hier und jetzt.«

»Aber ich liebe *dich!*«

Sie gab keine Antwort.

»Hörst du, Sofia!«

»Nein«, sagte sie, »im Augenblick willst du nur besitzen.«

»Unsinn«, sagte David. »In dem, was du sagst, ist weder Sinn noch Vernunft. Was meinst du denn, was dieser Jänner mit dir eigentlich will? Weißt du übrigens, was er für einen Ruf hat?«

Sie gab keine Antwort. In ihrem Blick lag wieder Verzweiflung.

»Liebst du vielleicht *ihn?*«

Keine Antwort. Ihre Augen glänzten.

»Einmal«, begann David mit einer Stimme, die fast brach, »einmal hast du mir von – einem Schauspieler erzählt. Von etwas, was geschehen ist, als du jünger warst, sehr jung. Ist das –«

»Ja«, nickte Sofia rasch. »Das war er.« Sie atmete schnell und ängstlich.

»Willst du mir davon erzählen?«

»Nein«, sagte Sofia. »Nein. Es ist zu spät. Früher hätte ich es erzählen können, wenn du gefragt hättest. Ich will nicht darüber sprechen. Es geht nicht mehr. Du hast mir inzwischen zu viele Gedichte geschrieben.«

David hatte das Gefühl, als werde in seinem Inneren unbarmherzig etwas zerbrochen. Erstaunt fiel ihm auf, daß er Lust hatte, sie zu schlagen.

»Damals«, sagte er, »als du mich gebeten hast –«

»Sei still, David. Kannst du nicht schweigen. Ja. Ja! Ich weiß, was ich gesagt habe. Aber das hast du damals nicht verstanden, und du verstehst es jetzt nicht.«

David standen die Tränen in den Augen, und er wollte nur hinaus, weg von allem. Am ganzen Körper war er kalt und starr, und er hatte das Gefühl, er werde sich übergeben, wenn er noch eine Minute bliebe.

Er ging zur Tür. Ganz plötzlich stand sie vor ihm, griff ihm in die Locken, hob sein Gesicht zu ihrem. Einige seltsame, leuchtende Sekunden sah sie ihn an. Ein Schimmer von heller, unerklärlicher Freude durchfuhr ihn. Dann stürzte er hinaus in dunkle Trauer.

*

Geht hinein in die Nacht, David Bleiernstern und Sofia Melchior. Geht in die Nacht, die euch trennt. In der Nacht sind die Straßen bleigrau und lichtlos, und ihr fahrt durch ein Land ohne Meilensteine. Hier sollt ihr gehen, im Reich der Trennung, und ihr sollt heute nacht gehen, jeder in seine Richtung. Heute nacht hat keine Grenzen. Könnte man sich an Träume erinnern, könnte man wissen, was man nicht weiß. In der Tiefe des Schlafs geht irgend jemand vorbei und ruft nach dir, ruft dich, mitzukommen. Der Weg geht weiter, in die Dunkelheit. Heute nacht träumst du von ihr, David. Träumt sie auch von dir?

Ihr seid allein. Seid nicht mehr *ihr*. Seid Du und Du. Im Licht seid ihr entstanden. Jetzt entsteht Du und Du in der Dunkelheit.

*

»David? Bist du das? Wie nett. Wie – äh – unerwartet; das muß ich schon sagen. Es ist doch mindestens zwei Monate her, seit wir...«

»Guten Abend, Frau Melchior. Ich hoffe, ich störe nicht?«

»Nein, keineswegs, aber –«

»Geht es Ihnen gut?«

»Ja, danke, das Leben hat seine guten und schlechten Fügungen. Erst vor kurzem habe ich eine Vase zerbrochen, teuer war sie natürlich auch – aber andererseits bekam ich später am Tag einen schönen Brief, er kam von meiner alten Freundin...«

»Darf ich hereinkommen, Frau Melchior?«

»Ich... ja, aber natürlich, David. Natürlich. Woran denke ich eigentlich. Bleib nicht dort draußen im Regen stehen und friere. Ich habe heute abend eine meiner kleinen Versammlungen, du weißt, die übliche Bande – aber wenn es dir nichts ausmacht, dann mußt du wirklich...«

»Tausend Dank, Frau Melchior. Das Hausmädchen wollte mich nicht einlassen, darum habe ich sie gebeten, Sie zu holen.«

413

»Aber mein lieber David, du bist ja durchnäßt. Ist etwas passiert? Du siehst erbärmlich aus.«

»Ist Sofia heute abend da?«

»Nein, David. Noch nicht. Aber ich erwarte die beiden im Lauf des Abends.«

»Die beiden.«

»Ja«, sagte Frau Melchior, plötzlich gelassen. »Aber das hast du doch gewußt, nicht wahr? Max Jänner ist in der Stadt. Er ist seit zwei Wochen hier. Vor allem ihretwegen, glaube ich. Jetzt ist er mit ihr unterwegs.«

»Ja, Frau Melchior, das weiß ich.«

Regenwasser und schmelzender Schnee schwappten im Rinnstein. David fröstelt in dem dünnen Anzug, als er an der Straßenecke steht. Auf der gegenüberliegenden Seite biegt die Laimgrubengasse ab, eine leere, öde Straße. Sie haben ihn im Dämmerlicht nicht gesehen. Sie haben sein Gesicht nicht gesehen, seine Augen nicht. Wie lange hat es jetzt gedauert? Unten am Graben sind sie so lächelnd an ihm vorübergegangen, im Regen schmiegte sie sich eng an den Erwachsenen, sie haben ihn nicht gesehen. Von Café zu Café ist er ihnen nachgegangen und hatte draußen gestanden. Wie lang hat das jetzt gedauert? Ist er noch immer oben bei ihr? Sie sind so geschmeidig durch das Haustor geschlüpft. Wie lang? Hinter ihrem Fenster ist Licht. Oder ist es das Fenster des Nachbarn? Er geht. Er geht fort, fort. Er geht stundenlang und jahrelang. Niemand ist heute abend auf der Straße; es ist einer jener Abende, an denen die Menschen zu Hause bleiben. Wer ihm begegnet, ist niemand, sie haben keine Gesichter. Er geht. Aber er darf nicht gehen! Er muß doch stehenbleiben. Er muß bleiben und auf sie aufpassen, muß über sie wachen. Das hat er ihr versprochen, für immer versprochen. Er stürzt durch den Regen zurück, stellt sich wieder an die Ecke. Er muß doch. Sind sie noch immer dort oben? Ist Licht? Wie lang hat es gedauert? Der Schau-

414

spieler ist jetzt eine Weile in der Stadt, David weiß, daß man sie zusammen gesehen hat. Heute abend war es zuviel, daran zu denken, er ist hinausgegangen, um sie zu finden, und er hat sie gefunden. Sie haben ihn nicht gesehen. Wie lang jetzt. Aus der Zeit wird eine zähe Masse, durch die er sich kämpft, bei jedem seiner Atemzüge klebt sie an ihm. Kein Licht. Dort oben ist kein Licht. Für einen Augenblick wird die Verzweiflung zu stark, er will schreien. Dann fällt ihm ein, daß Frau Melchior heute ihren Gästeabend hat.

»Sie müssen es nur sagen, Frau Melchior, dann gehe ich.«
Sie betrachtet ihn mit einem etwas gequälten Gesichtsausdruck.
»Unsinn«, sagte sie dann bestimmt. »Ich will nicht, daß du wegen Sofia wie ein nasser Hund herumläufst.«
»Ich habe ziemlich lange draußen gestanden.«
»Einige Zeit vor seinem Tod ist mein verstorbener Adalbert wie ein nasser Hund herumgelaufen. Das war nicht lustig. Für einen Menschen ist es besser, wenn er in die Wärme kommt. Gib mir deinen Mantel.«
»Tausend Dank.«
»Wir sind heute abend ziemlich viele. Ich weiß nicht, ob du die Gäste begrüßen willst.«
»Eigentlich bin ich gekommen, um mit Sofia zu sprechen. Ich habe seit drei Monaten nicht mehr mit ihr gesprochen. Sie will mich nicht mehr sehen. Sie gibt keine Antwort, wenn ich schreibe. Und jetzt habe ich gehört, daß sie –«
»Sie will versuchen, nach Berlin auf die Akademie zu kommen, das stimmt. Sie sagt, es ist ihr hier zu eng. Ach ja, das Los einer Mutter ist schwer. Kaum laufen sie, da wollen sie nach Berlin. Übrigens, David, Sofia hatte immer ihren eigenen Kopf. So ist sie immer gewesen.«
»Ich war immer froh, wenn ich hierherkommen durfte, Frau Melchior. Ich weiß nicht, ob ich das immer richtig gezeigt habe...«

»Doch David. Das weiß ich.«

»Dann haben Sie sicher auch gewußt, daß ich und Sofia ... also daß Sofia und ich ...«

»Sofia ist nie besonders gesprächig gewesen, David. Wo ich loszwitschere, schweigt sie. Aber ich habe schon bemerkt, daß du sie sehr, sehr glücklich gemacht hast.«

»Aber jetzt–«

»Nein, David. Genügt das nicht? Glaubst du wirklich, daß dieses Glück verschwindet? Glaubst du, sie hat es vergessen?«

»Aber dieser Jänner ... Frau Melchior, ich will sie nicht quälen, aber er nimmt sie mir weg.«

»Max Jänner ist ein ungewöhnlich begabter, wertvoller Mensch. Er hilft ihr. Zwischen ihnen hat es immer eine – besondere Verbindung gegeben, schon seit er zum ersten Mal in dieses Haus gekommen ist. Jetzt ist sie erwachsen. Sie will nach Berlin. Er hilft ihr.«

»Er hat alles, und ich habe nichts!«

»Sofia ist glücklich, wenn sie wächst, wenn sie sich verändert. Gönnst du ihr nicht, daß sie glücklich wird?«

Naß bis auf die Haut schleicht er die Treppe hinauf, schließt so leise er kann die Tür zur Wohnung zu Hause in der Rosenhügelstraße auf. Die Eltern sitzen im Wohnzimmer, zusammen mit Mira, der Vater liest laut vor. David schleicht sich vorbei, durch den Korridor, ins Kontor des Vaters. Dort ist es dunkel. Steht, steht einen Augenblick unbeweglich da, damit die Augen sich an die Dunkelheit gewöhnen. Aus dem Nebenzimmer die Stimme des Vaters in gleichmäßigem, tiefem Dur. Ein Jahr früher, und er hätte dort gesessen, im sanften Lampenlicht, mit Mira und der Mutter, und hätte das Dschungelbuch zum dritten Mal gehört. Heute ist das wie ein Land, das er nie mehr besuchen wird. Er ist selbst ein Akela geworden, der einsame Wolf, oder ein Mowgli – Mensch unter Wölfen, Wolf unter Menschen, so fühlt er sich. Er schüttelt heftig den Kopf, kann wohl nicht mehr vernünftig denken. Dort sieht er die Schatulle. An der Wand über der Schatulle hängt das Porträt des Vaters als Leutnant der Infanterie. Er gleitet durch die Dunkelheit, hinüber zu dem Möbelstück.

Im Korridor, während er sich hinausschleicht, stößt er auf Mira. Sie sieht ihn erschrocken an. Er gibt ihr ein Zeichen, daß sie still sein soll. Sie kommt zu ihm, streicht ihm in kindlicher Zuneigung über den Arm. Bleib, sagt diese Hand. Bleib bei uns. Ich weiß nicht, was mit dir los ist, großer Bruder. Bleib.

Die Stimme des Vaters, aus dem Zimmer:

»Mira, kommst du?«

David kennt die Schwester. Er weiß, daß sie nicht dichthalten wird:

»David ist hier, Vater.«

Der Vater steht in der Tür, im selben Augenblick.

»Nun... das muß ich sagen. Das muß ich sagen. Jetzt möchte ich bald eine Erklärung für das haben, was vor sich geht, David. Du bist nicht in der Schule gewesen seit vier Tagen? Und wo bist du seit heute morgen gewesen?«

»Ich muß jetzt gehen, Vater. Ich habe eine Verabredung.«

»Du bleibst, David. Ich weiß nicht mit Sicherheit, was dich quält... ob es ein – äh – Fräulein ist oder eine Spielschuld. Aber du kannst sicher sein, daß ich dir helfen werde, eine geeignete Lösung zu finden, soweit das in meiner Macht steht. Deine Mutter und ich machen uns Sorgen.«

»Ich verstehe, Vater. Ihr dürft euch keine Sorgen machen. Ich muß jetzt los.«

»Nein, David, jetzt ist es genug. Wir haben ein Recht zu wissen, wohin und was –«

»Auf Wiedersehen, Vater. Laß es dir gutgehen, Mira.«

»David! *David!*«

»...David Bleiernstern, dieser junge Mann, ein Freund von Sofia, der Familie – unserer kleinen Familie –, er ist zufällig

vorbeigekommen...« Gleichgültige, pflichtschuldigst höf-
liche Künstlerblicke ohne ein Auge für anderes als andere
Künstler. Dann ging die Unterhaltung weiter. David sank in
einen Sessel. Frau Melchior schenkte ihm ein entschuldigen-
des, etwas erschöpftes Lächeln, dann war ihre Anwesenheit in
einer anderen Ecke der Gesellschaft erforderlich.
Wie lange saß er so? Schlief er einen Augenblick ein? Als er die
Augen wieder öffnete, sah er, wie Sofia und Max Jänner ins
Zimmer glitten, Arm in Arm. Jänner grüßte in alle Richtungen,
man umringte sie begeistert. Sofias Augen glänzten, verzau-
bert. David sah flüchtig das ängstliche Gesicht Frau Melchiors,
sie wollte ihm zuvorkommen, das Paar erreichen und es darauf
vorbereiten, daß er da war. David aber war schon auf den Bei-
nen, er drängte sich brüsk durch die Gruppe.
»Du!« rief er. »Du!« Er stand vor Jänner, stand im Schein von
Jänners Gesicht, einem Gesicht, das ihn milde und verständnisvoll ansah.
»Aber David«, sagte das Gesicht. »Du bist auch hier?«
Sofias Stimme aus der Ferne, geradezu warnend:
»Max...«
»Laß sie los, Jänner. Sei so nett und laß ihren Arm los.« Er hörte
selbst, wie seine Stimme ins Falsett rutschte. Sie verlieh seinen
Worten nicht gerade die richtige, dramatische Fülle – im
Gegenteil, irgend jemand lachte. David jedoch war nicht zu er-
schüttern. Nervöse Stille, man witterte einen amüsanten Skan-
dal. Frau Melchior, laut und verwirrt: »Wäre jetzt nicht Zeit
für noch ein Kännchen Mokka?«
»Drohst du mir, David?« fragte Jänner, ungläubig lächelnd.
»Ich weiß schon, wer du bist«, sagte David leise. »Herrgott
Errschling!«
»Na«, sagte der Schauspieler, »das ist doch kein Geheimnis.«
Er lächelte nachsichtig. »Komm, David, wir setzen uns hin und
sprechen über das Leben. Herrgott und David, in Ruhe und
Frieden.«

»Du Teufel«, sagte David. Absolute Stille. Durchdringend Sofias Stimme:

»David, das verstehst du nicht. Warum mußt du mir so weh tun.«

»Ich bring' dich um«, sagte David zu Jänner. »Ich bring' dich um, wenn du sie nicht freigibst. Sie gehört mir. Wir gehören zueinander. Du darfst sie mir nicht stehlen.«

»Das steht in Moses Geboten«, lächelte Jänner. Dann wurde er ernst. »Sofia ist aus eigenem, freiem Willen zu mir gekommen. So ist das Leben, David.«

»Soll das heißen, daß –« David sah Sofia an. Sie weinte jetzt, lautlos, und hatte selbst Jänners Arm losgelassen. Eine Stimme aus der Ferne: »Wollen wir ihn nicht hinauswerfen, Frau Melchior?«

»Ich bring' dich um«, wiederholte David. Der Schauspieler lächelte ihn freundlich an:

»Du bist dabei, dich zu blamieren«, sagte er.

»Ja«, sagte David, »darüber bin ich mir völlig im klaren. Ich sehe unschuldig und lächerlich aus. Denk daran, Errschling.«

Jänner runzelte die Augenbrauen:

»Nimm dich in acht«, sagte er. »Warum gehst du nicht nach Hause? Warum quälst du Sofia? Du kompromittierst dich selbst und sie mit. *Mir* macht das nichts aus, wenn du hierherkommst und einen Skandal veranstaltest, was aber, glaubst du, wird Sofia sagen, wenn so ein kleiner Judenlümmel, so ein Frechdachs, herkommt und ...«

Ruhig und gelassen knöpfte David die Jacke auf und steckte die Hand in die Innentasche.

»Sofia ist ein feines Mädchen«, fuhr Jänner fort, »und wenn du es unbedingt wissen willst, wenn du dir unbedingt Salz in deine Wunden reiben willst, Sofia und ich, wir sind –«

David hielt den Armeerevolver des Vaters in der Hand, spannte den Hahn, zielte auf Jänner.

»Leg den weg«, sagte Jänner ruhig.

419

»Sprich nur weiter, wo du aufgehört hast«, sagte David. »Erzähl es mir nur, Jänner.«

Schweigen. Ab und zu ein leises Schluchzen von Sofia. Endlich sagte Frau Melchior:

»Wir wollen keine Schießerei hier im Haus. Das ist ein Haus der Kunst und des Friedens.«

Jänner lächelte schief.

»Gib mir die Waffe«, sagte er, bewegte sich aber nicht. »Sofia hat dich gern. Ich habe dich auch geschätzt, und ich war so freundlich wie ich konnte, weil *sie* –«

Das Geräusch, das folgte, ähnelte mehr einem Schrei als einem Knall, er schnitt in die Ohren, machte das Zimmer klein. David hatte in die Decke geschossen. Er hatte den Revolver gehoben und in die Decke geschossen.

»Halt ihn fest«, sagte eine Stimme dicht neben ihm. »Halt ihn fest, bevor er wieder lädt.« Aber David hatte die Waffe schon losgelassen. Ein Arm tastete nach seinem, jemand packte fest seine Schulter, eine klare, starke Stimme schrie:

»Laßt ihn los! Laßt ihn los! Niemand darf in anrühren!«

Sie ließen ihn los. Er ging. Er ging mit Sofias Segen.

»Du bist ein Esel und ein Dummkopf! Der junge Werther und sein weit fortgeschrittenes Leiden mit Tendenz zu Metastasen. Ein *Revolver*, Herrgott noch mal! *Die ganze Stadt spricht darüber!*«

»Ja, Hannes.«

»Dein Vater war heute zu Besuch. Er ist zerstört. Du hast ihn zerstört, David.«

»Ja«, sagte David. Das kam sonderbar leicht und einfach.

»Die Polizei ist auch hiergewesen.«

»Die Polizei?«

»Jänner hat dich angezeigt. Die Polizei hätte aber wahrscheinlich ohnehin mit einer Untersuchung begonnen; so etwas kann man doch nicht vertuschen. Aber er hat dich, wie gesagt, ange-

420

zeigt. Er hat angeblich irgendeinen Anfall bekommen, nachdem du weggegangen bist. Die Polizei sucht dich, dein Vater sucht dich – ich muß verrückt sein.«

»Ich danke dir, Hannes.«

»Du kannst doch nicht hier im Gartenschuppen wohnen bleiben. Es kommt auch für dich ein Morgen.«

»Was soll ich denn deiner Meinung nach tun, Hannes?«

»Tun? Meinst du nicht, daß du genug getan hast?! David, David. Eines mußt du verstehen: Du kannst mit einem Mann wie Max Jänner nicht konkurrieren. Du kannst ihn nicht besiegen. So gewinnst du keine Liebe. Er *ist* jemand, du bist niemand. Sofia fühlt sich nicht zu dir hingezogen, solange du nichts hast, was dir *selbst* gehört, eine innere Spannung, ein Stück Erfahrung, die du selbst gemacht hast. Etwas, was *du* dir angeeignet hast, etwas, wofür *du* brennst, etwas, das *du* gesehen und verwandelt hast.«

»Das weiß ich«, sagte David. »Vielleicht habe ich das begriffen, als ich dort gestanden und mit dem Revolver auf ihn gezielt habe. Weißt du, alles ist anders gekommen, als ich es mir vorgestellt hatte. Ich hatte mir den Revolver, Geld und meinen Paß aus Vaters Schreibtisch genommen. Ich war fest entschlossen, ihn umzubringen, mich zum Mörder zu machen und zu versuchen, nach dem, was ich getan hatte, zu entkommen. Lieber Schuld und Flucht, habe ich gedacht, als daß er Sofia bekommt. Dann stand ich dort, zielte auf ihn, und seine freundliche, großzügige Güte drehte in meinem Inneren alles um. Seine Worte prallten sozusagen ab. Dann passierte etwas Merkwürdiges: Ich begriff, daß ich es tatsächlich tun *konnte*. Daß es sehr einfach wäre. Und gleichzeitig begriff ich, daß er mich vielleicht auch nicht so besonders mochte. Und dann begriff ich, daß ich es seinlassen konnte, wenn ich wollte. Es war ein so leichtes Gefühl; man mußte sich nur dafür entscheiden, es nicht zu tun.«

Hannes sah den Freund nachdenklich an.

421

»Das war eine kluge Entscheidung«, sagte er.

»Ich habe gedacht: So ist er also. Dort steht er, und hier stehe ich. Alles wurde so spröde – so dünn. Dann dachte ich: Warum in aller Welt soll er nicht gegen mich gewinnen? Was ist daran nicht in Ordnung, wenn er den letzten Stich macht? Dann habe ich mich entschieden, es seinzulassen.«

»Aber du hast geschossen?«

»Hm. Nur weil ich keine Ahnung hatte, wie man einen Revolver sichert. Ich hatte Angst, er könnte aus Zufall losgehen.«

»Heh.«

»Das Sonderbare war: Ich hatte nicht daran gedacht, daß Sofia ihn gernhaben könnte. Ich habe überhaupt nicht an sie gedacht. Im Grunde habe ich auch nicht an mich selbst gedacht. Und nicht an Jänner. Ich habe ihn nur *gesehen,* wenn du das verstehst.«

»Nein.«

»Im Grunde verstehe ich es auch nicht.«

Es wurde still zwischen ihnen. David saß auf dem großen Tisch im Werkzeugschuppen im Garten der Familie Schachl, wo er die Nacht verbracht hatte. Er saß da, mit angezogenen Beinen. Er hauchte das zerbrochene Fenster an. In der naßkalten Luft wurde sein Atem zu Dampf, zu Wolken, er verfolgte sie lange Zeit mit dem Blick.

»Weißt du«, sagte Hannes, »du darfst nicht glauben, daß Sofia dich nicht gern hat. Das hat sie. Ich weiß es.«

»Hast du –«

»Natürlich habe ich mit ihr gesprochen. Sie ist zweimal hiergewesen. Sie ist sehr verletzt und wütend auf dich. So wütend, wie man es nur sein kann, wenn man jemanden sehr, sehr gern hat. Sie ist völlig außer sich.«

»Und Jänner?«

»Wie gesagt, ich weiß nicht, was zwischen ihnen ist. Vielleicht sehr viel. Aber sie erwähnt ihn nur nebenbei. Sie ist etwas irritiert wegen der Polizeianzeige.«

422

David seufzte, schickte eine neue Atemwolke zum Fenster hinauf.

»Ich fahre jetzt weg, Hannes«, sagte er. »Ich fahre heute abend, wenn es dunkel ist.«

»Fahren?«

»Hinaus in die Welt. Auf die Flucht. So, wie ich es geplant habe. Ich habe doch den Paß mitgenommen. Ich habe Todesangst, aber ich fahr los, fröhlich und zufrieden. Das ist das einzige, wozu ich nach gestern wirklich Lust habe. In gewisser Weise mache ich es wie der Liebe Augustin im Massengrab.«

»Wie bitte?«

»Kennst du die Geschichte vom Lieben Augustin wirklich nicht?«

»Nein.«

»Ich habe gedacht, die kennt jeder. Ja, Augustin war vor über dreihundert Jahren Spielmann in Wien. Er hat Dudelsack gespielt und war ein fröhlicher, munterer Musikant – und hatte starke Getränke zu gern. Eines Abends, im Jahr der Pest 1679, betrinkt er sich in einer Kneipe, für einen Spielmann sind es düstere Zeiten, und über Wien hängt Leichengeruch. Auf dem Nachhauseweg geht Augustin über einen Friedhof. In diesen Tagen wütet die Pest aufs Schlimmste, und die Massengräber stehen offen. Augustin paßt in der Dunkelheit nicht auf und fällt in eines der Gräber hinein, hinunter zu den Leichen. Dort bleibt er umnebelt liegen, bis zum nächsten Morgen, dann kommt er zu sich, als die Leichenträger neue Pesttote zu ihm hinunterwerfen. Er ist sich im klaren darüber, wo er ist: In einem Massengrab. Dann stimmt er, ganz ohne zu überlegen, ein neues Lied an:

›Oh, du lieber Augustin,

Alles ist hin!‹

Als aber die Totengräber jemanden unten im Grab singen hören, sind sie furchtbar erschrocken. Sie glauben, daß dort vielleicht ein Widergänger singt. Die Melodie aber ist so munter. Und als sie über den Grabrand schauen, sehen sie Augustin rittlings auf einer Leiche sitzen, während er singt:

›Oh, du lieber Augustin, Alles ist hin!‹

Sie zogen ihn aus dem Grab. Danach lebte er lange und gut, und sein Lied geriet nie in Vergessenheit. Das ist die Geschichte vom Lieben Augustin.«

»Ich habe diese Geschichte tatsächlich noch nie gehört.«

»Ich fahre, Hannes. Es ist am besten, wenn ich es jetzt tue, während ich noch Mut habe. Ich bin vergnügt, leichten Mutes – wie Augustin im Grab. Das einzige, was man tun kann, ist, ein lustiges Lied zu singen, wenn es zu schlimm wird.«

»Falsch«, sagte Hannes, »das einzige, was man tun kann, ist, sich der Polizei zu stellen.«

»Nein«, sagte David. »Ich hätte Herrgott Errschling erschießen können. Ich habe ihn nicht erschossen. Und das weiß er. Also meine ich, hätte er darauf verzichten können, mich anzuzeigen.«

»Was willst du denn machen, David?«

»Jetzt fragst *du*, was ich machen soll. Hannes: Um die Wahrheit zu sagen, ich weiß es nicht. Aber ich möchte dich bitten, einen kleinen Koffer mit dem Allernötigsten für mich zu pakken. Und dann mußt du, glaube ich, mit Vater reden – ihm erklären, daß ich wegfahre. Ihn fragen, ob er dir meine Geige gibt und ein paar andere Sachen.«

»Er wird nur wissen wollen, wo du dich versteckst.«

»Nein«, sagte David. Nicht, wenn du ihm erzählst, daß ich mir selbst eine Strafe auferlegen will.«

»Daß du dir selbst eine Strafe auferlegen willst«, wiederholte Hannes.

Es war völlig dunkel, als David sich mit Koffer und Geigenkasten aus dem Gartenschuppen der Familie Schachl schlich. Er wußte, daß die Bahnhöfe vielleicht überwacht wurden. Aber er hatte keine Angst, als er ging, er war ruhig und bewußt, fast übermütig. Wenn sie ihn faßten, dann faßten sie ihn. Den Attentäter! Den gefährlichen Verbrecher! Den Mann, über den ganz Wien sprach! dachte er abenteuerlustig. Er lächelte in sich hinein und ging Hannes' Lindenallee hinunter.

»Da bist du endlich«, sagte sie dicht neben ihm in der Dunkelheit.

»Ja«, sagte er. »Jetzt ziehe ich los, Sofia.«

Sie nickte. Sagte nichts. Stand still. Er stellte Geigenkasten und Koffer ab, nahm sie in die Arme.

Jetzt tröstete er sie.

Nach einer Weile sagte sie:

»Was du gestern abend gemacht hast, ist sehr dumm von dir gewesen.«

»Ja«, flüsterte er.

»Feige war es auch.« Jäh stampfte sie mit dem Fuß aufs Pflaster. »Und du hast nicht eine Sekunde an mich oder an Mutter gedacht!«

»Nein«, flüsterte er schwer. »Nein, Sofia. Am besten gehe ich jetzt.«

»Ja«, sagte sie. »Das ist das beste.« Sie streckte eine Hand aus, strich ihm über das Haar. »Ich werde trotzdem nach Berlin gehen, David.«

»Das weiß ich«, sagte er.

»Und Max habe ich immer noch gern.«

»Ja«, sagte er. »Ich erwarte nicht, daß –«

»Du bist so schön, David.« Sie küßte ihn. Dann legte sie ihm die Hand auf die Stirn: »Du bist heiß.«

»Vielleicht ein bißchen Reisefieber.«

Er sah sie an. Er sah sie auf einem Baumstumpf im Wienerwald sitzen, auf den Knien den Zeichenblock, klare, angespannte Gesichtszüge, die Hände flink. Er sah sie schlafen. Er sah sie in der Dunkelheit stehen. Nichts, was es gibt, geht jemals verloren.

»Ich muß jetzt gehen«, sagte er.

425

»Manchmal ist alles eine Reise«, flüsterte sie. »Wo willst du übrigens hin?«

»Ich weiß nicht genau.«

»Dann wird es bestimmt gutgehen.«

»Vielleicht. Ich muß jetzt gehen. Um elf Uhr gibt es einen Zug nach München. Von dort fahre ich weiter, nach England, habe ich gedacht.«

Er blieb stehen. Jetzt nahm sie ihn in die Arme, preßte sich fest an ihn, preßte ihn fest gegen sich. Dann lockerte sie den Griff, spähte in die Dunkelheit.

»Jetzt im April ist es schön.«

»Ja.«

»Im April geschieht etwas mit der Luft. Hier in Wien wird alles so durchsichtig.«

»Ja, das ist schön. Bestimmt wird es auch an anderen Orten durchsichtig.«

»Du wirst mir fehlen, David.«

Das war David Bleiernsterns Geschichte.

Così tra questa
Immensità s'annega il pensier mio:
E il naufragar m'è dolce in questo mare

Leopardi: L'infinito

Zitat auf der vorhergehenden Seite:

So, in dieser
Unendlichkeit, ertrinkt mein Gedanke:
Wie schön, auf diesem Meer ins Grab zu gehen

Der Sonntag, in den das Schiff hineinfuhr, war ungewöhnlich klar und ruhig. Blankes Meer, so weit das Auge sehen konnte. Die Luft war kühl, der Himmel hell.

Hier, mitten auf dem Ozean, hatte diese Ruhe etwas Besonderes an sich. Selbst weniger seefeste Passagiere, die sich zu Beginn der Reise in ihren Kabinen verschanzt hatten, verließen ihr Lager und kamen gut gekleidet an Deck, wo sie an der Reling standen und respektvoll den Nordatlantik bewunderten. Das Schiff brauste voran und brach das Meer für einen Augenblick in weißen Schaum auf. Dann schloß die Wasserfläche sich wieder.

Kapitän Smiths Gottesdienst im Speisesaal Erster Klasse fand großen Zuspruch. Wie die stehenden Befehle es vorschrieben, war der Gottesdienst für alle Passagiere gemeinsam. Graue Dritter-Klasse-Passagiere wurden in den prächtigen Speisesaal gelotst. Es waren so viele, daß der Raum plötzlich klein wirkte. Einige Reisende der Ersten Klasse betrachteten den Haufen mißbilligend, die meisten aber waren gebildet genug, um ihre armen Mitpassagiere zu ignorieren. Einige Mütter und Kindermädchen hielten steif herausgeputzte kleine Kinder ängstlich zurück.

Jetzt stellte sich heraus, daß viele Kinder an Bord waren. Glucksendes Gelächter, kleine Schreie auf Irisch oder Walisisch. Beschwichtigende Mütter. Große Augen zu den Lichterkronen an der Decke. Saubergeschrubbte Hände, die auf alles Erstaunliche deuteten, was es zu sehen gab. Einige der Kleinsten weinten.

Exakt um halb elf trat Kapitän Smith in voller Uniform vor die Gemeinde, würdig und feierlich. Unter dem Arm hatte er das reedereieigene Gebetbuch. Ruhig betrachtete er die Gemeinde und strich sich einige Male über den weißen Bart. Dann schlug er das Buch auf und begann mit dem Gottesdienst für den ersten Sonntag nach Ostern.

Das Schiffsorchester spielte Choräle. Am vorangegangenen Abend hatte Jason sich den Schlips straffgezogen und den Kapitän auf der Brücke zur Besprechung des Programms aufgesucht. Aus Rücksicht auf die bunte Zusammensetzung der Gemeinde hielt man sich immer an eine begrenzte Anzahl wohlbekannter Choräle, hier gab es alles, von der gewöhnlichen Church of England bis zu Katholiken, Presbyterianern, Methodisten und noch obskureren Religionsgemeinschaften – auf dieser Reise viele Armenier. Jason konnte sich nicht genau entsinnen, an welchen Gott man in Armenien glaubte. Wenn sie aber zum Gottesdienst auftauchten, war es wichtig, daß sie mitsummen konnten und sich nicht ausgeschlossen fühlten. Auf der *Mauretania* hatte sich eines Sonntags eine Gruppe Mohammedaner in den Gottesdienst verirrt und war von der Musik so mitgerissen worden, daß sie gutturale Oberstimmen zu »Eine feste Burg ist unser Gott« sangen. Jason dachte mit besonderer Freude daran zurück. Obwohl er selbst nicht gläubig war, waren ihm diese Gottesdienste wichtig, unabhängig davon, was die Kapitäne auf verschiedenen Schiffen aus ihnen machten. Es war das einzige Mal während der Überfahrt, daß das Orchester für die niedrigeren Klassen spielte, und Jason gefielen diese Sonntagvormittage sehr, er nahm sie mit besonderer Verantwortung wahr. Gewissenhaft hatte er Kapitän Smith aufgesucht, um sich zu erkundigen, wie er es haben wollte. Es zeigte sich, daß der Chef des Schiffs ein phlegmatischer, fast ein wenig schläfriger Mann war, der Jasons Fragen geduldig zuhörte, sie mit »ja« und »nein« beantwortete und mit »Machen Sie es, wie Sie es selbst für am besten halten.«

Jason machte, was er selbst für am besten hielt. Das Orchester stand stramm am Klavier aufgereiht und spielte Maclagans »Im Reich des dunklen Todes«. Beim gemeinsamen Singen mußte man aufpassen, besonders früh am Morgen, die Gottesdienst-besucher sangen immer ungleichmäßig und in mehreren Ton-arten gleichzeitig, und die Hälfte beginnt mit dem Text erst, wenn die Begleitung schon vier Takte unterwegs ist – man mußte den Rhythmus unerschütterlich und fest vorgeben. Letzteres fiel in hohem Maß Petronius Witt und seinem Baß zu, leider aber war Petronius wieder ganz unmöglich. Schon am frühen Morgen war er schusselig und abwesend, murmelte Unverständliches in sich hinein und lachte grundlos, dabei hatte er sich in den letzten Tagen auf See gut benommen. Jetzt stand er mit stumpfem und sonderbarem Blick über dem Zie-genbart da und spielte mehr oder weniger, wie es ihm in den Sinn kam. Ab und zu hörte er ganz mit dem Spielen auf und ließ die Augen durch den Raum gehen, als sehe er alles und nichts. Er lächelte begeistert und wußte offenbar nicht, wo er war. Jason ärgerte sich und gab Spot am Klavier ein Zeichen. Spot begriff, hämmerte wie ein Verrückter auf die Bässe und rettete Petronius' Partie.

Während der Worte des Kapitäns – eine traditionelle seemän-nische Ansprache, die den Predigten aller Kapitäne glich – seufzte Jason in sich hinein. Mit Petronius ging es wohl nicht mehr. So leid es ihm tat – Jason mußte dem Impresario Be-scheid sagen, wenn sie wieder in London waren. Jetzt mußte der Alte für immer an Land.

Im übrigen war es bisher gutgegangen. Spot hatte sich zusam-mengenommen, soweit Jason es mitbekam, und David hatte seine Sache gutgemacht, wenn er nur nicht in New York weg-lief. Alex aber war weiß wie Kreide und glänzte vor Anstren-gung auf der Stirn. Jason seufzte noch einmal traurig.

Kapitän Smith kam zum Ende und sagte den Segen. Kapellmei-ster Jason Coward schlug den Bogen auf die Geige und verkün-dete die letzte Nummer, »Oh God our Help in Ages Past.«

Der Rest des Tages verlief ruhig. Allmählich kannte man das Schiff und wußte, wo die Teetassen standen, wo sich die Treppen befanden, wo die Schlüssel für die Wäscheschränke hingen, in welche Richtung die Türen aufgingen. Alles lief reibungsloser ab. Man wurde vertrauter mit den Geräuschen und dem besonderen Verhalten des Schiffes auf See. Ingenieur Andrews von Harland & Wolff, der in den ersten Tagen an Bord von morgens bis abends auf den Beinen gewesen war, um Schwierigkeiten zu beseitigen, konnte gelassener sein. Allein, müde und zufrieden genoß er eine Kanne Tee im Palmengarten. Es war ein gutes Schiff geworden. Stabil auf See. Wenige Vibrationen. Freundlich gesonnen zu den Reisenden, schön anzusehen. Bei hoher See hatte sie sich noch nicht bewährt, und noch hatte man nicht versucht, die Höchstgeschwindigkeit zu erreichen, das sollte am nächsten Tag geschehen, am Montag. Aber Andrews war zufrieden. Er trank Tee. Sonntags gab es im Palmengarten keine Musik, es war also ruhig und friedlich dort oben, erquickend kam das Aprillicht durch die Fenster.

Die Stunden fügten sich in einer langen, klaren Reihe aneinander, wie es die Art von Stunden auf See ist. Pünktlich um zwölf Uhr tutete die *Titanic* mit allen Schiffssirenen, und der Maschinentelegraph wurde in allen Positionen getestet, wie es die Reedereiinstruktionen vorschrieben: Auf dem Brückenflügel, draußen in der frischen Luft, waren die wachhabenden Offiziere mit erhobenen Sextanten versammelt. Die Sonnenhöhe wurde ermittelt und die Position notiert. Später wurde sie vom Purser McElroy bekanntgegeben und im Rauchsalon und den größeren Korridoren ausgehängt: *Seit 12 Uhr mittags am Samstag: 546 Meilen* – das waren 27 Meilen mehr, als das Schiff am vorangegangenen Tag gelaufen war. Die Passagiere begannen allmählich zu diskutieren, ob man einen neuen Geschwindigkeitsrekord über den Atlantik aufstellen wollte, aber die seemännisch eher Bewanderten hatten bereits ausgerechnet, daß die *Titanic* mit nicht mehr als 21 1/2 Knoten Fahrt unter-

wegs gewesen war. Am nächsten Tag aber wollte man versuchen, die maximalen Oberflächeneigenschaften zu bestimmen, mit Feuer unter allen Kesseln, es wurden bereits Wetten
abgeschlossen.

Der Sonntagvormittag verging. Die Passagiere flanierten, gingen ins Türkische Bad, schwammen im Salzwasserbassin,
spielten Squash, ritten unter der kundigen Anleitung des Tur-
ners Lindström auf dem elektrischen Kamel aus Wiesbaden.
An Sonntagen war Kartenspielen untersagt.

Man speiste zum Lunch und trank Tee. Im Marconi-Raum
waren die Telegraphisten damit beschäftigt, die samstäglichen
Börsennotierungen niederzuschreiben. Sie waren in der Nacht
von Cape Race übertragen worden und mußten vor zwei Uhr
verteilt werden – die Millionen ruhen nie. Es war eine ermüdende Sorgfaltsarbeit. Gleichzeitig tickten weiter große und
kleine Meldungen herein.

12 Uhr 42: Absender *Baltic*, ostgehend, von New York nach
Liverpool via Queenstown: GRIECHISCHER DAMPFER
ATHENAI MELDET HEUTE EISBERGE UND GROSSE
EISFELDER 41°51'N, 49°52'W STOP DIE HERZLICH-
STEN GLÜCKWÜNSCHE FÜR SIE UND DIE TITANIC
AUF DER JUNGFERNFAHRT STOP SCHIFFSFÜHRER
STOP. Die Meldung vom Kapitän der *Baltic* wurde Kapitän
Smith unmittelbar überbracht, während er auf der Brücke
stand und sich mit J. Bruce Ismay, dem Reeder, unterhielt.
Ismay, der gern den Ober-Kapitän spielte, steckte die Blauko-
pie in die Tasche. Später am Nachmittag zeigte er sie mit wich-
tiger Miene einigen Passagieren.

1 Uhr 45: Meldung des deutschen Linienschiffes *Amerika*
an das Hydrografische Kontor der Vereinigten Staaten, Wa-
shington D. C., empfangen von der *Titanic:* AMERIKA HAT
AM VIERZEHNTEN APRIL BEI 41°27'N 50'V ZWEI
GRÖSSERE EISBERGE PASSIERT: Aber gerade in diesem
Augenblick waren die Telegraphisten so stark mit den Aktien-

kursen beschäftigt, daß die Meldung liegenblieb und die Brücke nicht erreichte.

Gegen halb sechs Uhr abends sank die Lufttemperatur kräftig, innerhalb weniger Minuten wurde es draußen unfreundlich und kalt. Die Temperatur fiel um zehn Grad, auf 33° Fahrenheit, etwas über dem Gefrierpunkt. Die Passagiere zogen sich in die Wärme zurück. Im Hinblick auf die Eiswarnungen im Kurs des Schiffes gab Kapitän Smith den Befehl, den Kurs etwas südwestlicher zu legen, als man ihn sonst eingeschlagen hätte.

Es wurde dunkel. Um halb sieben Uhr erreichte die Temperatur den Gefrierpunkt. Die Sterne stiegen auf. Es war sehr klar.

Das Orchester hatte einen ruhigen Tag gehabt, ohne im Palmengarten oder zum Lunch spielen zu müssen. Man verbrachte die Zeit auf unterschiedliche Weise. David hatte von Jim noch mehr Aufschneidereien und Geschichten gehört, Spot hatte geschlafen, Georges hatte gelesen, und Alex und Jason hatten in der Messe beim Tee gesessen und sich unterhalten.

Wo Petronius sich den ganzen Tag aufgehalten hatte, wußte niemand.

Um sieben Uhr abends sollten sie, wie immer, zum Abendessen spielen. Petronius tauchte nicht auf. Und auch sein Baß fehlte – das stattliche Instrument stand nicht mehr in seinem Kasten am Klavier.

Für Jason war das sehr unangenehm. Er konnte ein Orchester mit einem verwirrten Bassisten leiten, sogar mit einem betrunkenen oder somnambulen Bassisten – aber ohne irgendeinen Bassisten überhaupt zu spielen, war unmöglich. Die Orchestermitglieder zuckten mit den Achseln und sahen einander an. Purser McElroy sah lange auf die Stelle, an der Petronius hätte stehen müssen. Dann spielten sie, so gut sie konnten, den Walzer aus dem Rosenkavalier, »Life on the Ocean Wave«, eine

Ragtime-Auswahl, das beliebte »Oh! Oh! Delphine!« und »Girl on the Film«. Die Passagiere gingen zu Tisch.

Während das Orchester Pause machte, schickte Jason eine Suchexpedition los. Spot, Georges, David und Jim durchsuchten das Schiff vom Bug bis zum Heck, aber Petronius schien wie von den Wellen verschlungen zu sein. (Hingegen begegneten ihnen unterwegs einige nette Mädchen.)

Nach dem Essen fuhr das Orchester wie gewünscht mit leichterer Unterhaltungsmusik fort, und es war jetzt sofort deutlicher spürbar, daß Petronius fehlte. Ein junges Paar unter den Passagieren fragte teilnahmsvoll, ob dieser kleine sonderbare Bassist krank geworden sei, beim Gottesdienst hätten sie ihn doch noch gesehen? Ja, doch, ja, nickte Jason verlegen. Das junge Paar gab ihm ein Trinkgeld für den Kranken.

Purser McElroy kam zum Orchester.

»Wo ist eigentlich Ihr Bassist?« fragte er mit unheilverkündender Stimme.

»Tja«, antwortete Jason. »Seit kurz nach dem Gottesdienst hat ihn niemand gesehen.«

»Haben Sie denn nach ihm gesucht?«

»Überall.«

»Hm«, sagte der Purser. »Mit euch Musikern ist immer irgend etwas.«

»Ja«, nickte Jason, »das stimmt.«

»Er kann doch nicht in die See gesprungen sein?« sagte McElroy säuerlich. »Er muß doch irgendwo *sein*.«

»Ja, Herr Purser«, sagte Jason. »Wir werden noch einmal suchen. Er hat übrigens seinen Baß mitgenommen.«

»Den Baß mitge—?«

Jason wurde rot und nickte.

»Sie wollen sagen, daß er den Baß auf diesem Schiff herumschleppt?«

Jason nickte noch einmal.

Der Purser verdrehte die Augen und sagte nichts. Er ging.

»Ich frage mich«, sagte Alex leise, »ob an dem, was der Purser gesagt hat, etwas dran sein kann.«

»Was meinst du?« fragte Jason.

»Daß er über Bord gegangen sein kann.«

»Quatsch.«

Spot mischte sich ein:

»Alex, so verrückt ist er nicht, das glaube ich nicht.«

»Jedenfalls geht das jetzt zu weit«, seufzte Jason. »Das habe ich schon heute morgen beim Gottesdienst gedacht.«

»Das hättest du schon vor vielen Reisen denken sollen«, sagte Alex.

»Hört zu«, sagte Jim, »ihr kennt doch Petronius, oder etwa nicht? Er ist geizig und ziemlich – naja, hier oben nicht so ganz beieinander –, aber er ist doch harmlos. Er richtet doch keinen Schaden an, weder bei sich noch bei anderen.«

»Nach dem Gottesdienst ist er herumgelaufen und schien sich nach etwas umzusehen«, sagte David leise. »Als wenn er nach etwas suchte. Das war das letzte Mal, daß ich ihn gesehen habe, dann sind Jim und ich essen gegangen.«

»Gut, David«, sagte Jason. »Und seitdem hat ihn keiner gesehen?«

Die anderen Musiker schüttelten die Köpfe.

»Merkwürdig«, sagte Jason. »Merkwürdig. Na gut. Das Publikum erwartet eine mitreißende Interpretation von Linckes ›Verschmähter Liebe‹, mit oder ohne Baß.«

Sie stimmten.

»Das einzige, was ich nicht begreifen kann«, sagte Spot am Klavier, »ist, warum er um Himmels willen den Baß mitgenommen hat?«

Tief unten im Schiff, im gnädigen Dunkel, ertönten klagende, wilde Baßtöne.

In Petronius Witts Kontrabaß lebte ein Gespenst.

Mit diskret schwermütigen Bewegungen glitten die Kellner von Tisch zu Tisch. Silber klirrte gegen französisches Porzellan, Kristallgläser sangen. An seinem Pult stand der Oberkellner, Signor Gatti, und überwachte das Ganze mit einem Blick, um den ihn Jahwe am siebenten Tag beneidet hätte.

Alles mußte stimmen. Ein Essen war eine künstlerische Leistung, mehr noch: ein schöpferischer Akt. Alles hatte perfekt zu sein. Seegang oder nicht, kein Kellner durfte einen Teller mit auch nur der Andeutung eines Saucenspritzers auf dem Rand servieren. Verriet ein Gast Anzeichen, daß er sich zu erheben wünschte, waren mindestens zwei Kellner augenblicklich zur Stelle, um ihm zu helfen.

Für die Bedienung der schwierigsten Gäste sorgte Signore Gatti, unterstützt vom Ersten Kellner, persönlich. Es gibt Gäste, die niemals auf Kaffee warten müssen. Niemals. Niemals müssen sie dem Kellner einen Wink geben. Dies ist ein kategorischer Imperativ. Gatti war sogar der Ansicht, daß selbst *ein Blick* nach dem Kellner für gewisse Gäste eine Überanstrengung sei. Daher speisten die Adligen, die Millionäre und insbesondere die Milliardäre umschwärmt von dienstbaren *Geistern* in Jacketts und Schleife – *djinnis,* denen Gatti persönlich beigebracht hatte, die Wünsche der Gäste zu ahnen und sie tunlichst zu erfüllen, ehe sie geäußert wurden. Ja, Herr Gatti war der Meinung, daß ein Kellner – der perfekte Kellner – Gedankenleser und Hellseher zu sein hatte. Gatti war selbst gläubiger Theosoph. Daher widmete er sich auf dieser Reise der Bedienung des berühmten Redakteurs und Spiritisten W. T. Stead ganz besonders und versuchte in jeder Weise, in *Kontakt* mit dem Zeitungsmann zu kommen. Stead aber verzog keine

Miene, selbst bei Gattis eindringlichsten inneren Anrufungen, sondern sah nur mit seinem üblichen, bulldoggenartigen Phlegma auf seine Trüffel. Einmal meinte Gatti, eine spiritistische Mitteilung bezüglich Champagner empfangen zu haben – als er aber eine Magnum an den Tisch des Redakteurs brachte, begegnete ihm ein verständnisloser Blick, und die Flasche mußte wieder entfernt werden.

Nach diesem Vorfall kehrte Gatti zur üblichen Methode des Aufnehmens von Bestellungen zurück.

Während er aber an seinem Oberkellnerpult stand, träumte er weiter von einem Restaurant, dessen Kellner Gedankenleser und Medien waren und in dem die Verhandlungen zur Weinkarte über die Astralleiber vor sich gingen.

Ach – was für eine großartige Idee. Und was könnte es für ein Restaurant sein! Dort würden sie dann speisen, alle großen Spiritisten und Theosophen, nach ihren Treffen. Sir Arthur Conan Doyle. Madame Besant. Doktor Steiner. Und – was für eine Freude – der kleine Krishnamurti! Ja! Es gab keinen Zweifel: Dies war eine großartige Idee. Fast eine Eingebung. Wenn sich im Verlauf der Reise eine Gelegenheit bot, würde er wirklich ein paar Worte darüber bei Redakteur Stead fallen lassen, dem nun sein Likör serviert wurde. Oder ob er vielleicht direkt an die Theosophische Gesellschaft in London schreiben sollte? Denn die Kellner mußten unter Leuten mit der *Gabe* ausgesucht werden. Vielleicht gab es viele arbeitslose junge Männer mit der *Gabe*. Männer, denen man auch die fachlichen Fertigkeiten des A-la-carte-Kellners beibringen konnte... Dem Übersinnlichen gehörte die Zukunft. Nahezu alle, die in diesem technischen Zeitalter irgendeine Bedeutung hatten, machten sich Gedanken in diese Richtung. Hatte Gatti nicht selbst zufällig am vergangenen Abend ein Gespräch Redakteur Steads mit Benjamin Guggenheim über eine ägyptische Mumie, auf der ein Fluch lag, gehört?... Ah, die Astors wollten sich zurückziehen. Der Oberkellner eilte durch den Raum,

438

daß die Luft an seine Hemdenbrust gepreßt wurde. »Auf Wiedersehen. Mr. Astor. Mrs. Astor. Ich wünsche Ihnen einen angenehmen Abend.«

Ach ja. Der Milliardär war frischverliebt und frischverheiratet. Er lächelte seiner jungen Ehefrau zu, sie gurrte zurück. Und sie hatten ein angenehmes Trinkgeld hinterlassen.

Gatti schwebte wieder an sein Pult, während er lautlos eines der vielen Lieder seines Heimatlandes von *cuore, amore* und *dolore* summte. Das war übrigens kurios, daß Herz und Schmerz sich in so vielen Sprachen reimten. *Coeur, douleur; hjerte, smerte* ... Aber nicht im Englischen. Nein, wahrscheinlich war es zu kalt in England. Aber denken, das können sie, die Engländer! Denken und Geld machen. Anders als in meinem eigenen Heimatland, wo man nur Hurra ruft. Ach, Italia. Aber wahrscheinlich ist es so, daß ... genau: *Pain, brain*. Nun, aber wo war er. Er war im Spiritistischen Restaurant.

Oberkellner Gatti aber kam in seinen Träumereien nicht weiter, eigenartige Geräusche vom Eingangsbereich des Restaurants unterbrachen ihn.

Dort stand jetzt ein kleiner, graubärtiger Mann mit Ziegenbart im Begriff, sich in das Restaurant hineinzudrängen. Er schob zwei Kellner zur Seite, die ihn aufhalten wollten und drängelte sich durch. Er schleppte einen riesenhaften, dunklen Gegenstand, fuchtelte mit einem langen Ding in der linken Hand und machte einen gefährlichen Eindruck. Die ganze Zeit schrie er laut und unverständlich. An den Tischen wurde man auf ihn aufmerksam, die Gabeln hielten halbwegs zwischen Tellern und Mündern inne, die Kellner blieben stehen, die Tabletts auf dem ausgestreckten Arm. Der kleine Mann stürmte mit bemerkenswerter Geschwindigkeit auf das Oberkellnerpult zu, machte vor dem perplexen Gatti Halt, vollführte eine Verbeugung und sagte:

»Ah! Zu Ihren Diensten! Zu Ihren Diensten! Sie sind Italiener? *Siete Italiano, Voi?*

439

»Entschuldigen Sie«, sagte der Oberkellner in seinem untadeligstem Englisch, »aber wer sind Sie, und was machen Sie hier – mit einem Kontrabaß?«

»Ich bin Musiker«, schrie Petronius – jetzt erkannte Gatti ihn als Mitglied des Schiffsorchesters wieder. »Verstehen Sie?! *Mu-si-cante!*« fuhr der Bassist fort. »In Wirklichkeit aber – in Wirklichkeit bin ich etwas ganz anderes. Etwas sehr anderes! Und bald bin ich unsterblich! Ich habe Sie im Auge behalten, Herr Oberkellner, und ich habe wahrnehmen können, daß Sie ein Mensch mit geistigen Interessen sind! Und jetzt ist der Augenblick gekommen!«

»Der Augenblick?«

»Ja! Jetzt muß es heraus. Ich bitte um Erlaubnis, den Herrschaften mitteilen zu dürfen, was ich in meinem Kontrabaß gehört habe!«

»In Ihrem – *ma che diavolo sta facendo?!*«

Petronius hatte sein Instrument bereits abgesetzt, und ohne um weitere Erlaubnis zu bitten, begann er zu spielen, wild und unmusikalisch, mit ausladenden, heftigen Bewegungen.

Tief und durchdringend grollte es im Baßinneren.

»Hört!« schrie Petronius. »Hört was er *sagt!* Meine Damen und Herren! *Signore e Signori!* Bam-barararam! Baba! Hört! Tara! Haha!«

Einzelne Gäste begannen eilig aufzubrechen. Oberkellner Gatti stand mit ausgestreckten Armen da, gelähmt, in einer starren, abwesenden Geste. Er war äußerst peinlich berührt. Obendrein war dieser Mann auch noch Italiener. Das war unsäglich unangenehm.

»Der Augenblick ist gekommen!« rief Petronius, während er wie ein Verrückter über die Saiten fuhr. »Jetzt ist er hier! Endlich! *Sentite!* rief er und bedachte den Oberkellner mit einem glücklichen Blick: *Che dice la musica! 'E venuto il termine! Finalmente! Viene stanotte!*«

Gatti tupfte sich den Schweiß von der Stirn. Skandal. Skandal.

Dort drüben brach das Ehepaar Straus auf. Dieses reizende, kleine amerikanische Ehepaar – die beiden Alten hatten sich heute abend zum ersten Mal in das A-la-carte-Restaurant gewagt, zurückhaltend und bescheiden, wie sie waren. Jetzt verließen sie das Restaurant eilig.

Der Oberkellner faßte sich wieder, erinnerte sich an seine Würde. Heimlich zählte er bis drei. Dann rief er seinen dienstbaren Geistern zu: »Warum steht ihr da so herum! Sorgt dafür, daß er aufhört!«

Sie brachten Petronius in der Kabine vor dem Kartoffelkeller zu Bett. Er zitterte und bebte und plapperte ununterbrochen. Wie sehr Jason sich auch bemühte, ihn zu beruhigen und ihn in die Wirklichkeit zurückzubringen, es half nichts. Vom Purser McElroy gerufen, hatten Alex, Jason und Jim den wahnsinnigen Bassisten über alle Treppen nach unten geführt, hatten ihn durch die Korridore geschleppt, bis in die Kabine.

»Es ist wahr!« schrie Petronius, außer sich. »Es ist absolut wahr! Ich schwöre beim Gedenken meines Urgroßvaters! Ich schwöre bei Sonne und Mond! Ich habe es in meinem Baß gehört! Endlich, endlich bin ich davon befreit!«

Alex warf Jason einen Blick zu, sagte aber nichts. Der Purser hatte Jason bereits heruntergeputzt, und Jason war sichtlich unglücklich über das Vorgefallene. »Ich werde das dem Impresario melden, Coward«, hatte der Purser gesagt: »Ich werde es ihm ganz deutlich sagen. Dies ist ein Skandal, und ich halte Sie für den Verantwortlichen.«

Jason seufzte und betrachtete gleichgültig die zitternde Gestalt auf der Koje.

»Ich begreife nicht, wovon er redet«, sagte er. »Gieß ein bißchen Whisky in ihn hinein, Jim. Vielleicht bekommen wir dann Ruhe.«

Jim kam mit einer Taschenflasche. Petronius trank gierig, hustete und schluckte.

»Donnerwetter«, sagte Jim. »Er hat sie ausgetrunken.«

»Du kriegst eine neue Ration von mir«, versicherte Jason ihm.

Allmählich wurde es in der Koje ruhiger. Ab und zu schrie der Patient ein unverständliches Wort. Schließlich verlosch er.

»Delirium?« fragte Alex.

»Er trinkt nicht besonders viel«, sagte Jim. »Außerdem sieht so etwas anders aus.«

»Normaler Wahnsinn«, schlug Jason vor. »Jetzt bin ich es leid. Er wird hinausgeworfen. Falls wir nicht alle hinausgeworfen werden.«

»Nimm es nicht so schwer«, sagte Alex. »Ich spreche morgen mit dem Purser. Es wird schon gutgehen.«

»Meinst du?« fragte Jason dankbar. »Wo sind die anderen?«

»Oben in der Zweiten, im Speisesaal«, sagte Jim. »Sie begleiteten eine Andacht. Ein Pfarrer unter den Passagieren war der Meinung, es sei bei Kapitän Smith nicht ausreichend göttlich zugegangen, und hat alle eingeladen, die zwei Stunden lang Choräle singen wollen. Man hat die anderen gebeten zu spielen.«

»Gut«, kam es müde von Jason. »Ihr geht hinauf und unterstützt sie. Ich bleibe hier und passe auf ihn auf.«

Die beiden gingen. Jason holte sich ein Buch, setzte sich auf seine eigene Koje und begann zu lesen. Ein Ornithologie-Buch, das er in London gefunden hatte. Von Petronius hörte man ein Schnarchen, laut und seltsam, als habe sich der Wahnsinn in seinen Lungen festgesetzt.

Groß und dunkel stand der Kontrabaß in einer Ecke.

PETRONIUS' GESCHICHTE

Der Weg. Er war Anfang und Ende, Geburt und Tod. Alles und alle gingen ihn. Nacht und Tag, Wälder und Städte. Immer sah er den Weg vor sich, gelb, brennend heiß im Sonnenschein, wie er sich meilenweise durch das Land zog. Im Gestrüpp am Grabenrand zirpten die Grillen, sonst war mitten am Tag alles still und tot. Eine Schlange vielleicht, die im Wegesstaub lag und sich sonnte, oder eine Eidechse. Mitten am Tag singen die Vögel nicht. Dann ruhen auch die Wanderer. Immer gibt es einen kleinen Hain oder einen schattenspendenden Baum, unter dem man verschnaufen kann. Und vielleicht sogar einen Brunnen.

Auf diese Art und Weise hatte er Meilen zurückgelegt, ausgepumpt, verschwitzt, staubig, durstig und elend. Der Weg aber war das einzige Glück, das er jemals gekannt hatte, und niemals hätte er den Wanderstab und seine schmerzenden Füße gegen anderes eingetauscht.

Immer war es der Weg. Er war der Durst, und er war stilles Wasser.

Draußen auf dem Land und schon ganz am Anfang, damals, in den umbrischen Bergen, hatte er jeden Tag an den Weg gedacht: Er hatte ihn betrachtet, wie er sich, ein Band aus falschem Gold, durch die Mittagssonne wand. Karren und Wagen, belastet mit Wein- und Öltonnen, mit Gemüse und Fleisch kamen auf ihm daher. Das ganze Jahr hindurch knarrten die Karren den Weg hinunter, durch die Stadt und dann weiter, auf der langen Reise nach Rom.

In der entgegengesetzten Richtung kamen aus der großen Stadt Kaufleute, Krämer, aus anderen Landschaften kamen die Wanderer, die Gaukler, die Musikanten. Alle machten sie Station in der kleinen Provinzstadt, manch einer vielleicht einen Tag oder zwei. Dann aber ging es weiter. Der Weg war wie ein Fluß, der alles mit wegtrug, eine Flut von Bildern: einen alten, schweigsamen Wandermönch mit Stab und brauner Kutte. Einen Vogelhändler mit großen Käfigen auf seinem Karren. Gelbe und blaue und rote Singvögel, aber auch Habichte und Falken. Und alle die Reisenden hatten einen müden, fast leeren Blick, wenn sie in der Stadt anhielten. Die zurückgelegten Meilen hatten sich ebenso eingegraben in ihre Gesichter wie der Gedanke an die Meilen, die noch vor ihnen lagen. Der Weg war der Fluß, der sie alle mitnahm. Und das Dorf – das Dorf war der Strudel.

Schon damals, als er noch ein kleiner Junge war, hatte er dieses Wort gedacht: Strudel. Und so lange er zurückdenken konnte, schien es ihm immer, als hätte der Weg ihn jeden Tag mit sich reißen wollen. Auch für die anderen Jungen in der Provinzstadt war alles, was auf dem Weg kam und ging, aufregend gewesen. Für den jungen Giovanni Petronio Vitellotesta aber hatte es eine ganz besondere Verlockung besessen.

Eines Tages, als er zwölf Jahre alt war, kam das Puppentheater in die Stadt.

Gleich vor dem niedrigen Stadttor, im Schatten eines alten Wagens ohne Räder, hatte Petronius seinen festen Aussichtsposten. Ganze Tage konnte er dort sitzen und nur beobachten, was der Weg alles herantrug. Wenn er meinte, von niemandem gesehen zu werden, kletterte er auf den Kutschbock des ausrangierten Wagens und trieb die Pferde mit einem langen Ast an. Er sah deutlich, wie er mit dem Wagen das Tal hinunter donnerte, hinter sich eine schwefelgelbe Staubwolke.

In der kleinen Stadt lachten sie über ihn und nannten ihn den

444

Torkutscher. Petronius aber kümmerte sich nicht darum und trieb nur seine Pferde an. Häufig schlich er sich auf langen Streifzügen auf den Weg bergauf, bergab, davon, fort von der kleinen Stadt. Der Vater, er war der Metzger des Ortes, hatte ihm das verboten. Schließlich konnte er auf Räuber und anderes Pack stoßen, wenn er sich so herumtrieb. Häufig hatte Petronius Ohrfeigen bekommen, weil er dem Vater nicht gehorcht hatte und auf eigene Faust losgezogen war. Doch er *mußte* einfach allein gehen. So war es am besten. Und war er nur ein wenig vorsichtig, wurde er nicht entdeckt.

Normalerweise aber saß er auf dem Kutschbock vor dem südlichen Stadttor. So kam es, daß er der erste war, der das Puppentheater sah. Es kam den Berg heraufgeklappert, der kleine Wagen wurde von zwei braunen Pferden gezogen. Drei Figuren trieben abwechselnd die Pferde an und schoben den Wagen bergauf.

– Hopp! Elende Mären!

Petronius durchfuhr ein Freudenstoß, wie er dort saß, und er sprang vom Bock hinunter. Den Wagen kannte er, auch wenn es seit dem letzten Mal viele Jahre her war. Es war so lange her, daß er sich fast nicht daran erinnern konnte. Das waren großartige Neuigkeiten. Also rannte er in die Stadt und rief, wer sich im Anmarsch befand – was er sonst niemals tat.

Der Wagen hatte noch nicht das Stadttor erreicht, da begleitete ihn schon ein Kinderschwarm.

Damals hieß er Giovanni Petronio Vitellotesta. Den sonderbaren Nachnamen hatte die Familie zu Zeiten des Urgroßvaters bekommen. Für Zeit und Ewigkeit sollte dieser Name – Kalbskopf – die Erinnerung an den Urgroßvater weiter tragen.

Dieser erste Vitellotesta war ein eigensinniger, ungewöhnlicher Mann mit Bücherwissen. In Rom und in Florenz war er gewesen, um dann, aus unbekannten Gründen, in seine Geburtsstadt zurückzukehren und Metzger zu werden. Er war unglaublich stark, kräftig gebaut und hatte ein heftiges Temperament. Und gerade dies und das Gewerbe des Metzgers, hatten ihm den Namen verschafft.

Der Urgroßvater, der ebenfalls den Vornamen Petronio trug (in einem unseligen Augenblick wurde der Enkel nach ihm benannt) – der Urgroßvater hatte sich, nachdem er einige Jahre in der Heimatstadt gearbeitet hatte, eine Frau genommen. Diese Frau war jung, stolz und eigensinnig, und vielleicht hatte sie sich – wer weiß? – einen Liebhaber genommen. Ohne Begründung jedenfalls hatte sie nur ein halbes Jahr nach der Hochzeit für längere Zeit ihrem Mann die elementarsten ehelichen Rechte verweigert. Sie hatte »die Tür zu ihrer Kammer versperrt«, wie es diskret in der Familienlegende umschrieben wurde. Der Metzger wurde dessen überdrüssig, und als die Wochen vergingen, ohne daß die Tür sich abends öffnete, nahm seine Wut zu. Die ganze Stadt sprach darüber (in dieser kleinen Stadt etwas geheimzuhalten war unmöglich), und der Metzger litt nicht nur unter der physischen Entbehrung, sondern ebensostark auch unter der Demütigung. Der Zorn und die brachliegende Kraft kochten in seinem Inneren, und er sann auf Rache. Auf blutige Rache, auf einen Weg, sich wieder Respekt zu verschaffen, bei der Ehefrau und den Nachbarn.

Und eines Abends, nachdem er vergeblich an die Schlafzimmertür geklopft hatte, bekam er den fatalen Einfall. Wie in einer Offenbarung wurde ihm klar, was er tun mußte: So, gerade so, würde er seine Ehre zurückgewinnen!

Und er ging in den Metzgerladen. An einem Haken hing ein Kalbskopf, vom selben Tag, groß, schwer, blutig. Er nahm ihn herunter. Und nach einstündiger Arbeit hatte der Schlachter sich eine Maske aus diesem großen Kalbskopf hergestellt, mit kleinen Löchern für die Augen im Hals. Und diesen Kalbskopf trug er jetzt über dem Kopf, wie eine Prozessionskapuze. Er war sehr schwer, und im Inneren war es eng, und das Atmen bereitete einem Mühe – als er auf dem Weg zur Kammer der Ehefrau jedoch in den Spiegel sah, bekam er die Bestätigung, daß die Maske genauso aussah, wie er gehofft hatte. Ja, sogar noch besser. Er hatte sich ausziehen müssen, um die Kleider nicht zu beschmutzen (vielleicht verband er damit auch andere Absichten) – und der Kalbskopf schien auf dem nackten Körper festgewachsen zu sein.

Als er vor der Tür stand, stieß er die furchtbarsten Brüller und Laute aus. Gleichzeitig stampfte er mit den nackten Füßen auf den Boden und schlug sich auf die Brust. Und vielleicht wurde seine Stimme durch die Maske verzerrt, oder vielleicht war seine Wut so groß, daß die Stimme nicht mehr menschlich klang – wie auch immer, er erreichte sein Ziel. Die Frau bekam Angst und öffnete die Tür.

Die Wirkung war entsetzlich. Als sie im Mondlicht, das durch das Fenster fiel, die nackte Gestalt sah, mit Kalbskopf, Hörnern und verdrehten Augen, wobei Blut und Fett über seinen Oberkörper lief, daß er glänzte – als sie mit einem einzigen Blick all dies wahrnam und die wahnsinnigen Laute hörte, die diese Gestalt von sich gab –, stieß sie einen Schrei aus, der aus der Tiefe ihrer Seele kam. Man hörte ihn in der ganzen Stadt. Sie rannte in das Zimmer zurück, in der Absicht, sich aus dem Fenster zu stürzen, und der Metzger erkannte, daß die Wirkung seine wildesten Erwartungen übertraf. Deshalb rannte er ihr nach, um sie zurückzuhalten, schließlich sollte sie keinen Schaden erleiden. Die Frau aber dachte, das Ungeheuer verfolge sie bis zum Fenster, wolle sie fest packen und nicht loslassen. Sie schrie, falls dies überhaupt möglich war, nur noch lauter, und die Nachbarn wachten auf und strömten mit Laternen und Kerzen auf die Straße, die meisten von ihnen lediglich im Nachthemd.

Dort bot sich ihnen ein seltsamer Anblick. Der Metzgersfrau war es gelungen, sich aus der Umarmung des Monsters zu befreien, sie kam aus dem Haus gerannt, noch immer vor Entsetzen schreiend. Hinter ihr kam das Ungeheuer, und natürlich hinterließ der splitternackte Männerkörper mit dem Kalbskopf bei den Hinzugeeilten einen gewissen Eindruck. Ge-

447

lähmt zögerten sie für einige Sekunden, während die Metzgersfrau und das Ungeheuer vorbeirannten. Dann aber nahmen sie alle wie ein Mann die Verfolgung auf, und in aller Eile versahen sich die Männer mit Hacken und Harken. Offensichtlich handelte es sich um einen bösen Geist, einen Dämon, einen der Teufel aus der Hölle, der aus dem tiefen Dunkel der Nacht gekommen war, um die Stadt heimzusuchen.

»Vielleicht kommt er vom Mond«, rief ein junger Mann mit einer Axt. Er hätte gehört, daß so etwas vorkommt. »Vielleicht hat das Ungeheuer den Metzger schon aufgefressen«, schlug ein anderer vor. Der Geruch aus der Schlachterei müsse es angezogen haben, meinte ein dritter. »Man muß es totschlagen!« war die allgemeine Meinung.

Es war mit anderen Worten ein grotesker Zug, der durch die kleine Hauptstraße zur Piazza rannte. Zuerst die schreiende Metzgersfrau, vor Entsetzen wahnsinnig und fast ohnmächtig, hinter ihr der nackte, blutglänzende minotaurische Metzgermeister und schließlich eine Schar von Männern, mit Nachthemden bekleidet, die schrien und mit Äxten und Spießen fuchtelten. Und ständig kamen weitere Menschen hinzu. Die Frauen bekreuzigten sich und versteckten die Kinder, um sie vor dem blutigen Monster zu schützen. Eine Frau fiel sogar in Ohnmacht. In einer Türöffnung stand der Pfarrer und schien zu glauben, der Jüngste Tag sei angebrochen.

Wäre der von ihnen selbst erzeugte Radau nicht so groß gewesen, hätten die Verfolger gehört, daß das Ungeheuer ganz menschliche Worte rief, wenn auch durch den Kalbskopf ein wenig verzerrt: »Wartet! Das bin doch ich! Petronio!« Aber weder die Ehefrau noch die Verfolger hörten ihn. Abgesehen davon war es schwierig, mit dem schweren Kalbskopf zu rennen, und jetzt bemerkte er zu seinem Schrecken, daß es ihm nicht gelang, den Kopf wieder abzusetzen. Er saß wie angewachsen.

Mit erhobenen Waffen kamen die Verfolger näher. Und im selben Augenblick, als er die Ehefrau eingeholt hatte, rutschte er auf ein wenig Abfall aus und fiel mit einem Knall auf die Straße.

Sofort stürzten sich die Männer auf ihn. Vier Mann hielten ihn fest. Zweifellos hätte man ihn auf der Stelle umgebracht, wenn nicht einer der Verfolger plötzlich geschrien hätte:

»Wartet! Es ist der Metzger!«

Unschlüssig, noch immer mit erhobenen Lanzen, standen die Männer da. Unsicher betrachteten sie das entsetzliche Ungeheuer, das zappelnd vor ihnen auf dem Straßenpflaster lag. – Ach so. Der Metzger.

»Ja. Schaut her«, rief der Mann. »Hier ist sein Mondfleck.« Er zeigte auf ein großes Muttermal auf dem rechten Arm des Mannes, das aussah wie ein Halbmond.

»Es ist ganz bestimmt der Metzger! Ich kenne das Mal, seit wir als Kinder im Fluß gebadet haben! *Veramente!*« Und es gab noch mehr, die das Mal kannten.

Und jetzt konnten sie die Stimme des Metzgers aus dem Inneren des Kalbskopfes hören. Er bekam dort drinnen nicht sehr viel von den Ereignissen mit, und ihm war etwas in die Augen geflossen, so daß er nichts mehr sehen konnte. Aber er begriff, daß er sich in äußerster Lebensgefahr befand, so daß er kläglich darum bettelte, man solle ihm aus dem Kalbskopf helfen.

Unter größtem Schweigen wurde der Kalbskopf entfernt, und der Alltagskopf des Metzgers wurde sichtbar, wenn auch blutig und entstellt. Ein beeindrucktes Murmeln kam von den Umstehenden. Man war vernichtet. Das war nicht möglich. Das überstieg die wildesten Phantasien. Und der Metzger war nackt.

Er gewann die Fassung wieder. Sah sich um. Dann stand er auf und ging gelassen zum Brunnen. Dort spülte er sich das meiste Blut ab. Dann ging er entschlossen zu seiner Frau, die ihren Kopf an der Schulter einer anderen Frau verborgen hatte, ohne eine Ahnung, was vor sich ging.

449

»Komm jetzt«, sagte der Metzger. »Wir gehen nach Hause.«

Er packte sie am Arm und führte sie nach Hause, ohne sich umzusehen.

Das Murmeln wurde jetzt zu einem Flüstern. Dann erstarb es ganz. Auf der Piazza herrschte Totenstille.

Der Metzger brachte seine Ehefrau nach Hause. Niemand weiß, was er dort mit ihr machte. Alle anderen gingen unter Schweigen zu Bett. So endete die Nacht des Kalbskopfs, wie man sie später nannte.

Von da an verweigerte die Metzgersfrau ihrem Mann niemals mehr, worauf er nach den Gesetzen und dem Eheversprechen ein Recht hatte, und sie bekamen viele Kinder miteinander. Vermutlich ist es überflüssig zu erwähnen, daß die Frau nie mehr die alte wurde. In ihr war etwas zerbrochen, und nach der Nacht des Kalbskopfes redete sie fast nie mehr. Ihr Blick wurde durchsichtig und unstet. Es hieß, sie sei verrückt geworden, und wenn man über die Metzgersleute sprach, schauderte man ein wenig. Nein, vor einem Mann, der so etwas tat, mußte man sich in acht nehmen. Auf der Straße wich man ihm aus, und für die Frau hatte man mitleidige, etwas unsichere Blicke übrig. Aber selbstverständlich lachte man über die ganze Geschichte aus vollem Hals.

Auch der Metzger war ein Gezeichneter, selbst wenn er das nicht so deutlich zeigte. Aus purer Neugier kamen die Leute von weither, und das Geschäft blühte und wurde zu einer großen, renommierten Schlachterei mit vielen Lehrlingen. Der Metzger aber wurde mit den Jahren mürrisch und verschlossen, und als er älter wurde, sagte auch er nicht mehr viel. Als die Ehefrau starb, trauerte er aufrichtig, und es ist sehr wahrscheinlich, daß er seinen Einfall bereute. Falls es aber so war, zeigte er es niemals. Er war ein Mann, der einstand für seine Taten und sein Leben mit der stummen Würde eines Ochsen verbrachte.

So hatte die Familie den Namen Vitellotesta, Kalbskopf, bekommen.

Dies war die Familienlegende, und Petronio hatte sie Hunderte von Malen gehört, in zensierten und unzensierten Versionen. Von anderen Stadtbewohnern nämlich, die keinen Familienstolz bewahren mußten, hatte Petronio erfahren, daß der Urgroßvater splitternackt gewesen war. Einige behaupteten sogar, der männliche Zustand des Urgroßvaters sei von jener Art gewesen, die den öffentlichen Anstand verletzt; die meisten aber zweifelten daran, daß er draußen auf der Straße noch eine Erektion hätte aufrecht erhalten können.

Über diese Dinge hatten weder die Mutter noch der Vater ihm etwas erzählt. Statt dessen holten sie ab und zu zwei Hornstummel hervor, die von dem Kalbskopf erhalten waren. Eine umsichtige Seele hatte sie an sich genommen, und später waren sie wieder in den Besitz der Familie gekommen. Die beiden Stummel waren die Reliquien des Hauses, und man hatte sie auf der Innenseite jener Tür eingelassen, die zu öffnen sich die Metzgersfrau damals geweigert hatte. Stets mit einer gewissen Feierlichkeit zeigten die Eltern den Kindern die Hörner. Nur an Feiertagen oder wenn man zu Hause etwas hoch und heilig beschwören mußte, ging man zu der Kammer, die sonst verschlossen war. Die Familienmitglieder betrachteten dann die grauen, blankgewetzten Hornstücke mit Hochachtung. Die Erinnerung an den Urgroßvater, von dem die Familie ihren Namen und ihr Auskommen erhalten hatte. Immer wurde mit einer Mischung aus Dankbarkeit und Erleichterung von ihm gesprochen. Dankbarkeit, weil die Metzgerei ihm ihren Ruf und ihre Größe verdankte, Erleichterung, weil man Gott sei Dank nicht die gleichen Anlagen zum Wahnsinn hatte wie der Alte. Sie waren gesund und normal, und eine ähnliche periodische Verrücktheit war ansonsten in der Familie nicht aufgetreten. Man zählte sich zu den Angesehenen, Gott straft nicht die Nachkommen.

Aber es gab eine Ausnahme. Der kleine Petronio war in der Geschwisterschar von acht Kindern das zweitjüngste, und man hatte ihm den Namen seines unglücklichen Urgroßvaters gegeben, als sich herausstellte, daß er mit einem halbmondförmigen Mal auf dem rechten Arm zur Welt gekommen war, es glich genau dem, das den minotaurischen Urgroßvater gerettet hatte. Die Entdeckung führte im Geburtszimmer zu Aufregung. Die beiden Frauen, die geholfen hatten, bekreuzigten sich und schüttelten die Köpfe. Die Kindsmutter schrie, außer sich und noch matt von den Schmerzen, dieses Kind werde Unglück über sich und andere bringen, und Gott solle den unschuldigen Kleinen bewahren, der schon bei der Geburt Ähnlichkeiten mit einem solchen Mann aufwies.

Daraufhin erhielt das Kind prompt den Namen Giovanni Petronio, damit kein Zweifel darüber herrschte, wem er ähnlich sah oder unter Umständen ähnlich sein könnte.

Und als Petronio aufwuchs, wurde deutlich, daß er anders war als andere – auch wenn er keine sonderlichen Ähnlichkeiten mit dem Urgroßvater hatte. Als jüngster Sohn hätte er eigentlich in die Schule gehen und unterrichtet werden sollen, er zeigte jedoch wenig oder kein Interesse in dieser Richtung – im Gegensatz zum Urgroßvater. Schon früh unternahm Petronio lange Streifzüge den Weg entlang oder in der waldigen Landschaft, von der die Stadt umgeben war. Und er saß auf dem räderlosen Wagen vor der Stadt und beobachtete alles, was sich ereignete. Die Schule vernachlässigte er. Ohrfeigen halfen nicht, auch keine Ermahnungen und Prügel. Jedesmal, wenn man ihn ausschimpfte, weil er mitten in einer Stunde die Schulbank verlassen oder ohne Erlaubnis den Weg hinunter getrottet war, nahm Petronio den Tadel mit erstauntem, verletztem Blick entgegen. Als beschimpfe man ihn für etwas, was er in Wirklichkeit nicht getan oder aber mit den besten Absichten getan hatte. Als könne er sich von Mal zu Mal nicht erinnern. Nach einiger Zeit nahmen die Eltern den Jungen deshalb aus der kleinen Schule, im Einverständnis mit dem Pfarrer, der zugleich das Lehreramt hatte. Ihn dort zu lassen wäre Geldvergeudung gewesen, zumal er ja doch nur weglief. Außerdem war der Pfarrer es leid, nach ihm zu suchen.

Nach einem Familienrat vor den Hornstummeln in der Tür wurde beschlossen, Petronius solle dem Vater, den Brüdern und den Lehrlingen in der Metzgerei zur Hand gehen. Dort aber ging es genausowenig gut. Sollte er auf dem Hof Därme spülen, konnte man sicher sein, daß der Junge weg war und die Därme wie Fliegenfänger in der Sonnenhitze lagen, wenn man ihn fünf Minuten allein ließ. Und man konnte ja auch nicht ständig einen der Lehrlinge wie einen Wächter auf ihn achtgeben lassen. Sie beschwerten sich. Die Brüder ebenfalls. Deshalb war auch die Metzgerkarriere Petronios nach ein paar Monaten beendet. In der Berufswahl wies Petronio keine Ähnlichkeit mit seinem Namensgeber auf.

Die Eltern jammerten und lamentierten ständig über ihn, zum großen Teil aus reiner Gewohnheit. Häufig hatte Petronio den Eindruck, sie wünschten sich wirklich, es solle ihm in diesem Leben richtig schlechtgehen. Ja, manchmal schämte er sich sogar, wenn er der Mutter im Verlauf des Tages nicht wenigstens einen gewichtigen Grund gegeben hatte, sich über ihn zu beklagen. Aber sich diesen Unfug auszudenken fiel ihm gar nicht so leicht.

Was er hingegen tat, ohne darüber nachzudenken und ohne jede böse Absicht – eben das rief bei den Eltern Besorgnis und Beunruhigung hervor. Und dann endete es mit Ohrfeigen. Was er eigentlich wollte, was ihm am besten gefiel, war doch nur, umherzustreifen oder vor dem Stadttor auf dem Kutschbock zu sitzen.

»Der erste Petronio wütet in ihm. Der arme Junge«, sagte die Mutter zu den Nachbarsfrauen und schüttelte traurig den Kopf. Was dazu führte, daß die Leute in der Stadt zu Petronio besonders nett waren. Es war jedoch die Art von Nettigkeit, die ihm nicht sonderlich gefiel, denn es war die gleiche Fürsorglichkeit, die man einem Schaf zeigt, das am nächsten Tag geschlachtet werden soll. Oft steckte ihm eine der Frauen eine Feige oder ein Stück Zucker zu und sagte: »In Gottes Namen, liebes Kind, das ist für dich, weil du einen solchen Namen hast.« Und dann schüttelte die Frau bedeutsam den Kopf, während Petronio sich, so höflich er konnte, bedankte. »Danke nicht mir, sondern der Mutter Gottes.«

Im übrigen ging es ihm gut. Er war keineswegs unbeliebt in der Stadt, er liebte seine Geschwister und seine Eltern, und sie liebten ihn. Dennoch erschienen sie ihm ein wenig indifferent, besonders wenn sie mit dem Namen und der Vererbung und dem ganzen Gerede anfingen. Dann spürte Petronio einen Schatten, eine unsichtbare Trennlinie zwischen ihm und dem Rest dieser kleinen Welt, die er kannte. Vermutlich trug das bei zu seiner Sehnsucht nach dem Weg. Er war häufig von zu Hause weggelaufen und ein paar Nächte hintereinander weggeblieben, hatte in Heuhaufen oder unter einem Baum geschlafen, war aber immer wieder nach Hause gekommen. Aber die Lust, noch weiter zu gehen, ein anderes Tal oder vielleicht eine große Stadt zu sehen – diese Lust wurde manchmal unerträglich groß.

Zu jener Zeit, als das Puppentheater in die Stadt kam, war Petronio zwölf Jahre alt, klein und schmächtig für sein Alter. Unter dem braunen Schopf hatte er klare grüne Augen, und er bewegte sich rasch. Er hatte etwas Eichhörnchenartiges an sich, etwas Leichtes, Flüchtiges, Träumerisches. Auch in dieser Hinsicht unterschied er sich von den anderen Jungen der Stadt, die sich schwerfälliger bewegten und nicht die gleichen munteren Augen hatten. Er war sehr musikalisch, sang gut und konnte Geige und Gitarre spielen.

Obendrein aber besaß er eine Begabung, von der niemand etwas wußte, sie sollte in hohem Maße dazu beitragen, seine Lebensbahn abzustecken.

Er konnte *sehen*.

Wenn er dort auf dem Kutschbock vor dem Stadttor saß oder über Straßen und Pfade streifte, sah er Dinge, die kein anderer sah. Die Klippen und Bäume konnten sich in Gebäude und Schlösser verwandeln. Und plötzlich konnte die öde, karge Berglandschaft sich mit Wesen bevölkern, die es gab und zugleich nicht gab. Wenn er allein war, konnte er diese Wesen ebenso sehen, wie er sonst seine Geschwister sah. Ein Stück nördlich der Stadt lag ein kleines Wäldchen mit einer frischen Quelle zwischen den Tuffsteinen. Die Quelle rauschte immer leise – so leise, daß man stehenbleiben und ganz konzentriert lauschen mußte, um das Sprudeln wahrzunehmen. Es war ein besonderer Ort, und Petronio war völlig überzeugt davon, daß dort zwischen den Steinen und den Bäumen jemand wohnte. Ein schönes Mädchen in hellen Kleidern. Er hatte sie oft gesehen. Sie war genauso alt wie er, ihre Kleider aber waren aus einem dünnen, feinen Stoff gefertigt, wie er ihn noch nie gesehen hatte, und ihr Blick war wehmütig und grüblerisch. Petronio wußte darum, daß das Mädchen in der Quelle zwölf Jahre alt war, wie er selbst, und gleichzeitig außerhalb von Zeit und Alter, so als habe sie seit dem Beginn der Zeit dort an der Quelle gesessen und das Wasser bewacht.

Er sah viele solcher Wesen, sprach aber nicht mit ihnen, und niemals erzählte er jemandem von ihnen. In gewisser Weise waren diese wunderlichen Gestalten viel mehr seine Geschwister als seine eigentlichen Brüder und Schwestern – er fühlte, daß er ihnen ähnlich war, zweifelte niemals daran, daß er sie wirklich sah: Elfen, Feen, schwarze Condottieri, schöne Jungfrauen. Wer waren sie? Er nannte sie »die Schönen«. An einem frühen Sonntagmorgen, ehe noch jemand erwacht war, sah Petronio, wie ein ganzer Zug von ihnen durch die Stadt schritt, ohne ein anderes Geräusch von sich zu geben als ein leises, silberklares Klingeln wie von zierlichen Narrenschellen.

Ein anderes Mal sah er den Urgroßvater persönlich, mit dem Kalbskopf unter dem Arm, er ging grübelnd unterhalb der

Stadt durch den Wald. Petronio, der Jüngere, gab sich nicht zu erkennen, und der Urgroßvater schien ihn nicht zu bemerken, als er dort auf einem Baum saß und den Alten auf dem Pfad vorbeigehen sah.

Petronio betrachtete den stattlichen Alten mit dem Kalbskopf. Er machte einen betrübten Eindruck. Hatten sie Ähnlichkeit miteinander? Er dachte an sein eigenes Spiegelbild, erkannte aber nichts davon im Gesicht des alten Mannes. Nein, sie waren einander sehr unähnlich. Und dennoch schien es, als gäbe es etwas zwischen ihnen, etwas, das sie aneinander fesselte. Als habe es mit dem Kalbskopf zu tun, den der Urgroßvater wie eine schwere Last trug.

So war Petronios Kindheit. Infolgedessen war es nicht erstaunlich, daß er am Morgen nach der Vorstellung mit dem Puppentheater ausriß. Am Abend zuvor hatte das Theater die ganze Stadt zu einem Fest versammelt. Der bunte Wagen konnte in eine Bühne verwandelt werden, und Klein und Groß versammelten sich auf der Piazza. Als es dunkel wurde, zündete man vor dem blauen Vorhang des Theaters Laternen an, und die Vorstellung begann. Petronio hatte beim Aufstellen der Bühne geholfen, und es war ihm gelungen, sich einen Platz ganz weit vorn zu sichern. Hinter ihm ertönten die begeisterten Ausrufe der Stadt, während das Spiel ablief. Es gab Räubergeschichten für die Kleinsten und Liebesromanzen für die Großen. Es war sehr amüsant und schön, und das Publikum applaudierte dankbar. Weinflaschen glucksten. Petronio aber war während der ganzen Vorstellung wie versteinert – eigentlich folgte er ihr gar nicht. Die Puppen – die Marionetten – hatten ihn verhext. Sie lebten. Ein goldener Glanz umgab die graziösen Geschöpfe, eigentlich brauchten sie gar keine Fäden. Nie zuvor hatte er so etwas erlebt: Daß etwas *lebte*. Sie hatten eine Ähnlichkeit mit Petronios heimlichen Geschwistern – den Schönen. Und sie sprachen zu ihm. Während der Marionettenspieler dort oben die Sätze der Helden und der Schurken hervorbrummte, erklangen die wirklichen Stimmen der Marionetten sanft und klar in der Abendluft:

Komm mit uns, flüsterten die Stimmen. *Wir kennen dich. Wir sind deine Begleiter. Du gehörst zu den Auserwählten.* Und als die Vorstellung beendet war, nach vielen Zugaben, und als die Nacht angebrochen war, war Petronio wie in einem Trancezustand – und er nahm einsam und hastig Abschied von Dingen und Häusern in der Stadt. Er sollte nie mehr zurückkommen. Er schlich sich nach Hause und packte einen kleinen Ranzen. Früh am nächsten Morgen, eine Stunde nachdem der Theaterkarren weggefahren war, schlich er sich fort, folgte dem Weg und folgte den Marionetten.

Du gehörst zu den Auserwählten. Vielleicht stimmte das. Denn der Puppenspieler, Giacomo, ein großer, freundlicher Mann aus dem Süden, hatte keine Einwände, als Petronio sich der Gesellschaft anschloß – neben dem Puppenspieler also nun drei Assistenten. Der Meister betrachtete den Jungen genau, fragte, ob er es gewesen sei, der am Vorabend beim Aufbauen der Bühne geholfen hatte. Doch, Meister, antwortete Petronio, das bin ich gewesen. Hat dir die Vorstellung gefallen? fragte der Meister. Petronio blieb die Antwort schuldig, wußte nicht, was er sagen sollte. Es ist gut, sagte der Meister, du kannst dich um die Pferde kümmern.

Mehrere Monate lang war Petronio Pferdepfleger und Laufbursche in Giacomos kleiner Truppe. Auf diese Weise begann sein unstetes Leben, und er kam mit der Straße gut zurecht. Immer führte sie ihn weiter, ließ ihn neue und immer neue Sachen sehen. So lernte er die Städte in der Campagna und in der Toskana kennen, er sah das Meer und die Schiffe. Er kam nach Rom und erlebte den Einzug Garibaldis.

Nach und nach durfte er mit den Marionetten arbeiten. Sie waren zerbrechliche, seltsame Wesen. Erst lernte er, wie man sie richtig hielt. Wie man sie mit Schellack bemalte, wenn es nö-

457

tig war, sie ordentlich aufhängte, damit die Fäden sich nicht verheddertem, und wie man die Kostüme reparierte.

Dann kaufte Meister Giacomo eine Geige für Petronio, damit er einen Tanzauftritt von zwei Marionetten, die speziell zu diesem Zweck gebaut worden waren – schlank, leicht und mit besonders dünnen Fäden –, begleiten konnte. Es wurde eine gelungene Nummer, nicht zuletzt dank des einfühlsamen und zugleich witzigen Geigenspiels des jungen Petronio.

Zuletzt lernte er die Puppen zu führen, und das war das schwierigste. Eine anstrengende, heikle Arbeit, die größte Wachsamkeit und Disziplin erforderte und obendrein Kraft in Armen und Beinen. Um eine Puppe auf natürliche Weise über die Bühne gehen zu lassen, war die Übung von Wochen und Monaten erforderlich. So wurde Petronio erwachsen. Er trat aus seiner Traumwelt heraus und hörte auf, Dinge zu sehen, die es nicht gab. Fast vergaß er diese Erlebnisse, wie er alle Erinnerungen an zu Hause hinter sich ließ. Die Marionetten aber blieben seine besten Freunde, wenn auch jetzt in einem viel handfesteren Sinn, und er wurde ein sehr tüchtiger Marionettenspieler. Meister Giacomo entschied, Petronio solle sein Nachfolger werden. Der junge Mann war begabt. Außerdem hatte Giacomo ein Kind – eine einzige Tochter, Giulia. Sie war in Petronios Alter, und Petronio und Giulia hatten sich in der kalten Jahreszeit kennengelernt, als Giacomo seine Puppenspieler entließ und nach Rom zu Frau und Tochter ins Winterquartier ging. Der junge Petronio hatte Giacomo nach Rom begleitet und hatte ihm bein Einlagern des Wagens und der Puppen über den Winter geholfen. Dann hatte Giacomo den Jungen mit nach Hause genommen und ihn in der Küche schlafen lassen. In einer Osteria fand er eine Arbeit für ihn. Und der kleinen, schönen Giulia gefiel Petronio sehr gut, man sah es ihr an. Als Petronio und Giulia heranwuchsen, hielt Meister Giacomo die Sache für abgemacht. Er wollte ein glückliches Leben verbringen, mit einem tüchtigen Schwiegersohn, einem begnadeten Marionettenspieler als Mann seiner einzigen Tochter.

Etwas in Petronio aber wehrte sich, als der Meister zum ersten Mal vorsichtig die Rede darauf brachte, gegen den Gedanken an eine Eheschließung – auch wenn er Giulia sehr, sehr gern hatte. Vielleicht spukte der Großvater, vielleicht war es Freiheitsdrang und Wanderlust. Er verschleppte die Angelegenheit, schob die Verlobung auf, obwohl er sich in seinem einundzwanzigsten Winter bis über beide Ohren in Giulia verliebt hatte – sie hatte den Gang der Dinge beschleunigt, indem sie ihn in der Osteria besuchte und auf der Via del Corso lange Spaziergänge mit ihm machte.

Dennoch bat Petronio darum, noch ein weiteres Jahr ein freier Mann bleiben zu dürfen. Der Meister gab nach, widerstrebend gab auch Giulia nach. Giulias Mutter jedoch, eine sehr entschlossene Frau, gebieterisch und streng, die oft mit der Verantwortung allein gewesen war, hielt Petronio eine Strafpredigt. Er sollte das junge, heiratslustige Mädchen nicht länger warten lassen als nötig. Ein Jahr dürfe er zur Not noch warten, dann aber müsse er sich seiner Verantwortung in der Firma – und in den letzten Jahren bekanntlich auch in der Familie – gewachsen zeigen, er müsse, sozusagen, den Pakt besiegeln. Petronio gefiel das überhaupt nicht, und daß er in Giulia sehr verliebt war, änderte daran nichts. Es erinnerte ihn sofort wieder an die Metzgerei zu Hause.

Dann kam das Frühjahr, und die Straßen erwarteten sie. In diesem Jahr führten sie sie weit fort, bis in die grüne Toskana. Sie sahen die Pellagragegenden im Norden. Arme, magere, kränkliche Horden von Landarbeitern. So arm, daß sie buchstäblich nicht das Salz für ihr Essen hatten. Der Salzmangel führte zu Pellagra, einer Krankheit, die mit Wahnsinn und häufig mit Selbstmord endete. Salz war teuer und eine Monopolware. Zum Salzmangel kam der normale Hunger. Zum ersten Mal

459

war es nicht nur lustig, vor den Kindern in den Dörfern und Städten zu spielen, fand Petronio. Die Kinder in diesen Orten hatten Gesichter, in denen die Augen in tiefen Löchern lagen, die Haut straffte sich über dem Schädel. Starr und vertrocknet war das Lächeln. Das Gelächter der Erwachsenen war heiser. In seinem Repertoire hatte das Puppentheater ein kleines Stück von einem reichen Mann, der sich totfraß – nur eine Burleske, eine kurze Anekdote, in der die Marionette jedesmal, wenn sie auf die Bühne kam, dicker und dicker wurde. Das Stück hatte bei den Landarbeitern einen aufsehenerregenden Erfolg. Am selben Abend aber kamen Soldaten und vertrieben das kleine Puppentheater aus dem Dorf, später am Abend hatte es Unruhen gegeben. Auf dieser Reise spielten sie die Burleske nicht mehr.

In der kleinen Stadt Pazienza gaben sie wie immer zuerst eine Vorstellung auf dem Marktplatz. Es war eine arme, graue, von ihrer kriegerischen Vergangenheit geprägte Stadt, Türme, Mauern und Befestigungen überall.

Auf einem Hügel über der Stadt lag die Residenz der herrschenden Familie, ein schönes, gelbes Steingebäude, das vor etwas mehr als hundert Jahren errichtet worden war. Rund um das Schloß lag ein Park mit Zypressen, Laubbäumen, einem Rosengarten und Springbrunnen. Trotz seiner einladenden Schönheit lag etwas Unzugängliches, etwas Totes über dem Schloß, wenn man es aus der Ferne betrachtete. In den hohen Fenstern gab es so etwas wie Augen, die einen beobachteten. In dem Schloß lebte die Familie *del Vetro;* Contessa Francesca del Vetro herrschte in der siebten Generation über die Stadt Pazienza und Umgebung.

Zur Bevölkerung war sie hart. Die Herrscher des Hauses Vetro waren immer hart gewesen, und die Gräfin Francesca war weder besser noch schlechter als ihre Vorgänger. Andererseits sollte das Schloß heimgesucht sein von einem Gespenst – einem ungewöhnlich widerspenstigen Geist, der weder die

Gräfin und ihre Kinder noch die Diener und Angestellten in Ruhe ließ. Es hatte den beharrlichsten Austreibungsversuchen widerstanden. Das Gespenst trübte das Leben der Schloßbewohner, löschte alle Freude in den Seelen der del Vetros, zehrte an ihnen und saugte die Lebenskraft aus den beiden Kindern der Contessa – einem blassen, zarten Zwillingspärchen von neun Jahren, einem Mädchen und einem Jungen. Jeder konnte erkennen, daß die Geschwister eine freudlose Kindheit gehabt hatten. Alle beide, der Junge und das Mädchen, weiß und durchsichtig wie Alabaster. Und höchstwahrscheinlich war es das Gespenst, das ihnen – so wie allen anderen früheren Mitgliedern des Geschlechtes – die Freude und das Licht geraubt hatte, schon als sich die Grafen im alten Schloß im Ort Pazienza aufgehalten hatten.

Wessen Widergänger war der Geist? Das ließ sich nicht mit Sicherheit sagen. Man hatte versucht, Klarheit in die Angelegenheit zu bringen, hatte in Schriften und Annalen geforscht. Einmal war man so weit gegangen, den Geist persönlich danach zu fragen. Doch es war ein schweigsamer Mann in einem schlichten grauen Rock. Sehr blaß. Sehr schweigsam. Niemals ein Wort aus dem Mund des Gespenstes, niemals eine gewalttätige Handlung. Keine zerbrochenen Fenster, keine stehengebliebenen Uhren, kein Geheul nachts. Nur stummes, geduldiges Warten. Der Widergänger war *vorhanden*. Er war immer da. Und legte seinen eisigen Fluch über Leben und Glück der Vetro-Familie. Er konnte jeder beliebige sein, ein unglücklicher Condottiere, ein Priester, ein früherer Graf, der seine Nachkommen verflucht hatte. Die Familie hatte sich an das Vorhandensein des Spuks gewöhnt und harrte in ihrem freudlosen Dasein aus. Statt dessen mußte es die Bevölkerung büßen – vor nicht allzu langer Zeit war der Lohn der Arbeiter auf den Maisfeldern ein weiteres Mal gesenkt worden, man konnte sehen: Das war die Schuld des Geistes. Das Leben der del Vetros war ohne Freude, ohne Gnade, ohne Musik. Niemals gab es auf dem Schloß Feste, niemals Tanz, niemals Gesang. Das lag der Familie nicht, und schuld war der Spuk.

Andere aber lachten und sagten zu den Puppenspielern, sie sollten sich nicht um dieses Geschwätz kümmern. Niemals hätte irgend jemand einen Widergänger gesehen – zumindest nicht in den letzten Generationen. Das sei nur eine uralte Geschichte. Die Contessa selbst hätte die Folgen der Lohnsenkung zu verantworten – sie und der Verwalter. Jetzt, wo die Puppenspieler ohnehin hinauf zum Schloß mußten, war klar, daß man sie ein wenig erschrecken wollte. Sie sollten aber keine Angst haben, das sei nur Unsinn, und viel Glück dort oben – übrigens stimme es, es sei ein freudloses Haus.

Zugegangen war es so, daß Contessa Francesca Nachricht erhalten hatte, daß ein Puppentheater Pazienza besucht. Aus einer etwas südlicher gelegenen Stadt war verlautet, daß es zu Aufläufen gekommen sei, nachdem ein Puppentheater den Ort besucht hatte, und zuerst wollte die Gräfin die Theatergesellschaft aus Pazienza wegjagen. Dann aber geschah etwas. Die Contessa war im siebten Jahr Witwe und verbrachte ihre Tage mit schwerer, schonungsloser Arbeit. Sie hatte sich hart gemacht wie Granit. Und als sie das Wort Puppentheater hörte, war es, als laufe ein Riß durch ihr Inneres. Etwas schlug an, ein klingender Laut, wie eine Narrenschelle. Während sie am Schreibtisch saß, starrte sie auf ihre eigenen Erinnerungen. Dachte zurück. Dann fiel ihr ein, daß sie doch als Kind ein Puppentheater gesehen hatte, ihr Vater hatte sie mit auf den Markt in einer anderen Stadt genommen, und dort hatte eine Gauklertruppe Marionettentheater gespielt.

Es war das Lustigste und Schönste, was das kleine Mädchen jemals gesehen hatte, und sie hatte den Vater gebeten und gebettelt, es noch einmal sehen zu dürfen.

Jetzt dachte sie an ihre eigenen Kinder, Cristiano und Maria.

Am Schreibtisch sitzend, holte sie Briefpapier mit dem Familienwappen hervor, schrieb rasch ein paar Zeilen, versiegelte

den Brief und adressierte ihn: *An das gastierende Marionettentheater, Pazienza.*
Sie rief den Sekretär:
»Das soll umgehend zugestellt werden«, sagte sie.

Der schwache klare Ton, der irgendwo in ihrem Inneren erklungen war, hatte ihren Tag verwandelt. Sie ging in das Zimmer ihrer Kinder, die mit einer Gouvernante Französisch lernten, gab der Gouvernante frei, nahm die Kinder mit hinaus in den Park und erzählte ihnen von dem Marionettentheater, das am selben Abend kommen sollte. Dann erzählte sie ihnen von damals, als sie selbst klein gewesen war und Puppentheater sehen durfte, wie wunderbar es gewesen sei mit diesen kleinen, springenden Geschöpfen, die an Menschen erinnerten – nur sehr viel graziöser und leichter, als Menschen jemals werden können. Eigentlich redete sie mehr mit sich selbst als mit den Kindern. Und die Zwillinge fühlten das, sie ließen sie reden, während sie sich fragende Blicke zuwarfen. Der Gräfin schien es, als habe sich vor ihr der Raum der Erinnerungen geöffnet und entfaltete sich im Licht – sie malte die Einzelheiten der Vorstellung von damals aus und viel mehr, als sie in Wirklichkeit in Erinnerung hatte. Der heitere Alltag, die Schellen der Gaukler und der Tanz der Puppen nahmen für sie plötzlich wieder Leben an. Etwas erstaunt bemerkte sie, daß sie diesen Abend herbeisehnte. Außerdem würde es den Kindern Vergnügen bereiten: »Ihr werdet die ganze Zeit lachen, immer nur lachen, so wie ich damals«, versicherte sie ihnen.
»Du hast nur gelacht, Mutter?« fragte Maria mit großen Augen.
»Ja, mein Kind«, antwortete die Gräfin. »Es war sehr lustig. Ich entsinne mich, daß da eine Puppe war, angezogen wie ein Harlekin – wie zum Karneval. Und außerdem eine Puppe, die tanzte. Es war phantastisch. Und heute abend werden wir es wieder sehen, alles.«
»Ja, Mutter«, sagte Cristiano. »Wir freuen uns sehr.«

Um sechs Uhr abends rollte Giacomos Puppentheater durch das Tor und quälte sich die lange gerade Allee hinauf, die zu dem gelben Schloß führte.

Durch die Dämmerung starrten sie die Fenster an.

Der Haushofmeister wies ihnen einen Platz im privatesten Teil des Parks an, auf der Rückseite des Schlosses. Dort wollten die Contessa und ihre Kinder auf der Terasse sitzen und die Vorstellung genießen.

Petronio war nicht wohl zumute. Sie bauten die Bühne auf, trafen ihre Vorbereitungen, entzündeten die Lampen. Der Park hinter ihnen war groß und leer, hinter den meisten Fenstern des Schlosses war es dunkel.

»Nun«, sagte Meister Giacomo, »nervös?«

»Ich weiß nicht«, sagte Petronio. »Dort stehen nur sechs Stühle. Das ist ein kleines Publikum.«

»Klein, aber einträglich«, warf Roberto, der dritte Puppenspieler, ein.

»Wir müssen unser Bestes geben«, sagte Giacomo. »Das sind bestimmt geübte Zuschauer. Wenn es gutgeht, können wir früher als sonst im Herbst nach Rom fahren. Giulia würde sich freuen, Petronio.«

Petronio gab keine Antwort, sondern bereitete die Marionetten vor. Ihm fehlten die neugierigen Blicke der Kinder, die sonst immer dastanden und zusahen, wenn das Theater langsam Gestalt annahm. Ihm fehlte das Gelächter und die erwartungsvollen Fragen.

Um acht Uhr erschienen die Gräfin und die Zwillinge, in Begleitung einer Gouvernante und zweier Herren mit hochmütigen Mienen, offenbar Mitarbeiter der Gräfin.

Francesca del Vetro begrüßte die drei Puppenspieler und hieß sie willkommen. Die Gräfin war, wie sich herausstellte, eine große, dunkelblonde Frau mit etwas scharf geschnittenem Gesicht. Der Nacken war ein wenig gebeugt, ihre Hände klein.

»Die Kinder haben sich sehr darauf gefreut«, sagte sie zu dem dienernden Giacomo. »Sehr freundlich von Ihnen, daß Sie gekommen sind.«

»Ich danke Euer Durchlaucht«, sagte Giacomo und verbeugte sich noch tiefer.

Die Kinder waren zwei kleine Persönchen in schönen Kleidern. Sie grüßten wohlerzogen. Der Junge war eigenartig gekleidet – englisch, würde Petronio später erfahren –, er trug eine Art Uniform, wie ein Matrose. Das Mädchen steckte in einem weißen Kleid.

Das Publikum nahm Platz, die Puppenspieler verschwanden hinter der Bühne.

Die Vorstellung konnte beginnen.

Auf einem Marktplatz voller lachender, vergnügter Menschen zu spielen, die bereits einen Schluck Wein getrunken haben und schon lachen, bevor die Vorstellung beginnt, das ist etwas Besonderes. Auf einer engen, schönen Piazza wächst das Publikum auf besondere Weise zusammen, man lacht ebensosehr über das Gelächter der anderen wie über das, was sich auf der Bühne zuträgt. Eine Piazza ist ein schöner Ort, ein herzlicher Ort. Auf einer Piazza haben die Stimmen vollen Klang, sie werden von den Hausmauern getragen, die sie umgeben. Das Publikum spielt mit, die Kinder schreien den Puppen zu, die Erwachsenen helfen ihnen zu verstehen.

Etwas völlig anderes ist es, auf einer leeren Terrasse, mit dem Rücken zu einem dunklen, großen Park, vor einem dunklen Schloß zu spielen und als Publikum sechs steife, adrett auf Rokokostühlen plazierte Marmorstatuen zu haben.

Schon auf halbem Wege im ersten Stück bemerkte Petronio, daß das nicht ging. Die anderen merkten es auch. Draußen geschah nichts. Wenn die Hexe auf die Prinzessin zuschlich, sollten die Kinder schreien. Schreien sollten sie, erschrecken. So war das im Stück geplant. Es gab genug Spielraum für Variationen, je nachdem, wie sich die Stimmung draußen entwickelte.

465

Jetzt spielten sie im leeren Nichts – und das war furchtbar. Petronio warf einen Blick durch den verborgenen Schlitz, um festzustellen, ob das Publikum noch da war. Doch, sie saßen auf ihren Stühlen, aufrecht, unbeweglich. Die Gesichter konnte er nicht erkennen, nur ihre Umrisse. Ob sie schliefen? Er ließ die Hexe ein boshaftes, schallendes Gelächter ausstoßen, aber nichts geschah. Und das Spiel geriet forciert, schlecht, gekünstelt – das fühlten sie selbst, während sie sich abmühten, es in Gang zu halten. Obwohl der Abend warm war, umgab sie Kälte.

Auch die Contessa war enttäuscht. Sie erinnerte sich, daß sie auf einer Woge hellen Gelächters geschwebt hatten, damals. Dies war war ein dunkler, höchst normaler Abend auf ihrer eigenen Terrasse. Das Theater war klein und machte einen schäbigen Eindruck, die Stimmen waren dünn, auch wenn man hinter der Bühne aus Leibeskräften brüllte und kreischte. Sie erkannte die Stimme des Puppenmeisters sehr gut, und außerdem sah sie die Fäden, mit denen die Puppen bewegt wurden, sehr deutlich. Die Illusion funktionierte nicht. Einmal gab es auf der Bühne sogar ein Durcheinander, das Bein einer Puppe hatte sich verheddert und wollte nicht freikommen, obwohl irgend jemand von oben wie besessen an den Fäden zerrte – zuletzt kam von oben eine Hand und bereitete der Qual ein Ende, während eine Stimme den verzweifelten Versuch unternahm, zu erklären, daß Gottes Hand an den unerwartetsten Stellen eingreife. Das war nicht im mindesten lustig, und der Witz sprach für schlechten Geschmack.

Sie sah zu den Kindern hin. Ob wenigstens *ihnen*...? Nein. Das Mädchen gähnte. Der Junge saß da und sah auf seine Knie und warf nur ab und zu einen pflichtschuldigen Blick auf das, was sich auf der Bühne abspielte. Die Gouvernante und die beiden Sekretäre sahen einander bedeutungsvoll an.

Plötzlich fühlte Francesca del Vetro, wie ein entsetzlicher Zorn in ihr aufstieg – daß sie überhaupt auf den Gedanken hatte

466

kommen können, das Puppentheater hierher einzuladen! Die ganze Freude, die diesen Tag anders als die anderen Tage hatte sein lassen, war wie verflogen. Vielmehr saß sie jetzt hier, verletzt und mit einem Gefühl der Leere.

Das Stück ging zu Ende. Die Kinder applaudierten höflich. Hinter dem Vorhang dachte Petronio: Das jedenfalls haben sie gelernt. Sie haben gelernt zu klatschen. Vielleicht sind sie im Theater gewesen und haben sich gelangweilt. Darum haben sie gelernt, an den richtigen Stellen zu klatschen.

»Was sollen wir machen, Meister?« flüsterte er.

Giacomo zuckte mit den Achseln. »Frag mich nicht«, sagte er. »Das ist, als spiele man für eine Wand.« Er machte den Eindruck, als wolle er den Abend sofort beenden. Aber Petronio hatte einen Einfall:

»Ein lustiges Stück hat keinen Sinn«, sagte er. »Ich glaube ein Stück hat überhaupt keinen Sinn. Jedenfalls keines mit Sprache und Handlung. Sollen wir die Tanznummer spielen?«

»Aber die haben wir dieses Jahr noch nicht gemacht«, antwortete Giacomo flüsternd.

»Wir improvisieren«, sagte Petronio entschlossen. »Ich gehe mit der Geige hinaus und stelle mich vor die Bühne. Und ihr tut, was ihr könnt. Sonst können wir die Bezahlung wahrscheinlich vergessen.«

Der Meister nickte düster. Roberto verschwand im Wagen, um die beiden tanzenden Spezialmarionetten zu holen. Petronio nahm die Geige und trat vor den Wagen. Doch er dachte nicht in erster Linie an die Bezahlung. Er dachte darüber nach, wie er dem Publikum dieses Abends Leben einhauchen konnte – es ging um seine Ehre.

»Meine Damen und Herren«, sagte er und hätte sich auf die Zunge beißen können, »um nicht alle großen und kleinen, niedrigen und hohen Hoheiten zu vergessen –« Gott allein mochte wissen, wie das endete! – »Wie man sieht, habe ich eine Geige mitgebracht.« Er trat ein wenig auf das Publikum zu.

Die beiden hochmütigen Herren waren in ein Gespräch vertieft und hörten nicht zu. Petronio aber wandte sich vor allem an die Kinder, die mit weißen, schmalen Gesichtern in der Dunkelheit saßen und sich wegzusehen schienen. »Es ist eine magische Geige«, sagte Petronio und überlegte, wie er weitermachen sollte. »Ich habe sie von einem weisen Mann aus dem Osten gekauft, dem ich einmal in Civitavecchia begegnet bin. Das heißt, so furchtbar weise kann er natürlich nicht gewesen sein, denn ich habe die Geige für ein Spottgeld bekommen. Na gut, sie sieht aus wie eine ganz gewöhnliche kleine Geige, das Besondere an dieser Geige ist aber, daß ein *Geist* in ihr wohnt. Und wenn ich mit dem Bogen über die Saiten fahre, dann wacht dieser Geist auf. Die Laute der Geige machen tote Gegenstände lebendig. Zum Beispiel Puppen. Schaut nur...«

Petronio hoffte, daß sie hinter der Bühne bereit waren und daß sie gehört hatten, was er gesagt hatte. Seine Stimme klang äußerst dünn auf dieser Terrasse. Vorsichtig fuhr er mit dem Bogen über die Saiten.

Der Vorhang ging auf. Auf der Bühne lagen zwei zusammengesunkene Klumpen. Doch, alles war am richtigen Platz, sogar der dunkle Bühnenhintergrund mit Sternenglitter und Halbmond.

Petronio stellte sich ganz dicht vor die Kinder. Wenn die beiden dort hinten mich doch nur noch einen Augenblick weitermachen lassen und die Puppen nicht zu früh mit dem Tanz anfangen, dachte er.

»Es klappt nicht«, sagte er zu dem Geschwisterpaar, »es klappt nicht, wenn ihr mir nicht helft. Das habe ich vergessen zu sagen. Die Magie des Geistes wirkt nur, wenn ihr das wollt. Nur wenn ihr es wirklich wollt.«

»Es gibt keine Magie«, sagte der kleine Junge und sah Petronio mit zwei kalten, blauen Augen scharf an. »Und auch keine Geister.«

»Es gibt keine Magie?« fragte Petronio und erzeugte mit der

Geige einen verblüffenden, gleitenden Laut. »Natürlich gibt es Magie! Und auch Geister. Nicht wahr, Eure Hoheit?« Er wandte sich an die Mutter, die seine Versuche ebenfalls mit recht kühlem Blick beobachtete. Doch sie nickte höflich und sagte: »Doch, doch, natürlich. Widersprich unserem Gast nicht, Cristiano.«

»Auch Sie müssen es wollen, Euer Hoheit«, sagte Petronio dreist. »Man muß sich bemühen. So. Wollen wir es noch einmal versuchen?« Er sah wieder die Kinder an. Der Junge saß unverändert da, mit dem Mädchen aber vollzog sich eine Veränderung. Etwas mit den Augen. Ein wenig irritiert, dachte Petronio: Magie *gibt* es doch. Und Geister auch. Ich habe sie doch selbst gesehen.

Dann begann er zu spielen, und die Puppen erwachten zum Leben.

Etwas geschah. Wenn er jedoch später daran zurückdachte, erschien es ihm unmöglich und unglaublich. Mit der Geige forderte Petronio die Puppen zum Tanz auf – zu einem melancholischen, schönen und leichten Tanz unter dem Mond. Exakt verfolgte er die Bewegungen der Puppen und spielte für sie. Doch, es funktionierte, wie es sollte. Vor dem dunklen Hintergrund waren die Fäden nicht zu sehen, und das Licht fiel richtig.

Und plötzlich war der Tanz völlig lebendig, nicht Puppen tanzten da, sondern lebendige Wesen. Im Abenddunkel sahen sie größer aus. Sie schienen zu jammern, schienen im Takt der Geige zu singen. Unendlich vorsichtig berührten die Puppen einander, tanzten jetzt zusammen, fanden einander, wie zwei Kinder, die sich in einem Wald verirrt haben.

Petronio war sich des Ergebnisses noch immer nicht sicher, wagte nicht, sein Publikum genau anzusehen – als er aber hörte, wie der Junge den beiden Herren, die sich unterhielten, zuzischte, sie sollten still sein, wußte er, daß alles verlief wie beabsichtigt. Er spielte weiter. Er staunte über sich selbst.

469

Plötzlich drangen fremde Melodien aus dem Instrument, Melodien, die er nicht kannte, sonderbare, altertümliche, schöne, lockende Melodien. Und hinter der Bühne waren offenbar auch Giacomo und Roberto mitgerissen worden – so schön hatten die Puppen noch nie getanzt. Als seien zwei einsame Tanzmarionetten erst hier an diesem Ort ganz zu ihrem Recht gekommen und als paßten sie nicht richtig auf eine Piazza unter tausend lärmende Menschen. Hier aber waren sie zu Hause.

Als wohne wirklich ein Geist in Petronios Geige, der ihn packte, ihn packte und sie lenkte.

Petronio wurde es warm, und um sie herum wurde es warm.

Dann veränderten die Melodien ihren Charakter, und die Marionetten tanzten einen vergnügten, rhythmischen Tanz mit hohen lustigen Sprüngen. Jetzt kam die komische Ader der Tanzmarionetten voll zu ihrem Ausdruck, ohne daß ihre Melancholie im geringsten beeinträchtigt worden wäre. Dann schwebten sie durch die Luft.

Vorsichtig und leise lachten die Kinder. Sie rutschten auf den Stühlen nach vorn, um dem Geschehen auf der Bühne näher zu kommen, um in der Nähe der beiden weißen Figuren im nächtlichen Dunkel zu sein.

Petronio sah nach der Gräfin.

Francesca del Vetro weinte. Und er wußte: Was in diesem Augenblick geschaffen wurde, war Leben.

Als die Kinder den Takt der Musik mitklatschten, wußte er, daß er aufhören mußte. Ein letztes, wirbelndes Mal spielte er die Tanzmelodien durch, dann beendete er das Spiel. Die Puppen auf der Bühne verbeugten sich, nun wieder ernst und melancholisch.

Anschließend wagte er es, eine der lustigen Figuren aus dem Wagen zu holen, einen Narren. Er nahm sie, Fäden und Kreuz völlig sichtbar, mit hinaus auf die Terrasse, stellte sich auf einen Stuhl, um hoch genug zu kommen – auf einen dieser teuren, schönen Stühle! –, und ließ die Puppe auf der Terrasse umherspazieren und Freudensprünge und Unfug vollführen. Er ließ sie sprechen – die Kinder konnten deutlich sehen, daß er es war, der da sprach, aber das spielte keine Rolle, ebensowenig, daß sie sehen konnten, wie er die Fäden führte. Jetzt war Leben in den Marionetten, er konnte tun, was er wollte. Meister Giacomo und Roberto kamen jeder mit einer Puppe zu ihm, einem Pierrot und einer Kolumbine, und gemeinsam improvisierten sie einen kleinen Sketch auf der Terrasse, jeder stand auf einem Stuhl – die Herren und die Gouvernante hatten aufstehen müssen.

Die Kinder lachten laut und herzlich. Der Junge mußte sich den Bauch halten, so sehr lachte er.

Sie bettelten und wollten mehr sehen. Rasch führten sie eine Zusatznummer auf, die Szene mit dem reichen Mann, der zu viel aß. Zum Abschied durften die Kinder die Marionetten sehen und sie halten.

Anschließend wurden sie von der Gouvernante zu Bett gebracht.

Contessa del Vetro kam zu den drei Puppenspielern. Sie hatte sich wieder gesammelt und zeigte eine gefaßte Miene. Ihre Augen aber waren klar, leicht und tänzerisch.

»Tausend Dank«, sagte sie. »Es war sehr unterhaltsam.«

»Wir haben zu danken, Euer Durchlaucht«, sagte Giacomo stolz und verbeugte sich.

Ein wenig verlegen sah sie die Puppenspieler an. Sie wandte sich zu Petronio.

»Außerdem haben Sie sehr gut gespielt«, sagte sie. »Sehr gut. Die Melodien – als wollten sie etwas sagen.«

Petronio senkte den Kopf und antwortete nicht.

Die Gräfin wünschte gute Nacht und schenkte ihnen einen letzten, hastigen Blick. Dann eilte sie ins Schloß.

Der Haushofmeister zeigte ihnen ihre Zimmer. Auf dem Weg durch die Flure sagten sie kein Wort zueinander, und sie lachten auch nicht, wie sie es sonst nach einer gelungenen Vorstellung getan hätten. Sie gingen schweigend.

An Petronios Tür sagte Giacomo:

»Sehr gut auf der Geige gespielt, Petronio. Die Finger haben sich auf dem Kreuz von allein bewegt, als wir die Marionetten geführt haben. Es war...«

»Gute Nacht, Meister«, sagte Petronio.

»Ja«, sagte der Meister. »Gute Nacht.«

Er und Roberto wurden weiter durch den Flur geführt. Petronio öffnete die Tür und betrat das kleine Zimmer, das man ihm für die Nacht zugewiesen hatte. Viele Jahre war es her, seit er zuletzt allein in einem Zimmer geschlafen hatte, und er freute sich darauf, sich hinlegen zu können.

Er zündete die Lampe an und begann sofort, sich auszuziehen.

»Überhaupt nicht übel«, sagte eine Stimme.

Petronio fuhr hoch, drehte sich um. Mit dem Rücken zur geschlossenen Tür stand dort ein Mann, es mußte sich um einen Diener handeln.

»Oh«, sagte Petronio, »ich habe nicht gehört, daß jemand gekommen ist. Das tut mir leid, mein Herr – bin ich vielleicht im falschen Zimmer?«

»Keineswegs«, sagte der Mann an der Tür und kam weiter ins Zimmer und setzte sich aufs Bett. »Keineswegs.«

Er sagte nichts mehr. Petronio betrachtete ihn erstaunt, wie er dort im schwachen Lampenlicht saß. Es handelte sich um einen kräftigen, breitschultrigen Mann, der einen sehr gelassenen Eindruck machte. Im Schein der Lampe war sein Gesicht schwer zu erkennen, die Gesichtszüge wirkten glatt und verschwommen.

»Warum – äh –«, begann Petronio, »womit kann ich dienen?«

»Das war hervorragend, das mit der Geige«, sagte der Mann. Die Stimme hatte einen sonderbaren, etwas fremdartigen Klang. »Ein erstklassiger Trick, wenn ich das sagen darf.«

»Tausend Dank . . .«

»Ich bin selbst Musiker. Geiger. Das heißt – ich war Musiker, früher einmal.« Der Mann lächelte.

»Nun – ich selbst möchte mich wirklich nicht als Musiker bezeichnen«, sagte Petronio. »Ich spiele nur ein wenig, wenn es sich so ergibt.«

»Doch«, sagte der Mann. »Du bist Musiker. Du bist einer dieser Musiker, an die man sich erinnern wird.«

»Schön von Ihnen, daß Sie das sagen«, sagte Petronio höflich, »aber glauben Sie wirklich, daß die Kinder und die Gräfin – daß sie sich an die paar Töne erinnern werden?«

»Von denen spreche ich nicht«, sagte der Mann und wandte Petronio das Gesicht zu. Seine Gesichtszüge aber waren noch immer verschwommen. »Ich weiß nicht, ob sie sich an diesen Abend erinnern werden oder ob sie ihn vergessen werden, selbst wenn ich glaube, daß er in der Tat erinnernswert ist. Ich spreche über etwas anderes. Petronio Vitellotesta, an dich wird man sich lange noch erinnern, wenn du tot und fort bist.«

Petronio mußte lachten.

»Jetzt übertreiben Sie«, sagte er.

»Nein«, sagte der Mann, »ich weiß, worüber ich spreche. Man hat Pläne mit dir.«

Petronio fiel nichts ein, was er hätte sagen können. Auch der Fremde schwieg eine Zeitlang. Dann sagte er:

»Ich bin Musiker bei Graf Lorenzo del Vetro gewesen«, sagte er schwer. »Hofmusikant.«

»O ja?«, sagte Petronio verständnislos. »Wie interessant.«

»Aber Graf Lorenzo hat meine Geige im Zorn zerschlagen. Ich habe seiner Frau vorgespielt – eine Serenade mit schönen Tanz- und Liebesmelodien. Übrigens völlig unschuldig. Kein Grund, sich darüber aufzuregen. Seine Frau aber war jung – ein Kind noch – und viel jünger als Graf Lorenzo selbst. Wahrscheinlich dachte er, daß – nun ja. Ich hielt es für völlig unnötig, die Geige zu zerschlagen. Wenn ich aber ehrlich sein soll, ich habe schon

473

gedacht, daß Gräfin Laura sehr – sehr schön war. Melancholisch. Ich wollte sie aufmuntern. Und vielleicht... Aber die Geige hätte er nicht zerstören sollen.«

»Es ist ein Wunder, daß Sie überhaupt im Haus blieben«, sagte Petronio mit aufrichtigem Mitgefühl. »Ich denke wirklich, Sie hätten allen Grund gehabt, auf der Stelle zu gehen, wenn er Ihr Instrument zerstört.«

»Gerade darum bin ich geblieben«, sagte der Mann.

»Ach!« sagte Petronio erstaunt.

»Verstummt, verstehst du. Mitten in der vergnügten Serenade unterbrochen. Mitten – mit der Gräfin geschah etwas, gerade in jenem Augenblick, als ich unterbrochen wurde. Ich konnte nicht gehen, bevor ich sie nicht beenden durfte.«

Petronio verstand den Zusammenhang nicht ganz. Er sagte:

»Ist das lange her?«

»Es sind einige Jahre.«

»Ach so, ja. Ist beabsichtigt, daß ich heute nacht das Zimmer mit Ihnen teile?«

»Wenn Sie es wünschen.«

»Wie bitte?«

»Wenn du willst, daß ich bleibe, Petronio. Ich bin dir sehr zu Dank verbunden.«

»Entschuldigen Sie, ich verstehe überhaupt nichts. Sind Sie bei der Vorstellung gewesen?«

»Ich bin der Geist in der Geige gewesen«, sagte der Mann. »Ich hielt es für einen so wunderbaren Einfall von dir, das zu sagen.«

Petronio hatte den Mund geöffnet, um etwas zu sagen. Er schloß ihn abrupt. Der Mann fuhrt fort:

»Da habe ich gedacht: natürlich! Er soll einen Geist in seiner Geige haben!« Er lachte tief und klangvoll.

Petronio starrte ihn an. Sah in sein Gesicht. Dann fragte er unsicher:

»Dieser Graf – Lorenzo del Vetro...«

»Ein brutaler Mann. Hätte er sich damit begnügt, mir die Kehle durchzuschneiden. Aber, wie gesagt, er mußte ja obendrein meine Geige zerschlagen. Hat sie vor meinen Augen und vor der jungen Gräfin an einem der Pfeiler in der Halle zerschmettert – ja, das ist natürlich in dem alten Schloß gewesen, damals haben sie ja dort gewohnt. Weißt du, er hat sie zerschlagen, während sie noch klang.«

»Ich verstehe«, sagte Petronio friedlich.

»Sehr unritterlich von ihm. Seitdem bin ich hier umhergegangen, habe die Familie begleitet, das Blut, sozusagen.«

»Es heißt, du bist schuld an der Härte und der Freudlosigkeit der Vetros«, sagte Petronio mutig.

»Das ist nicht wahr«, sagte der Widergänger. »Ich bin ein sanftmütiger, stiller Mann. In den letzten Jahrzehnten habe ich mich ihnen überhaupt nicht gezeigt. Im Gegenteil, wahrscheinlich hat die eigensinnige, kalte Härte der Vetros mich daran gehindert, mich zu befreien. Das ist ein Haus ohne Freude. Nie sind Musiker ins Schloß gekommen, die ich dazu hätte benutzen können, daß sie meine Serenade zu Ende spielen. Niemals ein Musiker wie du. Erst heute abend ist es mir gelungen.«

»Ich fühle mich sehr geehrt, Herr...«

»Du kannst mich Michele nennen«, sagte der Widergänger. »Das war mein Name.«

»Eine große Ehre, Meister Michele.«

Petronio wußte nicht recht, worüber er mit dem Widergänger sprechen sollte. Er betrachtete die Erscheinung, sah den grauen Rock, die abgetretenen Stiefel. Jetzt war das Gesicht deutlicher, es war fein gezeichnet und hatte schöne, harmonische Linien. Ein sehr sympathisches Gespenst, wie es schien.

»Nun ja«, sagte der Widergänger, »es mag ja sein, daß dieses Ereignis damals, als Graf Lorenzo mich in Gegenwart seiner Ehefrau umbrachte, nachdem er... Es mag sein, daß dieses Ereignis sehr dazu beigetragen hat, daß die Vetros so kalt, so unmusisch geworden sind. Meine ständige Anwesenheit hat bestimmt ebenfalls dazu beigetragen. Aber – von meinem heutigen Standpunkt betrachtet – denke ich oft, daß Ursache und Wirkung auch umgekehrt sein könnten.«

»Es tut mir leid«, sagte Petronio, »aber ich weiß so wenig über die Wissenschaften.«

»Es ist ganz einfach«, sagte Micheles Geist: »Sagen wir, daß die Ursache von etwas, was an einem Samstag geschieht, am Sonntag eintritt?«

»Ich verstehe nicht ganz – daß an dem, was heute geschieht, etwas schuld ist, das sich morgen ereignen wird?«

»Völlig richtig. Wie ein Puppenspieler weiß, was mit der Marionette in der nächsten Szene geschieht, und dies vorbereitet. Soll die gute Fee auf die rechte Seite, stellt er die Prinzessin auf die linke Seite, damit sie von der Fee überrascht wird. Der Puppenspieler weiß es – derjenige, der an den Fäden zieht, weiß, was geschehen wird. Die Puppe aber nicht. Das ist es.«

»Ach, ach so«, sagte Petronio.

»Der Grund dafür, warum die Prinzessin nach links geht, ist anscheinend, daß sie sich vor den Spiegel stellen und ihr Haar kämmen will. Tatsächlich aber geschieht es deshalb, weil die Fee kommt.«

»Ach ja ...«

»Sie aber weiß das nicht. Das heißt: normalerweise nicht. Petronio, dies war ein sehr schöner Abend, in jeder Hinsicht, ich selbst bin sehr glücklich, weil ich jetzt in Frieden ruhen kann. Petronio, du bist ein besonderer junger Mann, der Eingebungen hat und der Dinge sieht, die andere nicht sehen.«

»Das ist, weiß Gott, wahr!«

»Und vielleicht war dieser schöne Abend die Ursache dafür, daß Graf Lorenzo damals meine Geige zerschlug. Damit dies geschieht. Damit du hierherkommst und damit ich dir erzählen konnte, was ich erzählen muß, bevor ich meiner Wege gehe.«

»Wohin?«

»Eine sonderbare Frage.«

»Aha.«

»Ich habe eine Botschaft für dich, Petronio. Ich werde dir verraten, was der Puppenspieler mit dir vorhat.«

»Ich verstehe nicht –«

»Du verstehst sehr gut. Ich kann dir sagen, was mit dir geschehen wird, und es gibt eine ganz bestimmte Ursache dafür, daß ich dies erzählen muß. Vorhin habe ich gesagt, man wird sich an dich erinnern...«

Petronio glotzte das Gespenst an. Und zum ersten Mal während ihres Gesprächs hatte er Angst vor ihm.

»Hast du Angst?« fragte das Gespenst. »Persönlich hätte ich es vorgezogen, es jetzt nicht zu sagen, sondern mich zu bedanken, daß du mir meine Chance gegeben hast, meiner Wege zu gehen und dich deine eigenen Schlüsse ziehen zu lassen, ganz so, wie es geschieht.«

»Ich weiß nicht«, sagte Petronio, »ist es gefährlich, wenn man so etwas weiß?«

»Du wirst dich dagegen wehren, das kann ich dir versprechen, leider. Du wirst dir einbilden, weder dieser Abend noch unser Gespräch heute nacht hätten stattgefunden. Du wirst alles tun, um zu vergessen, was ich dir jetzt sage, obwohl es sehr schön und sehr ehrenvoll ist.«

»Schön und ehrenvoll...«

»Ungefähr so wie heute abend, als du mit deinem Spiel Leben in die Kinder brachtest. Nur sehr viel größer.«

»Einen Augenblick«, sagte Petronio, »du sagst, daß dies *notwendig* ist...«

»Ja«, sagte der Geist. »So wie ich es verstehe, muß es so kommen, auch wenn es später für dich ungeheuer schwierig ist. Man könnte fast meinen, es sei eine Strafe. Eigentlich aber – eigentlich ist es eine Belohnung.«

»Das ist ein etwas unangenehmer Gedanke«, sagte Petronio

nach einer Weile, »daß man an Fäden hängt, wie eine Puppe, ohne etwas unternehmen zu können, das die Situation beeinflußt. Die Puppe muß ja zum Beispiel nicht wissen, daß sie von einem Drachen gefressen wird. Und wer entscheidet eigentlich, wer hält das Kreuz?«

Die Erscheinung lächelte freundlich.

»Ich habe erwartet, daß du das fragst«, sagte er. »Die Antwort wird dir nicht viel sagen. Du würdest es Himmel oder Sterne des Himmels nennen. Aber ganz genau betrachtet bist du es selbst.«

»Ich selbst?!«

Die Erscheinung erhob sich.

»Ich flüstere lieber«, sagte er, »wenn ich dir nun dein Schicksal sage – falls du nichts dagegen hast.« Er beugte sich zu Petronio und legte die Hand an sein Ohr.

Es wurde warm.

Dann flüsterte er.

Und die Worte waren noch nicht in Petronios Ohr, als er schon in Lachen ausbrach, in ungläubiges, heftiges Lachen. Die Erscheinung verschwand, und Petronio kam sich vor wie ein wippender Ast, auf dem gerade eben noch ein Vogel gesessen hatte. Er lachte weiter in die Nacht hinaus, lachte wie ein Irrsinniger, schüttelte den Kopf, verzweifelt, ausgelassen, glücklich, unglücklich.

Und Petronio heiratete nie Giulia, die Tochter Meister Giacomos, auch wenn er es mit allen Kräften versuchte. Sie nämlich hatte sich in der Zwischenzeit in einen anderen verliebt und blieb unerschütterlich – auch als ihre Eltern ihr befahlen, Petronio zu heiraten und obwohl Petronio auf bloßen Knien bettelte und flehte.

Und auch Giacomos Puppentheater sollte er nicht übernehmen. Eines Abends im Süden brannte es ab, und Giacomo kam in den Flammen um, er verwandelte sich zusammen mit seinen

Puppen in Asche, während er schlafend im Wagen lag. Die Schuld daran hatte übrigens Petronio, er hatte vergessen, die Lampe im Wagen zu löschen, als er wegging.

Und Petronios Leben war die Straße, und es gab Tausende von Arbeiten. Viele Länder, andere Gauklertruppen und ein Zirkus, glücklich, unglücklich. Erfolg, Mißerfolg, Kontrabassist in einem Zirkus wurde er, als er eines Abends seinen Rock mit allen Ersparnissen einbüßte – die einzige Arbeit, die sich ihm bot, war die des Bassisten in einem Zirkus, obwohl er nicht Kontrabaß spielen konnte und dies dem Direktor auch sagte. Er bekam die Stelle trotzdem.

Er wurde Musiker und reiste weit, und die Straße bildete eine bunte Sammlung von Ereignissen, Bildern und Menschen. Und die ganze Zeit arbeitete in ihm das, was er von dem Gespenst Michele erfahren hatte. Mehrere Jahre lang konnte er es vergessen, dann tauchte es wieder auf. Es war auch die Ursache dafür, daß Petronios einzige Ehe, in Marseille, sich auflöste. Das schenkte seinem Leben Unsicherheit und einen hektischen Zug. Und je mehr Jahre vergingen, Petronio war schon längst ein älterer Mann und Schiffsmusiker geworden, desto unerträglicher wurde dieses Wissen. Er verbarg sich in Narrheit. Er löste den Kopf vom Körper, er zerlegte die Gedanken und stopfte Luft und Gelächter und Licht zwischen sie, so gut er konnte, um zu vergessen und um den Qualen zu entgehen.

Manchmal brach das Wissen durch, und dann verteidigte er sich mit Strömen von Geschwätz, er schwätzte, so viel er konnte.

Am 10. April 1912 ging er an Bord der *Titanic* aus Liverpool; ein reiner Zufall, weil ein Musiker zwei Tage zuvor krank geworden war und er zufällig im Kontor des Impresarios vorbeigeschaut hatte. Er ging an Bord, und am folgenden Sonntag glaubte er, in seinem Kontrabaß eine Stimme zu hören – als habe sich in seinem Instrument ein Geist versteckt.

Dies war die Geschichte von Giovanni Petronio Vitellotesta.

479

Io ritornai dalla santissim'onda
Rifatto sì, come piante novelle
Rinnovellate di novella fronda,
Puro e disposto a salire alle stelle.

Dante: La Divina Commedia;
        Purgatorio, canto XXXIII

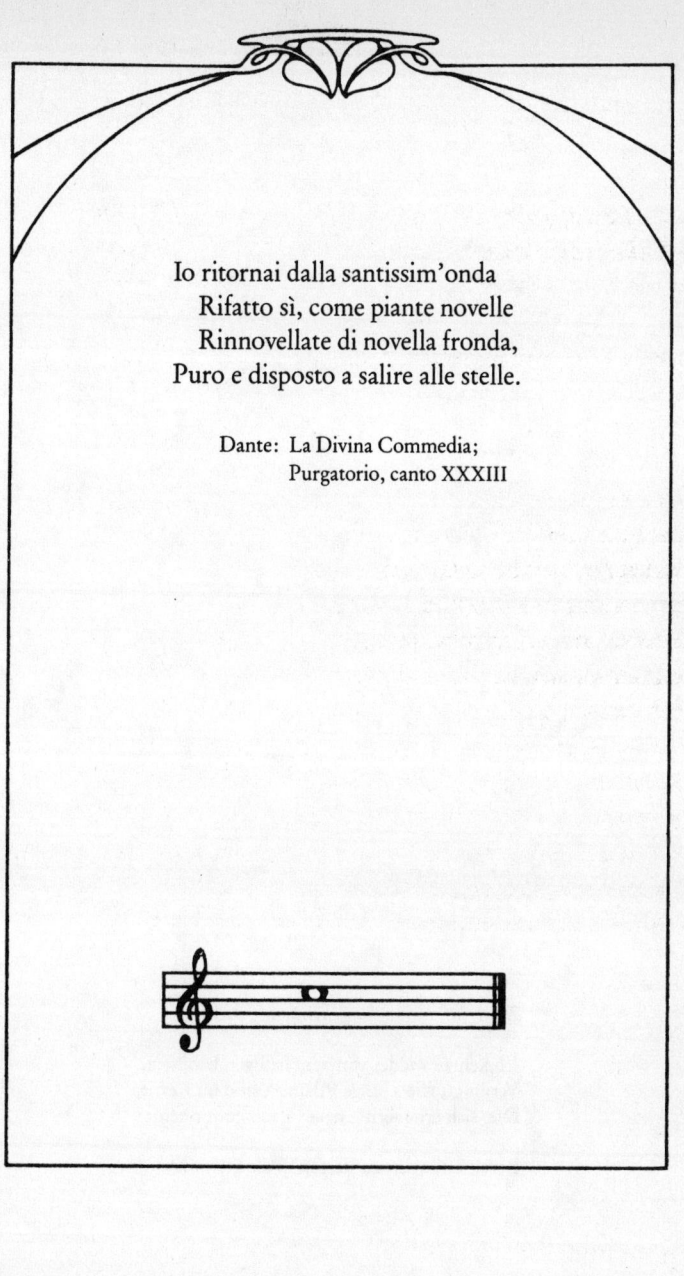

Zitat auf der vorhergehenden Seite:

Ich kehrte wieder von dem heiligen Bronnen,
Verjüngt, wie's junge Pflanzen sind im Kerne,
Die, sich erneuernd, neues Laub gewonnen,

Bereit und rein, zu steigen in die Sterne!

Es ist kalt und klar. Das Schiff behält 20 ½ Knoten Fahrt durch die Nacht bei. Funkelnd und sternklar. So klar ist es heute nacht, daß man die Himmelskörper im selben Augenblick sehen kann, in dem sie am Horizont aufgehen. Sterne, die genau am Rand des Blickfeldes liegen, werden von der Linie der Erde exakt wie mit einem Skalpell in der Mitte geteilt. Spiegelblank ist das Meer.

Im Ausguck auf dem Vormast sitzen zwei Männer mit Falkenaugen, die Ausguckleute Fredrick Fleet und Reginald Lee, und sie starren hinaus in die Nacht, fünfzig Fuß über dem Vordeck, zwischen Erde und Himmel. Seit 22 Uhr haben sie dort gesessen, und von ihrer Wache ist noch eine halbe Stunde übrig. Auf Grund eingegangener Eiswarnungen und wegen des ungewöhnlich ruhigen Wetters hat man ihnen Befehl erteilt, in dieser Nacht besonders wachsam zu sein.

Während sie dort sitzen, unterhalten sie sich nicht miteinander. Sie haben die Welt zwischen sich in zwei Blickfelder aufgeteilt. Unbehaglich ist diese Ruhe über dem Meer und in der Luft. Das Fehlen von Bewegungen erschwert die Sicht, es gibt keine Lichtreflexe, Konturen zeichnen sich nicht ab. Das Meer ist wie schwarze Tinte.

Plötzlich sagt einer von ihnen:

»Nebel.«

Unerwartet türmt sich dampfender Nebel vor ihnen auf und gleitet über das Deck. Ein jäher, eiskalter Hauch geht durch die Luft. Die beiden Ausguckleute spähen nach vorn.

Es ist 23 Uhr 40. Sofort streckt Ausguckmann Fleet den Arm aus und bedient die Alarmglocke – drei Signale in rascher Folge: Gegenstand unmittelbar voraus. Dann greift er nach dem Brückentelefon und schreit in den Hörer:

»Hallo, Hallo! Ist dort jemand!«

Von der Kommandobrücke kommt metallisch die Antwort:

»Ja, was ist in Sicht?«

»Eisberg unmittelbar voraus.«

»Vielen Dank.«

Der Offizier auf der Brücke klingelt ab. Gelähmt beobachten die beiden dort, wie eine große schwarze Masse vor ihnen aus der Dunkelheit wächst. Ein riesiger Eisberg, höher als das Vordeck, fast genauso hoch wie der Ausguckkorb. Wie Schleier teilt sich der Eisdampf. Jetzt steht der Eisberg genau vor dem Bug, er dürfte ein paar hundert Yards entfernt gewesen sein, als Fleet ihn sah.

»Wir laufen genau auf ihn auf«, flüstert Fleet erschrocken und hält sich am Rand der Ausgucktonne fest. Die beiden dort oben haben ihre Pflicht getan, jetzt können sie nur noch zusehen. Unten auf der Brücke, irgendwo unter und hinter ihnen, ertönen jetzt Kommandorufe, das wissen sie. Der Rudergänger läßt das Rad herumwirbeln, die Offiziere spähen in die Dunkelheit.

Wie eine Ewigkeit kommt es ihnen vor, bis das Schiff sich nach Backbord dreht. Die Vibrationen zeigen, daß Befehl gegeben worden ist, die Maschinen auf Rückwährtsfahrt umzustellen. Die Sekunden vergehen, der Bug dreht langsam ab. Das Schiff gleitet am Eisberg vorbei. Sie schaffen es. Als der Eisberg an der Schiffsseite vorübertreibt, hört man einen flüsternden Laut. Eis, das sich gelöst hat und auf das Deck fällt, wirbelt durch die Luft.

Durch das Schiff geht ein schwacher Ruck, er pflanzt sich bis in den Mast fort.

Dann ist es still, die schwarze Masse verschwindet in der Dunkelheit nach achtern. Die Maschinen werden gestoppt.

»Das wäre fast schiefgegangen«, sagt Reginald Lee.

Eine Minute ist vergangen, seit sie den Eisberg gesehen haben.

Der Schlaf des Kapitäns ist leicht. Im selben Augenblick, in dem sich die von den Maschinen ausgehenden Vibrationen verändern, zucken seine Augenlider. Im Schlaf nimmt er eine sanfte seitliche Bewegung des Schiffskörpers wahr.

Er ist wach. Er fährt in die Kleider, zieht den Rock an, setzt die Uniformmütze auf und geht auf die Brücke.

»Auf was sind wir aufgelaufen«, fragt er.

Unten in der Tiefe des Schiffes schrillen die Alarmglocken. Die elektrischen Türen der wasserdichten Schotten werden geschlossen. Rote Lampen blinken. Heizer und Maschinisten entern die Notleitern.

Im Unterschied zu den Offizieren auf der Brücke wissen sie, was geschehen ist. Der Riß ist mehr als 300 Yards lang, und auf der Steuerbordseite schießt Wasser ins Schiff: in der Vorpiek, in Schott Nummer eins, zwei und drei und in den Kesselräumen Nummer sechs und fünf.

Thomas Andrews, der Schiffskonstrukteur, sitzt in seiner Kabine, A 36, und arbeitet. Auf dem Tisch vor ihm liegen ganze Berge von Blaupausen, Planskizzen, Spezifikationen, Listen und schiffstechnischen Kompendien. Er raucht seine Stummelpfeife, während er sich Notizen macht, und hat die Absicht, bald zu Bett zu gehen. Die letzten Korrekturen an seinem Bericht nehmen ihn so in Anspruch, daß er nichts von dem bemerkt, was um ihn herum vorgeht. Einige Minuten zuvor hat er ein tiefes, singendes Geräusch gehört, wie Luft in einem Wasserrohr. Mit knapper Not hat er es wahrgenommen und war für einen Augenblick besorgt, es könne sich um irgendeinen Fehler in der Installation handeln, das Geräusch aber verschwand. Jetzt sitzt er hier und schreibt.

Es klopft an die Kabinentür. So spät? Andrew legt die Papiere zur Seite, mit denen er beschäftigt ist, und erhebt sich etwas mühsam.

Wieder ein Klopfen, und heftig.

»Ja, ja. Ich komme!«

Draußen steht der Purser McElroy.

»Guten Abend, Purser; was kann ich für Sie tun?«

»Kapitän Smith bittet Sie, sofort auf die Brücke zu kommen, Sir, wenn Sie so freundlich wären.«

Andrew sieht auf die Uhr:

»Jetzt?«

»Ja, bitte, Sir. Unverzüglich. Wir haben in der Dunkelheit vermutlich irgend etwas gerammt.«

Mitternacht. Der Erste Telegraphist hat soeben die Kopfhörer an seinen Assistenten Bride übergeben, der so nett war, ihn schon zwei Stunden vor Wachende abzulösen. Es ist ein langer Tag gewesen, und Philips bereitet sich darauf vor, den Dienst zu beenden. Er steht bereits vor der Koje in der kleinen Telegraphistenkabine neben dem Marconi-Raum und streift die Hosenträger ab, als jemand hastig den Raum betritt. Gähnend dreht er sich um:

»Ja . . .? Herr Kapitän! Sir!«

»Funker, wir haben vor einigen Minuten einen Eisberg gerammt. Ich erwarte in wenigen Minuten einen vollständigen Schadensbericht. Halten Sie sich bitte zur Sendung von Hilfsersuchen bereit.«

Blitzartig entsinnt Philips sich der vielen Eiswarnungen, die im Laufe des Tages eingelaufen sind – inklusive einiger, die die Brücke niemals erreicht haben. Bestürzt legt er die Hosenträger wieder an.

»Ja natürlich, Sir . . .«

»Und die Situation ist ungeheuer einfach: Das Schiff bleibt mit zwei völlig mit Wasser gefüllten wasserdichten Räumen schwimmfähig – völlig gleichgültig, um welche beiden es sich handelt.« Ingenieur Andrews zog nervös an seiner Pfeife. »Es bleibt schwimmfähig, wenn die drei vordersten Abschnitte überflutet sind. Bei ruhigem Wetter bleibt es schwimmfähig, wenn die vier vordersten Abschnitte gefüllt sind. Aber wenn die fünf vordersten Abschnitte gefüllt sind, kann es nicht mehr schwimmen.«

Auf der Kommandobrücke wurde es still.

»Aus architektonischen und praktischen Gründen«, sagte Andrews, »laufen, wie Sie wissen, die wasserdichten Schotts nicht durch das ganze Schiff. Sie gehen nur bis zum E-Deck. Die vordersten fünf Abschnitte füllen sich gerade. Wie es aussieht, relativ schnell, aber es läßt sich schwer sagen, wieviel Wasser wir in der Minute übernehmen. Wir wissen nicht, wie groß der entstandene Riß ist. Wenn die ersten fünf Abschnitte ausreichend gefüllt sind und das Schiff sich bugwärts neigt, wird das Wasser in den Korridoren über dem E-Deck unweigerlich auch den sechsten und siebenten Abschnitt überfluten.«

»Wieviel Zeit haben wir?« fragte der Kapitän ernst.

Fieberhaft stellte Andrews auf einem Zettel Berechnungen an.

»Eine bis anderthalb Stunden.« Er war bleich. »Wenn wir Glück haben, ein bißchen mehr.«

Der Kapitän sah ihn an. Die letzte Reise, dachte er. Er räusperte sich, sah seine Offiziere an, erhob die Stimme:

»Meine Herren. Befehl: Alle Mann an Deck. Rettungsboote klarmachen. Passagiere wecken. Befehl geben, in die Rettungsboote zu gehen. Ja, es stimmt.« Er unterbrach sich, senkte die Stimme: »Mir fällt gerade etwas ein.«

Alle wußten, woran er dachte. Der Kapitän schloß hastig die Augen, sein Gesicht verzog sich zu einer schmerzlichen Grimasse.

»Erster Offizier«, fragte er ruhig, »wie groß ist die Rettungsbootkapazität?«

»Knapp zwölfhundert Plätze, Sir, bei vollbesetzten Booten.«

»Und die Passagierliste?«

»Eintausenddreihundertzwanzig, Sir.«

»Und eine Mannschaft von etwas über siebenhundert...«, fuhr der Kapitän erschöpft fort.

»Wie die Bestimmungen es vorschreiben, Herr Kapitän. In Relation zur Tonnage.«

»Befehl«, sagte der Kapitän. »Frauen und Kinder zuerst. Alles hat in absoluter Ruhe abzulaufen. Keine Panik. Zur Sicherheit Bewaffnung der Offiziere. Ich wiederhole: *Keine Panik*. Alles, was das Ausbrechen einer Panik verhindern kann, muß unternommen werden.«

»Entschuldigen Sie, Herr Kapitän«, sagte Andrews, »aber glauben Sie wirklich, daß es klug ist, den Eindruck einer Gefahr herunterzuspielen – ich glaube, viele haben den Zusammenstoß gar nicht bemerkt, jedenfalls nicht auf den oberen Decks.«

»Es darf zu keiner Panik kommen«, sagte Kapitän Smith mit unerschütterlicher Ruhe. »Alles muß ordnungsgemäß ablaufen. Ich gebe jetzt dem Funker Bescheid und teile ihm die Position mit. Lassen Sie uns zu Gott beten und hoffen, daß wir schwimmfähig bleiben, bis Hilfe kommt.«

»Im Nordwesten liegt ein Schiff«, sagte der zweite Offizier, Lightoller. »Als ich auf dem Brückenflügel war, habe ich die Laternen gesehen. Es hat beigedreht.«

»Raketen abfeuern, Signale mit den Morselampen. Befehle verstanden?«

Die Offiziere antworteten wie ein Mann.

»Ausführen«, sagte der Kapitän. Die letzte Reise, dachte er. Die letzte Reise.

Come Quick Danger. Von der Titanic, 00 Uhr 12: CQD... CQD... CQD... CQD 41° 46' N, 50°14' W. BITTEN UM UNTERSTÜTZUNG SIND AUF EISBERG GELAUFEN TITANIC CQD

488

Von der *Parisian*, auf östlichem Kurs:
HALLO ALTER JUNGE HABE EINE MENGE MITTEI-
LUNGEN AN EUCH VON STATION CAPE COD ZUR
WEITERBEFÖRDERUNG STOP SOLLEN WIR SIE
ÜBERMITTELN?

Von der *Titanic*:
CQD DIES IST EIN CQD 41°46′ N, 50°14′ W

Von der *Parisian*:
SOLL ICH KAPITÄN UNTERRICHTEN? ERSUCHEN
SIE UM HILFE?

Von der *Titanic*:
JA KOMMEN SIE BITTE UNVERZÜGLICH STOP

Von der *Prinz Friedrich Wilhelm*, auf westlichem Kurs:
WAS IST PASSIERT ALTER JUNGE?

Von der *Titanic*:
SIND AUF EISBERG GELAUFEN STOP WIR SINKEN
STOP

David erwachte, ohne zu wissen, warum. Sehr lang kann es noch nicht her sein, seit sie zu Bett gegangen sind. Irgend etwas hat ihn geweckt. Ein Geräusch, eine Bewegung. Als habe ihn jemand leicht gerüttelt.

Er hatte einen dieser leichten Träume gehabt, wie man sie kurz nach dem Einschlafen hat. Etwas von Sofia und ihrem Zimmer, zu Hause bei Frau Melchior in Wien. Sofia, am Fenster mit den sieben Rosen stehend. Ein klarer, ruhevoller Traum. Dieses einzige Bild nur.

Eine Weile lag er in der Dunkelheit, konnte nicht wieder einschlafen. Er hörte das Atmen der anderen. Petronius schnarchte.

Was hatte ihn eigentlich geweckt? Etwas war anders.

Dann bemerkte er, daß es völlig still war. Kein Knarren, keine Vibrationen, nicht das Brausen des Wassers an der Schiffsseite.

Einen Augenblick lang bildete er sich ein, sie lägen im Hafen. Er tastete nach der Uhr, die am Haken an der Wand hing. Er schielte auf das Zifferblatt und konnte in der Dunkelheit nicht erkennen, ob die Zeiger auf Mitternacht oder auf ein Uhr standen.

In der Koje unter ihm hustete es, Bettzeug raschelte.

»Spot«, flüsterte David, »bist du wach?«

»Ja.«

»Liegen wir still?«

»Scheint so.«

»Warum?«

»Frag mich nicht, David. Ich bin wach, seit Jason das Licht ausgemacht hat. Ich schlafe nachts schlecht und liege oft da und denke. Vor einer Viertelstunde habe ich ein Beben bemerkt, ungefähr so, als ob wir über Straßenpflaster fahren... Dann sind die Maschinen rückwärts gelaufen, und dann Stop. Dann sind sie ein paar Minuten vorwärts gelaufen. Dann haben sie wieder gestoppt. Seitdem ist es still.«

»Meinst du, daß irgend etwas nicht stimmt?«

»Vielleicht sind wir einem anderen Schiff begegnet, das Hilfe benötigt. Ärztliche Hilfe, zum Beispiel. So was kommt manchmal vor.«

Plötzlich hörte man von draußen ein zischendes, pfeifendes Geräusch.

»Was ist das?«

»Heh, das – das hört sich an, als ob sie den Dampf aus den Kesseln ablassen. Sonderbar.«

Jasons verschlafene Stimme aus der Dunkelheit:

»Es wäre schön, wenn ihr ein bißchen leiser sein könntet.«

»Entschuldigen Sie, Mr. Jason«, hörte man von David. »Aber wir liegen still. Und Spot sagt...«

»Was ist hier eigentlich los?« Alex, zornig.

»Keine Ahnung«, sagte Jason. »Sie lassen Dampf ab. Am besten geht mal jemand raus und...«

Ein Klopfen an der Tür. Jason verließ das Bett, ging mit nackten Füßen durch die Kabine, öffnete.

»Guten Abend, Kapellmeister, zu meinem Bedauern...«

»Herr Purser? Herr McElroy, Sir?«

»Kommen Sie sofort mit den Musikern in den Erster-Klasse-Salon auf dem A-Deck.«

»Wie bitte? Entschuldigen Sie, Herr Purser, aber es ist...«

»Das ist ein Befehl des Kapitäns.«

»Was ist denn los, Sir?«

»Die Passagiere werden geweckt, und die Atmosphäre ist etwas aufgeregt. Ein bißchen Musik trägt vermutlich zur Beruhigung bei.«

»Die Passagiere werden geweckt?«

491

»Ja. Sie müssen sofort kommen. Wir haben irgend etwas gerammt. Einen Eisberg, wie es scheint. Ganz sicher besteht keine Gefahr, aber sicherheitshalber müssen die Passagiere in die Boote. Wenn Sie in dieser Zeit spielen, würde es mehr – ja, fast wie eine Übung aussehen.«

Jason sah den Purser verblüfft an. Der war völlig ernst.

»Ach so«, sagte Jason und gähnte. »Ja, natürlich, ja, natürlich, wir kommen.«

»Vielen Dank, Kapellmeister.« Der Purser verschwand.

Jason schaltete das Licht ein.

»Aufstehen!« sagte er. »Ich habe keine Ahnung, was das bedeutet, aber wir müssen hinauf und spielen.«

»Was?« tönte es schlaftrunken aus Jims Koje. »Spielen? Jetzt?«

»Aufstehen und in die Kleider!« kommandierte Jason. »Vielleicht können wir den letzten Rest der Orchesterehre retten, wenn wir uns ein wenig beeilen.«

»Das ist die größte Dummheit –«, murmelte Georges, und Spot sagte:

»Man hat bestimmt Verständnis dafür, daß der Pianist nicht mitkommt, ich spiele meine eigene, kleine Nocturne hier in der Koje.«

»Nein«, sagte Jason, »wir gehen hinauf, alle Mann.«

»Petronius auch?« fragte Alex griesgrämig.

»Der vor allem. Petronius. Petronius. Aufwachen!«

»Das kommt vom Whisky.«

»Er muß mit. Und wenn er nur zur Verzierung dort steht. Hallo! Aufwachen!« Jason rüttelte den Bassisten heftig.

»Eisberg?« sagte Jim leise. »Hat er Eisberg gesagt?« Plötzlich hatte seine Stimme einen besorgten Klang.

»Ja, Eisberg, ja«, sagte Spot seufzend und zog seine Uniform an.

»Ah!« rief Petronius erwartungsvoll, als er die Augen aufschlug.

492

Im Korridor herrschte Gedränge. Kabinenmädchen und Stewards klopfen an die Türen und weckten die Passagiere. Leute strömten widerwillig auf Treppen und Ausgänge zu, verwirrt, sich unterhaltend, vereinzelt mit der Schwimmweste unter dem Arm. Einige hatten den Zusammenstoß bemerkt und wußten, daß etwas nicht in Ordnung war. Jemand hatte gesehen, wie man durchnäßte Postsäcke aus dem Postraum weiter bugwärts geborgen hatte. Die meisten aber fragten ärgerlich, was das eigentlich zu bedeuten habe.

Auf der Treppe fiel den Orchestermitgliedern auf, daß etwas nicht stimmte; die Füße setzten anders als gewohnt auf den Treppenstufen auf.

»Die Treppe ist schief. Das Schiff hat Schlagseite«, stellte Jim fest. »Bugwärts, glaube ich.«

Sie erreichten den Salon Erster Klasse. Man empfing sie mit Applaus. Hier oben hatten sich zahlreiche Erster-Klasse-Passagiere versammelt, einige waren noch in der Abendkleidung vom Vortag, andere waren offensichtlich gereizt, weil man sie geweckt hatte. Das Eintreffen des Orchesters trug ein wenig zur Verbesserung der Stimmung bei. Jason Coward und seine sechs Musiker bahnten sich einen Weg zu der Ecke vor dem Klavier, Spot hatte Petronius den Kontrabaß getragen, jetzt gab er ihm das Instrument und steckte ihm den Bogen in die Hand. Petronius packte den Kontrabaß mit festem Griff.

Sie begannen mit einer Ragtime-Auswahl. Das war offenbar populär. Die Herrschaften schienen sich entschlossen zu haben, das unzeitige Wecken wie gute Sportsleute in guter Laune hinzunehmen. Als das Orchester »Alexander's Ragtime Band«, den letzten Schlager Irving Berlins, spielte, tanzten einige jüngere Paare, manche klatschten im Takt mit. Schlaftrunkene Kellner, die gerade ihre Schichten beendet hatten, als man sie aus ihren Kojen zerrte, eilten umher und servierten Erfrischungen.

Durch das Fenster konnte man auf das Bootsdeck sehen. Steu-

493

erbords lagen dort an der Reling weiße Brocken. Eis. Einige in Smoking gekleidete Herren, die noch nicht zu Bett gegangen waren, als mit dem Wecken begonnen wurde, standen mit ihren Drinks dort draußen und zerschmetterten an einem Liegestuhl Eisklumpen, um sie in den Whisky zu werfen. Sie lächelten, sie lachten.

Dann spielte das Orchester Walzer.

Auf Deck hasteten schwarzgekleidete Seeleute hin und her und arbeiteten fieberhaft und in tiefem Ernst an den Davits der Rettungsboote.

Am Horizont, im Nordwesten, liegt ein Schiff. Auf dem Brückenflügel der Steuerbordseite steht Zahlmeister Rowe und schickt im Abstand von einer Minute Notraketen in die Luft, entsprechend einem Befehl des Kapitäns. Mit Morselampen hat man es, ergebnislos, bereits versucht. Es ist oo Uhr 45. Die Raketen zischen pfeifend in die Höhe, dann explodieren sie mit einem leichten Knall hoch über der *Titanic*.

Sie liegt jetzt merklich tiefer im Wasser.

Das fremde Schiff reagiert nicht. Das einzige Schiff, das in dieser Nacht nicht wach ist. Wie ein blindes Auge bleibt es in den folgenden Stunden am Horizont liegen.

»Sie *müssen* aber in das Rettungsboot, gnädige Frau.« Der Offizier war, gelinde gesagt, verzweifelt.

»Unsinn. Ich steige in kein Rettungsboot. Jedenfalls nicht ohne Herbert, meinen Mann.«

»Gnädige Frau, ich bedaure, aber das ist ein Befehl. Frauen und Kinder zuerst. Ihr Mann kommt sicher in einem späteren Boot mit.«

»Ich begreife nicht, wofür das gut sein soll. Wir liegen hier ruhig auf einem blanken Meer. Das elektrische Licht funktioniert, die Musik spielt. Dort draußen ist es sehr kalt. Ich halte mich lieber hier drinnen auf. Der Doktor sagt, meine Bronchitis . . .«

»Die *Titanic* sinkt, gnädige Frau.«
Jetzt übertreiben Sie aber!«

Um 00.45 Uhr wurde das erste Rettungsboot, Nr. 7, steuerbords zu Wasser gelassen. Es besaß eine Aufnahmefähigkeit für 65 Personen; aufgrund des mangelnden Interesses für die Rettungsaktion unter den Damen der Ersten Klasse waren aber nicht mehr als achtundzwanzig Menschen an Bord, als der Offizier Befehl gab, es zu fieren. Es wurde exemplarisch gefiert, um zu zeigen, daß es ernst war.

In derselben Weise ging um zehn nach eins steuerbords das Boot 1 mit lediglich zwölf Passagieren an Bord zu Wasser, unter ihnen Sir Cosmo und Lady Duff Gordon, die es für besser hielten, sich in Sicherheit zu begeben. Das Backbordboot Nummer 8 wurde mit 39 Personen zu Wasser gelassen.

Das Backbordboot 6 hatte ebenfalls nur 28 Menschen an Bord, während im Steuerbordboot Nummer 5 noch Platz für 24 Personen war, als es zu Wasser gelassen wurde.

Später stieg die Nachfrage nach Plätzen an.

In der Tiefe des Schiffes bersten Wände. Korridore füllen sich mit Wasser, Gepäck treibt herum.

Die Passagiere der Dritten Klasse – Mütter mit großen Kinderscharen, gesetzte Männer mit Arbeiterhänden, arme Juden, verwirrte Armenier –, alle versuchten, hinaufzukommen und sich zu retten. *Sie* hatten den Zusammenstoß bemerkt. Auf den oberen Decks hatte man nur einen leichten Stoß wahrgenommen, auf den untersten Decks steuerbord aber war ein ohrenbetäubendes Krachen zu hören gewesen, als der Eisberg den langen Riß ins Schiff schnitt. Einige Auswanderer waren aus ihren Kojen geschleudert worden. Und jetzt versuchen sie, sich in Sicherheit zu bringen. Vom Gottesdienst am Vormittag kennen sie den Weg zum Salondeck. Türen und Aufgänge, die ihnen zum Gottesdienst offengestanden hatten, sind nun jedoch verschlossen und versperrt, unerbittliche Wachen verwehren ihnen den Weg und bestehen auf Einhaltung der Bestimmungen. *Kein Zutritt zur Ersten Klasse.* »Sollen die Kinder denn ertrinken!?« schreit ein kräftiger Ire. »Wollt ihr das!? Gib doch Antwort, Mann!« Gehorsam aber ziehen die Dritter-Klasse-Passagiere sich zurück. Ihre Zahl beträgt gut 700. Erst viel später in dieser Nacht dürfen sie weitergehen, oder sie bahnen sich auf eigene Faust ihren Weg, da aber hat sich die Panik schon ausgebreitet, und die meisten Rettungsboote haben abgelegt. Nur wenige Frauen können von Bord kommen, und nur der Hälfte der Kinder gelingt dies.

In den noch intakten Maschinenräumen halten die Maschinisten und die Schmierer den Betrieb aufrecht – das Schiff braucht Strom, so lange es nur eben möglich ist. Die Spannung darf nicht absinken. Auf Deck muß man Licht haben, um die Rettungsboote zu Wasser lassen zu können. Der Telegraph, der die Notsignale senden muß, braucht Funken. Verbissen, ohne viele Worte, arbeiten die Maschinisten. Hinter den wasserdichten Schotten knallt es dumpf, Eisenplatten, die unter den Wassermassen bersten, Maschinenteile, die zusammenbrechen. In gleichmäßigen Abständen müssen sie weitere Kesselräume und Maschinenräume aufgeben, weil plötzlich Wasser hereinströmt.

Nur eine Handvoll von ihnen soll den Sternenhimmel noch einmal sehen.

Save Our Souls – um 00 Uhr 45 sendet die *Titanic* das neue, internationale Notsignal zum ersten Mal:
SOS ... SOS ... 41°46′ N, 50°14′ W, WIR SINKEN MIT DEM BUG VORAUS KOMMEN SIE SO SCHNELL WIE MÖGLICH TITANIC
Das weite, leere Meer ist plötzlich erfüllt von Stimmen, von Signalen, die einander über weite Entfernungen zurufen. Nahe

sind die Stimmen in den Kopfhörern des Telegraphisten Philips, so nahe, als stünden sie neben ihm und flüsterten.

Aber sie sind nicht nahe. Sie sind weit entfernt.

Zweifel von der *Olympic,* dem Schwesternschiff:

WAS TREIBST DU EIGENTLICH ALTER JUNGE? GEHST DU SÜDWÄRTS UM UNS ZU TREFFEN?

»Idiot«, murmelt Philips verbissen, »jetzt habe ich es ihm mindestens zwanzig Mal erklärt!« Wie ein Verrückter klopft er:

FRAUEN UND KINDER GEHEN IN DIE BOOTE

Langsam scheint der *Olympic* aufzugehen, was geschieht. Die Signale eilen zwischen allen Schiffen, die sich in der Nähe befinden, hin und her, werden von anderen weitervermittelt, erreichen Cape Race, werden von Zeitungsredaktionen in New York registriert, man telegraphiert sie weiter über den amerikanischen Kontinent, über das transatlantische Kabel erreichen sie London. Horcht! Horcht auf die Stimme der *Titanic!* Horcht! Denn sie sinkt heute nacht! Und im Äther antworten hundert Stimmen:

KOMMEN IHNEN MIT FEUER UNTER ALLEN KESSELN ENTGEGEN...

HABEN DEN KAPITÄN BENACHRICHTIGT UND KOMMEN IHNEN MIT VOLLER FAHRT ENTGEGEN...

TEILEN SIE DER TITANIC MIT DASS WIR ZU IHRER UNTERSTÜTZUNG KOMMEN...

VERMITTELN SIE BITTE AN DIE TITANIC DASS WIR IN DREI STUNDEN VOR ORT SEIN KÖNNEN...

Horcht auf die Stimme der *Titanic.* Gegen zwei Uhr werden die Signale schwächer:

...STEHT BIS ZU DEN KESSELN... CQD...

Horcht. Horcht in die Nacht. Hören könnt ihr sie, aber nicht erreichen. Sie entgleitet und verschwindet im Dunkel.

Hörst du?

Als sich der Salon zunehmend leerte, verlegten sie ihren Platz in das Foyer des Bootsdecks. Das Klavier rollten sie hinaus. Hier spielten sie Märsche und heitere Melodien bis fast Viertel nach eins. Sie hielten sich an Musik mit flottem, munterem Rhythmus. Noch immer war die Stimmung der Passagiere in der Ersten Klasse gut. Als die Aktivitäten an Deck zunahmen, achtete man jedoch zunehmend weniger auf die Musik.

Um zwanzig nach eins war auch das Foyer mehr oder weniger menschenleer. Jason sah sich verwirrt um. Er gab den Musikern das Zeichen zu einer kleinen Pause und ging an Deck, um nach dem Purser McElroy zu suchen und sich neue Anweisungen zu holen.

Sofort kam er wieder herein, mit einem etwas sonderbaren Ausdruck im Gesicht:

»Es ist wirklich wahr. Sie gehen in die Boote. Fast alle sind zu Wasser gelassen. Und...«

Die anderen starrten ihn fragend an. Jim runzelte die Stirn, sagte jedoch nichts.

»Ich glaube, es ist am besten, wir gehen an Deck und spielen weiter. Wir haben noch keine Nachricht, daß wir aufhören sollen.«

Sie schleppten die Instrumente hinaus nach Backbord, in die Kälte. Gut, daß sie nur das kleine Salonklavier transportieren müssen und nicht den großen Flügel in der Rezeption.

Draußen im Menschengewimmel kommt Ingenieur Thomas Andrews auf sie zu, in den Händen hält er ein Bündel Schwimmwesten.

»Hier!« ruft er. »Zieht die an! Die Leute müssen sehen, daß ihr Schwimmwesten tragt.« Der freundliche Ingenieur schien ganz außer sich zu sein. »Zieht sie an!«

»Sollte es wirklich notwendig sein, daß...«, beginnt Spot.

»Doch!« schreit Andrews. »Diese Gänse glauben, daß sie von allein schwimmen. Fast niemand will sie anziehen. Die Damen halten sie für unkleidsam, ein Herr machte Witze mit mir und sagte, er ziehe es vor, wie ein Gentleman unterzugehen, im Smoking.«

Die Musiker sehen einander an.

»Zieht sie an. Das ist die Macht des Beispiels.«

Spot erhebt sich vom Klavierschemel, schlendert zur Reling, sieht hinunter. Er pfeift leise.

Das Wasser steht fast bis zum Promenadendeck.

Er dreht sich zu den Kollegen um.

»Wir sinken«, sagt er. »Ohne Zweifel.«

»Was!« schreit David. »Wie! Wie!«

»Na«, sagt Jason. »Nun gut. Kein Grund zur Panik. Spot...«

Er gibt Spot ein fast unmerkliches Zeichen: »Komm, setz dich. Wir spielen weiter.«

»Spielen weiter«, sagt Spot, »sollten wir nicht...«

»Zieh die Schwimmweste an«, sagt Jason beruhigend. »Zieht sie alle an, alle Mann. In den Booten ist bestimmt Platz für alle, ich habe ein paar gesehen, die nur halbvoll waren. An Steuerbord muß es noch mehr Boote geben.«

Sie verschnüren die Schwimmwesten.

Ingenieur Andrews ist im Rauchsalon verschwunden. Dort sinkt er in einen Ohrensessel, nachdem er seine Schwimmweste abgenommen hat. Er bleibt sitzen.

Das Orchester spielt jetzt eine ruhigere Musik, die kleine Melodie »In the Shadows«, im vergangenen Jahr der Londoner Gassenhauer, Abschnitte aus klassischen Suiten, Godfreys »Reminiscences of Wales«.

Um 2 Uhr 05 wird die Stimmung chaotisch. Immer weniger hören der Musik zu. Leute eilen über das Deck, schreien, fuchteln mit den Armen, stürzen, stehen auf, eilen weiter. Andere sind nach wie vor gelassen und betrachten erstaunt die vor Angst Gelähmten.

Vorn kracht ein Schuß. Als man Rettungsfloß D, ein Segeltuchboot, zu Wasser lassen will, ist es zu einer Panik gekommen. Die Offiziere umringen das Boot, um die Menschenmasse abzuwehren, die das Rettungsfloß zu stürmen versucht. Der Zweite Offizier Lightoller gibt einen Warnschuß ab.

Die *Titanic* hat stärkere Schlagseite, der Bug ist unter Wasser. Gegen die elektrischen Winden auf dem Vordeck klatschen kleine Wellen. Den Schiffsrumpf umgeben im Wasser treibende Gegenstände. Die See ist schwarz, klar und kalt.

Heute nacht ist der Himmel hoch, die Sterne funkeln. Im Scheinwerferlicht der erleuchteten Decks aber sieht man die Sterne nicht, man sieht nur das Dunkel.

Im Rettungsfloß C, es ist bereits zu Wasser gelassen, sitzt der Reeder J. Bruce Ismay und sieht hinüber zu dem sinkenden Schiff. Seit der Kapitän ihn, kurz nach Mitternacht, informiert hatte, steht er am Rand des Zusammenbruchs. Die ganze Zeit über hat er gewußt, wie es um die Kapazität der Rettungsboote bestellt ist. Fieberhaft hat er versucht zu helfen, Verantwortung zu übernehmen, Kommandos zu geben. Ein Seemann aber wies ihn zurecht und beschimpfte ihn, als er beim Wassern eines der Boote auf der Steuerbordseite helfen wollte. Später ist er an Deck herumgelaufen und hat hilfreich Hand mit angelegt, wo dies möglich war. Auf diese Weise ist er zufällig an Rettungsfloß C vorübergekommen, ist ohne nachzudenken im letzten Augenblick hineingesprungen. Unmittelbar darauf wurde es zu Wasser gelassen, umkehren war unmöglich. Jetzt sitzt er da und versichert sich selbst, daß seine Zeugenaussage bei der Seeverklarung benötigt wird.

Der Winkel, den das Schiff zur Wasseroberfläche beschreibt, vergrößert sich, bald sind die Schiffsschrauben zu erkennen, das Ruder ist bereits sichtbar.

Ismay kann nur zusehen und ihm ist, als habe er Glassplitter in die Augen bekommen.

An Bord bricht die Panik in Wellen aus. Die Passagiere der

Dritten Klasse haben sich gewaltsam einen Weg zu den oberen Decks geschaffen. Über 1500 Seelen befinden sich noch auf dem Schiff.

Im Marconi-Raum gibt Kapitän Edward John Smith den beiden Telegraphisten Befehl, die Sendungen einzustellen und sich so gut sie eben können in Sicherheit zu bringen. Der eine kümmert sich nicht um ihn und hämmert unermüdlich weiter auf seine Morsetaste – er kann Schiffe hören, die ihn draußen in der Nacht anrufen, aber es ist offensichtlich, daß sie nicht mehr hören, was er sendet. An der Spannung muß ein Defekt aufgetreten sein, ein Kurzschluß vielleicht – das elektrische Licht an Bord ist viel schärfer als üblich.

Achtern, auf dem Bootsdeck, hat ein katholischer Priester schreckgelähmte Passagiere der Zweiten und Dritten Klasse um sich versammelt.

Er nimmt die Beichte ab und erteilt Absolution.

Es ist 2 Uhr 07.

»Ja«, sagt Jason besorgt, »ich glaube, es ist Zeit zum Aufhören. Es hat keinen Sinn mehr weiterzumachen. Es hört ja doch niemand mehr zu.«

»Nein«, nickt Alex. Er legt die Geige weg.

Spot bleibt nachdenklich, mit halbgeschlossenen Lidern, am Klavier sitzen. Jim und Georges gehen zur Reling und halten Ausschau in beide Richtungen.

David ist blaß.

Ein in der Nähe stehender Offizier brüllt:

»Jetzt rette sich, wer kann! Rette sich, wer kann! Das ist ein Befehl!«

»Hm«, sagt Jason. Er sieht David an: »Du mußt keine Angst haben.«

»Red keinen Quatsch«, sagt Spot. »Ich finde, jetzt kannst du ehrlich sein, Jason. Ich meine – falls ...«

»Ja«, sagt Jason. Er lächelt David zu und gibt ihm einen Klaps auf die Schulter: »Nach New York kommen wir vorerst nicht.

Übrigens hättest du in New York nie an Land gehen dürfen, Junge.«

»Was? Was?«

»Ich habe vergessen, dir das zu sagen. Du hättest fünfzig Dollar vorweisen müssen, um überhaupt einen Fuß auf den Kai setzen zu dürfen.«

David versucht zu lächeln:

»Ich habe nicht ausreißen wollen.«

»Gut«, sagt Jason. Ein Mann eilt vorüber und rennt Petronius und seinen Baß fast über den Haufen. Petronius sieht ihn erstaunt an und erwacht gleichsam.

Die anderen Musiker versinken in Gedanken.

»Nein«, sagt Jason, »ihr habt gehört, was der Offizier gesagt hat. Jeder für sich. Wir müssen einander so gut es geht helfen und versuchen, in eines der Boote zu kommen. Vielen Dank für die gute Arbeit und viel Glück ...«

Laut und kräftig ertönt eine Stimme:

»Wir hören noch nicht mit dem Spielen auf. Noch nicht.«

Sie drehen sich zu Petronius um.

»Zuerst«, sagt Petronius, »zuerst müssen wir eine Schlußnummer spielen. Das muß so sein. Etwas Passendes.«

Es wird still. Sie stieren den Bassisten verblüfft an, der respekteinflößend und gebieterisch an seinem großen Instrument steht.

»Nun, Jason« Alex sieht seinen Freund forschend an. Er lächelt.

»Ja, ja. Ein paar Minuten mehr oder weniger.«

Jim und Georges kommen von der Reling zurück und greifen nach den Geigen:

»Was spielen wir?«

Jason bleibt die Antwort schuldig. Dann fällt ihm etwas ein.

»Wir spielen das Largo von Händel«, sagt er. »Können das alle?«

Sie nicken.

»Das hat mir meine Mutter beigebracht«, sagt Jason halblaut.
Sie spielen.

Und dann ging alles sehr rasch. Ein Schornstein stürzte um, tausend Menschen schrien vor Angst. Menschen sprangen über Bord oder wurden von herunterbrechenden Schiffsteilen in die See geschleudert. Zehntausend Tassen, Gläser und Teller fallen zu Boden, ein Klavier rutscht an der Reling entlang, eine Kiste Champagner explodiert. Aus dem Schiffsinneren hört man heftiges Getöse, als die Dampfkessel sich lösen und bugwärts rutschen und alles zerschmettern, was ihnen im Weg ist. Niemand dachte noch an die Musik, und keiner hat gehört, was sie zuletzt spielten. Und was die sieben Musiker in den letzten Minuten dachten, weiß man auch nicht. Sie wurden getrennt, als sie losrannten, um sich zu retten.

Was sie sahen: Das Licht an Bord blinkte. Es blinkte ein einziges Mal, ehe es verlosch. Das Schiff und das Meer lagen in stummem Dunkel.

Jetzt konnten sie den Sternenhimmel sehen. Er war ungewöhnlich klar.

Dann versank das Schiff.

Nachwort des Autors

Mir erscheint der Hinweis notwendig, daß die Musiker, die in diesem Roman geschildert werden, nicht identisch sind mit den wirklichen Musikern, die zusammen mit 1495 anderen Passagieren und Besatzungsmitgliedern in der Nacht zum 15. April umgekommen sind.
Die wirklichen Musiker waren:

Wallace Henry Hartley (Kapellmeister)
George Krins (Geige)
Roger Bricoux (Cello)
W. Theodore Brailey (Klavier)
J. Wesley Woodward (Cello)
P. C. Taylor (Klavier)
J. F. C. Clarke (Baß)
John Law Hume (Geige)

Auch über sie gäbe es Geschichten zu erzählen. Man könnte erzählen von dem herzlosen Nachspiel, das die Katastrophe für die Eltern des jungen John Law Hume hatte, die versuchten, eine Entschädigung für den Verlust ihres einzigen, knapp einundzwanzig Jahre alten Sohnes zu erhalten. Weder Reederei noch Impresario fühlten sich verpflichtet, eine Entschädigung oder eine Rente zu bezahlen. Im Gegenteil wurde der Familie die Forderung zugestellt, sie sollten einen Schadenersatz von 5 Schilling und 4 Pence für den Verlust der Uniform leisten, die Eigentum des Impresarios war.
Man könnte erzählen von der feierlichen Beerdigung des Kapellmeisters Hartley, dessen Leiche geborgen wurde, in seiner Heimatstadt Colne. Oder man könnte von dem großen Gedenkkonzert in der Albert Hall zugunsten der Hinterbliebe-

nen erzählen, bei dem fünfhundert Musiker von sieben Orchestern unter Leitung von Sir Edward Elgar spielten. Es waren so viele Musiker, daß sie an den Wänden fast aufeinander saßen. Es war das größte professionelle Orchester, das die Welt bis zu diesem Zeitpunkt gesehen hatte, und das Konzert war eines der großen Ereignisse jenes Frühjahrs in London. Die Orgel brauste, und in den Bankreihen schwankten kleidsame elegante Damenhüte. Über all dies könnte man Geschichten erzählen. Und viel mehr könnte man über die *Titanic* erzählen und die Menschen, die sie an Bord hatte. Dies aber sind andere Geschichten, die andere erzählt haben oder erzählen werden. Ich wollte meine Geschichte erzählen. Und meine Musiker sind erfunden.

In allen wesentlichen Punkten beruht die Schilderung des Schiffes und der Tage auf See auf tatsächlichen Umständen. Die eine oder andere Freiheit habe ich mir indessen genommen. Um die *Titanic* gibt es eine ganze Wissenschaft. Bereits die Frage, *was die Musiker zuletzt spielten*, hat unter den »Titanicologen« zu heftigen Diskussionen geführt. Nach den letzten Untersuchungen dürfte es wahrscheinlich kein Choral gewesen sein, sondern ein melancholischer Walzer, der zu dieser Zeit in Mode war: »Songe d'automne«. Einigen älteren Lesern ist die Melodie vielleicht bekannt.

Dies aber ist ein Roman und kein Geschichtsbuch. Auch bezüglich der letzten Stunde der Musiker habe ich mir dichterische Freiheit erlaubt.

Walter Lord, New York, ist der Autor der Werke *A Night to Remember* (dt. Die letzte Nacht der Titanic, 1978) und *The Night Lives On* (dt. Die Titanic-Katastrophe, 1992). Für die schriftlichen Antworten, die er mir geduldig auf meine Fragen zukommen ließ – beispielsweise über die letzte Melodie des Orchesters – bin ich ihm zu großem Dank verpflichtet. Auch John Maxtone-Graham, New York, dem Autor der herrlichen Kulturgeschichte der Amerikadampfer »The Only Way to

Cross«, möchte ich danken. Er hat mich auf entgegenkommendste Weise mit Informationen unterstützt und mich im Verlauf der Arbeit stets ermuntert.

Zu guter Letzt will ich – wer niemanden erwähnt, wird keinen vergessen – all jenen danken, die mir auf andere Weise geholfen haben, Spezialisten und Freunden, hier zu Hause und im Ausland.

Und ich danke meinen Angehörigen.

Erik Fosnes Hansen

FINIS
LENINGRAD – STUTTGART – TVERSTED
WIEN – ANGUILLARA – ROM – CAPRANICA – OSLO
MCMLXXXVI–MCMXC

Erik Fosnes Hansen
Momente der Geborgenheit
Roman
Aus dem Norwegischen von Hinrich Schmidt-Henkel
Band 14719

Jedes Leben ist eine Sammlung von Geschichten und Zufällen, die auf unvorhersehbare Weise einem Prinzip gehorchen. Davon erzählt der neue Roman von Erik Fosnes Hansen in einem weitgefächerten Panorama aus Zeit und Raum. Geheimnisvolle Lebensgeschichten – wundersam erzählt.

»Das ist selten, daß ein Erzähler uns durch soviele
Welten und Jahrhunderte führt, es ist wie in
Tausendundeiner Nacht ein wirkliches Leseabenteuer,
breit, geduldig, ausschweifend, opulent.«
Elke Heidenreich

Fischer Taschenbuch Verlag

fi 14719 / 1

Sylvia Iparraguirre
Land der Feuer
Roman
Aus dem Spanischen von Enno Petermann

Band 15013

1830 segelt ein Schiff von England nach Feuerland. Es nimmt eine Gruppe Eingeborener auf, darunter einen jungen »Wilden«, der Jemmy Button genannt wird. Ihm sollen in London die Segnungen der Zivilisation zuteil werden, und als er vier Jahre später wieder in Feuerland abgesetzt wird, hat er Teetassen und Silberbesteck, Bücher und Atlanten im Gepäck. Mit ihnen betritt er, der nun Fremde, den Urwald.

»Ein Krimi vom Ende der Welt.
Eine sprachgewaltige Meditation über
Zivilisation und Wildnis.«
Der Spiegel

Fischer Taschenbuch Verlag

fi 15013 / 1

Andrea Camilleri
Der unschickliche Antrag
Roman
Aus dem Italienischen von Moshe Kahn
Band 15053

Wie der simple Antrag auf ein Telefon im Jahr 1891 in Sizilien zum Auslöser für zahllose Wirren, Intrigen, Morde und Liebesdramen wird, so daß am Ende halb Sizilien in den Fall verwickelt ist, davon erzählt dieser höchst komische Roman von Andrea Camilleri, dem Erfolgsautor aus Italien.

»Die dringende Empfehlung, Camilleri zu lesen,
ist alles andere als ein unschicklicher Antrag.«
Die Welt

»Camilleri ist geistreich,
weise und absolut unterhaltsam.«
Aspekte, ZDF

Fischer Taschenbuch Verlag

fi 15053 / 1

Erik Fosnes Hansen
Momente der Geborgenheit

Roman
Titel der Originalausgabe: Beretninger om beskyttelse
Aus dem Norwegischen von Hinrich Schmidt-Henkel
Gebunden

Jedes Leben ist eine Sammlung von Geschichten und Zufällen, die auf wundersame Weise einem Prinzip gehorchen. Davon erzählt Erik Fosnes Hansen in seinem Roman, der den Leser vom Norwegen unserer Tage auf eine schwedische Insel zur Zeit der Jahrhundertwende und dann ins Italien der Frührenaissance führt. Es gelingt dem Autor, eine fast schon vergessene Lesefreude neu zu beleben – das völlige Eintauchen in eine Geschichte, das atemlose Nicht-aufhören-können bis zur letzten Seite. Mit kunstvoller Leichtigkeit spielt Fosnes Hansen mit den Grenzen zwischen Figuren und Epochen, zwischen Raum und Zeit und schafft somit einen großartigen Roman über die vielen großen und kleinen Ereignisse, die täglich die Welt vor ihrem Untergang bewahren.

»Möglicherweise ist, seitdem Karen Blixen und Knut Hamsun literarische Meilensteine gesetzt haben, kein besserer skandinavischer Roman geschrieben worden.«

Berlingske Tidende

VERLAG
KIEPENHEUER
&WITSCH